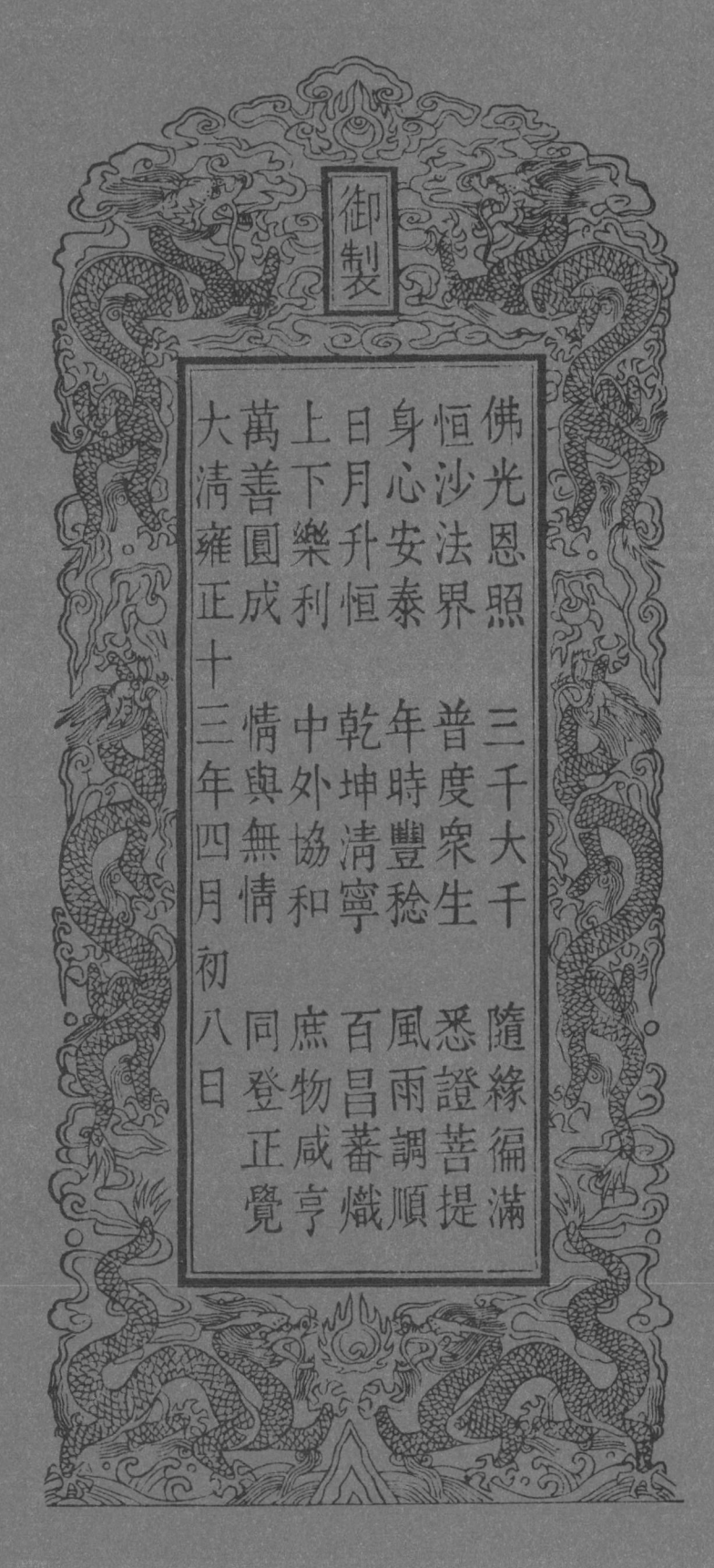

御製

佛光恩照　三千大千　隨緣徧滿
恒沙法界　普度衆生　悉證菩提
身心安泰　年時豐稔　風雨調順
日月升恒　乾坤清寧　百昌蕃熾
上下樂利　中外協和　庶物咸亨
萬善圓成　情與無情　同登正覺
大清雍正十三年四月初八日

第一四九册　此土著述（三九）

佛祖歷代通載

嘉興路大中祥符禪寺住持華亭念常集

清刻龍藏佛說法變相圖

佛祖歷代通載卷第四

嘉興路大中祥符禪寺住持華亭念常集

周

己丑 昭王瑕 康王子王道微缺因南巡狩乘膠船沉於水 治五十一年

癸丑 二十五年四月八日大聖現白象瑞七支案地乘雲而下降神大術胎中右脇而住豈若虹樞現表厥命世者也

甲寅 二月八日世尊生于迦毘羅衛國藍毘尼園波羅叉樹下從母摩耶夫人右脇而出姓刹利父淨飯王母大清淨生時九龍吐水金盤沐已周行七步自言吾受最後生身天上天下唯吾獨尊相好莊嚴具三十二大人之相諸經有別 且依一文三十二者一足下平滿二千輻輪紋三手柔軟如兜羅綿四指間網鞔猶如鵞王五諸指纖長六足跟充滿七

足趺相承八雙臂脩直九雙腨圓滿如伊尼延鹿王十陰峯藏密如象馬王十一毛青右旋十二髮毛上靡十三身皮金色十四皮潤離垢十五七處充滿十六肩項殊妙十七膊腋臑直十八容儀紅滿十九身相端嚴二十量圓孫柳二十一頷臆獅子二十二常光一尋二十三齒白齊密二十四牙鮮鋒利二十五常得上味二十六舌覆面輪二十七梵音頻伽二十八眼睫紺青二十九眼睛如牛王三十面如滿月三十一眉間白毫三十二烏瑟膩吒猶如天蓋更有八十隨好具如般若等說

丙辰

太子三歲父王携謁天神廟神像起立王驚嘆曰天中天

庚申

太子七歲詣師習世間書典

癸亥

太子十歲與兄弟捔力以手擲象城外射透鐵鼓九重世尊示出家太子出遊四門見生老病死者北門見出家人生欣樂心

戊寅

二月八日夜淨居天報言太子出家時至遂乘馬逾城至檀特山拔劍斬髮入彌樓山阿藍迦處習不用處定今依六年苦行三十成道之教也有說十二月八日出家諸部說異立贊踈云總會諸文而爲二說一云諸部說十九出家三十成道本起因縁經亦十九歲思維無相三昧經三十成道智論亦十九不說成道時佛住世實八十年有會十九出家五年事仙人行樂行六年行苦行三十成道智論用此二云亦有諸部及大乘說二十九出家三十五成道增一中雜三阿含經出曜經和須密論並說二十九悲華經善見論說三十五成道本起經云三十五也菩提流支引經偈云八年作嬰兒七年作童子四年學五明十年受五欲六年行苦行三十五成道四十五年中教化諸衆生真諦及西域記並同此說金光明經報恩經等同說佛壽八

十年也甲子但七十九年畧釋偈曰言五明者瑜伽論釋云○一者內明有二種相一顯示正因果相二已作不失未作不得相○二者因明有二種相一示摧伏他論勝利相二示免脫他論勝相○三者聲明亦有二相一示安立字界及能成立相二示語工巧勝利相○四醫方明有四種相一示病體善巧相二示病日善巧相三示斷已病更生善巧相四示斷已不生善巧相○五者工巧明善諸世法○三端六義等言三端者一文筆二武鋒三辨舌也六義者一禮長幼識謹二樂風俗正變二書八體六書四數窮知梯壞五射能開弓弩六御善調象馬世尊在宮為太子時性自仁賢曰禮通諸風俗曰樂六十四書悉曉曰書百二十數並窮曰數透九重錢鼓曰射擲塞門大象曰御餘如經論廣陳

庚辰

穆王滿昭王子用造父為御乘平八駿日行千里具如周史治五十五年五十歲即位壽一百四年作甫刑王命甫侯呂級入為司寇增輕減重約五刑為三千墨劓各一千剕五百宮三百大辟二百孝經甫刑是傀儡乃偃師之作始獻于王也化人北山曰王時西極有化人來反山川移城邑入水火貫金石千變萬化不可窮矣王敬之若聖築中天臺以居之乃曼殊室利目連等示相也然王未知

癸未

世尊示成道苦行六年既滿沐於熈泥連是佛弟子河受牧牛女之乳糜納吉祥之軟草詣菩提樹王坐金剛座上三十四心示成正覺號天人師具一切智住世垂訓四十九年說法三時初中後善以有空言破空有執二邊既離中道斯存俾利鈍機發脩自行故演而伸之為八萬四千之法藏也博施濟衆因果張馬斷惡懲善聖凡別矣群生自茲有仗也初入鹿苑度五比丘度優樓

甲申

頻羅迦葉千人出家

乙酉

佛象頭山為龍鬼說法等

丙戌

佛度舍利弗目捷連二百五十人出家

丁亥

須達長者布金買祇陀園建寺奉佛

戊子

佛在拘耶尼國為婆陀和菩薩說苦行般

若等經

（己丑）佛在柳山爲純真陀羅王等說法

（庚寅）佛在穢澤爲阿拙摩說法及升忉利天栴檀像始建世尊成道八年上忉利天爲母說法經九十日優闐國王思慕如來命大目連及毘首羯摩天化爲匠人詣天宮摹佛相好以栴檀香木刻像供養既而夏滿下降中天王及大臣及國人民同往迎佛其像騰空向佛問訊佛爲摩頂受記曰我滅度千年以後汝往震旦廣利人天

（辛卯）佛還摩竭國爲弗沙王說法等

（壬辰）佛爲彌勒說脩行本起經

（癸巳）佛還迦毘羅國爲父王說法普曜經載此

（戊戌）佛於欲色二界說大集等經

（己亥）佛始說十六會八部般若等經

（辛丑）佛始檢約徒衆剏置戒律

（丙午）佛從弟阿難始出家

（辛亥）阿難請佛度摩訶波闍波底比丘尼等出家

（甲子）佛說金光明并法華等經于靈山會上是

（辛未）年世尊拈花示衆百萬人天皆茫然唯金色頭陀破顏微笑世尊曰吾有正法眼藏涅槃妙心實相無相微妙法門分付於汝汝當護持并勑阿難副貳傳化聽吾偈曰法本法無法無法法亦法今付無法時法法何曾法爾時世尊說此偈已復告迦葉吾將金縷僧伽黎傳付於汝轉授補處慈氏毋令斷絕（拈花之事荆國王公對佛慧禪師泉萬老言親見於梵王問佛經中具載但此經多言國家帝王之事藏之秘府世故無聞）

（壬申）二月十五日世尊示涅槃應世七十九年

化緣周畢於拘尸羅國金沙䟦提河間娑羅雙樹下說涅槃經及遺教經已安住常寂滅光名大涅槃右脇而卧於中夜寂然無聲闍維得舍利八斛四斗（涅槃經前後分具明）時有白虹一十二道南北貫通連宵不滅穆王問太史扈多曰是何徵也對曰西方有大聖人滅度衰相現也王曰朕常患此今既滅度更何憂耶西土諸王以香木闍維分身建塔震旦計十九處

（乙亥）共王繄扈（穆王子）有聖德治十二年（王嘗游于涇上密康公從有三女奔康公受之而不以獻王遂滅密）

（丁亥）懿王囏（共王子）周室衰（詩人刺之遷都槐里又遷廢丘）治二十五年（齊丂世衰公荒淫王命烹之作變風刺之）

（壬子）孝王辟方（共王弟懿王叔）王時外國有進二尺虎又進四角犀治十五年

（丙辰）第一祖摩訶迦葉摩竭陀國人也姓婆羅門父飲澤母香志昔爲鍛金師善明金性使其柔伏付法傳云甞於久遠劫中毘婆尸佛入涅槃後四衆起塔塔中像面上金色有少缺壞時有貧女將金珠往金師所請飾佛面既而因共發願願我二人爲無姻夫妻由是因緣九十一劫身皆金色後生梵天天壽盡生中天摩竭陀國婆羅門家名曰迦葉波此云飲光勝尊蓋以金色爲號也繇是志求出家兾度諸有佛言善來比丘須髮自除袈裟著體常於衆中稱歎第一復言吾以清淨法眼將付於汝汝可流布無令斷絕涅槃經云爾時世尊欲涅槃時迦葉不在衆會（嵩禪師正宗記評曰昔涅槃會之初如來告諸比丘曰汝等不應作如是語我今所有無上正法悉已付囑摩訶迦葉是

迦葉者當為汝等作大依止然正宗者聖
人密相傳授不可必知其處與時也以經
酌之則法華先而涅槃後也方說法華迦
葉預焉及涅槃而不在其會吾謂付法之
時其在二經之間耳或謂靈山拈花又曰
付法於多子塔前然此未見所出吾雖稍
取亦不敢。果
以為審也

佛告諸大弟子迦葉来時可令宣揚正法眼蔵爾時迦葉在耆闍崛山賓鉢羅窟覩勝光明即入三昧以淨天眼觀見世尊於熈連河側入般涅槃乃告其徒曰如来涅槃也何其駛哉即至雙樹間悲戀號泣佛於金棺内現雙足爾時迦葉告諸比丘佛已荼毘金剛舍利非我等事我等宜當結集法眼無令斷絶乃説偈曰如来弟子且莫涅槃得神通者當赴結集於是得神通者悉集王舍耆闍崛山賓鉢羅窟時阿難爲漏未盡不得入會後證阿羅漢果由是得入迦葉乃白衆言此阿難比丘多聞總持有大智慧常隨如来梵行清淨所聞佛法如水傳器無有遺餘佛所讚歎聦敏第一宜可請彼集脩多羅蔵大衆默然迦葉告阿難曰汝今宜宣法眼阿難聞語信受觀察衆心而宣偈言比丘諸眷屬離佛不莊嚴猶如虚空中衆星之無月説是偈已禮衆僧足升法座而説是言如是我聞一時佛住某處説某經教乃至人天等作禮奉行時迦葉問諸比丘阿難所言不錯謬乎皆曰不異世尊所説迦葉乃告阿難言我今年不久留今將正法付囑於汝汝善守護聽吾偈言法法本来法無法無非法何於一法中有法有不法説是偈已乃持僧伽黎衣入雞足山俟慈氏

【甲子】下生即周孝王五年丙辰歳也

丁卯

秦非子其先高陽之後始女脩大業大費佐舜爲相大廉孟戲中衍乃大廉玄孫鳥身人言爲𢿱太武之御中滴飛廉惡来秦之先也後至怕翳佐禹治水有功舜賜姓嬴氏後之非子周孝王使主馬又大蕃息封于秦號曰秦嬴至德公居雍城秦州龍城縣也後穆公始霸至昭襄稱王自非子下秦侯公伯秦仲莊平文宣以武德宣城穆康共桓襄惠悼厲躁懐靈簡惠出獻孝惠文王武王昭王三十二君六百三十八年也

夷王燮懿王次子周室陵遲諸侯朝覲下臺迎之治十六年

癸未

厲王胡夷王子暴虐無道國人叛之襲殺于彘通周召五十一年

癸巳

二祖阿難王舍城人也姓刹利帝父斛飯王實佛之從弟也梵語阿難陀此云慶喜亦云歡喜如来成道夜生因爲之名多聞博達智慧無礙世尊以爲總持第一嘗所讚歎加以夙世有大功德受持法藏如水傳器佛乃命爲侍者後阿闍世王白言仁者如来迦葉尊勝二師皆已涅槃而我多故悉不能覩仁者般涅槃時願垂告別阿難許之後自念言我身危脆猶如聚沫況復衰老豈能長久又念阿闍世王與吾有約乃詣王宮告之曰吾欲入涅槃故来辭耳門者曰王寢不可以聞阿難曰俟王覺時當爲我說時王夢中見一寶盖七寶嚴飾千萬億衆圍繞瞻仰俄而風雨暴至吹折其柄珎寶瓔珞悉墜於地心甚驚異既寤門者具白上事王聞語已失聲號慟哀感天地即至毘舍離城見阿難在恒河中流跏趺而坐王乃作禮而說偈言稽首三界尊棄我而至此暫憑悲願力且莫般涅槃時毘舍離王亦在河側復說偈言尊者一何速而歸寂滅場願住須臾間而受於

供養爾時阿難見二國王咸来勸請乃說偈言二王善嚴住勿爲苦悲戀涅槃當我淨而無諸有故阿難復念我若偏向一國而般涅槃諸國爭競無有是處應以平等度諸有情遂於恒河中流將入寂滅是時山河大地六種震動雪山中五百仙人覩茲瑞應飛空而至禮阿難足胡跪白言我於長老當證佛法願垂大慈度脫我等阿難默然受請即變殑伽河悉爲金地爲其仙衆說諸大法阿難復念先所度脫弟子應當来集須臾五百羅漢從空而下爲諸仙人出家受具其仙衆中有二羅漢一名商那和脩二名末田底迦阿難知是法器乃告之曰昔如来以大法眼付大迦葉迦葉入定而付於我我今將滅用傳於汝汝受吾教當聽偈言本来付有法付了言無法各各須自悟悟了無無法阿難付法眼藏竟踊身虛空作十八變入風奮迅三昧分身四分一分奉忉利天一分奉娑竭羅龍宮一分奉毘舍離王一分奉阿闍世王各建寶塔而供養之乃厲王十年癸巳歲也

辛亥 世尊入滅一百年矣

傳曰百歲已前人傳雖異法味一如五師傳教首迦葉波傳之阿難阿難傳商那和脩商傳優波毱多優傳末田底迦自此百年之後法踈一味水乳兩和拆氎分金各宗異見源流派別二部斯與一上座部二大衆部三百年来展轉分破大衆本末別成九部大衆部一說部

說出世部鷄亂部多聞部說假部制多山部西山住部北山住部○上座本末成十一部說一切有部上座部犢子部法上部賢胄部正量部密林山部化地部法藏部飲光部經量部嗚呼正法加絲以麻嘉謨增乳以水慕道者惑于異端孰非曷是悲哉

庚申 共和元年王崩 王時求道濫謗百姓不言政道路相逢視之以目由是作亂叛王于彘在政三十七年周名二伯行政號共和凡十四年

甲戌 宣王靖 厲王子初王奔彘太子匿名公家國人圍之公以子代之太子方得脫既長周名二伯立之爲王脩文武成康之風諸侯復宗周時天下大旱王自責身六年乃雨 治四十六年王臣史籀改蒼頡古文爲大篆 今跛下石皷有數字至宋蘇軾辨得幾字

乙未 鄭桓公友 厲王少子宣王之弟初封鄭今華陰縣後徙棠陽今新鄭是至幽公弟君乙爲君自桓下武莊厲昭亶嬰厲復靈襄悼成釐簡定獻聲哀共濡君乙凡二十三君二百八十一年

第三祖商那和脩摩突羅國人也亦名舍那婆斯姓毘舍多父林勝母憍奢耶在胎六年而生梵云商諾迦此云自然服即西域九枝秀草名也若羅漢聖人降生則此草生於淨地祖生時瑞草斯應昔如来行化至摩突羅國見一青林枝葉茂盛語阿難曰此林地名優留荼吾滅度後一百年有比丘商那和脩於此地轉妙法輪後百歲果誕祖出家證道受慶喜尊者法眼化導有情及止此林降二火龍歸順佛教龍因施地以建梵宮祖化緣既久思付正法尋於吒利國得優波毱多以為給侍因問毱多曰汝年幾邪荅曰我年十七祖曰汝身十七性十七耶荅曰師髮已白爲髮白

邪心白邪祖曰我但髮白非心白耳曰我身十七非性十七也和脩知是法器三載後遂爲落髮受具乃告曰昔如来以無上正法眼藏付囑迦葉展轉相授而至於我我今付汝勿令斷絕汝受吾教聽吾偈言非法亦非心無心亦無法說是心法時是法非心法說偈已即隱於罽賓國南象白山中後於三昧中見弟子毱多有五百徒衆常多懈慢祖乃往彼現龍奮迅三昧以調伏之而說偈曰通達非彼此至聖無長短汝除輕慢意疾得阿羅漢五百比丘聞偈已依教奉行皆獲無漏祖乃作十八變火光三昧用焚其身毱多收舍利葬於梵迦羅山五百比丘各持一旛迎導至彼建

己未　塔供養乃宣王二十二年乙未歲王無辜殺杜伯一日出畋見杜伯持弓矢射王中心墮車折脊而死事見墨子載也

庚申　幽王宫涅（宣王子嬖褒姒生伯服廢太子與申后而立伯服褒姒不好笑王乃舉烽燧大鼓諸侯皆至又且無寇褒姒大笑王悦後申侯與犬戎同伐王于驪山復舉烽燧諸侯不至遂死山下乃扶太子宜臼爲王以奉周祀）在

甲子　位十一年

庚午　携王伯服（幽王庶子西兵殺王伯服乃立國人不順未經年而廢之）

東周（二十四主都于洛陽）

辛未　平王宜臼（幽王太子申侯立之）東遷洛京以辟難治

五十一年

壬申　諸侯寖盛政出方伯

辛卯　世尊示滅二百年矣

庚子　第四祖優波毱多吒利國人也亦名優波崛多又名鄔波毱多姓首陀父善意十七出家二十證果隨方行化至摩突羅國得

度者甚衆由是魔宮震動波旬愁怖遂竭其魔力以害正法祖即入三昧觀其所由波旬復伺便密持瓔珞縻之于頸及祖出定乃取人狗蛇三屍化爲華鬘耎言慰諭波旬曰汝與我瓔珞甚是珎妙吾有華鬘以相酬奉波旬大喜引頸受之即變爲三種臭屍蟲蛆壞爛波旬厭惡大生憂惱盡已神力不能移動乃升六欲天告諸天王又詣梵王求其解免彼各告言十力弟子所作神變我輩凡陋何能去之波旬曰然則柰何梵王曰汝可歸心尊者即能除斷乃爲說偈令其回向曰若因地倒還因地起離地求起終無其理波旬受教已即下天宮禮尊者足哀露懺悔毱多告曰汝自今去於如来正法更不作嬈害否波旬曰我誓回向佛道永斷不善祖曰若然者汝可口自唱言歸依三寶魔王合掌三唱華鬘悉除乃歡喜踊躍作禮尊者而說偈曰稽首三昧尊十力聖弟子我今願回向勿令有劣弱尊者在世化導證果最多每度一人以一籌置於石室其室縱十八肘廣十二肘充滿其間最後有一長者子名曰香衆来禮尊者志求出家祖問曰汝身出家心出家荅曰我来出家不爲身心祖曰不爲身心復誰出家曰夫出家者無我我故無我我故即心不生滅心不生滅即是常道諸佛亦常心無形相其體亦然祖曰汝當大悟心自通達宜依佛法僧紹隆聖種即爲剃度受具足戒仍告之曰汝父嘗夢金日而生汝可名提多迦復謂曰如来

以大法眼藏次第傳授以至於我今復付汝聽吾偈言心自本来心本心非有法有法有本心非心非本法付法已乃踊身虚空呈十八變然復本坐跏趺而逝多迦以室內籌用焚其軀收舍利建塔供養即平王三十年庚子歲也

己未 王四十九年乃魯隱公元年孔子春秋編年始于此

壬戌 桓王林 平王孫太子洩早卒立王 在位二十三年

甲子 乙酉 莊王佗 桓王子 在位十五年

己丑 第五祖提多迦者摩伽陀國人初生之時父夢金日自屋而出照耀天地前有大山諸寶嚴飾山頂泉湧滂沱四流後遇毱多尊者為解之曰寶山者吾身也泉湧者法無盡也日從屋出者汝今入道之相也照耀天地者汝智慧超越也尊者本名香衆師因易今名焉梵語提多迦此云通真量也多迦聞師說已懽喜踊躍而唱偈言巍巍七寶山常出智慧泉廻為真法味能度諸有緣毱多尊者亦說偈曰我法傳於汝當現大智慧金日從屋出照耀於天地提多迦聞師妙偈設禮奉持後至中印度彼國有八千大仙彌遮迦為首聞尊者至率衆瞻禮謂尊者曰昔與師同生梵天我遇阿私陀仙人授我仙法師逢十力弟子修習禪那自此報分殊途已經六劫尊者曰支離累劫誠哉不虛今可捨邪歸正以入佛乘彌遮迦曰昔阿私陀仙人授我記云汝却後六劫當遇同學獲無漏果今也相遇非宿緣邪願師慈悲令我解脫尊者即

度出家命聖授戒餘仙衆始生我慢尊者示大神通於是俱發菩提心一時出家乃告彌遮迦曰昔如來以大法眼藏密付迦葉展轉相授而至於我我今付汝當護念之乃說偈曰通達本法心無法無非法悟了同未悟無心亦無法說偈踊身虛空作十八變火光三昧自焚其軀彌遮迦與八千比丘同收舍利於班茶山中起塔供養即莊王五年己丑歲也

庚子 僖王胡齊 莊王子一名鼈 治五年○五霸次興 中庸子曰霸者假也用威刑而防政使仁義而不湮秦漢皆霸道也春秋稱五霸者乙傳曰齊桓公九合諸侯一匡天下孔子稱爲五霸之首○晉文公名天子於河陽而朝諸侯矣○秦繆公因伐鄭而敗諸有悔過修德○宋襄公爲鹿上之盟求諸侯於楚楚人許之○楚莊王率諸侯伐陳而立陳靈公諸侯皆伏矣

乙巳 惠王閬 僖王子初莊王嬖姬妃生子頹頹有寵而後作亂王奔鄭鄭伯伐頹殺之立王時齊桓伐楚子責包茅不貢入周矣 治二十五年

庚午 襄王鄭 惠王子子帶作乱王奔鄭晉文公殺子帶立王 治二十三年

辛未 世尊入滅三百年矣 此後龍猛菩薩造中論等破除有見後提婆等諸大論師造百論等弘闡大義了義燈明

甲申 第六祖彌遮迦者中印度人也既傳法已遊化至北天竺國見雉堞之上有金色祥雲歎曰斯道人氣也必有大士爲吾法嗣乃入城於闤闠間有一人手持酒器逆而問曰師何方而來欲往何所師曰從自心來欲往無處曰識我手中物否師曰此是觸器而負淨者曰師還識我否師曰我即不識識即非我又謂曰汝試自稱名氏吾當後示本因彼因說偈而答我從無量劫至于生此國本姓頗羅墮名字婆須密師

曰我師提多迦說世尊昔遊北印度語阿難言此國中吾滅後三百年有一聖人姓頗羅墮名婆須密而於禪祖當獲第七世尊記汝汝應出家彼乃置器禮師側立而言曰我思往劫嘗作檀那獻一如来寶座彼佛記我云汝於賢劫釋迦法中宣傳至教今符師說願加度脫師即與披剃復圓戒相乃告之曰正法眼藏今付於汝勿令斷絕乃說偈曰無心無可得說得不名法若了心非心始解心心法說偈已入師子奮迅三昧踊身虗空高七多羅樹却復本座化火自焚婆須密收靈骨貯七寶函建浮圖寘于上級即襄王十五年甲申歲也

癸卯　頃王壬臣（襄王子）治六年（楚莊王始霸）

己酉　匡王班（頃王子）在位六年

壬子　○（有云此年世尊入滅者破邪論引誤）

乙卯　定王瑜（匡王子）治二十一年。（楚子問鼎之大小輕重）

丁巳　老聃氏於是年九月十四日生于楚國陳郡苦縣賴鄉曲仁里魏書云老聃父姓韓名乹字元畢母曰精敷二合而娠孕八十年而生於李樹下因以爲姓名耳字伯陽身長四尺六寸額凸眉龐反唇騫鼻髆尖膀濶聃耳鬅頭故謚曰聃以疑獨之道祕于心三寶之德資于用一曰慈二曰儉三曰不敢爲天下先景王己卯紫氣浮關欲徃流沙時有函關令尹喜知道之人也乃請言教老氏遂著道德二篇合五千言皆評大道也既而弗克至于流沙薨于槐里年八十四歲時有秦佚之弔三號而出是知天命殞于周也墓在槐里西南三十里

渭水之陽今與平縣也佛先三百四十五

甲子 年

辛未 第七祖婆須密者北天竺國人也姓頗羅墮常服淨衣執酒器游行里閈或吟或嘯人謂之狂及遇彌遮迦尊者宣如來往誌自惺前緣投器出家授法行化至迦摩羅國廣興佛事於法座前忽有一智者自稱我名佛陀難提今與師論義師曰仁者論即不義義即不論若擬論義終非義論難提知師義勝心即欽伏曰我願求道霑甘露味尊者遂與剃度而授具戒復告之曰如來正法眼藏我今付汝汝當護持乃說偈曰心同虛空界示等虛空法證得虛空時無是無非法尊者即入慈心三昧時梵王帝釋及諸天衆俱來作禮而說偈言賢劫衆聖祖而當第七位尊者哀念我請為宣佛地尊者從三昧起示衆云我所得法而非有故若識佛地離有無故說此語已還入三昧示涅槃相難提即於本座起七寶塔以葬全身即定王十七年辛未歲也

丙子 簡王夷定王子治十四年

丁丑 ○老氏仕周為守藏吏時年二十一矣

己丑 ○老氏遷太史令時年三十四矣一云柱下史自是五十四年不調時人目為吏隱也王十四年魯襄元也

庚寅 靈王泄心簡王子生而有髭治二十七年

庚戌 二十一年十一月初四日老氏五十五歲矣

孔子生于魯國兖州鄒邑縣平鄉晉昌里實隱公後第九代襄公二十一年冬十一

月初四日按殷本紀孔子父姓𠦑梁名紇爲郰邑縣宰先娶郰氏女生子孟皮不才後娶顏氏女名徵夫婦禱尼丘山神而生孔子生而有髮身長九尺六寸腰帶十圍垂手過膝河肸海口龍顏方顙鳳頣燕頷虬髭虎視有中和之德衣莊而嚴色溫而厲有四十二表如世家自易姓孔氏名丘字仲尼至唐玄宗謚曰文宣王丘先殷之後裔頴考叔弗何祖焉至紇移居魯易姓叔梁後孔子追昔先生姓字以子配一更姓孔氏是不忘本仁也學無常師自然英才誕秀聖德不羣世號素王大宣文教矣魯哀公十一年自衛反魯修文教於洙泗之濵祖述堯舜憲章文武之風約魯史而修春秋周平魯隱始之自巳未終敬王魯哀壬戌記二百四十二年之事明王室衰諸侯霸褒貶得失絶筆于獲麟之句也而傳有五左丘明公羊高穀梁赤鄒氏郟氏删詩三百而詠國風雅頌正變之道也而傳者分爲四詩毛韓魯齊詩以關雎首之明有夫婦次有父子君臣之道三綱逆順辨其國政定尚書凡百篇始于二典次及三王典謨誓誥之文備悉明也秦火之後漢儒伏生口授裁二十餘篇正禮樂有二禮記四十九篇而以曲禮首之終于喪服之制俾夫孝弟施行安上治民廣大悉備而傳者徐生首焉周禮者六官之屬王百七十五明宗廟社稷王侯等差朝格典儀大全其式矣賛易道始于太極是生兩儀四象八卦萬物生焉作十翼書以明之謂

上繫下繫上彖下彖上象下象文言說卦敘卦雜卦而傳者古今衆矣資學三千達者七十有二四科十哲德行顏回閔損冉耕仲弓言語宰予端木賜政事冉求仲由文學言偃卜商子鯉伯魚孫伋子思皆預其數壽七十三歲薨佛先三百九十九年

辛亥　世尊示滅四百年矣（時迦濕弥羅國五百六通依法智論造毘婆沙論）

丁巳　景王貴（靈王次子）治二十五年

甲子　第八祖佛陀難提者迦摩羅國人也姓瞿

丙寅　曇氏頂有肉髻辨捷無礙初遇婆須密尊者出家受教既而領徒行化至提迦國城毘舍羅家見其舍有白光上騰謂徒衆曰此家聖人口無言說真大乘器不行四衢知觸穢耳言訖長者出致禮問何所須祖曰我求侍者曰我有一子名伏馱密多年已五十口未曾言足未曾履祖曰如汝所說真吾弟子祖既見之遽起禮拜而說偈曰父母非我親誰是最親者諸佛非我道誰是最道者祖以偈荅曰汝言與心親父母非可比汝行與道合諸佛心即是外求有相佛與汝不相似次識汝本心非合亦非離伏馱密多聞祖妙偈便行七步祖曰此子昔曾值佛悲願廣大慮父母愛情難捨故不言不履耳時長者遂捨令出家祖尋授具戒復告之曰我今以如來正法眼藏付囑於汝勿令斷絕乃說偈曰虛空無內外心法亦如此若了虛空故是達真如理密多承師付囑以偈讚曰我師禪祖中當得爲第八法化衆無量悉獲阿羅漢爾

時尊者佛陀難提即現神變却復本座儼然寂滅衆興寶塔葬其全身即景王十年丙寅歲也

乙亥 孔子時年二十六適周問禮於老聃聃年已七十九

己卯 老聃是年薨壽八十四歲

辛巳 四月王崩劉子單子立王子猛六月子朝作亂十月晉納王于王城十一月猛卒是爲悼王

壬午 敬王丐悼王弟 劉獻公單穆公韓宣等伐子朝立王治四十三年

乙酉 ○冬克單逐王子朝入成周自是謂王城爲西周成周爲東周

壬辰 十一年乃魯定元

辛丑 孔子爲魯司寇年已五十二矣

癸卯 孔子去魯適衛

乙巳 孔子之宋如陳

戊申 孔子微服過宋

己酉 孔子厄於陳

庚戌 二十八年魯哀十一年孔子自衛返魯作春秋定六經時年六十一歲矣

甲寅 第九祖伏馱蜜多者提伽國人姓毗舍羅既受佛陀難提付囑後至中印度行化時有長者香蓋携一子而來瞻禮尊者曰此子處胎六十年因號難生復嘗會一仙者謂此兒非凡當爲法器今遇尊者可令出家祖即與落髮授戒羯磨之際祥光燭座仍感舍利三十粒現前自此精進忘疲既而師告之曰如來大法眼藏今付於汝汝護念之乃說偈曰真理本無名因名顯真理受得真實法非真亦非僞尊者付法已即入滅畫三昧而般涅槃衆以香油旃檀闍維真體收舍利建塔于那爛陀寺即敬

庚申 王三十三年甲寅歲孔子絶筆于獲麟
壬戌 王四十年魯哀十六年夏四月八日孔子
甲子 薨于曲阜四十三年吳滅矣
戊寅 元王仁（敬王子）治八年○越王句踐始霸矣
癸酉 貞定王介（元王子）在位二十八年
辛卯 世尊示滅五百年矣
己亥 第十祖脇尊者中印度人也本名難生初將誕父夢一白象背有寶座座上安一明珠從門而入光照四衆既覺遂生後值伏馱尊者執侍左右未嘗睡眠謂其脇不至席遂號脇尊焉初至華氏國憩一樹下右手指地而告衆曰此地變金色當有聖人入會言訖即變金色時有長者子富那夜奢合掌前立尊者問曰汝從何來夜奢曰我心非往尊者曰汝何處住曰我心非止祖曰汝不定邪曰諸佛亦然祖曰汝非諸佛曰諸佛亦非祖因說偈曰此地變金色預知於聖至當坐菩提樹覺華而成已夜奢復說偈曰師坐金色地常說真實義回光而照我令入三摩諦祖知其意即度出家復具戒品乃告之曰如來大法眼藏今付於汝汝護念之乃說偈曰真體自然真因真說有理領得真真法無行亦無止付法已即現神變入于涅槃化火自焚四衆以衣祴盛舍利隨處興塔焉即貞王二十七年己亥歲也
辛丑 考王嵬（一名隗 貞王子）治十五年
丙辰 威烈王午（考王子）在位二十四年
甲子 王十九年魏斯好賢即文侯之德
丁丑 ○通鑑始于此宋司馬光集

戊寅王命趙魏韓爲諸侯自此號爲七雄

佛祖歷代通載卷第四

音釋

狩（式又切冬田也）丂（苦老切）犀（先嗁切）閈（胡旦切居也）

佛祖歷代通載卷第五

嘉興路大中祥符禪寺住持華亭念常集

韓魏趙　雷氏曰魏趙韓齊燕楚及秦是為七雄

戊寅

韓武子其先與周同姓後事晉封于韓自武子至王安十二君一百九十六年

魏武子畢公萬之後與周同姓武王克殷封于畢○時秦王嘗欲伐魏或曰文侯師田子方受子夏經義客段干木過其閭君禮人賢國民稱仁上下和合未可圖也有賢人孟軻鄒衍淳于髠之徒矣○惠王時有女子化為丈夫○其先畢萬事于晉晉獻公封于魏在河東郡至悼公在絳陽文武復魏自畢萬至王瀫凡九世通計一百年至秦始皇滅之

趙武子其先與秦同祖飲飛廉二子惡來季勝季勝趙之先後造父為穆王御封于趙城因姓趙氏至敬侯都邯鄲自後至大王嘉為秦將王賁虜之凡十一世計一百八十七年齊燕楚秦見上注

庚辰

安王驕一名龍威烈王之子治二十六年

辛巳

二年晉分為三晉趙魏及韓同謀滅晉三分其地也

丙申

○齊滅矣

戊戌

第十一祖富那夜奢華氏國人也姓瞿曇氏父寶身既得法於脇尊者尋詣波羅奈國有馬鳴大士迎而作禮因問曰我欲識佛何者即是祖曰汝欲識佛不識者是曰佛既不識焉知是乎祖曰既不識佛焉知不是曰此是鋸義祖曰彼是木義復問鋸義者何曰與師平出又問木義者何祖曰汝被我解馬鳴豁然惺悟稽首歸依遂求剃度祖謂衆曰此大士者昔為毗舍離國王其國有一類人如馬裸露王運神力分身為蠶彼乃得衣王後復生中印度馬人感戀悲鳴因號馬鳴焉如來記云吾滅度後六百年當有賢者馬鳴於波羅奈國摧

伏異道度人無量繼吾傳化今正是時即
告之曰如来大法眼藏今付於汝即說偈
曰迷悟如隱顯明暗不相離今付隱顯法
非一亦非二付法已即現神變湛然圓寂
衆興寶塔以閟全身即安王十九年戊戌
歲也

丙午 烈王喜 安王子 王時天雨金于櫟陽 治七年是歲日食

癸丑 顯王扁 烈王子 在位四十八年 時蘇秦遊說六國

甲寅 二年秦惠始稱王矣

甲子 王十二年

辛未 世尊示滅六百年矣

甲午 第十二祖馬鳴大士者波羅奈國人也亦
名功勝以有作無作諸功德最為殊勝故
名焉既受法於夜奢尊者後於華氏國轉
妙法輪忽有老人坐前仆地師謂衆曰此
非庸流當有異相言訖不見俄從地踊出
一金色人復化為女子右手指師而說偈
曰稽首長老尊當受如来記今於此地上
宣通第一義說偈已瞥然不見師曰將有
魔来與吾校力有頃風雨暴至天地晦冥
師曰魔之来信矣吾當除之即指空中現
一大金龍奮發威神震動山嶽師儼然於
坐魔事隨滅經七日有一小蟲大若蟭螟
潛形坐下師以手取之示衆曰斯乃魔之
所變盜聽吾法耳乃放之令去魔不能動
師告之曰汝但歸依三寶即得神通遂復
本形作禮懺悔師問曰汝名誰邪眷屬多
少曰我名迦毘摩羅有三千眷屬師曰汝
盡神力變化若何曰我化巨海極為小事
師曰汝化性海得否曰何謂性海我未嘗

知師即爲說性海云山河大地皆依建立三昧六通由茲發現毘摩羅聞言遂發信心與徒衆三千俱求剃度師乃召五百羅漢與授具戒復告之曰如來大法眼藏今當付汝汝聽偈言隱顯即本法明暗元不二今付悟了法非取亦非離付法已即入龍奮迅三昧挺身空中如日輪相然後示滅四衆以真體藏之龍龕即顯王四十二年甲午歲也

辛丑 愼靚王定顯王子治六年王時六國皆自稱王

丁未 赧王延愼靚王子治五十九年東西周分治爲諸侯所侵王與居人無異王徙都太子治東

甲子 十八年

丙子 三十年宋滅矣

壬辰 第十三祖迦毘摩羅華氏國人也初爲外道有徒三千通諸異論後於馬鳴尊者得法領徒至西印度彼有太子名雲自在仰尊者名請於宮中供養祖曰如來有教沙門不得親近國王大臣權勢之家太子曰今我國城之北有大山焉山中有一石窟師可禪寂于此否祖曰諾即入彼山行數里逢一大蟒祖直進不顧遂盤繞祖身祖因與受三歸依蟒聽訖而去祖將至石窟復有一老人素服而出合掌問訊祖曰汝何所止荅曰我昔嘗爲比丘多樂寂靜有初學比丘數來請益而我煩於應荅起嗔恨想命終墮爲蟒身住是窟中今已千載適遇尊者獲聞戒法故來謝耳祖問曰此山更有何人居止曰北去十里有大樹蔭覆五百大龍其樹王名龍樹常爲龍衆說

法我亦聽受耳尊者遂與徒衆詣彼龍樹出迎尊者曰深山孤寂龍蟒所居大德至尊何枉神足祖曰吾非至尊来訪賢者龍樹默念曰此師得決定性明道眼否是大聖繼真乘否祖曰汝雖心語吾以意知但辦出家何慮吾之不聖龍樹聞已悔謝尊者即與度脫及五百龍衆俱受具戒復告龍樹曰今以如来大法眼蔵付囑於汝諦聽偈言非隱非顯法說是真實際悟此隱顯法非愚亦非知付法已即現神變化火焚身龍樹收五色舍利建塔瘞之即赧王四十六年壬辰歲也

乙巳○王與六國攻秦昭王怒攻西周王懼伏于秦盡獻其邑是年秦使將軍摎攻之取九鼎寶器王慚而亡已上八百六十七年內三百二十五年載春秋周滅

右周合三十七君八百六十七年

秦

雷氏曰昭襄孝文莊襄始皇胡亥子嬰秦朝六君四十九年

丙午昭襄王稷惠文王子姓嬴氏王水德都咸陽今京兆也治五年至始皇時建亥正通霸五十一年

辛亥世尊示滅七百年矣

孝文王戊昭王子元年脩先王功臣褒厚親施苑囿除喪在位三月運數一年

壬子莊襄王楚孝文王子以呂不韋爲相治三年○次年癸丑日食

○十四國諸侯　○戰國七雄

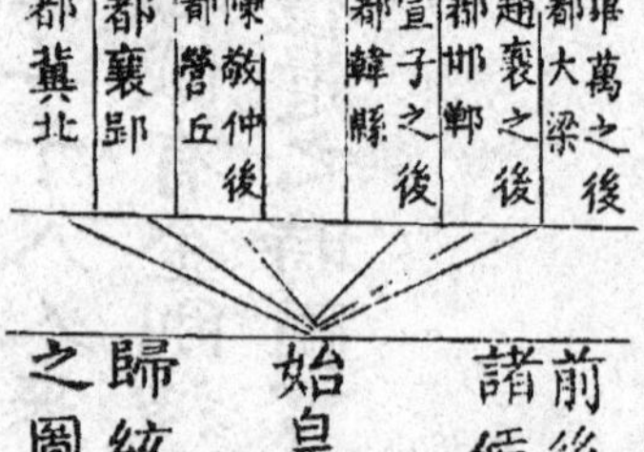

乙卯 始皇政莊襄子昭四十八年正月旦日生于邯鄲其年十三莊襄崩傳立爲秦王自號始皇欲至萬世獨稱曰朕改年朝賀皆自二月朔衣服旌旗皆尚黑置守尉監築長城名民曰黔首用呂不韋趙高李斯爲相蒙恬白起王翦爲將併吞六國平一天下分三十六郡自後驕縱周遊天下因之會稽瑯琊還至沙丘忽患病七月丙申崩于平臺矣 治三十七年壽五十

甲子 下令逐諸候客李斯諫而止

辛未 滅韓

癸酉 滅趙

丙子 滅魏

戊寅 滅楚

己卯 虜燕王喜

庚辰 滅齊

壬午 二十八年東巡郡縣上鄒嶧山及登瑯琊刻石頌德又上泰山立石封祠祀值風雨於松下因封五大夫又遣徐福求仙

癸未 沙門室利防等一十八人来自西域帝惡其異俗以付獄俄有金剛神碎獄門而出之帝懼即厚禮遣之時國事區區弗克敬奉

丁亥 築長城

戊子 焚書

己丑 坑儒作阿房宮第十四祖龍樹尊者西天竺國人也亦名龍勝始於毘羅尊者得法後至南印度彼國之人多信福業聞尊者爲說妙法遞相謂曰人有福業世間第一徒言佛性誰能覩之尊者曰汝欲見佛性先須除我慢彼人曰佛性大小尊者曰非大非小非廣非狹無福無報不死不生彼聞理勝悉回初心尊者復於座上現自在身如滿月輪一切衆唯聞法音不覩師相

彼衆中有長者子名迦那提婆謂衆曰識此相否衆曰目所未覩安能辯識提婆曰此是尊者現佛性體相以示我等何以知之盖以無相三昧形如滿月佛性之義廓然虛明言訖輪相即隱復居本座而說偈言身現圓月相以表諸佛體說法無其形用辨非聲色彼衆聞偈咸願出家以求解脫尊者即爲剃髮命諸聖授具其國先有外道五千餘人作大幻術衆皆宗仰尊者悉爲化之令歸三寶復造大智度論中論十二門論垂之於世後告上首弟子迦那提婆曰如來大法眼藏今當付汝聽吾偈言爲明隱顯法方說解脫理於法心不證無瞋亦無喜付法訖入月輪三昧廣現神變復就本座凝然禪寂迦那提婆與諸四衆共建寶塔以葬焉即秦始皇三十五年己丑歲也

壬辰　二世胡亥　始皇少子帝崩李斯秘之獨趙高胡亥知之高遂矯詔殺扶蘇而立爲帝　二十一即位治三年

癸巳　○劉季起沛項羽起江東率諸侯伐秦陳勝吳廣起大下大亂矣

甲午　○爲趙高殺于望夷宮

三世子嬰　扶蘇子○初趙高使壻閻樂殺二世乃引璽佩之百官莫從將上殿殿欲壞者三高知天命不與乃立子嬰即位三世殺趙高於齋宮夷其三族○後沛公入關子嬰即係頸以組白馬素車奉璽降于軹道爲秦王四十六日○沛公既入咸陽封宮室府庫還軍灞上○項羽後入關遂殺子嬰秦遂滅矣

右秦　自始皇二十六年初并天下居帝位凡十五年而漢滅之

西漢　四君二百十四

雷氏曰　漢高惠呂文景武昭昌邑宣元成哀平孺十有

乙未　高祖邦　字季姓劉氏王火德治十二年初用秦正大初元年改用夏正都長

安今京兆也豐沛中陽里人隆準龍顏左股有七十二黑子初爲泗上亭長單父呂公妻之以女因送徒驪山到豐西澤中放之徒中壯士願從者十人初行山澤斬當路白蛇後人見老嫗哭曰吾子白帝子爲赤帝子斬之秦二世元年布衣起於沛而滅秦爲漢以蕭何爲相韓信爲將張良爲謀即漢有三傑焉共滅項羽於烏江生於秦昭四十六年壽六十二歲大定天下丁未夏四月崩於長樂宮葬長陵

西楚霸王項羽 名籍下相人也楚將項無之孫身長八尺目有重瞳勢可拔山力能舉鼎吳中子弟皆憚之秦二世元年從季父項梁起江東至三年滅秦自號西楚都彭城立五年漢會諸侯於垓下大潰破之追至烏江自刎而死矣

丙申 二年冬十月五星聚東井十一月召諸縣父老約法三章殺人者死傷人及盜抵罪餘去秦法項羽

丁酉 使英布殺義帝于郴是年滅韓趙魏三國

戊戌 滅齊

己亥 滅燕與項羽約洪溝爲界以分天下

庚子 會諸將圍羽於垓下虞姬自刎

辛丑 改咸陽爲長安

丁未 孝惠盈 字日滿高祖子母呂氏十七即位見母殘酷使人請太后曰吾終不能治天下遂縱酒色嬉樂甲寅八月崩于未央宮葬安陵壽二十四歲

治七年始有笛 帝時丘仲作之笛者滌也滌蕩邪穢納于雅正龍笛有七孔竹篪五孔羌笛三孔也

癸丑 起長安西市脩建倉廒

甲寅 高后雉 姓呂氏單父呂公女少帝幼太后臨朝稱制立諸呂爲王欲謀天下幾危劉氏劉章周勃誅諸呂矣

治八年 壽七十一

乙卯 ○地震○六月晦日食○行八銖錢

丙辰 ○秋星晝見

戊午 五年南越王自稱武帝

己未 ○春星晝見○行五分錢

庚申 正月日食

壬戌 文帝恒 高祖次子母薄姬初呂后封諸呂爲王陳平周勃劉章共誅諸呂三

千人以立文帝性資寬惠溫純謹潔衣不華飾百姓富樂自即位後凡二十七詔利民太平甲申崩未央宮葬灞陵壽四十七治二十三年

甲子 文帝三年也

庚辰 第十五祖迦那提婆南天竺國人也姓毗舍羅初求福業兼樂辯論後謁龍樹大士將及門樹知是智人先遣侍者以滿鉢水置於座前提婆見之即以一針投之而進忻然契會樹即為說法不起於坐現月輪相唯聞其聲不見其形師語衆曰今此瑞者師現佛性表說法非聲色也師得法後至毗羅國彼有長者曰梵摩淨德一日園樹生大耳如菌味甚美唯長者與第二子羅睺羅多取而食之取已隨長盡而復生自餘親屬皆不能見時尊者知其宿因遂至其家長者問其故尊者曰汝家昔曾供養一比丘然此比丘道眼未明以虛霑信施故報為木菌唯汝與子精誠供養得以享之餘即否矣又問長者年多少曰七十有九尊者乃說偈曰入道不通理覆身還信施汝年八十一此樹不生耳長者聞偈彌加歎伏且曰弟子衰老不能事師願舍次子隨師出家尊者曰昔如來記此子當第二五百年為大教主今之相遇蓋符宿因即與剃髮執侍至巴連弗城聞諸外道欲障佛法計之既久尊者乃執長旛入彼衆中彼問祖曰汝何不前祖曰汝何不後又曰汝似賤人祖曰汝似良人又曰汝解何法祖曰汝百不解又曰我欲得佛祖曰我灼然得佛又曰汝不合得祖曰元道我得汝實不得又曰汝既不得云何言得祖

曰汝有我故所以不得我無我我故自當得彼辭既屈乃問祖曰汝名何等祖曰我名迦那提婆彼既夙聞祖名乃悔過致謝時衆中猶互興問難尊者折以無礙之辯由是歸伏乃告上足羅睺羅多而付法眼偈曰本對傳法人爲說解脫理於法實無證無終亦無始說偈已入奮迅定身放八光而歸寂滅學衆興塔而供養之即前漢文帝十九年庚辰歲也

乙酉 景帝啓 文帝子母竇氏三十二歲即位好黃老二子令宮人皆誦之因改子書爲經庚子崩未央宮葬陽陵壽四十八 治十六年 三年用晁錯策七國皆反遣周亞夫將三十六將攻之復用袁盎之謀斬錯以

丁亥○ 謝七國天下大定矣

辛亥 世尊示滅八百年矣

戊戌○ 帝滅管法定籌令○疑周亞夫功大欲獄之遂嘔血而死

辛丑 武帝徹改建元 景之中子母王夫人嘗得策文日二十七倒象果士 治五十四年 依運曆圖 十二歲崩于五柞殿葬于茂陵十七即位 辛丑建元東方朔爲太史 曆

乙巳○ 帝好仙術敬方士文成五利等○鎔半兩錢貪地好殺○命司馬遷等造漢太初曆以正月爲歲首色尚黃數用五與太學術郊祀定音律作詩樂建封禪禮百神紹周後號令文章煥然可述矣

丁未 改元光

癸丑 改元朔

己未 改元狩○ 淮南王安衡山王賜以謀反誅戮其黨累數萬人

庚申○ 用孫寬爲相衛青霍去病爲將北伐匈奴開河朔之地○又平南越王○東滅朝鮮爲郡縣西歷五國執昆耶王收休屠王○後遣張騫西往身毒國尋浮圖教果獲之

甲子 四月初作誥定之有誥始此

乙丑 改元鼎

戊辰 第十六祖羅睺羅多者迦毘羅國人也行

化至室羅筏城有河名曰金水其味殊美中流復現五佛影祖告衆曰此河之源凡五百里有聖者僧伽難提居於彼處佛誌一千年後當紹聖位語已領諸學衆泝流而上至彼見僧伽難提安坐入定祖與衆伺之經三七日方從定起祖問曰汝身定邪心定邪曰身心俱定祖曰身心俱定何有出入曰雖有出入不失定相如金在井金體常寂祖曰若金在井若金出井金無動靜何物出入曰言金動靜何物出入許金出入金非動靜祖曰若金在井出者何金若金出井在者何物曰金若出井在者非金金若在井出者非物祖曰此義不然曰彼理非著祖曰此義當墮曰彼義不成祖曰彼義不成我義成矣曰我義雖成法非我故祖曰我義已成我無我故曰我無我故復成何義祖曰我無我故故成汝義曰仁者師於何聖得是無我祖曰我師迦那提婆證是無我曰稽首提婆師而出於仁者仁者無我故我欲師仁者祖曰我已無我故汝須見我我汝若師我故知我非我我難提心意豁然即求度脫尊者曰汝心自在非我所繫語已即以右手擎金鉢舉至梵宫取彼香飯將齋大衆而大衆忽生厭惡之心尊者曰非我之咎汝等自業即命僧伽難提分坐同食衆復訝之祖曰汝不得食皆由此故當知與吾分坐者即過去娑羅樹王如來也愍物降迹汝輩亦莊嚴劫中已至三果而未證無漏者也衆曰我師神力斯可信矣彼云過去佛者即

竊疑馬羅睺羅多知衆生慢乃曰世尊在日世界平正無有丘陵江河溝洫水悉甘美草木滋茂國土豐盈無八苦行十善自雙樹示滅八百餘年世界丘墟草木枯悴人無至信正念輕微不信真如唯愛神力言訖以右手漸展入地至金剛輪際取甘露水以琉璃器持至會所大衆見之即時欽慕悔過作禮於是尊者命僧伽難提而付法眼偈曰於法實無證不取亦不離法非有無相内外云何起付法已安坐歸寂四衆建塔當前漢武帝二十八年戊辰歲也

辛未 改元封

丁丑 改太初

辛巳 改天漢

乙酉 改太始

己丑 改征和

庚寅 ○巫蠱起江充等掘蠱於太子宫太子與皇后謀斬充與丞相劉屈氂大戰長安死者不啻數萬

乙未 昭帝弗武之子母趙婕妤九歲即位霍光受遺詔以周公輔政至戊申四月崩未央宫葬于平陵壽二十二歲治十三年改始元

辛丑 改元鳳上官桀子安與霍光爭權帝終知霍光之忠烈矣

丁未 改元平

第十七祖僧伽難提者室羅筏城寶莊嚴王之子也生而能言常讚佛事七歲即厭世樂以偈告其父母曰稽首大慈父和南骨血母我今欲出家幸願哀愍故父母固止之遂終日不食乃許其在家出家號僧伽難提復命沙門禪利多爲之師積十九載未嘗退倦尊者每自念言身居王宫胡

爲出家一夕天光下屬見一路坦平不覺徐行約十里許至大岩前有石窟焉乃燕寂于中父既失子即擯禪利多出國訪尋其子不知所在經十年尊者得法受記已行化至摩提國忽有凉風襲衆身心悅適非常而不知其然祖曰此道德之風也當有聖者出世嗣續祖燈乎言訖以神力攝諸大衆遊歷山谷食頃至一峯下謂衆曰此峯頂有紫雲如蓋聖人居此矣即與大衆徘徊久之見山舍一童子持圓鑑直造尊者前祖問汝幾歲邪曰百歲祖曰汝年尚幼何言百歲曰我不會理正百歲耳祖曰汝善機邪曰佛言若人生百歲不會諸佛機未若生一日而得決了之祖曰汝手中當何所表曰諸佛大圓鑑内外無瑕翳兩人同得見心眼皆相似彼父母聞子語即舍令出家祖携至本處受具戒訖名伽邪舍多他時聞風吹殿銅鈴聲祖問鈴鳴邪風鳴邪舍多曰非風非鈴我心鳴耳祖曰心復誰乎曰俱寂靜故尊者曰善哉善哉繼吾道者非子而誰即付法偈曰心地本無生因地從縁起縁種不相妨華果亦復爾付法已右手攀樹而化大衆議曰尊者樹下歸寂其垂蔭後裔乎將奉全身於高原建塔衆力不能舉即就樹下起塔當前漢昭帝十三年丁未歲也

戊申　昌邑王 名賀哀王髆之子武之孫在位二十七日狂縱淫戲無度罪犯一千一百二十七事霍光與田延年白太后解璽送之昌邑廢爲海昏侯誅昌邑羣臣不能輔道者二百餘人唯王吉龔遂以數諫得免

宣帝詢改本始 武帝曾孫戾太子孫生而足下有毛初名病已及太

子被巫蠱事已在襁褓賴丙吉救養在於掖庭外家霍光廢昌邑奏太后就民間迎之即位遠方來朝號中興主壬申十二月崩未央宮壽四十三葬杜陵
治二十四年時穀一石五錢
壬子改地節
丙辰改元康
庚申改神爵
甲子改五鳳
戊辰改甘露
辛未○帝與自民間知民疾苦魏相丙吉爲相黃霸龔遂爲太守從耿壽昌奏置常平倉以利民
世尊示滅九百年矣
時北天竺富婁叉國有大論師名憍尸迦
三子同號婆藪槃豆此曰天親長曰阿僧
佉此云無著首暢大乘阿瑜闍國大講堂
中請聖慈尊說瑜伽論廣明五分十七地
義次曰伐蘇畔徒此云世親首學小乘造
俱舍論後從兄化演暢真宗造唯識等窮
探大義幼曰比隣持弗婆提此云獅子覺
造集論釋大有研尋異矣哉三弘中道並
譽五天妙栴檀林寧容荊棘俱求知足歸
真應期御世談玄難可詳矣
壬申改黃龍
癸酉元帝奭改初元宣之子二十七歲即位戊子五月崩于未央宮葬渭陵壽四十三用儒
治十六年
戊寅改永光
癸未改建昭
戊子改竟寧
己丑成帝驁改建始字太孫元帝子二十即位以諸舅王鳳等爲列候更遞爲相五候專政賢臣屏退甲寅三月崩未央宮

在位二十六年壽四十五葬延陵

癸巳　改河平

丁酉　改陽朔

辛丑　改鴻嘉。光祿大夫劉向傳比觀典籍往往見有佛經

乙巳　改永始

戊申　第十八祖伽邪舍多摩提國人也姓欝頭藍父天盖母方聖甞夢大神持鑑因時有娠凡七日而誕肌體瑩如琉璃未甞洗沐自然香潔幼好閑静語非常童持鑑出遊遇難提尊者得度領徒至大月氏國見一婆羅門舍有異氣祖將入彼舍舍主鳩摩羅多問曰是何徒衆曰是佛弟子彼聞佛號心神竦然即時閉戶祖良久自扣其門羅多曰此舍無人祖曰荅無者誰羅多聞語知是異人遽開關延接尊者曰昔世尊記曰吾滅後一千年有大士出現於月氏國紹隆玄化今汝值吾應斯嘉運於是鳩摩羅多發宿命智投誠出家受具訖付法偈曰有種有心地因緣能發萌於緣不相礙當生生不生付法已踊身虗空現十八變化火光三昧自焚其身衆以舍利起塔當前漢成帝二十年戊申歲也

己酉　改元延

癸丑　改綏和。都水使者劉向集列仙傳檢藏得梵本佛經六十餘卷編入仙傳則知自周以來有之人未識爾

乙卯　哀帝欣改建平元帝庶孫定陶恭王子十九即位六年庚申六月崩未央宮葬義陵壽二十五在位六年

己未　改元壽景憲使西域大月氏王令木子口授浮圖經

申酉　平帝衎改元始元帝庶孫中山孝王興之子三歲封為王元壽二年九月即位時方九歲王莽秉政乙丑崩未央宮葬康陵壽十四

治五年加王莽爲大司馬又升爲太傅號安漢公

[illegible]立莽女爲后○莽加宰衡

丙寅　孺子嬰宣帝玄孫廣戚侯顯之子莽既鴆平帝嬰在襁褓年二歲即位莽初行周公故事一如天子吏民稱臣帝至戊辰而崩矣治三年

戊辰　改初始王莽以僞符瑞遂即位矣

新室姓王氏都長安以十二月建平雷氏曰莽玄盆子合十八年

己巳　莽字巨君王皇后弟成帝之舅王舅之子元城人初封新都侯以女爲正帝后後篡奪即位國號大新王地皇四年爲漢光武軍帥殺之

在位十五年改元建國

甲戌　改天鳳

庚辰　改地皇

壬午　第十九祖鳩摩羅多者大月氏國婆羅門之子也昔爲自在天人欲界第六天見菩薩瓔珞忽起愛心墮生忉利欲界第二天聞憍尸迦說般若波羅蜜多以法勝故升于梵天色界以根利故善說法要諸天尊爲導師以繼祖時至遂降月氏後至中天竺國有大士闍夜多問曰我家父母素信三寶而嘗縈疾瘵凡所營作皆不如意而我隣家久爲旃陀羅行而身常勇健所作和合彼何幸而我何辜尊者曰何足疑乎且善惡之報有三時焉凡人但見仁夭暴壽逆吉義凶便謂亡因果虗罪福殊不知影響相隨毫釐靡忒縱經百千萬刼亦不磨滅時闍夜多聞是語已頓釋所疑祖曰汝雖已信三業而未明業從惑生惑因識有識依不覺不覺依心心本清浄無生滅無造作無報應無勝負寂寂然靈靈然汝若入此法門可與諸佛同矣一切善惡有爲無爲皆如夢幻闍夜多承言領旨即發宿慧懇求出

家既受具尊者告曰吾今寂滅時至汝當紹行化迹乃付法眼偈曰性上本無生爲對求人說於法既無得何懷決不決祖曰此是妙音如來見性清淨之句汝宜傳布後學言訖即於坐上以指爪剺面如紅蓮開出大光明照耀四衆而入寂滅闍夜多起塔當新室十四年壬午歲也

癸未　淮陽劉玄（字聖公景帝七代孫光武族兄景帝生長沙王發舂陵侯買戴侯熊渠蒼梧太守利子張生聖公爲王素懦弱羞愧汗流舉手不能言二年因牧馬于郊下因縊殺之光武使鄧禹葬于霸陵）治二年改元更始

甲申　劉盆子（太山式人陽城王章之後憲武侯萌之子初與樊崇起莒皆朱眉破莽建武三年降于光武遂封趙王）治一年

東漢（都洛陽姓劉氏王火德）雷氏云（光明章和傷安北鄉順冲質桓靈獻遺殃合十三主百九十五）

乙酉　世祖光武帝秀（字文叔南蔡人高祖九世孫景帝子長沙王發生舂陵侯買鬱林太守外鉅鹿都尉回南頓令欽之子生有赤光照室既長用嚴子陵策復興漢室遂即位於鄗南後移都洛丁巳二月崩于南宮前殿壽六十二葬原陵）治三十三年改元建武

戊戌　封孔子爲褒城侯

辛亥　世尊示滅一千年（此後護法諸大菩薩等相次出世造論矣）

丙辰　改中元○京師有醴泉出飲者疾愈矣

戊午　明帝莊（光武第四子十歲通春秋三十即位大興儒學乙亥崩于東宮前殿壽四十八葬顯節陵）治十八年改元水平

辛酉　帝夢金人身長丈六項佩日輪飛至殿庭旦集群臣令占所夢通人傅毅奏曰臣按周書異記昭王二十四年甲寅四月八日平旦之時暴風忽起宮殿人舍咸悉震動夜有五色光氣入貫太微徧於四方盡作

青紅色王問太史蘇由曰是何祥也對曰西方有大聖人生也王曰於天下何如對曰此時無他後一千年聲教被及此土王使鐫石記之埋在南郊天祠前以年計之至今辛酉一千一十年也陛下所夢將必是乎帝信以爲然即遣中郎將蔡愔博士王遵秦憬等十有八人西訪其道至大月氏國果遇迦葉摩騰竺法蘭二三藏持優

甲子 填王第四造白氎像并四十二章經愔等奉迎而歸于洛矣

戊辰 教流此土十二月三十日愔等迎二沙門至于洛陽帝令模像置清涼臺及顯節陵并洛京西門以示萬姓梵漢二經安蘭臺石室

己巳 詔以釋迦寶像奉安顯節陵及清涼臺供養帝於城西雍門外立寺與騰蘭居之以白馬馱經而來遂名白馬寺騰蘭初譯四十二章經帝幸其寺騰蘭進曰寺東何館帝曰昔有阜無因而起夷之復然夜有光怪民呼爲聖冢因祀之疑洛陽神也騰曰按天竺金藏詮所誌阿育王藏如來舍利於天下凡八萬四千所今支那震旦境中十有九處此其一也帝大驚即日駕幸聖冢而騰蘭隨往拜起忽有圓光現冢上三自現光中侍衛呼萬歲帝喜曰不遇二大士安知上聖遺祐哉詔塔于上受制度於騰蘭塔成九層高二百尺明年光又現有金色手出塔頂尺許如琉璃中見天香郁然帝駕幸拜瞻光隨步武旋繞自午及申而滅矣

庚午 法蘭出十地斷結經

辛未 ○楚王英皇弟也學黃老與佛作圖讖以誅反發徙丹陽自殺累及千餘人

壬申 釋道比較梵經是年正月一日五嶽諸山道士褚善信等上表欲相比較時南嶽道士褚善信等西嶽道士劉正念等北嶽道士桓文度等東嶽道士焦德心等嵩嶽道士呂惠通等諸山道士費叔才祁文信等一千三百一十人表以奏聞勅納表遣尚書令宋庠引入長樂宮以今月十五日可集白馬寺築壇火驗時道士等將真元五訣符錄等五百九卷茅成子等二十七家二百三十五卷通計七百四十八卷置之壇上褚費之徒焚香呪已遂使火之諸子道書皆滅灰燼褚費二人自感而死次將梵本火然赫奕宛如鼎新更增光潔時摩騰法師神變凌空泠然偈曰狐非師子類燈非日月明池無巨海納丘無山嶽嶸法雲垂世界善種得開萌顯通希有法處處化群生乃至弘宣法戒藏等神通勝事驚心士庶投誠出家者衆時有司空陽城侯劉善峻等一千餘人出家慕道四嶽道士呂惠通等六百二十八人抽簪落髮夫人王婕好等與宮媛二百三十餘人厭俗歸真南嶽道士莽褚善信不棠披剃既而明帝設齋親與下髮廣施衣鉢大啓玄宗廣度僧尼高崇十寺城外七寺安僧城內三寺安尼寺之得名自斯而始備如佛道論

石室論云昔西域聖人之教既非衰周暴秦之君能致然西漢二三英主有可致之德而聖教亦不至獨現夢於顯宗

凡近古高僧皆推聖人去世登千載而後教至曾未有考著顯宗之德有必感聖人之理此予通論所以作也夫兩漢有天下傳一十四世有君德者二祖四宗而已二祖蓋立極之主固無可議若三宗各有其美而不能亡其弊唯顯宗爲至焉有太宗恭儉之美而文雅威重過之有世宗經畧四夷之勳而無世宗淫侈之弊有中宗政治之明而崇儒尚德過之斯蓋無有三宗之長而無三宗之短是以班固傳敎頌其勳德於漢爲最盛然世之學者不以班傳爲信徒見鍾離意傳謂帝性褊察好以耳目隱發爲明遂以此爲顯宗實錄嗚呼豈篤論哉昔仲尼平章討論五帝三王治具以貽後世迨其歿遭暴秦燔毀之餘世宗僅能舉之而已至顯宗乃始躬行儒術尊養三老五更饗社禮畢帝正坐自講諸儒執經問難於是時冠帶搢紳之士圜橋門而觀聽者億萬計濟濟乎洋洋乎由三代以來儒風之盛莫甚於永平時也及章和之後諸儒開館授道著籍者動逾千數蓋永平之化行猶周南麟跡之應也初雖獄訟繁劇帝臨政刻意裁斷精嚴蓋善善惡惡之實猶孔子爲司寇七日而誅少正卯暫臨夾谷而晝誅優倡此誠不可以少假仁恕也謂之褊察則過矣予謂使孔子復生必曰顯宗吾無間然矣由顯宗包舉西漢三宗之美躬行古帝王之道此所以精爽與

吾佛感通而聖教因之被于中夏與儒相表裏而廣天下以善也夫豈偶爾哉

（甲戌）第二十祖闍夜多者北天竺國人也智慧淵冲化導無量後至羅閱城數揚頓教彼有學衆唯尚辯論爲首者名婆脩盤頭（此云偏行）常一食不卧六時禮佛清淨無欲爲衆所歸祖將欲度之先問彼衆曰此徧行頭陀能脩梵行可得佛道乎衆曰我師精進何故不可祖曰汝師與道遠矣設苦行歷於塵劫皆虛妄之本也衆曰尊者蘊何德行而譏我師祖曰我不求道亦不顛倒我不禮佛亦不輕慢我不長坐亦不懈怠我不一食亦不雜食我不知足亦不貪欲心無所希名之曰道時徧行聞已發無漏智懽喜讚歎尊者又語彼衆曰會吾語否吾所以然者爲其求道心切夫絃急即斷故吾不贊令其住安樂地入諸佛智復告徧行曰吾適對衆抑挫仁者得無惱於衷乎曰我憶念七劫前生安樂國師於智者月淨記我非久當證斯陀含果時有大光明菩薩出世我以老故策杖禮謁師叱我曰重子輕父一何鄙哉時我自謂無過請師示之師曰汝禮大光明菩薩以杖倚壁畫佛面以此過慢遂失二果我責躬悔過以來聞諸惡言如風如響况今獲飲無上甘露而反生熱惱邪唯願大慈以妙道垂誨祖曰汝久植衆德當繼吾宗聽吾偈曰言下合無生同於法界性若能如是解通達理事竟付法已不起於坐奄然歸寂闍維收舍利建塔當後漢明帝十七年甲戌歲

也

佛祖歷代通載卷第五

音釋

閟彼異切慎也閉也　仆芳遇切傾倒也　靚音淨　赧奴版切慙而面赤本作

赧　囿音有　摎力周居由切　菌奇隕切地丨也

佛祖歷代通載卷第六

嘉興路大中祥符禪寺住持華亭念常集

東漢

丙子 章帝炟改建初（一名炟明帝第五子十九即位戊子正月崩于章德殿壽三十一葬敬陵）治十三年

庚辰 帝令鄭玄等諸生作白虎通

甲申 改元和（徐州刺史王景上金人頌有神羨先帝致佛之功載漢書○雀鳳凰白鹿白烏之瑞）

丁亥 改章和

己丑 和帝肇改永元（章帝第四子十歲即位乙巳崩章德前殿壽二十七葬慎陵）在位十七年

乙巳 改元興

丙午 殤帝隆改延平（和之少子降誕百餘日即位于元興元年十二月晦鄧太后臨朝稱制次年八月崩崇德前殿壽齡二歲葬康陵）在正位一年

丁未 安帝祜改永初（章帝孫清河孝王慶之子年十三即位乙丑二月因南巡狩幸于葉崩之車輦壽三十二葬恭陵矣）治十九年

甲寅 改元初

丁巳 第二十一祖婆脩盤頭者羅閱城人也姓毗舍佉父光蓋母嚴一家富而無子父母禱于佛塔而求嗣焉一夕母夢吞明暗二珠覺而有孕經七日有一羅漢名賢衆至其家光蓋設禮賢衆端坐受之嚴一出拜賢衆辟席云回禮法身大士光蓋罔測其由遂取一寶珠跪獻賢衆試其真僞賢衆即受之殊無遜謝光蓋不能忍問曰我是丈夫致禮不顧我妻何德尊者辟之賢衆曰我受禮納珠貴福汝耳汝婦懷聖子生當為世燈慧日故吾辟之非重女人也賢衆又曰汝婦當生二子一名婆脩盤頭則吾所尊者也二名芻尼（此云野鵲子）昔如來在

雪山脩道芻𡰪巢於頂上佛既成道芻𡰪受報為那提國王佛記云汝至第二五百年生羅閱城毘舍佉家與聖同胞今無爽矣後一月果生二子尊者婆脩盤頭年至十五禮光度羅漢出家感毘婆訶菩薩與之授戒行化至那提國彼王名常自在有二子一名摩訶羅次名摩拏羅王問尊者曰羅閱城土風與此同異尊者曰彼土曾三佛出世今王國有二師化導曰二師者誰尊者曰佛記第二五百年有一神力大士出家繼聖即王之次子摩拏羅是其一也吾雖德薄敢當其一王曰誠如尊者所言當捨此子作沙門尊者曰善哉大王能遵佛旨即與受具付法偈曰泡幻同無礙如何不了悟達法在其中非今亦非古尊者付法已踊身高半由旬屹然而住四衆仰瞻虔請復坐跏趺而逝荼毘得舍利建塔當後漢安帝十一年丁巳歲也

庚申 改永寧

辛酉 改建光

壬戌 改延光

甲子 王十八年也

丙寅 北鄉侯懿 章帝孫濟北王壽之子閻太后立之是年三月即位至十月而薨治二百七十二日

順帝保改永建 安帝子年十一登位梁商父子秉政甲申八月崩玉堂前殿壽三十葬于憲陵永寧初為太子 在位十九年

壬申 改陽嘉

丙子 改永和

壬午 改漢安

甲申 改建康

乙酉 冲帝炳改永嘉 順帝子母曰虞貴人建康甲申八月即位時年二歲
梁太后臨朝梁冀輔政次年三月而崩玉堂前殿壽三歲葬于懷陵 運數一年
丙戌 質帝纘改本初 章帝玄孫渤海王鴻之子也八歲即位聰慧夙成嘗
朝會目梁冀曰跋扈將軍冀惡之鴆于玉堂前殿壽九歲葬靜陵 在位一年
丁亥 桓帝志改建和 章帝曾孫蠡吾侯翼之子十五即位梁冀輔政永康
丁未崩于德陽前殿壽三十六葬宣陵也 在位二十一年
己丑 安息國沙門安清字世高本世子當嗣位讓之叔父舍國出家既至洛京譯經二十九部一百七十六卷絕筆于靈帝建寧三年因附舟浮游次廬山之邸亭廟犧舟祠下廟神靈甚能分風送往來之舟有乞神竹者未許而斫神怒覆其舟致竹斫處過者雀息汗下高之舟人奉牲請福神輙降語曰舟有沙門乃不與俱來耶高至廟下神復降與高語舊因泣曰弟子家此湖千里皆所轄坐宿多嗔今報形極醜又旦夕且死必入地獄有縑千段并雜寶玩當為建寺塔為冥福高許之徐曰能出形相勞苦乎神曰形惡柰何高曰第出之於是出其首帳中蓋巨蟒也高梵語咒之蟒若雨淚俄不見高舟未發有少年跪前高又咒之乃去舟人問誰氏子高曰廟神已脫蟒形故來謝耳高至豫章建寺即今大安是也由高而名盖江淮寺塔之始
庚寅 改和平是年月支國沙門支婁迦讖亦云支讖至洛陽少時習語大通華言遂譯經至中平年凡二十一部六十三卷永興元年桓帝於宮中鑄黃金浮圖老子像覆以百寶華盖身奉祀之由是百姓嚮化事佛彌盛

辛卯　改元嘉
世尊示滅一千一百年矣
癸巳　改永興
乙未　改永壽
戊戌　改延熹
己巳　第二十二祖摩拏羅者那提國常自在王之子也年三十遇婆脩祖師出家傳法至西印度彼國王名得度即瞿曇種族歸依佛乘勤行精進一日於行道處現一小塔欲取供養衆莫能舉王即大會梵行禪觀呪術等三衆欲問所疑時尊者亦赴此會是三衆皆莫能辨尊者即為王廣說塔之所因（阿育王造塔此不繁錄）今之出現王福力之所致也王聞是說乃曰至聖難逢世樂非久即傳位太子投祖出家七日而證四果尊者深加慰誨曰汝居此國善自度人今異域有大法器吾當化令得度曰師應迹十方動念當至寧勞往邪尊者曰然於是焚香遥語月氏國鶴勒那比丘曰汝在彼國教眞鶴衆道果將證宜自知之時鶴勒那為彼國王寶印說脩多羅偈忽覩異香成穗王曰是何祥也曰此是西印度傳佛心印祖師摩拏羅將至先降信香耳曰此師神力何如荅曰此師遠承佛記當於此土廣宣玄化時王與鶴勒那俱遥作禮尊者知已即辭得度比丘往月氏國受王與鶴勒那供養後鶴勒那問尊者曰我止林間已經九白（印土以一年為一白）有弟子龍子者幼而聰慧我於三世推窮莫知其本尊者曰此子於第五刧中生妙喜國婆羅門家曾以

栴檀施於佛宇作搥撞鐘受報聰敏為衆欽仰又問我有何緣而感鶴衆尊者曰汝第四刼中嘗為比丘當赴會龍宮汝諸弟子咸欲隨從汝觀五百衆中無有一人堪任妙供時諸子曰師常説法於食等者於法亦等今既不然何聖之有汝即命赴會自汝捨生趣生轉化諸國其五百弟子以福微德薄生於羽族今感汝之惠故為鶴衆相隨鶴勒那聞語曰以何方便令彼解脫尊者曰我有無上法寶汝當聽受化未來際而説偈曰心隨萬境轉轉處實能幽隨流認得性無喜復無憂時鶴衆聞偈飛鳴而去尊者跏趺寂然奄化鶴勒那與寶印王起塔當後漢桓帝十九年乙巳歲也

丁未　改永康

大教至東夏一百年矣

戊申　靈帝宏改建寧(章帝玄孫瀆亭侯萇之子十二即位巳巳四月崩南宮壽三十四葬文陵)在位二十二年(竇武立之)

壬子　改熹平

癸丑　是年天竺沙門竺佛朔至洛陽譯道行般若經棄文存質深得經意至光和中同支讖譯般舟三昧經共三卷是歲安息國優婆塞都尉安立至洛邑同清信士嚴佛調譯經七部于時復有沙門支曜康巨康猛詳曇果竺大力皆善方言終漢世譯經凡三百餘部

丙辰　詔刻五經文字立于太學門外

戊午　改光和

甲子　改中平○道始黃巾作叛(初鉅鹿張角假術治病謂又白稱大賢良師又稱黃天不數年結三十六萬人皆著黃巾以甲子年同起殺人建安

癸未焚燒郡縣內外大恐舉左中郎將皇甫嵩討滅之張角病死斬其尸二弟皆戰敗俱斬而盡溥首京師

戊辰○蔡棡自稱天子起兵作亂

己巳益州黃巾馬相自稱天子○黃巾賊起黨獄責官官者十常侍弄權天下大亂

洪農王辯靈帝子即位改元光熹○袁術收閹人無少長斬之又改昭寧太原牧董卓入朝因廢帝為洪農王尋又殺之立陳留王為少帝矣在位一百七十日

庚午獻帝協改初平靈帝中子昭寧九年九月董卓廢皇子辯立之九歲即位在位三十年董卓自稱太師劫上遷都長安三年王允呂布共誅卓滅其族矣

癸酉帝初平中牟子未詳名字世稱牟子既修經傳諸子書無大小靡不好之雖不樂兵法然猶讀焉雖讀神仙不死之書仰而不信以為虛誕會靈帝崩後天下擾亂獨交州差安北方異人咸來在焉多為神仙辟穀長生之術牟子常以五經難之道家術士莫敢對焉先是牟子將母辟世年二十六歸蒼梧娶妻太守聞其守學謁請署吏時年方盛志精於學又見世亂無仕官意竟不就是時州郡相疑隔塞不通太守以其博學多識使致敬荊州牟子以為榮爵易讓使命難辭會牧弟豫章太守為中郎將笮融所殺牧遣騎都尉劉彥將兵赴之恐外界相疑兵不得進乃謂牟子曰弟為逆賊所害骨肉之痛憤發肝心當遣劉都尉行恐界外疑難行人不通君文武兼備有專對才今欲相屈之零陵桂陽假塗於通路何如牟子重違其意諾之適其母卒遂不果行久之歎曰老子絕聖棄智脩身保真萬物不干其志天下不易其樂天子

不得臣諸侯不得友故可貴也於是鋭志於佛道兼研老子五千文含玄妙爲酒漿翫五經爲琴簧世俗之徒多非之者以爲背五經而向異道欲爭則非道欲默則不能遂以筆墨之閒略引聖賢之言證解之名曰牟子理惑云

問曰何以正言佛佛爲何謂乎牟子曰佛者覺也猶名三皇神五帝聖也佛乃道德之元祖神明之宗緒佛之言覺者恍惚變化分身散體或存或亡能小能大能圓能方能老能少能隱能彰蹈火不燒履刄不傷在汚不染在禍無殃不行而到無作而光故號爲佛也

問曰何謂之爲道道何類也牟子曰道之言導也導人致於無爲牽之無前引之無後舉之無上抑之無下視之無形聽之無聲四表爲大蜿蜒其外毫釐爲細間関其內故謂之道

問曰孔子以五經爲道教可拱而誦履而行之今子說道虛無恍惚不見其意不指其事何與聖人言異乎牟子曰不可以所習爲重所希爲輕惑於外類失於中情立事不失道德猶調絃不失宮商天道法四時人道法五常老子曰有物混成先天地生可以爲天下母吾不知其名强字之曰道道之爲物居家可以事親宰國可以治民獨立可以治身履而行之充乎天地廢而不用消而不離子不解之何異之有乎

問曰夫至實不華至辭不飾言約而至者麗事寡而達者明故珠玉少而貴瓦礫多

而賤聖人制七經之本不過三萬言衆事備焉今佛經卷以萬計言以億數非一人力所能堪也僕以爲煩而不要矣牟子曰江海所以異於行潦者以其深廣也五嶽所以别於丘陵者以其高大也若高不絶山阜跛羊凌其巔深不絶涓流孺子浴其淵麒麟不處苑囿之中吞舟之魚不遊數仞之溪剖三寸之蚌求明月之珠探枳棘之巢求鳳凰之雛必難獲也何者小不能容大也佛經前說億載之事却道萬世之要太素未起太始未生乾坤肇興其微不可握其纎不可入佛悉彌綸其廣大之外剖析其窈妙之内靡不紀之故其經卷以萬計言以億數多多益具衆衆益富何不要之有雖非一人所堪譬若臨河飲水飽而自足焉知其餘哉問曰佛經衆多欲得其要而棄其餘直說其實而除其華牟子曰否夫日月俱明各有所照二十八宿各有所主百藥並生各有所愈狐裘備寒絺綌御暑舟輿異路俱致行旅孔子不以五經之備復作春秋孝經者欲博道術恣人意耳佛經雖多其歸爲一也猶七典雖異其貴道德仁義亦一也孝所以說多者隨人行而與之若子張子游俱問一孝而仲尼荅之各異攻其短也何棄之有哉

問曰佛道至尊至大堯舜周孔曷不修之乎七經之中不見其辭子既躭詩書悅禮樂奚爲復好佛道喜異術豈能踰經傳美聖業哉竊爲吾子不取也牟子曰書不必孔丘之言藥不必扁鵲之方合義者從愈

病者良君子博取衆善以輔其身子貢云天子何常師之有乎堯事尹壽舜事務成旦學呂望丘學老聃亦俱不見於七經也四師雖聖比之於佛猶白鹿之與麒麟燕鳥之與鳳凰也堯舜周孔且猶與之況佛身相好變化神力無方焉能舍而不學乎五經事義或有所闕佛不見記何足怪疑哉

問曰云佛有三十二相八十種好何其異於人之甚也殆富耳之語非實之云也牟子曰諺云少所見多所怪覩馲駝言馬腫背堯眉八彩舜目重瞳臯陶鳥喙文王四乳禹耳三漏周公背僂伏羲龍鼻仲尼反宇老子日角月玄鼻有雙柱手把十文足蹈二五此非異於人乎佛之相好奚疑哉

問曰孝經言身體髮膚受之父母不敢毀傷曾子臨沒啓予手啓予足今沙門剃頭何其違聖人之語不合孝子之道也吾子常好論是非平曲直而反善之乎牟子曰夫訕聖賢不仁平不中不智也不仁不智何以樹德德將不樹頑嚚之儔也論何容易乎昔齊人乘船渡江其父墮水其子攘臂捽頭顛倒使水從口出而父命得甦夫捽頭顛倒不孝莫大然以全父之身若拱手修孝子之常父命絕於水矣孔子曰可與適道未可與權所謂時宜施者也且孝經曰先王有至德要道而泰伯斷髮文身自從吳越之俗違於身體髮膚之義然孔子稱之其可謂至德矣仲尼不以其斷髮毀之也由是而觀苟有大德不拘於少沙

門捐家財棄妻子不聽音視色可謂讓之至也何違聖語不合孝乎豫讓吞炭漆身聶政皮面自刑伯姬蹈火高行截容君子爲勇而死義不聞譏其毀没也沙門剃除鬚髮而比之於四人不已遠乎

問曰夫福莫踰於繼嗣不孝莫過於無後沙門棄妻子捐貨財終身不娶何違其福孝之行也自苦而無奇自拯而無異矣牟子曰夫長左者必短右大前者必狹後孟公綽爲趙魏老則優不可以爲滕薛大夫妻子財物世之餘也清躬無爲道之妙也老子曰名與身孰親身與貨孰多又曰觀三代之遺風覽乎儒墨之道術誦詩書修禮節崇仁義視清潔鄉人傳業名譽洋溢此中士所施行恬惔者所不恤故前有隋珠後有虒虎見之走而不敢取何也先其命而後其利也許由栖巢木夷齊餓首陽聖孔稱其賢曰求仁得仁者也不聞譏其無後無貨也沙門修道德以易遊世之樂反淑賢以貸妻子之歡是不爲奇孰與爲奇是不爲異孰與爲異哉

問曰黄帝垂衣裳製服飾箕子陳洪範貌爲五事首孔子作孝經服爲三德始又曰正其衣冠尊其瞻視原憲雖貧不離華冠子路遇難不忘結纓今沙門剃頭髮被赤布見人無跪起之禮儀無盤旋之容正何其違貌服之制乖搢紳之飾也牟子曰老子云上德不德是以有德下德不失德是以無德三皇之時食肉衣皮巢居穴處以崇質朴豈復須章甫之冠曲裘之飾哉然

其人稱有德而敦龐正信而無爲沙門之行有似之矣或曰如子之言則黄帝堯舜周孔之儔棄而不足法也牟子曰夫見博則不迷聽聰則不惑堯舜周孔修世事也佛與老子無爲志也仲尼栖栖七十餘國許由聞禪洗耳於淵君子之道或出或處或默或語不溢其情不淫其性故其道爲貴在乎所用何棄之有乎

問曰佛道言人死當更復生僕不信此言之審也牟子曰人臨死其家上屋呼之死已復呼誰或曰呼其魂魄牟子曰神還則生不還則神何之乎曰成鬼神牟子曰是也魂神固不滅矣但身自朽爛耳身譬如五穀之根葉魂神如五穀之種實根葉生必當死種實豈有終已得道身滅耳老子曰吾有大患以吾有身也若吾無身吾有何患又曰功成名遂身退天之道也或曰爲道亦死不爲道亦死有以異乎牟子曰所謂無一日之善而問終身之譽者也有道雖死神歸福堂爲惡既死神當其殃愚夫闇於成事賢智預於未萌道與不道如金比草禍之與福如白方黒焉得不異而言何易乎

問曰孔子云未能事人焉能事鬼未知生焉知死此聖人之所紀也今佛家輙説生死之事鬼神之務此殆非聖喆之語也夫履道者當虚無淡泊歸志質朴何爲乃道生死以亂志説鬼神之餘事乎牟子曰若子之言所謂見外而未識内者也孔子疾子路不問本末以此抑之耳孝經曰爲之

宗廟以鬼享之春秋祭祀以時思之又曰生事愛敬死事哀戚豈不教人事鬼神知生死哉周公為武王請命曰旦多才多藝能事鬼神夫何為也佛經所說生死之趣非此類乎老子曰既知其子復守其母沒身不殆又曰用其光復歸其明無遺身殃此道生死之所趣吉凶之所住至道之要實貴寂寞佛家豈好言乎來問不得不對耳鐘鼓豈有自鳴者桴加而有聲矣

問曰孔子曰夷狄之有君不如諸夏之亡也孟子譏陳相更學許行之術曰吾聞用夏變夷未聞用夷變夏者也吾子弱冠學堯舜周孔之道而今舍之更學夷狄之術不已惑乎牟子曰此吾未解大道時之餘語耳若子可謂見禮制之華而闇道德之實闚炬燭之明未覩天庭之日也孔子所言矯世法矣孟軻所云疾專一耳昔孔子欲居九夷曰君子居之何陋之有及仲尼不容於魯衛孟軻不用於齊梁豈復仕於夷狄乎禹出西羌而聖喆瞽叟生舜而頑嚚由余產狄國而覇秦管蔡自河洛而流言傳曰北辰之星在天之中在人之北以此觀之漢地未必為天中也佛經所說上下周極含血之類物皆屬佛焉是以吾復尊而學之何為當舍堯舜周孔之道金玉不相傷隋璧不相妨謂人為惑特自惑乎

問曰孔子稱奢則不孫儉則固與其不孫也寧固御孫曰儉者德之共侈者惡之大也今佛家以空財布施為名盡貨與人為貴豈有福哉牟子曰彼一時也此一時也

仲尼之言疾奢而無禮御孫之論刺莊公之刻桷非禁布施也舜耕歷山恩不及州里太公屠牛惠不逮妻子及其見用恩流八荒惠施四海饒財多貨貴其能與貧困屢空貴其履道許由不貪四海伯夷不甘其國虞卿捐萬户之封救窮人之急各其志也僖負羈以盤飡之惠全其所居之閭宣孟以一飯之故活其不貲之軀陰施出於不意陽報皎如白日況傾家財發善意其功德巍巍如嵩泰悠悠如江海矣懷善者應之以祚挾惡者報之以殃未有種稻而得麥施禍而獲福者也

問曰人之處世莫不好富貴而惡貧賤樂歡逸而憚勞倦黃帝養性以五肴爲上孔子食不厭精鱠不厭細今沙門被赤布日一食閉六情自畢於世若茲何聊之有牟子曰富與貴是人之所欲不以其道得之不處也貧與賤是人之所惡不以其道得之不去也老子曰五色令人目盲五音令人耳聾五味令人口爽馳騁畋獵令人心發狂難得之貨令人行妨聖人爲腹不爲目此言豈虛哉柳下惠不以三公之位易其介段干木不以其身易魏文之富許由巢父栖木而居自謂安於帝宇夷齊餓于首陽自謂飽於文武蓋各得其志而已何不聊之有乎

問曰若佛經深妙靡麗子胡不談之於朝廷論之於君父修之於閨門接之於朋友何復學經傳讀諸子乎牟子曰子未達其源而問其流也夫陳俎豆於壘門建旌旗

於朝堂衣狐裘以當蕤賓被絺綌以御黃鍾非不麗也乖其處非其時也故持孔子之術入商鞅之門賫孟軻之說詣蘇張之庭功無分寸過有丈尺矣老子曰上士聞道勤而行之中士聞道若存若亡下士聞道而大笑之吾懼大笑故不爲談也渴不必待江河而飲井泉之水何所不飽是以復治經傳耳問曰老子云智者不言言者不智又曰大辯若訥大巧若拙君子恥其言過行設沙門有至道奚不坐而行之何復談是非論曲直乎僕以爲此德行之賊也牟子曰來春當大饑今秋不食黃鍾應寒蕤賓重裘備預雖早不免於愚老子所云謂得道者耳未得道者何知之有乎大道一言而天下悅豈非大辨老子不云乎功遂身退天之道也身既退矣又何言哉今之沙門未及得道何得不言老氏亦猶言也如其無言五千何述焉若知而不言可也既不能知又不能言愚人也故能言不能行國之師也能行不能言國之用也能行能言國之寶也三品各有所施何德之賊乎唯不能言又不能行是賊也

問曰如子之言徒當學辨達修言論豈復治情性履道德乎牟子曰何難悟之甚乎夫言語談論各有時也蘧瑗曰國有道則直國無道則卷而懷之甯武子曰國有道則智國無道則愚孔子曰可與言而不與言失人不可與言而與言失言故智愚自有時談論各有意何爲當言論而不行哉

問曰云佛道至尊至快無爲淡泊世人學

士多譏毀之云其辭說廓落難用虛無難信何也牟子曰至味不合於衆口大音不比於衆耳作咸池設大章發簫韶詠九成莫之和也張鄭衛之絃歌時俗之音必不期而拊手也故宋玉云客歌於郢爲下俚之曲和者千人引商激角衆莫之應此皆悅邪聲不曉於大度者也韓非以管闚之見而謗堯舜接輿以毫氂之分而刺仲尼皆躭小而忽大者也夫聞淸商而謂之角非彈絃之過聽者之不聰矣見和璧而名之石非璧之賤也視者之不明矣神蛇能斷而復續不能使人不斷也靈龜發夢於宋元不能免豫且之網大道無爲非俗所見不爲譽者貴不爲毀者賤用不用自天也行不行乃時也信不信其命也

問曰吾子以經傳理佛之說其辭富而義顯其文熾而說美得無非眞誠是子之辯也牟子曰吾非辯也見博故不惑耳問曰見博其有術乎牟子曰由佛經也吾未解佛經之時惑甚於子雖誦五經適以爲華未成實矣吾旣覩佛經之說覽老子之要守恬淡之性觀無爲之行還視世事猶臨天井而窺谿谷登嵩岱而見丘垤矣五經則五味佛道則五穀矣吾自聞道以來如開雲見白日炬火入冥室焉

問曰子以經傳之辭華麗之說褒讚佛行稱譽其德高者陵靑雲廣者踰地圻得無踰其本過其實乎而僕譏刺頗得疹中而其病也牟子曰吁吾之所褒猶以塵埃附嵩岱收朝露投江海子之所謗猶握瓢觚

欲滅江海操耕耒欲損崐崙側一拳以翳日光舉土塊以塞河衝吾所褎不能使佛高子之毁不能令其下也

論曰牟子理惑三十有七篇梁僧祐律師載之弘明集可謂所從来遠矣觀其崇德辨惑閑邪御侮發揮大教之耿光盖閎覽博物之君子也當是時吾佛法源濫觴之初凡西域沙門至中國者由騰蘭而下不過十人所新出經三百餘卷俱小乘教若微妙大乘諸經皆所未至牟子乃能玄鑑潁悟契佛心宗得法味若是之深比夫漢末禰衡陳元龍孔北海諸公虚負奇資終於不聞道不過爲一俗士而死矣然則牟子賢以哉惜其書不能備載聊取二十篇輔成通論大抵世之惑也者雖世尊在世尚莫能無矧今去聖逾二千載欲天下之廓廓皆正信其可得哉雖然是書正不可不以垂世也

漢書西域傳史官范曄論曰西域風土之載前史未聞也張騫懷致遠之畧班超奮封侯之志終能立功西遐羈服外域自兵威之所肅服財賂之所懷誘莫不獻方奇納愛質露頂肘行東向而朝天子故設戊巳之官分任其事建都護之帥總領其權其後甘英乃抵條支而歷安息臨海以望大秦拒五門陽關四萬餘里靡不周盡焉若其境俗性習之優薄産載物類之區品川河障嶺之基源氣節凉暑之通隔梯山棧谷繩行沙渡之道身熱首痛風灾鬼難

之域莫不備寫情形審求根實至於佛道神化興自身毒而二漢方志莫有稱焉張騫但著地多暑濕乘象而戰班超雖列其奉浮圖不殺伐而精文善法導達之功靡所傳述予聞之說也其國則殷乎中土王燭和氣靈聖之所降集賢懿之所挺生神迹詭異則理絕人區感驗明顯則事出天外而騫超無聞者豈非道祕往運數開叔葉乎不然何誣異之甚也漢自楚王英始盛齋戒之祀桓帝又脩華蓋之飾將徽義未譯而但神明之耶詳其清心釋累之訓空有兼遣之宗道書之流也且好仁惡殺蠲救崇善所以賢達君子多愛其法焉然好大不經奇譎無已雖鄒衍談天之辨莊周蝸角之論尚未足以驟其萬一又精靈起滅因報相尋若曉而昧者故通人多惑焉蓋導俗無方適物異會取諸同歸措夫疑說則大道通矣曄字蔚宗生晉末仕於宋凡史籍議論釋氏自曄而始

袁宏漢紀曰永平十一年浮屠者佛也西域天竺有佛道焉佛者漢言覺將覺悟羣生也其教以脩善慈心為主不殺生專務清淨其精者號為沙門漢言息心蓋息意去欲而歸於無為也又以為人死精神不滅隨復受形生時所行善惡皆有報應故所貴行善脩道以鍊精神不已以至無為而得為佛也佛身長一丈六尺黃金色項中佩日月光變化無方無所不入故能化通萬物而大濟群生初明帝夢見金人長大項有日月光以問羣臣或曰西方有神

其名曰佛其形長大因遣使天竺問其道術圖其形像而還有經數千萬卷以虛無爲宗包羅精麤無所不統善爲宏闊遠大之言所求在一體之内所明在視聽之外世俗之人或以爲虚誕然歸於玄微深遠難得而測故王公大人觀死生報應之際莫不矍然而自失焉本朝東坡居士曰此殆中國始知有佛時語也雖淺近大略具足矣野人得麃正爾烹食之耳其後賣與市人遂入公庖中饌之百方然麃之所以美未有絲毫加於烹食時也袁宏漢紀論佛世罕見全篇東坡大全集所載袁宏論佛說乃唐章懷太子注漢書楚王英傳所引用漢紀者當以此全篇爲正云

甲戌 改興平

乙亥 穀一石二十五萬麥與豆一石各二十萬錢

丙子 改建安帝東歸洛

丁丑 曹公迁都許昌以操爲司空劉備爲豫州牧〇是年千歲寶掌和尚至自西土

戊寅 沙門康猛竺大力譯四諦及興起本行等經六部凡十一卷於洛陽

辛巳 曹操與袁紹將顏良戰于官渡爲關雲長走馬入寨刺殺顏良

己丑 吳周瑜破曹公於赤壁矣

第二十三祖鶴勒那者勒那梵語鶴即華言以尊者出世常感羣鶴戀慕故名月氏國人也姓婆羅門父千勝母金光以無子故禱于七佛金幢即夢須彌山頂一神童持金環云我来也覺而有孕年七歲遊行聚落覩民間淫祀乃入廟叱之曰汝妄興禍福幻惑於人歲費牲牢傷害斯甚言訖廟貌忽然而壞由是鄉黨

謂之聖子年二十二出家三十遇摩拏羅尊者付法眼藏行化至中印度彼國王名無畏海崇信佛道尊者爲說正法次王忽見二人緋素服拜尊者王問曰此何人也師曰此是日月天子吾昔曾爲說法故来禮耳良久不見唯聞異香王曰日月國土總有多少尊者曰千釋迦佛行化世界各有迷盧日月我若廣說即不能盡王聞忻然時尊者演無上道度有縁衆以上足龍子早夭有兄師子愽通彊記事婆羅門厥師既逝弟後云亡乃歸依于尊者而問曰我欲求道當何用心尊者曰汝欲求道無所用心曰既無用心誰作佛事尊者曰汝若有用即非功德汝若無作即是佛事經云我所作功德而無我所故師子聞是言已即入佛慧時尊者忽指東北問云是何氣象師子曰我見氣如白虹貫乎天地復有黒氣五道橫亘其中尊者曰其兆云何曰莫可知矣尊者曰吾滅後五十年北天竺國當有難起嬰在汝身吾将滅矣今以法眼付囑於汝善自護持乃說偈曰認得心性時可說不思議了了無可得得時不說知師子比丘聞偈欣愜然未曉将羅何難尊者乃密示之言訖現十八變而歸寂闍維畢分舍利各欲興塔尊者復現空中而說偈曰一法一切法一切一法攝吾身非有無何分一切塔大衆聞偈遂不復分就馱都之場而建塔焉即後漢獻帝二十年已丑歲也

丙申 ○道始作靈寶 張陵客蜀居鵠鳴山作此經又造章醮適書二十四

卷以惑百姓陵傳子衡衡傳子魯自號三師結冦誅叛後曹操入蜀率衆降之黃衣始滅三張鬼法自兹始○

己亥

正月魏王曹公薨子丕襲位三月改延康十月帝禪位于丕國號魏改元黃初封帝爲山陽公四子俱列侯青龍三年山陽公方崩壽五十四以漢天子禮葬于禪陵

東漢十二君一百九十五年

三國蜀吳附魏年紀魏五主王土德姓曹氏都于鄴雷氏曰

魏武文明齊芳高貴陳留歸晉五主四八

庚子

武帝操字孟德沛國譙人也漢相國叅之後爲漢相破黃巾定天下自撰兵書三十卷又注孫子兵法漢封魏王壽六十六薨葬洛陽高陵謚

太祖武皇帝

文帝丕字子桓武帝子受漢禪即位丁未五月崩嘉福殿壽四十歲葬首陵

改黃初治七年

辛丑

蜀姓劉氏二主都于蜀雷氏曰蜀唯二主四十四年

先主備字玄德涿郡人也漢景帝孫中山靖王勝之後三顧茅廬舉諸葛亮孔明爲謀相關羽張飛爲將立蜀三年崩永安宮葬惠陵壽六十三歲

謚曰昭烈大帝改年章武

吳姓孫氏都金陵雷氏曰權亮休浩四主六十二年

壬寅

大帝權字仲謀漢將軍堅之子盖孫武子之後吳郡富春人黃龍元年春即正位于南郊迁都建業太元二年改神鳳夏四月薨壽七十一葬蔣陵

謚大帝改年黃武治三十一年

論曰自漢以來天下一統建安之後鼎峙始分袁曹競逐於中原劉孫分鹿於江峽五嶽塵擁九牧雲屯或二祀而啓帝圖或三分而陳覇業故使魏祖挾天子而令諸侯劉宗馮劒閣而規雍輦孫氏英略高枕長江橫武爪牙卧龍威力別據一域吞噬爲心各跨疆場牙嚴關塞廣延俊乂以佐股肱厚禮賢能實爲國寶良匠妙法復此徂来僧會適吳舍利耀靈於江左迦羅游

魏禁律刼啓於洛都歸戒自此大行圖塔由斯特立譯人隨俗仍彼方言出經逐時便題名目故有吳品蜀晉糴馬重疊再飜由此而始派流失譯良在於茲且三國峙居夫何西蜀一都獨無於代錄今大吳次紀而以魏朝道俗具列于左方云

甲辰　蜀後主禪字公嗣先主子改元建興在位四十一年崩于洛矣魏青龍二年武侯卒景元四年降于魏蜀遂滅矣

沙門維祇難此云障礙天竺國人同沙門竺律炎至武昌郡譯經二部及祇難卒律炎復於揚都譯經三部凡三卷時優婆塞支謙者字恭明月氏國人初遊洛邑受業于支亮亮字紀明受業于支讖世稱天下博知不出三支謙博覽經籍爲人胷長黑瘦眼多白而睛黃時人語曰支郎眼中黃身雖細是智囊及辟地歸吳主見而大悅拜爲博士譯經一百二十九部一百五十二卷

丁未　明帝叡改太和字元仲聰悟能文文之子也景初三年庚申崩嘉福殿壽三十六葬于高平陵在位十三年

陳思王曹植者字子建武帝中子十歲誦詩書十餘萬言善屬文太祖見而異之曰汝倩人耶植曰言出成論下筆成章顧面試奈何倩人乎及長於世間藝術無不精練邯鄲淳見而駭嘆稱爲天人植每讀佛經留連嗟玩以爲至道之宗極轉讀七聲升降曲折之響世皆諷而則之游魚山聞有聲特異清颺哀婉因倣其聲爲梵讚今法事中有魚山梵即其遺奏也始魏武欲立爲嗣植荒酒自穢以故得免文帝頗嫉其才抑而不用甞求自試帝不允旣而十

一年中三徙其藩植滋不得志而薨年三十一初植登魚山臨東阿喟然有終焉志遂營墓遺誡其子令薄葬植在日不甚信黄老著辨道論見意今載藏經中弘明集

己酉 吳稱帝遷建業改元黄龍

壬子 吳改嘉禾

癸丑 改青龍

丁巳 改景初建丑為正月

戊午 蜀改延熈○吳改赤烏

庚申 齊王芳改元始字蘭卿明帝無子養秦王詢宫省事祕人皆不知年歲承魏祚至嘉平六年為司馬懿廢之治十三年

辛酉 康僧會至吳按吳書赤烏四年有康居國大丞相子姓康名僧會棄俗歸緇以遊化為任行至建康營立茅茨設像行道吳人初見謂為妖異有司奏聞主欲幽之詔至問狀會進曰如来大師化已千年然靈骨舍利神應無方昔阿育王奉之為八萬四千塔此其遺化也權以為誇已曰舍利可得當為塔之苟無驗則國有常刑會假請七日謂其屬曰大法廢興在此一舉當加意洗心潔齋懇求至期無驗乃展二七又無應權趣烹之會默念佛名真慈夫豈違我弐更請展期以死祈之又七日衆懼無人色五鼓矣聞鏗然有聲起視缾中五色錯發大呼曰果吾願矣黎明進之權與公卿聚觀歎曰希世之瑞也會又言舍利威神一切世間無能壞者權使力士槌之砧碎而光明自若於是建塔度人立寺以其所名佛陀里寺曰建初奉會居焉

闞澤字德潤會稽山陰人也家世為農澤

好學居貧無資常爲人傭書自給所寫旣畢即能誦由是愽覽羣籍虞翻見而稱之曰闞生矯傑仲舒子雲流也仕吳官太子太傅僧會入吳吳主因問澤曰漢明何年佛教入中國何緣不及東方澤曰永平十一年佛法初至計今赤烏四年則一百七十年矣永平十四年五嶽道士褚善信等乞與西僧角法於是善信負妄而死其徒以尸歸葬南嶽凡中國人例不許出家無人流布加之罹亂歲深方至本國吳主曰孔子制述典訓教化來業老莊脩身自玩放蕩山林歸心澹泊何事佛爲澤曰孔老二教法天制用不敢違天佛教

甲子

諸天奉行不敢違佛以此言之優劣可見也（出宗炳明佛論）

丁卯

第二十四祖師子比丘者中印度人也姓婆羅門得法遊方至罽賓國有波利迦者本習禪觀故有禪定知見執相捨相不語之五衆尊者詰而化之四衆皆默然心服唯禪定師達磨達者聞四衆被責憤悱而來尊者曰仁者習定何當來此旣至于此胡云習定曰我雖來此心亦不亂定隨人習豈在處所祖曰仁者旣來其習亦至旣無處所豈在人習曰定習人故非人習定我雖來此其定常習祖曰人非習定定習人故當自來時其定誰習彼曰如淨明珠內外無翳定若通達必當如此祖曰定若通達一似明珠今見仁者非珠之徒彼曰其珠明徹內外悉定我心不亂猶若此淨祖曰其珠無內外仁者何能定穢物非動

揺此定不是淨達磨達蒙師開悟心地朗然尊者既攝五衆名聞遐邇方求法嗣遇一長者引其子問尊者曰此子名斯多當生便拳左手今既長矣而終未舒願尊者示其宿因尊者覩之即以手接曰可還我珠童子遽開手奉珠衆皆驚異祖曰吾前報爲僧有童子名婆舍吾嘗赴西海齋受嚫珠付之今還吾珠理固然矣長者遂舍其子出家祖與受具以前緣故名婆舍斯多祖即謂曰吾師密有懸記罹難非久如來正法眼藏今轉付汝汝應保護普潤來際偈曰正說知見時知見俱是心當心即知見知見即于今尊者說偈已以僧伽梨衣密付斯多俾之他國隨機演化斯多受教直抵南天當魏齊王芳元始八年丁卯歲也尊者以難不可苟免獨留罽賓時本國有外道二人一名摩目多二名都落遮學諸幻法欲共謀亂乃盜爲釋子形象潛入王宮且曰不成即罪歸佛子妖既自作禍亦旋踵事既敗王果怒曰吾素歸心三寶何乃構害一至于斯即命破毀伽藍祛除釋衆復自秉劒至尊者所問曰師得蘊空否尊者曰已得蘊空曰離生死否曰已離生死王曰既離生死可施我頭祖曰身非我有何悋於頭王即揮劒斷尊者首涌白乳高數尺王之右臂旋亦墮地七日而終太子光首歎曰我父何故自取其禍時有象白山僊人者深明因果即爲光首廣宣宿因解其疑網（事具聖青集及寶林傳中）遂以師子尊者報體而建塔焉尊者付婆舍斯多心

法信衣爲正嗣外傍出達磨達四世二十二師祖罹難時乃在魏高貴鄉公己卯歲也

己巳　改嘉平

庚午　嘉平二年西竺曇摩迦羅及婆芬陀至洛陽與康僧顗等翻譯衆經四分律鈔云自漢以来法流濫觴比丘特翦髮而已未有律儀供會齋懺事同祠祀至曹魏之初一同漢式迨嘉平間天竺曇摩迦羅此云四時及梵僧曇無德康僧鎧師地梨荼耶乃阿瑜闍第九世弟子也鎧承其後妙善律宗准用十僧大行佛制而以戒心爲日用立羯磨受具中夏戒律之始也

辛未　吳改太元

世尊示滅一千二百年矣

壬申　吳王亮字子明權之少子十歲即位改元建興治七年後孫綝黜亮爲會稽王立兄孫休

甲戌　高貴鄉公髦字士彥文帝孫東海定王霖子己卯爲司馬昭弒壽二十

改正元治六年

吳改五鳳

丙子　改甘露○吳改太平

戊寅　蜀改景耀

吳王休字子烈權第六子孫綝廢亮立之改永安元年治六年壽三十崩

己卯　罽賓國賊竊釋子形服作亂王怒以爲釋子不知恩遂毀伽藍罷釋氏二十四祖師子尊者遇害而寂

庚辰　陳留王奐改景元武帝孫燕王宇之子是年六月大將軍司馬師弒其君高貴鄉公後立常道鄉公即奐也是爲元帝咸熙二年二月讓位晉王晉王固辭八月懿孫晉炎繼其位帝又讓之炎受而立之是爲西晉矣治五年

辛巳　沙門朱士衡於洛講道行般若經義有闕

文發足于闐求正本漢地講經自此而始

癸未 蜀改炎興魏鄧艾兵至後主出降國亡

右蜀漢二主四十三年 而魏并之

甲申 魏咸熙元

吴王皓 字元宗孫和之子初號明主後恣淫虐嘗燒鋸斷人頭或剥人面支鑿人眼睛在位十七年死於洛陽壽四十二改元與

佛祖歷代通載卷第六

音釋

屹 魚乞切山貌也 郹 居顋切邑名亦亭名 艤 魚倚切整舟回岸也 閎 胡觥切巷頭門 賂 力故切遺也 棧 仕版切棚也

佛祖歷代通載卷第七

嘉興路大中祥符禪寺住持華亭念常集

西晉

雷氏曰宣景文武惠懷愍帝西晉四主五十二年

高祖宣帝懿姓司馬氏王金德都洛陽字仲達河内温人也高陽氏之後祖雋潁川太守父防京兆尹帝乃防之次子事魏忠烈大有賢能壽七十三崩葬高原陵

景帝師字子元宣之長子壽四十八崩于許昌葬峻平陵

文帝昭字子上景之母弟壽五十五崩于露寢葬峻平陵

乙酉武帝炎字安世文之長子寛惠仁厚好莊老之書咸熙一年受魏禪降封冑賓爲陳留王遷於鄴用天子儀衛之帝自滅呉之後奢侈縱恣後宮殆將萬人嘗乘華車至於所寢巳酉四月崩含章殿壽五十五葬峻陽陵在位二十五年改元大始

呉孫皓始即位改甘露元年下令徧毀神祠波及梵宇臣僚建先帝感瑞刱寺不可毀也乃遣臣張昱往告康僧會會挫其辯理辯鋒出昱不能屈歸以會才高聞皓名至問曰佛言善惡報應可得聞乎會曰明主以孝慈治天下則赤烏翔而老人見以仁德育萬物則醴泉涌而嘉禾茁善既有應惡亦如之故爲惡於隱鬼得而誅之爲惡於顯人得而誅之易稱積善餘慶詩美求福不回雖儒典之格言即佛教之明訓皓曰然則周孔既明安用佛教會曰周孔不欲深言故畧示其跡佛教不止淺言故詳示其要皆爲善也聖人唯恐善之不多陛下以爲嫌何也皓無以酬之遂罷他日宿衛治圃得金像皓使置穢處裳不潔以爲笑樂俄得腫疾晝夜呻吟占者曰坐犯神祠禱諸廟不効宮人有奉佛者曰乃不

請福於佛耶皓仰視曰佛神若是怪乎曰佛之威靈視神如天淵皓乃悟曰吾以慢像致此耳趣迎像龕而供事之仍請會說法悔罪會爲開示玄要并取本業百二十願分二百五十事使皓行住坐卧增益善意及授之五戒少頃疾愈由是奉會爲師崇飾寺塔

太始元年月氏國沙門曇摩羅察晉言法護至洛陽護學究三十六國道術兼通其語及自天竺大賫梵本婆羅門經達於玉門因居燉煌世號燉煌菩薩後游洛邑及之江左永嘉中隨處譯經未嘗暫停時優婆塞聶承遠執筆助翻垂四百卷及承遠卒其子道真者詢稟咨承法護筆授外道真自譯經六十餘卷時晉沙門譯法炬法立支敏度及優婆塞衛仕度等譯出衆經外炬與立等每相參合廣略異同編次部類凡一百四十餘卷復有沙門畺良婁至安法欽竺叔蘭白法祖支法度等各出衆經所以西晉已來宣譯漸盛

論曰吳黄武初陸績有言曰從今更六十年天下車同軌書同文及泰康改元而吳平天下一統果如績言自是才二十載至永寧之初正道虧頹羣雄嶽峙趙王搊基叛逆簒主於朝張軌繼請外還擅據涼土内外糜沸仍漸亂階劉淵所以平陽李雄因兹并絡懷帝蒙塵外郡愍后播越長安既道藉時興而兩都版蕩法由人顯屬二主栖惶萬姓崩離歸信靡託百官失守釋種無依時有沙

門竺法護及釋法炬等忘身利物志在宏宣匪憚苦辛闡法爲務護於晉世譯經最多且晉雖不文文才實著翻傳妙典日有賞音所以禮樂衣冠晉朝始備信源道種相資而興焉

丙戌　吳改寶鼎

丁亥　大教東流二百年矣

己丑　吳改建衡

壬辰　吳改鳳凰

乙未　改咸寧○吳改天冊

丙申　吳改天璽明年又改天紀

己亥　○九月會公示疾而化

庚子　改太康（吳滅）　右吳四主六十年（而晉併之天下一統）

壬寅　會稽育王塔緣起有劉薩訶病死入冥見梵僧指往會稽育王塔處懺悔既甦出家名惠達及至會稽徧求不見偶一夜聞地下鍾聲倍加誠懇經三日忽從地涌出寶塔高一尺四寸廣七寸佛像悉具達既見塔精勤禮懺瑞應甚多明州塔此其始也

庚戌　惠帝衷改永熈（字正度武次子生而不惠不辨菽麥娶賈充女南風爲后淫虐酷殘誅滅大臣致天下大亂爲司馬越鴆于顯陽殿壽四十八葬太陽陵）治十七年

辛亥　改元康又改永平

道家三皇經乃鮑靜所撰十四紙也彼曰凡諸侯有此文者必爲國王大夫有此文者爲人父母庶人有此文者錢財自聚婦人有此文者必爲皇后既犯國諱永康中被誅出晉史後人改曰三洞至唐二十年貞觀間吉州囚人劉紹妻王氏有五嶽真仙圖及鮑靜所撰三皇經時吉州司法叅

軍吉辨因檢囚於王氏處得之申省勅令刑部郎中紀懷業等追京下道士張惠元成武英等勘問得在先道士鮑靜所撰妄爲墨本非令元等所造勑令毀除追諸道士及百姓有此文者其年冬並集得之遂

甲寅 於禮部廳前悉焚之瑞像到龜茲國已上一千二百八十五年在西竺是年始到丘茲凡住六十八年

永平四年天竺沙門耆域至洛陽指沙門竺法淵曰此菩薩從羊中來指竺法興曰此菩薩從天中來又曰比丘衣服華麗大違戒律非佛意也望見帝都宮室曰大畧似忉利天宮然人天殊分疲民之力繕刻如此不亦傪乎未幾而洛陽亂域辭歸天竺數百人遮道請中食乃行域許之明日百餘家域分身同時赴之家喜其來及蹤跡洛南域徐行而追者不及即以杖畫地曰於此訣矣是日有出長安者見域在寺中有賈胡濕登者其夕會域宿於流沙蓋一昔萬里沙門神迹於此爲顯云初域來交廣並有靈異既達襄陽欲寄載過江舟人見是胡僧輕而不渡及船達岸域已前行路見兩虎虎弭耳掉尾域以手摩其頭虎下道而去見者皆敬焉

庚申 改永康

辛酉 改永寧 正月趙王倫簒位遂誅之

十六國 自永寧之後所在分十六國五涼四燕二趙三秦大夏并蜀爲

十六 雷氏曰張軌據涼號曰前涼九主六十

七年

苻堅侮亡　李特據益號曰
後蜀六主四十六年桓溫戮辱
劉淵平陽號曰前趙四主二六
石勒平勦
石勒襄國號曰後趙六主三二
冉閔除討
苻健長安號曰前秦五主四四
姚萇反臣
慕𠒆據鄴號曰前燕二主二三
滅於苻堅
姚萇長安號曰後秦三主三二
劉裕即真
乞伏金城號曰西秦四主二八
赫連使賓
呂光姑臧號曰後涼四主十三

姚興復彊
慕容山中號曰後燕四主四二
馮跋滅焉
烏孤廣武號曰南涼三主十九
熾盤僣王
慕德廣固號曰南燕二主十一
劉裕得天
李暠燉煌號曰西涼二主二四
蒙遜威彊
蒙遜張掖號曰北涼二主三九
拓跋乃昌
赫連朔方號曰大夏二主二五
魏有天下
馮跋昌黎號曰北燕魏滅二主
二十八年是十六國雜晉魏閒

壬戌

前涼張軌字士彥安定烏氏人漢張耳十七代孫永寧初涼州刺史建興年僭立為王依晉王朔立十三年晉武太原滅

改大安

後蜀李特字玄休巴西宕渠人其先廩君之裔自氐羌之亂隨流人至蜀自稱益州牧號蜀改年建初

癸亥

蜀武帝雄字仲儁特第三子母曰羅氏是年羅尚殺特而立帝三十年改元建興咸和八年生殤于頭六日而卒壽六十一

甲子

改永興

前趙劉淵字元海新興匈奴人冒頓之後初漢祖以宗女為公主妻冒頓約為兄弟故子孫冒姓劉氏都平陽六年改光熙

丙寅

改光熙○蜀改晏平

丁卯

懷帝熾改永嘉字豐度武帝二十五子也生而姿奇後無罪為劉聰虜之壽三十歲

治六年

戊辰

趙改永鳳

庚午

趙和字玄泰淵之子身長八尺既立改年河瑞未幾為銳景斬於光極臺矣

趙劉聰改稱漢字玄明劉淵第四子性極勇傑承位自號昭武帝改元光興在位八年時河東大蝗食田唯不食黍豆靳準率人收埋之哭聲聞十餘里鑚土復出黍豆竟盡食矣

辛未

漢改嘉平

癸酉

愍帝鄴改建興字彥奇武帝孫吳王晏之子初即位時長安城中不盈百戶蒿棘成林官無章服印綬唯桑板署號爾後被劉聰虜之使帝戎服執戟前導降封懷安侯遇害于洛壽十八歲

治四年

涼張寔字安遜在位五年壽四十八號昭公

吳中是年有維衛迦葉二佛石像汎海而至吳淞江滬瀆口遙見浮遊道士巫師往迎並風濤洶湧吳縣朱膺素奉正法乃同數人共迎像於是乘流自到背有銘誌登

舟其輕如羽乃奉安通玄寺供養今開元寺事載珠林

日隕

甲戌　三日並出西方

漢星隕平陽化肉

乙亥　漢改建元

丙子　漢改麟嘉

東晉　雷氏曰元明成康穆哀廢簡武安楚恭東晉十二主一百四年

丁丑　元帝睿改建武司馬氏王金德還都建鄴避愍帝名改建康字景文宣帝曾孫瑯琊王覲之子生于洛陽劉聰破洛與王導南渡據江東壬午崩內殿葬平陵壽四十七

治六年

敘曰經云三界無常有為非久晉氏之基魏室遠系乃誅曹奭而絕其宗設帝策而陳其績金承土運曆數在躬平蜀而降大吳升平而布寬政文既允備武亦戢戈百六奄臻王官失守天下大亂眞匪斯馬於時道俗崩離朝不謀久寄政江表法隨代興沙門信士於是攸集故就紀之別號東晉元帝者宣皇曾孫恭王覲之子也諱睿字景文初生之辰內有神光一室盡明白毫生於日角之左累官都督揚州諸軍事左丞相懷愍敗後百官分離或走江南或為俘戮長安失據帝幽平陽江東於時忽有五日並出都下勸睿宜稱晉王統攝萬機以臨億兆愍帝崩後遂即居尊立元建武因都建鄴避愍帝諱改名建康先是泰康二年吳舊將管恭作亂太史伍振筮曰恭即滅矣然更三十八年揚州當有

天子至是果如其言又秦始時望氣者云吴金陵山五百年後當出天子始皇忌之因發兵鑿金陵山斷改稱秣陵輿絕其王氣自政至睿五百二十六年有晉金行奄君四海又時謡曰五馬浮渡江一馬化為龍永嘉喪亂宗室中唯瑯琊西陽汝南南頓彭城五王獲濟江表而睿首基為帝將知受命上感天靈欲跨輿圖下資地勢地負其勢始皇鑿之而弗亡天降其靈劉曜殲之而莫盡爰自建武至於元熙凡十二主一百四年華戎道俗譯經律論垂六百卷而弘法之務至是特盛焉

戊寅　改大興

前趙劉曜 字永明劉元海族子少孤貧養于元海家而承位十二年

丙卯　改光初元年

後趙石勒 字世龍上黨武鄉人其先匈奴別部也年十四至洛陽依嘯上都門王衍異之曰胡雛聲視有奇志將為天下之患遣人收之會勒已去後起兵據襄國一十五年壽六十勒初暴政及見圖澄鉢長青蓮之驗回心納諫延及子虎慕德推賢

辛巳　涼茂 字成遜寔之弟在位四年

壬午　改永昌上憂崩

天竺沙門吉友抵建康丞相王導見之曰我輩人也太尉庾亮光祿周顗廷尉桓彝一時名公皆造門結友聲名著搢紳間甞對王導解帶盤礴尚書卞望之適至友正容肅然有問其故對曰王公風道期人卞令軌度格物吾正當以此應之耳桓彝欲為友作目久之未得友曰屍黎密 此云吉友 可謂卓朗彝絕嘆以為盡品目之極大將軍

處仲聞友為諸公器重心未然及見不覺手足增敬周顗為僕射領選將入局過友嘆曰為朝廷選賢得如君真令人無愧耳及顗歿友慰其孤對靈作梵唄清響淩雲又咒語千餘言而去王導嘗戲之曰外國有君一人而已友笑曰使我如諸君今日豈得在此時以為名言譯孔雀經梵名屍黎密蓋讓王位出家如吳泰伯然

癸未

明帝紹改太寧（字道畿元之長子敏有機斷故能以弱制彊克復大業惜乎降年不永未致太平崩壽二十七葬于平陵）治三年

涼駿（字公庭寔之子立二十二年壽四十）

第二十五祖婆舍斯多者罽賓國人也姓婆羅門父寂行母常安樂初母夢得神劍因而有孕既誕拳左手遇師子尊者顯發宿因密受心印後適南天至中印度彼國王名迦勝設禮供養時有外道號無我尊先為王禮重嫉祖之至欲與論議幸而勝之以固其事乃於王前謂祖曰我解默論不假言說祖曰孰知勝負曰不爭勝負但取其義祖曰汝以何為義曰無心為義祖曰汝既無心安得義乎曰我說無心當名非義祖曰汝說無心當名非義我說非心當義非名曰當義非名誰能辨義祖曰汝名非義此名何名曰為辨非義是名無名祖曰名既非名義亦非義辨者是誰當辨何物如是往返五十九翻外道杜口信伏於時祖忽然面北合掌長吁曰我師師子尊者今日遇難斯可傷焉即辭王南邁達於南天潛隱山谷時彼國王名天德迎請供養王有二子一兇暴而色力充勝一和

柔而長嬰疾苦祖乃爲陳因果王即頓釋所疑又有呪術師忌祖之道乃潛置毒於飲食中祖知而食之彼返受禍遂投祖出家祖即與受具後六十載太子德勝即位復信外道致難於祖太子不如密多以進諫被囚王遽問祖曰予國素絶妖訛師所傳者當是何宗祖曰王國昔来實無邪法我所得者即是佛宗王曰佛滅已千二百年師從誰得邪祖曰飲光大士親受佛印展轉至二十四世師子尊者我從彼得王曰予聞師子比丘不能免於刑戮何能傳法後人祖曰我師難未起時密授我信衣法偈以顯師承王曰其衣何在祖即於囊中出衣示王王命焚之五色相鮮薪盡如故王即追悔致禮師子真嗣既明乃赦太子太子遂求出家祖問太子曰汝欲出家當爲何事曰我若出家不爲其事祖曰不爲何事曰不爲俗事祖曰當爲何事曰當爲佛事祖曰太子智慧天至必諸聖降迹即許出家六年侍奉後於王宫受具羯磨之際大地震動頗多靈異祖乃命之曰吾已衰朽安可久留汝當善護正法眼藏普濟羣有聽吾偈曰聖人説知見當境無是非我今悟本性無道亦無理不如密多聞偈再啓祖曰法衣宜可傳授祖曰此衣爲難故假以證明汝身無難何假其衣化被十方人自信向不如密多聞語作禮而退祖現於神變化三昧火自焚平地舍利可高一尺德勝王刱浮圖而祕之當東晋明帝太寧三年乙酉歲也

丙戌　成帝衍改咸和字世根明帝長子五歲即位庾后臨政壽二十五

治十七年

三藏理法師名惠理西竺人也東晉咸和初来遊此土至杭州見山岩秀麗曰吾國中天竺靈鷲山之一小嶺不知何年飛来佛在世時多爲仙靈所隱今此亦復爾耶洞舊有白猿遂呼之應聲而出人始之信飛來由是得名師即地建兩刹先靈鷲後靈隱常宴坐岩中號理公岩今瘞塔在馬

戊子　趙改太和

庚寅　後趙改建平

壬辰　燕慕容皝立

癸巳　蜀班字世文雄兄之子初署南平將軍後立為太子雄疾班侍卒而立一年復為雄子越殺之壽四十一

趙弘字大雅勒之次子立一年改元延熙壽四十二

甲子　趙石虎勒弘自立盡殺勒種改元建熙

乙未　改咸康○趙改建武

蜀期字世運雄第四子立三年改元玉桓後自縊死雄諸子皆為壽所殺

丙辰　○後趙大旱米斗直金一斤

戊戌　蜀壽字武考驤之子雄之弟殺期自立六年改元漢興國號漢

咸康六年成帝幼冲庾冰以元舅輔政奏沙門應盡禮王者尚書令何充等議不應致拜下禮官詳議博士議與充合而門下承冰風旨為駁尚書令充僕射褚翌諸葛恢尚書馮懷戴廣等奏曰世祖武皇帝以盛明革命肅祖明皇帝聰聖玄覽豈於時沙門不易屈膝顧以不變其脩善之法所以通天下之志也臣等謂宜遵承先帝故事於義為長冰固謂應盡敬下制曰夫萬方殊俗神道難辯有自來矣達觀旁通誠

當無怍況跪拜之禮何必尚然當後原先王所以尚之之意豈直好此屈折而坐講盤辟哉良有以也既其有以將何以易之然則名禮之設其無情乎且今果有佛耶無佛耶有則其道固弘無則義將安取縱其信然將是方外之事方外之事豈方內所體而當矯形體違常度易禮典棄名教是吾所甚疑也名教有由來百代所不廢昧旦丕顯後世猶殆殆之為弊其故難尋而今當遠慕茫昧依稀未分棄禮於一朝廢教於當世使失凡流慠逸憲度又是吾所甚疑也縱其信然縱其有之吾將通之於神明得之於胸懷耳軌憲宏謨固不可廢之於正朝凡此等類皆晉民也論其才智又常人也而當因所說之難辨假服飾以凌度抗殊俗之慠禮直形骸於萬乘又是吾所弗取也諸君並國器也悟言則當測幽微論治則當重國典苟其不然吾將何術焉充等重抗表曰臣等暗短不足以讚揚聖旨宣暢大義伏省明詔震懼屏營輒共尋詳有佛無佛固非臣等所能定然孜其遺文鑽其旨要五戒之禁實助王化賤昭昭之名行貴冥冥之潛操行德在於忘身抱一心之精妙且興自漢世迄至于今雖法有隆衰而弊無妖妄神道經久未有其比也夫議有損也況必有益臣之愚誠實願塵露之微增潤岱岳區區之況上裨皇極今一令其拜遂壞其法脩善之俗廢於聖世習實生常必致怨懼隱之臣心竊所未安臣雖愚蔽誰敢以偏見疑惧聖

聽直謂世經三代人更明聖令不爲之制無虧王度而幽冥之格可無壅滯是以復陳愚誠乞垂省察氷猶以爲不可復下制曰省所陳具情旨幽昧之事誠非寓言所盡然較料其大人神常度粗復有分例用大率百王制法雖文質隨時然未有以殊俗參治恢誕雜化者也豈曩聖之不達来聖之宏通哉且五戒之才善粗擬似人倫而更與世主略其禮敬服禮重矣敬大矣爲治之綱盡於此矣萬乘之君非好尊也區城之民非好卑也而尊卑不陳王教不得不一二之則亂斯曩聖所以憲章國體宜而不惑也通才博採往往備其事脩之家可以脩之國及朝則不可斯豈不遠耶省所陳果亦未能了有之與無矣縱其了

猶未不可以參治而況都無而當以兩行耶充等三上章執奏曰臣等雖誠愚弊不通遠旨至乾乾夙夜思循王度寧茍執偏管而亂大倫直以漢魏逮晉不聞異議尊卑憲度無或暫虧也今沙門之守戒專專然及爲其禮一而已矣至於守戒之篤亡身不悋曷敢以形骸而慢禮敬哉每見燒香祝頋必先國家欲福裕之備情無極已奉上崇順出於自然禮儀之簡盖是專一守法是以先聖御世因而弗革也然天網恢恢踈而不失臣等慺慺以爲不令致拜於法無虧因其所利而惠之使賢愚莫敢不用情則上有天覆地載之施下有守一脩善之人謹復陳其愚淺頋蒙省察氷議遂寢何充字次道廬江潛人魏光祿大夫

宴之孫少以文義見稱初爲王敦掾敦兄含守廬江貪汚敦嘗於坐稱之曰家兄在郡定佳廬江士人稱之充正色曰充即彼郡人所聞異此敦默然坐客皆爲不安充宴然自若丞相庾亮嘗薦之於明帝曰何充器局方槩有萬夫之望若能總錄朝端爲老臣副及充拜尚書令推能用功不私樹恩世甚重之初阮裕嘗戲之曰卿志大宇宙勇邁前古充審其故裕曰我圖數千戶郡尚未能卿圖作佛不亦大乎卒年五十有五其後門世事佛甚精厥孫尚之及默胤等並見大義闡明佛法云

癸卯　康帝嶽改建元（字世同成之母弟子二十一即位庾亮為相專權後崩式乾殿壽二十三葬昌陵）

治二年

甲辰　蜀勢（字子仁壽之長子身長七尺九寸腰十四圍善俯仰立五年改元太和後死建康）

乙巳　穆帝聃改永和（字彭祖康之長子二歲即位母褚后臨朝壽十九崩於顯陽殿葬永平陵）

在位十七年

蜀改嘉寧

丙午　涼張重華（字大臨駿次子立七年壽二十七）

丁未　後趙佛圖澄諫殺太子宣

戊申　後趙改太寧即帝位尋死而國亂

己酉　前燕儁（姓慕容字子英祖名廆字奕昌黎棘城鮮卑人其先有能之裔世居北夷邑於紫蒙之野晉封燕王遷都龍城生子皝儁乃皝之次子也居鄴十一年壽四十二歲）

天竺佛圖澄至洛自言百餘歲常服氣自養能積日不食善誦呪役使鬼神腹旁有孔以綿塞之夜讀書則拔綿出光照室又

每臨溪從孔中出腸胃洗濯還納腹中能聽鈴音言吉凶莫不奇驗會洛陽寇亂潛伏草野以觀時變時石勒屯葛陂多殘殺澄杖錫謁勒勒命試以道術澄取滿鉢水呪之俄青蓮花生鉢中光色耀目勒由此神敬延之軍中未幾劉曜求戰以決雌雄左右以為未可勒以訪澄澄曰相輪鈴音云秀支替戾岡僕谷劬禿當此羯語也秀支軍也替戾岡出也僕谷劉曜胡位也劬禿當捉也言軍出捉得劉曜又令童子潔齋三日取麻油合臙脂躬自塗於掌中舉手示童子燦然有輝童子驚曰有軍馬一人白皙以朱絲縛肘澄曰此即曜也勒遂出戰果生擒劉曜勒稱趙王行皇帝事敬澄彌篤每舉事必咨而後行勒殂弟季龍襲其位徙都鄴城尤傾心事澄下令衣以綾錦乘雕輦朝會引見常侍御史悉助舉輿升殿太子諸公扶翼而前主者唱大和尚坐者皆起勅司空李農朝夕問候時支道林聞之曰澄公其以季龍為鷗鳥耶及晋軍侵淮泗季龍怒曰吾奉佛供僧返更致寇佛無神矣澄入見曰陛下前身為商人經罽賓寺設大會會有六應真吾其一也有聖者曰此檀越報盡為雞乃王晋地今陛下為天子豈非奉佛供僧而致耶疆場侵噬有國之常何為怨謗三寶興毒念乎季龍悔謝因問曰佛法不殺朕為天下掌生殺恐違佛戒澄曰帝王事佛在恭儉慈忍顯讚法道不為暴虐不害無辜民有為惡化之不悛者其可不罰乎但殺不可

濫刑不可不恤耳尚書張離家富事佛而所爲不法澄曰事佛在清淨無欲君雖崇飾寺塔而貪冒不已無益也及將去世譯辟季龍驚曰大和尚遽棄朕國有難乎澄曰出生入死道之常也脩短分定無由增損但道貴行全德貴不怠苟德行無玷雖死如生咸無焉千歲尚何益哉然有可恨者國家存心佛理建寺度僧當蒙祉福而布政猛虐賞罰交濫特違聖教致國祚不延也季龍號慟嗚咽澄安坐而逝後有沙門自雍州來見澄入關以聞季龍命發冢視之唯塊石存焉季龍大惡之歎曰石吾姓也大和尚埋我而去其能久乎未幾石氏果滅澄度弟子數千萬人凡居其所國人無敢向之涕唾每相戒曰莫起惡心大和尚知汝其道化感物如此自大教東來至澄而盛

論曰大覺璉禪師有云妙道之意聖人嘗寓之於易由生民已來淳朴未散則三皇之教簡而素春也及情竇日鑿則五帝之教詳而文夏也時與世異情隨去遷故三王之教密而嚴秋也至周衰先王之法壞禮義亡迫爲秦漢則無所不至而天下至有不忍願聞者於是我佛世尊之教入東土示以性命之理教以慈悲之行冬也旨哉斯言觀澄公區區西來當石勒季龍殘暴虓噬之際而能憫物垂軌示以玄言德祥導以慈悲之行卒使二暴革心道化融洽於戲天有四時循環以生成萬物而聖人之教

迭相扶持以化成天下厥有以哉

庚戌　趙石祗（三月即位襄國改永寧去帝號劉顯殺祗冉閔以顯爲大單于稱帝於襄國引兵攻鄴敗還魏克襄國殺顯及公卿焚宮室迁其民于鄴至辛亥國除）

魏冉閔（殺石虎子孫十八人及胡羯二萬人壬子克襄國殺劉顯後爲慕容儁所滅殺閔於遏徑山七里之內草木皆枯半年不雨祭之乃雨國除）

辛亥　前秦苻健（字建業洪第三子洛陽臨渭氐人其先有扈之裔父洪字廣世爲西戎酋長初住石虎滅洪有師十萬自稱秦王生健背有艸苻字改姓苻氏僭立四年都長安改元皇始壽二十九而終）○苻子朗（堅之兄英潔不仕者書二十篇曰苻子多讚釋）

世尊入滅一千三百年矣

壬子　燕改元璽

甲寅　凉張祚（改元和平）

乙卯　符生（字長生健第一子立二年改元壽光二十三爲堅殺之）

凉張玄靚立

丁巳　改升平帝加元服

苻堅（字永固洪之子雄武智畧晝有中原以百萬之衆伐晋爲謝石所敗立二十七年壽四十八終改元永興）

燕改壽光

釋涉公本蜀人也預言多驗遊化至長安時天大旱堅命師祈雨呪龍鉢中其雨沛然恪加敬事師不食五穀日行五百里是年示滅而歲復旱堅謂祕書朱彤曰涉公若在豈使朕焦心于雲漢哉其思仰如此

己未　秦改甘露

庚申　燕慕容暐（字景茂儁第二子僭立十年改元建熙）

辛酉　沙門于法開蘭公徒弟也善放光法華尤精醫法嘗值婦人在草危急開曰此易治耳主人宰羊欲祀神開令取肉爲羹進竟

因氣針之須臾羊癀裹兒而出或問法師高明剟簡何以醫術經懷荅曰明六度以除四魔之病調九候以療風寒之疾自利利人不亦可乎

壬戌　哀帝丕改隆和（字千齡成之長子即位修身後斷穀服長生藥過度中毒崩于西堂壽二十五葬于安平陵）治四年

梅檀瑞像（已上六十八年在龜茲此下一十四年在西涼府）

癸亥　改興寧

甲子　涼張天錫立（駿之少子玄靚委政與臣謀殺自立至丙子為苻堅所虜）

是年哀帝詔法師竺潛講般若於禁中嘗著屐至殿中人聚觀歎道德高風初不省有市朝時簡文輔政沛國劉惔嘗遇潛於簡文座中嘲曰道人亦遊朱門乎對曰君自見朱門貧道以為蓬户及辭還剡山支遁寓書求買沃州小嶺歸隱潛荅曰欲來當給未聞巢由買山而隱也寧康二年卒武帝下詔曰法深理悟虛遠風鑑清高棄宰輔之榮襲染衣之素山居世外篤懃匪懈方賴宣道以濟蒼生奄從遷謝用痛于懷其賜縉錢十萬助建瑩塔潛字法深凡中國勑薙沙門自潛而始

法師支遁字道林與謝太傅安王右軍羲之厚善安守吳興以書抵遁畧曰思君日積比辰尤甚知欲還剡自治為之悵然人生如寄耳自頃風流得意事殆磨滅都盡唯終日戚戚遲君一來以晤言消遣之一日千載也及竺潛辭闕有詔遁繼講法於禁中一時名士殷浩郗超孫綽桓彥表王敬仁和充王坦之袁彥伯並與結方外交

天下想見其標致者劉系謂於白馬寺談莊周以適性為逍遙遁曰不然桀跖以殘害為性豈亦逍遙乎於是注逍遙篇學者宗之王濛嘗極精思作數百語謂遁曰與君別久而君了不長何也濛慚汗曰絳鉢之王何也郄超嘗問謝太傅曰遁談何如嵇中散太傅曰嵇努力裁得半耳又曰何如殷浩太傅曰亹亹論辯恐當抗衡超拔淵源殷有慚德超後與親舊書曰林公神理所通玄拔獨悟數百年來紹隆大法令真理不絕一人而已太和二年廢帝海西公在位遁抗表辭還山有詔資給敦遣諸公祖餞于征虜亭蔡子叔者先至近遁林坐適起而謝萬亟趍其處子叔還合褥舉萬投諸地萬曰幾損我面子叔曰吾初不為卿面計其為當時所慕如此晚居山陰講維摩許詢為都講遁通一義衆意詢不能難及詢設難又意遁不能通而賓主之難相尋無窮聽者多言自得遁旨詰之輒失著即色遊玄聖不辨知等論有遺其馬者畜之曰吾愛其神駿耳有遺其鶴者縱之曰冲天之物豈耳目玩哉君子多其達及卒戴逵過其墖歎曰德音未遠而拱木已繁計神理綿綿不與氣運俱盡也

郄超字嘉賓少有曠世之度談論義理精微標志慕佛加好行檀大將軍桓溫辟為叅軍時王珣同府珣為主簿超美髯珣身短小府中語曰髯叅軍短主簿能令公喜能令公怒謝安王坦之詣溫府溫先令超卧帳中聽其論事俄風動帳開安笑曰郄

生可謂入幕之賓矣超喜隱遁聞拂衣者必爲起屋具器用遺之支道林每謂其造微之功足參正始甚重之又與汰法師厚善嘗約先歿者凡幽冥報應當以相報俄而汰卒一夕見夢曰向與君約報應之事今皆不虛願君無忘修德以昇濟神明超由是循道彌篤云

乙丑　秦改建元

丙寅　廢帝奕字延齡哀之母弟後大司馬桓溫廢爲海西公十月卒于吳壽三十五　改太和在治五年

丁卯　大教東被三百年矣

釋道安者姓衛常山扶柳人圖澄之門學家世英儒早失覆廕爲表兄所養悼年讀書一覽無忘十一出家而能日記萬言終爲緇林奇表寧康初安於襄陽檀溪寺建浮圖鑄銅像能起自行至方山而止光明燭天傾都瞻拜歡呼動山谷秦主苻堅送外國金飾倚像金縷結珠彌勒等安每講設以作證一夕像光照室視之頂有舍利馬習鑿齒襄陽高士先以書通好乃詣安自稱曰四海習鑿齒安曰彌天釋道安相得歡甚即以書抵謝東山稱安蓋非常勝士恨公不一見耳孝武帝聞安名詔曰法師以道德照臨天人使大法流行爲蒼生依賴宜日食王公祿所司以時資給安固辭不受未幾苻堅攻陷襄陽得安而喜謂左右曰吾以十萬師取襄陽得一人半耳左右問爲誰曰安公一人習鑿齒半人也安入關沙門萬數皆隨師姓而名安曰師莫如佛世也應沙門宜以釋爲氏及增一

阿含經至乃云四河入海無復異名四姓出家同稱釋氏遂與經符合焉世益重之又藍田得古鼎容二十有七斛腹有篆文朝無識之者有以問安安曰魯襄公所鑄也由是苻堅勑三館學士有所疑皆師於安國人語曰學不師安義不禁難時苻氏東極滄海西併龜茲南包襄陽壯盡沙漠唯建康未服堅雅意欲取而有之羣臣諫不從太尉苻融者叩頭請安爲蒼生一言安諾及堅出東苑命安升輦同載僕射權翼進曰臣聞天子法駕侍中陪乘道安毀形寧可參廁堅怒曰安公道德可尊朕以天下易輿輦之榮未稱其德即詔翼扶安登輦於是翼跪而掖之堅顧謂安曰朕将與公南遊吳越整六師以巡狩登會稽以觀滄海不亦樂乎對曰陛下應天御世富有八州居中而制四海宜棲神無爲與堯舜比隆今欲以百萬之師求厥田下下之土東南地區勢卑氣厲昔舜禹遊而不返始皇適而不歸以貧道觀之未見其可乎陽公懿戚石越重臣皆憂國至深其論可聽堅曰非區域不廣也朕欲簡天心明大運所在耳順時巡狩且有格言儻如高論則帝王無省方之文乎安曰必欲往宜駐蹕洛陽枕戈畜銳傳檄江南如其不服伐之未晚堅不納太元七年堅自将步騎百萬次壽春爲晉徐州刺史謝玄所敗單騎遁還安每疏經義必求聖證一日感龐眉尊者降安出所製似之尊者欽歎以爲盡契佛心仍許以密助弘通安識其爲賓頭

廬也因設日供祀之今供賓頭自安而始門弟子通其業者數十人知名于是有法遇者傳教長沙門徒數百有私飲者遇縱而不舉安廉知之即封荆以寄遇抱荆而泣曰董衆無狀而遠遺師憂於是俯伏躬受其譴太元十四年正月晦日安命其徒具浴忽見異僧出入隙中安以生處問之僧指西北即雲開見樓閣如幻出曰彼兜率天也是夕有數百小兒皆就浴而去識者以爲應真之侣也二月八日跏趺而逝安貌侻而姿黑博學善詞章諺曰漆道人驚四隣左臂有肉方寸許隆起如印時號印手菩薩著僧尼軌範及法門清式二十四條世遵行之

論曰法源濫觴之初由佛圖澄而得安由安而得遠公是三大士化儀軌則或無以異至於出處操尚若相戾者何哉大抵晉室渡江自明帝之後當代時君雖無可稱者然而朝廷紀綱法度未始或虧當是之際故遠公得以遂其高天子臨潯陽而詔不出山若澄安二公失身偏霸之朝萬一不區區俯仰曲徇其情彼季龍苻堅其肯容之高卧山林而不爲之屈耶此古所謂易地皆然三大士有之矣孟軻氏稱伯夷伊尹柳下惠皆曰聖人者良以其道通方而善趍時也世謂澄安之操不逮遠公吾弗信矣

孫綽字興公父楚有重望綽博學美文辭與高陽許詢俱有高尚之志初隱稽山放情山水作遂初賦以見志友道林問綽曰

君何如許荅曰高情遠志弟子早已伏膺然一詠一吟許將北面嘗作天台賦示友人范榮期曰卿試以擲地當作金聲榮期曰恐此金聲非中宮商然每至佳句輒云應是我輩語於吾道多有論撰具見弘明等集年五十八卒史臣稱綽有匪躬之節不徒文雅而已

許詢字玄度高陽人魏中領軍允曾孫也濼心學佛甚為江左諸公卿仰慕簡文帝高其風每月白風恬思清言妙理必造焉至其亹亹簡文不覺前席達旦忘倦帝謂親友曰玄度才情故未易有劉真長為時譚宗而與結清言友每謂人曰吾不見玄度幾為輕薄令尹又嘗曰清風明月何嘗不思玄度

戊辰 ○王珣與弟珉捨宅為寺今虎丘是也

庚午 ○符堅滅燕

晉司馬桓溫末年奉法有尼造之溫敬而不倦浴必移晷訝而私覘見尼揮刃自割截支分臠有頃尼出溫以情問尼曰君志若遂形當如之時溫方謀問鼎聞此悵然乃止尼遂辭不測所之出感通錄

辛未 簡文帝昱字道萬元之少子神識怡暢無齊世之畧後崩于東堂壽五十塟高平陵

改咸安○是年彗星現帝詔竺法曠禳之曠曰陛下當勤修德政以賽天譴貧道當盡情帝乃齋懺災遂滅

佛祖歷代通載卷第七

音釋

瘍羊赤切脉病也　滬胡古切水名也　謠與招切獨歌也　殲先念切雷光也

皝胡廣切光明曄晄也　虓許交切虎聲也　噬視制切齧丨也

譴詰戦切責也

佛祖歷代通載卷第八

嘉興路大中祥符禪寺住持華亭念常集

癸酉 東晉孝武帝曜改寧康 字昌明簡文第三子十歲即位崇德太后臨朝二月祖溫擁兵来朝有不臣之志三月疾還姑孰七月卒弟沖代領兵盡忠王室三十五崩清暑殿葬隆平陵治二十五年

丙子 改太元〇梅檀瑞像是年到長安住一十七年

癸未 後秦姚萇 字景茂南安赤亭羌人其先有虞之裔父弋仲有二十四子萇紀子也初仕苻堅爲陽武將軍因南伐敗績而歸遂繼苻堅而據長安僭立八年改建興壽六十四

西秦乞伏國仁 本西鮮卑人其先自漠北出陰山後降苻堅署爲南單于鎮勇士川苻堅所敗國仁自稱大單于王後號西秦據金城僭立四年乙酉改建義

後涼呂光 字世明洛陽氏人也父婆樓仕苻堅官至太尉生光身長八尺四寸目有重瞳王猛見而異之舉以爲將率兵七萬西征其降者四十餘國至龜茲獲羅什聞堅死據姑臧稱凉州牧立十年

後燕慕容垂 字道明皝之弟身長七尺五寸垂手過膝因懼誅奔秦苻堅用之將使伐晉既敗遂據中山改國號燕立十三年壽七十一

甲申 苻丕 字永叔堅之庶子既聞堅卒出鎮于鄴據晉陽立一年改大安

後秦改白雀

太元九年法師惠遠以秦亂来歸于晋遠出鴈門賈氏少爲儒生博極群書尤邃周易莊老甞與弟惠持造安法師席下聞出世法而悅之歎曰九流特粃糠耳遂出家安門徒數千遠居第一座及關中擾亂安散其徒皆諄諄規誨而遣之遠別獨不與一言遠恠問安曰若汝吾何言哉遂自荆州将之羅浮抵潯陽見匡山愛之廬於山陰太守桓伊爲𠜂精舍一昔風雷拔樹皷

沙石蕩平基致木于土時以爲神運馬初太尉陶侃鎮廣州有漁于海得文殊像送寒溪寺寺嘗經火而像屋無恙其後侃鎮武昌使人迎之十輩不能舉既而㪍力致之舟舟輒沒遂失其像時謠曰侃惟劍雄像以神標可以誠致難以力招及遠刱寺心祈之於是像泠然自至時晉室微而天下奇才多隱居不仕若彭城劉遺民豫章雷次宗鴈門周續之新蔡畢頴之南陽宗炳張士民李碩等從遠遊并沙門千餘人結白蓮社於無量壽像前建齋立誓期生淨土及聞羅什法師入關遠望風欽敬遺書通好詞曰去歲得姚右軍書且承德聞仁者曩日殊域越自外境于時音譯未交聞風而悅頃承懷實来游則一日九馳徒情欣雅味而無由造盡寓目望途增其勞佇夫栴檀移植則異物同薰摩尼吐曜則衆珍自積且滿願不專美於絕代龍樹豈獨善於前踪今往比量衣裁願登高座爲著之什答曰既未言面又文詞殊隔導心之路不通得意之緣圯絕傳譯来貺粗述德風比何如必備聞一途可以蔽百經言未後東方當有護法菩薩勗哉仁者善弘其事夫才有五備福戒慱聞辯才深智兼之者道隆未具者凝滯仁者備之矣所以寄言通好因譯傳心豈其能盡粗酬来意耳損所致比量衣裁欲令登法座時著當如来意但人不稱物以爲愧耳今往常所用鍮石雙口澡灌可以備法物數也并遺偈一章曰既已捨染樂心得善攝否若得

不馳散深入實相否畢竟空相中其心無所樂若悅禪智惠是法性無照虚誑等無實亦非停心處仁者所得法幸順示其要遠復荅以偈曰本端竟何從起滅有無際一微涉動境成此頹山勢惑想更相乘觸理自生滯因緣雖無主開塗非一世時無悟宗匠誰將握玄契來問尚悠悠相與期暮歲衲中國未有涅槃常住之說且云壽命長刼遠曰佛是至極至極則無變無變之理豈有窮哉乃著法性論略曰至極以不變爲性得性以體極爲宗羅什見論歎曰遠未及見經暗與理會豈不妙哉秦王姚興致書餉遠龜玆細縷雜變像以伸欵敬安城侯姚嵩獻珠像并釋論曰大智論新記龍猛所作法師當冠以叙文以貽示萬世此邦道人同所欽聞也遠以大論文廣譙讓不諾乃抄其要爲二十卷而別叙之相玄輔政勸安帝沙汰僧尼詔曰沙門有能伸述經牒演說義理律行脩整可宣寄大化者聽依所習不者悉令罷道唯匡山道德所居不在搜簡遠以書抵玄陽縱而陰奪之遂停其詔遠甞稽考禪宗别傳之旨源流所自及祖師達磨之来遂旨符合云陶淵明隱居柴桑從遠問道深相敬仰謝靈運投名入社遠拒之不内及宗炳著明佛論顔延之析達性論周顒駁夷夏論鄭道子著神不滅論皆禀遠是正焉至隆安中桓玄重申庾氷之義欲沙門盡敬王者朝廷承風旨多與玄合因以問遠曰此一代大事不可使朝廷失體也得入座

書令以似君君其件件詳論不敬之意以釋其疑便當行之遠荅其書并著沙門不敬王者論五篇劇陳所以不拜之意玄始意堅及得遠論即緩其事未幾篡位乃下書曰佛法弘大所不能測推奉主之情欲興其敬今事既在已宜體謙冲應諸道人勿復致禮也安帝避玄還次潯陽詔遠見于行在輔國何無忌勸遠一出遠固辭以疾帝再詔問勞勑九江太守歲時送米資奉卜居三十年影不出山迹不入俗送客以虎溪爲限弟惠持亦有高行蓮社衆數千持居第一座太尉王珣甞問豫章刺史范甯遠公與持孰愈甯曰賢弟兄也珣曰但令如弟所未易有況復賢耶遠臨終其徒進蜜漿者遠懼違律令左右檢律未終卷遂合掌西面而逝年八十有三有匡山集三十卷行于世

宋朝明教大師契嵩過遠影堂列六事題之其辭曰陸脩静異教學者而送過虎溪是不以人而棄言也陶淵明躭湎于酒而與之交盖簡小節而取其達也跋陀高僧以顯異被擯而延且譽之盖重有識而矯嫉賢也謝靈運以心雜不取而果沒于刑盖識其器而慎其終也盧循欲叛而執手求舊盖自信道也桓玄震威而抗對不屈盖有大節也大凡古今人情莫不畏威而苟免忘義而避疑好名而昧實黨勢而忍孤飾行而畏累自是而非人孰有道尊一代爲賢者師肯以片言而從其人乎孰有夙禀勝德爲行耿潔肯交醉鄉而高其達

乎孰有屈人師之尊禮斥逐之客而申其賢乎孰有拒盛名之士不與於教而克全終乎孰有義不避禍敦睦故舊而信道乎孰有臨將帥之威在殺罰暴虐之際守道不撓而全其節乎此固遠公識量遠人獨出於古今矣若其扶荷至教廣大聖道垂裕於天人者非蒙乃能盡之其聖歟賢耶偉乎大塊噫氣六合清風遠公之名聞也四海秋色神山中聳遠公之清高也人龍僧鳳長揖巢許遠公風軌也白雲丹壑玉樹瑶草遠公棲處也

劉程之字仲思彭城人少孤事母以孝聞才藻自負不委氣于時俗雖寒餓在己威福當前其意湛如也司徒王謐丞相桓玄侍中謝混太尉劉裕咸嘉其賢欲相推薦程之力辭乃之匡山託于遠公遠曰官祿巍巍何以不爲程之曰君臣相疑疣贅相虧晉室無磐石之固物情有累卵之危吾何爲哉遠然其說大相器厚太尉亦以其志不可屈與群公議遺民之號旌焉時雷次宗周續之畢穎之張秀實宗炳等同依遠公遠曰諸君之來豈宜忘淨土之遊乎有心焉當加勉勵無宜後也以程之最文使誌其事號蓮社揞文其辭曰維歲在攝提格七月戊辰朔二十八日乙未法師釋惠遠貞感幽興霜懷特發乃延命同志息心正信之士雷次宗劉程之等百有二十三人集于廬山之陰般若臺精舍阿彌陀佛像前率以香花敬薦而揞惟玆一會之衆夫緣化之理既明而三世之傳顯矣遷

感之數既符則善惡之報必矣推交臂之潛論悟無常之期切審二報之相催知險阻之難苟此其同志諸賢所以夕惕宵勤仰思攸濟者也蓋神者可以感涉而不可以迹求必感之有物則幽路咫尺苟求之無方則渺茫何津今幸以不謀而感僉心西境叩篇開信亮情天發乃機象通於寢夢欣懽百於子来於是雲圖表暉景侔神造功由理諧事非人運茲實天啓其誠冥運求萃者矣可不克心克念重精疊思以凝其慮哉然景續參差功福不一雖晨期云同而夕歸攸隔即我師友之眷良可悲矣是以慨然胥命整衿法堂等施一心亭懷幽極誓茲同人俱游絕域其有警世絕倫首登神界則無獨善於雲嶠忘兼全於幽谷先進後升勉思彙征之道然後妙觀大儀啓心真照識以悟新形由化革藉芙蕖於中流蔭瓊柯以詠言飄靈衣於八極泝香風以窮年體忘安而彌穆心超樂以自怡臨三途而緬謝傲天宮而長辭紹衆靈而繼軌指太息以爲期究茲道也豈不弘哉

太元 初苻秦盛時德星屢現太史奏外國當有智人入輔及秦主攻襄陽得法師道安喜以爲應安謙讓不敢當因勸秦主迎龜茲國法師鳩摩羅什堅從之即其驍騎將軍呂光以鐵騎七萬伐龜茲謂曰若獲羅什馳驛送歸光軍至什謂龜茲王白純曰國運替矣有勍敵從日下來宜供承之勿抗其鋒純不納拒之大爲光所破遂獲

羅什光見什齒少凡人戲之妻以龜茲王女什苦辭以爲不可光飲以醇酒同閉室中遂爲所逼及光還而苻堅已敗因僭王姑臧父子相繼皆庸才不知道什蘊深解混居其國亡所宣化秦主姚萇者西戎羌也苻堅之敗萇爲宿將率其部屬反叛堅與之戰不利遂爲萇縊殺之于佛寺萇襲其位都雍關改長安爲常安在御八年苻堅領鬼兵白日入宮刺中其陰出血石餘而崩子興即位降帝號而稱天王未幾干戈寢息風化大行嘉祥沓現及樹連理𥝩生於殿庭咸謂智人入國之瑞乃遣姚碩德伐涼呂隆迎羅什法師至秦主深加禮遇待以國師大闡經論震旦宣譯至苻秦并什法師等兩朝出經律論三藏凡八百餘卷云

乙酉　苻丕改大安　西秦改建義

北朝魏　姓拓跋王水德都雲中

雷氏曰　道武明元太武文成獻文孝文宣武孝明孝莊節閔後廢出帝魏主十二一百四十九年

太祖道武皇帝珪　其先十一主國號代晉始拓跋詰汾因畋于野遇天女而生力微即魏之始祖神元皇帝也帝時辟暑五臺山有梵僧來乞坐具地帝然之遂敷坐具于是頭出星辰尾揺日月方圓五百里皆爲坐基乃文殊化身始祖生章帝悉鹿平帝綽思帝弗昭帝禄官穆帝猗盧平文帝鬱律惠帝賀傉煬帝紇那烈帝翳槐昭成帝什翼犍已上十一王未通中國○珪按世録其先出自黄帝之後昌意之子受封北國有大鮮卑山因以爲號西晉之亂有拓跋盧出居樓煩晉封爲代王於後部落分散經六十餘年至盧孫什翼涉珪魏書云珪即魏太祖道武帝也太元元年據朔州東三百里築城邑號恒安爲苻堅護將軍堅敗後乃即真號太祖道武殂明元立元殂世祖太武帝立自是又四主至世宗孝文帝遷都于洛改姓元氏去胡衣冠絶虜語尊華風是時天下唯二國謂之南北朝魏初未聞佛及

神元與晉通聘方知致信僧至二百萬寺院三萬餘所譯經律論一千九百餘卷自古佛圖塔之盛無出於此改年登國

丙戌 前秦苻登 宇文高堅之族孫在位九年改元太初壽五十二

後秦改建初 入長安稱帝 涼改大安

燕改建興

丁亥 西秦乞伏乾歸 國仁弟立二十四年後爲兄殺之

戊子 西秦改太初 稱王於河南

第二十六祖不如蜜多者南印度德勝王之太子也既受度得法至東印度彼王名堅固奉外道師長爪梵志暨祖将至王與梵志同覩白氣貫于上下王曰斯何瑞也梵志預知尊者入境恐王遷善乃曰此魔来之兆耳何瑞之有即鳩諸徒衆議曰不如蜜多将入都城誰能挫之弟子曰我等各有呪術可以動天地入水火何患哉尊者至先見宮墻有黑氣乃曰小難耳直詣王所王曰師来何爲祖曰将度衆生曰以何法度祖曰各以其類度之時梵志聞言不勝其怒即以幻法化大山於尊者頂上尊者指之忽在彼衆頭上梵志等怖懼投尊者尊者愍其愚惑再指之化山隨滅乃爲王演說法要俾趣真乘又謂王曰此國當有聖人而繼於我是時有婆羅門子年二十許幼失父母不知名氏或自言纓絡故人謂之纓絡童子遊行閭里丐求度日若常不輕之類人問汝何行急即荅云汝何行慢或問何姓乃云與汝同姓莫知其故後王與祖同車而出見纓絡稽首於前尊者曰汝憶往事否曰我念遠劫中與師同居師演摩訶般若我轉甚深修多羅今

日之事盖契昔因尊者又謂王曰此童子非他即大勢至菩薩是也此聖之後復出二人一人化南印度一人縁在震旦四五年内却迄此方遂以昔因故名般若多羅付法眼蔵偈曰真性心地蔵無頭亦無尾應縁而化物方便呼爲智尊者付法已即辭王曰吾化縁已終當歸寂滅願王於最上乗毋忘外護即還本坐跏趺而逝化火自焚王收舍利塔而瘞之當東晋孝武帝太元十三年戊子歳也

己丑　後涼改麟加

癸巳　栴檀瑞像此下至江南住一百七十三年

甲午　前秦苻崇改延初　十月爲乾歸所殺國除

後秦姚興改皇初　字子畧萇長子弁之長安立于槐里二十二年壽五十五歳

丙申　安帝德宗　武帝長子生而不惠至於寒暑飢飽不能辨年三十七崩于東堂葬休平陵一名儒宗十五歳即位治二十二年

後涼改龍飛　稱涼天王

後燕慕容寶　字道祐垂之第四子立二年改元永康壽四十四歳

北魏改皇始　建天子旌旗

南燕慕容德　字玄明皝少子身長八尺二寸姿貌雄偉後燕寶死乃據滑臺號燕都廣固僭立七年壽七十而卒

南涼禿髮烏孤　河西鮮卑人其先與魏何出八世祖匹孤率其部自塞北遷于河西呂光遣使署爲益州牧自稱大單于西平王都廣武徙樂都改年太初僭立三年

北涼改業　據張掖次年改神璽

西涼李暠　字玄盛隴西成紀人漢将軍李廣十六代孫祖弇仕張軌爲将因據河右至暠稱涼立十七年○即唐太宗八世祖也

竺僧朗京兆人也專以講説爲任而蔬食布衣志虓物外自皇始移上太山薙茅居

之時聞風而造者百有餘焉道德疑懷千里哲人競湊芳聲播遠五朝天子移風貢物飛符孰能並駕

一苻堅書曰皇帝敬問太山朗和尚大聖膺期靈權超逸蔭盖十方化融無外若四海之養群生等天地之育萬物養生存死澄神寂妙朕以虗薄生與聖會而隅萬機不獲輦駕今遣使人安車相請庶冀靈光迴盖京邑今并奉紫金數斤供鍍形像績綾三十疋奴子三人可備洒掃至人無違幸望納受想必玄鑒見朕意焉既請已師禮事之

二晉武帝曜書曰皇帝敬問太山朗和上叡德光時聲飛東嶽乃至思與和上同養群生至人通徽想明朕意今遣使者送五色珠像一軀光錦五十疋象牙簞五領金鉢五枚到頑受納

三後燕成武帝慕容垂書曰皇帝敬問太山朗和上澄神靈緒慈蔭巨國凡在含生孰不蒙潤朕承籍纂統方夏事㩁昔蜀不恭魏武含慨今二賊不平朕豈獲安又元戎克興狂掃暴亂至人通靈隨權指化頑兵不血刃四海混伏委心歸依久敬何已今遣使者送官絹一百疋袈裟三領綿五十斤幸爲咒頑

四魏太祖道武皇帝書皇帝敬問太山朗和上承妙聖靈要湏經略已命元戎上人德同海嶽神筭遐長冀助威謀克寧荒服今遣使送素絹二十端白氎五十領銀鉢三枚到頑受内

五南燕慕容德親與齊州朗和上建神通寺與師書曰敬問太山朗和上遭家多難灾禍屢臻昔在建熈王室西越賴武王中興神武御世大啓東夏拯拔區域遐邇蒙蘇天下幸甚天未忘灾武王即宴永康之始東傾西蕩京華撦越每思靈闕屏營飲淚朕以無德生在亂兵遺民未幾繼承天禄幸和上大恩神祇盖護使者送絹百疋并假東齊王奉高山茌二縣封給書不盡意稱朕心焉五朝御啓師悉回荅恐煩不録見唐弘明集

丁酉 改隆安○北涼改神璽　後燕改永康

戊戌 後燕慕容盛字道運寶之庶子立三年壽二十九卒改年建平

北魏是年即帝位改元天興道武下詔曰

北魏興佛復部 夫佛法之興其來遠矣濟益之功冥及存沒神蹤遺法信可依憑勑有司于京師建飾容像脩整宮舍令信向之徒有所居止是歳作浮屠殿二所謂耆闍須彌别構禪房法座莫不嚴具焉

己亥 後秦改弘始

後燕改長樂字道文盛少子在位六年壽二十三歳

後涼呂纂改咸寧○北涼改天璽

庚子 南涼利鹿孤烏孤之弟立二年改建和

是年什法師卒鳩摩羅什此翻童壽天竺人也家世勛烈父鳩摩羅炎有美節避相位出家龜兹王聞請為國師以妹妻焉遂生什日誦千偈三萬餘言大小乘宗莫不談覽苻秦建元十三年德星現之苻堅使呂光西討及聞堅敗據姑臧稱涼弗獲師面姚秦弘始三年三月庭樹生連理逍遥

園有葱變茝以表智人應入中國九月吕隆来降十二月二十日迎師居逍遥園與以國師禮待之甚見優寵仍命譯経論三百餘卷資學三千扳萃有八曰道生僧肇道融僧叡道恒僧影惠觀惠嚴等各有著述如别傳明可謂一時之盛千載光華又舉僧䂮爲僧正以政僧事沙門恵叡精識遠到随什傳寫每與叡言西方辭體特重文制其宫商體韻以入管絃爲善凡覲王者必有賛德経偈皆其式也嘗歎曰吾著大乘阿毘曇非迦旃延比也時無深識者因悽然而止獨與秦王著實相論二卷秦王機政之暇躬與什對譯尋覽舊經多所紕繆什釐正之嘗講経草堂寺及朝臣沙門數千衆肅容觀聽一日王謂什曰法師才明超悟海内無雙可使法種不嗣哉遂以宫嬪十人逼令受之什亦自謂每講有二小兒登吾肩欲障也自是不住僧房别立廨舍諸僧有効之者什聚針盈鉢謂曰若相効能食此者乃可畜室耳舉匕進針如常饍諸僧愧止初在龜茲隣國諸王會同每請什説法必跪伏座前命什踐肩而登座嘗與母謁大月氏國北山尊者北山謂其母曰善護此沙彌年三十五毘尼無缺度人如優波毱多不爾正俊法師耳杯渡比在彭城聞什入關歎曰吾與此子戲别三百年矣相見杳然未期遲於来世耳什嘗升座每曰譬如臭泥中生蓮華但取其華勿取臭泥也居秦才九年而疾口出三番神呪令外國弟子誦之以自救未及

致力轉覺危殆於是力疾集衆告别曰因法相逢殊未盡心方復後世惻愴可言自以闇短謬充傳譯所出經論唯十誦律未及删繁若義契佛心焚身之日舌不焦壞言訖而逝闍維日舌果若紅蓮色而不壞云

論曰漢光武生於南陽而南陽無賤士羅什至關中而奇才畢集經稱聖賢出世皆有因中同行開士隨從下生以佐佑其化信不誣矣方魏晋以來大法草昧西域沙門至者例以神迹顯化中國雖有奇傑間出然多囿情外學迨什公之來然後大法淵源始淳學者得以盡心方等而蔑視老莊蓋什公有力於法門豈小補哉特以宿障之累致其居關中才九年所藴十未行一而不克壽秦王有致什之功而弗能成其美嗚呼使什公爰德梵行副其所藴獲永天年以先大教之序雖彌勒出世尚何加焉

法師道䂮以奉律精苦爲秦王所重自什公入關僧尼以萬數頗多愆濫秦王患之遂置僧正下詔曰大法東遷於今爲極僧尼寖多宜設綱領宣授遠視以濟頹緒䂮法師早有學誼晚以德稱可爲國僧正給輿吏力資侍中秩傳詔羊車各二人又以僧遷禪惠爲悦衆以法欽惠斌爲僧録班秩有差尋加親信伏身白從各三十人

時師子國有婆羅門號聰明爲異道之宗聞什在關中馱其書至乞與僧辯論關中沙門相視缺然什謂法師道融曰子可以

當之融顧外道經書未讀乃密使人録其書目一覽即誦尅日議論秦主與公卿大集婆羅門以能博觀爲誇融數其書并秦地經史三倍之什乘勝嘲曰卿乃未聞秦有博學者乎敢輕遠來於是婆羅門愧服再拜融足下而去

法師道恒幼事後母以孝聞母亡去爲沙門從什公遊什愛其才與道標齊名秦主雅聞二人有經綸術業令尚書姚顯宣旨敦勉罷道輔政恒標抗表陳情略曰漢光武成嚴陵之節魏文帝全管寧之高陛下天縱之聖議論每欲遠輩堯舜今乃冠巾兩道人反在光武魏文之下主復命什䂮等勉諭之必欲遂其心什䂮等奏章敘其事略曰惟聖人能通天下之志恒標業已毀除須髮著不正之衣今使處簪紳之朝非其志也且大秦龍興異才輩出如恒標等未爲卓越主又下書於是舉衆懇乞乃得寢恒歎曰名進真道之累乃與標去入琅邪山終世不出

法師僧叡幼有盛名及從羅什受業妙悟絕倫秦主嘗問司徒姚嵩曰叡公誰可比嵩曰未見歸宿及朝會公卿大集叡風神朗徹主指以謂嵩曰四海僧望也叡講成實論什公曰此諍論中有七處破毗曇子能辨乎叡舉以應問皆當其意什歎曰子真精識傳譯有賞音吾何恨焉

法師僧肇幼家貧爲人傭書遂博觀子史尤善莊老蓋其粗也年二十爲沙門名震三輔什公在姑臧肇走依之什與語驚曰

法中龍象也及歸関中詳定經論四方學者輻湊而至設難交攻擎迎刄而解皆出意表著般若無知論什覽之曰吾解不謝子文當相揖耳傳其論至匡山劉遺民以似遠公公撫髀歎曰以爲未甞有也復著物不遷等論皆妙盡精微秦主尤重其筆札勑傳布中外肇卒年三十有二當時惜其早世云

辛丑

涼呂隆改神鼎

北涼沮渠蒙遜臨松盧水胡人其先爲兇奴遜後殺歆立于張掖治三十三年壽六十六改永安

後燕慕容熈改光始

壬寅

改元興

南涼傉檀利鹿孤弟立十三年壽五十五改元弘昌

元興元年天竺弗多羅尊者至秦義學沙門數百人從之於中寺出十誦梵本什公翻譯及半而弗多卒會沙門曇摩流支至亦善毘尼匡山遠公聞而喜走書関中勸流支出其律足成之流支乃與什公續而終焉律儀大備自此而始

天竺尊者佛陀耶舍至姑臧聞什公受秦宮女歎曰什如好綿其可使入棘刺乎什聞耶舍爲已遠来恐相失而返勸秦王迎之使至耶舍曰明旨遠降便當驛馳副檀越待士之勤脫如見禮羅什則貧道當在北山北矣使還王欽佇不已復遣使盡禮致之耶舍乃肯来王郊迎別叙精舍處之供設如王者耶舍一無所受時至分衛一赤髭毘婆沙食而已善毘婆沙論而髭赤時號赤髭毘婆沙後遊匡山爲遠公所重躬自負鐵於

嵩霄峯頂鑄塔以如来真身舍利藏其中今存焉

癸卯

元興二年太尉桓玄久懷篡奪及升宰輔以震主之威下書令沙門致拜君親玄與八座書重申何庾議沙門不敬王者以謂庾意在尊主而禮據未盡何出於偏信遂淪名躰夫佛之爲化雖誕以范浩推乎視聽之外以敬爲本此處不異蓋所期者殊非恭敬宜廢也老子同王侯於三大原其所重皆在於資生通運豈獨以聖人在位而比稱二儀哉將以天地之大德曰生通生理物在乎王者故尊其神器而禮實惟隆豈是虛相崇重義在君御而已沙門之所以生生資存亦日用於理命豈有受其德而遺其禮沾其惠而廢其敬哉于時尚書桓謙中書王謐等抗諫曰今沙門者意深於敬不以形屈爲禮如育王禮比丘足魏文侯之揖干木漢光武之遇子陵皆不令屈體況沙門之人也於是亟其書咨于遠公遠慨然惜之曰悲夫斯乃交喪之所由千載之否運慝大法之將淪感往事之不忘故著論五篇究叙微意庶後之君子崇敬佛教者或詳覽焉

沙門不敬王者論在家第一

原夫佛教所明大要以出處爲異出處之人凡有四科其弘教通物則功侔帝王化兼治道至於感俗悟時亦無世不有但所遇有行藏故以廢興爲隱顯耳其中可得論者請畧而言之在家奉法則是順化之民情未變俗迹同方内故有天屬之愛奉

主之禮禮敬有本遂因之而成教本其所因則功由在昔是故因親以教愛使民知有自然之恩因嚴以教敬使民知有自然之重二者之來實由冥應應不在今則宜尋其本故以罪對為刑罰使懼而後謹以天堂為爵賞使悅而後動此皆影響之報而明於教以因順為通而不革其自然也何者夫厚身存生以有封為滯累深固在我未忘方將以情欲為苑囿聲色為游觀沉湎世樂不能自免而特出是故教之所檢以此為涯而不明其外耳其外未明則大同於順化故不可受其德而遺其禮沾其惠而廢其敬是故悅釋迦之風者輙先奉親而獻君變俗而投簪者必待命而順動若君親有疑則退求其志以俟同悟斯乃佛教之所以重資生助王化於治道者也論者立言之旨貌有所同故位夫內外之分以明在三之志略敘經意宣寄所懷

沙門不敬王者論出家第二

出家則是方外之賓迹絕於物其為教也達患累緣於有身不存身以息患知生生由於稟化不順化以求宗求宗不由於順化則不重運通之資息患不由於存身則不貴厚生之益此理之與形乖道之與俗反者也若斯人者自誓始於落簪立志形乎變服是故凡在出家皆遯世以求其志變俗以達其道變俗則章服不得與世典同禮遯世則宜高尚其迹夫然故能拯溺俗於沉流拔幽根於重劫遠通三乘之津廣開天人之路如令一夫全德則道洽六

親澤流天下雖不處王侯之位亦已協契皇極在宥生民矣是故內乖天屬之重而不違其孝外闕奉主之恭而不失其敬從此而觀故知超化表以尋宗則理深而義篤照太息以語仁則功末而惠淺若然者雖將面冥山而游步猶惑恥聞其風豈況與夫順化之民尸祿之賢同其孝敬者哉

沙門不敬王者論求宗不順化第三

問曰尋老氏之意以天地得一為大王侯以順體而尊終於義存於此斯沙門所以抗禮萬乘高尚其事不爵王侯而沾其惠者也

沙門不敬王者論體極不兼應第四

問歷觀前史上皇已來在位居宗者未始異其原本本不可二是故百代同典咸一其統所謂唯天為大惟堯則之始此則非智有所不照自無外可照非照有所不盡自無理可盡以此推視聽之外廓無所寄理無所寄則宗極可明今諸沙門不悟文表之意而惑教表之文其為謬也固已全矣若復顯然驗此乃希世之聞

答曰夫幽宗曠邈神道精微可以理尋難以事詰既涉乎教則以因時為檢雖應世之具優劣萬差至於典成在用咸即民心而通其分分至則心其智之所不知而不關其外者也若然則非躰極者之所不兼兼之者不可並御耳是以古之語大道者五變而形名可舉九變而賞罰可言此但方內之階差而猶不可頓說況其外者乎請復推而廣之以遠其類六合之外存而

不論者非不可論論之或乎六合之內論而不辯者非不可辯辯之或疑春秋經世先王之志辯而不議者非不可議議之或亂此三者皆其身耳目之所不至以爲關鍵而不關視聽之外者也因此而求聖人之意則內外之道可合而明矣常以爲道法之與名教如來之與堯孔發致雖殊潛相影響出處誠異終期則同詳而辯之指歸可見理或有先合而後乖有先乖而後合先合而後乖者諸佛如來則其人也先乖而後合者歷代君王軆極之至斯其流也何以明之經云佛有自然神妙之法化物以權廣隨所入或爲靈仙轉輪聖帝或爲卿相國師道士若此之倫在所變現諸王君子莫知爲誰此所謂先合而後乖者也或有始剏大業而功化未就迹有參差故所受不同或期功於身後或顯應於當年聖王即之而成教者亦不可稱筭雖抑引無方必歸塗有會此謂先乖而後合者也若命乖而後合則擬步通塗者必不自涯於一揆若命合而後乖則釋迦之與堯孔歸致不殊斷可知矣是故自乖而求合則知理會之必同自合而求乖則悟體極之多方但見形者之所不無故或衆塗而駭之而異耳因茲而觀天地之道功盡於運化帝王之德理極於順通若以對夫獨絕之教不變之宗固不得同年而語其優劣亦以明矣

沙門不敬王者論形盡神不滅第五

問曰論旨以化盡爲至極故造極者必違

化而求宗求宗不由於順化是以引歷代君王使同之佛教令體極之至以權君統此雅論之所託自必於大通者也求之實當理則不然何者夫稟氣極於一生生盡則消液而同無神雖妙物固是陰陽之化耳既化而為生又化而為死既聚而為始又散而為終以此而推固知神形俱化原無異統精粗一氣始終同宅宅全則氣聚而有靈宅毀則氣散而照滅散則反所受於本本滅則復歸於無物反覆終窮皆自然之數耳孰為之哉若反本則異氣數合則同化亦為神之處形猶火之在木其生必並其毀必滅形離則神散而罔寄木朽則火寂而靡託理之然矣假使同異之分昧而難明有無之說必存乎聚散聚散氣變之總名萬化之生滅故莊子曰人之生氣之聚聚則為生散則為死若死生為彼之徒則吾又何患古之善言道者必有以得之若果然耶至理極於一生生盡不化義可尋矣

荅曰夫神者何耶精極而為靈者也精極則非卦象之所圖故聖人以妙物為言雖有上智猶不能定其體狀窮其幽致而談者以常識生疑多同自亂其為誣也亦已深矣將欲言之是乃言夫不可言今於不可言之中復相與言依俙神也圓應無主妙盡無名感物而動假數而行感物而非物故物化而不滅假數而非數故數盡而不窮有情則可以物感有識則可以數求數有精粗故其性各異智有明闇故其照

不同推此而論則知化以情感神以化傳情為化之毋神為情之根情有會物之道神有冥移之歸悟徹者及本感理者逐物耳古之論道者亦未有所同請弘之明之莊子發玄音於大宗稱黃帝之言形有美而不化又云火傳於薪猶神之傳於形火曲從養生之談非遠尋其類者也就如來論假令形神俱化始自天本愚智資生同稟所受問所受者為受之於形耶受之於神耶若受之於形凡在有形皆化而為神矣若受之於神是為以神傳神則丹朱與帝堯齊聖重華與瞽瞍等靈其可然乎如其不可固知冥緣之合著於在昔明闇之分定於形初雖靈鈞差運猶不能變性之自然況降茲已還乎驗之於理則微言而有徵校之以事可無惑於大通論成後有退居之賓步朗月而宵游相與共集法堂因而問曰敬尋雅論大歸可見殆無所間一日試重研究盖所未盡亦少許處耳意以為沙門德式是變俗之殊制道家之名器施於君親固宜略於形敬今所疑者謂甫創難就之業遠期化表之功潛澤無現法之効來報玄而未應乃命王公獻供信士屈體得無坐受其德陷乎早計之累虛沾其惠同夫素餐之譏耶主人良久曰請為諸賢近取其類有人於此奉宣時命遠通殊方九譯之俗問王當資以糇糧錫以輿服否荅曰然主人曰類可尋矣夫稱沙門者何耶謂其能蒙俗之幽昏啓化表之玄路方將以兼忘之道與天下同往使希

高者揖其同風潄流者味其餘津若然雖大業未就覩其趍步之跡所悟固已弘矣然則運通之功資存之益尚未酧其始擔之心况三業之勞乎又斯人者形雖有待情無近寄視夫四事之供若雀蚊之過乎其前耳濡沫之恵復焉足語哉衆賔於是始悟冥塗以開轍為功息心以淨畢為道乃忻然怡衿詠言而退

甲辰 魏改天賜

乙巳 改義熙

南燕慕容超改太上

夏赫連勃勃 字屈局兇奴右賢王去甲之後劉衛之子淵之族身長八尺五寸腰闊十圍據夏州自稱天王尚性兇暴以殺為樂立二十年

西涼改建初

丙午 天竺尊者佛馱跋陀自義熙二年至長安什公倒屣迎之以相得遲暮為恨議論多發藥跋陀曰公所譯未出人意乃有高名何耶什曰吾以年運已往為學者妄相粉飾公雷同以為高可乎從容决未了之義彌增誠敬秦太子姚泓延至東宮對什論法什問曰法云何空荅曰衆微成色色無自性故色即空又問既以極微破色空復云何破一微荅曰以一微故衆微空以衆微故一微空沙門寶雲譯出此語不肖其意皆謂跋陀所計微塵是常更申請之跋陀曰法不自生緣會故生緣一微故有衆微微無自性則是空矣寧當言不破一微乎時秦尚玄化沙門出入宫闕者數千跋陀攅然而已偶謂弟子曰昨見天竺五舶俱發應合至矣又其徒自言得初果僧正

道碧曰佛不許言自所得法五舶之論何所窮詰弟子輕言誑惑於律有違義不同處跋陀遂渡江入匡山見遠公議論不為遠屈遠高之遺書關中雪其枉後於江都謝司空寺譯華嚴經六十卷感二青衣童子每旦自庭沼中出炷香添瓶不離座右暮夜則潛入沼中日以為常至譯經畢遂絕迹不見

丁未 夏改龍升

後燕高雲 字子羽惠文熙之長子自云高陽之後因以為姓熙死僭立一年改國曰大燕年改正始

淵明陶潛字元亮為彭澤令解印去居柴桑與廬山相近時訪遠公遠愛其曠達招之入社陶性嗜酒謂許飲即來遠許之陶入山久之以無酒攢眉而去

戊申 南涼改嘉平

北燕馮跋 字文起長樂信都人小字名直伐其先畢方之後子孫皆食爵馮鄉者因以氏馮跋善飲酒一石不亂初仕後燕因殺慕容熙立雲雲復為臣離班桃仁所弒跋乃僭稱燕于昌黎次年改太平在位二十一年

己酉 西秦改更始

魏明元皇帝嗣 乃道武長子是年即位改元永興在位十五年壽三十二崩西宮葬雲中金陵

沙門法果戒行精至開演法籍是歲明元皇帝進加僧統言允愜賜封輔國宜城子忠信侯安城公之號師皆固辭帝親幸其居以門巷狹小不容輿輦更廣大之瞻敬慰問若此年八十餘卒帝三臨其喪追贈老壽將軍趙胡靈云

庚戌 法師法顯自西域還初顯於隆安二年同惠景道整等入西域求法渡流沙迷失路

以日準東西視人骨處進行遭熱風惡鬼不顧至葱嶺積雪有毒龍飛砂路盤空而進不頋皆萬仞險處梯而過者七日以繩為梁躡而濟者水闊八十步漢張騫甘英皆所未至也過小雪山寒甚慧景股栗而死顯哭之慟收涕孤征又三十餘國至中天竺去王舍城三十里入一寺問耆闍崛山路僧曰日暮矣彼多師子且食人不可往顯念吾欲瞻靈境幸至而晚今夕若死吾志不酬身非所愛乃畏師子乎顯既至日已夕遂留山中流涕拜曰我不自知至此也坐樹下誦經夜三更師子蹲踞舐齕顯以手循之曰欲肉醉我遲誦經畢乃可耳於是妥尾而去明日歸老僧植杖立揖不答徐去有少年來顯問耆年謂誰曰頭陀大迦葉也顯追之至山有石塞岩竇不得往至南天竺得摩訶僧祇律泥洹等經留三年學梵字以經像附商至師子國同侶皆無存翩然自止會有以紈扇供佛者顯見之動東歸之思又二年達于青州太守李嶷躬迎之護送入于京師

壬子 西秦熾盤乾歸之子立十六年改元永康 北涼改玄始

西域三藏曇無讖由龜茲至姑臧涼王沮渠蒙遜素奉大法讖居久之遍曉華言譯大般涅槃大集等經六十餘萬言猶以涅槃品數未足復還西域訪求得之至涼譯成四十二卷凡一萬偈讖神異頗多時拓跋珪王中山聞讖思一瞻禮遣使來迎遜不許珪再遣高平公李順策拜遜涼王加九錫諭之曰曇無讖道德廣大朕思一奉

見可馳驛送至遜曰臣奉事朝廷亡所負前表乞留讖今復來追此臣師也有死則已欲往則不可也順曰朝廷欽王忠義故顯加殊禮今乃以一道人虧損大功不忍一朝之忿吐所不當言失朝廷待遇之意切爲大王不取也遜曰如公之言誠美第恐情不副此耳遜竟不遣讖於是拓跋珪衛之道進者從讖求授菩薩戒讖曰當自悔七日乃来既而詣讖讖忽怒進曰此宿障也遂精脩三年夢中感釋迦世尊爲授戒法是夕十餘人同夢如進所見於是復詣讖望見大喜曰善哉已感戒矣今爲汝作證及固辭西歸遜怒其去已密遣親信中路刺殺之初讖出關日謂送者曰業期至矣雖上聖不能逃非愛死而固欲相遠也未幾遜心愧悔白日見鬼以劍刺之而卒其國爲魏所併

癸丑 夏改鳳翔

道生法師天縱妙悟初涅槃後品未至生熟讀久之曰阿闡提人自當成佛此経来未盡耳於是文字之師交攻之誣以爲邪說於律當擯生白衆誓曰若我所說不合経義願於此身即見惡報若實契佛心願舍壽時據師子座於是袖手南来入虎丘山竪石爲聽徒講涅槃経至闡提有佛性處曰如我所說義契佛心不群石皆首肯之後游匡山居銷景岩聞曇無讖重譯涅槃後品至南京果言闡提皆有佛性生慰喜不自勝遂誓死奉法

甲寅 魏改神瑞

丙辰後秦泓興之子立二年晉劉裕滅之壽三十改永和魏改泰常

丁巳西涼李歆立三年改嘉興

戊午夏改昌武次年改真興

己未恭帝德文改元熈安帝母弟永初元年劉裕使后兄升度踰垣弑之壽三十六葬于沛陵晉室滅矣

治二年○是年梁誌公生

右西晉都洛陽四主三十七年而有五胡之燉東晉都建業十二主一百四年而歸于宋

庚申西秦改建弘

西涼冠軍恂改永建二年河西王拔燉煌恂自殺國亡

北朝魏泰常五年光禄卿崔浩被讒帝命浩以公歸第因脩服食養性之術初嵩山道士寇謙之脩張道陵術自言嘗遇老子降命謙之繼道陵為大師授以辟穀輕身之術及科戒二十卷使之清正道教又遇神人李譜文云老子之玄孫也授以圖籙真経六十餘卷并出天宮靜輪之法謙之奉其書獻于太武朝野多未之信崔浩獨師事之從受其術且上書贊明其事太武忻然使謁者奉玉帛牲牢祭嵩嶽迎致謙之起天師道場於平城之南重臺五級道徒由此而盛

宋司馬文正公曰老莊之書大旨欲同生死輕去就而為神仙者服餌脩鍊以求輕舉鍊草石為金銀其為術正相戾矣是以劉歆七畧叙道家為諸子神仙為方技其後有符水禁呪之術至謙之遂合而為一至今循之其訛甚矣崔浩不信佛老之書而信謙之之言其故何哉昔臧文仲祀鶢鶋孔子以為不智如謙之者其為鶢鶋亦

大矣詩三百一言以蔽之曰思無邪君子之於擇術可不謹哉

禪師玄高居麥積山與沙門曇弘友善聞曇無毘自北山至涼妙禪觀高往親之旬日即悟無毘歎異以為勝己及無毘西歸有妖比丘嫉高譖於河南王世子曼曰高今聚徒將為國害曼信之欲殺高其父不許遂擯於河北居林陽堂山山盖地仙所宅夜有鐘磬聲高門弟子百餘輩拔萃者玄紹有神力嘗指地出水以給衆如紹者又十有一人河南王迎曇弘至問王何以擯高其人希世之瑞也王厚禮迎之高欲赴命山中草木為摧偃亂石塞路高曰吾志弘道自滯豈實無益也路乃可行王郊迎之禮以為師後游涼土沮渠蒙遜禮遇尤勤弟子僧印自謂得阿羅漢果高假以神力使於定中見十方無盡世界及聞諸佛所說之法各各不同即於一夏尋其所見不盡方生愧懼明年魏使請高入于平城拓跋燾在位益加誠敬令太子晃師事之齊著作魏收著魏書佛老志其畧曰釋氏之學聞於前漢武帝元狩中霍去病獲昆耶王及金人率長丈餘帝以為大神列於甘泉宮燒香禮拜此則佛道流通之漸也及開西域遣張騫使大夏還云身毒天竺國有浮圖之教哀帝元壽中景憲受大月氏王口授浮圖經後漢明帝夢金人項有日光飛行殿庭傅毅始以佛對帝遣中郎蔡愔等使於天竺寫浮圖遺範仍與沙門迦葉摩騰竺法蘭還洛陽得四十二章

經及釋迦立像帝令畫工圖之置清涼臺及顯節陵緘經於蘭臺石室浮圖或言佛陀聲相轉也譯云淨覺言滅穢明道為聖悟也

凡其經旨大抵言生生之類皆因行業而起有過去當今未來三世神識常不滅也凡為善惡必有報應多積勝業陶冶麤鄙經無數形藻練神明乃至無生而得佛道其間階次心行等級非一皆緣淺以至深藉微而為著率在於積仁順蠲緣欲習虛靜而成通照也故其始脩心則依佛法僧謂之三歸若君子之三畏也又有五戒去殺盜婬妄言飲酒大意與仁義禮智信同奉持則生天人勝處虧犯則墮鬼畜諸苦又善惡生處凡有六道焉諸服其道者則剃落髮須釋累辭家結師資遵律度相與和居治心脩淨行乞以自給謂之沙門或曰桑門亦聲相近也其根業各差謂之三乘聲聞緣覺及以大乘取其可乘運以至道為名也上根者以脩六度進萬行拯度億流彌歷長遠登覺境而號為佛也本號釋迦文此譯能仁謂德充道備戡濟萬物也降於天竺迦維羅衛國王之子於四月八日從母右脇而出姿相超異三十二種天降嘉瑞亦三十二而應之以二月十五日而入涅槃此云滅度或言常樂我淨明無遷謝及苦累也又云諸佛有二義一者真實謂至極之體妙絕拘累不得以方處期不可以形量限有感斯應體常湛然二者權應謂和光六道同塵

萬類生滅隨時脩短應物形由感生體非實有權形雖謝真體不遷但時無妙感故莫得常見耳斯則明佛生非實生滅非實滅也

佛既謝往香木焚屍靈骨分碎大小如粒擊之不壞焚之不焦而有光明神驗謂之舍利弟子收奉竭香花致敬慕建宮宇謂之為塔猶宗廟也故時稱為塔廟者是矣於後百年有王阿育者以神力分佛舍利役諸鬼神造八萬四千塔布於世界皆同日而就今洛陽彭城姑臧臨淄皆有育王寺蓋承其遺迹焉而影迹爪齒留於天竺中途往來者咸言見之

初說教法後皆著錄綜覈深致無所漏失故三藏十二部經如九流之異統其大歸終以三乘為本後有羅漢菩薩相繼著論贊明經義以破外道皆傍諸藏部大義假立外問而以內法釋之傳於中國漸流廣矣漢初沙門皆衣赤布後乃易以雜色云

論曰唐太宗世既脩晉書復有勸脩南北七朝史者太宗以元魏書甚詳故特不許以今攷之信然也凡佛老典教於儒者九為外學或欲兼之自非夙薰成熟頗力再來莫能窺其彷彿況通其旨歸而祖述源流者乎異哉魏書佛老志不介焉而馳遷固之閒御靡旌以摩荀楊之壘步驟雍容有足觀者然則魏收兼三聖人難兼之學平四作者不平之心厥書獨見信於後世顧不美哉

佛祖歷代通載卷第八

音釋

紇（戶結切）闇（於紺切，閉門也）䃼（音署，利也）髀（補爾切，股也）糇（戶鉤切，糧）齕（痕沒切，齧也）鶋（舉魚切，鳥也）愔（於斟切）戡（竹甚切，小斫也）愳（同懼）

佛祖歷代通載卷第九

嘉興路大中祥符禪寺住持華亭念常集

庚申 宋 姓劉氏都建康 雷氏曰 高少文武前明後順宋朝八主合六十年

高祖武皇帝裕改永初 字德輿小字寄奴彭城縣綏輿里人漢高弟楚元王交二十世孫彭城楚都故苗裔家馬帝仕晉爲太尉有雄才大畧而清簡寡慾晉氏東遷劉氏移居晉陵受禪晉室幸建康宮六十七歲崩于西殿葬建康縣蔣山初寧陵治三年

西秦改建弘

西凉冠軍恂改永建

壬戌 四月上殂

癸亥 營陽王義符改景平 小字車兵武帝長子昕爲多乘失皇太后令廢爲營陽王年十九終治一年

甲子 文帝義隆改元嘉 小字車兒武帝第三子身長七尺五寸聰明仁厚躬勤政事江左之政未嘗有也壽四十七爲張超之殺于合殿葬長寧陵在位三十年

魏世祖太武帝燾改始光 明元長子壽四十五崩于永安宮在位十九年

乙丑 夏赫連昌改承光

北燕有女人化男子〇魏崔浩自比張良

丙寅 元嘉三年神僧杯渡初出冀州如清狂者挈十木杯渡水必乘之因號焉嘗自孟津乘杯絕岸至金陵時年四十許狀寒窶喜怒不常遇盛寒輒穴氷而浴或著屐登山或跣足市中行荷一蘆圈時造延賢寺沙門法意遇之尤勤忽棄去行瓜步欲登舟舟人不即應遂乘杯絕北岸廣陵村有李氏方飯僧渡徑入以蘆圈置庭中坐席上衆環目之渡自若座有怒者見蘆圈礙道移之饒力不能動渡食畢挈之而去笑曰四天王時有童子竊見圈中有四小兒皆

長數寸眉目如畫及追之失所在由此顯迹及卒後復時時有人見之云

戊辰　西秦慕末改永弘二年夏滅之

夏赫連定立二年改勝光次年魏滅之（昌之弟也）

北涼改承玄○魏改神䴥

己巳　天竺求那跋陀羅至金陵文帝遣使郊迎跋陀神情爽邁帝見之大悅命居祇桓寺屢延入內供養僕射何尚之彭城王義康南譙王義宣並師事之請講華嚴跋陀以未通華言乞觀音爲增智力夜夢神力士易其頭旦起猶覺痛甚遂遍曉華言即爲衆講之時以跋陀妙大乘宗旨因號摩訶衍

辛未　北涼改義和

北燕馮弘改大興（跋之弟殺跋之子翼自立七年）

壬申　魏改延和

九年文帝幸大莊嚴寺設大會親同四衆地坐及齋衆疑日過午不敢下箸帝曰日才午耳法師道生在席即曰白日麗天今天言方中何謂過耶舉鉢便食一衆從之帝大悅下詔留生止都下一時巨公王弘范泰顔延之等皆造門結友生每以經文未能達諸佛之旨而學者多滯聞見因著善不報論頓悟成佛論二諦論佛性有常論法身無色論佛無淨土論應有緣論皆網羅舊說發其淵奥皎如日星又明年正月庚子升法座詞音朗潤聽者悟悅俄塵尾墮地隱几而化

癸酉　北涼牧虔（蒙遜子立六年改永和）

是歲謝靈運以謀叛棄市初靈運與顔延

之齊名其文縱橫俊發過於延之深遠則弗及襲封康樂侯居會稽與隱士王弘之孔淳之放蕩爲娛太守孟顗事佛精懇爲靈運所輕嘗謂顗曰得道須慧業丈人生天當在靈運前成佛必在靈運後顗深恨此語及顗入朝屢爲裁抑不得名用晚爲臨川內史在郡游放不法爲有司所糾司徒遣隨州從事鄭望生收之運即興兵叛逸遂有逆志望生追擒之送廷尉帝怜其才減死徒廣州既而復叛有旨棄市年四十九

甲戌 十一年天竺三藏求那跋摩初讓國出家解四阿含精貫三藏誦數百萬言屬國諸王皆從之稟受歸戒每謂諸王曰道在精通遇緣即應但依慈悲勿故發害意足矣遊闍婆國其王欲出家事跋摩群臣固請不可乃令國中曰若率土奉大和尚歸戒勿殺害賑給貧乏即從爾請於是群臣士民稽首遵命朝廷雅聞其名沙門慧觀等白於文帝請遣使致之有詔交州刺史津遣沙門道冲等航海邀之冲至跋摩欣然附舶抵廣詔聽乘驛詣闕道由始興愛其山類靈鷲爲留周碁寺有寶月殿跋摩於東壁戲作定光儒童布髮像極妙夜輙有光嘗在定累日不出寺僧遣沙彌候之見白獅子仰躡柱而戲彌空皆青蓮花沙彌驚走大呼寺僧爭至豁無所有至金陵引對帝迓勞殊勤因從容問曰寡人每欲持齋以身應物不獲所願法師遠來陋邦之幸何以教寡人對曰道在心不在事法由

已不由人且帝王所修與匹夫異匹夫身賤名微言令不威倘不克已苦節何以爲用帝王以四海爲家萬民爲子出一嘉言則士庶咸悅布一善政則人臣以和刑不夭命役不勞力則風雨時若寒暑應節百穀滋繁桑柘欝茂以此爲持齋不殺亦大矣安在輟半日之飡全一禽之命然後爲弘濟耶帝撫几歎曰俗迷遠理僧滯近教如法師之言可與論天人際矣命居祇桓寺講法華并十地品帝率公卿日集座下法席之盛前此未聞也摩即於寺譯菩薩善戒經等十八卷

乙亥魏改太延

十二年京尹蕭謨之請制建寺鑄像帝以問侍中何尚之吏部羊玄保曰朕少讀經不多比日彌復無暇因果之事昧然未究所以不敢立異者以卿輩時秀率皆信敬耳范泰謝靈運皆言六經法度本任濟世必求妙道當以佛經爲指南比見顏延之析達性論宗炳難白黑論其說汪洋大明至理若使率土之民皆敦此化則朕坐致太平矣夫復何事昨蕭謨之請制即以相示委卿增損必有以戒遏浮淫無傷弘獎者乃當著爾尚之對曰横目之俗聞不敬信以臣庸陋獨有愚勤實懼缺薄上玷大法更蒙奬論重有愧耳然前代群英則不負明詔自渡江而來王道周顗庾亮王蒙謝安郗超王坦之王恭王謐郭文謝尚戴逵許詢及亡祖兄弟王元琳昆季范汪孫綽張玄殷凱或宰輔冠冕或人倫羽儀或

致情天人之際或抗迹雲霞之表靡不倒心歸依其間比對如蘭護開潜淵遁崇邃並亞迹黃中或不測人也近世道俗較論便爾若悉舉者夷夏漢魏奇傑輩出不可勝數惠遠云釋迦之化無所不可適道固自教源齊物亦爲要務竊味此言有契至理何則百家之鄉十人持五戒則十人淳謹千室之邑百人修十善則百人和睦傳此風教以周寰區編户億千則仁人百萬夫能行一善則去一惡去一惡則息一刑一刑息於家萬刑息於國此明詔所謂坐致太平者是也故圖澄適趙二石減暴靈塔放光苻健損虐神道助化昭然可觀謨之請制不謂全非但傷蠹道俗本在無行僧尼然而情僞難分去取未易耳至土木之工雖若靡費且植福報恩不可頓絶臣比斟酌進退未安今日面奉德音實用忻抃羊玄保進曰此談蓋天人之學非臣愚所宜預聞切恐秦楚論強兵之術孫吳盡吞併之計無取於此帝曰此非戰國之具良如卿言尚之曰夫禮隱逸則戰士怠貴仁德則兵氣消倘以孫吳爲志動期吞併則將無取於堯舜之道豈特釋教而已哉帝悅謂尚之曰釋門之有卿猶孔氏之有季路也自是帝留神釋典益重玄化及顏延之著離識論及論檢勑法師惠嚴辨其同異酧酢終日帝笑曰卿等殆不愧支許矣

丙子文帝幸曲水公卿畢集帝命賦詩沙門惠觀詩先成奏之句有奇勝之韻帝悅以示

百官皆歎服其才觀與惠嚴謝靈運等評定大涅槃經頗增損其辭因夢為神人呵之曰乃敢妄以凡情輕瀆聖典觀等惶懼而止

時有僧惠琳者以才學得幸于帝與決政事時號黑衣宰相致門下車蓋常不容迹琳妄自驕蹇見公卿纔寒暄而已著白黑論毀佛叛教遂感現報膚肉糜爛歷年而死

論曰世智辨聰人情所歆慕以為英靈者也佛世尊則以為八難之一何哉靈運恃才傲世以謀叛伏誅惠琳毀形衣僧伽黎而竊與朝政既叛教矣復從而毀佛遂蒙惡報以死嗚呼蓋世智之為難也明矣觀嚴二人妄以凡情輕議聖典向使不遇神人呵之則世智之難亦幾不免大哉跋摩尚之對制之言可謂肯窮大體而識盡精微真天下之通論也

是歲文帝詔求沙門能述生法師頓悟義者刺史庾登之以釋法瑗聞召對顧問瑗伸辨詳明何尚之歎曰意謂生公之歿微言永絕今復聞象外之談所謂天未喪斯文也未幾天保寺成詔瑗主之王景文至值其講歎曰所舉皆所未聞所指皆出意表真法中龍也湘宮寺成復移瑗居之帝臨幸聽法時以為榮

庚辰　魏太武燾即位改太平真君

壬午　真君三年上詣道壇受籙

甲申　是年北魏太武以戊寅平蕩中原江北盡臣伏又為寇謙之倚崔皓為天師故改真

君之號迨今五年崔信寇術憎釋愈甚太子晃師事法師玄高崔皓妬晃讒於太武疑之令幽死晃求哀於高高爲作金光明懺太武夢其先祖讓之曰不當以讒疑太子既寤以所夢語群臣臣下皆稱太子無過待之如初其相崔皓懼太子將不利於已白太武曰太子前實有謀仍結玄高以術致先帝恐陛下耳若不早誅必爲大害太武大怒收玄高惠崇害之高弟子玄暢居雲中聞高遇害日馳六百里至魏闕泣曰和上神力當爲我起於是高開眸曰大法應化隨緣盛衰盛衰在迹理恒亘然但惜汝等行如我耳或恐過之矣唯玄暢南渡汝等死後法當更興善自修心毋令中悔言訖即化沙門法進號呼曰聖人去世我何用生應聲見高於雲中進頂禮乞救高曰不忘一切寧獨棄汝耶曰和尚與崇公並生何所高曰我往惡處救護衆生崇已歸安養矣言訖不見

世祖時道士寇謙之字輔真雍州人早好仙道修張魯之術服食餌藥歷年亡效有仙人成公興求謙爲之弟子相與入華山居石室興採藥與謙之服能不飢又共入嵩山石室尋有異人將藥與謙之皆毒蟲臭物謙之懼走興歎息曰先生未仙正可爲帝王師耳未幾與仙去謙守志嵩山忽遇大神乘雲駕龍導從百靈集於山頂稱太上老君謂謙之曰自天師張陵去世以來地上曠職汝文身直理吾故授汝天師之位錫汝雲中新科二十卷自開闢以來

不傳於世汝宣吾新科清整道教除去三張僞法租米錢稅及男子合氣之術大道清虛寧有斯事專以禮度爲首加之以服食閉練使玉女九疑十二人授謙之導引口訣遂得辟穀氣盛顏色鮮麗云

丙戌

是歲即元嘉二十三年魏太武三月西伐長安與崔皓皆信重寇謙之而奉其道皓特不喜佛每言於魏主以爲佛法虛誕爲世費害宜悉除之及魏主討蓋吳至長安入佛寺沙門飲從官酒從入其室見大有兵器出白太武武怒曰此非沙門所用必與蓋吳同謀欲爲亂耳命有司按誅合寺僧閱其財產大有釀具及州郡牧守富人所寄物以萬計又爲窟室以匿婦人皓因說帝將誅天下沙門毀諸經像帝從之寇謙之切諫以爲不可皓不從先盡誅長安沙門焚燒經像還宮勅臺下四方命一依長安法詔曰昔後漢荒君信惑邪僞以亂天常自古九州之中未嘗有此誇誕大言不本人情叔季之世莫不眩焉由是政化不行禮儀大壞九服之內鞠爲丘墟朕承天緒欲除僞定真復羲農之治其餘一切蕩除滅其蹤跡自今已後敢有事胡神及造形像泥人銅人者門誅自王公已下有私養沙門者限今年三月十五日過斯不首身死有司宣告征鎮將軍刺史諸有浮圖形像及一切經皆擊破焚燒沙門無少長悉坑之太子素好佛法屢諫不聽乃緩宣詔書使遠近預聞之得各爲計沙門多亡匿獲免收藏經像唯塔廟在魏境者無

復子遺
魏真君九年天師寇氏兔帀以京之東南地建靚輪天宮奏曰陛下以真君御世開古未有應受符命帝然之遂受符録建靚輪天宮令極高大不聞雞犬之音要與天神交接工力萬計經年不成其寇謙之惡疾死功遂止

庚寅
真君十一年崔皓嘗見妻郭氏讀金剛經乃奪之火焚棄厠初崔皓爲魏司徒自恃才畧及魏主所寵任專制朝權太武以皓監祕書其黨閔湛者勸皓刋所撰國史于石以彰直筆皓從之於是刋石立於郊壇書魏先世事皆詳實往來見者咸以爲言北人無不忿恚相與譖皓於帝以爲暴陽國惡帝大怒使有司按皓罪状皓惶惑不能對執皓檻車置于城南道側吏衛士路人行溲其面呼聲嗸嗸徹于道曰此吾投經溺像之報也凌遲而死時年七十矣崔寇二家悉夷五族坐及僚屬凡百二十人皓既勸魏主除蕩釋氏及經像毀廢皓行路見棄像必停車溺之及族誅尸無收者又積怨在人於是競溺皓尸至縻潰乃止已上見北史

論曰崔皓之不智司馬温公論詳矣大抵託跋氏起自沙塞未遷都時性殘忍殺人如甘羡飲食其俗習然也初太子晃被讒而玄高等數僧受誅頗見其無辜矣及罷釋氏沙門誅而坑之者豈勝道哉此雖虜人性凶亦崔皓當權用法如此既而皓被讒迹其所坐盖作史之失在唐世不過黜

官榮投之荒裔而已假令誅之亦不過一已乃遂夷滅五族何哉盖以無辜而施於人也深則其報之於已也必厚此天道常數而不易者也至於吾釋之經像於皓庸有傷害哉而皓每見必停車而溺之及皓未旋踵而尸亦爲人溺之至糜潰而止嗚呼皓不畏聖人之言而欺天也又如此故天復爲之速報以警動乎人世也可不戒哉可不戒哉

辛卯　魏改正平

世尊示滅一千四百年矣

魏朝元會沙門曇始振錫至宫門吏白太武曰趣斬之刃下無傷又白臨殿陛矣太武抽佩劒自斬之亦不能傷劒徹有痕如線令收捕投虎檻中虎皆怖伏不敢瞬左右請以天師試之虎即號吼太武大驚延始上殿再拜悔謝魏書佛老志云沙門惠始清河張氏子初聞羅什出經詣長安見之學習禪定於白渠北晝入城聽講夕還處靜三輔識者高之武帝滅姚氏留子義真鎮長安及義真爲赫連屈局所敗始身被刃而無傷屈局怒召始於前以所佩劒自擊之又不能害乃懼而謝後至魏多所化導自初習定至卒五十餘年未嘗寢卧跣行足不沾泥愈加鮮白世號白足阿練若太武深加敬禮始預知終期齋潔端坐僧徒滿側泊然而寂停尸十日容色不變閱十餘年改葬貌亦如存舉世歎異及葬日送者萬餘人皆號慕哭之慟中書監高允爲傳頌其德云

魏太武以癘作二月五日卒矣

壬辰魏文成帝濬改興安（景穆帝長子先太子晃被害立吳王改元正平十月一日吳王亦崩立太孫濬晃之子也既立有人君之度視前昏失復弘聖道在位十二年壽二十六崩太華殿也）

二十九年魏太武帝殂吳王立未幾而薨高宗文成帝即位乃太武之孫也群臣勸請興復釋氏下詔曰夫爲帝王者必祗奉明靈顯彰仁道其能惠著生民濟益群品雖在往古猶序其風烈是以春秋嘉崇明之禮祭典載功施之族況釋教如來功濟大千惠流塵境尋生死者歎其達觀覽文義者貴其妙門助王政之禁律益仁智之善性排撥群邪開演正覺故前代已來莫不崇尚亦我國家常所尊事世祖太武皇帝開廣邊荒德澤遐被沙門道士善行純誠如惠始之倫無遠不至風義相感往往如林夫山海之深寧免奸媱之儔得容假託講寺之中致有凶黨是以先朝因按假釁戮其有罪所司失旨一切禁斷景穆皇帝每爲慨然值軍國多事未遑修復朕承鴻緒君臨萬邦思述先志以隆斯道今制諸州郡衆居之所各聽建佛圖一區其有好樂道法欲爲沙門性行素篤鄉里所明者聽出家於是天下承風朝不及夕往時所毀圖寺經像並還脩復有罽賓王種沙門師賢者東游涼城至魏值罷教權假藥術守道不改於復教日即爲沙門同輩五人高宗親爲下髮命師賢爲僧統明年有旨於五級大寺爲太祖已下五帝鑄釋迦文像五尊各長丈有六尺用赤金二十五

萬斤云出魏書佛老志

甲午武帝駿改孝建字休龍小字道人文帝第一子聰明穎悟文武两全壽三十五崩玉燭殿在位十年

魏改興光

第二十七祖般若多羅者東印土人也既得法已行化至南印度彼王名香至崇奉佛乘尊重供養度越倫等又施無價寶珠時王有三子其季開士也尊者欲試其所得乃以所施珠問三王子曰此珠圓明有能及此否第一子月淨多羅第二子功德多羅皆曰此珠七寶中尊固無踰化非尊者道力孰能受之第三子菩提多羅曰此是世寶未足爲上於諸寶中法寶爲上此是世光未足爲上於諸光中智光爲上此是世明未足爲上於諸明中心明爲上此珠光明不能自照要假智光光辨於此既辨此已即知是珠既知是珠即明其寶若明其寶寶不自寶若辨其珠珠不自珠珠不自珠者要假智珠而辨世珠寶不自寶者要假智寶以明法寶然則師有其道其寶即現衆生有道心寶亦然尊者歎其辨慧乃復問曰於諸物中何物無相曰於諸物中不起無相又問於諸物中何物冣高曰於諸物中人我冣高又問於諸物中何物最大曰於諸物中法性最大尊者知是法嗣以時尚未至且默而混之及香至王厭世衆皆號絶唯第三子菩提多羅於柩前入定経七日而出乃求出家既受具戒尊者告曰如来以正法眼付大迦葉如是展轉乃至於我我今囑汝聽吾偈曰心地

生諸種因事復生理果滿菩提圓華開世界起尊者付法已即於座上起立舒左右手各放光明二十七道五色光耀又踊身虛空高七多羅樹化火自焚空中舍利如雨收以建塔當宋孝武帝孝建元年甲午歲也正宗記云宋孝武之世也注云以達磨来十七年計之當在宋孝武孝建元年傳燈作丁酉非

孝建元年宋孝武帝舉兵誅元凶而求那跋陀羅逃民間其後王玄謨軍梁山孝武令軍中得跋陀者驛馳至臺俄得之送金陵引見帝曰企德日久乃今始遇閒關來歸亦有恨乎曰亡所恨但念夙緣遇此遂成熟耳帝慰之且戲曰尚念譙王乎對曰古人不忘一飯王飯我十年乃敢遽忘耶念當從陛下求爲王長修冥福帝懐然改容中興寺成有旨命住持帝宴東府公卿畢集召跋陀至皤然清癯孝武望見謂謝莊曰摩訶衍有機辯當戲之必能悟人情跋陀趍升陛帝曰摩訶衍不負遠來唯有一在即應聲曰貧道客食聖朝三十載恩德厚矣所欠者一死耳帝大悅移席相促一座盡傾

乙未 魏改大安

孝武詔沙門道猷爲新安寺鎮寺法主初文帝問惠觀頓悟之理孰精觀以猷對有旨召入大内盛集名流猷敷宣有緒法義纍然聞者開悟有攻難者猷必挫以釋之帝拊髀稱善至是爲天下法主甚允時望

丙申 法師寶亮居中興寺中書袁粲見而異之以書抵其師道明畧曰比見亮公非常人

也日聞所未聞不覺歲之將暮然珠生合浦魏人取以照乘王在邯鄲秦人請以華國天下之寶不可自專當與同之也自是亮名益重晚居靈味寺講席冠京邑弟子三千餘亮英氣駿駿逼人辭鋒錯逸議者或蔽於理亮釋之莫不渙然

丁酉　改大明

是歲有羌人高闍反累及沙門曇標乃下詔付所司精加沙汰遂設諸條自非戒行精苦之者並令還俗詔雖嚴重竟不施行

庚子　魏改和平

壬寅　大明六年九月有司陳言臣聞邃拱凝居非期弘峻拳跪盤伏豈止恭敬將以昭彰四維締制六寓故雖儒法支派名墨條流至於崇親嚴上厥繇靡爽唯浮圖教特異於此凌滅禮度偃居尊戚失隨方之妙迹迷至化之淵美臣聞佛以謙儉自牧以忠順為道不輕比丘逢人必拜目連大士遇長則禮寧有屈膝四輩而簡禮二親稽顙耆臘而直骸萬乘者耶故咸康刱議元興再述而事屈於偏黨道剉於餘分今鴻源遠洗群流仰鏡九仙贐寶百神聳職而畿輦之內含弗臣之民階席之間延抗禮之客懼非所以澄一風軌詳示景則者也臣等參議以為沙門接見皆當盡禮敬之容依其本俗則朝徽有序乘方兼遂矣制可法師僧遠聞而歎曰我剃頭為沙門本出家求道何關於帝王即日拂衣歸于林壑是歲吳郡朱靈期者自高麗還舶為風攜至一洲洲有山因意登之十餘里聞午梵

知有寺寺七寶所成見僧數輩皆石像欲迺有呼靈期再拜得食食味香美非世間有也有人云此去金陵三萬餘里嘗識杯渡道人否靈期曰識之其人指北壁一囊并瓶錫曰乃其鉢具耳今取附君并書又以青竹杖授之曰見杯渡即付之令一沙弥送至舶沙弥命靈期以竹杖置前水中三日而至石頭淮遂失竹杖有須渡來得鉢大笑曰我不見此鉢且四千年矣以擲雲中又接之乃去渡屢示寂已而復游於世復至齊諧家同呂道惠杜天期水丘熙三大士在焉諧大驚即再拜渡曰年大凶無忘修福業法意道人德高可親之以禳灾俄門楣上一僧呼渡仰見之即辭去後不復見

癸卯釋僧導京兆人也十歲從師所學弘大為王者之敬初姚興欽重出入同華後帝悅其賢躬為壽春立光山寺勅開講首曰昔王宮托生雙林見滅自爾已來歲逾千載淳源永謝澆風不追給苑丘墟鹿園蕪穢九十五種以趣下為升高三界群生以火宅為淨土豈知上聖流涕大士悽惶者哉因即涕泗四衆為之改容

乙巳廢帝業改景和小字法師孝武長子不仁不孝淫虐無度其嬖臣壽寂之殺之年十七崩光華殿在位一年

魏文成帝末年疏勒國王遣使送佛袈裟一頂長二丈餘帝審是佛衣應有靈異置之猛火經日不然於是駭然心形俱肅信乎出北史

明帝彧改太始字休炳小字榮期文帝第十一子好事鬼神殺酷暴

唇壽三十四崩于景福殿在位七年

魏獻文帝弘文成長子即位治六年禪位與太子自號太上皇二十三歲崩

丙午改永光

魏改天安

丁未大教東被四百年矣　○魏改皇興

魏是年建永寧寺浮圖七級高三百餘尺爲天下第一又鑄釋迦文像高四十三尺用赤金十萬斤黃金六百斤又造三級石浮圖

寶誌大士於是年往來皖山釼水之下髮而徒跣著錦袍俗呼爲誌公面方而瑩徹如鏡手足皆鳥爪初金陵東陽民朱氏之婦上巳日聞兒啼鷹巢中梯樹得之舉以爲子七歲依鍾山大沙門僧儉出家專脩禪觀至是顯迹以剪尺拂子掛杖頭負之而行經聚落見童譁逐之或徵索酒或累日不食嘗遇食鱠者從求之食者分啗之而有輕薄心誌即吐水中皆成活魚時時題詩初若不可解後皆有驗

邵碩者本康居國人大口醜目狀如狂小兒得侮慢時時從酒徒入肆酣飲後爲沙門號碩公與誌㝡善出入經行不問夜旦意欲爲之則去游益州諸縣皆以滑稽言事能發人懽笑因勸以善家家喜之將亡謂沙門法進曰願露骸松下然兩脚須著屐進諾之已而化舁其尸露之明日往視失所在俄有自郫縣來者曰昨日見碩公著一屐行市中曰爲我語進公小兒見欺止與我隻屐進驚問沙弥答曰舁尸時一

履墮行急不及繫也

戊申 明帝詔僧瑾爲天下僧正止靈根寺帝多諱忌犯者必殺之瑾每匡諫賴免者甚衆時京邑諸師立二諦義有三宗宗各不同於是汝南周顒作三宗論以通其異然畏譏不敢傳法師智林者寂有時望以書抵顒畧曰切聞三宗論鈎深索隱盡衆生之情廓而通之盡諸佛之意使法燈有種勝利無窮借使國城妻子之施何以逮此哉傳者以爲公畏譏評故欲中輟詎可特緾疑障自發現行乎顒得書懼然悟此論遂行于世矣

辛亥 元魏文皇帝宏改延興 獻文長子生多祥慼五歲受禪有人君之度馬太后臨朝稱制十七始親政改姓元氏迁都洛陽斷胡服番語在位二十九年壽三十三崩葬長陵

釋老志曰有魏孝文者聖天子也五歲受禪十歲服冕太和十八年迁都于洛二十年改姓元氏文章百篇冠絶今古初登詔誥假手有司太和以後並自運筆前後諸帝不能及之凡下七詔大興三寶帝建鹿野鹿苑二浮圖岩房禪室無不嚴麗

壬子 改泰豫四月上殂太子昱立十歲

癸丑 後廢帝昱改元徽 字德融明帝長子淫虐不道廢爲蒼梧王壽十五歲爲楊王夫戕之在位四年

丙辰 魏改承明

丁巳 順帝準改昇明 字仲謀小字智觀明帝第三子蕭道成爲司空總軍國事戊午三月以太傅爲相國又加九錫遂禪位於道成在位二年

魏改太和

右宋八主六十年 而禪于齊

己未 齊

雷氏曰 高武欝林海陵明帝東昏及和齊朝七主二十四年

太祖高皇帝道成姓蕭氏字紹伯小字鬪將漢相國何二十四代孫祖整過江居晉陵遂爲蘭陵人皇考承之仕宋爲漢中太守生帝龍顙鍾聲亦仕宋立功蒼梧王屢欲害之遂生猜釁而代宋爲齊王壽五十四歲崩臨光殿在位四年順帝之禪位也泣而彈指曰願後身世世勿生天王家改建元

庚申

是年高祖有事于鍾山因幸沙門僧遠所居遠床坐辭以老病不能出迎高祖將詣床下見之左右以房閣狹不容輿蓋遂駐蹕遣使勞問卧起而去遠居山凡五十餘年初猶有食食不繼澗飲二十餘年天下仰其高行及終武帝致書沙門法獻曰承遠上無常弟子夜中已知遠上此去甚得好處諸佳非一不復增悲也一二遲見法師方可叙瑞夢耳今爲作功德所須可具疏来

癸亥

武帝賾改永明字宣遠高帝長子性儉約好積儲庫至八億萬金銀布帛不可称計壽五十四崩延昌殿在位十一年

甲子

勑沙門法獻玄暢爲天下僧主他日會于帝前對制稱名而不坐中興寺僧鍾對帝稱貧道武帝訝之以問中書王儉儉曰漢魏佛法未盛傳記無載者獨宋魏始盛而沙門多稱貧道而預坐晉庾氷桓玄皆欲屈之然竟不可行今亦稱貧道帝曰獻暢二師道行如此猶稱名朕以稱名乃得宜可著令以爲定式初獻公慕法猛西遊自巴蜀出河南經芮芮國到于闐欲度葱嶺會棧道絶不得往獲佛牙一枝舍利十有五粒并經論梵夾而還暢公精究經律博貫子史百氏之言初華嚴未有疏暢首爲之學者得以祖述焉風誼高簡弘道輔世有功國家莫年特聽肩輿入殿時稱黑衣

二傑焉

明教嵩禪師論曰近古高僧見天子不名預制書則曰師曰公鍾山僧遠鑾輿及門而床坐不迎虎溪惠遠天子臨潯陽而詔不出山當時待其人尊其德是故聖人之道振其徒尚德儒曰貴德何如以其近於道也後世之慕其高僧者交卿大夫尚不得預下士之禮其出其處不若庸人之自得況如惠遠之見天子乎僧遠之自若乎望吾道之興吾人之脩其可得乎存其教而不須其人存諸何以益乎惟此未嘗不涕下也

丙寅 魏始服袞冕乘御輦

己巳 魏祀貞丘方澤作孔子祠

永明七年帝怒大士寶誌惑衆收逮建康獄是日國人咸見大士游行市井既而檢校仍在獄中其夕語吏曰門外有兩輿食金鉢盛飯汝可取之果文惠太子竟陵王送供至建康令呂文顯以聞帝悔謝迎至禁中俄有旨屏除後宮爲家人宴誌例與衆暫出已而猶見行道于顯陽殿比丘七輩從其後帝驚遣吏至閤吏白誌久出在省中及視之身如塗墨焉帝益神敬之後在華林園忽重著三頂布帽亦不知自何而得之未幾而帝崩文惠太子豫章王相繼而殂果如其讖靈味寺沙門寶亮者欲以衲帔遺之未及有言誌忽來牽帔而去王仲熊問仕何所至不答直解杖頭左索與之仲熊初不曉後果至尚書左丞焉建武末平旦出門忽褰裳走過曰門上血腥

及明帝遇害果以轒車載尸自此門出舍閹人徐龍駒宅而帝頸血流被門限初鬱林多害宗室高士江必憂南康王問誌誌覆香爐灰示之曰都盡無餘徐陵見時父携之謁誌誌拊曰天上石麒麟也陵後果顯于世

沙門曇超者居錢塘靈苑山一夕有異人至曰此邦蒙師留蒼生之福然富陽民無故鑿山麓斷壞群龍之室龍忿不致雨今二百日矣欲法師一往誨龍爲蒼生請福豈有意乎超曰此檀越事吾何能爲其神曰弟子力能吐雲不能致雨超諾之至赤庭山爲龍說法俄大雨因止臨溪縣令聞超在辦舟迎之超即日遁還靈苑

辛未逸士顧歡隱居不仕尚黃老南史云歡以佛道二家教異學者互相非毀乃著夷夏論其略曰辨是與非宜據聖典道經云老子入關之天竺維衛國王夫人曰淨妙老子因其晝寢乘日精入淨妙口後年四月八日剖右腋而生墮地即行七步於是佛道興焉此出玄妙內篇佛經曰釋迦成佛有塵沙之數或爲國師道士儒林之宗出瑞應本起試論之曰五帝三皇未聞有佛國師道士無過老莊儒林之宗孰出周孔右孔老非聖誰或當之然二經所說若合符契道則佛也佛則道也其聖則符其迹則反或和光以明近或耀靈以示遠道濟天下故無方而不入智周萬物故無物而不爲其入不同其爲必異各成其性不易其事是以端委搢紳諸華之容剪髮曠衣

群戎之服全形守禮繼善之風毀貌易形絶惡之學豈伊同人爰及異物無盡世界聖人代興或昭五典或布三乘在鳥而鳥鳴在獸而獸吼教華而華言化夷而夷語雖舟車均於致遠而有川陸之節佛道齊乎達化而有夷夏之别若謂其致既均其法可換者是車可涉川而舟可行陸乎屢見刻有沙門守株道士互争小大交相彈射或域道以爲兩或混俗以爲一是牽異以爲同破同以爲異則乖争之由淆亂之本也尋夫聖道雖同而法有左右始乎無端終乎無末泥洹僊化各是一術佛號正真道稱正一一歸無死真會無生在名則迈在實則合但無生之教賒無死之化切切法可以進謙弱賒法可以退夸強佛教文而博道教質而精精非麁人可信博非精人所能佛言華而引道言實而抑抑則明者獨進引則昧者競前佛經繁而顯道經簡而幽幽則妙門難見顯則正路易遵此二法之辨也聖匠無方方圓有體器既殊用教亦異施佛是破惡之方道是興善之術興善則自然爲高破惡則勇猛爲貴佛迹光大宜以化物道迹密微宜用爲己優劣之分大略在兹歡雖同二法而意黨道教司徒袁粲託爲沙門通公駁之略曰白日停光恒星隱照誕降之應事在老先固非入關方昭斯瑞又西域之記佛經之説俗以膝行爲禮不慕蹲坐爲恭道以三繞爲處不尚踞傲爲肅豈專戎土爰及兹方襄童謁帝膝行而前趙王見周三環而

上令佛法垂化或因或華清信之士容衣不改息心之人服貌必變變本從道不遵彼俗俗風自殊無患其亂孔老釋迦其人或同觀其設教其道必異孔老教俗為本釋氏出世為宗發軫既殊其歸亦異又仙化以變形為尚泥洹以陶神為先變形者白首為緇而未能無死陶神者使塵惑日損而湛然常住泥洹之道無死之地陶神若此何謂其同時何常侍鎮之覩顧歡和同二教大不平之以書抵歡劇言道教不足以擬釋氏歡荅其書固自封執鎮之重與之書猥辱返釋究詳淵况既和光道佛而涇渭釋李觸類長之爰至碁弈然歟佛弥過精旨愈昧所謂馳走滅迹跳動息影焉可免乎輙復略諸近要以標大歸夫太極剖判兩儀妄立五陰合興形識謬彰識以流染因結形以愛滯緣生三皇之前民多顓愚專愚則巢居穴處飲血茹毛君臣父子自相胡越猶如禽獸又比童蒙道教所不入仁義所未移及其沉欲淪波觸涯思濟思濟則祈善祈善則聖應夫聖者何耶感物而遂通者也夫通不自通感不自感常在此通每自彼自彼而言懸鏡高堂自此而言萬像斯歸故知天竺者居娑婆之正域處淳善之嘉會故能感通於至聖中土於大千聖應既彼聲彼則此覩日月之明何假离朱之察聞雷霆之音奚事子野之聽故卑高殊物不嫌同道左右兩儀無害天均無害天均則雲行法教不嫌同道則兩施夷夏夫道者一也形者二也道

者真也形者俗也真既猶一俗亦猶二盡二得一宜一其法滅俗歸真必其違俗是以如來制執玄劫同風假令孔老是佛則爲韜光潛導匡救徧心立仁樹義將近順情是以全形守祀恩接六親攝生養性自我外物乃爲盡善不爲盡美蓋是有涯之制未鞭其後也何得擬道菩提比聖牟尼哉且佛教數明要而能博要而能博則精疎兩級精疎兩級則剛柔一致是以清津幽暢誠視易准夫以視爲負者易以手爲負者難將不捨其所難從其所易耶道家經籍簡陋多生穿鑿至如靈寶妙真採撮法華制用尤拙如上清黃庭所尚服食咀石飡霞非徒法不可効道亦難同其中可長唯在五千之文全無爲用全無爲用未能違有違有爲懷靈芝何養佛家三乘所引九流均接九流均接則動靜斯得禪通之理是三中之一耳非其極也禪經微妙境相精深以此締真尚未能至今云道在無爲得一而已無爲得一是則棄契千載棄契千載不俟高唱夫明宗引會道達風流者若當廢學精思不亦怠哉豈道教之筌耶敬尋所辨非徒不解佛亦不解道也

反亂一首聊酧啓齒

亂曰運往兮韜韜明玄聖兮幽幽翳長夜兮悠悠衆星兮晰晰太暉灼兮昇曜列宿奄兮消蔽夫輪桷兮殊材歸轂繩兮一制苟專迷兮不悟增上驚兮遠逝卞和慟兮荆側豈偏尤兮楚厲良筆蔑兮誠若馬相責兮智慧時復有朱常侍昭之因何鎮之

書乃作難夷夏論而朱廣之作諮夷夏論並章分句解以破顧歡之蔽於淺也汝南周顒高僧惠通並著駁夷夏論歡之作遂不勝其謬矣復有法師紹正者著二教論其略曰佛明其宗道全其生守生者蔽明宗者通今道名長生不死名補天曹大乖老莊立言之旨

齊文惠太子及竟陵王子良並酷好佛竟陵著淨住子四部二十卷闡揚佛教有吳興道士孟景翼者頗有時譽太子召入玄圃衆僧大會子良使景翼禮佛景翼弗禮子良送十地經與之景翼造正一論略曰佛以一音演說法老子抱一以爲天下式一之爲妙空玄絕於有境神化贍於無窮爲萬物而無爲處一數而無數莫之名而強號爲一在佛爲實相在道爲玄牝道之大象即佛之法身以不守之守守法身以不執之執執大象但物有八萬四千行說有八萬四千法法乃至於無數行亦達於無央等級隨緣須道歸一歸一即回向向正即無邪邪觀既遣億善日新三五四六隨用而施獨立不改絕學無憂曠劫諸聖共遵斯一老釋未始於常分迷者分之而未合億善徧脩徧脩成聖雖十號千稱終不能盡終不能盡豈思議哉

司徒中郎張融作門律云道之與佛逗極無二吾見道士與道人戰儒墨道人與道士辨是非昔有鴻飛天首積遠難亮越人以爲鳧楚人以爲乙人自楚越鴻常一耳以示汝南周顒顒難之曰虛無法性其寂

雖同位寐之方其旨則別論所謂逗極無二爲逗極於虛無爲無二於法性耶足下所宗本一物而爲鴻乙耳騈馳佛道無免二未未知高鑒緣何識本輕而宗之其有旨乎已上出南史

論曰自漢西域傳范曄論釋氏大槩陳壽三國志則置而勿言唐太宗晉書則班班紀著沙門神異之迹未始輙有一言訾佛況佛化自晉抵南北朝始大振於天下賢哉魏收李延壽之作當世帝王公卿從事吾佛者未嘗諱之而不書書之亦未嘗以人事議佛也及顧歡傳則假乎當時群公評議二教而罪歡曰歡雖同二法而意黨道教嗚呼可謂良史矣陋哉歡翼之論猶昔人寶燕石者渠信有真玉哉

壬申　元魏太和十六年下詔每四月八日七月十五日聽大州一百人爲僧尼中州五十人下州二十人著之制令以爲常准○祀孔子於中書省

甲戌　鬱林王照業改隆昌文惠長子武帝之孫初上溶庫鸞弒之而立其太子之子昭文改延興奢佚無度廢先君儲積數月而盡西昌侯鸞以太后令廢之而自立

明帝鸞改建武字景栖太祖兄安貞王道之子小字玄慶性多猜忌好占吉凶利害壽四十七崩正福殿在位五年○立太子寶卷

丙子　魏改國姓元

戊寅　改永泰

己卯　東昏侯寶卷改永元字正嚴明帝次子自即位不與臣下相接奢佚後宮一年之中府庫匱乏民間倍價市金與潘妃作金步蓮花和帝剌於荊州舉蕭衍伐之遂廢為東昏侯壽十九而終在位二年

庚辰　元魏宣武恪改景明孝文第五子即位深于佛法壽二十三崩

景平陵在位十六年

道士陳顯明妄造道真步虛品經六十四篇出珠林

辛巳和帝寶融改中興字智昭明帝第八子蕭衍迎立于江陵明年三月禪位于梁梁武奉帝為巴陵王年十五崩在位一年

齊高帝蕭道成自戊午昇明二年四月受宋禪相襲七主二十四年傳譯華戎道俗二十人所出經律論傳錄等四十七部凡三百五十卷

外國有所謂天竺沙門僧伽跋陀羅者師資相傳云佛涅槃後優波離結集律藏訖即於其年七月十五日受自恣竟以香花供養律藏便下一點置律藏前年年如是優波欲涅槃時付弟子陀寫俱陀寫俱付弟子須俱須俱付弟子悉伽婆悉伽婆付弟子目揵連子帝須帝須付弟子旃陀跋闍如是師師相付至今三藏法師法師將律藏至廣州臨上舶還本國時以律藏付弟子僧伽跋陀羅羅以永明六年共沙門僧猗於廣州竹林寺譯出善見毗婆沙一部十八卷即共安居以七年庚午歲七月望受自恣竟如前師法以香花供養律藏即下一點當其年凡得九百七十五點點是一年也至梁大同元年有隱士趙伯休於廬山遇苦行律師弘度得此點記年月伯休因問度曰自永明七年後云何不復見點度云自彼已前皆得道聖賢手自下點度乃凡夫止可奉持頂戴而已故不復點也伯休因舊點推至大同元年凡一千二十年今以此究叅諸家傳記佛世尊誕

生入滅之年並不相類大抵西域山川之廣國土之多佛化之盛各承一宗此亦一家之說不可廢故附著于此

壬午○四月寶融禪位于蕭衍尋殺之

右蕭齊七主二十四年而禪于蕭梁

佛祖歷代通載卷第九

音釋

麛古牙切牝鹿也　顗牛豈切靜也　凱與愷同又善也　抃音拚　瑗為眷切玉名也　釀女亮切醞卜也　紝之成切乘輿馬飾也　嗸五高切衆口愁也　虓許交切聲也　臞其俱切少肉也　駸七林切行疾貌

佛祖歷代通載卷第十

嘉興路大中祥符禪寺住持華亭念常集

梁姓蕭氏四主都建康○雷氏云高太世敌梁朝四主五十七年

壬午

高祖武皇帝衍改天監字叔達南蘭陵都里人與齊同出亦漢相何二十四代孫父順之爲丹陽尹母曰張氏生帝狀貌奇偉目角龍顔項有圓光身不映日受齊禪後酷好佛法降將侯景反叛舉兵圍帝于臺城斷食而崩于淨居殿壽八十六在位四十八年○或問曰梁武終身奉佛然困殍于臺城佛法之驗其在何也荅之曰有是疑乎有是謂也且夫人之性命業性定焉苟往世之業會矣豈今生之善革哉故文中子曰齋戒修而梁國危非釋迦之罪也緣行齊廢帝之愆值侯景臺城之困業理既昭惑疑遣矣

道家太清經及衆醮儀十卷乃梁時陶弘景妄造出珠林

癸未

武帝詔曰大士寶誌迹拘塵垢神游冥寂水火不能燋濡蛇虎不能侵懼語其佛理則聲聞以上談其隱淪則遁仙高者豈可以俗法常情空相疑忌自今中外任便宣化帝一日問誌曰弟子煩惑未除何以治之荅曰十二帝問其旨云何荅曰在書字時節刻漏中帝益不曉他日更問國祚有留難否誌指其頸示之帝曰朕享國幾何荅曰元嘉元嘉帝喜以爲倍宋文之年時革命之初帝臨政刻急誌假帝神力令見先君受極苦於地下由是卹刑嘗詔畫工張僧繇寫誌像僧繇下筆輙不自定既而以指剺面門分披出十二面觀音妙相殊麗或慈或威僧繇竟不能寫他日與帝臨江縱望有物泝流而上誌以杖引之隨杖而至乃紫栴檀也即以屬供奉官俞紹雕誌像頃刻而成神采如生帝悅以安内庭時法雲雲光二師俱有重望每講法天輙

兩華帝疑其證聖夜於便殿焚疏請誌偕光雲三大士齋翌日誌獨赴而光雲俱未知帝由是益異其禮又嘗與帝登鍾山之定林寺指前獨龍岡阜曰此爲陰宅則永其後帝曰誰當得之曰先行者得之至十三年大士示寂帝憶其言以金二十萬易其地建浮圖五級其上鎮以無價寶珠勅王筠勒碑葬日車駕親臨致奠大士忽現於雲間萬衆懽呼聲震山谷自是道俗奉祀奇瑞顯應爲天下萬一凡大士所爲祕讖偈句多著南史爲學者述大乘贊十篇科誦十四篇幷十二時歌皆暢道幽致其旨與宗門冥合今盛傳于世

是歲帝妃郗氏者初生有赤光照室器皿盡明及長性明惠善隸書讀史傳女工之事靡不閑習宋齊間諸王求婚父曄皆不許後以適帝生三女帝爲雍州刺史而妃薨其性酷妬及是化爲巨蟒入于後宮通夢於帝帝體將不安蟒輒激水騰涌或現龍形光彩照灼因於露井上爲殿衣服委積置銀轆轤金瓶灌百味以祀之帝畢世不復議立皇后云

甲申 天監三年四月八日帝率道俗二萬餘人升重雲殿親製文發願乞憑佛力永棄道教不在崇奉略曰經云發菩提心者即是佛心一切散善不得爲喻弟子蕭衍比經荒迷躭事老君累葉相承染此邪法今捨棄舊習歸依正因願使未來世童男出家廣弘經教化度含識共證菩提寧在正法中長淪惡道不樂歸依老子暫得神仙陟

大乘心永離邪見正願諸佛證明菩薩攝受弟子蕭衍和南

十一日勅門下曰大經中說九十六種唯一佛道是其正道餘皆邪也朕捨道以事諸佛正内之道公卿能入此誓者各可發菩提心老君周公孔子等雖是如來弟子化迹既邪止是世間之善不能革凡成聖具載如弘明集

是歲詔隱士何點點以巾褐入見帝帝賜之酒特除侍中點前席捋帝須曰乃欲臣老子耶固辭不受復詔何胤胤謂使者曰吾年五十七矣月食四斗米不盡那復有宦情耶帝知不可致有旨給白衣尚書祿胤苦辭晚入虎丘之西寺講維摩經及將終夢天女六十餘人列于前及寤猶見之如故即具浴儼衣冠少頃而卒何氏自晉司徒充宋司徒尚之並建大義伸明佛法累葉遵承至胤姪侍中敬容而止

丙戌　五年帝注大品臣僚命法師法雲講之雲辭疾不赴帝遣使强起之曰將冀流通非高德無以憑也雲始從之雲最有譽當世雅爲昭明太子所敬儒釋兩優爲天下第一

戊子　魏改永平

己丑　八年魏主於式乾殿爲諸僧及朝臣講維摩詰經時魏朝專尚釋氏不事經籍中書侍郎裴延儁上疏以爲漢光武魏武帝雖在戎馬間未甞廢書先帝行師還都手不釋卷良以學問多益不可輟故也陛下升法座親講大覺凡在瞻聽塵蔽俱開然五

經治世之楷模應務之所先伏願經書互覽孔釋兼存則内外俱周真俗斯暢時洛陽中國沙門之外自西域来者三千餘人魏主别立永明寺千餘間以處之遠近承風無不事佛比及延昌州郡凡一萬三千餘寺僧至二百萬

辛卯十年詔法師僧旻入惠輪殿講勝鬘經帝臨聽公卿畢集有旨於莊嚴寺建八座法輪妙選奇傑番次主之時以旻文爲第一當講日聽者傾都堂無容足名士劉葉甞謂旻曰法師佛學有餘何故弘義多伸儒旨旻曰昔生公以頓悟通經次公以毘曇發論若貧道初不以儒釋限但據文義所向耳沙門道超者頻年力學慕旻公之講誓欲齊之夜夢神告之曰旻公毘婆尸佛時預宣法化君新發意者何能類之第自求成名不必苟齊也旻性謙冲不恃能矜物一時公卿道俗咸推仰之

魏改延昌

壬辰十一年有旨命寶亮法師授涅槃義疏帝爲之序畧曰離文字以設教忘心相以通道欲使珉玉異價涇渭分流制六師而正四倒返八邪而歸一味則法雨降而燋種受榮慧日昇而長夜蒙曉發迦葉之悱憤吐真實之誠言雖復三施等於前五大陳於後三十四問參差異辯方便勸發各隨意荅舉要論經不出兩途佛性開其有本之源涅槃明其歸極之旨非因非果不起不作義高萬善事絶百非空空不能測其真際玄玄不能窮其妙門自非德均平等

心合無生則金墉五室豈易入哉

癸巳 下詔曰夫宗廟犧牲修行佛戒蔬食斷肉省貪絕欲天下水陸不令蒐捕又勑太醫不使肉藥公家織官錦帛並斷又造斷酒肉文及著淨業賦

甲午 天監十三年誌公和尚示寂

是年特進沈約卒約字休文婺州東陽人左目重瞳腰有紫誌少為書生名聞一時以風流見稱而肌體清臞時謂沈郎瘦甚為武帝所重官業具南史嘗出意撰聲律以華古詩後世取則號曰四聲約甚精佛理著中食論理趣甚高其略曰人所以不得道者由於心神昏惑心神所以昏惑由於外物擾之擾之大者其事有三一則勢利榮名二則妖妍靡曼三則甘旨肥醲榮名雖日用於心要無晷刻之累妖妍靡曼方之已深甘旨肥醲為累甚切萬事紜紜皆三者之枝葉耳聖人知不斷此三事求道無從可得乃為之法使簡而易從若也直云三事惑本並宜禁絕而此三事是人情所甚惑念慮所難遣雖有禁之之旨而事難卒從譬如方舟濟河豈不欲直至彼岸河流湍急會無直濟之理不得不從流靡久而獲至非不願速事難故也禁此三事事宜有端何則食之於人不可頓息其於情性三累莫甚故推此晚食併置中前自中之後清虛無事因此無事念慮得簡在始末專在久自習於是束以八支紆以禁戒靡曼之欲無由得前榮名衆累稍隨事遣故云往古諸佛過中不飡此蓋是遣

累之筌罤適道之捷徑而惑者咸謂止於不食此乃迷於向方不知厥路者也又嘗著設會謂意謂如来在日衆居伽藍不置食具時至則分衛持鉢以福衆生今之僧徒一皆違廢不止不持中食甚者甘腴厨饍豊美飲食或遇請召得蔬蔌之具莫不顰蹙以爲不能甘也此豈有志於道哉其論略曰出家之人本資行乞戒律炳然不許立尌帳并蓄淨人今既取足官寺行乞事廢或有持鉢登門便呼爲僧徒鄙事既爲衆所鄙耻不復行乞悠悠後進求理者寡將謂乞食之業不可復行由淨飯王子轉輪之貴持鉢行乞以福施者豈不及千載之外凡庸沙門躬命僕竪自營口腹者乎行乞受請二事不殊今不復行乞又不赴請則行乞之法於此永寞此法既寞則僧非佛種佛種既離則三寶墜地矣約有文集百餘卷行于世

乙未　是年魏胡太后作永寧石窟二寺極土木之美而永寧尤盛有金像高丈八尺如中人者又十軀爲浮圖九級築基下及黄泉其高九十丈上立剎復高十丈每夜靜鈴鐸聲聞十餘里佛殿如太極殿三門如端門僧房千楹玉珠錦綉駭人心目未幾雷電火爇其塔遠近咸見烟焰中有塔升空而沒後月餘有自東州來者云此日見塔乗空飛海上而望海者時亦見之

丙申　魏孝明帝詡（宣武次子六歲即位胡太后臨朝在位十二年十九歲崩葬定陵改熈平）

戊戌　魏改神龜

紀己亥會稽沙門慧皎以寶唱所撰名僧傳頗多浮汎因著高僧傳十四卷始元漢永平十年終于是歲凡四百五十三載二百五十有七人附見者二百餘人開其德業大略爲十例其自叙曰前古撰集多曰名僧然名者實之賔也若實行潛光則高而不名若寡德適時則名而不高兹焉用紀高而不名則備今録世以爲確論

釋僧朗者常誦法華風度凝遠飲唱不常每出一狗一猴隨之日循乞得飲膳即置木盂中食畢舉其餘以飼猴狗善作龜藏或時手足頭頸俱縮不見又嘗登舟初無篙力朗坐其中猴狗馴側舟自泝流而上

法師道英初隱太行山禪宴樹枝縈結如蓋覆之居久之棄去行龍臺澤觀游魚愛之即解衣入水宴坐深淵七日而出又嘗隆冬覩嚴氷愛其瑩澈就卧其上信宿而起晚居蒲州普濟寺一日講起信至真如門奄爾氣絶衆意其逝矣有都講識之即謂衆曰此入滅盡想耳三日乃甦矣

子庚改普通○魏改正光

普通元年帝於禁中築圓壇將禀受歸戒妙選德行尤異者爲之師朝議以惠約法師望高詔至約以禮遜讓不許夏四月丁巳帝行問道禮禀約爲師授具足戒方羯磨次甘露降于庭有三足烏二孔雀歷階馴伏帝大悅賜約别號智者自是入朝必設特榻處之而帝座其側凡太子諸王公卿道俗從約授戒者四萬八千人沙門雖在耆艾亦重禀受獨法雲公曰吾既戒矣

其可以佛法爲人事耶於是議者高之時有達禪師者得水觀三昧每入此定有窺之者唯見清水凝渟滿室沙門道儇從達遊得火光三昧所居之室玄夜大明焉帝留神法門時釋子多縱率主僧懦不能制帝患之欲自以律行僧正事詔下京城大德無敢議者獨藏法師以爲佛法淵博非一人能盡之執不奉詔帝訝之召入光華殿問狀藏面陳大旨秉執有據帝不能奪遂從之藏退謂諸僧曰上以佛法爲已任誠當推順然衣冠家子弟十輩猶不能俱稱父意今糅雜五方之衆而以一已好惡繩之戒律將廢矣諸君不慮此何也法雲公歎曰教理深致未能多謝一日之事良可愧服

帝自受具寢處略同沙門雖宮禁每亦恣僧游覽獨禁御座而已藏公一日昇殿登之左右呵止之藏曰貧道定光金輪之裔寧愧此座倘見殺不慮無受生處帝聞置之弗罪藏少時遇相者曰法師壽不過三十一歲藏懼日誦金剛般若至期夢前人復來告曰法師以般若力故壽倍增矣又嘗夢維摩詰降其房與語臨別以素麈尾遺之而去藏自是玄辯日新矣魏正光元年孝明帝加元服命沙門道士講道於禁中時道士姜斌沙門曇謨最對論帝曰佛與老子同時否姜斌曰按開天經云老子西入化胡佛充侍者明是同時曇謨最曰老子當周何年而生斌曰定王三年生簡王四年仕於周敬王四年年八十五西入

化胡最曰吾佛以周昭王二十四年誕生穆王五十二年滅度自世尊滅度至定王三年凡三百四十五年老子方生及敬王元年老子西游則世尊示寂已四百二十五年矣據此相去懸遠而言化胡無乃謬乎斌曰佛生周昭之世有何文記最曰周書異記漢法本内傳並有明文斌曰孔子制法於佛過無文記何也最曰孔子有三備十經謂天地人也佛之文言出於中備斌曰孔子聖人何假十乎最曰佛是衆聖之王達一切含識先後際吉凶終始不假卜筮自餘小聖雖曉未然必藉蓍龜方通休咎時侍中劉騰宣勑曰姜斌論無宗旨宜退席又問開天經何從而得是誰所說可疾取來及取經至帝命群臣詳定真僞時太尉蕭綜太傅李寔泊公卿士夫百六十餘人覽畢劾奏曰老子止著五千文更無他說今姜斌所據文詞鄙俚宗旨乖謬既瀆先師又罔聖聽罪當惑衆制可將抵以刑三藏菩提流支奏解斌特流馬邑曇謨最善大小乘有律行初在邯鄲說律感異比丘六十餘輩降席聽戒流支每見稱爲東方開士焉

魏書佛老志曰道家之源出於老子其自言也先天地生以資萬類上處玉京爲神王之宗下在紫微爲飛仙之主千變萬化有德不德隨機應物厥迹無常授軒轅於峩嵋教帝嚳於牧德大禹聞長生之訣尹喜受道德之旨至於丹書紫字升玄飛步之經玉石金光妙有靈洞之說不可勝紀

其爲教也咸蠲去邪累澡雪精神積行樹功累德增善乃至白日升天長生世上是以秦皇漢武甘心不息勞心竭思所在追求終莫之致退恨於後故有欒大徐氏之誅然其道惑人効學非一靈帝置華蓋於濯龍設壇場而爲禮及張陵授道於鶴鳴因傳天宮章本千有二百弟子相授其事大行齋祠跪拜各有成法於是三元九府百二十宮一切諸神咸所統攝又稱劫數頗竊佛經及其劫終稱天地俱壞其書多有禁祕非其徒不得輒觀至於化金銷玉行符勑水奇方妙術方等千條上云羽化飛天次稱消災滅禍故好異者往往而尊事之初文帝入賓于晉從者云登僊伊闕太祖好老子之言誦詠不倦天與中儀曹郎董謐上服食仙經數十篇乃置仙人博士立仙坊煮煉百藥封西山以供其薪蒸令死罪者服之多死無驗久之太祖意少懈乃止

壬寅　魏用正光曆

癸卯　鑄鐵錢民盜鑄者多物價騰踊

乙巳　魏改孝昌

丁未　改大通上幸同泰寺捨身

初祖菩提達磨大師天竺南印度國香至王第三子也王甍師出家遇二十七祖般若多羅付以大法因問我既得法宜化何國多羅曰汝得法已俟吾滅度六十餘年當往震旦國闡化曰彼有法器堪繼吾宗千載之下有留難否多羅曰汝所化方得菩提者不可勝數吾滅度後彼有劫難水

中文布善自降之汝至時南方不可乆留聽吾偈曰路行跨水復逢羊獨自悽悽暗度江日下可憐雙象馬二株嫩桂乆昌昌復演八偈皆預爲讖至多羅示寂師演化本國會其姪異見王者輕毀三寶師遣其徒波羅提徴現神力攝化歸正師以震旦縁熟即别其衆而異見王枉駕見師因告之曰當勤修福行護持三寶吾去非晚一九即回王泣曰対既有縁在彼非吾所留唯願不忘父母之國事畢早回遂具大舟實以衆寶王躬率臣僚送至海濵師同商駁舟達于南海廣州刺史蕭昂舘之以表聞奏有詔迎見師入朝帝問朕即位以来造寺寫經度僧不可勝數有何功德師曰並無功德帝曰何功並無師曰人天小果有漏之因雖有非實帝曰何謂真功德師曰淨智妙明體自空寂如是功德不於世求帝曰何爲聖諦第一義曰廓然無聖帝曰對朕者誰曰不識帝不省玄旨師遅留數日遂度江之魏止於嵩山少林寺終日壁觀而已有僧神光者因神人發起来見師師端坐不顧會天大雪光立雪中至積雪過膝師憫而問曰汝乆立雪中求何事耶光曰唯願大慈開甘露門廣度群品師曰諸佛無上妙道曠刼難逢豈小德小智輕心慢心欲冀真乘徒勞勤苦光聞誨勵喜不自勝即以利刀自斷左臂置於師前師曰諸佛最初求道重法忘身汝今斷臂吾前求亦可矣光承其言即易名惠可復問曰諸佛法印可得聞乎師曰諸佛法

印匪從人得曰我心未寍乞師與安師曰
将心来與汝安可曰覔心了不可得師曰
與汝安心竟久之爲可等略辨大乗入道
四行其辭曰
夫入道多門要而言之不出二種一理入
二行入理入者謂藉教悟宗深信含生同
一眞性但爲客塵妄想所覆不能顯了若
捨妄歸真凝住壁觀無自無他凡聖一等
堅住不移更不隨於文教此則與理冥符
無有分别寂然無爲名之理入行入者有
四一報寃行二隨緣行三無所求行四稱
法行謂報寃行者凡修道人若受苦時當
念我從往昔無數劫中棄本逐末流浪諸
有多起寃憎違害無限今雖無犯是我夙
殃惡業果熟非天非人所能見與甘心忍
受都無怨恨作是觀時與理相應體寃進
道故名報寃行隨緣行者衆生無我並緣
業所轉苦樂齊受皆從緣生若得勝報榮
譽等事皆是過去夙因所感緣盡還無何
喜之有得失從緣心無增減喜風不動冥
順於道名隨緣行無所求行者世人長迷
處處貪著智者悟真安心無爲萬有皆空
無所希冀三界久居猶如火宅有身皆苦
誰得而安了達此處息念無求故經云有
求皆苦無求乃樂是則無求真爲道行故
名無所求行稱法行者性淨之理因之爲
法此理衆相斯空無染無著無此無彼經
云法無有我離我垢故智者信解此理應
當稱法而行法體無慳於身命財行檀捨
施心無慳惜達解三空不倚不著但爲無

垢稱化衆生而不取相此爲自行亦復利人莊嚴菩提之道檀施既爾餘五亦然爲除妄想修行六度而無所行是名稱法行大同元年十月師將示寂道副尼總持道育惠可等侍側曰時將至矣汝等盍各言所得乎時道副曰如我所見不執文字不離文字而爲道用師曰汝得吾肉尼總持曰我今所見如慶喜見阿閦佛國一見更不再見師曰汝得吾皮道育禪師曰四大本空五陰非有而我見處無一法可得師曰汝得吾骨大師惠可即禮三拜復依位而立師曰汝得吾髓即顧謂可曰世尊以正法眼藏付囑大迦葉展轉傳授以至於吾吾今付汝汝當護持并授汝袈裟以爲法信可跪受其衣願聞指示師曰內傳法印以契真心外付法衣以定宗旨後代澆薄疑慮競生謂吾西土汝乃此方憑何得法以何爲證或遇難緣但出此衣用以表信其化無礙至吾滅後二百餘年衣止不傳法周沙界潛符密契千萬有餘汝當闡化勿輕未悟一念回機便同本有聽吾偈曰吾本來茲土傳法救迷情一花開五葉結果自然成又曰吾有楞伽經四卷亦付與汝即是如來心地要門吾自離南印來此東土見赤縣神州有大乘氣象遂逾海越漠爲法求人際會未諧如愚若訥今得汝傳授吾意已終乃與其徒往禹門千聖寺有期城太守楊衒之問曰西天五印師承爲祖其道云何師曰明佛心宗行解相應名之曰祖衒之曰弟子素奉三寶而智

慧昏蒙願師慈悲開示宗旨師以偈荅之曰不覩惡而生嫌不觀善而勤措不捨智而近愚不拋迷而就悟達大道兮過量明佛心兮出度不與凡聖同纏超然名之曰祖衍之聞偈乃稽首曰願師慈忍久住世間師曰吾化緣已畢傳法得人吾即逝矣是日端坐而寂門人奉全身葬熊耳山定林寺明年魏使宋雲西域回遇師于葱嶺手携隻履翩翩獨邁雲問師今何往曰西天去及雲歸朝具言其事門人啓壙唯空棺隻履存焉梁武帝聞師顯化始末如此遂親撰碑刻石于鍾山

論曰昔嵩明教著傳法正宗記稱達磨住世凡數百年諒其已登聖果得意生身非分段生死所拘及来此土示終葬畢乃復全身以歸則其住壽固不可以世情測也傳燈録云師以九月二十一日至廣州刺史以表聞奏帝遣使賫詔迎之師以十月一日至金陵然自廣至金陵亡慮三千餘里將命者往而復師方啓行豈以十日之間能歷三千里乎又謂魏孝明帝欽師異迹三屆詔命師竟不下少林及師示寂宋雲自西域還遇師于葱嶺孝莊帝有旨令啓壙如南史普通八年即大通元年也孝明以是歲四月癸丑殂師以十月至梁蓋師未至魏時孝明已去世及其子即位未幾爲爾朱榮所弑乃立孝莊帝由是魏國大亂越三年而孝莊殂又五年而分割爲東西魏然則吾祖在少林時正值其

亂及宋雲之還則孝莊去世亦五六年其國至於分割乂矣烏有孝莊令啓壙之說乎舊唐史云後魏末有僧達磨航海而来既卒其年魏使宋雲於葱嶺回見之門徒發其墓但有隻履而已此乃實録也又謂光統律師菩提流支數下毒害師師遂不救嗚呼甚哉光統流支法門龍象詎能爾乎是皆立言者悞也雖然吾宗從上来事昭昭若揭日月而行故二祖禮三拜後依位而立當爾之際印壓劫於聽息洞刹海於毫端直下承當全身負荷正所謂通玄峯頂不是人間入此門来不存知解者也抑烏有動靜去来彼此時分而可辯哉

魏莊帝子攸獻文之孫彭城王第三子是年二月孝明

戊申

爲胡太后鴆之時爾朱榮立帝即位二年改元建義永安二號後復欲篡逆求九錫九月入朝帝知召榮手殺之其弟爾朱兆舉兵向洛立東海王曄改元建明十二月殺子攸空宮百日兆又以曄疎遠殺之而更立孝文之姪廣陵王恭是爲節閔帝

己酉　改中大通

庚戌　九月上幸同泰寺舍身群臣以錢一億萬

辛亥　奉贖回宮十月上幸同泰寺陞座講涅槃經十一月講般若經是年四月昭明太子薨太子諱統字維摩天監元年生於霸府三日而建康平識者以爲天命所集幼聰睿三歲受孝經論語五歲徧讀五經悉能諷誦八歲於壽光殿講孝經名儒重臣畢集座側太子詞吐華暢淵源無滯皆欽服以爲聖童年十二於內省決獄剖斷平允自是數使聽訟賴活者不可勝數性慈孝

美容止讀書數行俱下過目憶誦無遺帝既留心內典躬自講説太子亦天性好佛凡釋部經論披覽略徧於東宮別立惠義殿專爲法集之所招引名僧撰次法事儀注及立三諦等義世咨美之母薨每哭輒慟絶水漿不入口帝勑左右宣旨曰毀不滅性聖人所制不勝哀比於不孝有我在那得自毀如此即可強進飲粥太子奉旨始進粥體素肥腰帶十圍至是減削過半帝尋委以軍國政事太子處決無留滯引納天下奇材賞愛無倦東宮有書凡二萬餘卷群賢畢集文雅之盛由晉已來未之有也嘗游後池乘綵文舸擿芙蕖以嬉姬人蕩舟沒溺而出感疾動股恐貽帝憂不以聞遂薨天下哭之如喪其親焉

劉勰者名士也雅爲太子所重撰文心雕龍五十篇家貧不婚娶依沙門僧祐遂博通經論區別部類而爲之序定林寺藏經即其詮次也中書令沈約絶重其文常置几按閒凡都下寺塔及名僧碑碣皆出其手累官通事舍人表求出家先燔須自誓帝嘉之賜法名惠地

安定王朗改中興十月高歡起兵信都討爾朱氏乃奉太武玄孫朗行至芒山既平爾朱兆以朗疎遠又以恭英毅難制乃幽之假安定王詔奉孝文之孫修即位

節閔帝恭改普泰是年安定王即閔帝皆爲高歡所殺

右魏自太祖登國丙戌凡十二主百四十九年至梁中大通而分東西之馬

壬子

西魏孝武修改永熙字孝則孝文之孫廣平武穆王懷之子高歡廢節閔而立帝歡有不臣之跡帝欲除之歡

覺舉兵內發帝恐奔長安依關西大都督宇文泰在位三年壽二十五○是年高歡丞相建府晉陽

癸丑

大通五年義烏雙林大士者姓傅氏名翕法號善慧年十六納劉氏女妙光爲室生二子普建普頋嘗有西域沙門嵩頭陀者見大士曰吾與汝毘婆尸佛所同發誓今兠率宮衣鉢現在何日當歸因命臨水觀其影見圓光寶盖大士笑謂之曰爐鞴之所多鈍鐵良醫之門足病人度生爲急何思彼樂乎居無幾常見釋迦金粟定光三如来放光襲其身大士喜曰吾得首楞嚴三昧即舍田宅及賣妻子得錢五萬以設法施會遂於松山之頂因雙檮樹刱寺而居故名雙林日自營作夜則行道有偈云空手把鋤頭歩行騎水牛人從橋上過橋流水不流復一日於山頂繞連理雙樹行道感七佛相隨釋迦前引維摩接後唯釋尊頻顧大士共語由是異迹日顯是年正月十五日遣弟子傅暀致書於朝其辭曰

雙林樹下當來解脫善慧大士白國主救世菩薩今欲修上中下善悉能受持其上善畧以虛懷爲本不著爲宗無相爲因涅槃爲果其中善畧以治身爲本治國爲宗天上人間果報安樂其下善畧以護養衆生勝殘去殺普令百姓皆稟六齋今聞皇帝崇法欲申論義未遂襟懷故遣弟子傅暀告白暀投書太樂令何昌昌曰約法師猶置啓翕是國民又非長老殊無謙甲豈敢進達暀燒手御路昌乃馳往同泰寺詢

皓法師勸速呈二月十一日進書帝覽之遽遣詔迎既至帝問曰從来師事何人荅曰從無所從来無所来師事亦爾昭明太子問大士何不論義荅曰菩薩所說非長非短非廣非狹非有邊非無邊如如正理復有何言帝曰何爲真諦荅曰息而不滅帝曰息而不滅此則有色有色故鈍如此則居士未免流俗荅曰臨財無茍得臨難無茍免帝曰居士大識禮荅曰一切諸法不有不無大千世界所有色像莫不皆空百川萲注不過於海無量如法不出真如如来何故於三界九十六道中獨超其最視一切衆生有若赤子天下非道不安非禮不樂帝默然大士辭退異日帝於壽光殿講金剛經聖師云大士能耳帝即召大

士大士對帝執拍板講經唱成四十九頌遂還雙林至陳大建元年四月將示寂謂其徒曰此身甚可猒惡衆苦所集要在護持三業精勤六度若墮地獄卒難得脫常須懺悔又曰吾滅巳不得移寢林七日當有法猛上人持像及鐘来鎮于此弟子問既歸寂後形體如何曰山頂焚之問若不遂復何如曰勿用棺斂但累甓爲壇移尸於上屛風周繞絳紗覆之上建浮圖隨意安立又問諸佛滅度時皆說功德師之發迹可得聞乎曰我從第四天来爲度汝等次補釋迦故大品云有菩薩從兜率天来諸根猛利疾與般若相應即吾身是也言訖加趺而逝壽七十有三至七日上人法猛果持織成彌勒像及九乳鐘来鎮龍所

須臾不見大士道具十餘事晋天福中錢王發塔取靈骨十有六片皆紫金色并道具就府城南建龍華寺塑像安置大士嘗著心王銘一篇其辭曰

觀心空王玄妙難測無名無相大有神力能滅千災成就萬德體性雖空能施法則觀之無形呼之有聲爲大法將心戒傳經水中塩味色裏膠青決定是有不見其形心王亦爾身內居停面門出入應物隨情自在無礙所作皆成了本識心識心見佛是心是佛是佛是心念念佛心佛心念佛欲得早成戒心自律淨律淨心心即是佛除此心王更無別佛欲求成佛莫染一物心性雖空貪瞋體實入此法門端坐成佛到彼岸已得波羅蜜慕道真士自觀自心知佛在內不向外尋即心即佛即佛即心心明識佛曉了識心離心非佛離佛非心非佛莫測無所堪任執空滯寂于此漂沉諸佛菩薩非此安心明心大士悟此玄音身心性妙用無能改是故智者放心自在莫言心王空無體性能使色身作邪作正非有非無隱顯不定心性雖空能凡能聖是故相勸好自防慎剎那造作還復漂沉清淨心智如世黃金般若法藏盡在身心無爲法寶非淺非深諸佛菩薩了此本心有緣遇者非去來今

甲寅 東魏孝靜善見改天平（孝文之孫清河宣王亶之子高歡迎立都洛迁鄴年十一即位治十七年壽二十八歲）

乙卯 改大同○惠約法師垂誡門人言訖合掌而逝帝輟朝三日素服哭之葬誌公塔之

左方嘗從約授戒者四萬八千人皆服緦麻哭送至塔約嘗所乘青牛垂淚悲鳴及雙鶴繞塔哀唳彌月而去

丙辰　作皇基寺○陶弘景號山中宰相

丁巳　東魏定州孫敬德虔事觀音爲賊横引坐罪臨刑念救苦觀音刀三斫不傷三換刀俱折有司以聞高歡歡爲表請免死敬德還家視像項有三痕今世謂高王經出此也

戊午　李亂之得佛舍利遂大赦○東魏改元象東魏元象元年有使西域回至葱嶺見達磨隻履單已而西還門徒啓壙視之唯存隻履

己未　東魏改興和

庚申　佛祖傳法偈按禹門太守楊衒之銘系記云東魏靜帝興和二年庚申西魏文帝大統六年梁武大同六年高僧雲啓往西域求法至龜茲國遇天竺三藏那連耶舍欲來東土傳法雲啓曰佛法未興且同止此遂將梵本譯爲華言雲啓去游印土那連親將至西魏值時多故乃入高齊以宣帝禮遇甚厚延居石窟寺以齊方受禪未暇翻譯别經乃將龜茲與雲啓所譯祖偈因緣傳居士萬天懿乃殷勤扣問深悟玄旨遂將校勘昭玄沙門曇曜同天竺三藏吉迦夜所譯付法藏失於次序兼無偈識寫本進去魏朝證其差謬付法藏傳乃魏武真君年中崔浩寇謙之邪說毀滅佛法至文成帝和平中重興故鈌梁簡文帝聞魏有本遣使劉玄運往彼傳寫歸建康流布

江表唐貞元中金陵沙門惠炬将此祖偈往曹溪同西天勝持三藏重共叅校并唐初以来傳法宗師機緣集成寳林傳光化中華嶽玄偉禪師集貞元以来出世宗師機緣将此祖偈作其基緒編爲聖胄集開平南嶽三生藏惟勁頭陀又録光化以後出世宗匠機緣亦以祖偈爲由集成續寳林傳宋景德中呉僧道原集傳燈録進于真宗勑翰林學士楊億工部員外李淮太常丞王曙同議校勘具奏詔作序編入大藏須行天聖中附馬都尉李遵勗叅石門聰禪師發明因緣聚禪學僧列此祖偈世系事緣成廣燈録上仁宗御製序文勑入大藏流通建中靖國元年沙門惟白将此祖偈以爲標本成續燈録進上云云他宗不知其原謂七佛偈無譯寡聞淺識一至妄謬良可笑也

時隱士阮孝緒陳留人也家世仕宦父彦大尉從事中郎孝緒年十三通五經大旨十六丁家難終喪入鍾山聽講久之母有疾緒在席心驚而歸合藥須生人參躬入鍾山採求未獲忽一鹿在前心異之至鹿息處果得人參藥成母疾得愈齊尚書令王晏来候之緒惡其人穿籬而遁及晏被誅以非黨獲免嘗以鹿林爲精舍環以林池杜絶交游世罕得而見之御史中丞任昉欲訪焉而不敢進乃指鹿林謂其兄曰其室則邇其人甚遠繇是朝貴絶於造請唯與裴子野交好天監末累召不赴天子以爲苟立虚名以要顯譽故二何孝緒並

得遂其高馬南平元襄謂曰昔君大父舉不以来游取累吾弟獨執其志何也緒曰若麤䴥盡可參馭何以異乎騄驥哉鄱陽忠烈王其姊夫也嵗時之饋一無所受與劉著作同年劉卒緒曰吾其幾何即辯後事數日而亡壽五十八孝緒博極群書無一不善精力強記爲學者所宗既卒門人謚曰文貞處士初漢劉歆著七畧齊王儉著七志孝緒普通四年著七録前五曰内篇六曰佛法録七曰仙道録謂之外篇劉歆七畧則以道家爲諸子以神仙爲方技王儉七志則先道而後佛孝緒七録則先佛而後道盖所宗有不同亦由其教有淺深也

七録内外圖書總四萬四千五百二十六卷凡天下之遺書祕記盡於此矣内佛法録經律論等五部凡五千四百卷至隋文帝仁壽間嘉則殿書凡三十七萬卷及唐開元中祕府以甲乙丙丁四部爲次列經史集四庫并唐之學者所著之書共八萬二千三百七十四卷今唐書藝文志四部著録者凡五萬二千一百卷不著録者二萬七千六百三十卷共七萬九千八百三十卷其間釋部特載僧俗二十五家所著之書凡三百九十五卷而已此古今書籍之數也

癸亥 東魏改武定

沙門尚圓爲武陵王遣宫中鬼怪一稱南無佛陀鬼皆失所自爾安靜○是年黄門

甲子 侍郎顧野王玉篇成上自天監以来事佛

長齋日止一食惟菜羹糲飯

丙寅　改中大同

丁卯　改太清

己巳　太清三年夏四月逆賊侯景陷臺城以甲士五百人自衛帶劒上殿拜訖帝神色自若使引向三公坐榻謂曰卿在戎日久無乃爲勞景惶懼不能對出謂左右曰吾每據鞍臨敵矢石交下了無所怖今見蕭公使人畏懾豈非天威難犯吾不復見之矣及景自稱大丞相而徵求無巳帝憤之遂寢疾然齋戒不衰日夕念佛不絕於口獨皇子侍側五月丙辰大漸不能進膳久而口苦索蜜未至而舉手曰荷荷遂崩於淨居殿年八十有六帝日角龍顏舌文八字項有浮光身映日無影右手文成武字幼嘗蹈空而行所居之室常若雲氣人或遇者體輙肅慄前後受命符瑞凡六十餘事及即位太極殿常有六龍各守一柱其神奇異瑞自書契以來人君皆所未有幼而好學六藝備閑棊登逸品至於陰陽緯候卜筮占決草隸尺牘騎射並洞精微雖登大位萬機多務猶手不釋卷然燭測光常至戊夜撰通史六百卷金海三十卷五經義注講疏等合二百餘卷賛序詔誥銘誄箴頌牋奏諸文凡一百二十卷晚奉佛道日止一食膳無鮮腴唯豆羹糲飯而已或遇事擁不暇就食日才過中便漱口而坐製涅槃大品淨名三慧諸經義記數百卷聽覽餘暇即於重雲殿同泰寺講說名僧碩學四部聽衆常萬餘衣布衣木綿皂帳

一冠三載一被二年自五十外便斷房室不飲酒不取音樂非宗廟祭祀大會饗宴及諸法事未嘗舉樂勤於政事每冬月四更竟即勑把燭看事執筆觸寒手爲皴裂然仁愛不斷親親及所近倖愆犯多縱捨坐是政刑弭紊每決死罪常矜哀流涕然後可奏性方正爲居小殿暗室常理衣冠小坐暑月未嘗褰袒雖見內豎小臣如遇嚴賓焉謚曰武皇帝廟號高祖出南史

史官魏徵曰高祖固天攸縱聰明稽古道亞生知學爲博物允文允武多藝多才爰自諸生不羈之度屬昏凶肆虐天倫及禍糾合義旅将雪家冤曰紂可伐不期而會龍躍樊漢電擊湘郢翦離德如振槁取獨夫如拾遺其椎才大畧固不可得而稱矣既懸白旗之首方應皇天之眷而布澤施仁恱近来遠開蕩蕩之王道革靡靡之商俗大修文學盛飾禮容皷扇玄風闡揚儒業介冑仁義折衝樽俎聲振㝢區澤周遐裔干戈載戢凡數十年濟濟焉洋洋焉魏晉以来未有若斯之盛也然不能息末敦本斵雕爲樸慕名好事崇尚浮華抑揚孔墨流連釋老幾終夜不寐或日肝不食非弘道以利物唯飾智以驚愚且心未遺榮虛厠蒼頭之位高談脫屣終戀黃屋之尊大人之大欲在乎飲食男女至於軒冕殿堂非有切身之慈高祖屏除嗜欲眷戀軒冕得其所難而滯其所易可謂神有所不達智有所不通矣

論曰魏鄭公論梁武帝可謂天下仁人

之言也而新唐史蕭瑀傳贊亦曰梁蕭氏興江左實有功在民厥終無大惡以浸微而已故餘祉及其後裔以此驗鄭公之論益可詳矣然韓退之嘗曰梁武餓死臺城蓋謂其屏嗜欲絶午後食至臨終齋戒不衰在恣情豐美享用者視之近乎餓死耳猶孔子稱伯夷叔齊餓死首陽其微意乃所以成其美焉豈謂不得食而餓死哉凡謂得失成敗如魏鄭公之言乃春秋責備賢者之旨得不爲萬世之公道哉

庚午　簡文綱改大安（字世讃小字六通武帝第三子侯景破臺城立帝大安二年景又廢之）

右東魏十六年（而高洋篡之）

北齊（姓高氏五主都于鄴）雷氏曰（神武文襄文宣孝昭武成後主北齊五帝二十九年）

高祖神武帝歡（字賀六渾渤海脩人崩於晉陽葬漳水矣）

文襄帝澄（字子惠高祖長子爲梁將所害壽二十九歲也）

文宣帝洋（字子進高祖次子承父相位朝臣使受禪使中張亮謂孝靜曰五行遞運有始有終願陛下遠法堯舜孝靜斂容避遜而出齊王洋入即位降封孝靜爲中山王洋惡過桀紂復鴆靜帝在位十年改元天保壽三十一）

沙門慧文禪師當齊高之世獨步河淮法門非世所知履地戴天莫知高厚閱中論發明論是龍樹所說故遙禀焉是爲台宗二祖北齊尊者（九祖傳）

辛未　侯景（懷朔鎮人初仕高歡爲將擁兵十萬專制河南十三州歡死降梁祖後反攻梁祖立簡年弑簡自立稱漢改年大始登太極殿御床脚陷借立百日陳霸先殺之）

壬申　元帝繹改承聖（字世誠小字七符武帝第七子初父夢僧眇一日執

香爐云托生王宮已而毋夢月墜懷中後生帝也首封湘東王統義兵于江陵既臺城失守即位于江陵復命陳霸先王僧辯破侯景又爲詩四絕西魏進士襄弑之壽四十七在位三年

西魏廢帝欽受帝太子宇文泰立之雖在位而制由泰帝不勝憤欲除之泰覺遂廢帝立恭帝即位二年不改號

世尊示滅一千五百年矣

承聖元年三藏真諦將歸天竺至廣州刺史歐陽頠延之制止寺沙門東愷等請譯起信俱舍等論諦有氣宇風神爽邁頠之子紇居別墅在可泊間諦每訪紇以坐具敷水面跏趺其上飄然往還坐具畧不霑潤或不敷具即折荷葉而濟時好事多圖畫而奉祀之荆山居士陸法和少隱江陵清溪山服勤沙門執弟子禮及長出游語音巴楚容色異常以操行絕等爲梁湘東王所重即以閒散甚爲諸公欽敬初侯景始降法和知其必叛以語朱元英元英不了其意未久景圍京城元英求策和曰取果宜待熟景遣將任約擊湘東王法和就乞軍禦之對壘赤沙湖賊因風縱火燒廬法和以白羽揮風風即返約軍大潰士卒求約不獲法和曰洲際有水刹約在其下也可往擒之果得約抱刹仰頭出鼻法和捨之謂王曰他日當得力約後果立効法和所至江湖必立放生池切戒殺生湘東王即位是爲元帝以法和爲郢州刺史始法和欲大舉定魏帝不許法和笑曰吾嘗不希釋梵天王坐處豈窺人王位耶但於空王佛所與王有因緣如不能用則奈業何帝敗歸齊齊宣帝喜其來封太尉賜甲

第法和乞爲佛寺身居偏室日手持香爐行道禮佛燒香凝坐預期死日時至坐去尸縮三尺許題壁曰十年天子爲尚可百日天子急如火周年天子遞代坐又曰二母生三天兩天共五年指婁太后也人懼塗削之終不能去其神異如此

承聖二年北齊高帝詔僧稠禪師稠將啓行而峯巒振響飛走悲鳴如是者三日而止稠至京師降蹕迎候命入宮授菩薩戒盡停五方鷹犬及傷生之具禁境内屠殺稠留禁中四十日出居外寺尋有旨罷講席俾沙門盡習禪觀稠入諫帝以爲弘通教理漸誘童蒙正賴講授願勿禁也從之及宣帝即位嘗謁稠稠床坐不迎其徒有勸迎者稠曰昔賓頭盧尊者迎阿育王起行七步致王失國七年貧道雖寡德輿帝獲福耳俄以此被譖帝銜之將復入寺按其不敬誅之稠以知之及帝入寺預出十里許候之帝恠問稠曰恐身血汚伽藍故遠來就刃耳帝矍然悔謝謂其臣楊遵曰朕不明幾妄黷聖師即奉之如故因從容啓帝曰陛下前身羅刹也今好殺蓋餘習耳帝問何以知之稠請以盆貯水自咒之命帝臨觀果自形正羅刹之狀仍有群羅刹隨之帝大驚自是絶葷終日坐禪禮佛行道如旋風焉

甲戌　敬帝方智（字惠相小字法真元第九子元被西魏破江陵殺之陳霸先殺王僧辯而立帝即位以霸先爲相進封陳王明年受禪帝十六歲終在位二年）

西魏恭帝廓（文帝第四子宇文泰以柳剌之言廢欽立帝泰卒其子覺襲相位進封周公時年十有五歲其叔宇文護）

逼帝禪位于覺封帝爲宋公帝在政三年

乙亥改紹泰

後梁姓蕭氏都江陵三主三十四終雷氏曰宣詧巋琮西魏附庸後梁

宣帝詧字理孫蘭陵人武帝孫昭明太子統第三子也宇文泰立之于江陵在位八年改元大定壽四十四矣

北齊勑二教角試天保六年九月下詔勑諸沙門與道士達者十人親自對校于時金陵道士陸修靜等初爲梁武所棄遂奔入魏至是頗盛而齊文帝復事佛靜等忌之詣闕請與釋子角法有旨令上統法師剋日較勝負至期大集公卿修靜等以術咒僧衣鉢及宮殿梁柱皆舉震動諸僧相顧缺然無對於是萬衆諠譁得以道流爲勝修靜等雀躍魚視高自矜誇以巳爲神仙輩也又言沙門現一我即現二今以小術誘之耳帝顧謂上統曰佛門豈無人哉統曰方術小技儒俗鄙之况出家人也既承天命令拒可令取下座僧對之于時有法師曇顯不知何許人居下位被酒昂兀而坐統令二人扶上高座登而笑曰向咒衣柱而飛動者我故開門試卿術耳今取稠禪師衣鉢置地使咒之靜徒併力作法逾時不能動帝勑取衣一加十輩並不能舉顯即自取置諸梁上使咒梁柱亦不能動顯又曰我先醉耳有所聞云沙門現一我當現二果爾否靜曰然顯乃翹一足曰我正現一請卿現二靜徒默無所爲相顧慚縮失色獨修靜更欲以頰舌勝之即曰爾佛自言爲內內即小也以道家爲外外

即大也顯應聲曰然則天子居九重之內亦應小於百官耶靜氣咽無對羣臣皆呼萬歲忻躍而罷顯風度弘曠趣向叵測後不知終帝親鑒臧否於十月乙卯朔日也是月丙辰文帝詔曰法門不二真法在一求之正路寂泊爲本祭酒道者中世假妄俗人未悟乃有祇崇麴蘗是味喪昧虛宗既乖仁祀之源復違祭典之式宜從禁止無或導風應道士自謂得神仙者可上三爵臺飛騰遠舉不能爾者並宜改迷歸正詣昭玄上統剃度出家繇是齊境道流遂絕矣杜弼字輔言中山曲陽人年十三進士甄琛問策下筆如流王澄見所荅歎曰王佐才也仕高歡甚見敬使魏帝知弼深於佛理問經中佛性法性何異弼曰正是一理帝曰說者言法性寬佛性狹如何弼曰在寬成寬在狹成狹若論性體非寬非狹帝曰既言成寬成狹何得非狹非寬弼曰若定是寬則不能成狹若定是狹亦不能爲寬以非寬非狹故能寬能狹所成雖異能成常一帝曰善奉使稱旨既還文襄問政要弼曰天下大務莫過刑賞二端賞一人而天下喜罰一人而天下服二事得中自然盡善文襄悅曰言雖不多於理甚要

丙子 改太平○右西魏二十五年 而禪于宇文周

後齊

敘曰元魏將季其祚分崩肅宗孝明帝崇尚佛法胡太后親臨國政一紀之內天下晏然及帝崩太后死高歡誅賊爾朱榮於鄴燒洛陽宮室奉清河郡王立于鄴凡一

十七載扶翼魏朝至太清三年武帝崩歡亦先殞世子澄襲相王位未幾而殂魏靜帝乃遜位於高洋即歡之弟三子也世族武川仍都鄴下神用卓詭智愚混兼十餘年間教法中興僧至二百餘萬寺院凡四萬餘所六主相承二十有八年爲周所滅齊書著作王劭述佛曰釋氏非管窺所及率爾妄言之又引列禦寇書述商太宰問孔子聖人事又黃帝游華胥氏之國華胥氏之國在佛游神而已此之所言髣髴於佛石符姚世經譯遂廣蓋欲柔伏人心故多寓言以方便不知是何神異浩蕩之甚乎其說人身心善惡世事因緣以慈悲喜捨常樂我淨書辯至精明如日月非正覺孰能證之凡在順首莫不歸念達人則謹其身口修其定慧平等解脫究竟菩提及僻者爲之不能通理徒務費竭財力功利煩濁猶六經皆有所失未之深也已矣

右梁五十七年（而禪于陳）

丁丑

後周（宇文氏王木德共五主都長安）雷氏曰（太祖閔明武宣靜帝後周五主二十五年）

敘曰周之熟祖宇文覺者即魏大丞相泰之世子也泰舉高陽王爲帝遷都長安號西魏凡一十八年廢帝更立齊王爲帝四年而泰薨覺承魏禪當年被廢立弟毓爲帝四年而殂乃立弟邕邕即周武帝也閔十餘年至建德初惑於道士張賓等妖言惡黑衣之讖除廢釋氏毀寺院四萬餘所僧三百萬悉令還俗洎滅齊未幾改元宣政五月而殂太子贇立自稱天元皇帝

大象二年五月崩太子衍立明年二月禪位于隋周五主凡二十五年國除天下文泰及大冢宰宇文護並崇重佛法與西域三藏十餘人宣譯經論天文等凡百餘卷云

周太祖文皇帝小字黑獺郡代武川人其先出于炎帝之後炎爲黃帝賦子孫遁居朔野有裔孫普回狩得玉璽三細文曰皇帝璽回以爲天授俗謂天文曰字乃遂以國號宇文并以爲姓後廢齊即位焉

孝閔帝覺小字陀羅尼文帝第二子泰卒帝受魏恭帝禪不改年號王木德在位二年

佛祖歷代通載卷第十

佛祖歷代通載卷第十一

嘉興路大中祥符禪寺住持華亭念常集

陳都建康　雷氏曰陳高霸先文廢宣後合爲五主三十三年

丁丑　高祖武皇帝姓陳諱霸先字興國小字法生吳興長城下里人受梁敬帝遜禪即位年五十七崩于璇璣殿在位三年改元永定○周閔帝宇文覺從兄護弒之而立毓

叙曰有梁祚微禍難自作東魏賊侯景因隙来奔高祖建義内之封爲河南王乗寵作乱遂陷臺城先是梁湘東王出鎮荆陜使王僧辯陳霸先等平金陵未幾湘東王爲西魏所滅侯景既誅僧辯仍爲霸先所殺太平元年梁敬帝遜位霸先即帝位于金陵以姓爲國盖吳興長城下里人也世本甚微自云漢太丘長陳寔之裔身長九尺二寸鬚長三尺垂手過膝神明高放有大志略衆所推重既臨大寳復梁舊政崇重釋氏金陵舊来七百餘寺侯景焚蕩幾盡陳高祖悉皆脩復翻經講道不替前朝自創國至禎明三年凡五主三十三年國入于隋其二十四年與周同政九載與隋同政時天竺優禪尼國三藏法師拘那陀羅陳言真諦十四年間随處譯經論疏傳等四十八部凡二百三十二卷云

真觀法師釋門龍象也時徐僕射領軍禦世欲僧兵之師馳書勉止其言傷怛足以發田向之心又著無性因緣論

周明帝毓小字統萬宇文之長子在位四年改元武定○周用明克讓曆

庚辰　文帝蒨改天嘉字子華高祖兄昭烈王興之長子高祖與兄同經營帝業故遺詔立之天康乙酉崩于有覺殿在位七年○周明帝中從兄護毒死而立弟邕

沙門稠禪師乃魏跋陀三藏之資也受具往嵩山少林又抵覃懷王屋之栢岩寺解二虎鬬由是舉世知名齊乾明元年示寂于龍山雲門寺

齊孝昭帝演改皇建 字延安神武第六子聰敏仁孝勤于政治一年因捕兎驚馬墜地而崩壽二十七葬靜陵

周武帝邕改保定 小字祢羅宇文之第四子登位唯布衣帔無金寶飾禁断華綺上階聽政不施櫨栱後宮嬪御不過十人在位十八年壽三十六崩子葦舉葬孝陵

法師洪偃雅爲文帝所重及齊使崔武子有專對才朝廷憚之帝以偃才學兩優命館伴武子武子加嘆而歸由是朝儀欲奪其志斂以冠巾偃聞命即絕食以死自誓帝以其確誠從之時稱偃四絕謂姿容德行文章草隸臨終謂其徒曰世人爲貪心之所暗貪已則惜落一毫貪他則永無厭足至於身死之後高其墳重其槨必謂九泉之下還結四憐一何可歎今瞑目之後以脯腊鄙形布施飛走及卒弟子如其誡有文集二十卷詔藏祕閣

法師寶瓊陳宣帝命爲僧統綏禦有法四衆安之屢入重雲殿講道帝尊之爲師初梁魏間僧統盛飾杖直僭擬官府至瓊奏罷之每出從數頭陀杖笠而已于時海東有十二國聞瓊道德不可見遣使奉金帛求瓊畫像其爲天下敬慕如此及卒法師曇衍繼爲僧統亦有重名衍初生下四十齒已具舉世異之

壬午

後梁世宗巋改天保 字仁遠詧第三子在位二十三年

齊武成湛改太寧 神武第九子淫亂無度信用嬖寵傳

位太子在位四年壽三十二崩又改河清

癸未　周保定三年有牛生足于背上出北史

乙酉　齊後主緯宇仁綱武帝長子昏乱暴虐殺于崔季等忠臣在位十三年改天統

栴檀瑞像至此三百六十七年在淮南
是年衛元嵩上疏減僧初周武崇佛氏天
保六年嵩上十一條省寺減僧云僧多怠
惰貪財冐利不足欽尚乞百僧入内道場
七日伺過不得無何乃止嵩後感惡疾而
卒世尊曰獅子身中蟲嵩何不當之矣

丙戌　改天康○周改天和用天和曆

丁亥　廢帝伯宗改光太十九歲而卒在位二年

大教東被五百年矣
台宗三祖慧思禪師姓李氏武津人也少
以寛慈頂生肉髻耳有重輪象視牛行與
世自異夢梵僧勉令出俗辭親入道及稟
具戒日唯一食不受别施閒北齊慧文聚
徒衆法清淨乃往歸依從受正法性樂苦
節管僧爲業於三七日中得宿命智而習
漏未盡後於定中放身倚壁未至間霍爾
開悟法華三昧大乘法門一念明達十六
特勝背捨徐入便自通徹不由他悟示衆
曰道源不遠性海非遥但向己求莫從他
覔覔亦不得得亦非真後在大蘇弊於烽
警山侶不遑安處将四十餘僧徑趣南岳
時陳光大二年六月二十三日也至即告
曰吾至此滿十年耳先是梁僧慧海居衡
嶽寺及見師欣然讓之時稱思大和上或
問何不下山教化衆生思荅曰三世諸佛
被我一口呑盡有何衆生可化嘗不豫因
念曰病由業生業由心起心緣不起外境

何狀業病與身都如雲影作是觀已身遂輕安陳高祖徵至都安置栖玄寺甚蒙咨揖久之辭還南岳師曰寄迹茲山止十年耳期滿當移時衆不識其旨及還大集門學連日說法苦勸呵責聞者寒心陳大建九年丁酉六月二十二日咸聞異香師更攝心諦坐至盡頂煖身軟顏色如生春秋六十有四師奉菩薩三聚淨戒至如繒纊皮革多由損生故其服章率皆以布寒則艾納用犯風霜至於所被法衣都無蚕服縱皆受法不云得成若乞若得蚕綿作衣准律結科斬捨定矣約情貪附何由縱之唯南嶽獨斷高遵聖檢也今之列其派者華裾茜服恣尚鮮麗得無恧乎

己丑

宣帝頊改大建字紹世小字師利昭烈王與次子文之弟也身長八尺三寸大有勇力善騎射生五十一子年五十三歲崩宣福殿在位一十四年

周武天和四年帝命名儒僧道伸述三教利病沙門道安作二教論二十篇以儒道九流爲外教釋氏爲內教意謂上古朴素墳典之誥未弘淳風日澆丘索之文乃著苞綸七典統括九流咸爲治國之謀並是脩身之具若派而分之數應爲九若總而合之則同屬儒宗今乃一化之內令九流爭川大道之世使小成競辯豈不上傷皇極莫大之風下開拘放鄙蕩之弊哉及闡譯內典奏之于朝久而無報安勤於奉毋凡薪水飲食皆自力營進其徒有代之者安曰吾母也豈可勞人哉及周武廢教以安宿望欲官之安以死拒絕尋以大教堙阨號慟而卒

周武天和四年謡言黑衣武以猜爲心有道士張賓之等譎詐罔上私構其黨以黑釋為國忌以黃老爲國祥帝納其言信道輕釋親受符録躬服衣冠是年已丑三月十五日名三教名士文武百官二千餘人帝御正殿量述三教以道最先出於無名之前超乎天地之表議者紛紜弗定至二十日依前集論是非更廣帝曰儒道二教此國常遵佛教後来朕意不立僉議陳理無由除削至四月初更依前集雖極言陳無得面從也又各理伸弗克定矣遂勑司隷大夫甄鸞詳審二教至于天和五年鸞詳二教上笑道論三卷其表略曰

切以佛道二教事迹不同出没隱顯變通亦異幽微妙䆙未易詳度且一件相對佛者以因緣爲宗道者以自然爲義自然者無爲而成因緣者積行乃證春秋傳曰君所謂可而有否焉臣献其可以去其否臣亦何人奉勑降問敢不實荅其道德二篇可爲儒林之宗疑紕繆者去其兩端請量删定按五千文曰上士聞道勤而行之中士聞道若存若亡下士聞道則大笑之不笑不名爲道臣輒率下士見爲笑道論三卷合三十六條三卷者笑其三洞之名三十六條者笑其道經有三十六部戰汗上呈心寬失守出弘明集

周武至五月十日大集群臣詳鸞上論以爲傷蠹道法不愜本圖火焚而已論具如弘明集周大夫甄鸞者寔髙識君子也弗知懼大敵而勇於小敵者焉王令詳定二

教優劣直以正見剖折無使偏意在懷而著此論褒貶臧否詩曰豈弟君子求福不回其此之謂夫傷哉大矣又上道安所著二教論二十篇帝詳審諸以問朝宰無有抗者遂寢其事其論略曰錬心之術名三乘内教也救形之術名九流外教也道無别教即在儒流漢書藝文志曰儒家者流蓋出于司徒之官助人君順陰陽明教化者也游文於六經之中留意於五德之際祖述堯舜憲章文武宗師仲尼其道最高也道家者流蓋出史官清虚以自守卑弱以自持此君人者面南之術合於堯之克讓易之謙謙是其所長也陰陽家者流蓋出於羲和之官敬順昊天曆象日月敬授民時此其所長也法家者流蓋出理官信賞辟罰以輔禮制易曰先王以明罰勸政此其所長也名家者流蓋出於禮官古者名位不同禮亦數異孔子曰必也正名乎名不正則言不順言不順則事不成此其所長也墨家者流蓋出清廟之官茅屋採椽是以貴儉養三老五更是以墨兼愛選士大射是以上賢宗祀嚴父是以有鬼此其所長也縱横家者流蓋出於行人之官孔子曰誦詩三百使於四方不能專對雖多亦奚以爲又使乎使乎言其當權受制宜受命而不受詞此其所長也雜家者流蓋出於議官兼儒墨合名法知國体之有此見王制無不貫之此其所長也農家者流蓋出於農稷之官播五穀勸耕桑以足衣食故八政曰一曰食二

曰貨此其所長也若泒而別之則應有九若總而合之則同屬儒宗其論文之作內外該括文詞峭拔義理淳簡誠可敬也

庚寅　齊改武平

壬辰　周改建德

甲午　周廢釋建德三年五月十七日周武終成妬忌信張賓之議欲偏廢釋教因大集白僚命沙門與道士辯優劣預令張賓之飾詭辭以挫釋子與即其義負而擠之于時法師知炫對帝抗酧辭吐精壯帝意賓不能制即逞天威垂難辭左右叱炫聽制旨炫安詳應對陳義益高陪位大臣莫不動容欽歎帝不能屈明日詔下遂兼道教罷之

丙申　齊改隆化周兵陷并州上走鄴傳位太子恒

丁酉　周伐齊至鄴齊王緯走獲之封為溫國公

幼主恒改承化與後主俱走青州周兵執之國亡

右高齊五主二十八年宇文周并之

戊戌　周武承光二年滅北齊據鄴都用韋孝寬楊堅等春東平高氏名前脩大德並赴殿下帝登座序廢立義其畧曰六經儒教禮義忠孝於世有宜故須存立且真佛無相遙敬表心佛經廣歎崇建浮圖徒廢民財凡是經像皆毀滅之一切僧尼並令還俗朕意如此諸大德謂理何如于時沙門大統五百餘人咸以王威震赫決諫難從關內巳除義非孤立衆各默然下勑催荅並相顧無色俛首垂淚于時有沙門惠遠者姓王氏乃曇始和上之門資也聲名光價乃自惟曰佛法之寄四衆是依豈以杜言

謂能通理遂排衆出對曰陛下統臨大域得一居尊隨俗致詞憲章三教詺云真佛無相誠如天旨但耳目生靈賴經聞佛藉像表真今若廢之無以興敬帝曰虛空真佛咸自知之何假經像遠曰漢明已前經像未至此土含生何故不知虛空是佛帝時無答遠曰若不藉經教自知有法者三皇以前未有文字人應自知有五常等法當時諸人何故但識其母不識其父同於禽獸帝又無語遠曰若以形像無情事之無福故須廢者則國家七廟豈是有情而妄相尊事帝又不荅乃曰佛經外國之法此國不須國家七廟上代所立朕亦不以爲是將同廢之遠曰若以外國之經非此用者仲尼所說出自魯國秦晉之地亦應廢而不行又以七廟爲非將亦廢者則是不尊祖考祖考不尊則昭穆失序昭穆失序則五經無用前存儒教其義安立若是則三教同廢將何治國帝曰魯邦之與秦晉封域乃殊莫非王者一化故不類佛經七廟之難帝無以通遠曰若以秦魯同遵一化經義通行者其震旦之與天竺國界雖殊莫不同在閻浮四海之內輪王一化何不遵佛經而令獨廢帝又無荅遠曰退僧還家崇孝養者孔經亦云立身行道以顯父母即是孝行何必還家帝曰父母恩重交資色養棄親向踈未成至孝遠曰若如是者陛下左右皆有二親何不放之乃使長假五年不見父母帝曰朕亦依番上下得歸侍奉遠曰佛亦聽僧冬夏隨緣脩

道春秋歸家侍養故目連乞食餉母如来檐棺臨葬此理大通未可獨廢帝又無荅遠抗聲曰陛下今恃王力自在廢滅佛法是邪見人阿鼻地獄不揀貴賤陛下何得不怖帝悖然作色大怒直視於遠曰但令百姓得樂朕亦不辭地獄諸苦遠曰陛下以邪法化人現種苦業當共陛下同趣阿鼻何處有樂可得帝屈無對所圖意盛更無所荅但云僧等且還有司録取論僧姓字帝已行虐師知時不濟隱居楚澤青蓮山養道造涅槃等疏有擲筆凌空之驗武既怒佛道二宗俱被廢滅東川寺觀凡四萬餘區並賜王公僧道三百萬人悉充軍民財産並收入官帝以爲得志焉傷哉

法師靜藹者聞詔下慨然曰食周之粟而忌其事謂之忠乎即詣闕奉表求見武帝許之及引對極陳毀教禍福報應之事指證明白帝爲改容頤業已成既行之詔不可返因謝遣之藹退而泣曰大教陁塞吾何忍見之遂遁入終南山帝尋欲官之遣衛士求藹藹聞徙入太一山衛士不獲而返藹以法滅號泣七日夜聲不絶撰三寶録二十卷假設主賓抑揚飛伏廣羅文義弘賛大乘并録見聞事實蔵諸岩洞庶後代之再興耳尋告弟子曰吾生無補于世将事捨身衆號泣不許因令侍者出山藹瀝血書偈一篇遂坐盤石留一内衣自條其肉布於石上引腸胃掛于松枝五臟皆外見餘筋肉手足頭面骨拆都盡以刀割心捧之而卒侍者歸山猶見捧心而坐餘

骸並無遺血但見白乳傍流凝於石次聞者靡不流涕時年四十有五云

丁酉 周武承光三年既克齊改元宣政帝癘疾稍作五月一日歸長安延壽殿癘甚二十四日還雲陽宫六月一日殂子贇立于同州○唐吏部尚書唐臨冥報記云自言外祖爲隋儀射封齊公親見文帝問死還活者初死見周武帝云爲我上聞大隋天子昔日與我共食倉庫玉帛亦我儲之我今爲滅佛法受大極苦頓帝爲我助作功德也帝以庫藏不敢私費乃化天下人各一錢爲追福懺罪也

戊戌 周宣帝贇 宇乾伯武長子即位未及年禪位太子自稱天元皇帝驕佚滛湎改元大成又改大象年三十二崩葬定陵在位一年

釋任道琳者以學業淹博得近周武議論二十餘日酣酢七十畨周武窮極精思不能屈嘗許以復教會其崩不果至是道琳伸請尤力帝從之

己亥 周宣帝二月二十六日詔曰佛法弘大前古共崇詎宜沉隱舍而不行自今應王公下逮黎庶並宜脩事知朕意焉○四月二十六日復詔曰教義幽深神奇弘大雖以廣開化儀通其脩事而崇奉之徒勿須剪髪以乖大道宜視菩薩儀範權服冠纓所司條爲儀注於是琳等妙選舊沙門懿行貞粹聲望卓異者百二十人入陟岵寺仍舊住持

庚子 周靜帝衍更名闡 宣之長子大象即位隋公楊堅脩政十二月封爲隋國公罷入市稅錢復佛道二教大定元年遜位于隋居于別宫隋氏奉帝爲介國公服飾禮樂一如周制上書不稱表荅

不稱表荅不稱詔隋開皇元年五月帝年十九而崩葬之恭陵在位一○五月天元殂以天元皇后之年父楊堅輔政襲封隋國公也

辛丑　周改大定正月改元二月禪于隋

右宇文周五主共二十五年

隋高祖文皇帝名堅小字那羅延本弘農華陰人也其先漢太尉楊震之後八世孫鉉仕燕北平太守元壽仕魏武川司馬惠嘏太原太守烈平原太守定遠真隋國公忠生帝堅相周封隋王大定元年受周禪八年廢梁九年平陳天下一統克儉為良主都于龍首山故長安也仁壽四年大子廣弒之壽六十四葬之太陵在位二十三年

改年開皇

壬寅　上殂太子立○設無礙會舍身

癸卯　後主炢寶改元至德字元秀小字黃奴宣之長子即位荒淫酒邑禍亂非常後與張麗華孔貴嬪逃入宮井隋文廢為長城公至仁壽四年癸亥十一月壬子終于洛陽壽五十二歲在位六年

甲辰　隋初行甲子曆

丙午　後梁琮字温文歸太子寬仁大度博學善射即位改元廣運後其炢安平王嵓擁江陵仕庶奔陳琮時朝隋隋乃廢琮為莒國公在位三年而梁絕矣

丁未　改禎明

己酉　右陳五主三十三年而隋併之後梁三主三十四年而隋併之

庚戌　隋文帝開皇十年

序曰天命有隋膺斯五運帝君禁祐宅此九州所以誕育之初神光洞發若臨巳後靈瑞競臻故使天地龜文水浮五色地開泉醴山響萬年雲慶露甘珠明石變聾聞瞽視啞語躄行禽獸見非常之祥草木呈難紀之瑞是知昔聞七寶匪局金輪今則神異四時偏知玉燭往以赤若之歲黃屋

馭宸土制水行興廢毁之佛日火乘木運
啓嘉號於開皇高祖以周靖帝大定二年
黄龍降於舊第鄉雲見於城闉二月十三
日周以帝祚歸禪在隋景命既臨服黄簪
皇廢六周官依漢三省佛日還曜法水潛通
其冬有周沙門賫西域梵經弍百餘部膺
期而至下勑所司訪人翻譯開皇二年仲
春之月便就宣傳季夏詔以龍首之山川
原秀麗卉木滋阜宜建都邑凡城殿門縣
園寺皆以大興爲額三寶慈化自此而興
萬國仁風緣兹遠大伽藍欝峙法宇交臨
開士肩聯信心踵接及仁壽啓號寶塔是
興百有餘州皆陳瑞應于斯時也四海靜
浪九州無塵大度僧尼將三十萬崇緝寺
宇向有五千翻譯道俗二十四人所出經

論垂五百卷及煬帝嗣籙卜宅東都仍於
洛濵上林園置翻經館四事供養無乏于
時令叙一朝兩代三十七年祖師碩儒高
僧法匠十有五人顯大隋我教之隆盛焉
辛亥法師曇延姿度環異身長九尺六寸垂手
過膝目光外射才望與惠遠相將述諸經
義疏議者謂標舉綱目遠不逮延文句惬
當延不逮遠齊太祖從之問道給月俸會
周使周弘正來聘大臣舉延接伴弘正恃
才氣出人上見延悠然意消及還求延畫
像并所著疏論而歸帝益重之進位昭玄
上統周武廢教延遁入太行山及隋受禪
即日削髮以沙門謁見文帝大悅下書優
教久之歲旱有旨命延率衆祈雨雨不降
帝問故對曰事由一二帝遣京尹蘇威問

一二之意延曰陛下躬萬機之政群臣致股肱之力雖通治體然俱從玄化欲雨不雨事由一二也帝識其意勅有司擇日於正殿設儀命延授以八戒群臣以次受訖方炎威如焚而大雨沛然傾注帝悅自是延每入朝必親手奉御饌供之臨終以表辭帝託以外護帝哭之哀甚葬日百僚縞素送之内史薛道衡文祭略曰往逢道喪玄綱落紐棲心幽岩確乎不拔高位厚祿不能回其慮嚴威峻法不足懼其心經行宴坐夷險莫二戒德威儀始終如一聖皇啟運像法再興卓爾緇衣鬱爲稱首屈宸極之重申師資之義三寶由之弘護二諦藉以宣揚信足以追踪澄什超邁安遠矣

壬子　釋尼智僊者河東蒲坂劉氏女也少出家有戒行長通禪觀時言吉凶成敗事莫不奇驗居般若寺會文帝生於寺方季夏盛暑乳母遽扇之帝寒甚幾絕不能啼左右大驚尼就視之曰兒天佛所祐宜勿憂也即舉之呼曰那羅延因以爲小字抱詣太祖語曰兒来處絕倫俗家穢雜不宜留請爲養之太祖遂割宅爲小門通寺以兒委僊視育後皇妣來抱忽見兒爲龍驚墮于地僊失聲曰奚爲觸損我兒令晚得天下及帝稍長僊密告之曰汝後大貴當自東方来佛法時滅賴汝而興及周武廢教僊隱其家内著法衣戒行彌篤至是帝果自山東来入爲天子大興釋氏僊前此而卒帝對群臣稱阿闍黎以爲口實又云朕興由佛法而好食麻豆前身定從道人中來

少時在寺長育至今樂聞鐘磬之聲
是年關輔旱帝引民就食洛州先是律師靈藏者帝爲布衣交至是命藏陪駕既而趣向藏者極盛帝聞之手勅曰弟子是俗人天子律師是道人天子有樂離俗者任師度之藏由是度人前後數萬間有譖之者帝曰律師化人爲善弟子禁人爲惡言雖有異意則無殊
是年李士謙卒士謙字約少喪父事母以孝聞其族長伯瑒每歎曰此子吾家顏子也善天文術數自以少孤未甞飲酒食肉如此積三十年雅好舉止約以戒定有謂其脩陰德士謙笑曰夫陰德其猶耳鳴唯已知之人無得而知者今吾所作仁者皆知何陰德之有寂善玄言客有疑佛報應之説士謙喻之曰積善餘慶積惡餘殃豈非休咎之徵耶佛曰輪轉五道無復窮已而賈誼亦云千變萬化未始有極至若鯀爲黄熊杜宇爲鶗鴂褒君爲龍牛哀爲虎君子爲鵠小人爲猿彭生爲豕如意爲犬黄母爲黿宣武爲鱉鄧艾爲牛徐伯爲魚羊祜前身李氏子此皆佛家變異形報之驗客人曰邢子才云世有松柏化爲樗櫟僕以爲然士謙曰此不類之談也變化皆由心業豈關木乎又問三教優劣士謙曰佛日也道月也儒五星也客不能難而去
論曰北史史官蔣沈等記李君之事詳悉如此豈非心懷佛德盡已之誠不敢欺昧後之來者歟士謙以日月星方三教然乍觀似有優劣至若照明世界運

轉生靈則一德也是三者闕一則安立不成故易曰乾道變化各正性命賢哉李君吾見其深於性命之大原也

癸丑

二祖惠可大師示寂於開皇十三年三月十六日也師虎牢人少博極群書尤精玄理及覽佛經超然自得遂出家依龍門香山寶靜禪師得度具戒年甫四十忽一日定中神告曰將證聖果無滯於此須臾頓覺頭痛如刺欲行求治空中有聲曰此換骨耳非常痛也因以告師師視其頂有五峯隆起乃曰神既助汝可行求道吾聞天竺達磨近至少林宜往依之師至少林投機授法語載達磨章中及少林歸寂師繼闡玄化嘗至北齊遇一居士不言姓氏且曰弟子身纏風恙請師懺罪師曰將罪來與汝懺居士良久曰覓罪了不可得師曰與汝懺罪竟宜依佛法僧住曰今見師已知是僧未審何名佛法師曰是心是佛是心是法法佛無二僧寶亦然曰今日始知罪性不在內不在外不在中間其心亦然佛法無二也師器之即爲剃髮云是吾寶也宜名僧璨授具戒畢乃告之曰達磨大師來自天竺以正法眼藏密授於吾吾今付汝并達磨信衣汝當護持無令斷絕聽吾偈曰本來緣有地因地種花生本來無有種花亦不曾生汝受吾教宜處深山未可行化當有國難曰師既預知願聞示誨師曰昔達磨傳般若多羅讖記云心中雖吉外頭凶吾校年代正在汝身當審前言勿罹世難然吾亦有夙累今要償之師於

鄴都隨宜行化經三十四年乃晦迹混俗或過屠門或入酒肆有怪而問之者荅曰我自調心非關汝事最後於莞城縣匡救寺三門下談無上道聽者雲集有辯和法師者於寺中講湼槃經學徒聞師說稍稍引去和不勝憤興謗于邑宰翟仲侃侃惑其說加師以非法遂怡然委順年一百有七識真者謂師償債葬磁州滏縣東北七十里唐德宗謚大祖禪師

丁巳

天台智者禪師示寂於開皇十七年十一月二十四日師諱智顗字德安姓陳氏潁川人有晉遷都寓居荆州華容縣梁散騎益陽公起第二子母徐氏夢香烟五彩縈回在懷欲拂去之聞人語曰宿世因緣寄託王道福德自至何以去之誕育之夜室內洞明信宿其光乃止憶先靈瑞呼爲王道卧必合掌坐必面西年長時口不妄噉見像便禮逢僧必敬七歲喜往伽藍諸僧訝其情志口授普門品初啓一徧即得二親遏絕不許更誦志學之年仕梁承聖屬元帝淪沒壯度硤州依舅氏尋討名師年十有八投湘州果願寺法緒出家授以十戒仍壯度詣慧曠律師北面橫經具蒙指誨又詣光州大蘇山南嶽禪師受業心觀乃於北山行法華三昧始住三夕誦至藥王品心緣苦行至是真精進句解悟便發見共思師處靈鷲山七寶淨土聽佛說法思爲印可嘗令代講思躬執如意在座觀聽語學徒曰此吾徒之義兒恨其定力少耳於是師資改觀名聞遐邇學成往辭

思思曰汝於陳國有緣往必利益思既入南嶽大師請金陵綿歷八周語默每思林澤乃夢岩崖萬重雲日半垂其側滄海無畔見一僧揺伸手臂挽師上山以夢通告門人咸曰此天台山也因挾道南征隐淪斯岩陳少主降勑徵入前後七使師乃赴都迎入太極殿之東堂講智論及金陵敗覆策杖荆湘會大業在蕃任總淮海承風佩德欲遵戒法致書累請師初陳寡德次讓名僧後舉同學三辭不免開皇十一年十一月二十三日於楊州設千僧會為王授戒未幾王入朝師旋台嶽躬率禪門行光明懺仍立誓曰若於三寶有益者當限此餘年若其徒生頓從速化不久告衆曰吾當卒此地矣誡曰宜各黙然吾將去矣言已端坐如定而卒於天台大石像前春秋六十七矣弟子章安親傳戒法焉

(辛酉)改仁壽

初文帝龍潛時遇梵僧以舍利一裹授之曰檀越他日為普天慈父此大覺遺靈故留與供養僧既去求之不知所在帝登極後嘗與法師曇遷各置舍利於掌而數之或少或多竟不能定遷曰諸佛法身過於數量非世間所測帝始作七寶箱貯之至是海內大定帝憶其事是以岐州等三十州各建塔焉

是年六月十三日詔曰仰惟正覺大慈大悲救護衆生津濟庶品朕歸依三寶重興聖教思與四海之內一切人民俱發菩提共脩福業使當今現在爰及來世永作善

因同登妙果宜請沙門三十人諳解法相兼堪宣導者各將侍者二人散官一人薫陸香一百二十片分送舍利往前三十州建塔每州僧三百六十人爲朕及皇太子后妃諸王內外官僚士庶懺悔及於相州戰場立寺七日行道任人布施限十文而止所施之錢以供營塔若少不充役正丁及用庫物別外州郡僧尼普爲舍利設齋限十月十五日午時同下石函總管刺史下至縣尉自非軍機停務七日專撿校行道務盡誠敬副朕意焉是日帝親以七寶箱奉三十舍利自內而出置于御座之按與諸沙門燒香禮拜願弟子常以正法護持三寶救度一切衆生乃取金瓶瑠璃瓶各三十以瑠璃瓶盛金瓶置舍利於其內

薫陸爲泥塗蓋而印之諸沙門各奉而行初入州境總管刺史夾道步引四部大衆威儀齋肅共以寶蓋旛幢華臺像輦佛帳徑輿香山香鉢種種音樂盡來供養圍繞讚唄依阿含經舍利入拘尸那城法於是沙門對四部大衆作是唱言至尊以菩薩大慈無邊無際哀愍衆生切於骨髓故分布舍利共天下同作善因又引經文種種方便訶責之教導之深至懇惻涕零及宣讀懺悔文至舍利將入函沙門高奉寶瓶巡示大衆人人拭目諦視共覩光明哀變號泣聲響震地凡是安置之處悉亦如之帝於十月十五日午時在大興宮之大殿西面執珪而立延請佛像及沙門三百六十人旛蓋香花讚唄音樂自大興善寺來

居殿堂帝燒香禮拜降御東廊親率文武百僚素食齋戒及舍利入塔訖帝曰爾佛法重興必有感應其後處處表奏皆如其言見著作王劭舍利感應記

癸丑

三年文中子王通既冠慨然有濟世之志西遊長安見帝坐大極殿名見因奏太平策十有二道尊王道推霸略稽古驗今恢恢乎運天下於掌上帝大悅曰得生幾晚天不以生賜朕也下其議於公卿公卿不悅時將有蕭墻之變通知謀之不用也作東征之歌而歸乃續詩書正禮樂脩九經贊易道九年而六經大就門人自遠而至者河南董常太山姚義京兆杜如晦趙郡李靖南陽程元扶風竇威河東薛收中山賈瓊清河房玄齡鉅鹿魏徵太原王珪溫彥博潁川陳叔達等咸稱師北面受王佐之道餘往來受業者千餘人大業中累徵不就十三年疾病聞江都有變泫然而興曰生民厭亂久矣天其或者將啟堯舜之運吾不與焉命也遂卒門人謚曰文中子嘗爲中說以擬論語其周公篇曰詩書盛而秦世滅非孔子之罪也玄虛長而晉室亂非老莊之罪也齋戒脩而梁國亡非釋迦之罪也易不云乎苟非其人道不虛行或問佛文中曰聖人也曰其教何如曰西方之教也中國則泥又曰觀皇極讜議三教於是乎一矣通弟績亦著書號東皐子文中子講道于白牛之磎弟子捧書北面環堂成列講罷程生退省于松下語及周易薛收歎曰不及伏羲氏乎何辭之多也

俄而有負苓者皤皤然委擔而息曰吾子何歎也薛收曰叟何爲者而徼吾歎負苓者曰黳朱者赤附墨者黑盖漸而得之也今吾子所服者道而猶歎是六腑五臟不能受也吾是以問收曰收聞之師易者道之蘊也伏羲畫卦而文王繫之不逺省文矣吾是以歎負苓者曰文王焉病伏羲氏病甚者也昔者伏羲氏之未畫卦也三才其不立乎四序其不行乎百物其不生乎萬象其不森乎何營營乎而費畫也自伏羲氏泄道之竅漏神之幾分張太和磔裂先氣使天下之智者詭道逆出曰我善言象而識物情陰陽相磨逺近相取作爲剛柔同異之說以駭人志於是知者不知而大朴散矣則伏羲氏始毦亂者安得羸歎而嗟文王負其苓而行追而問之居與姓名不荅文中子聞之曰隱者也

石室論曰宋司馬文正公曰文中子云佛聖人也審如文中子之言則佛之心可見矣第今言禪者好爲隱語以相迷大言以相勝使學者倀倀然益入於迷妄因廣文子之意作解禪頌六首果如此言雖中國亦可行矣不然則吾所不知也其卒章曰言爲百世師行爲天下法爲賢爲大聖是名佛菩薩噫文正公繼孔孟荀楊爲大賢者也庸有不知佛哉觀其頌則文正公平生所爲皆佛菩薩之心也特禪之一法雖吾門亦標表以爲教外別傳自非積三二十年息心絕慮則莫能究其旨謂之隱語大言似

是而實非也何則東皐子猶以伏羲畫卦泄道之竅漏神之機分張太和磔裂元氣使知者不知大朴散矣矧不立文字之禪宜指人心於語言形迹之表詎可常程義理而求其言說耶是不獨文正公文中子楊孟諸賢未暇留神吾徒傳教大法師輩固有不知而興謗者故先德云千人萬人中撈摝一箇半箇而巳夫豈易信也哉

闍那崛多西天竺人也帝時至長安大興善寺奉勑譯法華等經是年示滅

仁壽初詔曰皇帝敬問章洪山之南谷智舜禪師冬月極寒味道安隱勉勗蒼生成就聖業惟慈願力朕實嘉焉今遣開府盧元壽宣朕意起禪師赴闕舜以疾辭不赴初舜從稠禪師出家習定或時覺有妄念即以錐刺股由是塵慮不入至不得已或出一言不過戒定慧而巳如是十餘年稠奇之曰汝於人事殆無心哉而今而後可與言道矣後辭入贊皇山好事者奉米麵供之舜辭去一不受或問故舜曰山居橡栗足以禦饑何煩於人其簡易如此見啗肉者必慘容戒之曰六道殊形汝無不經一切有命皆女父母一切有生皆女曩形而食其肉者是食女父母女心安忍哉聞者悛革也

詔賞罰度支並付太子廣上疾揚素使張衡入侍上暴崩太子即位

甲子○時天下戶口抄五計八百九十萬

乙丑煬帝廣小字阿麼高祖次子纂立于仁壽宮初登有政治民後幸洛陽營建東京發河南人夫數百萬開通濟渠而達淮泗龍舟鳳舸又至江都民不堪命而群

盜肆起四海土崩後爲宇文弑之壽五十九年
冬煬帝有事于南郊詔僧道並同俗拜道流莫敢言諸沙門例不奉詔帝詰之曰詔條久頒卿等固不奉命何也時法師明贍者對曰陛下若使准制羅道則微軀敢不奉命 如知大法可崇則法服之下僧無敬俗之禮帝曰何以致拜周武贍曰周武任威縱暴仁德不施不足爲有國者法陛下聖政惟仁不枉非罪是以貧道得盡忠言帝默然而罷有司以贍抗對將抵以罪贍曰所坐者贍也願不以非律加吾徒帝壮其不撓而不問凡敬主之議由此而絶焉

丙寅
是歲三祖僧璨大師示寂師或云徐州人初以白衣謁二祖既授衣屬周武廢教往来司空山積十餘年人無識者隋開皇十二年有沙彌道信禮師曰願和尚大慈乞與解脫法門師曰誰縛汝曰無人縛師曰何更求解脫乎信於言下大悟服勞九載授具戒已屢驗以玄捷知其緣熟乃付衣說偈曰花種雖因地從地種花生若無人下種花地盡無生并付法衣曰吾既得汝能事已畢即優游江國歷羅浮諸山復還舊止士民樂其歸相率致供師爲四衆說法已於法會大樹下儼立合掌而逝十月十五日也唐玄宗謚曰鑑智禪師著信心銘一篇其辭曰至道無難唯嫌揀擇但莫憎愛洞然明白毫釐有差天地懸隔欲得現前莫存順逆違順相爭是爲心病不識玄旨徒勞念靜圓同太虛無欠無餘良由取捨所以不如莫逐有緣勿住空忍一種

平懷泯然自盡止動歸止止更彌動唯滯兩邊寧知一種一種不通兩處失功遣有沒有從空背空多言多慮轉不相應絶言絶慮無處不通歸根得旨隨照失功須臾反照勝却前空前空轉變皆由妄見不用求真唯須息見二見不住慎莫追尋才有是非紛然失心二由一有一亦莫守一心不生萬法無咎無咎無法不生不心能隨境滅境逐能沉境由能境能由境能欲知兩段元是一空一空同兩齊含萬象不見精麤寧有偏黨大道體寬無易無難小見狐疑轉急轉遲執之失度必入迷路放之自然體無去住任性合道逍遙絶惱繫念乖真昏沉不好不好勞神何用疎親欲取一乘勿惡六塵六塵不惡還同正覺智者無爲愚人自縛法無異法妄有愛著將心用心豈非大錯迷生寂亂悟無好惡一切二邊良由斟酌夢幻虛花何勞把捉得失是非一時放却眼若不寐諸夢自除心若不異萬法一如如如體玄兀爾忘緣萬緣齊觀復歸自然泯其所以不可方比止動無動動止無止兩既不成一何有爾究竟窮極不存軌則契心平等所作皆息狐疑淨盡正信調直一切不留無可記憶虛明自照不勞心力非思量處識智難測真如法界無他無自要急相應唯言不二不二皆同無不包容十方智者皆入此宗宗非促延一念萬年無在不在十方目前極小同大忘絶境界極大同小不見邊表有即是無無即是有若不如是必不須守一即

一切一切即一但能如此何慮不畢信心不二不二信心言語道斷非去来今

丁卯

始平令楊宏率道士名儒入智藏寺啓會義法遣命法師惠淨與道士余永通論義永通欲先立義淨曰道流入寺義有主賓汝安得先於是淨問老子云有物混成先天地生吾不知其名字之曰道且道體一故混耶體異故混耶若體一故混則正混之時已自成一是則一非道生若體異故混且未混之時已自成二然則二非一起矣永通茫然不知所對無言而罷煬帝窮

乙亥

奢極侈乘龍舟錦帆沿汴而下入于楊州天下諸侯反叛稱帝王者各據一方凡五十二處太原唐公李淵起義兵而來救駕矣

丙子

唐師至江都帝以手琢案曰渠有奇相渠得之矣十一月唐師入京遥尊爲大上皇立代王侑爲帝紹隋室也

恭帝侑煬之孫元德太子之子十三即位以唐公爲相進封唐王次年五月禪位與唐封爲酅國公武德二年薨壽十五在位二年

丁丑

改義寧上在江都遥慮日甚宇文化及因思歸之士夜入宮弑帝及宗室皆死

神僧法喜者貌寢陋年若四十許嶺表父老咸言兒時見之談晉宋間事歷歷可聽又自言甞從東林遠公游語默不常然皆爲吉凶之兆煬帝幸維楊聞其有異召之俄一日繞宮中徧索羊頭帝惡之以付廷尉手足銀鐺禁衛嚴甚喜日丐于市飲食自若有司以聞帝命按視封鑰如故及啓戶視之唯見袈裟覆黃金骨骨皆連鎖遼以白帝勅長安王恒覈實如狀詔以香泥

樹骨塑之是夕喜以泥像起行言笑如故遂釋其禁未幾示疾命肖所善者去其薦置身簀上下以熾炭炙之數日半身紅爛即死葬之香山寺側後數歲有自海南歸者見喜無恙其人發冢視之唯空棺爾計是時喜已三百餘歲矣及煬帝於江都遇弒方悟喜索羊頭之驗云

石室論曰唐牧之云昔有相士稱文帝當有天下後果篡奪得之周末楊氏為八柱國公侯相繼久矣一旦以男子偷竊位號不三十年老壯嬰兒皆不得其死彼知相法當曰此為楊氏禍乃可謂善相者牧之之論誠為驚絕然文帝削平天下混一海宇君臨萬國者二十四年刱置禮樂法度多為唐所遵用仁壽間天下户至八百七十萬以唐彊宇之廣歷五朝至天寶末纔九百餘萬戶隋文開統而身及太平固一代之英主也惜其末年任一楊素而弗獲其終嗚呼豈唯隋文而已哉凡魏晉以來苻石姚劉二蕭陳高宇文楊氏十三朝興亡因果循環之驗皆毫末無差吾教所以誕敷六合有大益於天下國家者其言因果報應之事與天道大合有以助天為勸沮也故鴻經廣論深切著明必欲人人自信因即如是果亦如之莫可逭也儒雖曰其事好還然未伸勸沮之理此所以牧之唯詆隋文而不遠推累朝積習循環之弊獨唐家之興則異於彼故其運祚靈長益足以為天下之至鑑

佛祖歷代通載卷第十一

音釋

邕於龍切四方有水也　櫨來都切柱上枅也　栱居家渠恭二切栱丨也
腊思亦切乾肉也　僣子念切儗　巋丘達切山小而衆也　詧初八切審諦也
茜此見切可染緋　岵胡古切山多草木　蝦加下切大也固也　銃尺仲切鍫也
闉於神切城曲重門也　瑒徒朗切珪一尺二寸有瓉　鶗大戾切仲春化鳩
鴂刀于切丨鳩也　鮌古本切大魚也　櫟力的切木名　莞古短切筝也
侃可旦切和樂貌　淦古南切水入船中也　砅候夾切丨石縣名
摝力穀切　闕去月切　舸各可切船也　麼莫婆切丨尼也　琹音拜
鄗許各切地名也　逭胡館切迭也轉也　簀側革切棧也

佛祖歷代通載卷第十二

嘉興路大中祥符禪寺住持華亭念常集

唐

姓李氏王土德都二京　雷氏曰　神大高則中睿玄肅代德順憲穆景文武宣懿僖昭哀濮亡唐主二十二二百九十二

戊寅　高祖神堯皇帝淵改武德　字叔德隴西成紀人其先武昭王李暠之後李歆弘農太守重耳金門鎮將熙李天錫周八柱虎西魏賜姓大野氏官至太尉與李弼等八人佐周有功皆為柱國號八柱也虎卒周追其功封唐國公生昞襲封唐公高祖父也仕隋為安州總管生高祖於長安紫氣充庭體有三乳性寬仁厚又襲唐公隋恭帝進封唐王既太宗世民知隋必亡謀舉大事祖從之秋七月舉義兵冬十一月克京城明年夏五月恭遜位于高祖即位於長安改國號唐

在位九年壽七十一崩葬獻陵內禪太宗太宗佛心天子也創基定業廓清方維傳世二十二凡二百九十二年自開闢以来有天下者俱未若唐甚盛也吾教盛衰常與帝道相望由是內外護聖賢之多典章之備亦無出此朝故於唐頗稱全書幸名教君子與夫吾屬後之来者有以稽考焉

七廟制　東西直排皆面陽明始祖居中三昭居左三穆居右次序如是

帝受隋禪百官拜舞僧但山呼拱立一面鄂國公尉遲敬德金吾衛將軍劉文靖奏曰僧未登聖俱是凡夫何乃高揖王侯父母反拜孰可忍也帝令定儒釋優劣編入朝典議訖表聞不合拜上

己卯　定祖稅法

甲申　七年二月丁巳高祖釋奠於國學召名儒僧道論義道士劉進喜問沙門惠乘曰悉達太子六年苦行求證道果是則道能生佛佛由道成故經曰求無上道又曰體解大道發無上心以此驗之道宜先佛乘曰震旦之於天竺猶環海之比鱗洲老君與佛先後三百餘年豈昭王時佛而求敬王之道哉進喜曰太上大道先天地生鬱勃洞靈之中煒燁玉清之上是佛之師也乘

曰按七籍九流經國之典宗本周易五運相生二儀斯闢妙萬物之謂神一陰一陽之謂道寧云别有大道先天地生乎道既無名昌由生佛中庸曰率性之謂道車胤曰在巳爲德及物爲道豈有頂戴金冠身披黃褐鬢垂素髮手執玉璋居大羅之上獨稱大道何其謬哉進喜無對已而太學博士陸德明隨方立義偏析其要帝悅曰三人者皆勍敵也然德明一舉輒蔽之可謂賢矣遂各賜之帛

乙酉太史令庾儉恥以術官薦傅奕自代奕在隋爲黃冠甚不得志既承華政得志朝廷及爲令有道士傅仁均者頗閑曆學奕舉爲太史丞遂與之附合上疏請除罷釋教事十有一條其略曰佛在西域言妖路遠漢譯胡經恣其假託故使不忠不孝削髮而揖君親游手游食易服而逃租賦演其妖書述其邪法僞啓三途謬彰六道恐𧦬愚夫詐欺庸品凡百黎庶通識者稀不究根源信其矯妄仍追既往之罪虛擬將來之福至有身造惡逆觸法抵刑方乃獄中禮佛口誦梵言曉夕忘疲視免其罪且死生壽夭本於自然刑德威福關之人君而愚僧矯託皆言由佛竊人主權擅造化理其爲害政良可悲也書曰惟辟作福惟辟作威惟辟玉食臣無有作福作威玉食害于而家凶于而國自五帝三王皆未有佛法君明臣忠年祚長久至漢明始立胡祠令西域桑門自傳其法西晉已前不許中國之人髡髮出家洎符石亂華乃弭厥禁

政虐祚短皆由佛教致灾梁武齊宣尤足爲戒昔褒姒一女熒惑幽王致亡其國況今僧尼十萬刻繒泥像以耗天下者乎陛下以十萬之衆自相夫婦十年滋産十年教訓自可足食足兵四海免蚕食之患百姓知威福所自則妖妄之風息而淳朴之化還也且古今忠諫鮮不逮禍近北齊章仇子他獻言僧尼糜損國家塔寺虛費金帛爲諸僧尼附會宰相依託妃主陽讒陰謗子他卒死都市及周武入齊首封其墓臣雖不敏竊希其踪疏奏不報

丙戌九年太史令傅奕前後七上疏請除罷釋氏詞皆激切帝春秋高而優柔無斷頗信之以其疏付群臣雜議大臣皆言佛法興自累朝弘善遏惡冥助國家理無廢棄獨太僕卿張道源附奕稱其奏合理宰相蕭瑀廷斥奕曰佛聖人也奕爲此議非聖人者無法請寘嚴刑奕曰禮本於事親終於事君此則忠孝之禮著臣子之道成佛逾城出家逃背其父以匹夫抗天子以繼體悖所親瑀非出於空桑而反尊無父之教臣聞非孝者無親瑀之謂矣瑀曰地獄正爲此人設也已上見舊唐史

帝復以奕疏頒示諸僧問出家於國何益時法師法琳者姓陳氏潁川人祖因從官寓襄陽後住長安齊法寺作破邪論二卷博引圖史及道教經籍大略申明佛教徹萬法之源而孔老立言特域中之治未揚遠塗非盡究竟之理凡出家者守志明道弘善與福啓迪昏迷利國非淺法師明槩

作决對奕謗佛僧事八條法師惠乘作辨正論十喻九箴破道士李仲卿十異九迷之謬琳等奉表奏上并致啓秦王而門下典儀李師政著内德論三篇開陳佛化之益仍自序而進之其詞曰若夫十力調御運法舟於苦海三乘汲引坦夷途於火宅勸善進德之廣七經所不逮戒惡防患之深九流莫之比但窮神知化其言宏大而可驚去惑絶塵厥軌清邈而難蹈華夷仕庶朝野文儒各附所安鮮味斯道自非研精以考真妄沈思而察苦空無以立匪石之信根去若亡之疑蓋遠則淨名妙德弘道勝而服勤近則天親龍樹悟理真而敦悦羅什道安之篤學究玄宗而益敬僧睿惠遠之歸信迄皓首而彌堅邁士安之淫書甚宣尼之翫易千金未足驚其視八音不能改其聽聞之博而樂愈深思之深而信彌篤皆欲罷而不能則其非妄也必矣我皇誕膺天命弘濟區宇覆等蒼旻載均厚地掃氛祲清八表救塗炭寧兆民五教惟敷九功惟叙總萬古之徽猷改百王之餘弊網羅庶善崇三寶以津梁芟夷群惡迸四部之稊莠遵付囑之遺旨弘紹隆之要術功德崇高昊天罔喻但縉紳之士祖述多途各師所學異論蠭起或謂三王無佛而年永二石有僧而政虐損化由於奉佛益國在於廢僧苟明偏見未申通理博考興王足證浮僞何則亡秦者胡亥時無佛而土崩興佛者漢明世有僧而國治周除佛寺而天元之祚未永隋弘釋故而開

皇之命無虐盛衰由布政治亂在庶官歸咎佛僧實非通論且佛唯弘善不長惡於臣民戒本防非何損治于家國若人人守善家家奉戒則刑罰何得而廣禍福無由而作騏驥雖駿不乘無以致遠藥石徒豐未餌焉能愈疾項籍喪師非范增之無筭石氏興虐豈浮圖之不仁但爲違之而暴亂未有遵之而凶虐由此觀之亦足明矣復有謂正覺爲妖神比淨居於淫祀訾而謗之無所不至聖朝勸善立伽藍以崇福迷民與謗反功德以爲尤此深訕上非徒毀佛愚竊撫心而太息所以發憤而含毫者也忝賴皇恩預霑法雨功磋所惑積稔於茲信随聞起疑因解滅昔嘗有訾而不信今則篤信而無毀近推諸已廣以量人凡百輕毀而弗欽皆爲討論之未究若令探賾索隱功齊於澄什必皆深信篤敬志均於名僧矣師政學匪鉤深識不臻妙少有所聞微去其惑謹課庸短著論三篇辯惑第一明邪正之通蔽通命第二辯殃慶之倚伏空有第三破斷常之執見聚之以群言考之以衆善上顯聖朝之淨福下析淫祀之虛非徒有斯意實乏其材屬詞鄙陋援證膚淺雖竭愚勤何宣聖德庶同病於未愈者聞淺壁而深悟也如藩籬之卉或蠲疾於腹心藜藿之飡儻救餒於溝壑若金丹在目玉饌盈按顧瞻菲薄良足陋矣内德論辯惑篇第一其略曰有辯聰書生謂忠正君子曰蓋聞釋迦生於天竺脩多出自西胡名號無傳於周孔功德靡稱

於典謨寔遠夷所尊敬非中夏之師儒逮攝摩騰之入漢及康僧會之游吳顯舍利於南國起招提於東都自玆厥後乃尚浮圖沙門盛洙泗之衆精舍類王侯之居既營之于塽塏又資之以膏腴擢脩幢而曜日擬甲第而當衢王公大臣助之以金帛農商富族施之以田廬其福利之焉在何尊崇之有餘也未若銷像而絕鐫鑄貨泉可以無費毀經以禁繕寫筆紙不爲之貴廢僧以從編戶益黍稷之餘稅壞塔以補不足廣賑恤之仁惠欲詰闕而効愚忠上書而獻斯計竊謂可以益國而利民矣吾子以爲何如乎忠正君子曰是何言之過歟余昔篤志於儒林又措心于文苑頗同吾子之言論良由闇法之遲晚賴指南以去惑幸失途之未遠每省過而責躬則臨食而忘飯子若愽考而深計亦將悔迷而知返矣竊聞有太史令傅君者又甚於曩日之惑焉內自省於昔迷則十同其五矣請辯傅君之惑言以釋吾子之邪執傅謂佛法本出於西胡不應奉之於中國余昔同此惑焉今則悟其不然矣夫由余出自西戎輔秦穆而開伯業日磾生於北狄侍漢武而除危害臣既有之師亦宜爾何必取其同俗而捨於異方乎師以道大爲尊無論於彼此法以善高爲勝不計於遐邇若夫尚仁爲美去欲稱高戒積惡之餘殃勸爲善以邀福百家之所同七經無以易但褊淺而未深至齷齪而不周廣其恕己及物孰與佛之弘乎其覩末知本孰與佛

之遠乎其勸善懲惡孰與佛之廣乎其明空析有孰與佛之深乎由此觀之其道妙矣聖人之德何以加焉豈得生於異域而賤其道出於遠方而棄其寶夫絶群之駿非唯中邑之産曠世之珎不必諸華之物漢求西域之名馬魏收南海之明珠貢犀象之牙角採翡翠之毛羽物生遠域尚於此而爲珎道出遐方獨奈何而可棄若藥物出於戎夷禁呪起於胡越苟可以蠲邪而去疾豈以遠来而不用之哉夫滅三毒以證無爲其蠲邪也大矣除八苦而致常樂其去疾也深矣何得拘夷夏而計親疎乎况百億日月之下三千世界之内則中在於彼域不在此方矣傳記詩書所未言以爲修多不足尚余昔同此惑焉今又悟其不然矣夫天文曆象之秘輿地理山川之卓詭經脉孔穴之診候針藥符呪之方術詩書有所不載周孔未之明言然考之吉凶有時而徵矣察其行用而多効矣且又周孔未言之物蠢蠢無窮詩書不載之法茫茫何限信乎書不盡言言不盡意何得拘六經之局教而背三乗之通旨哉夫能事未興於上古聖人開務於後世故棟宇易橧巢之居文字代結繩之制飲血茹毛之饌則先用而未珎火化粒食之功雖後作而非弊彼用捨之先後非理教之通蔽豈得以詩書早播而得隆修多晩至而當替人有幼噉藜藿長飫粱肉少爲布衣老遇侯服豈得以藜藿先穫謂勝粱肉之味侯服晩遇不如布衣之貴乎萬物有遷

三寶常住寂然不動感而遂通化身示隱顯之迹法體絕興亡之數非初誕於王宮不長逝於雙樹何得論生滅于赴感計脩促于來去乎傅氏譽老子而毀釋迦讃道書而非佛教余昔同此惑焉今又悟其不然矣夫釋老之爲體一而不二矣同躅有欲之累俱顯無爲之宗老氏明而未融釋典言臻其極道若果是佛固同是而無非佛若果非道亦可非而無是理非矛盾之異人懷向背之殊既同衆狙之喜怒又似葉公之愛畏至如柱下道德之旨漆園内外之篇雅與而難加清高而可尚竊嘗讀之無間然矣豈以信奉釋典而苟訾之哉抑又論夫死生無窮之緣報應不朽之旨釋氏之所創明黄老未之言及不知今之道書何因類於佛典論三世以勸戒出九流之軌躅若目覩而言之則同佛而等其照若耳聞而放之則師佛而遵其說同照則同不當非相師則師不可毀譽道而非佛何謬之甚哉傅云佛是妖魅之氣寺爲淫邪之祀此其未思之甚也妖唯作孽豈弘十善之化魅必憑邪寧興八正之道妖猶畏狗魅亦懼猫何以降帝釋之高心摧天魔之神力又如圖澄羅什之侶道安惠遠之儔高德高名非醉非狂豈容捨愛辭榮求魑魅之邪道勤身苦節事魍魎之妖神又自昔東漢至我大唐代代而禁妖言處處而斷淫祀豈容捨其財力放其士民營魑魅之堂塔入魍魎之徒衆又有宰輔冠蓋人倫羽儀王導庾亮之徒戴逵許詢

之輩置情天人之際抗迹烟霞之表並稟教而歸依皆屑心以崇信豈容尊妖奉魅以自屈乎良由覩妙知真使之然耳又傅氏之先毅字武仲高才碩學世號通人辯顯宗之祥夢證金人之冥感釋道東被毅有功焉竊揆傅令之才識未可齊於武仲也何爲毁佛謗法與其先之反乎吳尚書令闞澤對吳主孫權曰孔老二家比方佛法優劣遠矣何以言之孔老設教法天以制用不敢違天諸佛說法天奉而行不敢違佛以此言之實非比對愚謂闞子斯論知優劣之一隅矣凡百君子可不思其言乎夫大士高僧觀於理也深矣明主賢臣謀於國也思矣而歷代寶之以爲大訓何𢦏知其窮理盡性道莫之加故也傅氏觀

不深於名僧思未精於前哲獨師心而背法輕絶福而興咎何其爲國謀而不忠乎爲身慮而不遠乎大覺窮神而知化深觀過患而豫防惟百齡之易盡差五福而難常命川流而電逝業地久而天長三塗極迍而杳杳四流無際而茫茫憑法舟而利濟籍信翮以翱翔宜轉禍而爲福何罔念而作狂也傅云趙時梁時皆有僧反況今天下僧尼二十萬衆此又不思之言也若以昔有反僧而廢今之法衆豈得以古有叛臣而棄今之名士隣有逆兒而逐己之順子昔有亂民而不養今之黎庶乎夫普天之下出家之衆非雲集於一邑實星分於九土攝之以州縣限之以關河無徵發之威權有憲章之禁約縱令三五兇險一

二闡提既無縁於鳥合亦何憂於蟻聚且又沙門入道豈懷亡命之謀女子出家寧求帶甲之有何乃混計僧尼之數當同梟獍之黨架虛以亂真蔽善而稱惡君子有三畏豈當如是乎夫青衿有罪非關尼父之失皂服爲非豈是釋尊之咎僧干朝憲尼犯俗刑譬誦律而穿窬如讀禮而驕倨但以人禀頑嚚之性而不遷於善非是經開逆亂之源而令染於惡人不皆賢法實惟善何因怒惡而反善咎人而棄法若夫口談夷惠而身行桀蹠耳聽桀蹠而口廢詩禮然則人有可誅之罪法無可廢之過但應禁非以弘法不可以人而賤道竊篤信于妙法不苟黨於沙門至於耘稊稗以殖嘉苗肅奸回以清大教所深願矣所深願矣傳云道人土梟皆是貪逆之惡種此又不思之言也夫以捨俗修道故稱道人學道離貪逆若云貪菩提道逆生死流則傳子與言未及斯旨觀沙門之律行也行人所不能行止人所不能止具諸釋典可得而究蝡動之物猶不加害況爲梟獍之事乎嫁娶之禮尚捨不為況為禽獸之心乎何乃引離欲之上人四聚塵之下物援有道之賢俊比無知之庶類毀大慈之善衆媲不祥之惡鳥謂道人為逆種以梵行比獸心害善一何甚乎反正頓如此乎余昔每引孝經之不毀傷以譏沙門之法去鬚髮謂其反先王之道失忠孝之義今則悟其不然矣若夫事君親而盡節雖煞身而稱仁虧忠孝而偷存徒全膚而非義論

美見色而致命禮防臨難而苟免何得一槩而訶毀傷雷同而顧膚髮割股納肝傷則甚矣剔須落髮損乃微焉立忠不顧其命論者莫知咎求道不愛其毛何獨以爲過湯恤烝民尚焚軀以祈澤墨翟兼愛欲磨足而至頂況夫上爲君父深求福利鬚髮之毀何足顧哉夫聖人之教有殊途而同歸君子之道或反經而合義則泰伯其人也廢在家之就養託採藥而不歸棄中國之服章依剪髮以爲飾反經悖禮莫甚於斯然而仲尼稱之曰泰伯可謂至德矣其故何也雖迹背君親而心忠於家國形虧百越布德全乎三讓故泰伯棄衣冠之制而無損於至德則沙門捨縉紳之容亦何傷乎妙道雖易服改貌違臣子之常儀而信道歸心願君親之多福苦其身意脩出家之衆善遺其君父延歷劫之深慶其爲忠孝不亦多乎浪謂沙門爲不忠未之信矣傅又云西域胡人因泥而生是以便事泥瓦此又未思之言也夫崇立靈像漠寫尊形所用多塗非獨泥瓦或彫或鑄則以鐵木金銅圖之繡之亦在丹青縑素復謂西域士女遍從此物而生乎且又中國之廟以木爲主則謂制禮君子皆從木而育邪親不可忘故爲之宗廟佛不可忘故立其形像以表罔極之心用申如在之敬欽聖仰德何失之有哉失以善爲過者故亦以惡爲功矣傅又云帝王無佛則國治年長有佛則政虐祚短此又未思之言也則謂能仁設教皆闡淫雲之風菩薩立言

專弘桀紂之事以實論之殊不然矣夫殷喪大寶灾興妲已之言周失諸侯禍由褒姒之笑三代之亡皆此悞也三乘之教豈斯尚乎佛之為道慈悲喜捨齊物而等怨親與安樂而救危苦古之所以得其民者佛既弘之矣民之所以逃其上者經甚戒之矣羲軒舜禹之德在六度而苞籠羿浞癸辛之咎總十惡以防禁向使桀遵少欲之教紂順大慈之道伊呂無以用其謀湯武焉得行其討可使鳴條免去國之禍牧野息倒戈之亂夏后從洛汭之歌楚子違乾溪之難然則釋氏之化為益非小延福祚於無窮遏危亡於未兆傳謂有之為損無之為益是何言與是何言與佛何讐而誣之至此佛何負而疾之若讐乎傳又云未有佛法之前前皆淳和世無簒逆此又未思之言也夫九黎亂德豈非無佛之年三苗逆命非當有法之後夏殷之季何有淳和春秋之時寧無簒逆寇賊奸宄作士命於皐陶玁狁孔熾薄伐勞於吉甫而傳謂佛與簒逆盜法佛猶戒之豈長簒逆之亂乎一言之競佛亦防之何敗淳和之道乎惟佛之為教也勸臣以忠勸子以孝勸國以治勸家以和弘善示天堂之樂懲非顯地獄之苦不唯一字以為褒豈止五刑而作戒乃謂傷和而長亂不亦誣謗之甚哉亦何傷於佛日乎但自淪於苦海矣輕而不避良可悲夫於是書生心伏而色愧避席而謝曰僕以習俗生常違道自佚忽於所未究翫其所先述背正法而異論受

邪言以同失今聞佛智之玄邃乃知釋教之忠質豁然神悟而理攄足以蕩迷而祛疾雖從邪於昔歲請歸正於茲日謹誦來戒以爲口實矣

論曰昔司馬文正公譏元魏崔浩昧於擇術若傅令者不善擇術尤可數也方天意大啓唐祚而太宗以大權聖人示現出世爲千載道德盛明之主豈易遇哉有文中子者身任百世師儒出河汾間凡太宗一時宰輔若凌煙閣上諸公皆北面稱師受王佐之道當是時使傅令稍知向方預出王氏之門則其施設縱非公台之任亦不失爲名卿士大夫徒以十史占候下拔位貌既卑無以自逞乃以夙昔私憾謗黷大教覬竊聲譽及太宗登位天下文明諸公雍容廟堂論道經邦制禮作樂雖堯舜之運亡以加也此時奕之學素荒而伎且索矣抱慚自廢于家其無聊而斃也可知矣妙哉李君內德論熟覽之盖天下精識讜論也其通命一篇以儒所謂命釋所謂業原始要終合而通之尤爲警絕惜辭多未能具載云

是歲夏四月太子建成秦王世民怨隙巳成將與內難而又邊境屢擾軍國務殷傅奕妄生毀佛乞行廢教之請復云云未決及法琳等諸僧著論辨之合李黃門內德論同進之于朝帝由是悟奕等讐道毀佛爲協私大臣不獲巳遂兼汰二教而施行焉五月辛巳詔曰

釋迦闡教清淨爲先遠塵離垢除去貪欲所以弘宣勝業修植善根開導愚迷津梁庶品是以敷演經教檢括學徒調懺身心捨諸染着衣服飲食咸資四輩自大覺遷謝道法流行末代陵遲漸以虧損乃有猥殘之侶規自尊高游墮之民苟避徭役妄爲剃落託號出家嗜欲無厭營求不已致有出入閭里周旋闤闠驅策畜產聚積貨財耕織爲生沽販爲業事同編戶迹等齊人進違戒律之文退無禮典之訓或有躬行劫掠身自穿窬造作奸詭交通豪猾每罹憲網自蹈重刑瀆玷真如虧損妙法譬夫稂莠有穢嘉苗類若淤泥混乎清水又伽藍之地本曰淨居栖心之所理尚幽清近代以來多立寺舍不求閒曠之地唯趍

諠雜之方繕綵崎嶇甍宇殊錯拓舛隱慝誘納奸邪或有接延鄽邸隣近屠沽塵埃滿室腥羶盈路徒長輕薄之心有虧崇敬之義且老氏垂化本實沖虛養志無爲遺情外物全真守一是謂玄門驅馳世務尤乖宗旨朕應期御宇興隆教法志思利益情在護持欲使玉石區分薰蕕有辨長存妙道永固福田正本澄源宜從沙汰諸僧尼道士女冠有精勤練行守戒律者並令就大寺觀居止供給衣食不令乏短其不能精進無行業弗堪供養者並令罷道各還桑梓所司明爲條式務依教法違制之坐悉宜停斷京城留寺三所觀二所其餘天下諸州各留一所餘悉毀之六月四日秦王以府兵平內難高祖以秦王爲皇太

子付以軍國政事是月癸亥大赦天下停前沙汰二教詔甲子高祖遜于位稱太上皇太子即位于東宮是爲太宗

丁亥　太宗文皇帝世民改貞觀高祖次子厥性仁賢輕財重義隋末起義兵高祖謂之曰破家忘軀由汝化家爲國亦由汝馬肇興唐室皆太宗之功也武德九年太子建成齊王元吉死八月受禪即位制禮作樂選賢任良與公卿大臣論議政事吞蝗以整年穀之凶其敍德如此用魏徵李靖房玄齡杜如晦等諸賢爲相尉遲敬德劉文靖爲將在位二十三年

帝對群臣太息曰今大亂之後其難治乎魏徵對曰大亂之治譬饑人之易食帝曰古不云乎善人爲邦百年而後勝殘去殺徵曰此不爲聖哲之論聖哲之治其應如響蓋不其難僕射封德彝曰不然三代之澆詭日滋秦任法律漢雜覇道皆欲治而不能非能治而不欲徵書生好虛論徒亂國家不足聽徵曰五帝三王不易民而教行帝道而帝行王道而王顧所行何如耳黃帝戰蚩尤七十而戰勝其亂因致無爲九黎害德顓頊征之既克而治桀爲亂湯放之紂無道武伐之湯武身及太平若人漸澆詭不復樸今當爲鬼爲魅尚安得而化之哉德彝不能對然復以爲不可帝雅以徵對爲然他日帝嘗召傅奕賜之食而謂曰佛道微妙聖迹可師且報應顯然屢有徵驗汝獨不悟其理何也奕曰佛是西方桀黠欺誑夷狄及流入中國尊尚其教皆邪僻纖人摸寫莊老玄言飾其妖妄無補於國家有害於百姓帝惡其言不荅自是終身不齒

己丑　○放宮女三千

七月蝗害稼帝在苑中掇蝗而言曰民以穀爲命而汝害之是害吾民也百姓有過在予一人汝而有靈當食朕身無害吾民將吞之左右恐致疾遽求代帝曰所貴移灾朕躬何疾之避遂吞之由是終帝世蝗不爲害冬十二月癸酉詔曰有隋失道九服沸騰朕親總元戎致茲明罰其有禁犬嬰此湯羅銜鬚濆義憤終乎握節各徇所奉咸有可嘉日往月來逝川斯遠切恐九泉之下尚淪鼎鑊八難之間永纏氷炭愀然疚懷無忘興寢所以樹立福田濟其營魄可於建義以來交兵之處爲義士凶徒殞身戎陣者各建寺剎招延勝侶望法鼓所振變灾火於青蓮清梵所聞易苦海於甘露所司量定處所并立寺名支配僧徒及修院宇具於事條以聞稱朕矜哀之意仍命虞世南李伯樂褚遂良顏師古岑文本許敬宗朱子奢等爲碑銘以紀功業已上見舊史

庚寅　○禁笞背法

十月天下斷獄死罪二十有九人東南薄海西極于嶺北窮玄塞戶不夜閉旅不賷粮取給於路米斗三錢天下大治蠻夷君長衣冠帶刀宿衛帝喜謂群臣曰此魏徵勸朕仁義之効也惜不令封德彝見之因追念初平天下時手誅千餘人不及享太平即以御服施諸寺命僧禮懺薦擢焉

辛卯　詔僧尼拜父母

壬辰　○縱死囚四百還家

癸巳　七年三藏法師玄奘游天竺求法達于王

舍城奘生洛州緱氏陳氏隋季出家具戒博貫經籍每慨前代譯經多所訛畧志游西土訪求異本以叅訂焉以三年冬抗表辭帝制不許即私遁自涼州出玉關抵高昌高昌王麴文泰奉奘行資護送達于罽賓從僧伽論師決俱舍因明大毗婆沙等論至大林國從婆羅門學中論及異道典籍時婆羅門七百餘歲至僕底國從伏光法師學對法宗顯理門等論至那伽羅國從月胄論師學衆事分毗婆沙至祿勒那國從闍那屈多三藏學經部毗婆沙及薩婆多部辨真等論至麴闍國從毗邪犀那三藏學二毗婆沙王有勝兵十萬雄冠西域奘與胡商八十許人渡殑伽河彼俗以人祀天奘與諸商被執以奘風度特異將戮以祭俄大風作塵沙漲天晝日晦暝彼衆震懼以奘爲聖人遂釋之至中天竺遇大乘居士爲奘開瑜伽師地即入王舍城彼預聞奘至具禮郊迎之安置那蘭陀寺寺七寶所成僧以萬數奘見上方戒賢論師時春秋一百有六道德爲西土宗師號正法藏國主以十城租賦奉之奘啓以求法意賢咨嗟流涕曰吾頃疾病且死忽夢文殊大士謂吾曰汝未應猒世後三年震旦有大沙門從汝受道自爾已來今三稔矣於是慰喜交集有同宿契焉奘見王王給象車從者三十輩日供上饌饌有龍腦香乳蘇蜜及大人米米香聞百步然國産不多唯君長與后及主法上德與焉奘寓其國從正法藏窮探大乘秘奥日益智證

云

乙未九年十月法師玄琬卒于延興寺遺表陳聖帝明王賞罰三寶不濫痛愍沙門犯法不應與民同科乞付所屬以僧律治之并上安養論三德論各一卷帝嘉納有詔傷悼遣皇太子臨吊敕有司給葬具唐敕葬沙門由琬而始

十一月詔曰三乘結轍濟度爲先八正歸依慈悲爲主流智慧之海膏澤群生翦煩惱之林津梁品物任真體道理叶至仁妙果勝因事符積善朕欽若金輪恭膺寶命至德之訓無遠不思大聖之規無幽不察欲使人免蓋纏家臻仁壽比緣喪亂僧徒減少華臺寶塔窺戶無人紺髮青蓮櫛風沐雨眷言凋毀良用憮然其天下諸州有寺之處宜度僧尼數以三千爲限其州有大小地有華夷當處所度多少有司詳定務取德業精明其往因減省還俗及私度白衣之徒若行業可稱通在取限必無人可取亦任其闕數比聞多有僧徒溺於流俗或假託鬼神妄傳妖怪或謬稱醫巫左道求利或灼鑽膚體駭俗驚愚或造詣官曹囑致贓賄凡此等類大虧聖教朕情在護持必無寬貸自今宜令所司依附六律參以金科明爲條制

丙申十年皇太子問張士衡曰事佛營福其應如何對曰事佛在清淨仁恕如貪惏驕虐雖傾財事之無損於禍且善惡必報若影赴形聖人之言備矣爲君明爲臣忠爲子孝則福祚永反是則禍至矣時太子有逆志故士衡因對以箴

之

丁酉帝幸洛京下詔曰老君垂範義在清虛釋迦貽則理存因果求其教也汲引之迹殊途論其宗也弘益之風各致然大道之與肇于遂古源出無名之始事高有形之外況是國家先宗宜居釋氏之右自今已後齋供行位至於稱謂道士女冠可在僧尼之前庶敦返本之俗暢於九有貽於萬葉京邑沙門各陳極諫有司不納時有沙門智實者洛下賢僧也丰度雋穎內外兼明携諸宿德隨駕表奏於闕口其畧曰僧某等言年迫桑榆始逢太平之世貌同蒲柳方值聖明之君竊聞父有諍子君有諍臣實等雖在出家仍在臣子之列有犯無隱敢不陳之伏見詔書國家本繫出自柱下宗祖之風形於前典頒告天下無德而稱今道士在僧尼之上奉以周旋豈敢拒詔尋其老君垂範治國治家所佩服章初無改易不立觀宇不領門人處柱下以全真隱龍德而養性今道士等不遵其法所着冠服並是黃巾之徒實非老子之裔行三張之鬼術棄五千之玄言反同張陵謾行章醮從漢以來常以鬼道化於浮俗妄托老君之後即是左道之苗若在僧尼之上誠恐國家同流有損國化遂以道經及漢魏諸史佛先道後之事具陳如左帝壯其志於教遺宰相岑文本諭旨遣之實固執不奉詔帝震怒杖實于朝堂民其服流之嶺表而卒年三十有八初實渫罪有識其不量進退者實曰吾固知已行之詔不可

易所以爭者欲後世知大唐有僧耳聞者莫不歎惜

佛祖歷代通載卷第十二

音釋

暠古老切白也 昞碑景切明也 訹思聿切誘也 洙時俱切丨水出泰山 塽疎兩切丨塏高也 屖先啼切丨遲也音犀 窬羊朱切穿木戶也 汭而稅切水相入皃 蠘之力切蝙蝠異名 稂力當切不成之禾也 疚居又切病也 櫛側瑟切梳枇之總名 雋祖兖切鳥肥也

佛祖歷代通載卷第十三

嘉興路大中祥符禪寺住持華亭念常集

戊戌十二年尚書虞世南卒帝手勑魏王泰曰虞世南與我猶一體也拾遺補過無日暫忘當代名臣人倫準的吾有小失必犯顔而諍之今其云亡石渠東觀之中無復人矣痛惜豈可言耶未幾帝賦往代興亡詩一篇輒歎惜曰鍾子期死伯牙不復皷琴朕此詩將何所示令褚遂良持詣世南靈帳讀畢焚之冀其神識感悟焉明年夢世南進讜言有如平生因下詔曰故禮部尚書文懿公虞世南德行純備文爲辭宗夙夜盡心志存忠益奄從物化忽移時序昨因夜夢倏覩斯人兼進讜言有若平生之日追懷遺美良用悲悼宜資冥福申朕思舊之情可即其家齋五百僧造佛像一軀出舊唐史本紀

秋八月詔三學秀異於弘文殿論議道士蔡子晃問法師惠淨曰法華稱序品第一未審序第何分淨曰如來入定放光現瑞假遠開近爲破二之漸基啓一真之由致此其序也第者爲居一者爲始故曰序品第一晃難曰第者弟也爲弟則不宜稱一言一則不應稱弟兩言矛盾何以會通淨曰向不云第者爲居一者爲始先生不省名義安能難人晃忙亂曲爲之詞淨乘勝剉折遂赧慚而退淨雅與房玄齡厚善尤爲太常褚亮所敬亮嘗謂人曰淨俯視安遠頡頏生肇真當世獨步也及天竺三藏波頗那羅譯大莊嚴論詔淨筆授并敕趙

郡王孝恭詹事杜正倫同監護

（己亥）十三年方士秦世英譖法師惠琳著論訕毀皇宗有旨捕琳琳知之變服自縶詣闕請讞制旨曰據爾論有念觀世音者臨刑不傷今詳罪犯當坐大辟賜假七日爾可勤念之眚臨刑自免琳奉制一無所念至期詔問所念觀音感應如何對曰隋季失德四海沸騰陛下廓清寰宇道洽生靈琳自七月已来不念觀音唯念陛下帝訝其言遣御史韋悰問琳所以念朕之狀對曰觀音至聖垂形六道上天下地皆爲師救陛下御臨宸極萬國懽心文治至平靈鑒無外聖與觀音齊等所以唯念陛下且琳挺志盖弘宣釋氏之法以助皇化冀民懼報應畏刑罰而遠惡也琳何求而敢訕謗哉陛下察琳忠於所事則所謂臨刑自免者唯諂是信則琳伏尸無地悰奏其語有旨免刑流于益州（法師著辯正論八卷爲譖死于蜀百牢關未幾秦世英被誅矣）

（庚子）○定嫂叔甥舅服

華嚴法師法順卒順生杜氏亦稱杜順如晦族長也長安萬年人以陳永定二年生少爲隋文帝所重給月俸供之有病者師對之危坐少頃即愈或生而聾者順召之與言耳即聰或生而瘂者順就與之語即能言或狂而顛者順使人領住向之禪定少選彼即拜謝而去又嘗臨溪隨侍者懼不可濟順率同涉水即斷流其神迹類如此而順憒然初不以介意尤邃華嚴宗旨帝素敬重之嘗引入宮禁導迎善氣妃主

戚里諸貴奉之有如生佛集華嚴法界觀門弟子智儼尊者傳其教

傅奕感報於十四年秋卒暴而亡冥報記曰奕初與傅仁均薛賾同司太史仁均先死賾昔欠仁均錢五千未償後夢仁均索討賾問先所欠錢當付與誰仁均曰付與埿人又問埿人者誰曰傅奕也是夕馮長命少府亦夢同焉又多見先亡者問佛經之虛實彼曰實也曰傅奕毀法當受何報彼曰配越州埿人長命入殿庭告賾賾亦言如之時有唐臨在側賾送錢與奕及告其夢不數日奕果暴亡或爲埿犁中人也

相國蕭瑀字時文梁明帝子也九歲封新安王國除入隋晋王妃實瑀姊官右千牛嘗疾不肯呼醫自信天命嘆曰吾更餘年則從此遁矣及晋王踐祚姊爲后聞其言召責之以其不安小官後病損拜内史侍郎以直言事頗爲煬帝憎隋亂瑀出爲河池郡守唐高祖入關以書招之因挈郡歸封宋公委以樞要帝不名呼爲蕭郎瑀家世貴冑自武帝以来皆奉佛清修瑀及其孫勉精嚴尤甚太宗即位屢入相既而房杜得君事任稍分瑀不能無少望嘗乞度爲僧帝許之瑀尋度不能而止事兩朝凡五入相位年七十四薨瑀性忠鯁雅薄福貴善屬文通儒柳顧華皆高其才唐史稱之曰梁蕭氏興江左實有功在民厥終無大惡以寖微而亡故餘祉及其後裔自瑀逮遘八葉宰相名德相望與唐盛衰世家之盛古未有也

辛丑十五年五月戊辰帝幸宏福寺召大德道懿等五人賜坐諭以剏寺爲專一追崇穆太后言發涕零懿及左右皆哽咽逡巡自製疏施絹二百疋自稱皇帝菩薩戒弟子令面向羅頤謂道懿等曰頃以老子是朕先宗故令名位在前卿等應恨恨也道懿曰陛下尊祖宗降成式懿等蒙荷國恩安閑學道詔旨初下咸皆懽悦詎敢有恨帝曰尊祖重親有生之大本故先老子以别親疎之序非不留心於佛也自有國以来未甞剏立道觀凡有功德並歸僧舍雖往日操戈臨陣亦未始縱威濫殺今所在戰塲皆立佛寺至於太原舊第亦以奉佛朕存心如此卿等想未諭也道懿等遽起趍謝帝曰少坐此是朕意不述則人不知天時向熱寺宇未備今所施可別造經寮令衆僧寬展行道

壬寅十六年三藏玄奘法師發王舍城入祇羅國國主郊迎之已而問曰而國有聖人出世作小秦王破陣樂試爲我言其爲人奘粗陳帝神武削平天下躬行堯舜之治其王大驚東向稽首曰我當朝覲與師偕行也奘因出所撰制惡見論似之王欽嘆曰此論一出可謂日光既昇螢火奪明矣即以青象名馬助奘馱經而還

癸卯○圖功臣於凌烟閣

八月四日原州松昌鴻池谷忽有五石皆青質白文成字曰高皇海出多子李元王八十年太平天子李世民千年太子李治書燕山人士樂大國主尚汪譚奘文仁邁

千古大王五王六王七王十風毛才子七佛八菩薩及上果佛田天子文武貞觀昌大聖延四方上不治示孝仙戈八爲善原州奏于朝字初若不甚顯及群公擬定遂粲然明著十一月辛卯有事于南郊詔遣使以玉帛詣原州鴻池谷祭之曰嗣天子諱祚繼鴻業君臨寓縣宿興旰食無忘於政道德齊禮愧於前脩天有成命表瑞徵符文字粲然曆數惟永既旌高廟之業又錫眇身之祚追於皇太子治亦降貞符具紀李氏于石言仰瞻霄漢空名大造甫惟寡薄彌增寅懼敢因大禮重薦玉帛上謝冥靈之貺以伸祇慄之誠

乙巳

十九年正月丙子法師玄奘賷經像歸于京師留守房玄齡館于宏福寺以表聞帝壬辰奘如東都二月巳亥見于儀鸞殿帝曰師去何不相報對曰當去時表三上以誠願微淺不蒙諒許無任慕道之至乃輙私行專擅之罪惟深愧懼帝曰師出家與俗殊隔能委命求法惠利蒼生朕甚嘉焉固不煩爲愧但念山川阻遠方俗異心怪師能達也對曰奘聞乘疾風者造天地而非遠馭龍舟者涉江海而不難自陛下握乾符清四海德籠九域仁被八區淳風扇炎景之南聖威震葱嶺之外所以戎夷君長每見翔雲之鳥自東來者猶疑發於上國歛衽而敬之況玄奘圓頂方袍親承化育者耶既頼天威故得往還無難帝曰此長者之言朕何敢當因廣問雪嶺以西印度之境玉燭和氣物産風俗八王故迹七

佛遺蹤並博望之所不傳班馬無得而載
者奘既親游其地記憶無遺隨問而對皆
有條理帝大悅曰師所經一百餘國可畫
撥其山川風俗撰大唐西域記以遺後來
不亦美乎奘奉詔將罷帝謂侍臣曰昔符
堅稱道安爲神器舉國遵敬朕觀法師詞
吐溫雅風節貞峻非徒不愧古人實過之
遠甚司徒長孫無忌曰誠如明詔道安雖
高行博識然弘法之功固不如法師躬趍
聖域討論衆妙究探宗極者矣時車駕將
問罪高麗聞法師之還期暫引見及對談
論不覺日莫帝曰匆匆言不盡懷欲共法
師東行省方觀俗指揮之暇別更談叙可
乎對曰玄奘遠歸兼有病疾不堪陪駕帝
曰師向能孤游絕域今此行如跬步耳尚
何辭對曰陛下東征六軍奉衛伐亂誅姦
必有牧野之功昆陽之捷玄奘無所裨助
虛負道路之費且兵刃交戰佛制沙門不
得觀視惟陛下矜察帝嘉納而止奘因奏
西域所獲梵本經論凡六百五十七部乞
就嵩山少林寺爲國宣譯帝曰朕頃爲穆
太后剏宏福寺極爲虛靜可就彼翻譯所
須並與玄齡平章奘因進曰百姓無知見
奘遠歸妄有窺看不徒妨廢法務兼慮不
測之患願得監門官以防舋隙帝悅曰此
言可謂保身之計當爲處分及罷即別有
旨差官監護
(丙午)二十年七月辛卯法師玄奘表上新譯菩
薩藏經六門陀羅尼經顯揚聖教論大乘
雜集論凡五部五十八卷請帝爲聖教序

降手勅曰省書具悉雅意法師夙標高行早出塵表泛寶舟而登彼岸搜妙道而闢度門弘闡大猷蕩除衆罪朕學淺心拙在物猶迷況佛道幽微豈能仰讃側請為序非已所聞奘重表請曰伏奉墨勑猥垂獎諭祗奉綸言精守振越玄奘行業空踈謬忝緇侶幸屬九瀛有截四海無虞憑皇靈以遠征恃國威而訪道窮遐冒險雖勵愚誠纂異懐荒實資朝化所獲經論蒙遣翻譯見成卷軸未有銓序伏惟陛下睿思雲敷天華景爛理苞繫表調逸咸英跨千古以飛聲掩百王而騰實切以神力無方非神思不足銓其理聖教玄遠非聖藻何以序其源故乃冐犯威嚴敢希題目宸瞻沖邈不蒙矜許撫躬累息相顧失圖奘聞日月麗天既分輝於戶牖江河紀地亦流潤於巖崖雲和廣樂不秘響於聾聵金玉奇珎豈韜彩於愚瞽敢緣此理重有干祈伏乞雷雨曲垂天文俯照配兩儀而同久與二曜而俱縣然則鷲嶺微言假神筆而弘遠鷄園奥典託英詞而宣揚豈止區區梵衆獨荷恩榮蠢蠢迷生方超塵累而已制許之

丁未 ○作翠微宮於終南山

是歲帝得秘讖云唐三世而後女主武王代有天下逐密召太史令李淳風訪其事對曰臣據術推之其兆已成今在陛下宮中矣逾三十年當有天下誅唐子孫殆盡帝曰疑似者殺之何如對曰天命不可易且真王者不死徒使疑似之戮㴱及無辜

今既在宮已是陛下眷屬更三十年又當衰老老則心慈雖受終易姓於陛下子孫或不甚損今若戮之即當復生少壯嚴毒況又立讐則陛下子孫必無遺類帝善其言而止

戊申
二十二年六月帝在玉華宮召法師玄奘至乃曰朕在京苦暑故就此宮泉石既凉氣力稍佳然憶法師故茲相屈涉塗當大勞也奘謝曰四海黎庶依陛下而生聖躬不安則率土惶灼伏聞鑾輿至此御膳順宜凡預含靈孰不舞蹈願陛下永保崇高與天地無極玄奘庸薄猥蒙齒召銜荷而來不覺爲勞帝以法師德業冲博儀表絕倫欲令罷道共康庶政因曰昔三五帝王靡不以六合務廣萬機事般不能遍理故周憑十亂舜託五臣翼亮朝猷弼諧邦國彼盛明之后且爾況朕寡昧而不寄衆哲哉意欲法師脫緇服掛纏衣升鉉路以陳謀坐槐庭而論道師意何如對曰玄奘微生伏奉明詔稱三五之君不能獨治寄諸賢哲共而成之此陛下盛德含光謙讓之詞在理則不爾也何哉使臣能至治桀紂桓靈之君豈無臣耶以此而言不必由也伏惟陛下聖哲之治一人紀綱萬事咸得其緒況撫運已來天地休平中外寧晏皆陛下不荒不矜不麗不侈兢兢業業雖休勿休居安思危爲善承天之所致也餘何預焉請粗陳其梗槩陛下經緯八紘驅駕豪傑戡定禍亂崇闡雍熙聰明文思之德體元合極之姿皆天之所授無假於人一

也敦本棄末崇儒尚德移澆風於季俗反淳政於上古賦尊薄制刑用輕典九州四海稟識懷生俱沐恩波咸遂安逸此又聖心自化無假於人二也至道旁通深仁遠洽東逾日域西邁崑丘南盡炎州北窮玄塞彫題鼻飲之俗卉服左衽之人靡不候風瞻雨稽顙屈膝獻琛貢寶充委夷邸此又天威所感無假於人三也獫狁爲患其來自久五帝所不止三王莫能制遂使渭河爲被髮之野酆鄗爲鳴鏑之場中國陵遲匈奴得逞殷周以來不能攘弭至漢武窮兵衛霍盡力雖收枝葉根本猶存自是而後無聞良策陛下御圖一征斯殄傾巢倒穴無復孑遺瀚海燕然之域盡入提封單于弓騎之人俱充臣妾若言由人則虞舜已來賢輔多矣何因不獲故知有道斯得無假於人四也高麗小蕃失禮上國煬帝總天下之師三自征伐故城無傷半堞掠卒不獲一人虛喪六軍狼狽而返陛下暫行提數萬騎摧駐蹕之強陣破遼蓋之堅城振旅凱旋俘馘三十餘萬用兵御將其道不殊隋以之亡唐以之得故知由主無假於人五也天地交泰日月光華和氣氤氳慶雲紛郁五靈見質一角呈奇白狼白狐朱鳫朱草昭章雜沓無量億千不可徧舉皆應德而至無假於人六也明詔乃欲比喻前王寄切十亂切爲陛下不取總復須才今亦伊呂多矣玄奘庸陋何足以預之至於守戒緇門闡揚遺法此其誠願伏乞天慈終而不奪帝大悅曰師所陳並

上玄垂祐及宗廟之靈卿士之力朕安能自致哉師既欲敷揚妙道亦不固違高志中書令褚遂良曰今四海廓清九域寧晏皆陛下聖德實如法師之言帝笑曰不如此珎裘豈一狐之腋大厦必衆材共成何有君能獨濟法師欲自全雅操故濫相光飾耳因問此譯何經對曰瑜伽師地論帝曰明何等此對曰此彌勒大士所造明十七地義曰何謂十七地奘曰六識相應地有尋有伺地無尋唯伺地無尋無伺地三摩呬多地有心地無心地聞所成地思所成地修所成地聲聞地獨覺地菩薩地有餘依地無餘依地是爲十七及標舉綱目陳列大義帝深愛焉遣使取論入宮凡一百卷帝自詳覽覩其詞義宏奧非向所聞謂侍臣曰朕觀法師新譯經論猶瞻天瞰海莫極高深頃既軍國務殷未暇委尋今而後知宗源杳曠碩儒道九流猶汀瀅之方溟渤耳因敕有司摭秘書手寫新譯經論各九部令宣賜九道總管展轉流布冀率土之内同禀未聞之法

司徒長孫無忌中書令褚遂良奏曰佛教冲玄天人莫測言本則甚深語門則難入伏惟陛下至道照明輝光旻日澤霑遐界化溢中區擁護五乘建立三寶致法師當叔葉而秀質閒千載而挺生陟重險以求經履危塗而訪道見珎異俗具獲真文歸國翻宣若庵摩之始說精文奧義猶金口之新開皆陛下聖德所感臣等愚瞽預此見聞苦海波瀾舟航有寄況天慈廣遠使

布之九州蠢蠢黔黎俱飡妙法臣等億劫忻逢不勝慶幸

六月帝撰大唐三藏聖教序成御慶福殿百官倍位宣法師玄奘升殿賜座勑弘文館學士上官儀以序對羣臣宣讀霞煥錦舒極褒揚之美其辭曰蓋聞二儀有像顯覆載以含生四時無形潛寒暑以化物是以窺天鑑地庸愚皆識其端明陰洞陽賢哲罕窮其數然而天地包乎陰陽而易識者以其有象也陰陽處乎天地而難窮者以其無形也故知像顯可徵雖愚不惑形潛莫覩在智猶迷況乎佛道冲虛乘幽控寂宏濟萬品典御十方舉威靈而無上抑神力而無下大則彌於宇宙細則攝於毫釐無滅無生歷萬劫而不古若隱若顯運百福而長今妙道凝玄遵之莫知其際法流湛寂挹之莫測其原固知蠢蠢凡愚區區庸鄙投其旨趣能無疑惑者哉然則大教之興基於西土騰漢庭而皎夢照東域而流慈昔者分形分迹之時言未馳而成化當常現常之世民仰德而知遵及乎晦迹歸真遷儀越世金容掩色不鏡三千之光麗像開圖空端四八之相於是微言廣被拯含類於三塗遺訓遐宣導羣生於十地然而真教難仰莫能一其旨歸曲學易遵邪正於焉紛糾所以空有之論或習俗而是非大小之乘乍沿時而隆替有玄奘法師者法門之領袖也幼懷貞敏早悟三空之心長契神情先包四忍之行松風水月未足比其清華仙露明珠詎能方其朗

潤故以智通無累神測未形超六塵而逈出隻千古而無對凝心内境悲正法以陵遲棲慮玄門慨深文之訛闕思欲分條析理廣彼前聞截僞續真開兹後學是以翹心淨土往游西域乘危遠邁杖策孤征積雪晨飛塗閒失地驚沙夕起空外迷天萬里山川撥煙霞而進影百重寒暑躡霜露而前蹤誠重勞輕求深願達周游西宇十有七年窮歷異邦詢求正教雙林八水味道飡風鹿苑鷲峯瞻奇仰異承至言於先聖受真教於上賢探賾妙門精窮奧義一乘五律之道馳驟於心田八藏三篋之文波騰於口海爰自所歷之國總將三藏要文凡六百五十七部譯布中夏宣揚勝業引慈雲於西極注法雨於東垂聖教闕而復全蒼生罪而還福濕火宅之乾焰共拔迷途朗愛水之昏波同臻彼岸是知惡因業墜善以緣升升墜之端唯人所託譬夫桂生高嶺雲露方得泫其華蓮出綠波飛塵不能汚其葉非蓮性自潔而桂質本貞良由所附者高則微物不能累所憑者淨則濁類不能沾夫以卉木無知猶資善而成善况乎人倫有識不緣慶而求慶方兾兹經流施將日月而無窮斯福遐敷與乾坤而永大於是御筆親書綴于新經之首法師奉表謝曰六爻探賾局於生滅之場百物正名未涉真如之境遠惟羲冊覩奧不測其神遐想軒圖歷選普歸其美恭惟陛下玉毫降質金輪御天廓先王之九州掩百千之日月廣歷代之區域納恒沙之

法界遂使給孤精舍盡入提封貝葉靈文咸歸冊府玄奘往因振錫聊謁崛山經途萬里恃天威如咫步匪乘千葉詣雙樹如食頃捜揚三藏盡龍宮之所儲研究一乘窮鷲嶺之遺旨並已載於白馬還獻紫宸尋蒙下詔勑使翻譯玄奘識乖龍樹謬忝傳燈之榮才異馬鳴深愧瀉瓶之敏所譯經論紕舛尤多遂荷天威留神製序文超象繫之表理括衆妙之門忽以微生親聞梵響踊躍懽喜如聞授記無任感荷之極手勑荅曰朕才謝珪璋言慚博達至於內典尤所未聞昨製序文深慚鄙拙穢翰墨於金簡標瓦礫於珠林忽得表書謬承褒讃循躬省慮彌益厚顏善不足稱虛勞致謝

時皇太子覩聖序遂撰述聖記法師進啓奉謝帝復覽新譯菩薩藏經愛其辭旨微妙因詔皇太子撰菩薩藏經後序其辭曰蓋聞羲皇至賾精粹止於龜文軒后幽通雅奧窮於鳥篆考丹書而索隱殊昧實際之源徵綠錯以研幾蓋非常樂之道猶且事光圖史振薰風於八埏德洽生靈激堯波於萬代伏惟陛下轉輪垂拱而化漸鷄園勝殿凝旒而神交鷲嶺總調御於徽號匪文思之所窺極般若於綸言豈象繫之所擬由是教覃溟表咸傳八解之音訓浹寰中皆踐四禪之軌遂使三千世界盡懷生而可封百億須彌入提封而作鎮尼蓮德水邇帝里之滄池舍衛庵園接上林之茂苑雖復法性空寂隨感必通真乘深妙

無幽不闡所以大權御極導法流而靡窮能仁撫運拂刼石而無盡體均相具不可思議校美前王焉可同年而語矣爰自開闢地限流沙震旦未融靈文尚隱漢皇精感託夢想於玄宵晉后翹誠降脩多於白馬有同蠡酌豈達四海之涯取譬管窺寧窮七曜之奧洎乎皇靈遐暢威加鐵圍之表至聖發明德被金剛之際恒沙國土普襲衣冠開解脫門踐真實路龍宮梵說之偈畢萃清臺猊吼貝葉之文咸歸冊府灑茲甘露普潤芽莖秉此慧雲徧霑翾走豈非皈依之勝業聖政之靈感者乎菩薩藏經者大覺義宗之要旨也佛修此道已證無生菩薩受持咸登不退六波羅密關鍵所資四無量心根力斯備蓋彼岸之津涉正覺之梯航者焉貞觀年中身毒歸化越熱坂而頒朔跨懸渡而輸琛文軌既同道路無壅法師玄奘振錫尋真出自玉關長驅柰苑於天竺力士生處訪獲此經歸而奏上降旨翻譯於是畢功余以問安之暇澄心妙法之寶奉述天旨微表讚揚式命有司綴于卷末帝自是情信日篤平章法義不輟於口與法師相得之深無時暫閒凡衣服卧具頻詔換易如家人焉

八月丙申賜奘百金磨衲并寶剃刀奘奉表謝略曰忍辱之服彩合流霞智慧之刀銛逾切玉謹當衣以降煩惱之魔佩以斷塵勞之網帝自伐遼而還氣力不逮平昔有憂生之慮既遇法師留神大教稍遂平復因問欲植法門之益何所宜先奘對曰

衆生寢惑非慧莫啓慧芽抽植法爲之資弘法須人即度僧爲最帝悅

九月乙卯詔曰隋季失御天下分崩四海塗炭八埏鼎沸朕屬當戡亂親履兵鋒亟犯風霜宿于馬上頃加藥餌猶未瘳除比日以來方遂平復豈非福善之致耶京城及天下諸州寺各度僧五人時天下寺三千七百餘所度僧凡一萬七千餘人

十月車駕還京師勑有司於北闕紫微殿西南剏弘法院留奘居禁中晝則陪御談論夜分就院譯經

十二月皇太子爲文德皇后剏大慈恩寺成詔選京城宿望五十大德各度侍者六人入居新寺是月丙辰太子備寶車五十乘迎諸大德并綵亭寶刹數百具奉安新護梵夾諸經及瑞像舍利等勑太常九部樂及長安萬年音樂京城諸寺花旛導引入寺帝御安福門樓執爐致敬經像過盡始罷皇情大悅

己酉二十三年四月帝幸翠微宮法師玄奘陪駕每談叙淵奧帝必攘袂曰與法師相值恨晚耳未盡弘法之意夏五月不豫詔太尉長孫無忌中書令褚遂良入卧內囑曰公等忠烈著在朕心昔漢武託霍光劉備囑諸葛亮朕之後事一以委卿太子仁孝必須盡誠輔導永保社稷無忌等叩頭流涕帝復執太子手曰無忌遂良在國家事汝無憂矣是年崩于含風殿年五十有三

唐史贊曰甚矣至治之君不世出也禹有天下傳十有六王而少康有中興之業湯

有天下傳二十八王而其甚盛者號稱三宗武王有天下傳三十六王而成康之治與宣之功其餘無所稱焉雖詩書所載有時闕略然三代千有七百餘年傳七十餘君其卓然著見於後世者此六七君而已嗚呼可謂難得也唐有天下傳世二十其可稱者三君玄宗憲宗皆不克其終盛哉太宗之烈也其除隋之亂比迹湯武致治之美庶幾成康自古功德兼隆由漢以來未之有也至其牽於多愛復立浮圖好大喜功勤兵於遠此中材庸主之所常爲然春秋之法常責備於賢者是以後世君子之欲成人之美者莫不歎息於斯焉

論曰君子謂立言之難其實非難特爲好惡所欺耳如歐陽文忠公作太宗本紀賛雖筆高語奇傑出諸又至貶太宗復立浮圖好大喜功勤兵於遠類中材庸主所爲而不取予謂文忠責備之深而爲好惡所欺也方貞觀之世天下昆蟲草木咸被其澤至於日月霜露所至之國皆款關而脩職貢獨高麗莫離支叛道阻命太宗身任千載道德英雄之主其肯坐視之留爲子孫憂而不少假經略乎蓋其威德之盛其勢之必然非好大喜功之謂也昔黃帝平蚩尤七十戰而勝其亂高宗伐鬼方三年而後克太宗舉偏師而陰山平臨駐蹕而高麗服然黃帝高宗經孔子而未嘗少貶文忠特以爲太宗之疵庸詎非責備之過與以太宗盛德大業如此猶曲貶之將

恐後之君子懷兎貶之難而無意於功名也文忠徒欲高尚其事而不知此亦自蹈好大之失矣至於復立浮圖乃所以和順道德而齊天地鬼神之心以開濟天下後世之人爲無窮之益也文忠以爲不當則是太宗暗於取捨矣使太宗果暗於此則當時房杜王魏之流亦因循尸禄而暗於取捨者耶或曰文忠慕韓愈爲人故不得不爾嗚呼文忠何忍哉慕人毀佛而兼棄太宗之道德是不爲好惡所欺耶孔子立名教者也老氏則非毀之及孔子刪禮則曰吾聞諸老聃云然孔子亦以人而廢言乎亦若世情之好惡耶况真佛也者耶聖凡本有之體毀之乃所以自毀之也詎傷於真佛哉嘗聞文忠一夕夢爲勇士數輩攝至太宗之庭太宗怒而責曰吾文武勳烈如此不能逃子之貶何也文忠震懼而寤後欲追改之而業已進書須行矣遂不克改嘗慨然曰平懷最難此殆非偶然而云耳

佛祖歷代通載卷第十三

音釋

譴詰戰切責也　睠古環切與眷同　纁許軍切淺絳也　鏑丁狄切矢鋒也　蹕北栗切止行也　瞰苦暫切|視也　翾許緣切小飛也

佛祖歷代通載卷第十四

嘉興路大中祥符禪寺住持華亭念常集

唐

庚戌 高宗治改永徽字爲善小名雉奴太宗第九子年五十六崩葬乾陵在位三十四年一云三十六年或云三十年○復以周公爲先聖孔子爲先師

辛亥 世尊示滅一千六百年矣

四祖道信大師示寂師姓司馬世居河內後徙蘄州生而超異幼慕空宗諸解脫門宛如夙習既紹祖位攝心無寐脇不至席者僅六十年隋大業末領衆至吉州值羣盜圍城七旬不解萬衆惶怖師憫之教誦摩訶般若既而賊衆望雉堞間若有神兵乃相謂曰城中必有異人遂即引去武德中始居破頭山學徒奔湊甞一日於黃梅道中逢一小兒骨相秀異師曰汝何姓荅曰姓即有不是常姓師曰是何姓荅曰是佛性師曰汝無性耶荅曰性即空故師默識其爲法器令侍者詣其母求之出家母以夙緣故了無難色以至傳衣付法偈曰華種有生性因地華生生大緣與信合當生生不生遂以學徒委之一日告衆曰吾甞游廬山登絕頂望破頭山見紫雲如蓋下有白氣橫分六道汝等會否衆皆默然忍大師曰莫是和上他後橫出一枝佛法否師曰善貞觀末太宗嚮師道味欲瞻風彩詔赴京師師上表遜謝前後三返竟以疾辭第四度命使者曰如果不起即取首來使至山諭旨師乃引頸就刃神色怡然使異之回以狀聞帝彌加歎慕就賜珍繒以遂其志及是忽垂誡門人曰一切諸法

悉皆解脫汝等各自護念流化未來言訖安坐而逝壽七十有二塔于本山明年四月八日塔户無故自開儀相如生爾後門人不敢復閉代宗謚大醫禪師云

（壬子）鴈塔成太宗二十二年上在春宮日天陰掌疼問及左右對曰應是太子洞玄下針處于是思報昊天追崇福業命有司擇地爲母文德順聖皇后建慈恩寺凡十餘院一千八百九十七間度僧三百員勑奘三藏爲上座感事如碑所載至今永徽三年帝用七宮亡者衣物財帛而建此塔於慈恩寺其基四面各一百四十尺倣西域制度而有五級并象輪露盤高一百八十尺層層中心皆葬舍利不啻萬顆上層以石爲室南面立碑載二聖所製三藏聖教序記乃尚書右僕射河南公褚遂良筆也○西域之制以塔爲方墳然有四類輪王一級聲聞四級獨覺十二級菩薩如來十三級各有所表也

（癸丑）四年禪師惠寬卒生楊氏父爲道士號三洞先生姊信相生而知道終日凝然禪寂寬五六歲日與信相譚論俱非世事家世奉道寬獨不喜父詬厲使拜天尊寬不得已跪之鐵像蹶然崩壞舉族驚異曰録每與信相所論言句先是龍懷寺禪師曇相臨終語弟子會曰吾報緣當生廣漢綿竹峰頂楊氏家後七年汝來見吾言訖而逝其後會頗忘之一夕夢相責以負約會驚寤遂造峯頂而扣其扉寬曰扣扉者誰會遽曰弟子會也寬笑曰何以知吾而稱子

會曰得師聲猶昔日聲也遂相見其父出所録每與信相譚論示之盖大莊嚴等論會即奉寛再歸龍懷寺落髮由是神異日顯俗呼聖和上其姊信相亦隨出家甞曰淨惠寺異僧入定滿寺紅焰亘然而人未識之信相曰此火聚尊者入火光三昧耳曰入其寺入水觀一室湛然唯水不見其形異僧欽歎以為得果時亦號聖尼寛十世為大僧令十生記存焉累朝賜謚不一

甲寅五年中天竺國摩訶菩提寺遣僧致法師玄奘書并獻方物其辭曰微妙吉祥世尊金剛座側摩訶菩提寺諸多聞衆所共圍繞上座惠天致書摩訶支那國於無量經律論妙盡精微木义阿遮利耶敬問無量少病少惱我惠天苾芻今造佛大神變讃頌及諸經論比量智等今附苾芻法長將往此無量多聞長老大德阿遮利耶智光亦同前致問鄔波索迦日援稽首和南今共寄白氎一雙示不空心路遠莫恠其少願領彼須經論録名附来當爲抄送木义阿遮利耶願知及法長辭還奘荅長老智光書其畧曰往年使還承正法藏大師無常奉問摧割不能已已嗚呼苦海舟沉人天眼滅遷奪之痛何可述歟昔大覺潛輝迦葉紹宗洪業商那還逝鞠多闡其嘉猷今法將歸真法師次任其事惟願清辯妙辨共四海而弘流福智莊嚴與五山而永久玄奘所將經論已翻瑜伽師地論等大小三十餘部即日大唐天子聖躬萬福率土安民以輪王之慈敷法王之化所出経

論並蒙神筆製序令所司抄寫國內流行爰及鄰邦亦俱遵奉雖居像季之末而教法光榮邑邑穆穆亦不異室羅筏逝多林之化也伏願照知頃信度河失經一馱今録名于後有便請為附来并有片物供養願垂納受是歲特旨度沙彌窺基為大僧入大慈恩寺參譯經正義基姓尉遲代郡人(鄂國公敬德之姪右金吾衛將軍敬宗之子)母裴夢掌月輪吞之而孕誕夕神光盈室甫六歲能著書初法師奘公於西域得一童子敏悟絕倫因携之詣宗宗呼基出拜奘使誦所著兵書且數千言奘數目童子及基誦畢奘紿之曰此古書耳宗未之信奘令西域童子覆誦之不差一字宗大怒以基竊古書罔已將殺之奘就丐出家基曰聽我御葷色晚膳即從出家不然寧伏劒死不為餓死奘愛其俊而計之遂從入道每覽疏記過目成誦義亦頓解善大小乘既參譯經從奘受瑜伽唯識宗旨著論凡百部時號百本論師然性豪侈每出必治三車亦號三車法師

(乙卯)六年五月法師玄奘譯因明論沙門神泰等各造義疏釋之法師栖玄者以其論示尚藥奉御吕才才深藝之士也頗毀其文作因明注解破義圖軽薄者聽信之秋七月譯經法師惠立致書左僕射于志寧斥其謬辭曰聞諸佛之立教文言奥遠旨義幽深等圓穹之寥廓類滄波之浩瀚談真如之性相居十地而尚迷說小草之因緣處無生而猶昧况有縈纏八邪之網沉淪

四倒之流而欲窺究宗因辨彰其理者無乃慼哉切見大慈恩寺翻経法師窺基早樹智力夙成行潔珪璋操逾松柏遂能躬游聖域詢稟微言擅三藏於胷懷包四含於掌握嗣清徽於曩哲扇遺範於當今實季俗之舟航信緇林之龜鑑者也所翻聖教已三百餘軸中有小論題曰因明詮論難之旨歸序摧邪之軌式雖未為玄門之要妙亦非造次之所知近聞尚藥呂奉御以常人之資竊衆師之說造因明圖釋宗因義不能精悟好起異端苟覓聲譽妄為穿鑿排衆德之正說任我慢之偪心媒衒公卿之前囂諠閭巷之側不慙顏厚靡勸神勞數易炎涼心猶未已然奉御於俗事少閒遂謂真宗可了何異鼯鼠見釜竈之堪陟乃言崑閬之不難蛛蝥覩棘林之易羅遂謂扶桑之可網不量涯分無以異斯況大音希聲大辯若訥所以淨名契理杜口毘耶尼父德高恂恂鄉黨未聞誇矜自媒而獲搢紳之推仰也立致書其事稍息冬十月丁酉太常博士柳宣以其事寢作歸敬書弁偈撽譯經大德求畢其說於是法師明濬荅還述頌弁書極大尊嚴而訓呂才妄舉柳宣得書即劾呂才列奏其事有旨集公卿學士領才詣慈恩寺見法師受辭悔謝而退

丙辰　改顯慶正月丙寅立代王弘為皇太子是日於慈恩寺齋僧五千員勅黃門侍郎薛元超主其事因問法師玄奘前代翻經之式對曰漢魏既遠未可詳論晉宋已來翻

經皆有監閱詳緝之官故苻堅時曇摩難提譯經黃門趙整執筆姚興時羅什譯經興及姚嵩執筆後魏菩提流支譯經侍中崔光筆授以至梁陳周隋之代並亦如之貞觀初年波頗那羅譯經先帝勑趙郡王孝恭詹事杜正倫監護今特闕如又大慈恩寺壯麗輪奐今古罕儔尚未建碑貧道懷此二事願聞之於上也元超奏其語制可是月壬申朝會中書令崔敦禮宣勑曰大慈恩寺法師玄奘新翻經論文義須精宜令左僕射于志寧吏部尚書來濟禮部尚書許敬宗黃門侍郎薛元超中書侍郎李義府杜正倫時爲看閱或不穩處隨事潤色朝罷遣內給事王君德報法師曰承須友人助翻經已爲處分于志寧等其慈恩寺碑朕望自作不知師意如何且令相報奘奉旨即率衆詣闕抗表陳請未幾高宗親製大慈恩寺碑文成遣長孫無忌徧示群公其辭曰蓋聞乾坤締構之初品物權輿之始莫不載形厚土藉覆穹蒼然則二曜輝天靡測盈虛之像四溟紀地豈究波瀾之極況乎法門虛寂出生不滅之前聖教牢籠示有無形之外故以道光塵劫化洽生靈緬惟王宮發迹蓮披起步之花神沼騰光樹曲高堤之榦演德音於鹿苑會多士於龍宮福已罪之群生興將滅之人代能使下愚抱道骨碎寒林之野土哲欽風身沒雪山之偈絲流法雨清火宅以辭炎輪昇慧日皎重冥而歸晝朕遐覽緗史詳觀道義福永劫者其唯釋教歟文德皇

太后憑柯瓊樹疏派泉源德照塗山道光嬀汭流芬彤管彰懿則於八紘垂訓紫宮扇徽猷於萬古遽而乾精掩月永戢貞輝坤維絶紐長淪茂緬撫奩鏡而增感望陟屺以何追仲由興歎於千鍾虞丘致哀於三失朕之罔極實有切於終身故載懷與緝搠斯金地却背邠郊點千莊之樹錦前臨終嶽吐百仞之峯蓮左面八川皎池光而分鏡右隣九達飛羽盖以連雲抑天府之奥區信上京之勝地迹其彤軒架迥綺閣淩虛丹空曉烏煥日宮之泛麗素天初兎鑒月殿而澄輝薰徑秋蘭疎亭佩紫芳岩冬桂奩戶蕤丹燈皎繁花焰轉心中之鶴幡標迥剎綵縈天外之虹飛陛參差含文露而栖玉軽簾舒卷綱靄靣而編珠霞班低岫之紅池漠泛烟之翠鳴珮與宵鐘合韻和風共晨梵分音豈直香積天宮遠慚輪奐閬風仙闕遥愧彤華而已哉有玄奘法師者實真如之冠冕也器宇凝邃若清風之肅長松綺思繁蔚如綺霞之輝迥漢騰今照古之智挺自生知蘊寂懷真之誠發乎齠齔孤標一代邁生遠以照前迥秀千齡架澄什而光後以爲淳風替古澆俗移今悲巨夜之長昏痛微言之永翳遂投迹異域廣飡秘教乘杯雲漢之外振錫烔霞之表滔天巨海浸驚浪而羈游亘地嚴霜犯悽氛而獨逝平郊散叙衣單雪嶺之風曠野低輪肌弊流沙之日遐征月路影對宵而暫雙遠邁危峯形臨朝而永隻思窮妙境探賾至真心罄玄津研幾秘術

通昔賢之所不逹悟先典之所未聞遂得金牒東流續將絕之教寶偈西徙補已闕之文時睠靈基栖心此地弘宣奥旨葉重翠於祇林遠闢攸闗波再清於定水朕之虔心八正肅志雙林與延景福式資冥助奉頟皇太后逍遥六度神遊丹闕之前偃息四洲寬升紫極之境悲夫玉燭易徂促四序於炎涼金箭難留馳六龍於晷漏恐波遷樹在移溟海以變桑田地是勢非淪高岸而爲幽谷於是敬刻貞石式旌真境銘不録

三月庚申百僚奉表美揚聖製別詔禮部尚書許敬宗送碑文示法師玄奘甲子奘率徒詣闕奉表謝曰造化之功既播物而成教聖人之道亦因辭而見情然則畫卦垂文空談形於罟宇設爻分象實未越於寰域羲皇之德尚見稱於前古姬后之風亦獨高於後代豈若開物成務闡八正以摛章詮道立言證三明而導俗理窮天地之表情該日月之外校其優劣斯爲盛矣共惟陛下金輪在運玉曆乘時化洽四洲仁覃九有道包前聖功茂乃神縱多能於生知資率由於天至始悲奩鏡即刱招提俄樹勝幢乃敷文律若乃天華款發睿藻波騰呑筆海而孕龍宫掩詞林而包鶴樹内該八藏外褁六經奥而能典宏而且密使祇園遺迹託寶思而彌高奈苑餘芳假瓊章而不朽豈直抑揚夢境昭晰迷途諒以鎔範四天牢籠三界者矣奘以其文宜得聖筆自寫因抗表勸請制不許再表遂

許之
四月八日奘率京城僧尼備幢旛寶輦香花梵儀扣芳林門迎御製碑勑太常九部樂幷長安萬年二縣樂戲及咸里侯王着輩送之是日以雨不克十四日遂迎之舊史本紀云帝御安福門樓觀法師玄奘迎御製大慈恩寺碑導從以天竺法儀其徒甚盛帝望之大悅
五月法師玄奘寢疾勑尚藥奉御蔣孝章針醫上官琮專視病又遣北門使者伺氣候遞報消息奘曰陳先朝以釋氏名位次道流之下先帝晚年許爲改正又永徽初勑僧尼罪犯情難知者同俗法推鞫奘慮疾病委頓永隔天顏附內使以聞即日勑使報曰所陳但佛道名位先朝處分事須平章其同俗勑即爲除落師宜安意將息奘疾尋愈
十一月會天后難月命入宮祈福及分難神光滿宮自庭燭天曰號佛光王（即中宗也）初帝嘗謂奘曰若生男子即聽出家至是奘奉表請許佛光王出家紹隆三寶制可
（丁巳）二月幸洛陽詔奘陪駕五月奘辭還陳留改葬父母勑有司給葬具
六月召法師惠立與道士張惠先辨二教先後大臣臨證惠先義負
金陵牛頭山法融禪師者潤州延陵人也姓韋氏年十九學通經史尋閱大部般若曉達真空忽一日歎曰儒道世典非究竟法般若正觀出世舟航遂隱茅山投師落髮後入牛頭山幽棲寺北岩之石室有百

鳥銜花之異唐貞觀中四祖遥觀氣象知彼山有奇異之人乃躬自尋訪問寺僧此間有道人否曰出家兒那箇不是道人祖曰阿那箇是道人僧無對别僧云此去山中十里許有一懶融見人不起亦不合掌莫是道人祖遂入山見師端坐自若曾無所顧祖問曰在此作什麼師曰觀心祖曰觀是何人心是何物師無對起曰師自何来當識道信大師否曰即貧道是也融再拜請示心法祖曰夫百千法門同歸方寸河沙妙德盡在心源一切戒定慧門神通變化悉自具足不離汝心一切煩惱業障本自空寂一切因果皆如幻夢無三界可出無菩提可求人與非人性相平等大道虚曠絶思絶慮如是之法汝今已得更無欠少與佛何殊汝但任心自在莫作觀行亦莫息心莫起貪嗔莫懷愁慮蕩蕩無礙任意縱横不作諸善不造衆惡行住坐卧觸目遇緣皆是佛之妙用快樂無憂故名為道融曰心既具足復誰是佛又誰為心祖曰非心不問佛問佛非不心融曰既不許作觀行於境起時如何對治祖曰境緣無好醜好醜起於心心若不強名妄情何由起妄情既不起真心任徧知汝但隨心自在無復對治即名常住法身無有變易吾受璨大師頓宗法門今以付汝汝諦受吾言可止此山當有五大士紹汝玄化祖付法已歸于雙峯師至顯慶二年閏正月二十三日終於建初寺壽六十四臘四十一窆于雞籠山會送者萬餘人廣如傳燈

具載
戊午夏四月追僧道各二七人入宮論議道士李榮以本際立義法師義褒徵曰既標本際爲道本於際耶際本於道耶榮曰平得褒曰若道本於際際爲道本則亦可際本於道道爲際源榮曰亦通耳褒曰若本際與道平得相返則亦可自然與道平相法也榮曰道法自然自然不法道褒曰若爾則道本於際本際不本於道矣榮意前言之失不復主義以他語嘲褒褒正色曰對萬乘之前立論申明邪正以簡帝心豈以他辭塵瀆天聽榮慚服帝嘉之令引榮退席揖黄顧對褒談論極莫而罷

是歲法師玄奘抗表辭入嵩山少林寺專意譯經降御札報曰省表知欲晦迹岩泉追遁遠而架往託慮神宗執澄什以標今仰揖風規是所欽尚朕業空學寡靡究高深然以淺識薄聞未見其可法師津梁三界汲引四生智皎心燈定凝意水非情塵之所翳豈識浪之能驚道德可居可必太華疊嶺空寂可舍豈獨少室重巒幸戢來言勿復重請則市朝大隱不獨貴於前賢見聞弘益更可珍於即代奘進啓奉謝略曰昔季重黨魏君之禮唯敘睽離惠遠辱晉后之書才令給米未覩辭蕪空寂可舍之旨誨示大隱市朝之情故知人主之懷窮真釁俗綜有該無超羲軒而更高駕曹馬而逾遠者矣時奘公道震天下謀欲禁止舊經唯弘新典有禪師法冲者善楞伽宗旨雅爲房梁公所重因見奘而諫之曰

聞君將廢罷舊經不許弘宣此未可也法師須依舊經入道今若棄舊崇新則法師亦當返初復依新經出家可乎奘悟而止

己未四年帝在合璧宮追僧道論義法師會隱立五蘊義法師神泰立九斷知義道士李榮黃壽不知名義茫如夢海雖事往返而廓落無歸遂勑道士立義於是李榮立道生萬物義法師惠立問曰先生立道生萬物未審此道是有知耶是無知耶榮曰人法地地法天天法道道既爲天地之法豈曰無知立曰必若有知則合唯生於善何故亦生於惡既善惡升沉薮雜混生則無知矣請試劇陳之如上古未開闢時何不早生今日聖明子育黔黎與之榮樂乃先誕共工蚩尤桀紂幽厲之徒而殘賊斯民耶人臣之中何不唯生稷契夔龍之輩而使飛廉惡來靳尚新莽之儔諛諂其君致邦國傾亂耶羽族之中何不唯生鸞鳳嘉禽而更生梟鏡惡鳥乎毛群之中何不唯生麒麟騄駬復生豺狼豪蝟乎以至草木等類美惡不同既混糅俱生不別善惡則道無知不能生物云何得稱天地取法而生萬物乎據佛世尊窮理盡性之教則天地萬物是業衆生以業力故所感不同以善業勝者則琉璃爲地黃金爲道瓊樹蔭陌玉葉垂亭甘露充食綺衣爲座惡業多者沙壤爲地瓦礫爲衢稗飯充饑麻衣蔽體泥行雨宿霜穫暑耕皆自業所感無人使之吾子心迷不識妄言道生一向可憫榮

愕然不知所對惠立乘機拂弄榮亦杜默遂赧然下座揖黄壽前席立老子名義法師會隱以老子國家先宗既難其名恐有觸犯即奏曰黄壽身預黄冠不知諱忌城狐社鼠猶事依憑國家遠承龍德之後陛下老氏子孫豈有對人子孫而公談祖諱至如五千言中大有好義壽不能標列而說聖人之名討罪論別死有餘及帝肯首曰固當别立義壽既遭沮挫慚汗失圖雖事言對而次序乖越及罷帝曰朕觀二家之論宗百竟未分明法師惠立驟對曰二家之論宗旨未明實如明詔何則衆僧立義道士不識其源既恥無辭遂讜論謗語至如會隱立五蘊義黄順以蔭名来難且蔭以覆蓋為宗蘊以積聚為義如色有十一聚在色名之下識有八種積在一名之中舉總以收稱為蘊義若以蔭名見難義理全乖又神泰立九斷知義道士生来未聞此名論座雖登不知發問之處無以遮塹遂浪作餘語由是宗旨不明沖瀆天聽過在道士然佛法大宗因緣為最故云未甞有一法不從因緣生且如目見殿柱須具五緣一識心不亂二眼根不壞三藉以光明四有境現前五中間無障必具此緣乃得見柱若曦光巳没龍燭未明縱有朱楹何由可見又如嘉穀陽和之月假水土人工則能萌芽夏盛甕中冬藏地陷緣不具故畢竟不生工人亦然內則業感爲因外則父母爲緣身方得生父母亦違終無生理乃至羽毛萬彙悉亦如之故經云深

入緣起斷諸邪見由佛智慧窮法實相是稱無上正覺爲人天師外道之輩則不如是或計諸法自然即同此方莊老或言無因或云宿作並是邪宗不明法本又對御說依他遍計圓成三性之義及辭出宮少選敕內給事王君德傳宣曰師等因緣義甚好何不早論詰道士李榮等傳敕曰何不學佛經於是榮等羞縮爲之氣塞

是歲帝敕奘三藏于玉華宮譯般若經至龍朔三年冬十月二十三日纔畢凡六百卷進上帝嘉歎曰朕以軍國務殷不及委讀令觀佛經之大若其瞻天望海莫測高深以儒道九流方之如河瀅之類溟渤也而世云三教齊致者是妄談耳

申頂

屈僧拜俗詔帝初崇三寶後復憍慢四月十五日下詔令沙門致敬君親恐爽恒情至十六日敕付有司詳議是月二十一日大莊嚴寺威秀等上不拜表至二十五日沙門道宣等上雍州牧沛王倫不拜表二十七日宣等又上榮國夫人楊氏不拜俗啓及上敘佛教隆替事狀大意是前朝代興替然後引經不拜俗文梵網經云出家人法不向國王禮拜不向父母禮拜六親不敬鬼神不禮涅槃經第六卷云出家人不禮敬在家人四分律云佛令諸比丘相次禮拜不應禮拜一切白衣佛本行經五十三卷云輸頭檀王與諸眷屬百官次第禮佛足以佛言王今可禮優波璃并諸比丘足王聞佛教即從座起頂禮五百比丘足新出家者次第而禮薩遮尼乾子經云若

謗聲聞辟支佛法及大乘法毀呰留難者犯根本罪僧道宣尋白朝宰羣公伏見詔書令僧致敬君父事理深遠非淺情能測夫以出家之迹列聖齊規真俗之科百王同軌干木在魏高抗而謁文侯子陵居漢長揖而尋光武彼稱小道尚懷高蹈之門豈此沙門不垂閑放之美者矣

沙門威秀等謹録佛經沙門不合跪拜父母有損無益其文如左梵網如前順正理云國君不求比丘禮拜畧曰玄教東漸六百餘載上代皇王無不依經敬仰也僧威秀等言竊聞真俗異區桑門割有生之戀幽顯殊服田衣無拜首之容理固越情道仍舛物伏惟陛下匡振遠猷提奬幽槩既已崇之於國亦以行之於家是使捨俗無習俗之儀出家絶居家之敬護法斯在提福莫先自然教有可甄人知自勉不勝誠懇之至謹奉表以聞于時上表者衆不煩具録備如弘明集〇至五月十五日大集文武百僚於中臺將議其事京邑沙門道宣等三百餘人競陳狀啓紛諍不定有司各以表聞一右司成令狐德業等五百三十九人表請不合拜一右兼司平太常閻立本等三百五十四人表請合拜帝覽已下詔朕商確群議深研幽賾然箕潁之風高尚其事遐想前代固亦有之今於君處勿須致拜其父母所慈育彌深祇伏斯曠更將安設自今已後即宜跪拜主者施行又至六月八日京邑老人程士顒等上表畧曰且高尚之風人主猶有抗禮豈惟臣

下反受跪拜之儀俯仰撫循無由啓處意
頒國無兩敬大開方外之迹僧奉内教便
得立身行道不任私懷之至謹奉表以聞
拜俗之條從茲泯定矣
辛酉改龍翔
癸亥帝苦風疾委政武后

佛祖歷代通載卷第十四

音釋

摛丑離切舒也　効胡敎胡勒二切推丨也　逖託歷切遠也　緗思良切淺黃色　屺去几切山無草也　窆音變下棺也　瀅烏營切水泉也　曦許宜切日色也

佛祖歷代通載卷第十五

嘉興路大中祥符禪寺住持華亭念常集

甲子 改麟德武后專恣

二月初五日法師玄奘寢疾命弟子大乘光録所譯經論凡一千三百三十有五卷造彌勒像十倶胝及疾革口誦色蘊不可得受想行識不可得眼界不可得乃至意識界不可得無明不可得乃至菩提不可得不可得亦不可得復命左右同聲三唱南謨慈氏如來應正等覺願與含識速奉慈顔南謨慈氏如來所居内院願捨壽必生其中遂右脇安卧而逝春秋六十有三是夕白虹四道自北亘南貫井宿直慈恩寺塔訃聞于朝帝哭之甚哀顧左右曰朕失國寶矣輟朝三日自終及葬五降御札哀録遺典勤恤喪事俄異僧奉栴檀末香至請依天竺法用塗法師之體大乘光等以掩龕日久不欲開其僧曰别奉進旨倘見拒即具奏遂啓龕而顔色如生香氣馥郁其僧塗畢恍然不見識者以爲兜率内院人也夏四月勑準佛世尊故事斂以金棺銀槨塔于滻東門弟子神泰栖玄會隱惠立明濬義褒大乘光等皆法門龍象馬道造僞經天皇甲子西京諸觀道士郭行真等東明觀李榮姚義玄劉道合會聖觀田仁惠郭盖宗等將隱沒道書重更修改私竊佛經改換文句人法名數三乘六道五陰十二入十八界三十七品大小法門並偷安道經幷改長安經爲太上靈寶元陽經改餘佛經别號勝牟尼經或云太

平經等及改酒脯祭祀用乾棗香水以惑後人妖妄作矣沙門道世表聞以辯真偽其畧曰竊聞白馬東遊三藏創茲而起青牛西逝二篇自此而興或闡玄玄以化民或明空空而救物檢之圖牒指掌可知所以發唱顯宗終乎此世釋教翻譯時代炳然文史備彰黎民不惑至如道家玄籍斯則不然唯老子二篇李聃親闡自餘經制皆雜凡情何者前漢王褒造洞玄經後漢張陵造靈寶經及章醮等二十四卷吳葛孝先造上清經晉世王浮造化胡經又鮑靖造三皇經齊朝陳顯明造六十四真步虛經梁陶弘景造太清經及衆醮儀十卷周武張賓之焦子順馬翼李運挑攬佛經一千餘卷隋輔惠祥改涅槃經為長安經

笑道論曰道家妄註諸子三百五十卷為道經又按漢明帝時褚善信等總將道經諸子書等三十七部七百四十四卷晉葛洪神仙傳云老教所有度世消災之法凡九百三十卷符書等七十卷宋太始七年陸修靜答明帝云道家經書并藥方符圖等一千二百二十八卷云一千九十卷已行於世一百三十八卷猶在天宮又檢玄都目録妄取藝文志書名矯注八百八十四卷為道經今玄都經目云依中陸氏所上之目乃有六千三百六十三卷云二千四十卷見有其本四千三百二十三卷並未見據此前數目有無不同虛妄明矣增加卷目添足篇章依傍佛經改頭換尾或言名山唱出或云仙洞飛来何乃黃領獨

知英賢不覩書史無聞典籍不記請問道士後世之經爲是老子别陳為是天尊更説縱其説也應有時方師資説處代年邪月復是如何如其有據容可深行若也妄言理須焚翦伏願當今明朝云云由是郭行真等捨邪歸正啓願文具如佛道論

錢

丙寅改乾封○尊老君爲玄元皇帝○米斗五

丁卯大教東被六百年矣○用麟德曆

南山律師道宣卒師京兆錢氏父吏部尚書申母夢月輪貫懷而孕又夢梵僧語之曰所孕者梁僧祐律師也處胎彌十二月而生九歲徧覽羣書十二善習文墨十五師日嚴頵公十六誦法華兩旬而徹十七落髮二十依首師進具戒三衣唯布常坐一食武德四年再依首師學律性好禪那期修正定頵曰戒淨定明慧方有據始聽未問持犯焉識七年徙居終南紵麻蘭若始製行事鈔正觀四年行般舟三昧于清宫精舍經九十日龍化人形禮覲聽法沙彌涤心顧盻其女龍怒欲害之念師教誡頓息惡心攝毒吐井白師勿飲此水及往視之其井涌沸又於雲際寺行此三昧前後二十會常感天童爲之給侍十九年偕奘公翻經弘福筆受潤文推爲上首永徽元年復居紵麻乾封二年春天人告師曰師報縁將盡當生彌勒内宫十月三十日衆見空中旛華交列異香天樂天人同聲請師歸覲彌勒上聞之詔天下寺院圖形奉祀穆宗製讚曰代有覺人爲如来使龍鬼

歸降天神奉事聲飛五天辭驚萬里金烏西沉佛日東舉稽首歸依肇律宗主懿宗朝謚澄照師所撰删定僧戒本一卷今所盛行删定比丘尼戒本一卷注僧戒本三卷戒疏四卷注羯磨經二卷羯磨疏四卷行事鈔二卷比丘尼鈔三卷拾毘尼義鈔三卷亡物輕重儀章服儀歸敬儀正行懺悔儀新學教誡儀各一卷法華義苑三十卷六本釋迦方誌二卷佛道論衡四卷續高僧傳三十卷後續僧傳十卷廣弘明集三十卷三寶感通記三卷天人感通傳一卷大唐內典録十卷

戊辰改緫章○詔僧道會于百福殿定奪化胡經真偽百官臨證僧法明者預選入方三教首座議論紛紜明察其非是即排衆出曰老子化胡成佛之際為作華言化之耶為作胡語誘之若作華言則胡人未善必作胡語既傳此土須假翻譯未審道流所謂化胡經者於何朝代翻譯筆授證義當復為誰於是舉衆愕然無能應者公卿列辟咸服其切當忻躍而罷有敕搜聚天下化胡經焚棄不在道經之數既而洛京恒道觀桓彥道等奉表乞留詔曰三聖重光玄元統叙豈忘老教偏意釋宗朕志款還淳情存去偽理乖事舛者雖在親而亦除義符名當者雖有宄而必録自今道經諸部有記及化胡事者並宜削除有司條為罪制

庚午改咸亨

癸酉上稱天皇后稱天后

是歲讓和上四月八日生有白氣六道貫

天太史奏聞有德之象當應空門帝曰在何方位史曰安康分野有頊金州太守韓偕具表奏聞帝曰道人之德國之善慶勑偕親詣撫恤兼厚賜養育之費一家蒙之後長出家果傳六祖心印住于南嶽光大教門也

甲戌 改上元

乙亥 是年五祖弘忍大師示寂師蘄州黃梅周氏子生而岐嶷兒時有異僧歎曰是子闕七種相不逮如來後遇信大師得法嗣化於破頭山咸亨中有盧居士者名惠能自遠來叅師問汝自何來曰嶺南師曰欲求何事曰唯求作佛祖曰嶺南人無佛性若爲得佛曰人即有南北佛性豈然師知其異乃訶之曰著槽廠去能禮足而退便入碓坊服勞於杵臼之間經旬月祖知付法時至遂告衆曰正法難解不可徒記吾言將爲已任汝等各自隨意述一偈若語意冥符衣法皆付時會七百餘衆神秀居第一座學通內外衆所推仰秀亦自負無出其右者不復思惟乃於廊壁間書一偈曰身是菩提樹心如明鏡臺時時勤拂拭莫遣惹塵埃祖因行次見偈心知秀之所爲曰紿曰後代依此修行亦得道果衆聆此語人各諷誦他日能在碓房聞偈乃問同侶此誰爲之同侶告以和上將欲付法各令述偈此乃秀上座所爲能曰美則美矣了則未了同侶共訶其謬妄能至莫命童子引至廊間能自執燭令童子於秀偈側寫偈曰菩提本無樹明鏡亦非臺本來無一

物何假拂塵埃祖復見此默念必能之所爲因故爲之語曰此誰作亦未見性衆以師弗許皆莫之顧即於是夕潛使人自碓坊喚能至告曰諸佛出世爲一大事因緣隨機大小而引化之遂有十地三乘頓漸等法以爲教門然以微妙祕密圓明真實正法眼藏付于上首迦葉展轉傳授二十八世至菩提達磨大師屆于此土得可祖承襲以至于吾吾今授汝并所傳袈裟用以表信汝善護持勿令斷絕聽吾偈曰有情来下種因地果還生無情既無種無性亦無生能受畢乃曰法則既受衣付何人師曰昔達磨初至人未之信故傳此衣以明得法今信心已熟衣乃爭端止於汝身勿復傳也且當遠隱俟時行化所謂授衣之人命如懸絲能曰當隱何所祖曰逢懷且止遇會即藏能禮足捧衣而出通夕南邁衆皆未知祖由是三日不上堂衆疑之因致問祖曰吾道行矣又問衣法誰傳祖曰能者傳之衆意盧居士名能必此人也共力推尋能已不在至有相率而物色追之者祖既付法已復經四載而寂塔于東山代宗謚大滿禪師法雨之塔

舊唐史云後魏末有僧達磨者本天竺王子以讓國出家得禪宗妙法云自釋迦相傳有衣鉢爲記世相傳授達磨将衣鉢航海而来初至梁國武帝問以有爲之事達磨不悦乃至魏隱于嵩山少林寺遇毒而卒其年魏使於葱嶺回見之門徒發其墓但有隻履而已達磨傳惠可可嘗斷臂以

求其法可傳僧璨璨傳道信信傳弘忍忍姓周氏黃梅人與信並住東山寺世謂其法爲東山法門

論曰舊史敘諸祖雖簡略然大要與寶林傳燈之説皆合至謂達磨遇毒而卒及魏使復於葱嶺見之則毒與卒果有之乎世稱五祖前身蓋栽松道者往見四祖將付以衣法俄惜之曰汝耄矣雖嗣化能復幾何倘再來可也五祖因託質周氏無父而生母幾受禍僅死而免四祖果忍死以遲其來畀以大法噫五祖出入死生正游戲耳自非果位上聖孰能與於此哉

丙子 改儀鳳

北印度佛陀波利尊者至五臺清涼山逢一叟問曰爾來何爲利曰求禮覲文殊叟曰帶佛頂尊勝呪來否利曰未也叟曰此土衆生滋惡而出家者犯四棄尤多不持此呪隨行遠來奚益能回取之以流此土可乎波利作禮而返以開曜元年取其呪至於長安有旨命日照三藏翻譯帝聞此呪靈驗特異祕之禁掖波利屢奏請布中外高宗不得已從之利即辭入五臺後不知終時南天竺有菩提流志習頭陀行從耶舍瞿沙受道爲西域宗師名震中夏帝聞風而悦之因使西域有詔敦請

己卯 改調露

庚辰 改永隆

辛巳 改開曜

壬午 改永淳

是歲慈恩法師窺基卒世壽五十有一有

詔傷悼御製畫像賛勑葬樊川北渠近奘公之塋基貌豐碩長八尺氣槩萬夫項上有玉枕十指紋皆盤折如印見者讋伏然心慈善誨人晚節祈生內院循戒彌篤嘗造玉文殊像及金寫大般若經皆瑞應初南山宣律師以弘律名震五天感天厨供饌每薄基三車之玩甚不爲禮基嘗訪宣其日過午而天饌不至及基辭去天神乃降宣責以後時天曰適見大乘菩薩在此翊衛嚴甚故無自而入宣聞之大驚於是遐邇增敬焉先是奘公親授西域戒賢師瑜伽師地唯識宗而基盡領其妙恢廓源流天下後世尊之目爲三乘法相顯理宗謂之慈恩教

隱士孫思邈卒年百餘善莊老及陰陽推步醫藥之術尤重釋典世稱孫真人焉

癸未

改弘道十一月上崩遺詔軍國大事取天后處分太子顯即位

法師玄惲卒惲字道世或云名道世以避太宗偏諱故以字行三學洞貫嘗慨教藏及古今圖史之博而學者難以備究因撰法苑珠林凡一百卷各開門類識者重其精博云

高帝於是年崩中宗即位數月天后廢爲廬陵王幽于房州天后臨朝稱制是爲則天明年七月沙門十華詣闕上大雲經盛稱則天當即宸極則天大悅賜十沙門紫方袍銀龜袋頒經于天下郡國各建大雲寺九月則天革唐命改國號周自稱聖神皇

甲申 中宗顯改元嗣聖 二月改文明正月立韋玄禎女爲后上謂我以天下與韋玄禎何不可二月天后廢上爲廬陵王立其弟豫王旦爲帝居於別殿天后臨朝

則天武后曌改元光宅 一云順聖曌并州文水人也父武士彠官至工部尚書荊州都督封應國公天后嘗爲尼於感業寺時年十四天皇幸寺見而悅之選爲昭儀進號宸妃帝崩后攝政立諸武爲王甲辰大定及天后疾狄梁公仁傑等迎廬陵王登位明年乙巳崩于上陽壽八十一附之乾陵在位二十一年

改垂拱○制母齊縗古者母亡朞年而已喪服篇云天無二日世無二主國無二君家無二尊以一制朞年禮也自天皇上元元年天后表請父在爲母三年下詔依行至今垂拱始編入格

丙戌 歸政於帝帝固辭后乃臨朝○始建明堂貞觀五年欲建明堂勑孔穎達等十人定議制度不成乃止天皇永徽三年宣問無式樣群儒執議不定又止乾封三年下詔又令群儒取議復不克定而止焉至天后垂拱二年又取議群儒創制垂拱四年正月五日功畢其制凡高二百九十四尺東西南北各三百尺而有三層下設四方中十二辰上設二十四氣鑄鐵爲槽二十四步爲辟雍之水造舟爲梁以通道路與前代制度有別夏曰世室殷曰垂屋周曰明堂也

是年有慶山始出唐五行志曰垂拱二年九月雍州新豐縣有大風雷電震吼涌出一山高二十丈有池周三百畝池有龍鳳之形禾麥之異天后以爲休應故名曰慶山

改永昌

庚寅改天授○二月辛酉后策貢士於洛城殿
殿試始此○九月改元建國號曰周至朔
同日用周正
改如意又改長壽
改延載
改證聖九月又改天冊萬歲
是歲則天加號天冊金輪聖神皇帝作七
寶後聞于闐國梵本華嚴大經即遣使奉
玉帛往求之并請彼國善梵學者一人隨
經以來於是于闐主以實义難提（此云喜學）妙
華嚴宗旨遣赴命則天見之大悅詔入大
遍空寺同三藏菩提流志法師神測玄景
復禮等翻譯華嚴則天時幸其寺親施供
饌焉至聖曆二年十月八日功畢成八十
卷

天冊萬歲元年詔沙彌康法藏於大原寺
開示華嚴宗旨方緒經題感白光昱然自
口而出須臾成蓋停空久之萬衆懽呼嘆
異都講僧恒奏其事則天悅有旨命京城
十大德爲藏授滿分戒賜號賢首詔入大
遍空寺參譯經
是歲詔嵩嶽慧安禪師入禁中問道與神
秀禪師同被欽重則天甞問安甲子幾何
對曰不記曰何以不記安曰生死之身有
若循環環無起盡焉用記爲況識心流注
無有間斷見漚起者乃妄想耳從初識至
動相滅時亦只如此何年月而可記乎則
天嘆美久之時安春秋百餘而天下之人
稱爲老安國師
丙申改萬歲登封又改通天萬歲

丁酉 改神功

戊戌 改聖曆迎中宗于房陵立為太子姚玄崇
相

五月戊辰義淨三藏自西域還夾梵本經
論四百餘部及金剛座真容舍利三百餘
粒則天降蹕上東門迎勞安置佛授記寺
未幾詔入大遍空寺同實叉難提等譯經
證義明年十月譯新華嚴經成實叉難提
等奉表奏上則天親製序引御太極殿宣
示百官其護法弘通無出天后之德矣法
師姓張齊州范陽人家世珪璋十五有西
行志三十七歲方遂雅懷是年乃旋也

己亥 天后重眉八字○慶山佛現勑建寺宇○
李白生

庚子 改久視○十月復夏正

詔歛天下僧錢日一文聚作大像於白馬
阪宰相狄仁傑上疏諫曰為政之本必先
人事陛下矜念群生迷謬弱喪無歸欲令
像法兼行覩相生善然今之伽藍制過宮
室窮奢極壯刻繪盡功寶技殫於綴嚴瓌
材極於輪奐工不役鬼物不天來既皆出
於民將何以堪之且生之有時用之無度
編戶所奉常若不充痛切肌膚不辭捶楚
游僧一說矯陳禍福剪髮解衣仍慚其少
亦有離間骨肉事均路人身自納妻謂無
彼我皆託佛法掛誤愚人里陌動有經坊
闤闠尤多精舍化誘諄切倍於官徵法事
供需嚴逾制勑膏腴物業水碓庄園富有
其多不知猒斁逃丁辟罪駢集法門且一
夫不耕猶受其弊浮食者衆又刼人財臣

每念之實切悲痛昔梁武簡文捨施無筭及三維浪沸五嶺烟騰列刹盈衢莫救危亡之禍緇衣蔽路豈有勤主之功況北風塵屢擾征役稍繁遽興此務力所未堪伏惟功德無量何必興建大像以勞費爲名乎雖歛僧錢百未及一尊容既廣不可露居覆以百層尚憂未遍臣今兼採衆議咸以爲如来設教以慈悲爲主普濟群品是其用心豈以勞人而存虚飾哉疏奏則天不納

論曰法師支遁曰沙門之於世也猶虚舟之寄大壑耳其来不以事退亦乘閑四海之内竟自無宅邦亂則振錫孤游道洽則忻然共萃盖謂吾徒於天下固無事人也至末法敗道之徒苟安衣食者於狄梁公之論殆不可待而諱焉嗚呼是豈真沙門者所爲哉疏謂如来設教以普濟群品爲心詎以勞人而存虚飾此不獨匡則天之失抑有以輔吾佛之正教也與夫後世泛然排佛老以苟名者雲泥矣

辛丑 改大足又改長安

則天將建大像御史張廷珪復上疏諫曰夫佛者以覺知爲義因心而成不可以諸相見也經云若以色見我以音聲求我是人行邪道不能見如來此真如之果不可以外求也陛下信心歸依發弘誓願壯其塔廟廣其尊容已徧於天下久矣盖有爲住相布施非寂上第一希有之法何以知之經云若人滿三千大千世界七寶以用布施其福甚多不如有人於此經中受持

四句偈等爲人演說其福勝彼如佛所說則陛下傾四海之財竭萬夫之力窮山之木以爲塔寺極冶之金以爲尊像勞則多矣費則甚矣其所獲福乃不若禪房之匹夫菩薩所作福德不應貪著盖有爲之法不足高也况此營建事因土木或開發盤礴峻築基階或塞穴洞通轉採斫碾壓虫螘動盈巨億豈佛標坐夏之義憫蠢動而不忍害其生乎又役鬼不可惟人是營通計工匠率多貧屢朝區暮役勞筋苦骨簞食瓢飲晨炊星飯飢渴所致疾疹交集豈佛標徒行之義愍畜產而不忍苦其力乎又營築之役僧尼是稅雖展轉乞丐窮乏尤多州縣徵輸星火逼迫或謀計靡所或鬻賣以充怨聲載路和氣不洽豈佛標喜捨之義愍愚蒙而不忍奪其產乎且邊朔未寧軍裝日急天下虛竭海内勞弊伏惟陛下慎之重之思菩薩之行爲利益一切衆生應如是布施則其福德若東西南北四維上下虛空不可思量矣何必勤於住相彫蒼生之業崇不急之務哉臣以時政言之則宜先邊境畜府庫養人力以佛教論之則宜救危苦滅諸相崇無爲伏惟察臣之言行佛之行務以理爲尚無以人廢言疏奏則天大悅御長生殿召見廷珪賜以金帛

是歲詔賢首法師法藏於東都佛授記寺講新華嚴經至華藏世界感大地震動適時乃息即日召對長生殿問帝網十重玄門海印三昧參合六相總别同異成壞之

義藏敷宣有緒玄旨通貫則天驟聞茫然驚異伸請再三藏就指殿隅金師子爲曉譬之至所謂一毛頭師子百億毛頭師子則天豁然領解由是集其語目爲金師子章初雲華寺儼尊者傳杜順華嚴宗旨藏執侍儼盡傳其教及儼去世藏以巾幘說法於是京城耆德連名抗表乞度爲僧凡藏落髮受具皆則天特旨又嘗爲則天以十圓鏡置八隅上下皆使相向中安佛像然燭照之則鏡鏡現像互相攝入及觀之者交羅齊現以表刹海十界普容無盡之旨藏沒清涼國師澄觀宗其教天下學者宗之目爲一念圓融具德宗謂之賢首教

壬寅　○初試武舉

是年則天鑄像之費將具納言李嶠上疏諫曰臣聞佛法慈愍菩薩護持唯志利益羣生非假修崇土木伏聞造像稅非戶口錢出僧尼非假州縣祇承不能濟辯且天下編戶貧弱者衆或傭力客作以濟糇糧或賣田貼舍以供王役今造像錢數已有一十七萬緡若以散施廣濟貧窮人與一千尚濟一十七萬戶拯飢寒之弊省勞役之勤順諸佛慈悲之心廣人主亭毒之意則人神胥悅功德無量則天不納是冬像成率百僚禮祀

乙巳　中宗改神龍（高宗第七子母曰則天皇后納狄仁傑諫正月張柬之桓彥範等五王以兵誅姦臣而迎帝即位遷則天于上陽宮冬崩二月復國號曰唐○老君爲玄元皇帝景隆四年韋后安樂公主於餅中進毒上崩壽五十五奉相王旦即位）

正月流房融于高州夏四月融於廣州遇

梵僧般刺密諦賫楞嚴梵夾至刺史請就制止道場宣譯融筆授及譯經十卷畢般刺復携梵本歸于天竺

是月中宗降御札召曹溪六祖惠能入京其辭曰朕請安秀二師宮中供養萬機之暇每究一乘二師並推讓云南方有能禪師密授忍大師衣法可就彼問今遣內侍薛簡馳詔迎請願師慈念速赴上京師以表辭疾願終林麓薛簡曰京城禪德皆云欲得會道當須坐禪集定若不因禪定而得解脫者未之有也未審師所說法如何師曰道由心悟豈在坐耶經云若見如來若坐若卧是行邪道何則無所從來亦無所去若無生滅是如來清淨禪諸法空寂是如來清淨坐究竟無證豈況坐耶簡曰弟子回朝主上必問願師慈悲指示心要令得見性明道祖曰道無明暗明暗是代謝之義明明無盡亦是有盡簡曰明喻智慧暗況煩惱學道人儻不以智慧照破煩惱生死憑何出離師曰若以智慧照煩惱者此是二乘小兒羊車等機上智大根悉不如是簡曰何謂大乘見解師曰明與無明其性無二無二之性即是實性實性者處凡愚而不減在聖賢而不增住煩惱而不亂居禪定而不寂不斷不常不來不去不在中間及其內外不生不滅性相如如常住不遷名之曰道簡曰師說不生不滅何異外道師曰外道將滅止生以生顯滅滅猶不滅生說無生我說本自不生今亦無滅所以不因外道汝欲知心要但一切

善惡都莫思量自然得入清淨心體湛然常住妙用恒沙簡禮辭歸闕表上師語帝咨美久之尋遣使賜袈裟瓶鉢等諭天子嚮慕之意

丙午

大通禪師神秀入寂中書令張說製碑曰諜夫總四大者成乎身矣立萬始者主乎心矣身是虛哉即身見空始同妙用心非實也觀心若幻乃等真如名數入焉妙本乖言說出焉真宗隱故如來有意傳要道力持至德萬刼而遥付法印一念而頓授佛身誰其弘之實大通禪師其人也禪師尊稱大通諱神秀本姓李陳留尉氏人也心洞九流懸解先覺身長八尺秀眉大耳應王霸之像合聖賢之度少為書生游問江表老莊玄旨書易大義三乘經論四分律儀說通訓詁音參吳晉爛乎如襲孔翠玲然如振金玉既獨鑒潛發多聞旁施逮知天命之年自抜人間之世企聞蘄州有忍禪師禪門之法胤也自菩提達磨天竺東來以法傳惠可可傳僧璨璨傳道信信傳弘忍繼明踵迹相承五光乃不遠遐阻翾飛謁詣虛受與沃心懸會高悟與真乘同轍纓捐忘識湛見本心住寂滅境行無是處有師而成即然燈佛所無依而說是空王法門服勤六年不捨晝夜大師歎曰東山之法盡在秀矣命之洗足引之並座於是涕辭而去退藏於密儀鳳中始隸玉泉名在僧録寺東七里地坦山雄目之曰此正楞伽孤峯度門蘭若蔭松藉草吾將老焉雲從龍風從虎大道出賢人覩歧陽

之地就去成都華陰之山學来如市未云多也後進得以拂三有超四禪升堂七十味道三千不是過也爾其開法大略則忘念以息想極力以攝心其入也品均凡聖其到也行無前後趣定之前萬緣盡閉發慧之後一切皆如特奉楞伽遞爲心要過此以往未之或知久視年中禪師春秋高矣詔請而來趺坐覲君肩輿上殿屈萬乘而稽首洒九重而宴居傳聖道者不北面有盛德者無臣禮遂稱兩京法主三帝國師仰佛日之再中慶優曇之一現然處都邑婉其祕旨每帝王分座后妃臨席鴛鷺四匝龍象三繞時熾炭待礦故對默而心降時詠飢投味故告約而意領一雨普霑於衆緣萬籟各吹於本分非夫安住無畏應變無方者孰能至爾乎聖敬曰崇朝恩代積當陽初會之所置寺曰度門尉氏先人之宅置寺曰報恩軾閭名鄉表德非擬局猷諠譁長懷虛壑累乞還山既聽中駐久矣衰憊無他患苦魄散神全形遺力謝神龍二年二月二十八日夜中顧命趺坐泊如化域禪師武德八年受具于天宮寺至是年丙午復終于此寺蓋僧臘八十矣生於隋末百有餘歲未嘗自言故人莫審其數也三界火心四部氷梏榱崩梁壞雷動雨泣凡諸寶身生是金口故其喪也如執親焉詔使弔哀王侯歸賵三月二日册謚大通展飾終之義禮也時厥五日假安闕塞緩及葬之期懐也宸駕臨訣至午橋王公悲送至伊水羽儀陳設至山龕仲秋

既望還詔乃下帝諸先許冥遂夙心大常卿鼓吹導引城門郎監護喪葬是日天子出龍門泛金襯登高駐蹕目盡迴輿自伊及江扶道哀候旛花百輦香雲千里維十月哉生魄明即舊居後岡安神起塔國錢嚴飾賜逾百萬巨鐘蓋先帝所鑄群經乃後皇所錫金榜御題花旛内造塔寺尊重遠稱標絶初禪師形解東洛相見南荆白霧積晦於禪山素蓮寄生於坐樹則雙林變色泗水逆流至人違代同符異感百日卒哭也在龍華寺設大會八千人度二十七人二祥練縞也成就西明道場數如前會萬回菩薩乞施後宫寶衣盈箱珍價敵國親舉寵貴侑供巡香其廣福博因存沒如此日月逾邁榮落相推於戲法子永戀宗極痛慈舟之遽失恨泯塔之遲開石城之歎也不孤廬山之碑焉可作竊比夫子貢之論夫子也生於天地不知天地之高厚飲於河海不知河海之廣深強名其迹以慰其心銘曰頷珠内隱匪指莫効心鏡外塵匪磨莫照海藏安靜風識牽樂不入度門孰探法要倬哉禪伯獨立天下功收密詣解却名假詣無所得解亦都捨月影空如現於悟者無量善衆爲父爲師露清熱惱光射昏疑奐將住世萬壽無期柰何過隙一朝去之嗟我門人憂心斷續進憶瞻仰退思付囑盡不離定空非滅覺念茲在茲敢告無學時岐王範及徵君盧鴻一皆勤碑製碣舊唐史有傳稱沙門被王者禮敬古未之有

丁未
改景隆
神僧萬回入宫賜號法雲公舘于集賢院給二羨人奉事未幾忽求閿鄉河水左右倉皇莫能得又曰第宂堂前地可得也既得之回飲水畢湛然而逝賜號國公圖形集賢院初回纫能三千里致兄書朝往暮歸因號萬回高宗聞其名詔入宫度爲沙門則天在位延之禁中賜錦衣令宫人給侍莊惠太子始生則天抱之示回回曰此西域樹精養之宜兄弟及安樂公主怙韋后將謀逆回遇之望塵唾曰血腥不可近未幾安樂果誅玄宗在藩嘗私謁回回拊其背曰五十年太平天子厤宗爲相王每將出回必告市人曰天子來少頃而相王至其神異類如此示寂于長安醴泉里壽七十四矣

論曰法雲公嘗有偈曰明暗兩忘開佛眼不繫一法出蓮藪真空不壞靈智性妙用嘗存無作功聖智本來成佛道寂光非照自圓通熟味厥旨蓋大乘了悟之言也而法雲特以小乘神異顯化至於佛菩薩出世宏正法眼必涵光混世未始泄露察機直至臨終方有付囑然則法雲章章顯異抑聖賢之權與

是年七月庚辰下詔曰釋典玄宗理均迹異拯人化俗教别功齊自今每緣法事聚集僧尼道士女冠寺宜齊行並集初太宗以老子爲皇宗升於釋氏之上至則天朝復在釋氏之下今此已往遂爲永式令齊班並集云

國師惠安卒誡其徒曰吾氣盡將尸置林中恣野火焚之偶神僧萬回至與安握手言論其徒側聆俱莫之省至八日合尸偃身而寂春秋一百二十八其徒奉命舁尸林中果野火至闍維之得舍利八十粒五粒最巨而紫紅色光燄奪目詔留禁中云

是歲再詔于闐國三藏實叉難提至帝降蹕迎勞備兩街法儀旌幢鼓吹迓之載以青象安置薦福寺難提風神宏曠儀韻秀整善大小乘通華梵語

戊申

泗洲大士僧伽詔入宮供養度惠儼惠岸木叉三人爲侍者帝親書所居寺額曰普光王未幾還止薦福寺明年京畿旱有旨命大士致雨僧伽以瓶水散洒即有濃雲自所居而涌大雨傾注又明年二月示寂壽八十有三神采如生敕就薦福寺塑身建塔即穢氣滿城帝炷香祝之許送歸淮言訖異香郁然傾都歎異遂奉全身歸泗洲普光王寺建塔帝嘗問法雲公萬回曰僧伽何如人對曰觀音大士化身耳神化事迹具如蔣潁叔所著傳大師自西國来唐高宗時至長安洛陽行化歷吳楚間手執楊枝混于緇流或問師何姓即荅曰我姓何又問師是何國人師曰我何國人尋於泗上欲構伽藍因宿州民賀跋氏捨所居師曰此本爲佛宇令掘地果得古碑云香積寺即齊李龍建所創又獲金像衆謂然燈如來師曰普光王佛也因以爲寺額云乾符中謚證聖大師

己酉

是歲召律師道岸入言爲妃主授歸戒因

留禁中別日帝至諸師皆辟席岸獨逡巡長揖而已帝高其量圖形於林光宮御製讃曰戒珠皎潔惠流清淨身局五篇心融八定學妙真宗貫通實性維持法務綱紀德政律藏與兮傳芳像教因而光盛時以爲榮焉

八月乙卯以高宗舊第興聖寺有柿樹天授中枯死至是忽重榮因大赦天下賜百官封爵普度僧尼道士凡數萬

九月詔三藏菩提流志於北苑白蓮池甘露亭譯大寶積經勑中書陸象先尚書郭元振宰相張說潤文經成凡五十九會總一百二十卷

庚戌

是年三月勑東都留守韋安石賚詔起嵩山沙門一行赴闕行辭疾不赴遁入荊州當陽山舊唐史云行姓張氏初名遂剡國公公瑾之孫武功令擅之子少聰敏覽觀子史嘗詣道士尹崇借太玄經讀之數日而還崇曰此經精微吾尋積年尚未曉子宜研究無忽也行曰已究其義因出所撰大衍玄圖并義決崇覽之大驚因與談其淵奧退謂人曰此後生顏子也由此知名於世初武三思慕其學行就請結交行遁匿辟之尋出家徧歷天下訪求異術至天台國清寺見別院古松數十門有流水行立門屏聞僧於庭中布算聲而語其徒曰今日當有弟子自遠來求吾算法已合到門豈無人導引乎即除一算曰門前水當西流弟子亦至矣行返顧溪水果已西流遂承其言遽趍入再拜咨求其法彼盡授

與之遂洞曆象陰陽推步之學回入嵩山
依普寂禪師叅決禪門宗旨及遁當陽山
又從律師惠悟學毗尼凡經籍一覽畢世
不忘

佛祖歷代通載卷第十五

音釋

泋力周切古文流　彠音臒丨落藥也視皃　斁余石切猒也　幘側草

糇户鉤切丨糧　軾尺弋切車前軾　懷音傀又古回切　詇於竟於二切早知也

倬知角切明也火也　閿亡云切低目視也地名音文

佛祖歷代通載卷第十六

嘉興路大中祥符禪寺住持華亭念常集

唐

庚戌 睿宗旦改景雲 高宗第八子初封豫王武后廢中宗而立為帝者七年而廢封相王壽五十五立隆基為太子任宋璟姚崇為政帝妹太平公主恃功專横在位三年

壬子 初改太極又改延和又改先天 七月傳位太子

先天元年三十三祖惠能大師示寂姓盧氏其先范陽人父行瑫武德中左官于南海之新州遂占籍焉三歲喪父其母守志鞠養及長家貧師樵采以給一日負薪至市中聞客讀金剛經悚然問客曰此何法得於何人客曰此名金剛經得於黃梅忍大師歸告於母以為法尋師直抵黃梅忍大師一見默識之後傳衣法令隱於懷集四會之間儀鳳元年正月八日届於南海及返曹溪雨大法雨一日示衆曰諸善知識各各淨心聽吾說法汝等諸人自心是佛更莫狐疑外無一物而能建立皆是本心生萬種法故經云心生種種法生心滅種種法滅若欲成就種智須達一相三昧一行三昧若於一切處而不住相於諸法中不生憎愛亦無取舍不念利益成壞等事安閒恬靜虛融淡泊此名一相三昧若於一切處行住坐卧純一直心不動道場即成淨土名一行三昧若人具二三昧如地有種能含藏長養成就其實一相一行亦復如是我今說法猶如時雨普潤大地汝等佛性譬如種子遇茲沾洽悉得發生承吾言者決獲菩提依吾行者定證妙果

師說法度人往来學者嘗踰千數明年七月辭歸新州故宅國恩寺其徒泣曰師歸當復来不師曰葉落歸根来時無口又問師之法眼何人傳受師曰有道者得無心者通至國恩寺以八月三日示衆曰吾受忍大師衣法今為汝等說法不付其衣盖汝等信根已熟決定無疑堪任大事聽吾偈曰心地含諸種普雨悉皆萌頓悟花情已菩提果自成復謂衆曰其法無二其心亦然其道清淨亦無諸相汝等不用觀靜及空其心此心本淨無可取舍各自努力隨緣好去吾涅槃時至𭥍重即跏趺而逝於是山林變白鳥獸哀鳴綵雲香霧連日不開旣時廣州都督韋據率韶新二郡官吏迎奉全身歸於曹溪寶林寺建塔真身今尚存焉舊唐史曰一則天聞神秀名詔至都肩輿入殿親加跪禮敕當陽山剏度門寺以旌其德時王公已下及京城士庶聞風爭来謁見望塵拜伏日以萬數初神秀與惠能同師弘忍而行業相埒及忍卒能住韶州廣果寺韶陽山中舊多虎豹一夕去盡遠近驚歎咸歸伏焉秀嘗奏則天請召能赴闕能固辭秀復自作書重邀之能謂使者曰吾形貌矬陋北土見之恐不敬吾法又先師以吾南中有緣亦不可違及中宗召之竟不度嶺而卒天下散傳其法謂秀為北宗能為南宗

癸丑

玄宗隆基改開元睿宗第三子嬖楊貴妃為道士曰太真帝初用姚崇宋璟為相治平晚年躭酒淫佚用李林甫楊國忠為相安禄山為將致亂幾致亡國二十九即位壽至七十八歲至上元元年崩葬泰陵

甲寅二年十月十七日永嘉玄覺禪師示寂姓戴氏丱歲出家博貫三藏精天台止觀圓妙法門與東陽策禪師偕謁六祖師至振錫繞祖三匝祖曰夫沙門者具三千威儀八萬細行大德自何方而來生大我慢師曰生死事大無常迅速祖曰何不體取無生了無速乎師曰體即無生了本無速祖曰如是如是師乃具威儀叅禮須臾告辭祖曰返太速乎師曰本自無動豈有速耶祖曰誰知非動師曰仁者自生分別祖曰汝甚明得無生之意師曰無生豈有意耶祖曰無意誰當分別曰分別亦非意祖曰善哉善哉少留一宿時謂一宿覺及回學徒奔萃著證道歌一篇梵僧傳歸天竺彼皆欽仰目為東土大乘經又著禪宗悟修圓旨十篇及觀心十門並盛傳于世

乙卯三月八日玄宗遣禮部郎中張洽賫詔詣當陽山起沙門一行赴闕行以再命不許辭赴之有旨安置光泰殿帝數訪以安國撫民之要行啓陳無隱未幾永穆公主出降詔依太平公主故事優厚發遣行諫以為高宗末年唯有一女所以特加優禮而太平竟以驕僭得罪不應引以為例帝納其言遽追勅但依常禮其忠諫多類此或謂行優於憶誦帝一日命出宮籍示之行閱畢令內侍執本對帝復之不差一字帝驚異顧謂左右曰聖人也自是頻召咨質佛心之要行雍容啓沃聖眷日隆天下之人以帝從之問道稱為天師焉

丙辰嵩嶽元珪禪師示寂師居嶽之龐塢一日

有異人峨冠盛服擁衛而至珪曰善来仁者胡為而至彼厲聲曰師寧識我耶珪曰吾觀佛與衆生等吾一目之豈分別耶曰我此嶽神也能生殺於人師安得一目我哉珪曰吾本不生汝安能殺吾視身與空等視吾與汝等汝能壞空與汝乎使果能之吾則不生不滅也况汝不能焉能生殺我耶神稽首曰我聰明正直過於餘神詎知師有廣大智慧願授以正戒令我度世珪曰汝既乞戒即既戒矣所以者何戒外無戒又奚戒哉神曰此理也我聞茫昧上求師戒我身願為門弟子珪即張座秉爐正几曰付汝五戒若能即曰能不爾即曰否神曰謹奉教曰汝能不婬乎神曰亦娶也曰非謂此也謂無羅欲也神曰能曰汝能不盜乎神曰無乏我也安有盜取哉曰非謂此也謂饗而福淫不供而禍善神曰能曰汝能不殺乎神曰實司其柄焉得不殺曰非謂此也謂有濫悞疑混也神曰能曰汝能不妄乎神曰我惟正直焉有妄哉曰非謂此也謂先後不合天心也神曰能曰汝不遭酒敗乎曰能曰如上是為佛戒也以有心奉持而無心拘執以有心為物而無心想身能如是則先天地生而不為精後天地死而不為老終日變化而不為動畢竟寂滅而不為休悟此則雖娶非妻也雖饗非取也雖柄非權也雖作非故也雖醉非惛也是謂無心而已無心則無戒無戒則無心無佛無衆生無汝亦無我無汝則孰為戒哉神曰我神通去佛幾何曰

汝神通則十句五不能佛則十句七能三不能神竦然辟席曰可得聞乎珪曰汝能戾上帝東天行而西七曜乎曰弗能也珪曰汝能奪地祇融五嶽而結四海乎曰弗能也珪曰是謂五不能也佛能空一切相成萬法智而不能即滅定業佛能知群有性窮億刼事而不能化導無緣佛能度無量有情而不能盡衆生界是謂三不能也然定業亦不牢久無緣亦謂一期衆生界本無增減廓無一人能主有法有法無主是謂無法無法無主是謂無心如我解佛亦無神通也但能以無心通達一切法耳神曰我誠淺昧未聞空義師所授戒我當奉行今願報慈德効我所能師曰吾觀身無物觀法無常了然更有何欲神曰師必命我為世間事展我神功使已發心未發心信心不信心等人目我神蹤知有佛有神有能有不能有自然有非自然者師曰吾無用是為曰佛亦使龍神護法師寧隳叛佛耶願隨意示誨師不得已曰東岩寺之障莽然無樹北岫有之然而背非屏擁汝能移北樹於東嶺乎神曰既聞命矣恐昬夜必有喧動願師無駭即作禮辭去使門人送而且觀之見儀衛逶迤如王者之狀嵐靄烟霞紛綸間錯幢幡環佩淩空隱沒是夕果有暴風迅雷奔雲震電棟宇搖蕩宿鳥驚呼師謂衆曰無怖神與我契矣拂旦和霽則北山之松盡移東嶺森然行植焉師誡其徒曰吾沒後無令外知若為口實人將妖我矣師伊闕人姓李氏幼歲出

家具戒得法于老安國師壽七十有三云
論曰荆國王文公嘗問張文定公曰去
孔子百年而有孟軻此後追孔孟者為
誰何吾道之寂寥乎文定沉吟久之曰
有人第恐過之耳曰誰耶文定曰南嶽
讓嵩山珪馬祖石頭丹霞無業若此類
孔孟之教繮勒不住故歸釋氏矣文公
深肯之其後張公無盡聞之歎曰達人
之論也然嵩山盖祖庭之旁出者也其
感應超絕說法沛然如此則南嶽而下
的傳正續宗師世教繮勒不住端可見
矣二三公之讜論渠不信夫
是歲天竺三藏法師無畏至京師帝嗣位
之初一夕夢梵僧謁見風度瓌異及寤追
憶不已因追畫工授以形段圖於殿壁及

畏至入對帝熟視盖夢中所見僧也竦然
異之館於西明寺寧薛諸王皆降禮欽重
其後秋旱帝廡知無畏能致龍遣內使傳
詔請雨畏難之奏以旱數當然若苦召龍
恐暴物帝再遣諭旨人苦秋暑雖暴風疾
雨適足快意畏諸之有司設壇儀華綵光
麗畏笑曰是可以致雨耶命撤去之獨持
滿鉢水以小刀攪之誦咒語百餘番即有
微物如蚪龍從鉢矯首水面頃之復沉畏
咒遣之白氣自鉢騰涌語詔使曰速歸雨
即至矣詔使馳出回顧有雲如練自講堂
盤旋而上頃刻風雷震電詔使趨入奏御
衣巾已透濕於是震風凌雨飄蕩廬舍士
民悚懼彌日而息又嘗霖霪逾時詔畏止
之畏於寺捏泥媪五軀向之作梵語若斥

罵者即刻而霽其神驗類如此帝敬之若神未幾通華言譯虛空藏毗盧遮那蘇息地羯羅等經十餘部禪師一行三藏實月等叅預其事畏性簡靜好禪觀每勸學者習之累表求還帝堅留不許

是歲廣州節度宋璟入曹溪禮祖塔誓曰弟子領畢世外護大法祈一祥瑞表信言訖微風飄香氤氳襲人俄而甘雨傾注唯徧一寺之内璟忻躍而去未幾召入與姚元崇相繼執政世稱姚宋為中興賢相

辛酉　朝廷以麟德曆署日蝕比不驗詔禪師一行改撰新曆行受詔推大衍數立術以應之較經史所書氣朔日名度數可考者皆合而著之久之道士邢和璞謂太史令尹愔曰一行其聖人乎昔洛下閎造大初曆嘗記曰八百年後當差一日必有聖人出世糾正之今年期差滿而一行推大衍數以糾數家之謬閎之言不誣矣愔亦以為然行復欲知黄道進退而太史無黄道儀表請刱置之制可

壬戌　帝注孝經并製序

是歲沙門智昇上釋教經律論目録凡二十卷銓次大藏經典及聖賢論撰凡五千四十八卷自是遂為定數

癸亥　十一年十月癸酉禪師一行製黄道儀成帝自為之銘詔安武成殿庭以示百官其儀準圓天之像具列宿赤道及周天度數注水激輪令其自轉一晝夜而天運周外絡二輪綴以日月令得運行每天東行一周日西行一度月行十三度以十九分度

之二十九轉日有餘日月會三百六十五轉而日周天以木匱爲地平令儀半在地下晦明朔望遲速有準立木人二於地平其一前置鼓以候刻至一刻則自擊之其一前置鍾以候辰至一辰亦自撞之皆於地中略施輪軸關鎖交錯相持當時稱其妙以爲神功無幾銅鐵漸澁不能自轉遂藏之於集賢院

是歲改政事堂曰中書門下省

○有登州文登縣郭行妻王氏生女鶴喙將喪自言酬先世嘗齋之報以此示人

甲子

沙門牛雲者少不慧因詣臺山禮文殊初至東臺見老人問曰胡爲而來曰願見大聖求聰慧耳老人曰文殊居北臺尒往見之雲奉敎趍北臺老人亦在彼矣雲意其即文殊也遂拜之老人曰汝沙門也不應禮俗士雲拜不已老人憐之爲入定觀雲前身盖牛也以嘗馳經故獲比丘報老人起定爲雲言之復云汝性昏迷胷中有淤肉在當爲汝钁去之因戒雲閉目無輒開雲如約頗覺老人以钁斸其胸然不甚楚少頃心懷開豁頓異往時及開眸見老人現身爲文殊妙相端嚴謂雲曰與汝聰明竟雲喜躍作禮及起身而文殊隱雲自是總持辨悟爲時導師以夙因故牛雲稱焉

丙寅

日本國沙門榮叡普照等至於楊州奉僧伽黎十領其上綴以山川異物之狀盖其國主附之以施中國高行沙門於時律師鑒真受其衣歎外國人有佛種性欲往化之會叡照等亦勸請遂附舶而東爲惡風

飄入魚蛇等海以真律行高皆脫禍既至日本彼王預知枉駕迎勞館于毗盧遮那殿未幾請真授歸戒夫人羣臣皆以次禀授日本自是始有律教

丁卯

三藏菩提流志卒春秋一百五十有六流志南印土國王之子以讓位出家高宗聞名有詔要之以垂拱中至京師凡四十年如華嚴寶積經等皆出其手帝及重臣敬之如生佛葬日特給鹵簿羽儀塔于龍門之西原賜謚曰開元一切徧知三藏名德之盛古未有焉

時嵩山破竈墮和上者不稱名氏言行叵測初見老安國師契悟心要隱居嵩山山有廟靈甚殿中唯安一竈遠近祭祀烹宰無虛日師領徒入廟以杖擊竈三下云咄此竈泥瓦合成聖從何来靈從何起恁麼烹宰物命又擊三下竈乃傾破墮落須臾有一人青衣峨冠設拜師前曰我本廟竈神久受業報今蒙師說無生法得脫此處當生天上特来禮謝師曰是汝本有之性非吾強言神再拜而去少選徒衆問師其等久在和上左右未蒙指示竈神得何徑旨便得生天師曰我只向伊道是泥瓦合成別無道理爲伊衆無語師良久云會麼衆云不會師曰本有之性爲什麼不會衆僧乃禮拜師曰破也破也墮也墮也於是其衆皆悟玄旨後有義豐禪師舉問安國師國師歎曰此子會盡物我一如可謂如朗月處空無不見者只是難湊伊語脉豐曰未審什麼人湊他語脉安曰不知者又

僧問物物無形時如何師曰禮即唯汝非我不禮即唯我非汝其僧禮謝師曰本有之物物非物也所以道若能轉物即同如来有僧從牛頭處来師曰来自何人法會僧進前叉手繞師一匝而出師曰牛頭會下不可有此人僧乃回上邊叉手而立師云果然果然僧却問應物不由他時如何師曰爭得不由他僧云恁麼即順正歸原去也師曰歸原何順曰若非和上幾錯招愆師曰猶是未見四祖時道理見後道將来僧乃繞師一匝而出師曰順正之道今古如然又僧侍立次師曰祖祖佛佛只說如人本性本心此外別無道理會取會取僧禮謝師以拂子打之曰一處如是千處亦然師後不知終

是年十一月巳丑禪師一行寢疾于華嚴寺舊唐史云帝一夕夢游其寺見一室繩床竹窓氣象蕭索及旦行以疾聞帝遣中使候問使還奏行居處之狀與所夢㝠合帝歎久之有旨命京城十大德為行結壇祈福既而行疾少間詔陪駕幸新豐未幾行疾革帝親候問遂沐浴端坐而逝春秋四十有五帝哭之哀甚輟朝三日有詔傷悼聽停龕三七日與中外瞻禮行容貌如生而鬢髮日長帝親製碑書之於石出內庫錢五十萬建塔銅人原謚曰大惠禪師帝嘗從容問國祚幾何有留難不行曰鑾輿有萬里之行社稷終吉帝驚問故不荅退以小金盒進之曰至萬里即開帝一日發盒視之盖當歸少許及祿山亂駕幸成

都至萬里橋忽悟未幾果歸昭宗初封吉王而唐以昭宗而滅故云終吉有里媪素供行而媪一子坐殺人将之刑媪悲泣請救行憐之令弟子捕生物得豨豕七行日藏其一於甕中為梵語咒之七日壯斗盡沒朝廷震驚太史奏将有變請避正殿禳之帝密以問行對曰此無他盖妖魔也凡嗔心壞一切善慈心降一切魔若赐赦天下則妖不能為帝然之遂大赦媪子由是得免行日出一豕則一星現至七日而斗復如故其祕術多此類著易論十二卷大衍論二十卷開元大衍曆五十二卷七政長曆三卷釋氏系録大衍玄圖心機筭術括遁甲十六局六壬連珠詞六壬髓經天一太一經太一局遁甲經各一卷五音地

里經十五卷宰相李吉甫奉詔撰一行傳一卷並見唐藝文志十六年詔特進張說曆官陳玄景等編次一行所撰大衍曆施用三月駕幸温湯道由一行塔所帝為駐蹕徘徊令品官詣塔告以出豫之意賜帛五十疋令蒔塔前松栢其為聖眷如此宋史官歐陽文忠曰自太初至麟德曆凡二十三家與天雖近而未密至一行則密矣其倚數立法固無以易也後世雖有改作者皆依倣而已沙門道泓者生黄州與侍郎張敬之厚善能言吉凶亡不明驗嘗為中書張說視宅戒曰無穿東北壬隅也他日見說曰宅氣索然云何與說共視隅有三坎丈餘泓驚曰公富貴一世而已諸子将不終說懼将平之泓曰客土無氣與土

脉不連辟身瘡痏補佗肉無益也其後說
諸子皆汙祿山以斥死果如其言
論曰歐陽文忠公雅嫉吾釋未始略有
假借獨於唐志尊一行大衍之作而宋
景文於方技篇削一行玄奘等傳而獨
著道泓地理之說或者以爲唐浮圖行
業無足爲二公取者故止於是而已夫
豈然哉蓋大衍所以統天時地理則切
於人事是宜史筆取也若吾釋之盛莫
甚於唐凡三百年間以道德爲天下宗
師者不可悉數歐宋以爲奉異方之教
故諱之而不書猶春秋時雖老聃郯子
之賢迺不若江人黃人得書於經豈亦
老氏不足取哉蓋國經之典凡禮樂刑
政所及貴賤必書若吾浮圖大絶世累
頴脫塵表者與刑政何與焉宜其不參
於世典也由是言之歐宋黜吾釋其微
意乃所以尊之也盛哉一行前贋洛下
閎八百年之讖當時則明天子跪之稱
爲聖人及其製作施於後世緼天地貫
幽明歷數百年而其從益驗果聖與賢
耶善弗得而知矣
己巳初以上生日爲千秋節○用大衍曆
是年太師燕國公張說薨說爲唐宗臣朝
廷大述作多出其手爲文屬思精壯尤善
釋典嘗謫岳州而詩益悽婉時人謂得江
山之助天下不稱姓而曰燕公著石刻般
若心經序曰萬行起於心心人之主三乘
歸於一一法之宗知心無所得是真得見
一無不通是玄通如來說五蘊皆空人本

空也如來說諸法空相法亦空也知法照空見空捨法二者知見復非空耶是故定之與慧俱空法中入此門者爲明門行此路者爲超路非夫行深般若者熟能證於此乎駙馬都尉滎陽鄭萬鈞深藝之士也學有傳僻書成草聖乃揮洒手翰鐫刻心經樹聖善之寶坊啓未來之華業佛以無依相而說法本不生我以無得心而傳今則無滅道存文字意齊天壤國老張說聞而嘉焉讚揚佛事題之樂石又製法池院二法堂賛并序曰法池西三歸院二法堂茲院長老初上禪師所造也禪師姓彭氏名知至性篤孝執親之喪七日不食微言客行志道探玄究易老莊太一之旨善正書擅鍾王品格其點畫婉秀毫縷必見如

折槁荷磨文石觔理洒颷固非人力之所致也中朝名士山數高尚法流開勝遠近慕焉及晚年專意於禪頌平生事業脫若遺塵矣常歎帝王父母許我出家雨露生成恩惟一揆依如来教𢬵是功德萬一乎獻福二宮潛祐七祖將與一切咸登道場於是三歸堂以長安元年辛丑子月望日癸卯立善法堂以開元元年癸丑丑月望日戊辰建禪師母弟仁婉弟子啓疑及沙彌令哲左右斯業實有力焉而作賛曰敬告諸佛子一心清淨觀欲求正真道當從信根入是佛虛空相是法微妙光定慧不相離是僧和合義人空法亦空二空亦復空住心三空寶是名三歸處至哉初上人建立善法堂彩翠三世佛莊嚴清淨眼能

運無礙心普入於一切見若不染色知若不取識是名真實見亦名解脫知佛觀離生滅諸法等如是

壬申

是歲定五服制蓋出自古至天后請母三年及盧氏駁議有異開元五年盧履氷上言衆議紛然自是鄉士之家孝服有異今二十年蕭嵩等改修五禮勅下依行五服禮者一三年服爲父曰斬衰哀情至切斬截其心爲母曰齊衰次其父也然二十七箇月終矣十二月小祥二十五月大祥二十七月禫服更加一月心喪服之終也齊斬服以縗麻臣孝於君亦爾二期年服十三箇月為祖父等三大功九月為叔伯等四小功五月堂兄弟等五緦麻三月三從兄弟等內外族等餘如五服注䟽全之

八月壬申朔三藏金剛智告其徒曰白月圓時吾逝矣至時遶毗盧像頂梵夾退歸寢室跏趺而逝賜謚灌頂國師敕中書杜鴻漸撰紀德碑智西域人本王種出家從龍智阿闍黎傳密教及来東土初達南海廣州節度聞於朝有旨驛馳赴闕入見帝大悅館於大慈恩寺未幾夏旱詔智祈雨智結壇圖七俱胝像約開眸即雨閱三日像果開眸有物自壇布雲彌空斯須而雨帝特降詔褒美明年辭游鴈門不允遂遷薦福寺為人語默興居容止凝粹喜慍不形于色見者莫測其涯所至必結灌頂道場弟子不空傳其教初不空事智智授以梵本悉曇章及聲明論不逾旬而誦之智奇其駿引入金剛道場以擲花驗之智以

為勝已不空因求瑜伽五部智未之許不空擬入天竺求之智一夕夢京城佛像皆東行及寤以詰不空空啓以西游意智曰汝有授道之資吾何靳哉即授以五部及毗盧遮那經蘇息軌範及智沒不空奉遺教游天竺增廣其學

是歲禪師義福卒舊唐史云福得法於神秀禪師初止藍田化感寺處方丈之室二十餘年未嘗出宇之外嘗隨駕幸東都蒲號二州刺史及官吏士民皆賫旛花迎之所在塗路充塞及卒有旨賜號大智禪師葬伊闕之上送者數萬人中書嚴挺之為製碑初神秀雖德行為禪門之傑得帝王欽重而未嘗聚徒開堂傳法至義福普寂始於京城傳教二十餘年人皆仰之

癸酉

桓州刺史韋濟奏方士張果有長年秘術自言數百歲矣則天嘗召之果佯死不赴今復見之帝聞遣中書侍郎徐嶠賫璽書迎之果至帝聞其變化不測而疑之時邢和璞者善筭能知人壽夭帝令筭果懵然莫知其甲子又有師夜光者善視鬼帝召果與之密坐令夜光視之夜光不能見帝聞飲堇汁無苦者真奇士會天寒以堇汁賜之果飲三卮醺然如醉顧左右曰非佳酒也傾之取鏡視齒則盡燋黑命左右取鐵如意擊齒墮盡更出神藥傅其齗寢頃之齒復粲然如故帝始信之將妻以公主果預知苦辭獲免後懇辭歸山下制曰恒州張果先生游方之外者也迹造高尚深入窈冥早渾光塵應詔城闕莫詳甲子之

數且謂義皇上人問以道樞盡會宗極今
特行朝禮爰昇寵命可銀青光祿大夫號
通玄先生其年果入恒山後不知終

乙亥二十三年三藏無畏卒春秋九十有九詔
鴻臚丞李現監護喪事塔于龍門之西山
廣化寺藏其全身畏本釋種甘露飯王之
後以讓國出家道德名稱為天竺之冠所
至講法必有異相初在烏茶國演遮那經
須臾衆會咸見空中有毗盧遮那四金字
各尋丈排列久之而沒又嘗過龍河一駝
馳負經沒水畏懼失經遽隨之入水於是
龍王邀之入宮講法不許彼請堅至為留
三宿而出所載梵夾不濕一字其神異多
類此

是歲三藏不空於師子國從普賢阿闍梨
求開十八會金剛灌頂及大悲胎藏建壇
之法其王一日調象戲而羣象逸莫敢禦
之者不空遽於衢路安坐及狂象奔至見
不空皆頓止跪伏少頃而去由是舉國神
敬之

論曰自大教東流諸僧間以神異助化
是皆功行成熟契徹心源自覺本智現
量發聖絕非咒力幻術所致也殆自東
晋尸利密已降宣譯祕咒要其大歸不
過祀鬼神驅邪妄為人禳灾釋患而已
其間往往不無假名比丘自外國來挾
術驚愚有所謂羅漢法者正么麿邪術
下劣之技亦猶道家雷公法之類也茲
豈高道巨德弘禪主教者齒哉及開元
中西域金剛智無畏不空三大士始傳

密教以玄言德祥開佑至尊即其神功顯効幾與造化之力均焉故三大士雖宏密教抑本智現量發聖與嘗慨資治通鑑稱貞觀中有僧自西域来善咒術能令人立死復咒之使蘇太宗擇飛騎中壯者試之皆如其言因以問傅奕奕曰此邪術也臣聞邪不干正請使咒臣必不能行帝命僧咒奕奕初無所覺須臾僧忽僵仆若為物所擊遂不復蘇此恐好事者曲為之辭何則若使果有是則僧非真僧咒非真咒正謂邪術耳固不足以張吾教之疵也矧萬萬無此理向使彼能自西域遠至長安厭術能死人而復蘇乃不暇自衛其身對常人無故而僵死雖兒童莫之信也又當是時三大士者雖俱未至若京城大德僧惠乘玄琬法琳明贍諸公其肯坐視絶域偽僧破壞教門不請峻治乃留帝命傅奕辨耶佛制戒律雖春蟝生草猶不許比丘踐之恐害其生况說斷人命咒傳于世乎故予謂好事者曲為之辭斷可見矣

佛祖歷代通載卷第十六

音釋

躄補惕切蹷而僕幸曰丨音辟　瑫他牢切玉名也　戾音戾乖也立也　鬦當口切鬪丨丨也　霪余林切音淫久雨也　醺許軍切醉也和悅也

佛祖歷代通載卷第十七

嘉興路大中祥符禪寺住持華亭念常集

戊寅 ○始建置州學

二十六年沙門法秀者夢異僧勸置袈裟五百領施回向寺僧既覺歎異遂乞丐造之然徧訪所謂回向寺者咸無得焉一日道逢一僧逆而問曰託置袈裟今成未秀曰成矣僧曰吾導汝入回向寺汝可裹糧載燧從吾以往秀曰諾翌日隨之入終南山行二日至深絶處所見唯雲物掩苒嵒洞崎嶇進遇石壇共止其上僧命秀鑽燧出火炷香望層霄拜之忽雲開見崖半有朱門高聳剎旛飛揚秀忻然與之攀躋而上漸聞午梵清圓鐘磬交作須臾望見其寺有額曰回向其僧即趍而入命閽者授秀館因具儀謁上方老宿次見諸僧皆奇偉雍穆相勞問明日秀出袈裟遍寺施之老宿謝畢携秀入一空房呼侍者取尺八俄頃侍者持玉簫至老宿曰此唐天子舊居之室也向在此好聲樂故降爲人主久當復歸秀止再宿不得留老宿授與玉簫并袈裟囑曰持歸獻唐天子即遣僧送秀出寺行未遠回望而雲霧四合秀慨歎而還詣闕表上所寄帝覽之因取玉簫調弄宛如夙御馬其後燕沉香亭詔李白爲辭帝吹玉簫楊妃起舞歡甚疑飄摇而仙去舊唐史

己卯 ○封孔子文宣王衣袞冕南面十哲坐圖七十二賢廟壁

庚辰 長者李通玄唐宗子也開元二十八年順世長者以七年至太原盂縣有高仙奴者

識其爲大賢館之齋中每旦唯服棗十顆栢葉餅如七大者一枚終日濡毫臨紙未甞接人事如是三稔遷馬氏古佛堂側築土室以居晝日危坐而已閱十年忽囊負經書而去行二十里偶一虎當途馴伏玄撫之曰吾將著論釋華嚴經能爲擇棲止處不即以經囊負其背而隨之至神福山原下土龕之前蹲駐玄取其囊置龕中虎即妥尾而去其龕瑩潔廣六七肘圓轉上下稱之盖天設以畀有道非人力所爲也長者著論之夕心窮玄奥口出白光以代燈燭于時忽有二女子容華絶世皆可笄年衣布衣俱以白巾幪首曰爲長者汲泉炷香奉紙墨每於卯辰之間輙具淨饌置長者前齋畢徹器則引去莫測所之如是五載至長者著論畢遂滅迹不見長者美鬚髯朗眉目丹唇紫肥冠樺皮衣麻衣長裙博袖散腰徒跣而行放曠人天靡所拘執甞一日出山遇里人高會燕樂長者就語之曰汝等好住吾將歸矣衆驚其去有送入山者至龕而謝遣之即於是夕煙雲凝布嵓谷震蕩有二白鶴翔空哀唳其餘飛走悲鳴滿山翌日里人共往候之則已端坐示寂于龕中壽九十有五華嚴論四十卷決疑論四卷會釋二卷十門玄義排科釋略及緣生解迷十明論各一卷十玄六相普賢行願華嚴緣觀偈贊詩賦等里人聚於方山逝多蘭若大曆中沙門超廣始獲之遂行于世

十二月青原行思禪師示寂吉州安城人

也姓劉氏幼年出家初見六祖問當何所務即不落階級祖曰汝曾作什麽師曰聖諦亦不爲祖曰落何階級師曰聖諦尚不爲何階級之有祖深器之及居青原有沙彌希遷者見師師云子何方而来曰曹溪師曰將得什麽来曰未到曹溪亦不失師曰恁麽則用去曹溪作什麽曰若不到曹溪爭知不失遷問曹溪還識和尚不師曰汝今識吾不曰識又爭識得師曰衆角雖多一麟足矣他日又問遷汝什麽處来曰曹溪師乃竪起拂子云曹溪還有這箇麽曰非但曹溪西天亦無師曰子莫曾到西天不曰若到即有也師曰未在更道曰和尚也須道取一半莫全靠學人師曰不辭向汝道恐已後無人承當又令遷往南岳和尚處下書曰汝達書了速回吾與汝箇鈯斧子住山遷至彼未呈書便問不重巳靈不求諸聖時如何讓曰子問太高生何不向下問遷曰寧可永刼沉輪不慕諸聖解脫讓便休遷回師問子迈甚速書達不遷曰信亦不通書亦不達師曰作麽生遷舉前話了便云去時蒙和上許鈯斧子便請師垂下一足遷禮謝辭往石頭即石頭和上是也及是師既歸寂門人咸尊爲七祖焉

時京都興唐寺禪師普寂卒舊唐史云寂生河東馬氏少時徧尋高僧學經律師事神秀凡六年秀奇之盡以道授之秀入京因薦與則天得度爲僧秀殁天下好釋氏者咸師事之中宗聞其高行特下制令代

神秀統其法衆開元十三年有旨移寂於都城居止時王公士庶争來禮謁寂嚴重少言來者難見其和悅之容遠近尤以此重之及卒凡京城士庶曾謁見者皆制弟子之服有勅賜號大照禪師塟日河東尹裴寬及其妻子並衰麻列于門徒之次士庶傾城哭送市昜幾廢

壬午改天寶

九月太子詹事嚴挺之卒少有風操累登顯用皆著聲績天下引領望其爲相帝亦知其賢欲遂相之晚爲李林甫所抑欝欝不得逞至是預爲墓誌曰天寶元年挺之自絳州刺史抗疏陳乞天恩允從許養疾歸間無授太子詹事前後歷三十五官每承聖恩常忝奬擢不盡驅策駑蹇何階仰荅鴻造春秋七十無所展用爲上士所悲其年九月寢疾于洛陽之私第以某月某日塟于太照和上塔次之西禮也盡忠事君叨載國史勉拙從事或布人謡陵谷可以自紀文章焉用爲飾初挺之師事大照禪師惠義深明釋典及遺塟大照塔次示不忘其德見舊唐史

癸未帝遣中使楊庭光入司空山采常春藤光因詣無相寺問本浄禪師曰弟子慕道斯久願和上慈悲畧垂開示師曰天下禪宗碩學咸會京城天使足可啓决貧道猥山傍水無所用心楊再拜師曰天使休禮貧道天使爲求佛耶問道耶曰弟子昏昧未審佛之與道其義云何曰若欲求佛即心是佛若欲會道無心是道曰云何即心是

佛曰佛因心悟心以佛彰若悟無心佛亦不有曰云何無心是道曰道本無心無心名道若了無心無心即道庭光跪受回闕具以山中所遇聞奏即勑庭光賫詔起師以是冬十二月到京安置白蓮亭明年正月上元日追兩街名僧須學赴内道場共師闡揚佛理有遠禪師者問如禪師所見以何爲道師曰無心是道遠曰道因心有何得言無心是道師曰道本無名因心名道心名若有道不虚然窮心既無道憑何立二俱虚妄總是假名遠曰禪師見有身心是道以否師曰山僧身心本來是道遠曰適言無心是道今又言身心本來是道豈不相違師曰無心是道心泯道無心道一如故言無心是道身心本來是道道亦本是身心身心本既是空道亦窮源無有遠曰觀禪師形體甚小却會此理師曰汝只見山僧相不見山僧無相遠曰請禪師於相上說出無相師曰淨名經云四大無主身亦無我無我所見與道相應大德若以四大有主是我若有我見窮劫不可會道也遠慚汗而退如遠者又七人往復論道師皆縱口詞辯傾注帝及四衆莫不稱善而罷

甲申三年南嶽懷讓禪師示寂元和中名儒張正甫製其碑曰天寶三載觀音大師終于衡岳春秋六十八僧臘四十八元和十年故大師弟子道一之門人曰惟寬懷暉感塵劫遽遷塔樹已拱懼絶故老之口將貽後學之憂丕若貽謀思揚祖德乃列景行

託於廢文強名無跡以慰乎罔極之思曰自騰蘭演教于此土也殆將千歲達磨傳心至六葉也分為二宗不階初入頓入佛慧曹溪教旨於是乎傳弘而信之觀音其人也大師諱懷讓京兆杜氏其先因家安康即為郡人髫年後發聰悟絕衆群言所涉一覽無遺居常而未或好弄在齔而不可褻近嘗嘿觀止水因而顧影形儀顒若宛在鏡中三反厥像如初沛然而心乎獨得還步未輟聞於空中曰佛法津梁俟子而大既應付囑爾盍勉之乃深割愛線亟從剃落以荊土律藏之徼密也大士智京在焉攝衣從之既進而儀法峻整冠於等輩以嵩嶽禪之泉海也長安長老在焉稽首咨之既授而身心自在超出塵垢厭離文字思會宗元周法界以冥搜指曹溪而遐舉能大師方弘法施學者如歸涉其藩閫者十三焉躋其堂室者又十一焉師以後學弱齡分於末席虛中而若無所受善閉而唯恐有聞能公異焉置之座右會一音吹萬有衍方寸彌大千同焉而友暢異焉而脗合同受祕印因為宗師乃陟武當窮棲十霜趨來衡岳終焉是託般若勝槩有觀音道場寔居斯宇因以為號或徵言析理辯士順風而杜其口或杖屨將撰山靈借留而現於夢遠自梁益近從荊吳雲趍影附風動川至靈山聖會古今一時至矣哉未始聞也一公見性同德弘教鍾陵欝為名家再揚木鐸而施及寬暉繼傳心燈共鎮國土乃追琢琬琰揭于故山揚其

耿光以示来劫其受法弟子亦序列于左
式明我教之有開焉
乙酉〇立楊太真爲貴妃矣〇道士吳筠是年
詔見于大同殿帝問道要對曰深於道者
無如老子五千文其餘徒喪紙劄耳復問
神仙治鍊法對曰此野人事積歲月求之
非人主宜留意筠每陳皆名教世務以微
言諷天子天下重之沙門嫉其見遇而高
力士素事佛共短筠於帝筠知不得留辭
還山下詔爲立道館後徙茅山由會稽剡
中卒初筠見惡於力士而斥故其文深詆
釋氏議者譏其背向時淅西觀察使陳少
游大惡筠所爲因命法師神邕著論折之
邕著翻迷論以訂其妄筠論遂廢給事中
竇紹見邕論歎曰邕可謂塵外摩尼論中
師子
丙戌五月制天下度僧尼並令祠部給牒今謂
之祠部者自此而始也
是歲不空三藏自西域還詔入内結壇爲
帝灌頂賜號智藏國師時方士羅思遠者
以術得幸有旨令與不空驗優劣他日會
于便殿思遠持如意向之言論次不空就
取如意授諸地令思遠舉之思遠竭力不
能舉帝擬自取不空笑曰三郎彼如意影
耳即舉手中如意示之思遠欽服而罷不
空凡祈禱必張綉座手持木神誦呪擲之
神自立于座四衆環視必見其神目吻瞬
動所禱雖造化之功可奪朝野奉之如佛
丁亥馬是年鳳凰現
辛卯世尊示滅一千七百年矣

壬辰潤州鶴林寺徑山大師玄素卒左補闕李華製碑其畧曰嗚呼菩提位中六十一夏父母之生八十五年赴哀泣者可思量否至有浮江而奠望寺而哭十里花雨四天香雲幡幢盖網光蔽日月以其月二十一日四衆等號捧全身建塔于黄鶴山西原象法也州伯邑宰執喪師之禮率申哀慕江湖震悼褁於寺內移居高松互偃涅槃之夕椅桐雙枯虎狼哀號聲破山谷人祗慘慟天地晦冥及發隱登原風雨如掃慈烏覆野靈鶴徊翔有情無情德至皆感門人法鏡法海親奉徵言繕崇龕座菩薩戒弟子故吏部侍郎齊翰故刑部尚書張均故江東採訪使劉日正故廣東都督梁昇故潤州刺史徐嶠韋昭理故給事中韓延賞故御史中丞李丹道流人望莫盛於此弟子甞聞道於徑山猶樂正子春之於夫子也洗心瞻仰天漢彌高鏡公門人悟甚深者大理評事楊詰過去聖賢諸功德藏志之所至無不聞知魯史從告况乎傳信其文曰濁金清鏡在爾銷鍊磨之瑩之功至乃見膏漬注然光明外遍陽升律應草木皆變啓迪瘖聾唯吾大師息言成教捨法興悲辰極不動風波自移境由心寂道與人隨杳然玄默湛入無爲性本非垢云何淨除身心宴寂大極淪胥內光無盡萬境同如甘露正味琉璃妙器遍施大千無同無異度未度者化周緣備道樹忽枯涅槃時至我無生滅隨世因緣吉祥殿上應化諸天寂寂靈塔滔滔逝川恒沙刼壞智

月常圓

癸巳

西番寇圍凉州帝命三藏不空祈陰兵救之空誦仁王密語數畨有神介冑而至帝親見之問曰神謂誰空曰北方毘沙門天王長子也空誦密語遣之數日凉州捷報有神兵至威武雄盛賊畏懼卷甲而去帝悅詔天下軍壘皆立毘沙門天王祠

甲午

左溪玄朗法師卒朗如意中得度就會稽叩宗法師商畧律部依恭禪師研究心法行頭陀教初南岳惠文禪師悟法華宗旨以授惠思禪師思授天台智顗顗授章安灌頂頂授縉雲智威威授東陽惠威朗奉事東陽盡傳其道重山深林怖畏之地獨處岩穴凡三十年宴坐左溪因以爲號每曰泉石可以洗昬蒙雲松可以遺身世吾以此始亦以此終建立精舍約而不陋跪懺其間奉觀音上聖願生兜率親近彌勒心不離定口不甞藥或衣弊食絶布紙而綻掬泉而齋如縉纊之温如滑甘之飽或問萬行俱空云何苦行答曰本無苦樂妄習爲因衆生妄除我苦隨盡又問山水自利如聚落何對曰名香挺根於海岸如来成道於雪山未聞籠中比夫寥廓也一日告門人曰吾五印道成萬行無得戒爲心本爾等師之言訖而逝春秋八十有二弟子神邕玄浄法燈消辯湛然等數十人傳其教補闕李華誌其碑陰畧曰禪師誨人匪勌講不待衆一欝多羅四十餘載一尼師壇終身不易食不重味居必偏厦非披閱聖教不空然一燭非瞻禮尊儀不虗行

一步其微細修心皆循律法之制是以遠方沙門隣境耆宿擁室填門若冬暘夏陰不召而自至也其後翰林梁肅深得台教之旨趣嘗著天台法門議曰修釋氏之訓者務三而已曰戒定慧斯道也始於發心成於妙覺經緯於三乘導達於萬行而能事備矣昔法王出世由一道清淨用一音演法機感不同所聞益異故五時五味半滿權實偏圓小大之義播於諸部粲然殊流要其所歸無越一實故經曰雖說種種道其實爲佛乘又曰開方便門示真實相喻之以衆流入海標之以不二法門自他兩得同諸秘密此教之所由作也洎鶴林滅而法網散神足隱而宗塗異各權所得互爲矛盾更作其中或三昧示生四依出現應機不等持論亦別故攝論地持成實唯識之類分路並作非有非空之談莫能一貫既而去聖茲遠其風東扇說法者桎梏於文字莫之自解習禪者虛無其性相不可牽復是此者非彼未證者謂證慧解之道流以亡反身口之事蕩而無章於是法門之大統或幾乎息矣既而教不終否至人利見惠聞惠思或躍相繼法雷之震未普故木鐸重授於天台大師大師像身子善現之趣悟備帝堯大舜之休相賛龍樹之遺論從南嶽之妙解然後用三種止觀成一事之因緣括萬法於一心開十乘於八教戒定慧之說空假中之觀坦然明白可舉而行是故教無遺法法無棄人人無廢心心無擇行行有所證證有其宗大

師教門所以爲盛故其在世也光照天下爲帝王師範其去世也徃来上界爲慈氏輔佐卷舒於普門示現降德爲如来所使階位境智盖無得而稱焉於戲應跡雖徃徽言不墜習之者猶足以抗折百家昭示三藏又况聞而能思思而能修修而能信信而不已者歟斯人也雖曰未證吾必謂之近矣今之人正信者鮮啓禪關者或以無佛無法何罪何善之化化中人巳下馳騁愛欲之徒出入衣冠之類以爲斯言且不逆耳故從其門者若飛蛾之赴明燭破塊之落空谷殊不知坐致燋爛而莫能自出雖欲益之而實損之與夫衆魔外道爲害一揆由是觀之此宗之大訓此教之旁濟其於天下爲不侔矣自智者傳法五世至今湛然大師中興其道爲予言之如此故録之以繫于篇

是歲魯山令元德秀卒德秀字紫芝河南人少孤事母孝舉進士不忍去左右自負其母至京師母亡廬墓側刺血寫佛經數千言絶筆感異香芬馥彌日而息食不鹽酪藉無茵席調南和尉德秀不及親在而娶不肯婚人以爲不可絶嗣荅曰兄有子先人得祀吾何娶爲初兄子襁褓喪親無資得乳媪德秀自乳之數日湧流能食乃止家苦貧求爲魯山令歲滿笥餘一縑駕柴車還愛陸渾佳山水乃定居家無僕妾歲饑或日一爨嗜酒陶然皷琴以自娱房琯每見德秀歎息曰見紫芝眉宇使人名利之心都盡蘇源明嘗語人曰吾不幸生

衰俗所不耻者識元紫芝也及卒家唯枕履簞瓢而已族弟元結哭之慟或曰子哭過哀禮與結曰若知禮之過而不知情之至大夫弱無固壯無專老無在死無餘人情所躭溺喜愛可惡者大夫無之生六十年未嘗識女色視錦綉未嘗求足苟辭佚色未嘗有十畝之地十尺之舍十歲之僮未嘗完布帛而衣具五味而飡吾哀之以誠荒婾貪佞綺紈粱肉之徒耳

論曰凡諸史雜傳俱未有卓行篇唐史特設此題載元魯山數人而已觀魯山行已之操及其弟元結所稱儼然一高僧耳眞唐史數千人中遂嶄然傑出顧不美哉舊史稱其居母喪刺血寫佛經數千言絶筆感異香芬馥彌日而息而新史削之夫魯山居喪所爲出乎至誠宋景文何嫌而削之若謂惡求福於佛佛固未嘗邀魯山魯山自爲之而不疑何佛之嫌若以身體髮膚受之父母不應毀則乳亦婦人之事非男子有也魯山尚能出乳以食兄之子獨不當以血爲母寫經何也景文深存名教然君子百行殊塗同歸奚必靳靳然以儒釋歟

执

乙未 ○安祿山請以蕃將三十二人代漢將十一月反兵十五萬發范陽陷東都

丙申 肅宗亨改至德元載玄宗第三子祿山反玄宗幸蜀擢立太子於鳳翔曰即位李泌爲相郭子儀李光弼爲平安祿山史思明之亂帝年五十二崩葬建陵在位七年

五月逆賊安祿山陷長安玄宗幸蜀或謂車駕入蜀之初有守臣與祿山偕反者其

人曾爲閬守有畫像在路次玄宗忽見之不勝大怒命侍臣以劒斬像首其人時在陝西不覺其首無故忽墮于地及是駕至成都渡萬里橋悟一行金盒當歸之讖於是洗然忘憂云

秋七月皇太子即位于靈武是爲肅宗旬日諸鎮節度兵至者數十萬乃以房琯爲相兼元帥討賊未幾爲祿山所敗于時寇難方剡或言宜憑福祐帝納之引沙門百餘人行宮結道場朝夕誦唄帝一夕夢沙門身金色誦寶勝如來名以問左右或對曰賀蘭白草谷有新羅僧名無漏者常誦此佛頗有神異帝益訝之有旨追見無漏固辭不赴尋勑節度郭子儀諭旨無漏乃來見于行在帝悅曰真夢中所見僧也既而三藏不空亦見于行宮帝併留之託以祈禳

丁酉 正月安祿山子慶緒使李猪兒弒祿山而自立九月副元帥郭子儀破安慶緒復京師十月帝至自靈武十二月太上皇至自西蜀○未幾於內禁立道場講誦讚唄甚嚴宰相張鎬諫曰天子之福要在養人以一凾宇善風俗未聞區區佛事能致太平願陛下以無爲爲心不以小乘擾聖慮帝不納尋勑五嶽各建寺廟選高行沙門主之聽白衣能誦經五百紙者度爲僧或納錢百緡請牒剃落亦賜明經出身及兩京平又於關輔諸州納錢度僧道萬餘人進

戊戌 納自此而始改乾元復稱年○史思明殺安慶緒復叛

是歲新羅僧無漏示寂于右閤門合掌凌
空而立足去地尺所左右以聞帝驚異降
蹕臨視得遺表乞歸葬舊谷有詔護送舊
居建塔至懷遠縣下院輙舉不動遂以香
泥塑全身留之下院

己亥
是歲遣使詣韶州曹溪迎六祖能大師衣
鉢入內供養詔南陽惠忠禪師赴闕忠越
州諸暨人自受曹溪心印居南陽黨子谷
中凡四十年足不下山門嘗示衆曰禪宗
學者應遵佛語一乘了義契自心源不了
義者互不相許如師子身虫夫爲人師若
涉名利別開異端則自他何益如世大匠
斤斧不傷其手香象所負非驢所堪及是
赴詔初安置千福寺一日帝問如何是十
身調御忠起身而立曰會麼帝曰不會忠
顧左右云與老僧過淨瓶來帝又問如何
是無諍三昧荅曰檀越踏毘盧頂上行帝
曰此意如何忠曰陛下莫認自己清淨法
身帝益不曉於是齋沐別致十問其一曰
見性已後用布施作福否忠對無相而施
合見性二曰日久作何行業合得此道忠
荅無功而修合此道三曰或有病難將何
道理修行抵擬忠對無功而修了業本空
得不動轉四曰臨終時作麼生得清涼自
在無疑忠以努力自信道爲對五曰煩惱
起時將何止息忠以本心湛然煩惱回歸
妙用六曰見性已去用持戒念佛求淨土
否忠對性即是佛性即是淨土七曰捨此
陰了當生何處忠以無舍無生自在生爲
對八曰臨終時有花臺寶座來迎可赴否

忠以不取相爲對九曰作麼生得神通似佛國忠以見性如貧得寶如民得王對十曰只依此本性修定得作佛否忠對定得作佛佛亦無相無得乃爲真得前十對皆廣有其辭今約科目爲對耳帝由是凝心玄旨三月巳丑詔天下州郡各置放生池冬十月昇州刺史顏真卿撰有唐天下放生池碑銘并序曰皇唐七葉我乾元大聖光天文武孝感皇帝陛下以至聖之姿屬艱虞之運無少康一旅之衆當祿山強暴之初乾鞏勞謙勵精爲理推誠而萬邦胥悅克巳而天下歸仁恩信侔於四時英威達于八表功庸格天地孝感通神明故得迴紇奚霫契丹大食循蠻之屬扶服萬里决命而爭先朔方河東平盧河西隴右安西黔中嶺南河南之師虓闞五年摧鋒而効死摧元惡如拉朽舉兩京若拾遺慶緒遁逃巳蒙赤族之戮思明跧伏行就沸鼎之誅拯巳墜之皇綱據再安之宗社迎上皇於西蜀申子道於中京一日三朝大明天子之孝問安侍膳不改家人之禮蒸蒸然翼翼然真帝皇之上儀詰誓所不及巳歷選內禪生人以来振古及隋未有如我皇帝者也而猶傴煦萬類憂勤四生乃以乾元二年歲次巳亥春三月巳丑端命左驍衛右郎將史元琮中使張廷玉奉明詔布德音始于洋州之興道洎山南劒南黔中荊南嶺南浙西諸道迄于昇州之江寧秦淮太平橋臨江帝郭上下五里各置放生池凡八十一所盖所以宣皇明而廣慈

愛也易不云乎信及豚魚書不云乎洎鳥獸魚鱉咸若古之聰明睿智神武而不殺者非陛下而誰昔殷湯克仁猶存一面之網漢武垂惠纔致銜珠之荅雖流水救涸寶勝稱名盖事止於當時尚介祉於終古豈我今日動者植者水居陸居舉天下以為池罄域中而蒙福秉陀羅尼加持之力竭煩惱海生死之津揆之前古曾何髣髴微臣職忝方面生丁盛美受恩寖深無以上報謹緣臯陶溪斯歌虞頌魯之義述天下放生池碑銘一章雖不甲雍容聖明萬分之一亦臣之精懇也碑銘不錄

庚子 改上元

辛丑 尚書左丞王維卒維字摩詰臨終無病遺親故書數幅停筆而化工草隷善畫名盛於開元天寶間豪英貴人虛左以迎之寧薛諸王待以師友畫思入神至山水平遠雲勢石色繪工以為天機所到非由學致也客有以按樂圖示者無題識維曰此霓裳第三疊最初拍也客未然引工按曲乃信與弟縉皆篤志奉佛食不葷血衣不文綵別墅在輞川地奇勝有華子岡欹湖竹里館柳浪茱萸沜辛夷塢與裴迪游其間賦詩相酧為樂喪妻不娶孤居三十年母喪表請以輞川第施為佛祠

壬寅 改寶應四月庚戌楚州龍興寺尼真如恍若有人接之升天見天帝帝授以十三寶謂真如曰中國有災宜以第一寶鎮之甲子楚州刺史崔侁奉表獻于朝其一曰玄黃天符（形如笏長八寸闊二寸黃玉也有文云辟兵後）二曰玉雞

毛文悉備白玉也三曰穀璧徑六寸粟粒自然白玉也四曰西王母環二枚徑七寸白玉也五曰碧色寶圓而有光六曰如意珠形如卵光如月七曰紅靺鞨大如巨栗八曰琅玕珠二枚長一寸二分九曰玉玦如環缺其一四分十曰玉印有文如鹿以印物則鹿形著十一曰皇后採桑鉤長六寸形如箸屈其末色如金又如銀十二曰雷公斧長二寸闊二寸十三曰史失其名帝覽之大悅以置日中則白氣屬天名之曰定國寶帝以獻自楚州即皇太子始封之國又聞中原有災宜以第二寶鎮之遂詔皇太子攝政事大赦天下

五月太上皇崩年七十有八帝自春至夏多不豫及太上皇崩哀慼號慟致疾相距十四日而崩年五十四皇太子即位是爲代宗

佛祖歷代通載卷第十七

音釋

苒而琰切草名 匕呼罵切變也 妥湯果湯回二切 笄古奚切雞簪也 唳力屑切鳥鳴也 鈯徒鶻切鈍也 琯古滿切白丨也 嶄任咸切高皃 泌步必切俠流也 鎬胡道切溫器也 霤似玉切大雨也 昫吁句切溫也 泮普旦切散也匹半切水流 玕古寒切琅丨也

佛祖歷代通載卷第十八

嘉興路大中祥符禪寺住持華亭念常集

唐

癸卯 代宗豫改年廣德（肅宗長子玄皇諸孫百餘人代居長爲嫡孫即位後用元載爲相而黜李泌及誅元載後用楊綰年五十三崩紫宸内殿葬元陵在位十七年）

乙巳 改年永泰○九月鑄金銅佛像於光順門率百僚拜祀之十月吐蕃寇逼京師內出仁王經輦送西明諸寺置百尺高座講之寇平○帝夢六祖惠能大師請衣鉢歸于曹溪翌日遣中使送還是時寇難屢逼帝寖以爲憂宰相王縉曰國家慶祚靈長福報所憑雖多難無足道者祿山思明毒流方熵而皆有子禍僕固懷恩臨敵而踣群戎來寇未及戰輒去非人事也帝由是篤意佛道修祠祀詔天下官司無箠辱僧尼禁中講誦仁王護國經詔命不空三藏重譯舊本帝親爲之序官不空特進鴻臚卿是年詔法師良賁於大明宮之桃園造新仁王經疏成賁以表進呈略曰洗心滌慮扣寂求音發明啓自天宮加被仰憑佛力咸約經論演暢真宗亦猶集群王於荆山約百川於溟海火生於木並兩曜而俱明識轉於如體一相而等照成道者法也載法者經也廣度群有同於大通足菩提心如陛下意帝覽之稱善

丙午 改大曆元年道義禪師是年建金閣寺勑十節使助之以二稅七月始作盂蘭盆會于禁中設高祖太宗已下七聖位備鑾輦建巨旛各以帝號標其上自太廟迎入内道場鐃吹鼓

舞旌幢燭天是日立仗百僚於光順門迎拜藁從自是歲以爲常癸未太廟二宫生靈芝帝賦詩美之百僚皆屬和

丁未○大教東被七百年矣

七月宰相杜鴻漸出撫巴蜀至益州遣使詣白崖山請禪師無住入城問法曰弟子聞今和上説無憶無念莫妄三句法門未審此三句是一是三無住曰無憶名戒無念名定無妄名慧然一心不生則具戒定慧非一非三也曰後句妄字莫非從心否無住曰從汝者是曰有據否無住曰法句經云若起精進心是妄非精進若能心不妄精進無有涯又問師還以三句接人否對曰初心學人還令息念澄停識浪清水影現悟無念體寂滅現前無念亦不立也時庭樹鵶鳴公曰師還聞否曰聞鵶去矣又問師今聞否曰聞公曰鵶去無聲云何言聞無住顧四衆曰正法難聞各宜諦聽聞與不聞非關聞性本來不生今亦不滅有聲之時是聲塵自生無聲之時是聲塵自滅而此聞性不隨聲生不隨聲滅悟此聞性則免聲塵流轉乃至色香味觸亦復如之當知聞無生滅聞無去來公與僚屬喜躍稱善又問弟子頃著起信論疏二卷得名解佛法否曰夫造疏皆用心思量分别但可著成傳益初學據論云知一切法從本以來離言説相離文字相離心緣相畢竟平等無有變異唯是一心故名真如今相公著言説相著名字相著心緣相既著種種相何由體解佛法公稽首曰師今

從理確論合心地法門實不思議然何由得不生不滅契解脫去答曰見境心不起名不生不生即不滅既無生滅即不被前塵所縛當處解脫公曰何謂識心見性答曰一切學道人隨念流浪蓋爲不識真心不見本性真心者念生亦不順生念滅亦不依寂不來不去不定不亂不取不舍不沉不浮無爲無相活鱍鱍平常自在此心體畢竟不可得無可知覺觸目皆如無非見性也鴻漸由是棲心禪悅嘗有詩云長願追禪理安能挹化源晚以疾辭宰相釋位三日而薨臨終沐浴儼朝服加僧伽黎剃鬚髮而逝遺命依沙門法葬

論曰無住說法簡當明妙雅合首楞嚴所謂聞無生滅之旨宜乎聞者悟悅而信解也鴻漸靈武策立功臣家世奉佛其臨終剔髮鬚服僧衣遂與宋朝王文正公旦肖馬雖文正公巨德元勳完名高節卓冠名臣之表非鴻漸所能彷彿然暮年付囑諸子及其友楊文公大年丁寧曲折文公談苑著之甚詳茲可想見知佛之深而見道之明也嗚呼吾宗直指當人見聞覺知一段大事本爾現成柰何人自棄昧往往終身役役爲他閒事長無明者天下碌碌皆是若二公能自回頭存心後世打徹大事夫豈易得也哉

戊申

清涼國師澄觀字大休會稽人姓夏侯氏生於開元戊寅身長九尺四寸垂手過膝口四十齒目光夜發晝乃不瞬天寶七年出家至肅宗二年丁酉受具是年奉詔入

内勑譯華嚴初至德中即以十事自勵曰體不捐沙門之表心不違如来之制坐不背法界之經性不染情碍之境足不履尼寺之塵脇不觸居士之榻目不視非儀之綵舌不味過午之餚手不釋圓明之珠宿不離衣鉢之側從牛頭忠徑山欽問西来宗旨授華嚴圓教於京都詵禪師至是大曆三年代宗詔入内與大辯正三藏譯經爲潤文大德既而辭入五臺大華嚴寺覃思華嚴以五地聖人棲身佛境心體真如猶於後得智起世俗心學世間解繇是博覽六藝圖史九流異學華夏訓詁竺經梵字及四圍五明聖教世典等書靡不該洽至建中四年下筆著疏先求瑞應一夕夢金容當陽山峙光相顒顒因以手捧咽面門既覺而喜以謂獲光明徧照之徵自是落筆無停思乃以信解行證分華嚴爲四科理無不包觀每慨舊疏未盡經旨唯賢首國師頗涉淵源遂宗承之製疏凡歷四年而文成又夢身爲龍矯首南臺尾蟠北臺宛轉凌虚鱗鬣耀日須臾變百千數蜿蜒青冥分散四方而去識者以爲流通之像也初爲衆講之感景雲凝停講堂庭前之空中又爲僧叡等著隨疏演義四十卷隨文手鏡一百卷云

是年帝召國師惠忠入内引太白山人見之帝曰此人頗有見解請師驗之忠曰汝蘊何能山人曰忝識山識地識字善算曰山人所居之山是雄山是雌山山人茫然不能對忠曰識地否曰識忠指殿上地問

曰此是何地答曰容弟子算方知忠曰識字否曰識忠於地上畫一畫曰此甚字山人曰是一字忠曰土上一畫是王字何謂一字耶又問能算否曰能忠曰三七是多少山人曰國師玩弟子三七豈非二十一忠曰郤是山人弄貧道三七是十何謂二十一復問更有何能荅曰弟子縱有亦不敢向國師開口忠曰縱汝有能亦俱未是師郤謂帝曰問山不識山問地不識地問字不識字問算不解算陛下何處得此懵漢來帝謂山人曰朕有國位不足爲寶師乃國寶也山人曰陛下真識寶者矣

是歲詔徑山道欽禪師至闕下帝親加瞻禮一日師在內庭見帝起立帝曰師何以起欽曰檀越何得向四威儀中見貧道帝悦謂忠國師曰朕欲賜欽師一名忠欣然奉詔遂賜號國一禪師後辭歸本山馬祖大師令門人智藏問十二時中以何爲境師曰待汝回去時有信藏曰只今便回師曰傳語郤須問取曹溪又僧問如何是祖師西來意師曰汝問不當曰如何得當師曰待吾滅後郤向汝說至貞元八年示寂賜謚大覺禪師

己酉　牛頭惠忠禪師示寂師得法於威師爲牛頭宗第六祖平生一衲不易器用唯一鐺嘗有供僧穀二廩盜者窺伺虎爲守縣令張遜者入山頂謁問師有何徒弟曰有三五人遜曰可得見否師敲牀三下有三虎哮吼而出遜驚怖而退及移居莊嚴寺將建法堂有古樹群鵲巢其上師謂巢曰此

地建堂汝可速去言訖群鵲遷巢他樹及築基有二神人定其四角潛資夜役不日而成由是學徒雲集師有安心偈曰人法雙淨善惡兩忘直心真實菩提道場至是將終石室前掛鐺樹掛衣藤無故枯死師集衆布薩訖淨髮浴身是夕有瑞雲覆其院空中復有天樂之聲詰旦怡然坐化俄頃風雨暴作震折林木有白虹貫于岩壑

庚戌

云西域大耳三藏至京師自云得他心慧眼帝令入光宅寺請國師惠忠試驗忠問汝得他心通耶對曰不敢忠曰汝道老僧即今在什麼處三藏云和上是一國之師何得往天津橋看弄猢孫又問老僧即今在什麼處三藏曰和上是一國之師何得去西川看競渡忠第三問語亦如前三藏良久罔知去處忠叱曰這野狐精他心通在什麼處三藏無對

論曰四祖下融大師橫說竪說猶未知向上關棙子此黃蘖運公語也以黃蘖大機大用逸格手段作如是說則其然矣異時學人相似語言以爲禪之者凡貶剥諸方往往猶不止於此嗚呼世謂學不躐等矧吾宗單傳心印用以了生死者其可以躐等乎觀牛頭諸祖道盛一時於死生之際感驗昭著有生而百鳥啣花虎狼給侍者有滅而鳥獸哀鳴逾月乃止者有異香經旬而歇者有山林變白溪澗絶流者有空中神播從西而来遶山數匝者有所居舊院林木變白七日而復者及是忠禪師所感皆不思議事出於造化之表自非神德

妙行蔽天地而不耻關百聖而不慚者曷以臻此邪如大耳三藏分證小果得五神通及見國師初二度國師以有所緣心則灼見其處及第三度國師入甚深祕密大寐定門大耳於是茫然不知然則證果有階級大道有淺深端不誣矣或謂巫咸相壺子椹擬國師者自性圓通與夫區區術數爲可同年而語哉

是年大廣智三藏不空示疾誡門人曰普賢行願出無邊法門汝等勤而行之宜觀菩提心本尊大印直詮阿字了法無生證大覺身又命弟子趙遷執筆授所撰涅槃軌範以貽後世使準此送終以表辭帝詔遣內使賜湯藥勞問就加開府儀同三司肅國公食邑三千戶辭讓數四不允不空歎曰吾以法濟世不意垂死濫汙封爵乃以先師金剛智所付法物因中使李憲誠進之遂沐浴更衣吉祥安卧而寐闍維頂骨不壞中含舍利光彩奪目御使嚴郢撰紀德碑太常徐浩書之于石其辭曰

和上諱不空西域人也氏族不聞於中夏故不書玄宗燭知至道特見高仰迄肅宗代宗三朝皆爲灌頂國師以玄言德祥開佑至尊代宗初以特進大鴻臚褒表之及示疾不起又就卧內加開府儀同三司肅國公皆牢讓不允特賜法號曰大廣智三藏大曆五年夏六月癸未滅度于京師大興善寺代宗爲之廢朝三日贈司空追謚大辯正廣智三藏和上荼毗日詔遣中謁者齎祝文祀祭中如在之敬睿詞深切加

薦令芳禮冠群倫舉無與比明年九月詔以舍利起塔于舊居寺院和上性聰朗博覩前佛法藏要旨緇門獨立邈蕩蕩其無雙稽夫真言字儀之憲度灌頂升壇之軌迹即時成佛之速應聲儲祉之妙天嚴且彌地普而深固非末學所能詳也敢不槩見序其大歸昔金剛薩埵親於毘盧遮那佛前受瑜伽最上乘義後數百年傳於龍猛菩薩龍猛又數百年傳於龍智阿闍黎龍智傳金剛智阿闍黎金剛智東來傳於和上和上又西遊天竺師子等國詣龍智阿闍黎揚搉十八會法法化相承自毘盧遮那如來至於和上凡六葉矣每齋戒留中道迎善氣登禮皆荅福應較然溫樹不言莫可紀已西域隘巷狂象奔突以慈眼視之不旋踵而象伏不起南海半渡天吳皷駭以定力對之未移晷而海靜無浪其生也母氏有毫光照燭之瑞其沒也精舍有池水竭涸之異凡僧夏五十享年七十自成童至于晚暮常飾供具坐道場浴蘭焚香入佛知見五十餘年晨夜寒暑未嘗有傾欹懈倦之色過人絕遠乃如是者後學陞堂誦說有師法者非一而沙門惠朗受補處之記得傳燈之旨繼明佛日紹六爲七至矣哉於戲法子永懷梁木將絕本行託予勒崇昔承徵言今見几杖光儀耿漢壇宇清愴綦書昭銘小子何讓銘曰嗚呼大士起我三宗道爲帝師秩爲儀同昔在廣成軒后順風歲逾三千復有肅公瑜伽上乘真語密契六葉授受傳燈相繼述

者牒之爛然有第陸伏狂象水息天吳慈心制暴慧力降愚寐然感通其可測乎兩楹夢奠雙樹變色司空寵終辨正旌德天使祖祭哀裒悽惻詔起寶塔舊庭之隅下藏舍利二飾浮圖跡殊生滅法離有無刊石爲碣傳之大都

辛亥

越州律師曇一卒補闕梁肅製其碑曰釋氏先律師諱曇一字覺胤報年八十僧夏六十一以大曆六年十二月七日滅度于越州開元寺遷座起塔于秦望山之陽製緣會葬者以千百數大師南陽張氏曾祖隋太常恒始家會稽之山陰大師延鍾粹氣聰悟夙發幼學五經因探禹穴至雲門寺遂依沙門諒公出家景龍中剃度尋受具戒天縱辯慧益以軌儀翕然已爲人望矣開元初西遊長安觀音亮律師見而奇之授以毘尼之學又依崇聖寺壇子法師學俱舍唯識從印度大沙門無畏受菩薩戒探道覩奧出類拔萃期月之間名動京師大師崖岸峻峙機神坦邁體識詳雅應用虛明得三藏之隱賾究諸宗之源底加以素解玄儒旁總曆緯長老聞風而悅服公卿下榻以賓禮由是與少保兗國公陸公象先賀賓客知章李北海邕徐中書安貞褚諫議庭誨爲儒釋之遊莫逆之友其道世皆先之以文行弘之以戒定入蘭室而馨香自發臨水鏡而毫髮必鑑不知其所由然矣開元二十六年復歸會稽謂人曰三世佛法戒爲根本本之不修道遠乎哉故設教以尸羅爲主取鄞郡律疏合終

南事鈔括其同異詳發正義學徒賴焉大凡北際河朔南越荆閩四分之宗自我而盛烈炬之破昏黒群流之赴澗澤適来之時行化也如彼有爲而生乘化而息草木潛潤慈雲無心適去之時履順也如此人世遷轉道存運往瞻望不見寂寥空山哀哉銘曰越水湯湯祟山囬合大師化滅式建靈塔緬慕上士誕修淨法有威有儀不窪不雜德溥化洽雲從海納勒銘垂後千萬億刼

是歲淮南節度使揚州牧御史大夫張延賞狀舒州三祖行實請諡于朝夏四月天子賜諡曰鑑智禪師刺史獨孤及製賜諡碑曰按前志禪師號僧粲不知何許人出見于周隋間傳教於惠可大師摳衣鄴中得道於司空山謂身相非真故示有瘡疾謂法無我故居不擇地以衆生病爲病故所至必説法度人以一相不在内外中間故必言不以文字其教大略以寂照妙用攝群品流注生滅觀四維上下不見法不見身不見心乃至心離名字身等空界法同夢幻無得無證然後謂之觧脱禪師率是道也上膺付囑下拯昏疑大雲垂廕國土皆化謂南方教所未至我是以有羅浮之行其来不来也其去無去也既而以袈裟與法俱付悟者道存影謝遺骨此山今二百歲矣皇帝即位後五年歲次庚戌某剖符是州登禪師遺居周覧塵跡明徵故事其荼毘起塔之制實天寶景戌中別駕前河南尹趙郡李公常經始之碑版之文

隋內史侍郎河東薛公道衡唐相國河南房公琯繼論撰之而尊道之典易名之禮則朝廷方以多故而未遑也長老比丘釋湛然誦經於靈塔之下與澗松俱老痛先師名氏未經邦國焉與禪衆寺大律師澄俊同寅叶恭亟以爲請會是歲嵩山大比丘釋惠融至自廣陵勝業寺大比丘釋開悟至自廬江俱纂我禪師後七葉之遺訓日相與歎塔之不命號之不崇懼象法之根本墜于地也須申無邊衆生之弘誓以紓罔極揚州牧御史大夫張公延賞以狀聞於是六年夏四月上霈然降興廢繼絕之詔冊謚禪師曰鑑智塔曰覺寂以大德僧七人掃洒供養天書錫命輝煥崖谷衆庶踴躍謂大乘中興是以大比丘衆議立石于塔東南隅紀心法興廢之所以然其以謂初中國之有佛教自漢孝明始也歷魏晉宋齊及梁武言第一義諦者不過布施持戒天下感於報應而人未知禪世與道交相喪至菩提達磨大師始示人以諸佛心要人疑而未思慧可大師傳而持之人思而未修迨禪師三葉其風寖廣真如法味日漸月漬萬木之根莖枝葉悉沐我雨然後空王之密藏二祖之微言始行於世間浹於人心當時聞道於禪師者其淺者知有爲無非妄想深者見佛性於言下如燈照物朝爲凡夫夕爲聖賢雙峯大師道信其人也其後信公以傳弘忍忍傳惠能神秀秀公傳普寂寂公之門徒萬人陞堂者六十有三得自在慧者一曰弘正正

公之廊廡龍象又倍焉或化嵩洛或之荆吳自是心教之被於世也與六籍侔盛於戲𫎇禪師吾其二乘矣後代何迷焉庸詎知禪師之下生不爲諸佛故現比丘身以救濁刦乎亦猶堯舜既往周公制禮仲尼述之游夏弘之使高堂后蒼徐孟戴慶之徒可得而祖焉夫以聖賢所振爲木鐸其揆一也諸公以爲司馬子長立夫子世家謝臨川撰惠遠法師碑銘今將令千載之後知先師之全身禪門之權輿王命之追崇在此山也則揚其風紀其時宜在法流其甞味禪師之道也久故不讓其銘曰人之靜性與生偕植智誘於外染爲妄識如浪斯皷與風動息滛駭貪怒爲刃爲賊生死有涯緣起無極如來憫之爲闢度門即妄了真以證覺源啓迪心印貽我後昆間生禪師俾以教尊二十八世迭付𫎇言如如禪師應期弘宣世溷法滅獨與道全童𫎇來求我以意傳攝相歸性法身乃圓性身本空我爲說焉如如禪師道既棄世將二十紀朝經乃届皇明昭賁億兆摸拜凡今後學入佛境界於取非取誰縛誰解萬有千歲此法無壞

魯郡公顔真卿撰撫州寶應寺律藏院戒（壬子）壇記曰如來以身口意業難調伏也淨尸羅以息其内行住坐卧四威儀攝善心也明布薩以昭其外故曰波羅提木叉是汝之師則憍陳如之善來迦葉波之尚法諸聲聞三歸約衆十四年以八敬度尼羯磨相承其致一也漢靈帝建寧元年有北天

竺五葉門支法領等始於長安譯出四分戒本兼羯磨與大僧受戒至曹魏有天竺十尼自遠而來爲尼受具後秦姚興弘始十一年有梵僧佛陀耶舍譯出四分律本而關中先行僧祇江南盛行十誦至元魏法聰律師始闡四分之宗聰傳道覆覆傳惠光光傳雲暉頥頥傳隱樂洪雲雲傳遵遵傳智首首傳道宣宣傳法勵滿意意傳法成成傳大亮道省亮傳雲一道岸超惠澄澄傳惠欽皆口相授受臻於壺奥欽俗姓徐洪州建昌人也蓋漢孺子之後年二十二尋師於臨川楮山後五歳削髮隷于高安龍崗寺遂受戒有唐義淨則譯經上足曰洪州之靈傑其秉宣羯磨者曰兩京滌法銳欽智度冲深神用高奕行無權實身絶開遮闡律藏而日月光明騁辯才而龍象蹴踏江嶺之外凜然風生開元末北游京師充福先大德常誦涅槃經而講之兼明俱舍論維摩金剛經又登講座其下日有二三千人由是名動輦轂屬禄山作亂杖錫南歸居于西山洪井雙嶺之間慕高僧覩顯之遺蹤於寺北剏置蘭若山泉之美頗極幽絶欽雖堅持律儀而志在弘濟好讀周易左傳下筆成章著律儀輔演十卷嘗撰本州龍興寺戒壇碑頗見稱於作者三年真卿添刺撫州東南四里有宋侍中臨川内史謝靈運翻涅槃經古臺基局儼然軒陛摧圮高行頭陀僧智清者首事修葺安居住持明年秋七月真卿續秩將滿有觀察使尚書御史大夫趙國魏公

頤以我皇帝降誕之辰奏爲實應寺仍請山林高行僧三七人冬十月二十三日聖恩允許於是㫋新輪奂其興也勃焉乃請止觀大師法源法泉襄陽乘覺清凉善弘羅浮圓覺佛跡本喻餘杭惠達泊常州海通海岸等同住熏修以資景福僉以爲學徒雖增毘尼未立明年三月乃請欽登壇而董木鐸焉仍俾龍崗道幹天台法裔招提智融白馬法胤衡嶽智覺同德義盈香城藏選龍興藏智開元明徹等同秉法事於是遠近駿奔道場側塞聖像放光而龍王不雨者四旬僧尼等三百五十七人而文士正議大夫前衛尉少卿張廷皐脫俗歸真其法名曰壞網爲稱首焉又欽此年已來爲受具者凡一萬餘人江嶺湖海之間幅員千里像法於變皆欽化道之力焉臨川在嶺隅未嘗弘律於是二衆三百餘人請法裔敷演而依止之後有上都資聖寺高德曰還本律主偉兹能辯深嗟嘆而讃美之謂於寺東南置普通無礙禪院內立鎮國觀音道場請善弘居之以開悟心要雲一上足曰智融精持本事如會尊衆乃命智晃等於普通道場東置律藏院剏立戒壇以行欽公之來儀且施肇紀之不朽經營未幾壇殿欝興肅乎渡海浮嚢分毫絶羅刹之請嚴身瓔珞燋耀有摩尼之光則入佛位而披伽棃者名香普熏神足無極半月可勝紀而無絶乎有唐大曆辛亥歲行撫州刺史魯郡開國公顔真卿書而志之

甲寅九年道士史華以術得幸因請立刃梯與沙門角法有旨兩街選僧剋日校勝負沙門崇惠者不知何許人常誦首楞嚴呪表請挫之帝率百僚臨觀史華履刃梯而上命惠登之惠躡刃而昇往復無傷惠承勝命聚薪于庭舉烈焰惠入火聚呼史華令入華慚汗不敢正視帝大悅而罷賜崇惠號護國三藏後不知終沙門圓澤者寓東都惠林寺與隱士李源厚善惠林即源舊第也父憕守東都爲禄山所害源以故不仕常居寺中與澤談謔終日偶相率游峩嵋山源欲自荆州泝峽以往澤欲由長安斜谷源以爲久絶人事不欲復入京師澤不能強遂自荆州舟次南浦見婦人錦襠負甖而汲者澤望而泣曰所不欲由此者爲是源驚問故澤曰婦人孕三稔矣遲吾爲之子不逢則已今既見之無可逃者公當以符呪助我令速生三日浴兒願公臨顧以一笑爲信後十三年於杭州天竺寺外當與公相見源悲哀具浴至暮而澤亡婦乳三日源往視之兒見源果軒渠而笑即具以語其家葬訖源返寺中後如期自洛之吳赴其約至期於葛洪井畔聞有牧童扣牛角而歌曰三生石上舊精魂賞月吟風莫要論慚愧情人遠相訪此身雖異性常存源曰澤公健否荅曰李君真信七然世縁未盡且勿相近惟勤修不惰乃復相見又歌曰身前身後事茫茫欲話因縁恐斷腸吳越江山尋已徧却回烟棹上瞿塘遂隱不見源復歸惠林至長慶初年八

十矣御史中丞李德裕表薦曰源天與至孝絶心禄仕五十餘年常守沉默理契深要一辭開析百慮洸然抱此真節棄於清世臣竊爲陛下惜之穆宗下詔以源守諫議大夫不赴尋以壽終

乙卯國師惠忠將終耽源問百年後有人問極則事作麼生忠曰幸自可憐生須要護身符子作麼乃入辭代宗代宗曰師滅度後弟子將何所記忠曰告檀越造取一所無縫塔帝曰請師塔樣忠良久曰會麼帝曰不會忠曰貧道去後有侍者應真卻知此事以十二月九日右脇而寂門弟子奉全身於黨子谷建塔賜謚大證禪師帝尋名應真入内舉前語問之真良久曰聖上會麼帝曰不會真述偈曰湘之南潭之北中有黄金充一國無影樹下合同舡瑠璃殿上無知識代宗嘗在便殿指天下觀軍容使魚朝恩謂忠曰朝恩亦解些子佛法朝恩即問忠曰何者是無明無明從何而起忠曰佛法衰相今現帝曰何也忠曰奴也解問佛法豈非衰相今現朝恩色大怒忠曰即此是無明無明從此起朝恩復抗聲曰有人言師今是佛得否忠曰朝廷有人言汝是天子果否朝恩伏地曰死罪死罪朝恩實非天子忠曰我不是佛所以二尊不並化朝恩曰師長作凡天無成佛時耶忠曰我向後必當作佛汝姓什麼朝恩曰姓魚忠曰我向後作佛不名惠忠汝向後若作天子改卻姓莫不姓魚否朝恩伏地曰死罪死罪朝恩此去實不敢向師論佛

法忠謂帝曰幾怕殺此奴

丁巳

十二年宰相元載王縉有罪載伏誅籍其家鍾乳五百兩胡椒八百斛他物稱是縉貶括州刺史縉素奉佛不茹葷晚節尤謹妻死以第爲佛祠初帝未知重佛每從容問縉所以然縉必開陳福業報應帝意向之由是宫中祀佛梵唄齋熏無少懈群臣承風旨言死生報應故人事置而不修議者以縉與杜鴻漸泥佛太過云

戊午

○米斗三文○猫鼠同乳

己未

三月上崩太子即位

十四年天柱山崇惠禪師示寂師彭州人得法於牛頭威禪師後居天柱寺僧問達磨未來此土還有佛法也無師曰未來時且置即今事作麼生曰某甲不會師曰萬古長空一朝風月良久又曰闍黎會麼自己分上作麼生干他達磨來與未來作麼他家來大似賣卜漢相似見汝不會爲汝錐破卦文才生吉凶在汝分上一切自看僧問如何是觧卜底人曰汝才出門時便不中也問宗門中請師舉唱荅曰石牛長吼真空外木馬嘶時月隱山問如何是西來意曰白猿抱子歸青嶂蜂蝶啣花緑蘂間及是遷化肉身不壞數百年猶在

庚申

德宗适改年建中代宗長子詔天下勿上祥瑞放馴象出宫女用盧杞爲相致朱泚之亂幸奉天壽六十四崩葬崇陵在位二十五年○立誦爲皇太子○始定秋夏二税

沙門惠超於五臺乾明寺録出大廣智三藏不空所譯大乘瑜伽金剛性海曼殊室利千臂千鉢大教王經其序文曰大唐開

元二十一年歲次癸酉正月一日於薦福寺道場内金剛三藏與僧惠超授大乘瑜伽金剛五頂五智尊千臂千手千鉢千佛釋迦曼殊室利菩薩祕密菩提三摩地法遂於其後受是法已不空三藏奉事經于八載至開元二十八載歲次庚辰四月十五聞奏開元聖上皇於薦福御道場内至五月五日奉詔譯經卯時焚燒香火起首飜譯三藏演梵本惠超筆授大乘瑜伽千臂千鉢曼殊室利經法教十二月十五日纔訖天寶元年二月十九日三藏將此梵本及五天竺阿闍黎書並付與梵僧目叉難陀婆伽令送此經梵本并書將與五印土南天竺國師子國本師寶覺阿闍黎經今不回後於大曆九年十月再至大興善

寺大師大廣智三藏和上邊復伸咨決大教瑜伽心地祕密法門復將千鉢曼殊經本至建中元年四月十五日到五臺山乾元菩提寺遂將舊飜唐言梵音經本於寺校證至五月五日惠超重與抄寫出一切如來大教王經瑜伽祕密金剛三摩地三密聖教法門述經祕義諸佛出世應物隨意志求者智鏡玄通念之者無憂不入根緣感赴必籍此經登菩提山除去邪執契傳三密得究瑜伽要祕法門窮理微妙身口意業用智修持戒定慧學顯現通達證如来地以信爲首乘般若舟速超彼岸今述曼殊之德靈迹殑伽聖覺無方神力潛運以多塵刼悲頠不住菩提一主無二尊現爲菩薩自兹金色世界来其忍土清凉

之山道導引羣品而即現燈現雲及萬菩薩信生竒特現光現相人皆發明正智爲利益三世蒼生有趣悉證菩提也

○壬戌括富商錢出萬緡者官借其餘以供軍

○癸亥稅間架

佛祖歷代通載卷第十八

音釋

煽（尸戰切熾也）适（古活切疾也）鱍（布活切尾長身）

佛祖歷代通載卷第十九

嘉興路大中祥符禪寺住持華亭念常集

唐

（甲子）改興元〇是年壽州毛罕妻生子毛債豬頭象耳騾足魚腮人身鐵杖自鞭金田掃地償盜常住錢債也南嶽明瓚禪師者不知何許人也初宰相李泌乾元中辭入衡嶽瓚隱居上封泌往謁之瓚誦經其聲先悲悽而後悅豫泌隱知音因謂曰將非避隱者有雲霄意乎瓚唾之曰莫相賊莫相賊泌色不爲動瓚久之見泌立候不懈乃曰飯未泌曰未也瓚撥火出芋食與語久之辭去瓚撫其背曰好做十年宰相至是泌感事爲帝言其高行有詔徵之使者至石窟宣麻命曰尊者起謝恩瓚寒涕垂頤凝坐畧不以介意使者難其淳正不之迫回奏其事帝咨羡之數四不已瓚著歌一篇其辭曰兀然無事無改換無事何須論一段真心無散亂他事不須斷過去已過去未來猶莫算兀然無事坐何曾有人喚向外覔功夫總是癡頑漢糧不蓄一粒逢飯但知噇世間多事人相趂渾不及我不樂生天亦不愛福田饑來喫飯困來即眠愚人笑我智乃知焉不是癡鈍本體如然要去即去要住即住身披一破衲脚著娘生袴多言復多語由來轉相悞若欲度衆生無過且自度莫謗天真佛真佛不可見妙性及靈臺何曾受熏鍊心是無事心面是娘生面劫石可移動箇中無改變無事本無事何須讀文字削除人我本冥合箇

中意種種勞筋骨不如林下睡兀兀舉頭見日高乞飯從頭排將功用功展轉昏蒙取即不得不取自通吾有一言絕慮忘緣巧說不得只用心傳更有一語無過真與細如毫末大無方所本自圓成不勞機杼世事悠悠不如山丘青松蔽日碧澗長流山雲當幙夜月爲鉤卧藤蘿下塊石枕頭不奉天子豈羨王侯生死無慮更復何憂水月無形我常只寧萬法皆爾本自無生兀然無事坐春來草自青

荊溪湛然禪師臨終告其徒曰大道無方無體生歟死歟其旨一貫吾歸骨此山報盡今夕聊與汝等談道而決夫一念無相謂之空無法不備謂之假不一不異謂之中在凡為三因在聖為三德爇炷則初後同相涉海則淺深異流自利利人在斯而已爾其志之言訖而化翰林梁肅題其碑陰曰聖人不興必有命世者出焉自智者以法付灌頂頂再世而至左溪朗道若昧待公而發乘此寶乘煥然中興其受業身通者三十有九人而縉紳先生高位崇名屈體受教者數十師嚴道尊遐邇歸仁自非命世亞聖曷以臻此改貞元乙丑

二年丙寅翰林梁肅修天台止觀論成著止觀統例曰夫止觀何爲也導萬化之理而復於實際者也實際者何也性之本也物之所以不能復者昏與動使之然也照昏者謂之明駐動者謂之靜明與靜止觀之體也在因謂之止觀在果謂之智定因謂之行果謂之成行者行此者也成者證此者

也原夫聖人有以見感足以喪志動足以失方於是乎止而觀之靜而明之使其動而能靜靜而能明因相待以成法即絕待以照本御大車以禦正乘大事而總權消息乎不二之場皷舞於說三之域至微以盡性至賾而體神語其近則一毫之善可通也語其遠則重玄之門可闞也用至圓以圓之物無偏也用至實以實之物無妄也聖人舉其言所以示也廣其目所以告也優而柔之使自求之擬而議之使自至之此止觀所由作也夫三諦者何也一之謂也空假中者何也一之目也空假也者相對之義中道也者得一之名此思議之說非至一之旨也至一即三至三即一非相含而然也非相生而然也非數義也非強名也自然之理也言而傳之者迹也理謂之本迹謂之末本也者聖人所至之地也末也者聖人所示之教也由本以垂迹則爲小爲大爲通爲別爲頓爲漸爲顯爲秘爲權爲實爲定爲不定循迹以返本則爲一爲大爲圓爲實爲無住爲中爲妙爲第一義是一三之蘊也所謂空也者通萬法而爲言者也假也者立萬法而爲言者也中也者妙萬法而爲言者也破一切惑莫盛乎空建一切法莫盛乎假究竟一切性莫大乎中舉中則無法非中自假則何法非假舉空則無法不空成之謂之三德修之謂之三觀舉其要則聖人極深研幾窮理盡性之說乎昧者使明塞者使通通則悟悟則至至則常常則盡矣明則照照

則化化則成成則一失聖人有以彌綸萬法而不差旁礴萬刼而不違燾載恒沙而不有復歸無物而不無寓名之曰佛強號之曰覺究其旨解脫自在莫大極妙之德乎夫三觀成功者如此所謂圓頓者非漸次非不定指論十章之義也十章者恢演始末通道之關也五畧者舉其弘綱截流之津也十境者發動之機立觀之諦也十乘者妙用所修發行之門也始於正觀而終於見境者義備故也闕其餘者非修之要也乘者何也載物運者也十者何也成載之事也知其境之妙不行而至者德之上也乘一而已豈藉夫九哉九者非他相生之說未至者之所踐也故發心者發無所發安心者安無所安徧破者徧無所破爰至餘乘皆不得已而說也至於別其義例判為章曰推而廣之不為繁統而簡之不為少如連環不可解也如貫珠不可雜也如懸鏡不可揜也如通川不可遏也議家多門非諍論也按經正義非虗說也辯四教淺深事有源也成一事因緣理無遺也噫止觀其救世明道之書乎非夫聖智超絕卓爾獨立其孰能為乎非夫聰明深達得意思象其孰能知乎今之人乃專用章句文字從而釋之又何踈漏耶或稱不思議境與不思議事皆極聖之域等覺至人猶所未盡若凡夫生滅心行三惑浩然於言說之中推上妙之理是猶醯鷄而說大鵬夏虫之議層氷其不可見明矣今止觀之說文字萬數廣尋果地無益初學豈

如暗然自修功至自至何必以早計爲事乎是大不然凡所謂上聖之域豈隅閼邃敻與凡境杳絶與是惟一性而已得之謂悟失之謂迷一理而已迷而爲凡悟而爲聖迷者自隅理不隅也失者自失性不失也止觀之作所以離異同而究聖神使群生正性而順理者也正性順理所以行覺路而至妙境也不知此教者則學何所入功何所施智何所發譬如無目眛于日月之光行於重險之處顛踣墮落可勝巳乎噫去聖夂遠賢人不出庸昬之徒含識而巳致使魔邪詭惑諸黨並熾空有云云爲坑爲穽有膠於文句不敢動者有流於漭浪不能住者有太遠而甘心不至者有太近而我身即是者有枯木而稱定者有竅號而稱慧者有奔走非道而言權者有假於鬼神而言通者有放心而言廣者有罕言而爲密者有齒舌潛傳而爲口訣者凡此之類自立爲祖繼祖爲家反經非聖眛者不覺仲尼有言道之不明也我知之矣由物累也悲夫隋開皇十八年智者去世至皇朝建中垂二百載以斯文相傳凡五家師其始曰灌頂其次曰縉雲威又其次曰東陽小威又其次曰左溪朗公其五曰荆溪然公須於同門中慧觧第一能奉師訓集成此書盖不以文辭爲本故也或失則繁或得則野當二威之際緘授而巳其道不行天寶中左溪始弘觧説而知者盖寡荆溪廣以傳記數十萬言綱羅遺法勤矣備矣荆溪滅後知其説者適三四人古

人云生而知之者上也學而知之者次也困而不學又其次也夫生而知之者蓋性德者也學而知之者天機深者也若其嗜欲深耳目塞雖學而不知斯為下矣今夫學者内病於蔽外役於煩沒世不能通其文數年不能得其益是則業文為之屨校梏足也棼句為之籛糠眯目也以不能之師教不領之弟子止觀所以未光大於時也予常戚戚於是整其宏綱撮其機要其理之所存教之所急或易置之或引伸之其義之迂其辭之鄙或薙除之或潤色之大凡浮疎之患十愈其九廣略之宜三存其一於是袪鄙滯導懞懂貽諸他人則吾豈敢若同見同行且不以止觀罪我亦無隱乎爾建中上元甲子首事筆削三年歲在析木之津功畢云爾

戊辰

般若三藏新譯大乘理趣六波羅蜜經成代宗皇帝親製叙文曰大朴既散有為遂作名利牽乎德巧智喪乎真愛惡攻乎性情因緣堅其染習内則百慮無節外則六根競誘天理滅而莫知道源迷而忘返淪溺苦海刧盡還初惟至人了萬物之宗越三界之表廓獨立而不改徧諸有而常然故能開導群迷濟拔流品六波羅蜜經者衆法之津梁度門之閫極也昔日月燈明如來為菩薩說歷刧曠遠真偈寂寥文殊師利於耆闍會中與彌勒菩薩語及其事成一切種智會無量義因唯佛能知唯佛能說教必有主其在茲乎是以釋迦如來為法而生俟時而現三身不異故處代而

常離萬行無修故隨方而自在運慈悲之力開攝護之門因其六塵示之六度導於法分全證法身結習紛綸秉理而悟是真般若之旨也故有慈氏善問大音讚言天垂寶花雲集仙蓋甘露流液光明燭幽使迷方淺深皆得自然之慧恒沙億衆能通般若之知嘗試論之先儒有言誠者自成而道自導也夫誠已於內則不勉而中不思而得誠物於外則不言而應不爲而成其內者證法之身其外者大悲之力德産之致容化育之功也夫春風吹發萬類咸滋旭日升晝群陰盡釋乾坤易簡之道是則大同神明幽賛之情孰云區別殊途一致其理固然朕虔奉丕圖保乂烝庶思建皇極以升大猷遐想靈蹤期於叶契舍城妙說久祕梵文徒懷瀉瓶未啓遺夾微言不昧將或起予於是罽賓沙門般若受旨宣揚光宅沙門利言爲之飜譯時大德則資聖寺道液醴泉寺超悟慈恩寺應真莊嚴寺圓照光宅寺道岸等法門領袖人中龍象證明正義輝潤玄文知釋迦之寶城識衆尊之滿字以貞元四年歲次戊辰十二月二十八日於西明寺譯成上進凡一部十卷神龍翊衛如從金口之傳梵衆護持無異毫光之現朕齋心滌慮仰味宗源聞所未聞寔爲希有聊因暇日三復斯經雖法海甚深波流不讓舉其梗槩昭悟將來

二月江西馬祖大師道一示寂師漢州什邡人姓馬氏容貌豐偉牛行虎視引舌過準足有二輪文遇懷讓禪師密契心法始

自建陽遷臨川次南康所至聚徒説法刱建禪林大曆中始居豫章開元寺嘗示衆曰汝等諸人各信自心是佛此心即佛達磨大師自南天竺國来此中華傳上乘一心之法令汝等開悟又引楞伽經文以印衆生心地恐汝顛倒不自信此一心之法各各有之故楞伽經云佛語心為宗無門為法門又云夫求法者應無所求心外無別佛佛外無別心不取善不取惡淨穢兩邊都不依怙達罪性空念念不可得無自性故故云三界唯心森羅及萬像一法之所印凡所見色即是見心心不自心因色故有但隨時言説即事即理都無所礙菩提道果亦復如是於心所生即名為色知色空故生即無生若了此意乃可隨時著衣喫飯長養聖胎任運過時復有何事汝受吾教聽吾偈曰心地隨時説菩提亦只寧事理俱無礙當生即不生師於開元示寂先是師嘗經由豫章泐潭之石門愛其山水奇勝洞壑平坦顧謂其從曰吾朽質之日歸骨于此至是門弟子奉靈骨舍利建道場于石門相國權德輿為之碑宣宗賜謚大寂禪師得法弟子凡百三十有九人各為一方宗主轉化無窮禪宗至此大盛于世

大珠慧海禪師者建州人初叅馬祖祖問從何處来曰越州大雲寺来祖曰来此擬須何事曰来求佛法祖曰自家寶藏不顧拋家散走作什麼我這裏一物也無求什麽佛法師遂禮拜問那箇是慧海自家寶

藏祖曰即今問我者是汝寶藏一切具足更無欠少使用自在何假向外求覔師於言下自識本心不由知覺禮謝畢服勞久之後以受業師年老歸奉養乃晦迹藏用外現癡訥撰頓悟入道要門一卷為好事竊出及馬祖見之即告衆曰越州有大珠圓明光透自在無遮障處也衆中有知師本姓朱者遂共尋訪師由是道望顯著說法波翻海湧浩然無礙有頓悟門及廣語行于世

庚午迎佛骨

六年石頭希遷禪師示寂師得法於清原天寶中居衡山南寺寺東有石其狀如臺乃結庵其上時號石頭和尚南嶽鬼神多見身聽法師皆與之授戒大曆中江西主大寂湖南主石頭徃来憧憧並湊二大士之門嘗示衆曰吾之法門先佛傳授不論禪定精進唯達佛之知見即心即佛心佛衆生菩提煩惱名異體一汝等當知自已心靈體離斷常性非垢淨湛然圓滿凡聖齊同應用無方離心意識三界六道唯自心現水月鏡像豈有生滅汝等知之無所不備師初閱肇論云會萬物為已者其唯聖人乎遂豁然曰聖人無已靡所不已因著叅同契其辭曰竺土大仙心東西密相付人根有利鈍道無南北祖靈源明皎潔枝派暗流注執事元是迷契理亦非悟門門一切境回互不回互回而更相涉不爾依位住色本殊質像聲元無樂苦暗合上中言明明清濁句四大性自復如子得其

母火熱風動揺水濕地堅固眼色耳音聲鼻香舌醎醋然依一一法依根葉分布本末須歸宗尊卑用其語當明中有暗勿以暗相遇當暗中有明勿以明相覩明暗各相對比如前後步萬物自有功當言用及處事存函蓋合理應箭鋒拄承言須會宗勿自立規矩觸目不會道運足焉知路進步非遠近迷隔山河固謹白參玄人光陰莫虛度

癸酉 ○張滂請税茶得錢四十萬緡茶税之始也

丙子 十二年宣河東節度使禮部尚書李詵備禮迎法師澄觀入京觀至有旨命同罽賓三藏般若翻譯烏茶國所進華嚴後分梵夾帝親預譯場一日不至即差僧寂光依僧欲云皇帝國事因緣如法僧事與欲清淨觀承睿旨翻宣既就進之帝命開示華嚴宗旨群臣大集觀陞高座曰我皇御宇德合乾坤光宅萬方重譯來貢東風入律西天輸越海之誠南印御書北闕獻朝宗之敬特回明詔再譯真詮光闡大猷增輝新理澄觀顧多天幸欽屬盛明奉詔譯場承旨幽贊抃躍兢惕三復竭愚露滴天池喜含百川之味塵培華岳無增萬仞之高極虛空之可度體無邊涯大也竭滄溟而可飲法門無盡方也碎塵剎而可數用無能測廣也離覺所覺朗萬法之幽邃佛也芬敷萬行榮耀衆德華也圓茲行德飾彼十身嚴也貫攝玄微以成真光之彩經也總斯七字為一部之宏綱將契本性非行

莫階故說普賢無邊勝行行起解絕智證圓明無礙融通現前受用帝大悅賜觀紫方袍號教授和尚其後相國齊抗鄭餘慶高郢請撰華嚴綱要三卷相國李吉甫侍郎歸登駙馬杜琮請述正要一卷又為南康王韋臯相國武元衡著法界觀玄鏡一卷僕射高崇文請著鏡燈說文一卷司徒嚴綬司空鄭元刺史陸長源請撰三聖圓融觀一卷節度使薛華觀察使孟簡中書錢徽拾遺白居易給事杜羔等請製七處九會華藏界圖心鏡說文十卷又與僧錄靈邃大師十八首座十寺三學上流製華嚴圓覺四分中觀等經律論關脉三十餘部皆古錦絕金隨器任用云

己卯十五年清涼受鎮國太師號進加天下大僧錄四月帝誕節敕有司備儀輦迎教授和上澄觀入內殿闡揚華嚴宗旨觀陞高座曰大哉真界萬法資始包空有而絕相入言象而無迹妙有得之而不有真空得之而不空生滅得之而真常緣起得之而交映我佛得之妙踐真覺廓淨塵習寂寥於萬化之域動用於一虛之中融身剎以相含流聲光而遐燭我皇得之靈鑒虛極保合太和聖文掩於百王淳風扇於萬國敷玄化以覺夢垂天真以性情是知不有太虛曷展無涯之照不有真界豈淨等空之心華嚴教者即窮斯旨趣盡其源流故恢廓宏遠包納沖邃不可得而思議矣指其源也情塵有經智海無外妄惑非取重玄不空四句之火莫焚萬法之門皆入寘

二際於不一動千變而非多事理交涉而兩忘性相融通而無盡若秦鏡之互照猶帝珠之相含重重交光歷歷齊現故得圓至功於頃刻見佛境於塵毛諸佛心內衆生新新作佛衆生心中諸佛念念證真一字法門海墨書而不盡一毫之善空界盡而無窮語其定也冥一心於無心即萬動而常寂海湛真智光含性空星羅法身影落心水圓音非叩而長演果海離念而心傳萬行忘照而齊修漸頓無得而雙入雖四心廣被八難頓超而一極唱高二乘絕聽當其器也百城詢友一道棲神明正為南方盡南矣孟我為友人皆友焉遇三毒而三德圓入一塵而一心淨千化不變其慮萬境順通于道契文殊之妙智宛是初心入普賢之玄門曾無別體失其旨也徒修因於曠刧得其門也等諸佛於一朝諦觀一塵法界在掌理深智遠識昧辭單塵黷聖聰退座而已帝時默湛海印朗然大覺顧謂群臣曰朕之師言雅而簡辭典而富扇真風於第一義天能以聖法清涼朕心仍以清涼賜為國師之號朕思從來執身心我人及諸法定相斯為甚倒群臣再拜稽首頂奉明命由是中外台輔重臣咸以八戒禮而師之

是歲廬山東林律大德熈怡卒許堯佐製其碑曰大師熈姓曹氏桂陽人也舊勳前烈垂休積慶史氏詳之矣夫真如不遠其要在乎無垢妙理不深其要在乎見性本於真實暢其虛無俾聆芳咀潤孜孜請益

則大師之教也大師體識深靜風度端敏受具戒於南嶽脩律儀於東林常趺坐一室而四方學者差肩繼踵發此柔軟納其歸依堯言玉振微文氷釋故崇德雅美臨壇持法垂五十年嘗以至德彻隷東林寺居耶舍塔院數逾二紀而信心長者懐甘奉贄紛然並進監厨守藏不遑祇受既而悉歸精舍須于衆僧大師率同門人布衣糲食而已故推己以見相因相而歸空搜閱精微鑽研旨要嘗苦背悶而針石不能及也故於中夜累歎有神人撫背殊形駭物斯須乃去自兹窮討經論切磋心要加以律儀端靜受持勤至感通之應故難盡書至於山鹿歸仁林鳥効祉大師之室不足駭也大曆五年躋五老峰望彭蠡臨瀑布乃刱凌雲精舍爲經行之地旁引泉竇以滌塵迷近躡松壑以求清凉丹崖雲岫勢若屏牖然逸風望景攀危華重翼如而至者難以數記積十餘年乃至大林精廬淬法刃然慧炬俾夫恂恂圜繞者割其縛導其迷洗然而自得貞元中歸東林戒壇院以吾道巳成吾教巳行十五年秋七月召門弟子曰吾随化還須臾寂滅僧臘五十報齡七十一大師精貫六藝旁達百氏嘗與故太師魯國公顔真卿故丞相趙公憬故御史大夫盧公群今吏部侍郎楊公於陵爲恭禪之侶幽鍵洞發玄言兩得門人法粲等十餘人傳其教焉高僧傳誌㷯怡異迹尤多而堯佐之文美雅故録其文而不載其傳

庚辰十六年逸士劉軻游廬山之黃石岩遇高僧異之因爲記曰古老有言太極之氣積成山嶽洩爲川瀆然則髙阜之境其大者乎庚辰歲山客劉軻来拾惟異自麓至頂郄下半里餘次于黃石岩岩中有棲禪子不知其幾臘乃蹟其輕重頗見其宅心之地及問其住年但以手指松桂曰毫髮我植今環人臂鳥飛兎走吾復何齒矧卯戌之昬旦霜炎之凍灰生落之榮顇去留之訟泝雖云云自彼而於我蔑如也於戲苟非岩房峭絶僧行孤峙則人境兩失其宜也復何言哉觀夫雲烔雜乎履舄嵐靄生於襟袖群形浩擾併人眸子每烟雨初霽山光澄練泠泠仙語如在耳右況又聳凌競上冥冥焉知不能與洪崖接袂浮丘連駕盈縮造化吐納顥氣絶慚顏於厚面遠喧卑於臊穢乎不得而然者盖鈎也餌也名爲利鈎利爲名餌吞鈎食餌手足羈鎖彼馬得跳躍於此乎夫禪子脫去桎梏四支宣展動與雲無心靜將石何機物我一致端邪徑塞僕所謂非斯人不能住斯境也禪師生宜春姓黃氏名常進以師久住遂以其姓易其岩名焉南嶽雲峯律師法證示寂師族郭氏色厲而仁行峻而周道廣而不尤功高而不有毅然居山之北峯以爲儀表世之所謂賢人大臣者至南方咸用嚴事由其內者聞大師之言律儀莫不震動悼懼如聽誥命由其外者聞大師之稱道要莫不悽欷忻踴如獲肆宥故時推人師則專其首詔求教宗則冠其位凡

度學者五萬人壽七十有八僧臈五十七河東柳子厚銘其塔復為之碑曰乾元元年某月日皇帝曰予欲俾慈仁怡愉洽于生人惟浮圖道允迪乃命五嶽求厥元德以儀于下惟茲嶽上于尚書其首曰雲峯大師法證凡涖事五十年貞元十七年乃沒其徒曰詮曰遠曰振曰巽曰素凡三千餘人其長老咸来言曰吾師軌行峻特器宇弘大有来受律者吾師示以尊嚴整齊明列義類而人知其所不為有来求道者吾師示以高廣通達一其空有而人知其所必至元臣碩老稽首受教髫童毀齒踴躍執役故從吾師之命而度者凡五萬人吾師冬不燠裘飢不豊食每歲會其類讀群經俾聖言必出有以見其大又率其伍伐木輦土作佛塔廟洎經典俾像法益廣有以見其用將沒告門人曰吾自始學至去世未嘗有作焉然後知其動無不虛靜無不為生而知未始来沒而知未始往也其道備矣願刻山石知教之所以大其詞曰師之教尊嚴有耀恭天子之詔維大中以告後學是效師之德簡峻淵默柔惠以直渙焉而不積同焉而皆得茲道惟則師之功勤勞以肅維輿祕必通以興祠宮遐邇攸從師之族由號而郭世德有奕從佛於釋師之壽七十有八惟終始罔闕丕冐遺烈厥徒蒸蒸惟大教是膺惟憲言是懲溥博恢弘如川之增如雲之興如嶽之不崩終古其承之

壬午　○雪下一丈○丹霞出家年六十四矣

癸未隱士陸羽卒羽字鴻漸初爲沙門得之水濵畜之既長以易自筮得蹇之漸曰鴻漸于陸其羽可用以爲儀乃以陸爲姓氏名而字之師教以旁行書荅曰終鮮兄弟而絶後嗣得爲孝乎逃去爲優人天寶中太守李齊物異之授以書貌侻陋口吃而辨上元中隱苕溪與沙門道標皎然善自號桑苧翁闔門著書名拜太子文學不就嗜茶著茶經三卷言茶之原之法之具尤備天下益知飲茶矣時鬻茶者至陶羽形置突間祀之爲茶神初開元中有逸人王休者居太白山每至冬取溪氷敲其精瑩者煑茗共客飲之時覺林寺僧志崇取茶三等以驚雷笑自奉以萱草帶供佛以紫茸香待客赴茶者至以油囊盛餘滴以歸復有常伯熊者因盧仝茶詩深信飲茶之益乃取羽之論復廣著茶功御史李季卿宣慰江南知伯熊善煑茶名之伯熊執器而前季卿爲再舉杯時又有舉羽者召之羽野服挈具而入季卿不爲禮羽愧之更著毀茶論其後尚茶成風致田紇入朝驅馬市茶焉

是歲東都聖善寺大師凝公卒翰林白居易作八漸偈弔之其序曰居易嘗求心要於師師賜教焉曰觀曰覺曰定曰慧曰明曰通曰濟曰捨由是入於耳貫於心嗚呼今師之報身則化師之八言不化至哉八言實無生忍觀之漸門也故自觀至捨次而贊之廣一言爲一偈謂之八漸偈盖欲以發揮師之心教且明居易不敢失墜也

既而升于堂禮于床跪而唱泣而去偈曰

觀　以心中眼觀心外相從何而有從何而喪觀之又觀則辨真妄　覺　惟真常在爲妄所蒙真妄苟辨覺生其中不離妄有而得真空　定　真若不滅妄即不起六根之源湛如止水是爲禪定乃脫生死　慧　專之以定定猶有繫濟之以慧慧則無滯如珠在盤盤走珠慧　明　定慧相合合而後明照彼萬物物無遺形如大圓鏡有應無情　通　慧至乃明明則不昧明至乃通通則無礙無礙者何變化自在　濟　通力不常應念而變二相非有隨求而見是大慈悲以一濟萬　捨　衆苦既濟大悲亦捨苦既非真悲亦是假是故衆生實無度者

幽州盤山寶積禪師僧問如何是道師曰出僧曰學人未領旨在師曰去師上堂示衆曰心若無事萬象不生意絶玄機纖塵何立道本無體因道而立名道本無名因名而得號若言即心即佛今時未入玄微若言非心非佛猶是指蹤之極則向上一路千聖不傳學者勞形如猿捉影夫大道無中復誰先後長空絶際何用稱量空既如斯道復何說夫心月孤圓光呑萬象光非照境境亦非存光境俱亡復是何物禪德譬如擲劍揮空莫論及之不及斯乃空輪無迹劍刃無虧若能如是心心無知全心即佛全佛即人人佛無異始爲道矣禪德可中學道似地擎山不知山之孤峻如石含玉不知玉之無瑕若如此者是名出

家故道師云法本不相礙三際亦復然無爲無事人猶是金鎖難所以靈源獨耀道絕無生大智非明真空無迹真如凡聖皆是夢言佛及涅槃並爲增語禪德且須自看無人替代三界無法何處求心四大本空佛依何住璿機不動寂爾無言覿面相呈更無餘事珍重師將順世告衆曰有人貌得吾真否衆皆將寫得真呈師師皆打之弟子普化出曰某甲貌得師曰何不呈似老僧普化乃打筋斗而出師曰這漢向後如風狂接人去在師既奄化勑謚凝寂大師真際之塔

是歲監察御史柳宗元送濬上人歸淮南序曰金仙氏之道蓋本於孝敬而後積以衆德歸於空無其敷演教戒於中國者離爲異門曰禪曰法曰律以誘掖迷濁世用宗奉其有修整觀行尊嚴法容以儀範於後學者以爲持律之宗焉上人窮討祕義發明上乘奉威儀三千雖造次必備嘗以此道宣於江湖之人江湖之人悅其風而受賜攀慈航望彼岸者蓋千百計天子聞之徵至闕下御大明祕殿以問焉道揚本教頗甚稱旨京師士衆方且翹然仰大雲之澤以植德本而上人不勝顧復之恩退懷省侍之禮懇迫上乞遂無以奪由是杖錫東顧振衣晨往右司員外郎劉公深明世典通達釋教與上人爲方外游始榮其至今惜其去於是合郎署之友詩以貺之退使孺子執簡而序之因繫其詞曰上人專於律行恒久彌固其儀形後學者歟誨

於生靈觸類蒙福其積衆德者歟覲于高堂視遠如邇其本孝敬者歟若然者是將心歸空無捨筏登地固何從而識之乎古之贈禮必以輕先重故鄭商之槁先乘韋魯侯之贈後吴鼎今餞詩之重皆衆吴鼎也故乘韋之比得序而生之且曰由禮而不敢讓焉

甲申

南嶽般舟和上卒柳子厚作第二碑其詞曰佛法至于衡山及津大師始修起律教由其壇場而出者爲得正法其大弟子曰日悟和上盡得師之道以補其處爲浮圖者宗世家于零陵蔣姓也和上心大而行密體界而道尊以爲由定發慧必用毘尼爲之室宇遂執業於東林恩大師究觀秘義乃歸傳教不覩文字懸判深微登壇蒞事度比丘衆歲凡千人者三十有七而道不思以為去凡即聖必以三昧為之軌道遂服勤於紫霄遠大師修明要與得以觀佛活入性海洞開真源道場專精長跪右遶不衡不倚凡七日者百有二十而志不衰初開元中詔定制度師乃居本郡龍興寺肅宗制天下名山置大德七人茲嶽尤重推擇居首師乃即崇嶺是作精室闢林莽剗岩巒殿舍宏大廊廡修直不命而赦力不祈而薦貨凡南方人顓念佛三昧者必由於是命曰般舟臺焉和上生十三年而始出家又九年而受具戒又十年而處壇場又三十七年而當貞元二十年正月二十七日化于茲室嗚呼無得而修故念為實相不取於法故律為大乘壞衣不飾

揣食不味覆薦服役凡出於生物者擯而勿用不自知其慈攝取調御凡歸於正真者動而成群不自知其教萬行方厲一性恒如寂用之涯不可得也有弟子曰景秀嗣居法會欲廣其師之德延于罔極故申明陳辭俾刊之兹碑銘曰像教南被及津而尊威儀有嚴載闢其門吾師是嗣增濬道源度衆逾廣大明羣昏乃興毘尼徽容是論八萬總結彰於一言聲聞熙熙遐邇來奔如木既拔有植其根乃法般舟奥妙斯存百億冥會觀于化元同道祈祈功庸以敦如水期壅流之無垠帝求人師登我先覺赫矣明命表兹靈嶽于彼南阜齋宮爰作負揭致貨時靡要約徂奮程力不呼而諾是刈是鑿既塗既斵層架孔碩以延後學出不牛馬服不絮帛匪安其躬亦菲其食勤而不勞在用恒寂縱而不傲在捨恒得洪融混合孰究其跡懿兹遺光式是嘉則容貌往矣軌儀無極其徒追思賡薦兹石

配順宗誦改永貞 德宗長子好浮圖教禮清凉為國師性寬仁愛尤善文隷壽四十六崩咸寧殿葬豐陵居攝一年

是歲九月太尉中書令韋臯薨臯初生厥父飯僧祈福忽有應真尊者至齋畢乳媪抱兒求呪願尊者起謂衆曰此兒諸葛武侯也它日有美政於蜀宜以武字之言訖恍然不見其後臯游官出處節義功名大槩與武侯相類治蜀二十有一年封南康群王有德在民四川至今奉祀之雅好釋氏法嘉州石像初成臯為之記畧曰頭圜

十尺目廣二丈其餘相好一一稱是世美其簡而雅又嘗訓鸜鵒念佛鸜鵒斃以桒門故事闍維之得舍利鼻爲之記曰元精以五氣授萬類雖鱗介毛羽必有感清英純粹者矣或炳耀离火或禀其蒼精皆應乎人文以奉若時政則有華彼禽類習乎能言了空相於不念留真骨於已斃殆非元聖示現感於人心同夫異緣用一真化前歲有獻鸜鵒鳥者曰此鳥聲容可觀音中華夏有河東裴氏者志樂金仙之道聞西方有珎禽群嬉和鳴演暢法音以此鳥名載梵經智殊常類意佛身所化常狎而敬之始告以六齋之禁比及辰後非時之食終夕不視固可以矯激流俗端嚴梵倫或教持佛名號曰當由有念以至無念則

仰首奮翅若承善聽其後或俾之念佛則默然而不荅或謂之不念即唱言阿彌陀歷試如一曾無爽異余謂其以有念爲緣生無念爲真際緣生不荅以爲緣起也真際雖言言本空也每虚室戒曙發和雅音穆如笙篁靜鼓天風下上其音念念相續聞之者莫不洗然而嘉善矣嗚呼生有辰乎緣其盡乎以今年七月悴爾不懌七日而甚馴養者知將盡乃鳴磬而告曰將西歸乎爲爾擊磬爾其存念每一擊磬一稱彌陀佛洎十擊磬而十念成歛翼委足不震不仆掮然而絕按釋典十念成往生西方又云得佛慧者歿有舍利知其說者固不隔殊類哉遂命以闍維之法焚之餘燼之末果有舍利十餘粒烱爾耀目縈然在

掌識者驚視聞者駭聽咸曰苟可以誘迷利世安往而非菩薩之化歟時有高僧惠觀嘗詣三學山巡禮聖迹聞說此鳥涕淚悲泣請以舍利於靈山用陶甓建塔旌異之余謂此禽存而有道歿而有徵古之所以通聖賢階至化者女媧蛇軀以嗣帝中衍鳥身而建侯紀乎冊書其誰曰語怪而況此鳥有弘於道流聖證昭昭故可默已是用不愧直書于辭是歲八月順宗遜于位皇太子立是爲憲宗初順宗嘗在東宮問佛光如滿禪師曰佛從何方來滅向何方去既言常住世今佛在何處荅曰佛從無爲來滅向無爲去法身等虛空常住無心處有念歸無念有住歸無住來爲衆生來去爲衆生去清淨真如海湛然體常住智者善思惟更勿生疑慮帝又問曰佛向王宮生滅向雙林滅住世四十九又言無法說山河及大海天地及日月時至皆歸盡誰言不生滅疑情猶若斯智者善分別滿復荅曰佛體本無爲迷情妄分別法身等虛空未曾有生滅有緣佛出世無緣佛入滅處處化衆生猶如水中月非常亦非斷非生亦非滅生亦未曾生滅亦未曾滅了見無心處自然無法說帝聞大悅又嘗問心要於清涼國師國師荅之其畧曰至道本乎其心心法本乎無住無住心體靈知不昧性相寂然包含德用該攝內外能深能廣非有非空不生不滅無終無始求之而不得棄之而不離迷現量則惑苦紛然悟真性則空明廓徹雖即心即佛唯證

者方知然有證有知則慧日沉沒於有地若無照無悟則昏雲掩蔽於空門若一念不生則前後際斷照體獨立物我皆如直造心源無智無得不取不捨無對無修然迷悟相依真妄相待若求真去妄如棄影勞形若體妄即真似處陰影滅若無心忘照則萬慮都捐若任運寂知則衆行爰啓放曠任其去性靜鑑覺其源流語默不失玄微動靜未離法界言止則雙亡知寂論觀則雙照寂知語證則不可示人說理則非證不了是以悟寂無寂真知無知以知寂不二之一心契空有雙亡之中道

佛祖歷代通載第十九

音釋

芉或虔切草盛也　蘺託計切芰也　邡音方云什|縣名　憧昌容切行意往来不定皃　舄思亦切今爲履舄也　欷欣衣切悲泣也　燠於六切煖也　麓力木切山足也　慁戶困切患也憂也　[甫攴]匹胡切[甫攴]屋欲壞　[口帶]質入切音執玉篇鳴也

佛祖歷代通載卷第二十

嘉興路大中祥符禪寺住持華亭念常集

唐

丙戌 憲宗純改元和 順宗長子以北突厥承瓘爲招討使白居易陳自中官爲統師者天下安寧咸謂中興之主北方天帝降夢令興佛法帝不承命愛服丹藥致性燥急後爲中官陳弘志弑之壽四十三歲葬于景陵時有名賢柳子厚韓退之元微之劉禹錫白居易等在位十五年

信州鵞湖大義禪師者衢州須江人也姓徐氏李翺嘗問師大悲用千手眼作麽師云今上用公作麽有一僧乞置塔李尚書問云教中不許將屍塔下過又作麽生無對僧却来問師師云他得大闡提上詔入内於麟德殿論議有一法師問如何是四諦師云聖上一帝三帝何在又問欲界無禪禪居色界此土憑何而立禪師云法師只知欲界無禪不知禪界無欲法師云如何是禪師以手點空法師無對帝云法師講無窮經論只這一點尚不柰何師却問諸碩德曰行住坐卧畢竟以何爲道有對曰知者是道師曰不可以知知不可以識識安得知者是道乎有對無分別是道師曰善能分别諸法相於第一義而不動安得無分別是道乎有對四禪八定是道師曰佛身無爲不墮諸數安在四禪八定是道邪衆皆杜口師又舉順帝問尸利禪師大地衆生如何見性成佛尸利云佛性猶如水中月可見不可取因謂帝曰佛性非見必見水中月如何攫取帝乃問何者是佛性師對曰不離陛下所問帝默契真宗益加欽重師於元和十三年正月七日歸

寐壽七十四勑謚惠覺禪師見性之塔時寒山子者不知其氏族鄉里隱於台州唐興縣寒岩故父老以寒山子稱之爲人癯野好冠樺皮冠著木屐裘衲繿縷狀若風狂笑歌自若其所居近天台國清寺寺僧豐干者亦非常人也每自薪水力於杵臼以給衆用與寒山子爲方外友先是豐干行赤城道中聞兒啼草莽間視之見孩童十餘歳問其出處初無言對心異之引歸寺令掃除以其得之於野因名拾得既長頭陀苦行精敏絶倫甚爲豐干寒山所器與之偕遊三人者相得懽甚寺僧皆訝之然中心疑而莫之省也拾得日常滌器輿有殘膳著以筒留餌寒山二子皆能詩或時戲村保寓事感懷輙有詩以見意或書石壁或樹葉間或酒肆中語皆超邁絶塵雖古名流未能髣髴也自述云元非隱逸士自號山林人在魯蒙白幘且愛裹踈中道有巢許操耻爲堯舜臣獼猴畢帽子非學辟風塵又曰欲得安居處寒山可長保微風吹幽松近聽聲愈好下有班白人喃喃誦黄老十年歸不得忘却来時道又曰有身與無身是我復非我如此審思量迁延倚岩坐足間青草生頂上紅塵墮以見世間人靈床施酒果又曰玉堂掛珠簾中有嬋娟子顔貌勝神仙容華若桃李東家春霧合西舍秋風起更足三十年還如甘蔗滓其句語若此者甚夥拾得嘗掌供献至食時對佛而食又於憍陳如像前訶斥之曰小根敗種何爲者耶寺僧深怪之不

使直供又伽藍神粥飯多爲烏鳶所殘拾得杖擊神而婸罵曰汝食猶不能護焉能護伽藍乎神徧夢寺僧曰拾得鞭我至旦互以語及一一皆同志是衆駭之豐干出雲遊貞元末閭丘胤出守台州欲之官俄病頭風名醫莫差豐干偶至其家自謂善療此疾閭丘聞而見之干命水噀濡之須臾所苦頓除因是大喜甚加敬焉問所從來曰天台國清曰彼有賢達者不曰有之然不可以世故求也寒山拾得師利普賢示迹二子混于國清公若之官當就見不宜後也閭丘南來上事未久入寺訪豐干遺迹但見茆宇蕭條虎伏舍側復入寺謁二大士寺僧引至後厨閭丘拜謁二大士起走曰饒舌彌陀汝不識禮我何爲遽返寒岩次日閭丘令遺贈寒山見使至罵曰賊賊遂隱入岩石拾得亦潛去後不知終

丁亥荆州城東天皇道悟禪師協律郎符載撰碑其略云姓張氏婺州東陽人十四出家依明州大德祝髮二十五受戒於杭州竹林寺初叅國一服勤五年大曆十一年隱于大梅山建中初謁江西馬祖二年叅石頭乃大悟遂隱當陽紫陵山後於荆南城東有天皇寺頃因火廢僧靈鑑將謀修復乃曰苟得悟禪師爲化主必能福我時江陵尹右僕射裴公稽首問法致禮迎至師素不迎送客無貴賤皆坐而揖之裴愈加敬石頭之道貽盛于此師患背痛臨終大衆問疾師驀召典座近前師曰會麼對曰不會師拈枕子抛於地上即便告寂壽六

十坐三十五夏法嗣三世曰惠真曰幽閒曰文賁實元和二年四月十三日也

元和十三年四月十三日天王道悟禪師入寂唐正議大夫戶部侍郎平章事荆南節度使丘玄素撰碑云道悟渚宫人姓崔氏子玉之後胤也年十五於長沙寺曇翥律師出家二十三詣嵩山受戒三十三叅石頭頻沐指示曾未投機次謁忠國師三十四與國師侍者應真南還謁馬祖祖曰識取自心本來是佛不屬漸次不假修持體自如如萬德圓滿師於言下大悟祖囑曰汝若住持莫離舊處師蒙旨已便反荆州去郭不遠結草爲廬後因節使顧問左右申其端緒節使親臨訪道見其路隘車馬難通極目荒榛曾未修削覩茲發怒令人擒師拋於水中旌旆才歸乃見遍衙火發內外洪燄莫可近之唯聞空中聲曰我是天王神我是天王神節使回心設拜烟燄都息宛然如初遂往江邊見師在水都不濕衣節使重申懺悔迎請在衙供養於府西造寺額號天王師常云快活快活及臨終時叫苦苦又云閻羅王來取我也院主問曰和尚當時被節度使拋向水中神色不動如今何得恁麽地師舉枕子云汝道當時是如今是院主無對便入滅壽八十二夏六十三嗣法一人曰崇信即龍潭也〇論曰寂音尊者曰荆州天王寺道悟禪師如傳燈所載則曰道悟得法於石頭所居寺曰天皇婺州東陽人姓張氏年十四出家依明州大德披剃年二十五杭州竹林寺受具首謁徑山國一禪師服勤五年大曆中抵鍾陵謁馬大師經二夏

乃造石頭元和丁亥四月示疾壽六十膳三十五及觀達觀頴禪師所集五家宗派則曰道悟嗣馬祖引唐丘玄素所撰碑文幾千言其略曰師号道悟渚宮人姓崔氏即子玉後胤也年十五於長沙寺禮曇翥律師出家二十三請嵩山律德得尸羅謁石頭扣寂二年無所契悟乃入長安親忠國師三十四與侍者應真南還謁馬大師大悟於言下祝曰他日莫離舊處故復還渚宮元和十三年戊戌四月初示疾十三日歸寂壽八十二臘六十三考其傳正如兩人然玄素所載曰有傳法一人崇信住澧州龍潭南出讓禪師碑唐聞人歸登譔列法孫數人于後有道悟名圭峯荅裴相國宗趣狀列馬祖之嗣六人首曰江陵道悟其下注曰兼稟徑山今妄以雲門臨濟二宗競者可豈一笑出林間録〇覺夢堂重校五家宗派序云景德間吳僧道原集傳燈録三十卷自曹溪下列為兩派一曰南嶽讓讓出馬大師一曰青原思思出石頭遷自兩派下又分五宗馬大師出八十四員善知識內有百丈海海出黄蘗運大溈祐二人運下出臨濟玄故號臨濟宗祐下出仰山寂故號溈仰宗八十四人內又有天王悟悟得龍潭信信得德山鑑鑑得雪峯存存下出雲門偃偃號雲門宗次玄沙備備出地蔵琛琛出清凉益號法眼宗次石頭遷出藥山儼天皇悟二人悟下得惠真真

得幽間間得文貫三世便絕唯藥山得雲岩晟晟得洞山价价得曹山章是為曹洞宗今傳燈却收雲門法眼兩宗歸石頭下誤矣緣同時道悟有兩人一曰江陵城西天王寺道悟者渚宮人也崔子玉之後嗣馬祖元和十二年四月十三日化正議大夫丘玄素撰塔銘文幾千言其畧云馬祖祝曰他日莫離舊處故復還渚宮一曰江陵城東天皇寺道悟者婺州東陽人也姓張氏嗣石頭元和二年丁亥化叶律郎符載撰塔銘二碑所載生緣出處甚詳但緣道原採集傳燈之日非一一親往計尋不過宄轉託人据拾而得其差誤可知也自景德至今天下四海以傳燈為據雖列刹據位立宗者不能畧加究辨惟丞相無書居士張公及呂夏卿二君子每會議宗門中事嘗曰石頭得藥山藥山得曹洞一宗教理行果言説宛轉且天皇道悟下出箇周金剛呵風罵雨雖佛祖不敢嬰其鋒恐自天皇處或有差誤寂音尊者亦嘗疑之云道悟似有兩人無盡居士後於達觀頴禪師處得唐符載所撰天皇道悟塔記又討得丘玄素所作天王道悟塔記賫以徧示諸方曰吾嘗疑德山洞山同出石頭下因甚垂示處作用殺活不同今以丘符二記證之朗然明白方信吾擇法驗人不謬耳寂音曰圭峯荅裴相國宗趣狀列馬祖之嗣六人首曰江陵道悟其下注曰兼稟徑山

今妄以雲門臨濟二宗競者可發一笑畧書梗槩以傳明達者庶知五家之正派如是而已

江西北蘭讓禪師湖塘亮長老問伏承師兄盡得先師真暫請瞻禮師以兩手撥胷開示之亮便禮拜師云莫禮莫禮亮云師兄錯也某甲不禮師兄師云汝禮先師真亮云因什麽教某甲莫禮師云何曾錯

己丑

元和四年上問侍臣政之寬猛孰先宰相權德輿對曰唐家承隋苛虐以仁厚爲先太宗皇帝見明堂圖即禁鞭背刑列聖所循皆尚德教故天寶大盜竊發俄而夷滅蓋本朝之化感人心之深帝曰誠如公言德輿善辯論開陳古今本末以覺悟人主爲輔相寛和不爲察察名文章雅正贍縟當時公卿侯王功德卓異者皆所爲銘紀雖動止無外飾其醖藉風流自然可慕貞元元和間爲縉紳羽儀

德輿嘗著草衣禪師宴坐記曰信州南嶽有清淨宴坐之地而禪師在焉師所由來莫得而詳初州人析薪者遇之于野中其形塊然與草木俱咨於州長乃延就兹地三十年矣州人不知其所以然也遂以草衣號焉足不蹈地口不嘗味日無晝夜時無寒暑寐默之境一繩床而已萬有囂然此身不動其内則以三世五蘊皆從妄作然後以有法諦觀十二縁於正智中得真常真我方寸之地湛然虚無身及智慧二俱清淨微言軟語有時而聞涉其境之遠近隨其根之上下如雨潤萬物風行空中履其門閾皆獲趣入者非幹玄機於無際

窮實相之源底則四時攻於外百疾生於内矣古所謂遺物離人而立於獨者禪師得之嗚呼世人感物以游心心遷於物則利害生焉吉凶形焉牽縻羈瑣蕩而不復至人則反靜於動復性於情夭壽仁鄙之殊由此作也斯盖世諦之一說耳於禪師之道其猶稊稗耶建中二年予吏役道于上饒時左司郎崔公出爲郡佐探禪師之味也熟爲予詳言之拂拭纓塵攜手接足洗我以善得於儀形且以爲楞嚴妙旨毘耶之容用皆在是矣又焉知此地之宴坐不爲它方之說法乎故粗書聞見以志于石

庚寅帝問國師澄觀曰華嚴所詮何謂法界奏曰法界者一切衆生之身心本體也從本以来靈明廓徹廣大虛寂唯一真境而已無有形貌而森羅大千無有邊際而含容萬有昭昭於心目之間而相不可覩晃晃於色塵之内而理不可分非徹法之慧目離念之明智不能見自心如此之靈通也故世尊初成正覺歎曰奇哉我今普見一切衆生具有如來智慧德相但以妄想執著而不能證得於是稱法界性說華嚴經全以真空簡情事理融攝周遍凝寂帝天縱聖明一聽玄談廓然自得於是勅有司備禮鑄印還國師統冠天下緇徒號僧統清涼國師

時禪者無著入五臺山求見文殊大士至金剛窟前炷香作禮瞑坐少頃聞有叱牛者著遽開眸見山翁野貌瓌異牽牛臨溪

而飲著起揖山翁曰爾来何爲曰願見文殊大士翁曰大士未可見汝飯未著曰未也翁牽牛歸著躡迹隨之俄入一寺翁呼均提有童子應聲出迎翁縱牛引著升堂堂宇皆金壁所成翁踞床指繡墩命著坐童子俄進玻璃盞貯物如酥酪揖與對飲著納其味頓覺心神卓朗翁曰近自何来著曰南方翁曰南方佛法如何住持著曰末法比丘少奉戒律翁曰多少衆曰或三百或五百著問此間佛法如何住持翁曰龍蛇混雜凡聖同居曰衆幾何翁曰前三三後三三遂談緒及暮著欲留翁不許著戀戀不即去翁挍袂起叱童子引著出之著不得留行未遠問童子適何寺童子曰般若寺也著悽然悟彼翁者即文殊也不可再見即稽首童子足下願丐一言爲別童子隱身而歌曰面上無嗔供養具口裏無嗔吐妙香心内無嗔是珎寶無垢無染即真常著因駐錫五臺徃徃頻與文殊會語云 師嘉禾語溪朱氏子七歲依本邑常樂寺今崇福寺

辛卯 有詔移京兆章敬寺懷惲禪師入居上寺玄徒輻湊惲示衆曰至理忘言時人不悉強習它事以爲功能不知自性元非境所是箇微妙大解脫門所有鑑覺不染不礙如是光明未曾休廢曩劫至今固無變易猶如日輪遠近斯照雖及衆色不與一切和合靈燭妙明非假鍛鍊爲不了故取於物象但如捏怗妄起空華徒自疲勞枉經劫數若能返照無第二人舉措施爲無虧實相 號栢岩姓謝晋亂晢服緇褐權德輿作記餘如傳燈録

居士龐蘊字道玄衡陽人世業儒貞元初謁石頭和尚玄言妙契一日石頭問子自見吾以来日用事作麼生對曰若問日用事即無開口處乃呈一頌曰日用事無别唯吾自偶諧頭頭非取捨處處勿張乖朱紫誰爲號丘山絶點埃神通并妙用運水及般柴石頭然之後參馬祖問不與萬法爲侶者是什麼人祖曰待汝一口吸盡西江水即向汝道居士於言下大悟自爾玄機妙句竦動諸方與丹霞最友善一日訪百靈和尚路次相遇靈問昔日石頭得意句還曾舉向人麼士云曾舉來靈云舉向阿誰來士以手自指云龐公靈云直是妙德空生也讚歎居士不及士却問師得力句是誰知靈便戴笠子而去士云善爲道路靈一去更不回首又訪則川和尚川云還記得初見石頭時道理否士云猶得阿師重舉在川云情知久參事慢士云阿師老耄不啻龐公川云二彼同時又爭幾許士云龐公鮮健差勝阿師川云不是勝我只是反箇幞頭士云恰與師相似川大笑而已因摘茶次士云法界不容身師還見我否川云不是老僧洎荅公話士云有問有荅蓋是尋常川乃摘茶不聽士云莫怪適來容易借問川不顧士云這無禮儀漢待一一舉似明眼人在川乃抛却茶籃便歸方丈又訪松山和尚喫茶次士舉起槖子云人人盡有分因什麼道不得山云只爲人人有分所以道不得士云阿兄因什麼却道得山云不可無言也士云灼然灼

然山便喫茶士云阿兄喫茶何不揖客山云誰士云龐公山云何須更揖後丹霞聞之乃云若不是松山幾被箇老翁作亂一上士聞之乃令傳語丹霞云何不會取未舉橐子時又訪齊峯和尚峯云俗人頻來僧舍討什麼士回顧兩邊云誰恁麼道誰恁麼道齊峯乃咄之士云卻在這裏峯云莫是當陽道底士云背後底蹔峯回首云看看士云草賊大敗峯無語又訪石林和尚林竪拂子云不落丹霞機試道一句士奪卻拂子乃竪起拳林云正是丹霞機士云與我不落看林云丹霞患啞龐公患聾士云恰是又一日林云有箇借問居士莫惜言句士云便請林云元來惜言句士云這箇問訊不覺落他便宜林乃掩耳士云作家作家一日丹霞訪居士見女子靈照取菜次霞問居士在否女子放下籃子歛手而立又問居士在否女子便提籃子去時居襄陽靈照常隨製竹漉籬售之以供朝夕居士將終命靈照視日及中即報靈照遽報曰日中矣而有蝕也居士出觀日次靈照即登父座合掌端坐而逝居士笑曰我女鋒捷矣於是居士更延七日襄州牧于公枉駕候問居士談笑良久居士顧謂公曰但願空諸所有慎勿實諸所無好住世間猶如影響言訖枕公膝而逝

壬辰

永州司馬柳宗元製南嶽彌陀和尚碑其詞曰在代宗時有僧法照爲國師乃言其師南嶽大長老有異德天子南嚮而禮焉度其道不可徵乃名其居曰般舟道場用

尊其位公始居山西南岩石之下人遺之食則食不遺則食土泥茹草木其取衣類是南極海裔此自幽都來求厥道或值之崖谷羸形垢面躬負薪樵以爲僕役而媟之乃公也凡化人立中道而教之權俾得以疾至故示專念書塗巷刻谿谷丕勤誘掖以援于下不求而道備不言而物成皆負布帛斬木石委之岩戶不拒不營祠宇既具以洎于德宗申詔褒立是爲彌陀寺施之餘則施與餓疾者不尸其功公始學成都唐公次資川詵公詵公學於東山忍公皆有道至荊州進學玉泉真公真公授公以衡山俾爲教魁人從而化者以萬計初法照居廬山由正定趣安樂國見蒙惡衣侍佛者佛告曰此衡山承遠也出而求教肖焉乃從而學傳之天下由公之訓公爲僧凡五十六年其壽九十一貞元十八年七月十九日終于寺葬于寺之南岡刻石于寺大門之右銘曰一氣回薄茫無窮其上無初下無終離而爲合蔽爲通始末或異今焉同虛無混冥道乃融聖人無迹示教功公之率衆峻以容公之立誠放其中服庇草木蔽穹窿仰攀俯取食以充形游無極交大椎天子稽首師順風四方奔趍雲之從經始尋尺成靈宫始自蜀道至臨洪洛謀往復窮真宗弟子傳教國師公化流萬億代所崇奉公寓形于南岡幼曰弘願惟孝恭立之茲石書玄蹤

是歲永州修淨土院成司馬柳宗元爲之記曰中州之西數萬里有國曰身毒釋迦

牟尼如來示現之地彼佛言西方過十萬億國土有世界曰極樂佛號無量壽如來其國無有三毒八難衆寶以爲飾其人無有十纒九惱群聖以爲友有能誠心大願歸心是土者苟念力具足則生彼國然後出三界之外其於佛道無退轉者其言無所欺也晉時廬山遠法師作念佛三昧詠大勸于時其後天台顗大師著釋淨土十疑論宏宣其教周密微妙迷者咸賴焉蓋其留異迹而去者甚衆永州龍興寺前刺史李承晊及僧法林置淨土堂于寺之西偏常奉斯事逮今餘二十年廉隅毀頓圖像崩墜會巽上人居其宇下始復理焉上人者修最上乘解第一義無體空析色之迹而造乎真源通假有借無之名而入於實相境與智合事與理并故雖往生之因亦相用不捨誓葺茲宇以開後學有信士圖爲佛像法相甚具焉今刺史馮公作大門以表其位餘遂周延四阿環以廊廡續二大士之像繒蓋幢幡以成就之嗚呼有能求無生之生者知舟筏之存乎是遂以天台十疑論書于墻宇使觀者起信焉

法師智誓者悟解絕倫多所撰著然寡徒侶因棄講居衡嶽寺每覽所撰必一唱三歎以爲吾達解如此而不遇賞音偶一日有耆宿至借誓著述而閱之乃曰汝識至高頗符佛意今寡徒衆蓋闕人緣耳佛猶不能度無緣況初心者乎可辦食布施飛走卻後二十年當自有衆言訖恍然不見誓遂如其教鬻衣單易米炊之散郊外感

群鳥大集搏飯而去詈祝之曰食吾飯者願爲法侶後二十年詈往鄴城開講座下有衆千餘人果皆少年比丘

是歳道樹禪師卒師初叅神秀禪師得旨結茅于壽州三峯山有野人服色素朴言譚詭異或時化現佛菩薩聲聞天仙等形或放異光或出聲響夭幻百端師之徒衆常爲驚怖皆莫能測如此凡十年方滅迹不見師告衆曰野人作無限伎倆眩惑於人只消老僧不見不聞伊伎倆有窮吾不見不聞無盡繇是遠近聞之靡不欽服所謂見恠不恠其恠自敗云

○吴元濟反拒官軍

是歳正月百丈懐海禪師示寂春秋九十有五師福州長樂人卝歳離塵三學該鍊屬馬祖闡化江西師傾心依附與西堂智藏禪師同號入室時馬祖之門會學千百二大士爲角立焉及祖遷化師往新吳百丈山居未期月而玄學之徒四方輻湊師雖臘高凡作息必與衆同均嘗謂一日不作則一日不食僧問如何是大乘頓悟法門師曰汝等先歇諸緣休息萬事善與不善世出世間一切諸法莫記憶莫緣念放捨身心令其自在心如木石無有辨別心無所行心地若空慧日自現如雲開日出相似名爲解脫人對一切境心無靜亂不攝不散一切聲色無有滯礙是非好醜是理非理諸知見總盡不被繫縛處心自在名初發心菩薩便登佛地若垢淨心盡不住繫縛不住解脫無一切有爲無爲縛脫

平等心量處於生死其心自在畢竟不與虛幻塵勞蘊界生死諸入和合逈然無寄一切不拘去留無礙往來生死如門開相似若遇種種苦樂不稱意事心無退屈不念名聞衣食不貪功德利益不爲世法之所滯心雖親受苦樂不干于懷麄食接命補破禦寒兀兀如愚如聾相似稍有親令於生死中廣學知解求福求智於理無益即被解境風漂卻歸生死海裏佛是無求人求之即乖理是無求理求之即失若取於無求復同於有求此法無實無虛若能一生心如木石相似不爲陰界五欲八風之所漂溺即生死因斷去住自由僧問如今受戒身心清淨已具諸善得解脫否荅曰少分解脫未得心解脫問云何是心解脫荅曰不求佛不求知解垢淨情盡亦不守無求爲是不住盡處亦不畏地獄苦不愛天堂樂一切法不拘始名爲解脫無礙汝莫言有少分戒善將爲便了有河沙無漏戒定慧門都未涉一毫在努力猛作莫待耳聾眼暗頭白面皺老苦及身眼中流淚心裏慞惶未有去處到恁麼時整理手脚不得也縱有福智多聞都用不著爲緣念諸境不知返照復不見佛道一生所有惡業悉現於前變爲好境隨所見重處受生都無自由分龍畜良賤亦總未定問如何得自由荅曰如今對五欲八風情無取捨垢淨俱亡如日月在空不緣而照亦如香象截流而過更無疑滯此人天堂地獄所不能攝也凡讀經看教皆須宛轉切就

自己但是一切言教只明如今覺性自己俱不被一切有無諸法境轉是名導師能照破一切有無境法是名金剛即有自由獨立分若不能恁麽縱令誦得十二韋陀經只成增上慢卻是謗佛不是修行讀經看教若准世間是好善事若向明眼人邊數此是壅塞人十地之人脫不去流入生死河但不用求覓知解語言義句離一切有無諸法透過三句外自然與佛無差（差平聲）既自是佛何患佛不解語只恐不是佛被一切有無諸法轉不得自由是以理未立先有福智載去如賤使貴不如於理先立後有福智臨時作得主握土爲金變海水爲酥酪破須彌山爲微塵於一義作無量義於無量義作一義師每說法竟大衆下堂乃召之大衆回首師云是什麽諸方目爲百丈下堂句

師以禪宗肇自少室至曹溪以來多居律寺說法住持未有規度乃剏意別立禪居凡具道眼有可尊之德者號曰長老既爲化主即處於方丈不立佛殿唯樹法堂表佛祖的傳受當代爲尊也學衆無多少無高下並入僧堂依臘次安排設長連牀施椸架掛搭道具卧必斜枕牀唇以其坐禪既久畧偃息而已除入室請益任學者勤惰或上或下不拘常准其闔院大衆朝參夕聚長老上堂陞座主事徒衆鴈立側聆主賓問酧激揚宗要齋粥二時隨衆均遍行普請法上下均力也置十務寮舍每用主領一人營衆事令各司其局或有假號

竊形混于清衆并别置喧撓之事即維那檢舉抽下本位掛搭擯令出院或彼有所犯即以拄杖杖之集衆燒衣鉢道具遣逐由偏門而出以示恥辱焉其大要如此其後叢林日盛當代宗師從而廣之今所謂禪苑清規者備矣

是年河東柳子厚製南嶽大明律師碑其詞曰儒以禮立仁義無之則壞佛以律持定慧去之則喪是以離禮於仁義者不可與言儒異律於定慧者不可與言佛達是道者惟大明師師姓歐陽氏號曰惠開唐開元二十一年始生天寶十一載始為浮圖大曆十一年始登壇為大律師貞元十五年十一月十日卒元和九年正月其弟子懷信道嵩尼無染等命高道僧靈嶼為行狀列其行事願刋之茲碑宗元今掇其大者言曰師先因官世家潭州為大族勳烈爵位今不言大浮圖也凡浮圖之道衰其徒必小律而去經大明恐焉於是從峻洎偘以究戒律而大法以立又從秀洎昱以通經教而奧義以修由是二道出入隱顯後學以不惑來求以有得廣德三年始立大明寺于衡山詔選居寺僧二十一人師為之首乾元三年又命衡山立毘尼藏詔講律僧七人師應其數凡其衣服器用動有師法言語行止皆為物軌執巾匜奉杖屨為侍者數百剪髦髮被教戒為學者數萬得衆若獨居尊若卑晦而光介而大浩浩焉無以加也其塔在祝融峯西趾下碑在塔東詞曰儒以禮行覺以律興一歸

真源無大小乘大明之律是定是慧不窮經教為法出世化人無量垂裕無際詔尊碩德威儀有繼道徧大洲徽音勿替祝融西麓洞庭南裔金石刻辭彌億千歲

子厚復題其碑陰曰凡葬大浮圖無籠穴其於用碑不宜然昔之公室禮得用碑以葬其後子孫因宜不去遂銘德行用圖久於世及秦刻山石號其功德亦謂之碑而其用遂行然則雖浮圖亦宜也凡葬大浮圖其徒廣則能為碑晉宋尚法故為碑者多法梁尚禪故碑多禪法不周施禪不大行而律存焉故近世碑多律凡葬大浮圖未嘗有比丘尼主碑事今惟無染實來涕淚以求其志益堅又能言其師他德尤備故書之碑陰而師凡主戒事二十二年宰相齊公映李公泌趙公憬尚書曹王皐裴公胄侍郎令狐公峘或師或友齊親執經受大義為弟子又言師始為童時夢大人縞冠素舄來告曰居南嶽大吾道者必爾也已而信然將終夜有光明笙磬之聲衆咸見聞若是類甚衆以儒者所不道而無染勤以為請故末傳焉無染韋氏女世顯貴今主衡山戒法

南海經畧馬總以曹溪六祖未有謚請于朝天子賜謚曰大鑑總乃命河東柳宗元撰賜謚碑其詞曰扶風公廉問嶺南三年以佛氏第六祖未有稱號疏聞於上詔謚大鑑禪師塔曰靈照之塔元和十年十月十三日下尚書祠部符到都府公命部吏洎州司功掾告于其祠幢蓋鐘鼓增山盈

谷萬人咸會若聞鬼神其時學者千有餘人莫不欣踴奮勵如師復生則又感悼涕慕如師始亡因言曰自有生物則好鬭奪相賊殺喪其本實誖乖淫流莫克返于初孔子無大位沒以餘言持世更楊墨黃老益雜其術分裂而吾浮圖說後出推離還源合所謂生而靜者梁氏好作有為師達磨識之空術益顯六傳至大鑑大鑑始以能勞苦服役一聽其言言希以究師用感動遂受信具遁隱南海上人無聞知又十六年度其可行乃居曹溪為人師會學去来常數千人其道以無為為有以空洞為實以廣大不蕩為歸其教人始以性善終以性善不假耘耡本其靜矣中宗聞名使幸臣再徵不能致取其言以為心術其說具在今布天下凡言禪皆本曹溪大鑑去世百有六年凡治廣部而以名聞者以十數莫能揭其號令乃始告天子得大謚豊佐吾道其可無辭公始立朝以儒重刺虔州都護安南由海中大蠻夷連身毒之西浮舶聽命咸被公德受旂纛節鉞来蒞南海屬國如林不殺不怒而人畏無噩允克光于有仁昭列大鑑莫如公宜其徒之老乃易石于宇下使来謁辭其辭曰達磨乾乾傳佛語心六承其授大鑑是臨勞勤專黙終揖于深抱其信器行海之陰其道爰施在溪之曹龐合猥附不夷其高傳告咸陳唯道之褒生而性善在物而具荒流奔軼乃萬其趣匪思愈亂匪覺滋誤由師内鑑咸獲於素不植乎根不耘乎苗中一外融

有粹孔照在帝中宗聘言于朝陰翊王度俾人逍遥越百有六祀號謚不紀由扶風公告今天子尚書既復大行乃誄光于南土其法再起厥徒萬億同悼齊喜惟師教所被洎扶風公所履咸戴天子天子休命嘉公德美謚于海夷浮圖是視師以仁傳公以仁理謁辭圖堅永胤不已

宋紹興二年東坡居士過曹溪題曰釋迦以文教其譯于中國必託於儒之能言者然後傳遠故大乘諸經至首楞嚴則委曲精盡勝妙獨出以房融筆授故也柳子厚南遷始究佛法作曹溪南嶽諸碑妙絕古今而南華今無石刻長老重辨師儒釋兼通道學純備以謂自唐至今頌述祖師者多矣未有通亮典則如子厚者盖推本其言與孟軻氏合其可不使學者日見而誦之乃具石請予書其文

丙申 臺山隱峯禪師自衡嶽之五臺道由淮右屬吳元濟阻兵蔡州違拒王命官軍與賊交鋒未決勝負師曰吾當少解其患乃震錫空中飛身而過兩軍將士仰觀歎異鬪心頓息以是官軍得成其功馬師姓鄧氏幼若不慧父母聽其出家既具戒參馬祖言下契旨一日推車次祖展脚在路上師曰請收足祖曰已展不收師曰已進不退遂推車碾過祖脚損歸法堂執斧子曰適來碾損老僧脚底出來師便出於祖前引頸就之祖乃置斧其後遍歷諸方所至輙有奇詭反之以神異頗顯恐成惑衆乃入臺山金剛窟前將示寂問於衆曰諸方遷

化坐去卧去吾皆見之還有立化者否衆曰有之師曰還有倒化者否衆曰未嘗有也師乃倒殖而化亭亭然其衣亦皆順體衆為舁尸荼毘屹然不動遠近瞻禮歎異師有妹為尼時亦在彼乃附近而咄之曰老兄平日惱亂諸方不循法律死更熒惑於人乃以手推之僨然而踣於是闍維收舍利塔于五臺云

歸宗智常禪師目有重瞳遂用藥手挼摩久而目眥俱赤世號赤眼歸宗江州刺史李渤問曰教中謂須彌納芥子渤則不疑芥子納須彌莫是妄談否師云人傳史君讀萬卷書是否渤曰然師曰摩頂至踵如椰子大萬卷書向什麼處著渤俛首而已又問一大藏教明得什麼邊事師舉拳示之云會麼渤云不會師云這箇措大拳頭也不識渤云請師指示師曰會則途中受用不會則世諦流布師嘗示衆曰從上古德不是無知解他高尚之士不同常流今時不能自成自立空度時光諸子莫錯用心無人替汝亦無汝用心處莫就他覓從前只是依他作解發言皆滯光不透脫只為目前有物僧問如何是玄旨師云無人能解僧云向者如何師云有向即乖僧云豈無方便令學人得入師云觀音妙智力能救世間苦僧云如何是觀音妙智力師敲頂蓋三下云還聞麼僧云聞師云我何不聞僧無語師以棒趂下復一日上堂云吾今欲說禪諸子總近前大衆近前師云汝聽觀音行善應諸方所僧云如何是觀

音行師乃彈指云諸人還聞否僧云聞師云一隊漢向這裏覓箇什麼以棒趂下大笑歸方丈師沒有賢者賛其像曰知見一何高拭眼避天位回觀洗耳人千古未為愧

供奉吴元卿者敏悟絶人憲宗殊喜之一日在昭陽宫見群芳敷榮賞玩徘徊倏聞空中有聲曰虚幻之相開謝不停能壞善根仁者安可嗜之元卿猛省志脱塵俗帝一日游宫問曰卿何不樂對曰臣幼不食葷志願從釋帝曰朕視卿若昆弟但富貴欲出人表者不違卿唯出家不可既浹旬而容見瘦顇帝憫而詔曰如卿願任選日遠近奏來元卿荷恩致謝尋得鄉報母患乞歸寧帝厚賜津遣元卿至家會韜光法師勉之謁鳥窠禪師啓曰弟子七歲蔬食十一受五戒今年二十有二為出家故休官願和尚授與僧相鳥窠曰今時為僧鮮有精苦者行多浮濫元卿曰本淨非琢磨元明不隨照曰汝若了淨智妙圓體自空寂即真出家何假外相汝當為在家菩薩戒施俱修如孫許之流也元卿曰理雖如此然非本志倘蒙攝受則誓遵師教如是三請皆不諾韜光為勸請曰宫使未甞娶亦不畜侍女禪師若不攝受其誰能度之鳥窠乃與披剃具戒法號會通晝夜精進誦大乘經習安般三昧忽一日固辭遊方鳥窠曰汝將何往曰會通為法出家以和尚不垂慈誨今往諸方學佛法去窠於身上拈起布毛吹之通遂悟玄旨時號布毛

侍者云

佛祖歷代通載卷第二十

音釋

瓘古換切王名　癯其俱切少肉也　旆蒲蓋切旗旒也　閾兩逼切門限也　鞿居衣切鞿在口也　橐他各切小囊也　晊之日切大也　嶼似與切海中洲也　峘户官切大山也　掾與絹切公府丨吏也　噩音愕驚也　誄刀水切累也　屹魚乞切山皃

佛祖歷代通載卷第二十一

嘉興路大中祥符禪寺住持華亭念常集

重巽法師自湘西赴其𫎇父中丞之請榔子厚贈之以序曰或問宗元曰悉矣子之得於巽上人也其道果何如哉對曰吾自幼學佛求其道積三十年世之言者罕能通其說於零陵吾獨有得焉且佛之言吾不可得而聞之矣其存於世者獨遺其書不於其書而求之則無以得其言言且不可得況其意乎今是上人窮其書得其言論其意推而大之逾萬言而不煩總而括之立片詞而不遺與夫世之栟章句徵文字言至虛之極則蕩而失守辨群有之夥則泥而皆存者其不以遠乎以吾所聞知凡世之善言佛者於吾則惠誠師荆則海雲師楚之南則重巽師師之言存則佛之道不遠矣惠誠師已死今之言佛者加少其由儒而通者鄭中書洎孟常州中書見上人執經而師受且曰於中道吾得以益達常州之言曰從佛法生得佛法分皆以師友命之今連師中丞公具舟來迎飾館而俟欲其道之行於遠也夫豈徒然哉以中丞公之直清嚴重中書之辯博常州之敏達且猶宗重其道況若吾之昧昧者乎夫衆人之和由大人之唱洞庭之南竟南海其土汪汪也求道之多半天下一唱而大行於遠者是行有之則和焉者將若居蟄之有雷不可止也於是書以爲巽上人赴中丞𫎇父召序

馬郎婦不知出處方唐隆盛佛教大行而

陜右俗習騎射人性沉鷙樂於格鬪蔑聞三寳之名不識爲善儀則婦憐其憨乃之其所人見少婦單子風韵超然姿貌都雅幸其無侍衛無羈屬欲求爲眷曰我無父母又鮮兄弟亦欲有歸然不好世財但有聡明賢善男子能誦得我所持經則吾願事之男子衆争求覯之婦授以普門品曰能一夕通此則歸之至明發誦徹者二十餘輩婦曰女子一身家世貞潔豈以一人而配若等耶可更别誦因授以金剛般若所約如故至旦通者猶十數婦更授以法華經七軸約三日通徹此者定配之至期獨馬氏子得通婦曰君既能過衆人可白汝父母具媒妁娉禮然後可以姻盖生人之大節豈同猥巷不檢者乎馬氏如約具禮迎之方至而婦謂曰適以應接體中不佳且别室俟少安與君相見未晚也馬氏子喜頓之他房客未散而婦命終已而壞爛顧無如之何遂卜地葬之未數日有老僧紫伽黎姿貌古野仗錫來儀自謂向女子之親詣馬氏問其所由馬氏引至葬所隨觀者甚衆僧以錫撥開見其尸已化唯金鎖子骨僧就河浴之挑於錫上謂衆曰此聖者愍汝等障重纏愛故垂方便化汝宜思善因免墮苦海忽然飛空而去衆見悲泣瞻拜自是陜右奉佛者衆由婦之化也

是歲撫州景雲寺律師上弘卒江州司馬白居易製碑曰元和十一年春廬山東林寺僧道深懐縱如建冲契等凡二十輩與

白黑衆千餘人俱實持故景雲大德弘公行狀一通贇錢十萬來詣潯陽請司馬白居易作先師碑會有故不果十二年夏作石墳成復來請會有病不果十三年冬作石塔成又來請始從之既而僧返山衆返聚落錢返寺府翌日而文成明年而碑立其詞云我聞乾竺古先生出世法法要有三曰戒定慧戒生定定生慧慧生八萬四千法門是三者迭相爲用若次第言則定爲慧因戒爲定根根植則苗茂因樹則果滿無因求滿猶夢果也無根求茂猶揠苗也佛雖以一切種智攝三界必先用戒菩薩以六波羅密化四生不能捨律律之用可思量不可思量如來十弟子中稱優波離善持律波離滅有南山大師得之南山滅有景雲大師得之師諱上弘生饒氏曾祖君雅祖公悅父知恭臨川城南人童而有知故生十五歲發出家心始從舅氏剃落壯而有立故二十五歲立菩提願從南岳大圓律師具戒樂所由生故大曆中不去父母之邦隷於本州景雲寺修道德應無所住故貞元中離我我所徙居洪州龍興寺說法親近善知識故與匡山法真天台靈祐荊門法裔興果神湊建昌惠進等五長老交游佛法囑王臣故與姜相國公輔顏太師真卿洎本道廉訪使楊君憑韋君丹四君子友善提振禁戒故講四分律而從善遠罪者無其數隨順化緣故坐甘露戒壇而擔衆生盟者二十年荷擔大事故前後登方等施尸羅者十有八會救拔

衆生故娑婆男女由我得度者萬五千五百七十二人示生無常故元和十年十一日巳亥遷化於東林精舍示滅有所故是月丙寅歸全身于南崗石墳住世七十七歲安居六十五夏自生至滅隨迹示教行止語黙無非佛事夫施於人也慱則反諸已也厚故門人鄉人報之如不及繇是藝松成林琢石爲塔塔有碑碑有銘銘曰佛滅度後薝蔔香衰醍醐味漓孰反是香孰復是味景雲大師景雲之生一匡苾蒭中興毗尼景雲之滅衆將安仰法將疇依昔景雲來行道者隨入室者歸今景雲去升堂者思入室者悲廬峰之西虎溪之南石塔巍巍有紀事者以真實辭書於塔碑

戊戌元和十三年禅師元浩卒浩弘台教翰林梁肅嘗請撰涅槃經疏浩許之是夕感異夢喜以爲瑞應即下筆自述所證其畧曰予聞先覺云大寶流輝之不變曰常在宥布和之盛典曰教率土知化之歸宗曰行交感人心之至極曰證然則以道行御其時以法性合其運當應物之際與顯晦同其光恢揚至化自他昭著者實播厥鴻名欽恭文思恊和至極四德克彰者實存乎妙體格變群家歷覲諸行至典克修庶績有成者實頼乎本宗信以授人大明宗極厥旨厥幾有補於將來者實存乎妙用綜博群玄以立成訓風行十方率用歸順者實存乎妙教矣議者以浩疏比王輔嗣易而與清凉華嚴疏抗衡焉

是年正月丁亥詔迎鳳翔法門寺佛骨入

於京師帝御安福門迎拜留禁中供養三日乃送諸寺王公士庶奔走膜拜具釋部威儀及太常長安萬年音樂旌幢鼓吹騰沓係路刑部侍郎韓愈上表曰佛者夷狄之一法耳自後漢時流入中國上古未甞有也昔黄帝在位百年年百二十歲少昊在位八十年年一百歲顓頊在位七十九年年九十八歲帝嚳在位七十年年一百五歲帝堯在位九十八年年一百一十八歲帝舜及禹年皆百歲此時天下太平百姓安樂壽考然而中國未有佛也其後湯亦百歲湯孫大戊在位七十五年武丁在位五十九年書史不言其壽推其年數盖不減百歲周文王年九十七歲武王年九十三歲穆王在位百年此時佛法亦未至中國非因事佛而致然也漢明帝時始有佛法明帝在位才十八年其後亂亡相繼運祚不長宋齊梁陳元魏已下事佛漸謹年代尤促惟梁武在位四十八年前後三捨身事佛宗廟之祭不用牲牢晝日一食止於菜果後爲侯景所逼餓死臺城國亦尋滅事佛求福反更得旤由此觀之佛不足信亦可知矣高祖始受隋禅則議除之當時群臣識見不遠不能深知先王之道古今之宜推闡聖明以救其弊其事遂止臣常恨焉伏惟睿聖文武皇帝陛下神聖英武數千百年已來未有倫比即位之初不許度人爲僧尼道士不許别立寺觀臣當時以爲髙祖之志必行於陛下今縱未能即行豈可縱之令盛也今陛下令群僧

迎佛骨於鳳翔御樓以觀舁入大內又令諸寺迭加供養臣雖至愚必知陛下不惑於佛作此崇奉而祈福祥也直以豐年人樂徇人心為京都士庶設詭異之觀戲玩之具耳安有聖明若此而肯信此等事哉然百姓愚冥易惑難曉苟見陛下如此將謂真心信佛皆云天子大聖尚一心信向百姓微賤於佛豈合更惜身命以至灼頂燔指十百為群解衣散錢自朝至莫更相倣効唯恐後時老幼奔波棄其生業若不即加禁遏更歷諸寺必有斷臂臠身以為供養者傷風敗俗傳笑四方非細事也佛本夷狄之人與中國語言不通衣服殊制口不道先王之法言身不服先王之法服不知君臣之義父子之情假如其身尚在奉其國命來朝京師陛下容而接之不過宣政一見禮賓一設賜衣一襲衛而出之於境不令惑於衆也況其身死已久枯朽之骨凶穢之餘豈以入宮禁孔子曰敬鬼神而遠之古之諸侯吊於其國必令巫祝先以桃茢祓除不祥然後進吊今無故取朽穢之物親臨觀之巫祝不先桃茢不用群臣不言其非御史不舉其失臣實耻之乞以此骨付之水火永絕根本斷天下之疑絕後代之惑使天下之人知大聖之所作為出於尋常萬萬也佛如有靈能作禍祟凡有殃咎宜加臣身上天鑒臨臣不怨悔表入

帝大怒持以示宰相將抵以死裴度崔群曰愈言訐牾罪之誠宜然非內懷至忠安

能及此頗少寬假以來諫諍帝曰愈言我奉佛太過猶可容至謂東漢奉佛已後天子咸夭促言何乖剌耶愈人臣狂妄敢爾於是戚里諸王舊臣皆為愈哀請遂貶潮州刺史

元和十四年潮州刺史韓愈到郡之初以表哀謝勸帝東封太山久而無報因祀神海上登靈山遇禅師大顛而問愈曰子之來官於南聞以其言之直也今子之貌欝然似有不懌何也對曰愈之用於朝而享禄厚矣一旦以忠言不用奪刑部侍郎竄逐八千里之海上播越嶺海喪吾女挐及至潮陽颶風鱷魚患禍不測毒霧瘴氛日夕發作愈少多病髮白齒豁今復憂煎黜於無人之地其生詎可保乎愈之來也道出廣陵廟而禱之幸蒙其力而卒以無恙以主上有中興之功已奏章道之使定樂章告神明東巡太山奏功皇天儻其有意於此則庶幾召愈述作功德歌詩而薦之郊廟焉愈早夜待之而未至萬萬一於速歸愈安能有懌乎大顛曰子直言於朝也忠於君而不顧其身耶抑尚顧其身而強言之以徇名耶忠於君而不顧其身言用則為君之榮言不用而已有放逐是其職耳何介介於胷中哉若尚顧其身而強言也則言用而獲忠直之名享報言之利不用而逐亦事之必至也苟患乎逐則盍勿言而已且吾聞之為人臣者不擇地而安不重勢而行今子遇逐而不懌趨時而求徇殆非人臣之善也且子之死生禍福豈

不懸諸天乎子姑自内修而外任命可也彼廣陵其能福汝耶主上今繼天寶之後姦臣負國而討之不暇粮餽雲合殺人盈野僅能克乎而瘡痍未瘳方此之際而子又欲封禅告功以騷動天下而屬意在乎已之欲歸子奚忍於是耶且夫以窮自亂而祭其鬼是不知命也動天下而不顧以便已是不知仁也強言以干忠遇困而抑欝是不知義也以亂為治而告皇天是不知禮也而子何以為之且子之遭黜也其所言者何事乎愈曰主上迎佛骨於鳳翔而復昇入大内愈以為佛者夷狄之一法耳自後漢時流入中國上古未嘗有也昔者黃帝堯舜禹湯文武之際天下無佛是以年祚永久晉宋梁魏事佛彌謹而世莫不天且亂愈恐主上之惑於此是以不顧其身而斥之大顛曰若是則子之言謬矣且佛也者覆天人之大器也其道則妙萬物而為言其言則盡幽明性命之理其教則捨惡而趍善去偽而歸真其視天下猶父之於子也而子毁之是猶子而刃父也蓋吾聞之善觀人者觀其道之所存而不較其所居之地桀紂之君跖蹻之臣皆中國人也然不可法者以其無道也舜生於東夷文王於西夷由余生於戎季札出於蠻彼二聖二賢者豈可謂之夷狄而不法乎今子不覿佛之道而徒以為夷狄何言之陋也子必以為上古未有佛而不法耶則孔子孟軻生於衰周而蚩尤瞽叟生於上古矣豈可捨衰周之聖賢而法上古之

必須哉予以五帝三王之代為未有佛而長壽也則外丙二年仲壬四年何其夭耶以漢陳之間而人主夭且亂也則漢明為一代之英主梁武壽至八十有六豈必皆夭且亂耶愈攘袂厲色而言曰爾之所謂佛者口不道先王之法言而妄倡乎輪回生死之說身不踐仁義忠信之行而詐造乎報應禍福之故無君臣之義無父子之親使其徒不耕而食不蠶而衣以殘賊先王之道愈安得默而不斥之乎大顛曰甚矣子之不達也有人於此終日數十而不知二五則人必以為狂矣子之終日言仁義忠信而不知佛之言常樂我淨誠無以異也得非數十而不知二五乎且子計嘗誦佛書矣其疑與先王異者可道之乎曰愈何暇讀彼之書大顛曰子未嘗讀彼之書則安知不談先王之法言耶且子無乃自以嘗讀孔子之書而遂疑彼之非乎抑聞人以為非而遂非之乎苟自以嘗讀孔子之書而遂疑彼之非是舜犬也聞人以為非而遂非之是妾婦也昔者舜館畜犬焉犬之旦暮所見者唯舜一日堯過而吠之非愛舜而惡堯也以所常見者唯舜而未嘗見堯也今子常以孔子為學而未嘗讀佛之書遂從而怪之是舜犬之說也吾聞之女子嫁也母送之曰往之汝家必敬必戒無違夫子然則從人者妾婦之事安可從人之非而不考其所以非之者乎夫輪回生死非妄造也此天地之至數幽明之妙理也以物理觀之則凡有形於天地

之間者未嘗不往復生死相與循環也草木之根荄著於地因陽之煦而生則為枝為葉為花為實氣之散則萎然而槁矣及陽之復煦又生焉性識根荄也枝葉花實者人之體也則其往復又何怪焉孔子曰原始要終故知死生之說夫終則復始天行也况於人而不死而復生乎莊周曰萬物出於機入於機賈誼曰化為異類兮又何足患此皆輪回之說不俟於佛而明也焉得謂之妄乎且子以禍福報應為佛之詐造此尤足以見子之非也夫積善積惡隨作隨應其主張皆氣焰熏蒸神理自然之應耳易曰積善之家必有餘慶積不善之家必有餘殃又曰鬼神害盈而福謙曾子曰戒之戒之出乎爾者反乎爾者也此報應之說也唯佛能隱惻乎天下之禍福是以彰明較著言其必至之理使不自陷乎此耳豈詐造哉又言佛無君臣之義父子之親此固非子之所及也事固有在方之內者有在方之外者方之內者衆人所共守之方之外者非天下之至神莫之能及也故聖人之為言也有與衆人共守而言之者有盡天下之至神而言之者彼各有所當也孔子之言道也極之則無思無為寂然不動感而遂通此非衆人所共守之言也衆人而不思不為則天下之理幾乎息矣此不可不察也佛之與人子言必依於孝與人臣言必依於忠此衆人所共守之言也及其言之至則有至於無心非唯無心也則有至於無我非唯無我也則

又至於無生無生矣則陰陽之序不能亂而天地之數不能役也則其於君臣父子固有在矣此豈可爲單見淺聞者道哉子又疑佛之徒不耕不蚕而衣食且儒者亦不耕不蚕何也愈曰儒者之道其君用之則安富尊榮其子弟從之則孝悌忠信是以不耕不蚕而不為素飡也大顛曰然則佛之徒亦有所益於人故也今子徒見末世未有如佛者蚕食於人而獨不思今之未能如孔孟者亦蚕食於人乎今吾告汝以佛之理盖無方者也無體者也妙之又妙者也其比則天也有人於此終日譽天而天不加榮終日詬天而天不加損然則譽之詬之者皆過也夫自漢至於今歷年如此其久也天下事物變革如此其多也君臣士民如此其衆也天地神明如此其不可誣也而佛之説乃行於中無敢議而去之者此必有以蔽天地而不恥閡百聖而不慚妙理存乎其間然後至此也子盍深思之乎愈曰吾非訾佛以立異盖吾所謂道者博愛之謂仁行而宜之之謂義由是而之焉之謂道足乎已無待於外之謂德仁與義為定名道與德為虛位此孔子之道而皆不同也大顛曰子之不知佛者為其不知孔子也使子而知孔子則佛之義亦明矣子之所謂仁與義為定名道與德為虛位者皆孔子之所棄也愈曰何謂也大顛曰孔子不云志於道據於德依於仁游於藝盖道也者百行之首也仁不足名之周公之語六德曰知仁信義中和盖

德也者仁義之原而仁義也者德之一偏也豈以道德而為虛位哉子貢以博施濟衆為仁孔子變色曰何事於仁必也聖乎是仁不足以為聖也烏知孔子之所謂哉今吾教汝以學者必先考乎道之遠者焉道之遠則吾之志不能測者矣則必親夫人之賢於我者之所向而從之彼之人賢於我者以此爲是矣而我反見其非則是我必有所未盡知者也是故深思彼之所是而力求之則庶幾乎有所發也今子自恃通四海異方之學而文章旁礴孰如姚秦之羅什乎子之知來藏往孰如晉之佛圖澄乎子之盡萬物不動其心孰如梁之寶誌乎愈默然良久曰不如也大顛曰子之才既不如彼矣彼之所從事者而子反以為非然則豈有高才而不知子之所知者耶今子屑屑於形器之內奔走乎聲色利欲之間少不如志則憤欝悲躁若將不容其生何以異於蚊虻爭穢壤於積糞之間哉於是愈瞠目而不收氣喪而不揚反求其所荅怗然有若自失逡巡謂大顛曰言盡於此乎大顛曰吾之所以告子者蓋就子之所能而爲之言非至乎至者也曰愈也不肖欲幸聞其至者可乎大顛曰去爾欲誠爾心寧爾神盡爾性窮物之理極天之命然後可聞也爾去吾不復言矣愈趍而出秋八月巳未帝與宰臣語次崔群以殘暑尚煩目同列將退帝曰數日一見卿等時雖餘熱朕不爲勞久之因語及愈有可怜者而皇甫鎛素薄愈爲人即奏曰

愈終踈狂可且內移帝納之遂授袁州剌史復造大顛之廬施衣二襲而請別曰愈也將去師矣幸聞一言卒以相愈大顛曰吾聞易信人者必其守易攺易譽人者必其謗易發子聞吾言而易信之矣庸知復聞異端不復以我爲非哉遂不告愈知其不可聞乃去至袁州尚書孟簡知愈與大顛游以書抵愈嘉其攺迷信向愈荅書稱大顛頗聰明識道理實能外形骸以理自勝不爲事物侵亂因與之往還也近世黃山谷謂愈見大顛之後文章理勝而排佛之詞亦少沮云

論曰舊史稱退之性愎訐當時達官皆薄其爲人及與李紳同列紳恥居其下數上疏訟其短今新史則以退之排佛老之功比孟子嘉祐中有西蜀龍先生者忿其言太過遂摘退之言行悖戾先儒者條攻之一曰老氏不可毀二曰愈讀墨子反孟子玷孔若此類二十篇行于世及觀外傳見大顛之說凡退之平生蹈僞於此踈脫盡矣歐陽文忠公甞歎曰雖退之復生不能自解免得不謂天下至言哉而荆國王文公亦曰人有樂孟子拒楊墨也而以排佛老爲已功嗚呼莊子所謂夏虫者其斯人之謂乎道歲也聖人時也執一時而疑歲者終不聞道夫春起於冬而以冬爲終終天下之道術者其釋氏乎不至於是者皆所謂夏虫也文公盖宋朝巨儒其論退之如此則外傳之說可不信夫

大顛禪師者潮陽人叅南嶽石頭和上一日石頭問何者是禪師云揚眉動目石頭云除却揚眉動目外将汝本来面目呈看師云請和上除却揚眉動目外鑑某甲石頭云我除竟師云将呈和上了也石頭云汝既将呈我心如何師云不異和上石頭云非關汝事師云本無物石頭云汝亦無物師云無物即是真物石頭云真物不可得汝心現量如此大須護持師後歸住潮陽靈山嘗示衆曰夫學道人須識自家本心多見時輩只認揚眉動目一語一默頭印可以為心要此實未了吾今為汝分明說出各須聽取但除一切妄運想念現量即真汝心此心與塵境及守靜時全無交涉即心是佛不待修治何故應機隨照泠泠自用窮其用處了不可得喚作妙用乃是本心大須護持不可容易侍郎韓愈嘗問如何是道師良久時三平為侍者乃擊禪床師云作什麼三平云先以定動後以智拔退之喜曰愈問道於師却於侍者得箇入處遂辭而去

是年十月五日刺史柳宗元卒宗元字子厚河東人少精敏無不通達為文章卓偉精緻一時輩行推仰第博學宏詞累監察御史裏行善王叔文叔文得罪貶永州司馬既居閒益自刻苦務記覽為詞章泛濫停蓄為深博無涯涘而自肆於山水之間凡十年起為柳州刺史友人劉禹錫者得播州宗元曰播非人所居而禹錫親在堂吾不忍其窮即具表欲以柳州授禹錫而

自徃播會大臣亦爲禹錫請因改連州柳人以男女質錢過時不贖則沒爲奴婢宗元設方計悉贖歸之南方士人走數千里從宗元游經指授者爲文詞皆有師法世號柳柳州卒年四十七臨終編與友人書託以後事文集三十三卷韓愈嘗評曰雄深雅健似司馬子長崔蔡不足多也既沒柳人懷之其神降於州之後堂因廟於羅池血食至今存焉

庚子正月帝服金丹燥悶内竪畏誅而深宮秘邃故有不測之禍資治通鑑曰憲宗聰明果決得於天性選任忠良延納善謀師老財屈異論輻輳而不爲之疑盜發都邑屠害元戎而不爲之懼卒能取靈夏清劍南誅浙西俘澤潞平淮南復齊魯於是天下深根固蔕之盜皆狼顧鼠拱納質効地稽顙入朝百年之憂一旦廓然矣然怠於防微變生肘腋悲夫

是年有沙門圵山和尚諱神清字靈叟而於王朝高談著述法華玄箋十卷釋氏年誌三十卷律疏要訣并倶舍訣等共百餘卷語録十卷内外該括可爲世範受業於綿州開元寺終於梓州恵義寺於戲

辛丑穆宗恒憲宗第三子登祚仁賢壽三十歲葬於光陵在位四年改長

壬寅慶春特雪降金人太和公主嫁回鶻

是年白居易由中書舍人出爲杭州刺史聞鳥窠和尚道德枉駕見之時鳥窠因長松槃屈如盖遂棲止其上居易問曰禪師住處甚危險師曰太守危險尤甚曰弟子位鎮江山何險之有師曰薪火相交識浪

不停得非險乎又問如何是佛法大意師曰諸惡莫作衆善奉行居易曰三歲孩兒也觧恁麼道師曰三歲孩兒雖説得八十翁翁行不得居易欽歎而去自是數從之問道

是歲穆宗遣左街僧錄靈阜賫詔起汾陽無業禪師赴闕阜至宣詔畢稽首無業足下白曰主上此度恩旨不同頷師起赴無以他詞固辞也業笑曰貧道何德累煩人主汝可先行吾即往矣遂沐浴淨髮至中夕告門人惠愔等曰汝曹見聞覺知之性與太虚同壽不生不滅一切境界本自空寂無一法可得迷者爲不了故即被境惑一爲境惑流轉不窮汝等當知心性本自有之非因造作猶如金剛不可破壞一切諸法如影如響無有實者故經云唯有一事實餘二則非真常了一切空無一法當情是諸佛用心處汝等勤而行之言訖端坐而逝阜回奏其事帝欽歎久之嘗有僧問十二分教流於此土得道果者非止一二云何祖師西来别唱玄宗直指人心見性成佛只如上代高僧並淹貫九流洞明三藏如生肇融叡等豈得不知佛法耶師曰諸佛不曾出世亦無一法與人但隨病施方遂有十二分教如将蜜果換苦葫蘆淘汝諸人業根都無實事神通變化及百千三昧門化彼天魔外道福智二嚴爲破執有滯空之見若不會道及祖師意論什麼生肇融叡如今天下解禪解道如河沙數説佛説心有百千億纎塵不去未免輪回

思念不忘盡從沉墜如斯之類尚不識業果妄謂上流並他先德但言觸目無非佛事舉足皆是道場原其所習不如一箇五戒十善凡夫觀其發言𡣋他二乘十地菩薩且醍醐上味爲世珍奇遇斯等人飜成毒藥南山尚不許呼爲大乘學語之流爭鋒唇吻之間皷論不根之事並他先德誠實苦哉只如野逸高人猶觧枕流潄石棄其榮禄亦有安國理民之謀徵而不起况我禪宗途路且別看他古德道人得意之後茅茨石室向折脚鐺子裏煮飯喫過三十二十年名利不干懷財寶不系念大忘人世隱跡岩藂君王命而不來諸侯請而不赴豈同時輩貪名愛利汩沒世途如短販人有少希求而忘大果十地諸聖玄通佛理豈不如一个愽地凡夫實無此理他說法如雲如雨猶被佛呵見性如隔羅縠只爲情存聖量見在因果未能逾越聖情過諸影迹先賢古德碩學高人愽達古今洞明教網盖爲識學詮文水乳難辨不明自理念靜求真嗟乎得人身者如爪甲上土失人身者如大地土良可傷惜設悟理之者有一知半觧不知是悟中之則入理之門便謂永脫世累輕忽上流致使心漏不盡理地不明空到老死無成虛延歲月且聰明不敵生死乾慧未免輪回共兄弟論實不論虛只這口食身衣盡是欺賢罔聖求得將來他心慧眼觀之如飲膿血相似總須償他始得阿那個是有道果自然感得他信施來學般若菩薩不得自謾如

氷淩上行劒刃上走臨命終時一毫凡聖情量不盡纖塵思念不忘隨念受生輕重五陰向驢胎馬腹裏託質泥犂鑊湯裏煮煠一遍了從前記持憶想見觧智慧都盧一時失却依前再爲螻蟻從頭又作蚊蝱雖是善因而招惡果且圖个什麽兄弟只爲貪欲成性二十五有向脚跟下繫著無成辦之期祖師觀此土衆生有大乘根性惟傳心印指示迷情得之者即不揀凡之與聖愚之與知且多虛不如少實大丈夫見如今直下休去歇去頓息萬縁越生死流逈出常格靈光獨照物累不拘巍巍堂堂三界獨歩何必身長丈六紫磨金輝項佩圓光廣長舌相以色見我是行邪道設有眷屬荘嚴不求自得山河大地不礙眼光得大總持一聞千悟都不希求一飡之直汝等諸人儻不如是祖師來至此土非常有損有益有益者千萬人中撈漉一个半个堪爲法器有損者如前已明從他依三乘教法修行不妨却得四果三賢進修之分所以先德云了即業障本來空未了應須償宿債師憲宗穆宗兩朝凡三詔不赴既沒賜謚大達禪師

澧州龍潭崇信禪師本渚宮賣餅家子也史失其姓少時英異初悟禪師居天皇寺人莫之測師家於寺巷日常以十餅饋之悟受之每食畢常留一餅曰吾恵汝以蔭子孫一日退而省其私曰餅是我持去何以反遺我邪寧別有旨乎遂造問焉悟曰是汝持來復汝何咎師聞頗曉玄旨因祈

出家悟曰汝昔崇福善今信吾言可名崇信由是服勤左右一日問曰某自到来不蒙指示心要悟曰自汝到来吾未嘗不指汝心要曰何處指示悟曰汝擎茶来吾爲汝接汝行食来吾爲汝受汝和南時吾便低首何處不指示心要師低頭良久悟曰見即直下便見擬思即差師當下開觧乃復問如何保任悟曰任性逍遥隨緣放曠但盡凡心無別聖觧師後詣澧陽龍潭棲止僧問髻中珠誰人得師曰不賞翫者僧曰安著何處曰有處即道來李翺問如何是真如般若曰我無真如般若翺曰幸遇和上師曰此猶是分外之言德山問荅具本傳

癸卯長慶三年○六月新都觀泥像生須拔之復生○八月帝幸興慶宫遇持鉢僧施絹三百疋

甲辰四年正月帝崩

是年杭州永福寺刋石壁法華經成相國元稹爲之記其辭曰按沙門釋惠皎自狀其事云永福寺一名孤山寺在杭州錢塘湖心孤山上石壁法華經在寺之中始以元和十二年嚴休復爲刺史時惠皎萌厥心卒以長慶四年白居易爲刺史時成厥事上下其石六尺有五寸長短其石五十七尺有六寸座周於下盖周於石砌周於堂凡買工鑿經六萬九千有一百五十錢十經之數既畢又立石爲二碑其一碑凡輸錢於經者由十而上皆得名於碑其輸錢之貴者有若杭州刺史嚴休復中書舍人杭州刺史白居易刑部侍郎湖州刺史

崔玄亮刑部郎中睦州刺史韋文悟處州刺史韋行立杭州刺史張聿御史中丞蘇州刺史李乂御史大夫越州刺史元稹右司郎中處州刺史陳岵九刺史之外縉紳之由杭者若宣慰使庫部郎中知制誥賈餗以降鮮不附於經石之列必以輪錢先後爲次第不以貴賤老幼多少爲後先其一碑僧之徒思得聲名人文其事以自廣予以長慶二年相先帝無狀譴於同州明年徙於會稽路出於杭杭民競相觀覩白怍問之皆云非觀宰相蓋欲觀曩所聞之元白耳由是僧之徒悞以予爲名聲人相與日夜攻刺史白乞予文予觀僧之徒所以經於石文於碑蓋欲爲不朽且欲自大其本術令夫碑既文經既石而又九諸侯相率貢錢於所事由近而言之亦可謂來異宗而成不朽矣由遠而言即不知幾萬歲而外天與地相軋陰與陽相蕩火與風相射名與形相滅則四海九州皆空中一微塵耳又安知其朽不朽哉然而羊叔子識枯樹中舊環張僧繇世爲畫師歷陽之氣至今爲城郭狗一吠而異世卒不可化鍛之子學數息則易成此又性與物相游而終不能兩相忘矣又安知夫六萬九千之文刻石永永因衆姓合成獨不能爲千萬劫含藏之不朽耶由是思之則僧之徒得計矣至於佛書之奧妙僧當爲余言余不當爲僧言況斯文止紀於刻石故不及講貫其義云中書令王智興請於四洲置僧尼方等戒壇於誕聖節度僧制可既而

浙西觀察使李德裕奏曰智興為戒壇泗州募須度者每名輸錢二千則不復勘詰普皆剃落自淮而右戶三男則一男剃髮規免徭役所度無筭臣閱渡江日數百人蘇常齊民十固八九儻不禁遏前至誕月江淮失丁男數十萬不為細事也帝不納先是憲宗屢有敕不許天下私度民為僧尼道士至是智興冒禁陳請於是細民淆混奔趍剃落智興因致貲數十萬緡大為清論鄙之

時福州古靈神讃禪師初叅百丈却回本寺受業師嘗在窓下看經蜂子投窓求出讃見之曰世界如許廣闊不肯出鑽它故紙驢年去其師因置經問曰汝行脚遇何人而發言如此讃曰昨蒙百丈和上指个歇處其師於是集衆請陞堂說法讃舉百丈門風曰靈光獨耀逈脫根塵體露真常不拘文字心性無染本自圓成但離妄緣即如如佛其師於言下有省

佛祖歷代通載卷第二十一

音釋

妁 之若切酌也 贄 脂利切執玉帛也 績 子狄切紺也 旤 戶果切神不福也 孥 怒乎切子也 懌 羊石切悅服也 藁 古老切禾稈也 鏄 度官切鐵塊 俘 芳符切 岵 胡古切山多草木 餗 思穀切鼎實也 軋 於黠切輾也 鍜 胡加切鋌鍜 啎 五故切同悟忤逆也

佛祖歷代通載卷第二十二

嘉興路大中祥符禪寺住持華亭念常集

唐

乙巳敬宗湛穆宗長子母太后王氏游戲無度狎匿羣小性復偏急爲克明弑之年十八崩塟莊陵在位二年改寶曆

八月遣中使詣天台採求靈藥詔道士劉從政入宮資質仙事署光祿卿別號升玄先生

丙午三月命道士孫準製長生藥署準爲翰林待詔

四月帝畋獵夜歸與宦官酣飲擊毬俄燭滅遇弑年十八大臣裴度等迎皇太弟江王立之是爲文宗

五月下詔革兩朝淫侈不法之務捕道士孫準等二十八人及佞僧惟真民服流于嶺表

丁未文宗昂穆宗次子虛懷聽納而不能堅決用李訓鄭注欲盡誅宦官仇士良等陰覺縱兵殺宰相王涯等二十餘人帝三十二歲崩在位十四年改太和

戊申十月江西觀察使沈傳師奏帝誕月請於洪州起方等戒壇度僧資福制曰不度僧尼累有勑命傳師忝爲方面違禁申請宜罰俸料一月

澧州藥山禪師惟儼卒大儒唐伸爲之碑曰上嗣位明年澧陽郡藥山釋氏大師以十二月六日終于修心之所後八年門人狀先師之行西來京師告于崇敬寺大德求所以發揮先師之耿光垂於不朽崇敬大德於余爲從母兄也嘗叅徑山得其心要自興善寬敬宗寂之後四方從道之人

質疑傳妙罔不詰崇敬者嘗謂伸曰吾道之明於藥山猶爾教之闡於洙泗智炬雖滅法雷猶響豈可使明德不照至行堙沒哉惟大師生南康信豊自爲童時未嘗處羣兒戲弄中往往獨坐如念如思年十七即南度大庾抵潮之西山得惠照禪師乃落髮服緇執禮以事大曆中受具於衡岳希琛律師釋禮矩儀動如夙習一朝乃言曰大丈夫當離法自靜焉能屑屑事細行於衣巾耶是時南嶽有遷江西有寂中岳有洪皆悟心契乃知大圭之質豈俟磨礱照乘之珎難晦符彩自是寂以大乘法聞四方學徒至於指心傳要衆所不能達者師必默識懸解不違如愚居寂之室垂二十年寂曰汝之所得可謂浹於心術布於四體欲益而無所益欲知而無所知渾然天和合於本無吾無有以教矣佛以開示羣盲爲大功度滅衆惡爲大德爾當以功德者濟羣迷宜作梯航無久滯此由是陟羅浮涉清凉歷三峽遊九江貞元初因憩藥山喟然嘆曰吾生寄世若萍蓬耳又何効其飄轉耶既披蓁結庵才庇趺座鄉人知者因齎携飲食奔走而往師曰吾無德於人何以勞人乎哉並謝而不受鄉人跪曰願聞日費之具曰米一升足矣自是嘗以山蔬數本佐食一食訖就座轉法華華嚴涅槃晝夜若一終始如是殆三十年矣遊方求益之徒知教之在此後數歲而僧徒葺居禪室架棟鱗差其衆不可勝數至於沃頫正覆道源成流有以見寂公先知

之明矣忽一旦謂其徒曰乘郵而行及暮而息未有久行而不息者吾至所詣矣吾將有息矣靈源自清混之者相能滅諸相是無有色窮本絕外汝其悉之語畢隱几而化春秋八十四僧臘六十夏入室弟子沖虛等迁座建塔于禪居之東遵本教也始師嘗以大練布爲衣以竹器爲蹻自薙其髮自具其食雖門人數百童侍甚廣未嘗易其力珎羞百品鮮果駢羅未嘗易其食冬裘重燠夏服輕疎未嘗易其衣華室靖深香榻嚴潔未嘗易其處麋鹿環繞猛獸伏前未嘗易其觀貴賤迭來頂謁床下未嘗易其禮非夫罄萬有契真空離攀緣之病本性清淨乎物表焉能遺形骸忘嗜欲久而如一者耶其他碩臣重官歸依修禮於師之道未有及其門闥者故不列之於篇銘曰一物在中觸境而搖我示其源不境不跳西方聖人實言其要其要既得可言其妙我源自濟我真自靈大包萬有細出無形曹溪所傳徒蔵于密身世俱空曾何有物自見曰明是爲至精出沒在我誰曰死生刻之琬琰立之岩岫作碎者伸期於不朽

李翺作復性書其一曰人之所以爲聖人者性也人之所以惑其性者情也喜怒哀懼愛惡欲七者情之所爲也情既昏性斯匿矣非性之過也七者循環而交來故性不能統也水之渾也其流不清火之煙也其光不明非水火清明之過沙不渾流斯清矣煙不鬱光斯明矣情不作性斯統矣

性者天之命也聖人得之不惑者也聖人者豈無情耶聖人者寂然不動不往而到不言而信不耀而光制作參乎天地變化合於陰陽雖有情也未嘗有情也然則百姓者豈其無性耶百姓之性與聖人之性弗差也雖然情之所昏交相攻未始有窮故雖終身而不自睹其性焉火之潛於山石林木之中非不火也江河淮濟之末流而泉於山非不水也石不敲木弗磨則不能燒其山林而燥萬物泉之源弗疏則弗能爲江爲河爲淮爲濟東滙大壑浩浩湯湯爲弗測之深情之動弗息則弗能復其性而燭天地爲不極之明是故誠者聖人之性也寂然不動廣大清明照乎天地感而遂通天下之故行止語黙無不處極也復其性者賢人循之而不已者也不已則能歸其源矣聖人知人之性皆可以循之其不息而至於聖也故制禮以節之作樂以和之安於仁樂之本也動而中禮之本也故在車則聞和鸞之聲行步則聞佩玉之音無故不廢琴瑟視言行循禮法而動所以教人忘嗜欲而歸性命之道也道者至誠而不息也至誠而不息則虛虛而不息則明明而不息則照天地而無遺非他也此盡性命之道也哀哉人人可以及於此莫之止而不爲也不亦惑耶昔者聖人以傳於顔子顔子得之拳拳不失不遠而復其心三月不違仁子曰回也其庶乎屢空其所以未到聖人者一息耳非力不能也短命而死故也其餘升堂者蓋皆傳也

一氣之所春一雨之所膏而得之者各有淺深不必均也曾子之死也曰吾何求焉吾得正而斃焉斯已矣斯正性命之言也子思仲尼之孫得祖之道述中庸四十九篇以傳于孟軻孟軻曰我四十不動心軻之門人達者公孫丑萬章之徒蓋傳之矣遭秦焚書中庸之弗焚者一篇有焉於是此道廢闕其教授者唯節文章句威儀擊劒之術相師焉性命之源則吾弗能傳矣道之極於剥也必復吾自六歲讀書但爲辭句之學志于道者四年矣與人言之未嘗有是我者也南觀濤江入于越而吴與陸參存焉與之言陸參曰子之言尼父之心也東方有聖人焉不出乎此也西方有聖人焉亦不出乎此也唯子行之不息而已矣嗚呼性命之書雖存學者莫能明是故皆入於莊列老釋不知者謂夫子之徒不足以窮性命之道信之者皆是也有問於我我以吾之所知傳焉遂書於書以開誠明之源而闕絶廢棄不揚之道幾可以傳於是命曰復性書以治乎心以傳乎人於戲夫子復生不廢吾言矣其二曰或問曰人之昬也久矣將復其性者必有漸也敢問其方曰弗慮弗思情則不生情既不生乃爲正思正思者無思無慮也易曰天下何思何慮又曰閑邪存其誠詩曰思無邪曰已矣乎曰未也此齋戒其心者也猶未離於静焉有静必動有動必静動静不息是乃情也易曰吉凶悔吝生乎動者也焉能復其性耶曰如之何曰方静之時知

心無思者是齋戒也知本無有思動靜皆離寂然不動是至誠也中庸曰誠則明矣易曰天下之動貞夫一者也問曰不慮不思之時物格于外情應于內如之何而可止也以情止情其可乎曰情者性之邪也知其爲邪本無其心寂然不已邪思自息惟性明照邪也何所生如以情止情是乃大情也情之相止其有已乎易曰顏氏之子其殆庶幾乎其不善未嘗不知知之未嘗復行也易曰不遠復無祇悔元吉問曰本無有思動靜皆離然則靜之來也其不聞乎物之形也其不見乎曰不覩不聞是非人也視聽昭昭而不起聞見者斯可矣無不知也無不爲也其心寂然光照天地是誠之明也大學曰致知在格物易曰無思也無爲也寂然不動感而遂通天下之故非天下之至神其孰能與於此曰敢問致知在格物何謂也曰物者萬物也格者來至也物至之時其心昭昭然辨焉而不著於物者是致知也是知之至也知至故意誠意誠故心正心正故身修身修故家齊家齊而國理國理而天下平此所以能參天地者也易曰與天地相似故不違智周乎萬物而道濟天下故不過旁行而不流樂天之命故不憂安土敦乎仁故能愛範圍天地之化而不過曲成萬物而不遺通乎晝夜之道而知故神無方而易無體一陰一陽之謂道此之謂也曰生爲我說中庸曰不出乎前矣曰我未明也敢問何謂天命之謂性曰人生而靜天之性也性

者天之命也率性之謂道曰何謂也曰率循也循其源而反其性者道也道也者至誠也至誠天之道也誠者定也不動也修道之謂教何謂也曰教也者人之道也擇善而固執之者也修是道而歸其本者明也教也者則可以教天下矣顏子其人也道也者不可須臾離也可離非道也說者曰其心不可須臾動焉故也動則遠矣非道矣變化無方未始離於不動故也是故君子戒謹乎其所不覩恐懼乎其所不聞莫見乎隱莫顯乎微故君子謹其獨也說者曰不覩之覩見莫大焉不聞之聞聞莫甚焉其心不動是弗覩之覩弗聞之聞也其復之不遠矣故謹其獨謹其獨者守其中也問曰昔之解中庸者與生之言皆不同何也曰彼以事解我以心通者也曰彼亦通於心乎曰吾不知之問人之性猶聖人之性嗜欲愛惡之心何自而生耶曰情者妄也邪也曰邪與妄則無所因矣妄情滅息本性清明周流六虛所以謂之能復其性也易曰乾道變化各正性命語曰朝聞道夕死可也能正性命故也曰情之所昏性即滅矣何以謂之猶聖人之性也曰水之清澈其渾之者沙泥也其渾也性情豈遂無有耶久而不動沙泥自沉清明之性鑒乎天地非自外來也故其渾也性本不失及其復也性亦不生人之性亦猶水也問曰人之性本皆善而邪情昏焉敢問聖人之性將復爲嗜欲所渾乎曰不復渾矣情本邪也妄也邪妄所翳性不能復聖

人既復其性矣知情之所爲邪邪既爲明所覺矣則無邪邪何由生乎曰敢問死何所之耶曰聖人之所不明書于策者也易曰原始要終故知死生之說精氣爲物遊魂爲變是故知鬼神之情狀斯盡之矣子曰未知生焉知死則原其始反其終可以盡其生之道生之道既盡則死之說不學而通矣此非所急也子修之不息其自知之吾不可以章章然言非書矣其三曰晝而作夕而休者凡人也作乎非作者與物皆作休乎非休者與物皆休吾則不類於凡人晝無所作夕無所休作非吾作也作有物休非吾休也休有物休耶作耶二皆離而不存予之所存者終不亡且離矣人之不力於道者昬不思也天地之間萬物

生焉人之與萬物一也其所以異於鳥獸蟲魚者豈非道德之性全乎哉受一氣而成形一爲物而一爲人得之甚難也生乎世又非深長之年也以非深長之年行甚難得之身而不專專於大道肆其心之所爲其所以異於鳥獸蟲魚者亡矣昬而不思其昬也終不明矣吾之年三十有九矣思十九年時如朝日也思九年時亦如朝日也人之受命其長者不過七十八十年九十百年者希矣當百年之時而視乎九十時也與吾此日之思於前也遠近其能大相懸也其又能遠於朝日之時耶然則人之生也雖享百年若雷電之驚相激也若風之飄而旋也可知矣況百千人無一及百年之年哉故吾之終日志於道猶懼

未及也彼肆其心之所爲者獨何人耶已酉〇雲代蔚三州山谷間石化爲麪民取食之蘇州重玄寺刋石壁經成刺史白居易爲之碑曰碑在石壁東次石壁在廣德法華院西南隅院在重玄寺西若干步寺在蘇州城北若干里以華言唐文刻釋氏經典自經品衆佛號以降字加金焉夫開示悟入諸佛知見以義度無邊以圓教垂無窮莫尊於妙法蓮華經凡六萬九千五百五言證無生忍造不二門住不可思解脫莫極於維摩詰經凡一萬七千九十二言攝四生九類入無餘涅槃實無得度者莫出於金剛般若波羅蜜經凡五千二百八十七言禳罪集福淨一切惡道莫急於佛頂尊勝陀羅尼經凡三千一十言應念順願願生極樂土莫急於阿彌陀經凡一千八百言用正見觀真相莫出於觀普賢菩薩行法經凡六千九百九十言詮自性認本覺莫過於實相法密經凡三千二百五言空法塵依佛智莫過於般若波羅密多心經凡二百五十八言是八種經具十二部合一十一萬六千八百五十七言三乘之要旨萬佛之祕藏盡矣是石壁積四重高三尋長十有五丈厚尺有咫有石蓮敷覆其上下有石神固護其前後火水不能燒漂風日不能搖消所謂施無上法盡未來際者也唐長慶二年冬作太和三年春成律德沙門清晃矢厥謀清海繼厥志門弟子南容成之道則終之寺僧契元捨藝而書之郡守居易施辭而讚之讚曰佛滅度

後世界空虛惟是經典與衆生俱設復有人書貝葉上藏檀龕中非堅非久如臘印空假使有人刺血爲墨剥膚爲紙即人知滅如筆書水噫畫水不若文石印臘不若字金其功不朽其義甚深故吾謂石經功德契如來付囑之心

是歲丹霞天然禪師將終命左右具浴浴畢乃頂笠策杖受屨垂一足未及地而化春秋八十有六師本儒生行應舉偶一禪者問仁今何往曰選官去禪者曰選官何如選佛曰選佛當何所詣禪者曰江西馬祖出世即選佛之場也師遂見馬祖以手托幞頭額祖顧視良久曰南嶽石頭是汝之師師抵南嶽亦以前意投之石頭曰著槽廠去乃禮謝入行者堂執務後因普請鏟草次師獨沐頭跪於石頭之前石頭欣然與之落髮尋爲說戒即掩耳而去便返江西再見馬祖未參禮便入僧堂騎聖僧頸而坐衆驚異以白馬祖祖入堂見之曰我子天然師即下地禮拜曰謝師賜與法名久之徧歷諸方後於天津橋橫卧留守鄭公出呵之不起吏問故曰無事僧鄭奇之日給米麪洛下翕然敬向居鄧州丹霞至數百衆嘗示衆曰阿你渾家切須保護一靈之物此不是你造作名邈得更說什麽薦不薦吾往日見石頭和上亦只教保護此事不是你譚話得阿你渾家各有一坐具地更疑什麽禪可是你解得底物豈有佛可成佛之一字永不喜聞阿你自看善巧方便慈悲喜捨不從外得不著方寸

善巧是文殊方便是普賢你更擬趂逐什麽物不用經不落空去今時學者紛紛擾擾皆是叅禪問道吾此閒無道可修無法可證一飲一啄各自有分不用疑慮在在處處有恁麽底若識得釋迦即是凡夫阿你須自看取一盲引衆盲相将入火坑夜暗裏雙陸賽彩若爲生無事珍重師嘗著玩珠吟二篇其一曰識得衣中寶無明醉自醒百骸俱潰散一物鎮長靈智境渾非體神珠不定形悟則三身佛迷疑萬卷經在心心可測歷耳耳難聽罔象先天地玄泉出杳冥本剛非鍛鍊元淨莫澄渟槃礴輪朝日玲瓏映曉星瑞光流不滅真氣觸還生鑒照崆峒寂羅籠法界明剉凡功不减趍聖果非盈龍女心親獻閻王口自呈護鵞人却活黄雀意猶輕解語非關舌能言不是聲絶邊彌汗漫無際等空平演教非爲説聞名忽認名兩邊俱莫立中道不須行見月休觀指還家罷問程識心心即佛何佛更堪成

時有凌行婆者嘗謁浮杯和上與喫茶次婆問盡力道不得底句還分付阿誰曰浮杯無剩語婆云我不恁麽道曰你作麽生道婆斂手哭曰蒼天中更寃苦杯無語婆云語不知偏正爲人即禍生後有僧舉似南泉泉云苦哉浮杯却被老婆摧折婆聞南泉語乃笑曰王老師猶少機關在有澄一禪者見婆問怎生是南泉猶少機關在婆乃哭曰可悲可痛一罔措婆云會麽一合掌而立婆云伎死禪和如麻似粟後澄

一舉似趙州州云我若見這臭老婆問教口啞在一云未審和上怎生問他州以棒打云似這伎死禪和不打更待何時連打數棒婆聞趙州恁麼道乃曰趙州自合喫婆手裏棒在後有僧舉似趙州州哭云可悲可痛婆聞趙州此語乃合掌曰趙州眼放光明照破四天下後趙州令僧去問怎生是趙州眼婆乃竪起拳頭趙州聞之乃以一偈寄云當機直面提直面當機疾報你凌行婆哭聲何得失婆亦以一偈荅曰哭聲師已曉已曉復誰知當時摩竭國幾喪目前機

辛亥 文宗喜食蛤蜊一日御饌中有蛤蜊劈不張者忽變菩薩像帝驚異有旨送與善寺令衆僧瞻禮因問侍臣此何祥也或對太一山有惟政禪師深明佛法詔問之帝名政而問焉對曰物無虛應此殆啓陛下信心耳經云應以菩薩形得度者即現菩薩形而爲說法帝曰菩薩形今見矣未聞其說法何也對曰陛下見此以爲常耶非常耶信耶弗信耶帝曰非常之瑞朕焉不信政曰陛下聞其說法矣何謂未聞帝大悅詔天下寺並立觀音像奉祀焉

癸丑 十月帝誕節名法師知玄與道士於麟德殿論道

乙卯 四月丁巳宰相李訓上疏請罷內道場沙汰僧尼濫僞者制可是日詔下方毀大內靈像俄暴風聿起含元殿鴟吻俱落發三金吾仗舍內外城門樓觀俱壞光化門墻

亦崩士民震恐帝以訓所請忤天意亟詔停前沙汰詔復立大内聖像風遂頓息見舊史五行志是歲冬十一月宰相李訓鄭注謀誅宦官不克事敗訓注皆死之

是歲南泉普願禪師鄭州新鄭人姓王氏也將示寂第一座問曰和尚百年後向什麽處去師云山下作一頭水牯牛去座云某甲隨和上去還得不師云汝若隨吾則須銜一莖草来乃集門人告之曰星翳燈幻其来久矣勿謂吾有去来也言訖而逝師得法於馬祖後歸池陽自架禪室以居凡三十年不下南泉會宣城觀察使陸公亘請下山伸弟子之禮由是學徒雲集陸嘗問弟子從六合来彼中還更有身否泉云分明記取擧似作家陸云和上大不思議到處世界現成泉云適来總是大夫分上事陸他日又云弟子薄會佛法泉云十二時中作麽生陸云寸絲不挂泉云猶是階下漢泉又云不見道有道君王不納有智之臣一日見人雙陸大夫拈起骰子云恁麽不恁麽只恁麽信彩去時如何泉拈起骰子云臭骨頭十八嘗示衆曰道箇如如早是變了也今時師僧直須向異類中行又曰我於一切處而無所行他拘我不得喚作徧行三昧普現色身又曰如今不可不奉戒我不是渠渠不是我作得伊如狸奴白牯行履却快活你若一念異即難爲修行才一念異便有勝劣二根亦是情見隨他因果更有什麽自由分又曰老僧十八上解作活計有人解作活計者麽出来共你商

量須是住山人始得珎重無事各自修行大衆不去師復云如聖果也大可畏沒量大人尚不柰何我且不是渠渠且不是我他經論家説法身爲極則喚作理盡三昧似老僧向前被人教返本還源去幾恁麼會禍事兄弟近日禪師太多覓人癡鈍箇不可得不道全無於中還少若有出來共你商量如空刼時還有修行人否有無作麼不道阿你尋常巧唇薄舌及乎問著總皆不道何不出來莫論佛出世事兄弟今時人擔佛著肩頭上行聞老僧言心不是佛智不是道便聚頭擬推老僧無你推處你若東得虛空作棒打得老僧著一任汝推師與趙州門風天下惟仰以爲絶唱

大和九年九月十一日潭州道吾山圓智禪師告寂豫章海昏人也姓張氏幼依槃和尚受教登戒預藥山法會密契心印一日藥山問子去何處來曰遊山來山曰不離此室速道將來曰山上烏兒白似雪淵底遊魚忙不徹師與雲岩侍立次藥山曰智不到處切忌道著道著即頭角生智頭陀怎麼生師便出去雲岩問藥山曰智師兄爲什麼不祇對和上山曰我今日背痛是他却會汝去問取雲岩即來問師曰師兄適來爲什麼不祇對和上師曰汝却去問取和上僧問云居切忌道著意怎麼生云居云此語最毒僧云如何是最毒底語云居云一棒打殺龍蛇雲岩臨迁化時遣人送辭書到師展書覽之曰雲岩不知有悔當時不向伊道然雖如是要且不違藥山之子玄覺云古人恁麼道還有也未又云雲岩當時不會且道什麼處是伊不會處

潙山問師什麼處去来師曰看病来曰有幾人病師曰有病底有不病底曰不病底莫是智頭陀否師曰病與不病總不干他事急道急道僧問萬里無雲未是本来天如何是本来天師曰今日好曬麥問無神通菩薩爲什麼足迹難尋師曰同道方知曰和上知否師曰不知曰爲什麼不知師曰汝不識我語石霜問師百年後有人問極則事作麼生向他道師喚沙彌沙彌應諾師曰添却淨瓶水著師良久却問石霜適来問什麼石霜再舉師便起去石霜異日又問和上一片骨敲著似銅鳴向什麼處去也師喚侍者侍者應諾師曰驢年去師示疾有苦僧衆慰問法候師曰有受非償子知之乎衆皆愀然將行謂衆曰吾當西邁理無東移言訖告寂壽六十有七闍維得靈骨數片建塔于石霜山之陽勅謚修一大師塔曰實相

丙辰改開成○元年左街僧録内供奉三教談論引駕大德安國寺上座賜紫大達法師端甫卒史館修撰裴休製碑曰玄秘塔者大法師端甫靈骨之所歸也於戲爲丈夫者在家則張仁義禮樂輔天子以扶世導俗出家則運慈悲定慧佐如来以闡教利生捨此無以爲丈夫也背此無以爲達道也和上其出家之雄乎天水趙氏世爲秦人初母張夫人夢梵僧謂曰當生貴子即出囊中舍利使吞之及誕所夢僧白晝入其室摩其頂曰必當大弘教法言訖而滅既成人高顙高目大頤方口長六尺五寸

其音如鐘夫將欲荷如来之菩提鑿生靈之耳目固必有殊相竒表與始十歲依崇福寺道悟禪師爲沙彌十七正度爲比丘隷安國寺具威儀於西明照律師稟持犯於崇福寺昇律師傳涅槃唯識大義於安國寺素法師復夢梵僧告曰三藏大教盡貯汝腹矣自是經律論無敵於天下囊括川注逢原委會滔滔然莫能知其畔岸矣夫將欲伐株杌於情田雨甘露於法種者固必有勇智宏辨與無何謁文殊於清凉衆聖皆現演大經於太原傾都畢會德宗皇帝聞其名徵之一見大悦常出入禁中與儒道論議賜紫方袍歲時錫施異於他等復詔侍皇太子於東朝順宗皇帝深仰其風親之若昆弟相與卧起恩禮特隆憲宗皇帝數幸其寺待之若賔友常承顧問注納偏厚而和上符彩超邁詞理響捷迎合上旨皆契真乘雖造次應對未嘗不以闡揚爲務由是天子益知佛爲大聖人其教有大不可思議事當是時朝廷方削平區夏縛吴斡蜀潴蔡蕩鄆而天子端拱無事詔和上率緇屬迎真骨於靈山開法場於祕殿爲人請福親奉香火既而刑不殘兵不黷赤子無愁聲江海無驚浪蓋叅用真乘以毗大政之明効也夫將欲顯大不思議之道輔大有爲之君固必有冥符玄契與掌内殿法儀録左街僧事以標表清衆者十一年講涅槃唯識經論位處當仁傳授宗乘以開誘道俗凡一百六十座運三密於瑜伽契無生於悉地日持諸部十

餘萬徧指淨土爲息肩之地嚴金経爲報法之恩前後供施數十百萬悉以崇飾殿宇窮極雕繪而方丈匡床靜慮自得貴臣盛族皆所依慕豪俠工賈莫不瞻嚮薦金玉以致誠仰端嚴而禮足日有千數不可殫書而和上即衆生以覩佛離四相以修善心下如地坦無丘陵王公輿臺皆以誠接議者以謂成就常不輕行者唯和上而已夫將欲駕横海之大航拯羣迷於彼岸者固必有奇功妙道與以開成元年六月一日向西右脇而滅當暑而尊容若生竟夕而異香彌欝其年七月六日迁於長樂之南原遺命荼毗得舍利三百餘粒方熾而神光月皎既燼而靈骨珠圓賜謚大達塔曰玄祕俗壽六十七僧臘四十八弟子

比丘比丘尼約千餘輩或講論玄言或紀綱大寺修禪秉律分作人師五十其徒皆爲達者於戲和上果出家之雄乎不然何至德殊祥如此其盛也承襲弟子自約義正正言等克荷先業虔守遺風大懼徽猷有時堙沒而閤門劉公法緣最深道契彌固亦以爲請願播清塵休嘗游其藩備其事隨喜讃歎蓋無愧辭銘曰賢劫千佛第四能仁哀我生靈出経破塵教網高張孰分有大法師如從親聞経律論藏戒定慧學深淺同源先後相覺異宗偏義孰正孰駁有大法師爲作霜雹趣真則滯涉僞則流象狂猿輕鈎檻莫收柅制刀斷尚生瘡疣有大法師絶念而遊巨唐啟運大雄垂教千載冥符三乘迭耀寵重恩顧顯闡讃

導有大法師逢時感名空門正闢法宇方開崢嶸棟宇一旦而摧水月鏡像無心去来徒令後學瞻仰徘徊

丁巳○彗星現長八丈

戊午開成三年三月六日僧統清凉國師澄觀將示寂謂其徒海岸等曰吾聞偶運無功先聖悼歎復質無行古人耻之無昭穆動靜無綸緒徃復勿穿鑿異端勿順非辨僞勿迷陷邪心勿固牢鬪諍大明不能破長夜之昏慈母不能保身後之子當取信於佛無取信於人真離玄微非言説所顯要以深心體解朗然現前對境無心逢縁不動則不孤我矣言訖而逝師生歷九朝爲七帝門師春秋一百有二僧臘八十有三身長九尺四寸垂手過膝目夜發光晝視不瞬才供二筆聲韻如鐘文宗以祖聖崇仰特輟朝三日重臣縞素奉全身塔于終南山未幾有梵僧到闕表稱於葱嶺見二使者凌空而過以呪止而問之荅曰北印度文殊堂神也東取華嚴菩薩大牙歸國供養有旨啓塔果失一牙唯三十九存焉遂闍維舍利光明瑩潤舌如紅蓮色賜謚仍號清凉國師妙覺之塔相國裴休奉勅撰碑其銘曰寶月清凉寂照法界以沙門相蔵世間解澄湛含虚氣清鐘鼎雪沃劍溪霞橫維嶺真室寥夐靈嶽崔嵬虚融天地峻拔風雷離微休命實際龐鴻奉若時政華彼幽蒙烱乎禹質元聖孕靈德雲冉冉凝眸幻形谷嚮入耳性不可爲青蓮出水深不可闚才受尸羅奉持止作原始要

終克諧適莫鳳藻瓊奇遺演秘密染翰風生供盈二筆欲造玄關咽金一像逮竟將流龍飛遷飈疏新五頂光銜三京躍出法界功齊百城萬行分披華開古錦啓迪羣虻與甘露飲爕黄金偈懐生保乂聖主師資聿與遐裔貝葉飜宣譯場獨步譚柄一揮幾回天顧王庭闡法傾河湧泉屬辭縱辨玄玄玄玄紫衲命衣清涼國號不有我師孰知吾道九州傳命然無盡燈一人拜錫統天下僧帝網冲融滔通萬戶歷天不周同時顯晤卷舒自在來往無蹤大士知見允執厥中西域供牙梵倫遞至奏啓石驗嘉風蓋熾勑俾圖真相即無相海印大龍蟠居方丈哲人去矣資何所恭即事之理塔鎖終南

勑寓國師真奉安大興唐寺文宗皇帝御製賛曰朕觀法界曠閲無垠應縁成事允用虛根清涼國師體象啓門奄有法界我祖聿尊教融海岳恩廓乾坤首相二疏拔擢幽昏間氣斯來拱承佛日四海光凝九州慶溢敞金仙門奪古賢席大手名曺橫經請益仍師臣休保余遐曆爰抒顓毫式揚茂實真空罔盡機就而駕白月虛秋清風適夏妙有不遷縁息而化邈爾禹儀煥乎精舍

紀製象碁昔神農以日月星辰爲象唐相國牛僧孺用車馬將士卒加砲代之爲機矣

是年正月六日圭峰宗密禪師示寂相國裴休撰傳法碑師姓何氏果州西充人釋迦如来三十九代法孫也釋迦住世八十

年爲無量天人聲聞菩薩說種種法最後以法眼付大迦葉令祖祖相傳別行于世顧此法衆生之本源諸佛之所證超一切理離一切相不可以言語智識有無隱顯推求而得但心心相印印印相契使自證知光明受用而已自迦葉至達磨達磨東來至曹溪凡三十三世曹溪傳荷澤荷澤傳磁州如如傳荆南張張傳遂州圓圓傳禪師師於荷澤爲五世於迦葉爲三十八世其宗系如此師豪家少通儒學一日謁遂州未及與語退遊徒中見其儼然在定忻躍慕之遂剃染受道嘗赴齋次受經得圓覺十二章誦未終忽然大悟歸以告其師師印可乃謁東京照照曰菩薩人也誰其識之次謁清凉觀觀曰毗盧華藏能從我游者其汝乎及因漢上僧授華嚴新疏遂講華嚴久之著圓覺華嚴涅槃金剛唯識起信法界觀等經疏鈔及禮懺修證圖傳纂略文集諸宗禪語爲禪藏并書偈議論凡九十餘卷或以師不守禪行而廣講經論遊名邑大都以興建爲務乃爲多聞之所役豈聲利之所未忘乎曰嘻夫一心者萬法之總也分而爲戒定慧開而爲六度散而爲萬行萬行未嘗非一心一心未嘗違萬行禪者六度之一耳何能總諸法哉且如來以法眼付迦葉不以法行故自心而證者爲法隨行而起者爲役得未必嘗同也然則一心者萬法之所生而不屬於萬法得之者則於法自在矣見之者則於教無礙矣本非法不可以法說本非教

不可以教傳豈可以軌迹而尋哉自迦葉至富那夜奢凡十祖皆羅漢所度亦羅漢至馬鳴龍樹提婆天親始開摩訶衍著論釋經摧滅外道爲菩薩唱首而尊者闍夜獨以戒力爲威神尊者摩羅獨以苦行爲道迹其他諸祖或廣行法教或專心禪定或蟬蜕而去或化火而滅或攀樹以示終或受害而償債是乃法必同而行不必同也且循轍迹者非善行守規墨者非善巧不迅疾無以爲大牛不超過無以爲大士故禪師之爲道也以知見爲妙門以寂靜爲正味慈忍爲甲胄慧斷爲鉤矛破内魔之高壘陷外賊之堅陣鎮撫邪雜解釋縲籠遇窮子則叱而使歸其家見貧女則呵而使照其室窮子不歸貧女不富吾師耻之三乘不興四分不振吾師耻之忠孝不並化荷擔不勝任吾師耻之故皇皇於濟拔汲汲於開誘不以一行自高不以一德自聳人有歸依者不俟請而往也有求益者不俟憤則啓矣雖童幼不簡於應接雖傲很不怠於抑勵其以闡教度生助國家之化也如此故親師之法者貪則施暴則斂剛則隨戾則順昏則開惰則奮自矜者謙自堅者化循私者公溺情者義故士俗有變活業絶血食持戒法而爲近住者有出而修政理以救疾苦爲道者有退而奉父母以豐供養爲行者其餘憧憧而來欣欣而去揚袂而至實腹而歸所在不可勝紀真如來付囑之菩薩衆生不請之良友其四依之一乎其十地之人乎吾不識其

境界庭宇之廣狹議者又焉知大道之所趣哉閱世六十二僧臘三十四宣宗追諡定慧禪師門弟子僧尼四衆凡數千人

庚申○正月上疾命太子監國上崩仇士良立潁王為太弟即位李德裕相

佛祖歷代通載卷第二十二

音釋

蓁匠鄰切　睹東魯切見也　斃婢世切仆也頹也止也　匯苦淮切澤名也　鏟楚簡切平木器　瀦音豬水所停也　鄮為愊切鄮地名　烱俱永切炎蒸也　璝古回切玉也　燮蘇叶切熱也亦和也文字指歸从辛炎也

佛祖歷代通載卷第二十三

嘉興路大中祥符禪寺住持華亭念常集

辛酉 武帝炎改會昌 穆宗第五子母韋太后仇士良臨死謂同類曰天子奢汰不道勿令讀書親儒者後服丹藥其性躁急喜怒不常年二十四而崩在位六年

帝自幼稚不喜釋氏是年正月即位七月桂州馬生三足駒至秋九月召道士趙歸真等八十一人入禁中於三殿修金籙道場冬十月帝幸三殿升九仙玄壇親受法籙左拾遺王哲諫云王業之初不宜崇信太過帝不納

是年十月潭州雲岩晟禪師卒鍾陵建昌人姓王氏少出家於石門初參百丈未悟玄旨侍左右二十年丈化乃謁藥山服勤已久山問師作什麽曰擔屎山曰那箇聻曰在山曰汝來去爲誰曰替他東西山曰何不教並行曰和上莫謗他山曰不合與麽道曰如何道山曰還曾擔麽師於言下契會一日藥山問聞汝解弄師子是否曰是山曰弄得幾出曰弄得六出山曰我亦弄得曰和上弄得幾出山曰我弄得一出師曰一即六六即一後到潙山潙問曰承長老在藥山弄師子是否曰是潙曰長弄耶還有置時曰要弄即弄要置即置潙曰置時師子在什麽處師曰置也置也道吾問大悲千手眼如何曰如無燈時把得枕子怎麽生道吾曰我會也我會也師曰怎麽生會吾曰通身是手眼洞山問就師乞眼睛師曰汝底與阿誰去也曰良价無師曰有汝向什麽處著洞山無語曰乞眼睛

底是眼否价曰非眼師咄之師於是月二十六日沐身竟喚主事僧令備齋來日有上座發去至二十七日並無人去及夜師歸寂壽六十茶毘得舍利千餘粒塔曰淨勝勑謚無住大師

夏六月以衡山道士劉玄靜爲光禄大夫充崇玄館學士令與趙歸真居禁中修法籙左輔闕劉玄謨上疏切諫貶玄謨爲河南戶曹

三年正月制曰齋月斷屠出於釋典國家刱業猶近梁隋卿相大夫或緣茲弊自今惟正月萬物生植之初宜斷屠三日列聖忌各斷一日餘不須禁三月以道士趙歸真爲左右街道門教授先生時帝銳意求仙師事歸真歸真乘寵每對必排毀釋氏非中國之教蠹害生靈宜盡除去帝深然之歸真復請與釋氏辨論有旨追僧道於麟德殿談論法師知玄登論座辨捷精壯道流不能屈玄因奏王者本禮樂一憲度則天下治吐納服食蓋山林匹夫獨擅之事願陛下不足留神帝色不平侍臣諷玄賦詩以自釋玄立進五篇有鶴背傾危龍背滑君王且住一千年之句帝知其刺特放還桑梓

論曰昔周武廢教沙門犯顏抗爭殆數十人雖不能格武之惑然足見吾法中之有人也及唐高祖議沙汰而惠乘玄琬智實法林等皇皇論爭引義慷慨亦不失法王真子之識凡自大曆而後祖道既興吾門雄傑多趍

禪林至是武宗議廢教而主法者才知玄一人而已雖武宗盛意不可解佛運數否莫可逃凡釋子者處變故之際無一辭可紀佛法尊博如天亦吾徒失學之罪也

甲子正月作望仙樓於禁中時集道士於其上咨質仙事時趙歸真特被殊寵諫官數上疏論之帝謂宰相曰諫官論趙歸真此意要卿等知朕宮中無事屏去聲色要此人道話耳李德裕對曰臣不敢言前代得失第歸真曾在敬宗朝出入掖庭以此羣情不願陛下復親近之帝曰朕於彼時已識此人但不知其名呼為趙練師在敬宗時亦無甚惡朕與之言滌煩耳至於軍國政事唯與卿等論之豈問道士蓋是宰相不復諫而歸真遂以涉物論遂舉羅浮山道士鄧元超有長生術帝遣中使迎之及元超至與劉玄靖及歸真等膠固排毀釋氏於是拆寺之請行焉

四月敕祠部檢括天下僧尼寺凡四萬四千六百所僧尼凡二十六萬五千餘人

五月庚子勅併省天下佛寺中書門下闕奏據令式諸上州國忌官吏行香於寺其上州各留一寺凡有列聖尊容並令移於寺內其下州寺並廢兩京左右街請留十寺寺僧十人勅曰上州合留寺工作精巧者各一所如破落悉宜除毀其行香日官吏宜赴道觀上都東都各留四寺寺僧三十人中書門下又奏曰天下廢寺鐘磬銅像委鹽鐵使鑄錢其鐵像委本州鑄為農

具金銀鍮石等像銷付度支衣冠士庶之家所有金銀等像勑出後限一月納官

八月制曰朕聞三代以前未有言佛漢魏之後像教寖興由是季時傳此異俗因緣染習蔓衍滋多以至於蠹耗國家而漸不覺以至於誘惑人情而衆益迷洎於九有山原兩京城闕僧徒日廣佛寺日崇勞人力於土木之功奪人利於金寶之飾移君親於師資之際違配偶於戒律之間壞法害人無逾此道且一夫不田有受其饑者今天下僧尼不可勝數皆待農而食待蠶而衣寺宇招提莫知紀極皆雲架藻飾僭擬宮居晉宋齊梁物力凋弊風俗澆詐莫不由是而致也況我高祖太宗以武定禍亂以文理天下執此兩端而以經邦豈以西方區區之教與我抗衡哉貞觀開元亦嘗釐革剗除未盡流衍轉滋朕博覽前言旁求輿議弊之可革斷在不疑而中外誠臣協予正意條流至當宜在必行懲千古之蠹源成百王之典法即人利衆予何讓焉其天下所拆寺還俗僧尼收充稅戶於戲前古未行似將有待及今盡去豈謂無時驅游惰不業之徒幾五十萬廢丹臒無用之室凡六萬區自此清淨訓人慕無為之理簡易齊政成一俗之功將使六合黔黎同歸皇化尚以革弊之始日用不知下制明廷宜體予意

乙丑三月帝不豫自徵方士服金丹受法籙至是發背躁悶失常遂至大漸旬日不能言而崩年三十三舊史贊曰昭肅削浮圖之

法懲游惰之民志欲矯步丹梯求珠赤水徒見蕭衍姚興之曲學不悟始皇漢武之妄求蓋受惑左道之言故偏斥異方之教況身毒西來之法向欲千年蚩蚩之民習以成俗畏其教甚於國法樂其徒不異登仙如文身斷髮之鄉似吐火吞舟之戲詎可正以威詔而律以章甫加以笮馳何充之佞代不乏人雖荀卿孟子之賢未容抗論一朝隳殘金像幡棄胡書結怨於膜拜之流犯怒於匹夫之口哲王之舉不駭物情前代存而勿論實爲中道欲革斯弊將俟河清昭肅頗稱明斷然聽斯蔽矣（已上並見舊史）

論曰舊史武宗紀著除羅釋氏始末甚詳當時黃冠乘寵傾害吾教然亦大臣李德裕輔成其事也新史曰武宗毅然除去浮屠之法甚銳而躬受道家法籙服藥以求長年以此知其非明智之不惑者特好惡不同耳噫嘻武宗非明智不惑豈特於釋老好惡不同哉其偏信李德裕專權用事朋黨相傾雖僅有伐叛之勞未見成功而朝野積怨已甚使更久權則與李林甫又何異乎○（右曰上流之罪天執其罰下民之罪天似其罰異矣哉報應傳曰正月十五日有人夜行至穆宗陵下忽聞人語謂是盜焉遂泊裏叢薄之內俄而空有朱衣執版宣曰塚尉何在有二吏出應曰在矣朱衣曰錄海西居使者至也未吏曰計程十八日方至朱衣曰何稽吏曰李炎坐毀聖教減筭一紀當與海西居同錄其魂而至矣時有賈客自東來俱聞不見是年武宗果卒併錄之）

（三月上崩子幼皇太叔即位四月出李德裕荊南節度使）

○丙寅

丁卯宣宗忱憲宗第十三子始封光王讓位與姪文宗武宗後武宗不道搤亡沉於宮廁宦者仇公武潜收救之俾髡髮爲僧後復受江陵少尹武宗疾大漸立光王爲皇太弟即位于柩前帝以沉落民間備知稼穡勤于庶政視前昏暴廣興佛寺后年五十崩咸寧殿葬貞陵在位十三年改元大中

三月詔曰會昌季年併省寺宇雖云異方之教有資爲理之源中國之人久行其道釐革過當事體乖謬其靈山聖境應會昌五年所廢寺宇諸宿舊僧可仍舊修葺住持

是年尚書白居易卒年七十有五贈尚書左僕射上以詩吊之居易被遇憲宗時事無不言湔剔抉摩多見聽可然爲當路所忌遂擯斥所蘊不得施乃放意文酒能順適所遇託釋氏死生之說若忘形骸者後復進用又皆幼君偃蹇益不合居官輒病去遂無立功名意與弟行簡及從祖弟敏中友愛東都所居履道里疏沼種樹架石樓香山鑿八節灘號醉吟先生自爲之傳晚節好佛尤甚至經月不食葷稱香山居士與胡杲等九人宴集皆高年不仕者人慕之繪爲九老圖居易於文章精切然最工於詩當時士人爭傳誦之其始生方七月能展書姆指之無兩字雖式之百數不差九歲暗識音律其篤於才章蓋天稟然既卒以其所居第施爲佛寺宣宗思其賢不已因擢其弟敏中爲相居易嘗足疾肖彌陀佛像而禱之自爲之記曰我本師釋迦如來說言從是西方過十萬億佛土有世界號極樂以無八苦四惡道故也其國號淨土以無三毒五濁業故也其佛號阿

彌陀以壽無量願無量功德相好光明無量故也諦觀此娑婆世界衆生無賢愚無貴賤無幼艾有起心歸佛者舉手合掌必向西方有怖厄苦惱開口發聲必先念阿彌陀又範金合土刻石綉紋乃至印水聚沙童子戲者莫不率以阿弥陀佛爲上首不知其然而然由是而觀是彼如来有大誓願於此衆生衆生有大因緣於彼國土明矣不然南北東西過去現在未来佛多矣何獨如是哉何獨如是我唐中大夫太子少傅白居易當衰莫之歳中風痺之疾乃捨俸錢三十萬命工人杜敬宗按阿彌陀無量壽二經畫西方世界一部高九尺廣丈有三尺阿彌陀尊佛坐中央觀音勢至二大士侍左右人天瞻仰眷屬圍繞樓臺伎樂水樹花鳥七寶嚴飾五綵張施爛爛煌煌功德成就弟子居易焚香稽首跪於佛前起慈悲心發弘誓願願此功德回施一切衆生一切衆生有如我老者如我病者願離苦得樂斷惡修善不越南部便覩西方白毫大光應念来感青蓮上品隨願往生從現在身盡未来際常得親近而供養也欲重宣此義而說讚曰極樂世界清淨土無諸惡道及衆苦願如我身老病者同生無量壽佛所

戊辰

九月詔曰潮州司馬李德裕早籍門第幼踐清華累居將相之榮唯以姦傾爲業當會昌之際極公台之崇騁諛佞以得君遂恣横而持政專權生事妬賢害忠動多詭異之謀潛懷僭越之志秉直者必棄向善

者盡排誣忠良造朋黨之名肆姦僞生加諸之釁計有逾於指鹿罪實見於欺天屬者方處鈞衡曾無嫌避委國史於愛婿之手寵秘文於弱子之身洎衆信書亦見親昵恭推元和實録乃不刊之書擅敢改張罔有畏忌奪他人之懿績爲私門之令猷附李榮之曲情成吳緗之怨獄擢爾之髪數罪未窮載窺罔上之由益見無君之意朕務全本體久爲含容雖黜降其官榮尚蓋藏其醜狀而睥睨未已兢惕無聞積惡既張公議難抑可崖州司戸未幾德裕慚忿而卒乃見夢哀訴於宰相令狐綯乞歸葬其尸識者謂之強魂雖死亦不哀云

論曰唐李習之曰史官紀事不得實乃取行狀謚牒凡爲狀者皆門生故吏苟言虛美尤不足信予觀李德裕故吏鄭亞所爲會昌一品制集序鋪張德裕勳業與新史本傳無異而舊史武宗紀則著德裕之惡與詔詞皆合然則新史取信故吏之說寧不惧後来者乎

湖南觀察使裴休躬謁華林善覺禪師休問師還有侍者否覺云有一兩箇休云在什麼處覺乃喚大空小空時二虎自庵後而出休覩之大驚覺語虎曰且去有客在二虎哮吼而去休問師作何行業感得如斯覺良久云會麼休云不會覺云山僧常念觀音休歎異而去覺隱居常持錫夜出林薄間七步一振錫一稱觀音名號嘗有僧来衆方展坐具覺曰且緩緩僧曰和尚見

箇什麼覺云可惜許磕破鐘樓其僧有省

巳○正月五色雲○復河湟瓜沙伊肅等十巳○中現佛真身○一州之地於是開元基宇悉如故

黃蘗希運禪師示寂師福唐人姿貌豐碩游方晚趍江西叅馬祖值祖歸寂乃見百丈問馬祖平日機緣丈舉再叅馬祖掛拂話師於言下大悟曰子他日嗣馬祖去師曰不然今日因師舉得見馬祖大機之用若嗣馬祖喪我兒孫丈曰如是如是見與師齊減師半德見過於師乃堪傳受師自是混迹于衆後於豫章遇觀察使裴休道緣契合遂出世說法嘗示衆曰汝等諸人欲何所求遂以棒趂去而衆不散因謂之曰汝曹盡是噇酒糟漢恁麼行脚取笑於人但見八百一千便去不可只圖熱鬧也老漢行脚時或遇草根下有一箇漢便從頂上一錐看他若知痛痒可以布袋盛米供養他可中總似你如此容易何處更有今日事汝等既稱行脚亦須著些精神還知道大唐國裏無禪師時有僧出云只如諸方尊宿聚徒闡化又作麼生師曰不道無禪只是無師豈不見馬大師座下出八十四人坐大道場得大師正眼者止三兩人而已歸宗和上是其一也出家人須知有從上来事分且如四祖下牛頭融大師橫說竪說猶不知向上關捩子有此眼腦方辨得邪正宗黨且當人事宜不能體會得但知學語言念向肚皮裏安著到處稱我會禪還替得汝生死麼輕忽老宿入地獄如箭我才見入門来便識得你了也還

知麼急須努力莫容易事持片衣口食空過一生明眼人笑汝久後總被俗人筭將去在宜自看遠近是阿誰分上事若會即便會不會即散去大中三年終於黃蘗勅謚斷際禪師塔曰廣業

庚午

詔京兆薦福寺弘辯禪師入內帝問曰禪宗何有南北之名對曰禪門本無南北昔如來以正法眼付大迦葉展轉相傳至三十一世此土弘忍大師有二弟子一名惠能受衣法居嶺南一名神秀在北揚化得法雖一時開導發悟有頓漸之異故曰南頓北漸非禪宗本有南北之號也帝曰何名戒定慧對曰防非止惡名戒六根涉境心不隨緣名定心境俱空照鑒無惑爲慧帝曰何名方便對曰方便者隱實覆相權巧之門也被接中下曲施誘迪謂之方便設爲上根言捨方便但說無上道者斯亦方便之談以至祖師立言忘功絕謂亦無出方便之迹帝曰何爲佛心對曰佛者覺也謂人有智慧覺照爲佛心心者佛之別名則有百千異號體唯其一本無形狀非青黃赤白男女等相在天非天在人非人而現天現人能男能女非始非終無生無滅故號靈覺之性如陛下日應萬機即是陛下佛心假使千佛共傳應無別有所得也帝曰如今有人念佛如何對曰如來出世爲天人師隨根器而說爲上根者開最上乘頓悟至理中下根者未能頓曉是以佛爲韋提希開十六觀門令念佛生於極樂故經云是心是佛是心作佛心外無佛

佛外無心帝曰復有人持經持呪求佛如何對曰如来種種說法皆爲最上一乘如百千衆流莫不朝宗于海如是差別諸緣皆歸薩婆若海帝曰祖師既傳心印金剛經云無所得法如何對曰佛之一化實無一法與人但示衆生各各自性同一法藏當時然燈如来但印釋迦本法而無所得方契然燈本意故經云無我無人無衆生無壽者是法平等修一切善不著於相帝曰禪師既會祖意還禮佛看經否對曰沙門禮佛看經蓋是住持常法有四報焉依佛戒修身叅尋知識漸修梵行履踐如来所行之迹帝曰何爲頓見何爲漸修對曰頓相自性與佛無二然有無始染習故假漸修對治令順性起用如人喫飯非一口便飽是日辨對七刻方罷帝悅賜號圓智禪師

（辛未）江州刺史崔黯復廬山東林寺黯自爲之碑其略曰佛之心以空化執智化也以福利化欲仁化也以緣業化妄術化也以地獄化愚刼化也故中下之人聞其說利而畏之所謂救溺以手救火以水其於生人恩亦弘矣然用其法不用其心以至於甚則失其道蠹於物失其道者迷其徒蠹於物者覆其宗皆非佛之以手以水之意也爲國家者取其有益於人去其蠹物之病則通矣唐有天下一十四帝視其甚理而汰之而執事之人不以歸牛返本以結人心其道甚桀幾爲一致今天子取其益生人稍復其教通而流之以濟中下於是江州奉例詔予時爲刺史前訪茲地松

門千樹嵐光熏天蜩嘒湍鳴松籟泠然可別愛而不剪利以時往至是即善而復之又曰甞觀晉史見遠公之事及得其書其辨若注其言若鋒芒以見其當時取今之所謂遠公者也吾聞嶺南之山峻而不山嶺北之山山而不秀而廬山爲山山與秀兩有之五老窺湖懸泉墜天秔香藥靈鳥鬪獸善烟嵐之中恍有絳節白鶴使人觀之而不能回眸也且金陵六代代促俗薄臣以功危主以疑慘潯陽爲四方之中有江山之美遠公豈非得計於此而視於時風耶然鷙者搏羶饕者居素前入不暇自歎者多則遠師固爲賢矣是山也以遠師更清遠師也以是山更名暢佛之法如以曹溪以天台爲號者不可一二故寺以山山以遠三相挾而爲天下具美矣

癸酉潙山靈祐禪師示寂師嘗示衆曰夫道人之心質直無僞無背無面無詐妄心行一切時視聽尋常更無委曲亦不閉眼塞耳但不附物即得從上諸聖只是說濁邊過患若無如許多惡覺情見想習之事譬如秋水澄渟清淨無爲澹泞無礙喚作道人亦名無事人時有僧問頓悟之人還更有修不師云若真悟得本他自知時修與不修是兩頭語如今初心雖從緣得一念頓悟自理猶有無始曠劫習氣未能頓淨須教渠淨除現業流識即是修也不道別有法教渠修行趣向從聞入理聞理深妙心自圓明不居惑地雖有百千妙義抑揚當時此乃得坐披衣自解作活計時相國鄭

愚爲之碑曰天下之言道術者多矣各用所宗爲是而五常教化人事之外於精神性命之際史氏以爲道家之言故老莊之類是也其書具存然至於盪情累外生死出於有無之間超然獨得言象不可以擬議勝妙不可以意況則浮屠氏之言禪者庶幾乎盡也有口無所用其辨巧歷無所用其數愈得者愈失愈是者愈非我則我矣不知我者誰氏知則知矣不知知者何以無其無不能盡空其空不能了是者無所不是得者無所不得山林不必寂城郭不必諠無春夏秋冬四時之行無得失是非去來之迹非盡無也冥於順也遇所卽而安故不介於時當其處無必故不局於物其大旨如此其徒雖千百得者無一二

近代言之者必有宗宗必有師師必有傳然非聰明瓌宏傑達之器不能得其傳當其傳是皆鴻龐偉絶之度也今長沙郡西北有山名大潙蟠木窮谷不知其徧幾千百里爲羆豹虎兕之宅雖夷人射獵虜迹樵亡不敢田從也師始僧號靈祐生福唐笠首屩足背閩來游庵於翳薈非食不出栖栖風雨默坐而已恬然晝夜物不能害非夫外死生忘憂患冥順大和者孰能於是哉昔孔門殆庶之士以簞瓢樂陋巷夫子猶稱詠之以其有生之厚也且生死於人得喪之大者也既無得於生必無得於死既無得於得必無得於失故於其間得失是非所不容措委化而已其爲道術天下之能事畢矣凡涉語是非之端辨之益

惑無補於學者今不論也師既以茲爲事其徒稍稍從之則與之結構廬室與之伐去陰黑以至於千有餘人自爲飲食紀綱而於師言無所是非其有問者隨語而荅不強所不能也數十年言佛者天下以爲稱首武宗毀寺逐僧遂空其所師遯褁首爲民惟恐出蚩蚩之輩有識者益貴重之後湖南觀察使裴公休酷好佛事值宣宗釋武宗之禁固請迎而出之乘之以已與親爲其徒列又議重削其鬚髮師始不欲戲其徒曰爾以鬚髮爲佛耶其徒愈強之不得已笑而從之復到其所居爲同慶寺而歸諸徒復來其事如初師皆幻視無所爲意忽一日笑報其徒示若有疾以大中七年正月九日歸寂年八十三即窆於大溈之南阜後十有一年其徒以師之道上聞始加謚號及墳塔以厚其終噫人生萬類之最靈者而以精神爲本自童孺至老白首始於飲食漸於功名利養是非嫉妬晝夜纏縛又其念慮未嘗時餉歷息煎熬形器起如寬譬行坐則思想偃卧則魂夢以耽淫之利欲役老朽之筋骸飡飯既耗齒髮已弊猶扳白餌藥以從其事外以夸人內以欺已曾不知息陰休影捐慮安神求須臾之暇以至溘焉而盡親友不翅如行路利養悉委之他人愧負積於神明辱殆流於後嗣淫渝汙瀁不能自止斯皆自心而發不可不制以道術道術之妙莫有及此佛經之說益以神聖然其歸趣悉臻無有僧事千百不可梗槩各言宗教自相

矛盾故褐衣圓頂未必皆是若予者洗心於是逾三十載適師之徒有審虔者以師之圖形自大潙来知予學佛求爲讃説觀其圖状果前所謂鴻龐絶待之度者也既與其賛則又欲碑師之道於精廬之前予笑而諾之遂因其説以自警觸故其立言不專以褒大潙之事云

○詔修天下祖塔未經賜號謚者所在以聞太常考行須賜

乙亥○勅法師辨章爲三教首座

是年潭州道林沙門疏言詣太原府訪求藏經高士李節餞以序曰業儒之人喜排釋氏其論必曰禹湯文武周公孔子之代皆無有釋釋氏之興衰乱之所奉也宜一掃絶剗革之使不得滋釋氏源於漢流於晉瀰漫於宋魏齊梁陳隋唐孝和聖真之間論者之言粗矣抑能知其然未知其所然也吾請言之昔有一夫膚腯而色凝氣烈而神清未嘗謁醫未嘗禱鬼恬然保順罔有札瘥之患固善也即一夫不幸而有寒暑風濕之痾背瘇而足躄耳聵而目瞑於是功熨之術用禳禬之事紛焉是二夫豈特相反耶盖病與不病勢異耳嗟乎三代之前世康矣三代之季世病矣三代之前禹湯文武德義播之周公孔子典教持之道風雖衰漸漬猶存詐不勝信悪知避善於是有擊壤之歌由庚之詩人人而樂也三代之季道風大衰力詐以覆信扇澆而散朴善以柔退悪以強用廢井田則豪寠相乘矣貪封畧則攻戰亟用矣務實帑則聚斂之臣升矣務勝下則掊尅之吏

貴矣上所以御其下者欺之下所以奉其上者苟之上下相仇激為怨俗於是有汨羅之客有負石之夫人人愁怨也夫釋氏之教以清淨恬虚為禪定以柔謙退讓為忍辱故怨爭可得而息也以菲薄勤苦為修行以窮達壽夭為因果故陋賤可得而安也故其喻云必煩惱乃見佛性則本衰代之風激之也夫衰代之風舉無可樂者也不有釋氏以救之尚安所寄其心乎論者不責衰代之俗而尤釋氏之興則是抱疾之夫而責其醫禱攻療者也徒知釋因衰代之興不知衰代清釋氏之救也何以言之耶夫俗既病矣人既愁矣不有釋氏使安其分勇者將奮而思鬬智者將靜而思謀則阡陌之人將紛紛而羣起矣今釋氏歸之分而不責於人故賢智雋朗之士皆息心焉其不達此者愚人也惟上所役焉故羅衰亂之俗可得而安賴此也若之何而剪去之哉論者不思釋氏扶世助化之大益而疾其雕鎪綵繪之小費吾故曰能知其然不知其所以然者也會昌季年武宗大剪釋氏巾其徒且數萬之民隸具其居容貌於土木者沉諸水言詞於紙素者烈諸火分命御史乘驛走天下察敢隱匿者罪之由是天下名祠珍宇毀撤如掃天子建號之初雪釋氏之不可廢也詔徐復之而自湖以南遠人畏法不能酌朝廷之體前時焚撤書像殆無遺者故雖明命復許制立莫能得其書道林寺湖西之勝游也有釋跡言警辯有謀獨曰太原府國

家舊都多釋祠我聞其帥司空范陽公天下仁人我弟往来購釋氏遺文以惠湘川之人宜其聽我而助成之矣即辭而北游旣上謁軍門范陽公果諾之因四求散逸不成藴秩者至釋祠不見毀而副剩者又命講丐以補繕闕漏者月未幾凡得釋經五千四十八卷以大中十年秋八月輦自河東而歸於湘馬嘻釋氏之助世旣言之矣向非我君洞鑒理源其何能復立之耶旣立之且亡其書非有疏言遠識而誠堅孰克弘之耶吾喜疏言奉君之令演釋之宗不憚寒暑之勤德及遠人爲叙其事且贈以詩詩曰湘水狺狺兮俗獷且很利殺業偷兮吏莫之馴繄釋氏兮易暴使仁釋何在兮釋在斯文湘水滔滔兮四望何已猿狖騰拏兮雲樹靡靡月沉浦兮烟冥山檣席卷兮櫓床閑偃仰兮嘯詠鼓長波兮何時還湘川超忽兮落日晼晼松覆秋庭兮蘭被春畹上人去兮幾千里何日同游兮湘川水

戊寅

詔羅浮軒轅先生左拾遺王譜等上疏諫之詔荅曰朕以躬親庶務萬機事繁訪聞羅浮處士軒轅集善能攝生年齡不老乃遣使迎之與其有少保理也朕每觀前史見秦皇漢武之事常以之爲戒卿等職在諫司閱示来章深納誠意復謂宰相曰爲吾諭於諫官雖少翁欒大復生亦不能相惑第聞軒轅生高士欲與一言耳未幾軒轅集至帝問曰先生遐壽而長年可致否對曰屛聲色去滋味一哀樂廣惠澤則與

天地合體日月齊明是爲長年不假外求也帝敬重之

己卯○韋寅於洪州溈觀音寺躬請仰山惠寂禪師開山住持本爲官講

八月帝崩年五十矣帝性明敏用法無私恭謹節儉惠愛民物從諫如流天下稱爲小太宗每宰相奏事畢忽恬然曰可以間語因問閭閻細事或譚宮中游宴一刻許復正容曰卿等善爲之常恐卿輩負朕後日難相見乃起入宮令狐綯嘗謂人曰吾十年秉政最承恩遇然每於延英奏事未嘗不汗霑衣也

舊唐史賛曰臣聞黎老言大中故事獻文皇帝器識深遠久歷艱難備知人間疾苦自寶曆巳來中人擅權事多假借京師豪右大擾窮民泊大中臨御一之日權豪歛迹二之日姦臣畏法三之日閽寺讋氣由是刑政不濫賢能效用百揆四嶽穆若清風十餘年間頌聲載路帝宮中衣澣濯之衣常膳不過數器非母后侑膳輒不舉樂歲或小飢憂形于色雖左右近習未嘗見怠墮之容與羣臣言儼然煦接如對賓僚或有所陳聞虛襟聽納故事人主行幸黄門先以龍腦鬱金籍地獻文悉命去之宮人有疾醫視之既瘳即抽金賜之誡曰勿令敕使知謂朕私於侍者其恭儉好善類如此季年風毒召羅浮山人軒轅集訪以治身之要集亦有道之士也未嘗輙語詭異帝益重之及堅請還山帝曰先生捨我亟去國有灾者朕有天下竟得幾年集索筆橫書四十而去乃十四年也興替宜運

其若是與而帝道皇猷始終無闕雖漢之文景不足過也惜乎簡籍遺落舊事十無三四吮墨揮翰有所慊然

資治通鑑曰宣宗少歷艱難長年踐祚人之情僞靡不周知盡心民事精勤治道賞簡而當罰嚴而必故方内樂業殊俗順軌求之漢世其孝宣之流亞歟

論曰唐新舊史唯宣宗朝事實相反持甚唯舊史與資治通鑑皆合新史貶之謂宣宗以察爲明無復仁恩之意鳴呼斯言莫知何謂也大凡人君寛厚長者必責以優游無斷至於精勤治道則謂以察爲明然則從而可乎孟子曰盡信書不如無書蓋誠然也

補怛洛伽山觀音示現之地有唐大中間天竺僧来即洞中燔盡十指親覩妙相與說妙法授以七寶色石靈跡始著其後日本國僧惠鍔自五臺得菩薩画像欲還本國舟至洞輙不往乃以像舍于土人張氏之門張氏屢覩神異經捐所居爲觀音院（昌國志云梁貞明二年始建寺）郡將聞之遣慕賓迎其像到城與民祈福已而有僧名即衆求嘉休扃户刻之彌月像成而僧不見今之所設是也（史越王作重修寺記云）宋元豐三年王舜封使三韓至此黑風驟起巨龜負舟向山禱告大士現相舟穩還朝以聞朝廷頒金帛移寺建於梅嶺山之陽賜額寶陀祈禱雨賜輙應迨今元朝降香賜田重新寺宇以福邦家永延

帝祚

佛祖歷代通載卷第二十三

音釋

緗思良切淺黄色 綯大刀切緈絞繩索也 黯烏感切黑也 蜩大么切蟬也 泞直與切水亭貌 盪徙黨切搖動也滌器也 阡青田切阡陌也道也 購古候切以財有所求賞 咼古獘切開也

佛祖歷代通載卷第二十四

嘉興路大中祥符禪寺住持華亭念常集

唐

庚辰 懿宗漼（宣宗長子好聲樂莚宴委政群僚復迎佛骨而曰生見之死無恨年三十六崩葬簡陵在位十四年）改咸通

壬午 杭州大慈山寰中禪師蒲坂人也姓盧氏頂骨圓聳其聲如鍾出家於并州童子寺受心印於百丈禪師結茅於南岳一日南泉至問如何是庵中主師云蒼天蒼天泉云蒼天且置如何是庵中主師云會即便會莫切切泉拂袖而出趙州問般若以何爲體師云般若以何爲體趙州大笑而出師明日見趙州掃地問般若以何爲體趙州置箒拊掌大笑師便歸方丈師後住浙江大慈山上堂示衆云山僧不解荅話只能識病又云說得一丈不如行取一尺說得一尺不如行取一寸問道者衆山素缺水師擬飛錫夜夢神人告之曰勿它之詰朝見二虎以爪跑地泉自涌出味甘如飴有僧自岳至乃曰童子泉涸矣移來在此故東坡題詩云亭亭石塔東岡上此老初來百神仰虎移泉眼趁行脚龍作浪花供撫掌至今遊人灌濯罷卧聽空堦環玦響故知此老如此泉莫作人間去來想咸通三年二月十五日不疾而逝壽八十三臘五十四僖宗諡性空大師定慧之塔

癸未 制署法師知玄爲悟達國師總教門事

乙酉 朗州德山宣鑑禪師劒南人姓周氏博貫三藏甞講金剛經時以周金剛名之俄慨然曰窮諸玄辯若一毫置於太虛竭世樞

機似一滴投於巨浸學與無學吾知之矣乃盡棄其習謁龍潭信禪師問久嚮龍潭及到來潭又不見龍亦不現信曰子親到龍潭是夕師立侍更深信曰何不下去師曰暗信點紙燭與師師接得信即吹滅師豁然大悟曰今後更不疑天下老和尚舌頭也即日便辭信語其徒曰可中有箇漢牙如劒樹口似血盆一棒打不回頭他時向孤峯上立吾道去在師居澧陽垂三十年大中初武陵太守薛延望栁德山精舍延請居之大闡宗風上堂示衆云於巳無事則勿妄求妄求而得亦非得也汝但無心於事無事於心則虛而靈寂而妙若毛端許言之本末者皆爲自欺毫氂繫念三塗業因瞥爾情生萬劫羈鎻聖名凡號盡是虛聲殊相劣形皆爲幻色汝欲求之得無累乎及其猒之又成大患終而無益僧問如何是菩提師打云出去莫向這裏屙如何是佛師云佛是西天老比丘雪峯問從上宗乘以何法示人師云我宗無語句亦無一法與人至是將終謂衆曰捫空追響勞汝心神夢覺覺非竟有何事言訖端坐而逝閱世八十有六臈六十有五時咸通六年十二月三日也敕謚見性大師(具傳燈)

(丙戌)鎮州臨濟義玄禪師曹州南華人姓邢氏叅黃蘗運禪師問如何是佛法的的大意聲未絕運便打如是三度致問三度被打遂辭下山運指往高安大愚處去師至大愚問黃蘗近日有何言句師曰某申三度

問佛法的的大意三度被打不知有過無過愚云黃蘗恁麽老婆心更問有過無過師於是大悟云元來黃蘗佛法無多子愚搊住曰尿床鬼子適來問有過無過而今却道黃蘗佛法無多子汝見箇甚麽師於大愚肋下築三拳愚托開云汝師黃蘗非干我事師由是再回黃蘗師資契會大機大用卓冠一時後還鄉狥趙人之請住于城南臨濟禪苑學徒奔湊師示衆曰赤肉團上有一無位真人常從汝等諸人面門出入未證據者看時有僧問如何是無位真人師下禪床搊住云道道其僧擬議師托開云無位真人是什麽乾屎橛師問樂普云從上来一人行棒一人行喝阿那个親對曰總不親師曰親處作麽生普便喝師乃打師問木口和上如何是露地白牛木口曰吽師曰啞木口曰老兄作麽生師曰遮畜生大覺到參師舉拂子大覺敷坐具師擲下拂子大覺收坐具入僧堂衆僧曰遮莫是和上親故不禮拜又不喫棒師聞令喚新到僧大覺遂出師曰大衆道汝未參長老大覺云不審便自歸衆麻谷到叅敷坐具問十二面觀音阿那面正師下繩床一手收坐具一手搊麻谷云十二面觀音向什麽處去也麻谷轉身擬坐繩床師拈拄杖打麻谷接卻相捉入方丈師上堂云大衆夫爲法者不避喪身失命我於黃蘗和上處三度喫棒如蒿枝拂相似如今更思一頓喫誰爲我下得手時有僧曰其甲下得手和上合喫多少師與拄杖其

僧擬接師便打僧問如何是第一句師曰三要印開朱點窄未容擬議主賓分曰如何是第二句師曰妙解豈容無著問漚和爭負截流機曰如何是第三句師曰看取棚頭弄傀儡抽牽全藉裏頭人師又曰夫一句語須具三玄門一玄門須具三要有權有用汝等諸人作麼生會師唐咸通七年丙戌四月十日将示滅乃說傳法偈曰沿流不止問如何真照無邊說似他離相離名如不稟吹毛用了急須磨偈畢坐逝敕諡慧照大師塔曰澄靈具如傳燈

戊子湖南長沙景岑禪師號招賢初住鹿苑其後居無定所但徇緣接物嘗示衆曰我若一向舉揚宗教法堂裏須草深一丈我不得已向汝諸人道盡十方世界是沙門眼盡十方世界是沙門全身盡十方世界是自已光明盡十方世界在自已光明裏盡十方世界無一人不是自已我常向汝道三世諸佛共十方法界衆生是摩訶般若光光未發時汝諸人向什麼處委光未發時尚無佛無衆生消息何處有山河國土來時有僧問如何是沙門眼師云長長出不得又云成佛成祖出不得六道輪回出不得僧云未審出箇什麼不淂師云晝見日夜見星僧云學人不會師乃云妙高山色青又青僧云如何是佛師云衆生色身是僧云河沙諸佛體皆同如何有種種名字師云從眼根返源名為文殊耳根返源名爲觀音從心返源名爲普賢文殊是佛妙觀察智觀音是佛無緣大悲普賢是佛

無爲妙行三聖是佛之妙用佛是三聖之真體用則有河沙假名體則總名一薄伽梵僧云色即是空空即是色此理如何師偈云碍處非墻壁通處勿虛空若人如是解心色本來同問如何是佛性師偈云佛性堂堂顯現住相有情難見若悟衆生無我我面何殊佛面問如何是上上人行履處師云如死人眼問上上人相見時如何師云如死人手問善財無量劫來爲什麽游普賢身中世界不徧師云汝從無量劫來還曾遊得徧不問如何是普賢身師云含元殿裏更問長安問亡僧向什麽處去師有偈云不識金剛體卻喚作生緣十方真寂滅誰在復誰行師因臨濟示衆赤肉團上有一無位真人乃有偈曰萬法一如不用揀一如誰揀誰不揀即今生死本菩提三世如來同箇眼仰山問人人盡有這箇事只是用不得師云恰是倩汝用仰云作麽生用師乃踏倒仰山山曰直下似箇大虫世因名岑大虫

己丑

洞山良价禪師示寂師會稽人姓俞氏幼出家年二十一往嵩嶽受具首謁南泉值馬祖忌日設齋泉問衆曰今日設齋未審馬祖還來否衆無對師乃出對曰待有伴即來泉聞之讚曰此子雖後生卻堪雕琢師曰和上莫壓良爲賤次謁潙山問曰頃聞忠國師有無情說法良价未究其微潙曰我這裏亦有只是難得其人曰便請和上道潙曰父母所生口終不敢道曰還有與和上同時慕道者不潙曰此去石室相

連有雲岩道人若能撥草瞻風必爲子之所重師到雲岩問無情說法什麽人得聞岩曰無情說法無情得聞曰和上還聞不岩曰我若聞汝即不得聞吾說法也曰若恁麽即良价不聞和上說法岩曰我說汝尚不聞何况無情說法耶師乃述偈曰也大奇也大奇無情說法不思議若將耳聽終難會眼處聞聲方始知遂辭雲岩問什麽處去曰雖離和上未卜所止岩曰早晚卻來曰待和上有住處即來岩曰自此一去難得相見師曰難得不相見又問岩曰和上百年後忽有人問還邈得師真如何秖對岩曰但向伊道即這是師良久岩曰承當這箇事大須細審師猶涉疑後因過水覩影大悟前旨因有偈曰切忌從他覓迢迢與我踈我今獨自往處處得逢渠渠今正是我我今不是渠應須恁麽會方得契如如大中末於新豐山接誘學徒其後盛化於高安之洞山嘗因雲岩忌日修齋僧問和上見南泉發跡爲什麽與雲岩設齋曰我不重先師道德亦不爲佛法只重不爲我說破又僧問和上還肯先師也無曰半肯半不肯曰爲什麽不全肯曰若全肯即孤負先師也師謂衆曰知有佛向上人方有語話分時有僧問如何是佛向上人師曰非常師問僧世間何物最苦僧曰地獄最苦師曰不然在此衣線下不明大事最苦師問僧名什麽曰某甲師曰阿那箇是汝主人公曰見秖對次師曰苦哉苦哉今時人例皆如此只是認得驢前馬後

將爲自已佛法平沉此之是也客中辯主尚未分明如何辯得主中主僧云如何是主中主師云闍黎自道取曰某甲道得即是客中主如何是主中主師曰恁麼道即易相續也大難師將示寂謂衆曰吾有閑名在誰爲吾除得衆皆無對有沙彌　請和上法號師曰吾閑名已謝問和上違和還有不病者不曰有僧曰不病者還看和上不曰老僧看他有分曰和上爭得看他師曰老僧看他時不見有病又曰離此殼漏子向什麼處與吾相見衆無對遂剃髮披衣令撞鐘湛然而寂時學徒千餘人號慟移時師忽開眸曰夫出家人心不附物是真修行勞生息死於悲何有乃召主事僧令辦愚癡齋一中蓋責其徒戀情也至七日食具方備師隨衆齋畢復謂衆曰僧家無事大率臨行之際勿須諠動明日浴罷端坐長往壽六十三臘四十二謚悟本禪師塔曰寂覺

是歲五月帝幸安國寺賜國師知玄寶座高二丈材用沉香塗髹縷龍鳳葩蕊金鈿之上施復座陳經几其前四隅立瑞鳥神人高數尺磴道以陞前被綉囊錦襜珎麗絶甚時宮中日齋萬僧帝自爲贊唄宰相蕭倣諫以爲天竺法割愛取滅非帝王躬踐今筆梵言口梵音不若徵謬賞濫罰振殃祈福況佛者可以悟取不可以相求懿宗雖不納然嘉美其言玄姓陳氏世號陳菩薩三學洞貫名蓋一時異跡尤多及僖宗避巢賊幸成都遣御史郭遵賚璽書徵

赴行在帝素重其名引對大悅賜號悟達國師留行宮久之辭歸九隴忽定中見菩薩降其室摩玄頂演深妙音而慰安之言訖即隱俄一珠入玄左股隆起楚甚上有晁錯二字玄知夙債也即右脇安卧而逝著述凡二十餘萬言行于世弟子僧徹徹弟子覺暉俱有重名三世爲僧統或謂玄前身蓋漢川三學山知鉉法師鉉在世嘗講十地品感地變金色及終感病與玄絶類

庚寅咸通十一年相國裴休薨休字公美孟州人兒時與兄弟偕隱晝講經夜著書終年不出戶有饋鹿者諸生薦之休不食曰蔬食猶不足今一啗肉後何以繼擢進士第累更内任嘗出刺洪州一日入龍興寺觀壁畫歎曰容儀可觀高僧何在時有數僧對不惬休曰此間莫有禪者麽僧云近一僧至似禪者休命召乃黃檗運禪師時未顯名休以前問扣之運高聲曰裴休休應諾運曰在什麽處休豁然從此契入遂迎入府第旦夕問法及移鎮宛陵亦命與俱由是深徹法源復與圭峯密禪師道緣尤密大中時執政六年次歷諸鎮節度薨年七十有四休能文章書楷道媚有體法爲人醖藉操守嚴正進止雍閑宣宗嘗曰休真儒者居常不御酒肉著釋氏文數萬言其圭峯禪源諸詮序曰禪師集禪源諸詮爲禪藏而都序之休曰未嘗有也自如來現世隨機立教菩薩間生隨病指藥故一代時教開深淺之三門一真如心演性相

之別法馬龍二士皆弘調御之説而空性異宗能秀二師俱傳達磨之心而頓漸殊禀天台專依三觀牛頭無有一法江西舉體全真荷澤直指知見其他空有相破真妄相攻反奪順取密指顯説故西域中夏其宗實繁良以病有千源藥生多品投機隨器不得一同雖俱爲證悟之門盡是正真之道然諸宗門下通少局多故數十年來師法益壞以承禀爲門户各自開張以經綸爲戈矛互相攻擊情隨函矢而迁變法逐人我以高低是非紛拏莫能辨析則向者世尊菩薩諸方教宗適足以起諍後人增煩惱病何利益之有哉圭峯禪師久而歎曰予丁此時不可默矣於是以如來三種教義印禪宗三種法門融缾槃釵釧爲一金攪酥酪醍醐爲一味振綱領而舉者皆順據會要而来者同趣尚恐學者之難明也又復直示宗源之本末真妄之和合空性之隱顯法義之差殊頓漸之同異遮表之回互權實之淺深通局之是非莫不提耳而告之指掌而示之嚬呻以吼之柔和以誘之乳而藥之恐性命之夭殤也保而護之念水火之漂焚也揮而散之悲鬪諍之牢固也大明不能破長夜之昏慈父不能保身後之子若吾師者捧佛日而委曲回照疑曀盡除順佛心而横亘大悲窮劫蒙益是則世尊爲闡教之主吾師爲會教之人本末相符遠近相照可謂畢一代時教之能事矣或曰自如来滅後未嘗大都而通之今一旦違宗趣而不守廢關

防而不攄無乃乖秘藏密契之道乎荅曰佛於法華經涅槃會上亦以融為一味但昧者不覺故涅槃經云迦葉菩薩曰諸佛有露語而無密藏世尊讚歎曰如來之言開發顯露清淨無翳愚人不解謂之秘藏智者了達則不名藏此其證也故王道與則外戶不閉而守在夷狄佛道備則諸法總持而防在外魔不當復執情攘臂於其間也嗚呼後學當取信於佛無取信於人當取證於本法無取證於末習能如是則可以報圭峯之劬勞德矣

癸巳
咸通十四年三月庚午詔兩街僧於鳳翔法門寺迎佛骨於是以金銀為剎珠玉為帳孔鷸周飾之小者尋丈高者倍之刻檀為簷柱陛墄塗黃金每一剎數百人舉之香輿前後係道綴玉瑟瑟幡蓋殊綵以為幢旌費不貲限以四月八日至京師綵觀夾道天子御安福門樓迎拜引入內道場三日後出京城諸寺詔賜兩街僧金帛京師耆老及見元和事者悉厚賜所過鄉聚皆裒土為剎相望於途光景晝見京城高貲相與集大衢作僧臺縵闕注水銀為池金玉為樹集桒門羅像設考鼓鳴螺繼日夜下詔曰朕以寡德纘承洪業十有四年頃值寇興王師未息朕憂勤在位愛育生靈遂尊崇釋教至重玄門迎請真身為百姓祈福今觀覩之眾隘塞路歧載念狴牢寢興在慮嗟我黎人陷于刑辟況漸當暑毒繫於縲絏京畿及天下諸州府見禁囚逓減死一等明年四月詔送佛骨歸于鳳

翔都人耆耋辭餞皆嗚咽流涕
新史贊曰人之惑怪神也甚哉若佛者特西域一槁人耳裸頂露足以乞食自資癯辱其身屏營山樊行一槩之苦本無求於人徒屬稍稍從之然其言荒茫漫靡夷幻變現善推不驗無實之事以鬼神死生貫爲一條據之不疑掊嗜欲棄親屬大抵與黄老相出入至漢十四葉書入中國蹟夫生人之情以耳目不際爲奇以不可知爲神以物理之外爲畏以變化無方爲聖以生而死死而復生回復償報歆艷其間爲或然以賤近貴遠爲喜鞮譯差舛不可研詰華人之譎誕者又攘莊周列禦寇之說佐其高層累架騰直出其表以無上不可加爲勝妄相夸協而唱其風於是自天子逮庶人皆震動而奉祀之初宰相王縉以緣業事佐代宗始作内道場晝夜梵唄冀攘寇戎大作盂蘭肖祖宗像分供寺塔爲賤臣嘻笑至憲宗遂迎佛骨於鳳翔内之宫中韓愈指言其弊帝怒竄愈瀕死憲亦弗克天年幸福而禍無乃左乎懿宗不君精爽奪迷復蹈前車而覆之興哀無知之塲丐庇百解之裁以死自誓無有顧籍流涕拜伏雖事宗廟上帝無以進焉屈萬乘之貴自等於古胡數千載而遠以身爲殉嗚乎運痑祚殫天告之矣懿不三月而殂唐德之不競厥有來哉
論曰甚矣宋景文公詆毀吾先師之厚也屢欲直其辭而爲之解朝及得大顛對退之之論李節贈疏言之敘凡予所

欲言者彼既言矣故不別論且憲懿二宗誠爲崇奉太過至於高祖沙汰三教詔下而位移武宗大滅釋氏未逾歲而被禍此亦不得不懼也雖然眞佛也者聖凡之大本也體與太虛等徧用與衆庶同功無爲而無所不爲無在而無所不在然則心外見佛而過奉之者非正見也昧乎大本而故毀之者即自毀也景文斥其奉之之弊而匿其毀之之失豈良史之謂哉

僖宗儼懿第五子十一即位年二十七崩葬靖陵改乾符 ○是歲并州民生子二頭四手 ○濮賊王仙芝聚衆於長垣 ○高駢破南詔 ○王仙芝作亂黄巢應之

是歲十一月兩日並出而鬬

改廣明 ○田令孜奉天子西走 ○巢賊入長安國號大齊建元金統 ○李克用奔達旦

改中和上自興元入蜀 ○拓拔思恭以兵赴難以之權夏綏節度使

澧州夾山善會禪師廣州峴亭人也姓廖氏九歲於潭州龍牙山出家依年受戒往江陵聽習經論該練三學遂叅禪會勵力參承初住京口一夕道吾策杖而至遇師上堂僧問如何是法身師曰法身無相曰如何是法眼師曰法眼無瑕師又曰目前無法意在目前不是目前法非耳目所到道吾乃笑師乃生疑問吾何笑吾曰和上一等出世未有師可往浙中華亭縣參船子和上去師曰訪得獲否道吾曰彼師上

無片瓦遮頭下無卓錐之地師遂易服直詣華亭會船子鼓櫂而至師資道契微朕不留（語見船子章）師比欲遁世忘機尋以學者交湊廬室星布曉夕咨依唐咸通十一年庚寅海衆卜于夾山遽成院宇師上堂示衆曰夫有祖以來時人錯會相承至今以佛祖句爲人師範如此卻成狂人無智人去他只指示汝無法本是道道無一法無佛可成無道可得無法可捨故云目前無法意在目前他不是目前法若向佛祖邊學此人未有眼目皆屬所依之法不得自在本只爲生死茫茫識性無自由分千里萬里求善知識須有正眼永脫虛謬之見定取目前生死爲復實有爲復實無若有人定得許汝出頭上根之人言下明道中下根器波波浪走何不向生死中定當取何處更疑佛疑祖替汝生死有智人笑汝偈曰勞持生死法唯向佛邊求目前迷正理撥火覓浮漚僧問從上立祖意教意和上此間爲什麼言無師曰三年不食飯目前無飢人曰既無飢人某甲爲什麼不悟師曰只爲悟迷卻闍黎師說頌曰明明無悟法悟法卻迷人長舒兩脚睡無僞亦無真僧問如何是夾山境師曰猿抱子歸青嶂裏鳥啣花落碧岩前師再闢玄樞迨于一紀唐中和元年辛丑十一月七日召主事曰吾與衆僧話道累歲佛法深旨各應自知吾今幻質時盡即去汝等善保護如吾在日勿得雷同世人輒生惆悵言訖至于夜奄然而逝其月二十九日塔于本山

壽七十七臘五十七敕謚傳明大師塔曰
永濟

壬寅　八月巢所署同州防禦使朱温来降賜名全忠

癸卯　四月李克用等與巢戰于渭橋敗之復京都

甲辰　七月李師悅追黄巢於狼虎谷其甥林言斬巢首降

乙巳　光啓三月帝歸于京師　十二月中官田令孜討王重榮敗績帝奔于鳳翔沙陀之兵入于京師剽掠焚蕩遂爲丘墟焉自是天下崩裂大亂

丁未　是歲岩頭豁禪師示寂師泉州人姓柯氏少落髮抵長安受具游講席習經律次與雪峯欽山結伴優游禪苑初造臨濟值濟迁化見仰山才入門提起坐具云和上仰山擬取拂子舉之師曰不妨好手次見德山執坐具上法堂瞻視山曰作什麽師咄之山曰老僧罪過在什麽處師曰兩重公案便下參堂山曰這箇阿師稍似箇行脚人至来日上問訊山曰闍黎什麽處學得這箇虛頭来師曰全豁終不自謾山曰向後不得辜負老僧雪峯在德山作飯頭一日飯遲德山托鉢至法堂上峯曬飯巾次見德山云這老漢鐘未鳴鼓未響托鉢向什麽處去德山便歸方丈峯舉似師師云大小德山不會末後句山聞差侍者喚師至方丈問汝不肯老僧那師密啓其意德山至来日上堂與尋常不同師到僧堂前撫掌大笑云且喜得老漢會末後句他後天下人不奈何雖然如此也只得三年德山果三年後遷化問古帆未掛時如何荅後園驢喫草上堂謂衆曰吾甞究涅槃經見三段文似衲僧說話又曰休休有僧禮

拜請盖師曰經云吾教意如伊字三點第一向東方下一點點開諸菩薩眼第二向西方下一點點諸菩薩命根第三向上方下一點點諸菩薩頂此是第一段義又曰吾教意如摩醯首羅劈開面門竪亞一隻眼此是第二段義又曰吾教意猶塗毒鼓擊一聲遠近聞者皆喪是第三段義時小岩上座問如何是塗毒鼓師以兩手按膝亞身曰韓信臨朝底問浩浩塵中如何辨主師曰銅沙鑼裏滿盛油問如何是道師曰破草鞋拋向湖裏著或問佛問法問道問禪者師皆作噓聲嘗謂衆曰老漢去時大吼一聲了去其後中原盜起衆皆辟地師端居自如一日賊大至責以無供餽遂剚刃焉師神色不動大叫一聲而終壽六十有一後唐追諡清嚴大師有嗣法羅山能世其高風云

戊申 改文德三月帝崩

己酉 昭宗曄懿第七子爲君俊穎有興復志而外患已成内無賢佐雖有智勇而不能爲年三十八爲朱全忠等弑于御幄葬和陵在位十六年改龍紀

庚戌 改大順○此下隨所在十三處霸附唐末并五代年紀雷氏曰

西秦茂貞　茂貞號秦鳳翔三七

吳行密　揚吳淮南四主四六

吳越鏐　錢杭吳越五主八四

燕守光　守光僭燕一十九年

楚殷　馬楚湖南五主五七

蜀建　王建前蜀二主三五

荆季興　季興荆南五主五七
閩審知　王閩福建五主五五
南漢隱　南漢隱廣五主六七
蜀知祥　知祥後蜀二主四一
南唐昪　李唐江南三主三九
殷延政　延政號殷建州三年
東漢旻　東漢崇原四主二八
西秦茂貞　字正臣本姓宋名文通深州博野人祖鐸父端皆隸博野軍為小校廣明中破巢功大僖宗幸興元賜姓李氏名茂貞明年天子歸宫封鳳翔節度進封隴西郡王自此岐食河西有山南十四州地據鳳翔二十七年同光二年卒矣

是年仰山惠寂禪師示寂韶州懷化人也姓葉氏年十五欲出家父母不許後二載師斷手二指跪致父母前誓求正法以答劬勞遂依南華寺通禪師落髮未登具即遊方初謁耽源已悟玄旨後叅溈山遂升堂奧祐問曰汝是有主沙彌無主沙彌曰有主曰在什麼處師從西過東立溈知是異人便垂開示師問如何是真佛住處溈曰以思無思之妙返思靈燄之無窮思盡還源性相常住事理不二真佛如如師於言下頓悟自此執侍十有五載凡有言句皆為後世宗範一日師問溈山曰和上浮漚識近來寧未溈山云我無來經五年也仰曰若恁麼和上如今身前應普超三昧頂溈山云未在仰曰性地浮漚尚寧然燈身前何故未溈山云理則如是我未敢保任仰曰如何是未敢保任處溈山云汝莫口鮮脫汝豈不聞安秀二師被則天試入水始知有長人到這裏鐵佛也須汗出寂

子汝大須修行莫終日口密及領衆住王莽山一日禪床陷入地中地神告以此山不任和上居止東南有大仰山乃人間福地遂遷止仰山示衆曰汝等諸人各自回光返照莫記吾言汝無始刼来背明投暗妄想根深卒難頓拔所以假設方便奪汝粗識如將黃葉止啼有什麼是處亦如人將百種貨物與金寶作一鋪貨賣秪擬輕重来機所以道石頭是真金鋪我這裏是雜貨鋪有人来覔鼠糞我亦拈與他来覔真金我亦拈與他時有僧問鼠糞即不要請和上真金師云齧鏃擬開口驢年亦未會師云索喚則有交易不索喚則無我若說禪宗身邊要一人相伴亦無豈況五百七百衆耶我若東說西說則爭頭向前採拾如將空拳誑小兒都無實處我今分明向汝說聖邊事且莫將心湊泊但向已性海如實而修不要三明六通何以故此是聖末邊事如今且要識心達本但得其本不愁其末他時後日自具去在若未得本縱饒將情學他亦不得豈不見潙山和上道凡聖情盡體露真常事理不二即如如佛師因歸潙山省覲祐問子既稱善知識爭辨得諸方来者知有不知有有師承無師承是義學是玄學子試說看師曰惠寂有驗處但見諸方僧来便竪起拂子問伊諸方還說這箇不說又曰這箇且置諸方老宿意作麼生祐嘆曰此是從上宗門爪牙祐問大地衆生業識茫茫無本可據子作麼生知他有之與無師曰惠寂有驗處

時有一僧從面前過師召云闍黎僧回首師曰和上這箇便是業識茫茫無本可據柿曰此是師子一滴乳能散六斛驢乳鄭愚相公問不斷煩惱而入涅槃時如何師竪起拂子公云入之一字不要亦得師云入之一字不爲相公師問雙峯師弟近日見處如何對曰據某甲見處實無一法可當情師曰汝解猶在境雙峯曰某甲只如此師兄如何師曰汝豈無能知無一法當情者潙山聞云寂子一句疑殺天下人僧問禪宗頓悟畢竟入門的意如何師曰此意極難若是祖宗門下上根上智一聞千悟得大總持此根人難得其有根微智劣所以古德道若不安禪靜慮到這裏總須茫然僧曰除此格外還別有方便令學人得入也無師曰別有別無令汝心不安汝是什麼處人曰幽州人曰汝還思彼處不曰常思師曰彼處樓臺林苑人馬駢闐汝反思思底還有許多般也無曰某甲到這裏一切不見有師曰汝解猶在境信位即是人位即未是據汝所解只得一玄得坐披衣向後自看潙山一日復問師曰汝向後記得人不師曰若記只記見解潙曰何以如此師曰西竺般若多羅讖二千年事至時毫髮不移曹溪亦讖身後有難及至亦無爽今時還得不潙曰此是行通我是自宗通亦是學禪未問六通師曰某謂見解宗通語絕滲漏屬語客行解照用自辨清濁業屬意客其未齊曹溪與般若多羅不敢輒記潙山深然之先是師預示偈曰

吾年七十七老去是今日任性自浮沉兩手攀膝屈至是兩手抱膝而逝師之異迹及垂識記具存本山實錄

佛祖歷代通載卷第二十四

音釋

怹方俱切悅也 沔彌善切水出武都 妥湯果切坐也 遳初救切齊也充也 檽乃豆切木名皮可染也 炅古迥切 倰齒陵切與稱同 涔字廉切魚寒入水也 斸竹足切斫也 髤音休漆也

佛祖歷代通載卷第二十五

嘉興路大中祥符禪寺住持華亭念常集

壬子 改景福

甲寅 改乾寧

丁巳 ○吳行密字化源姓楊氏廬州合肥人家世微賤有膂力能舉千斤日行三百里為本州步健破巢功大昭宗封淮南王進封楚王梁祖封吳王卒是年始封至梁祖二年據廬州十二年壽五十四子渥據淮南

乾寧四年趙州從諗禪師示寂閱歲一百二十師曹州人姓郝氏落髮未具戒便造南泉泉一見深器之一日問如何是道泉云平常心是道師曰還可趣向不曰擬向即乖師曰不擬如何知是道泉云道不屬知不屬不知知是妄覺不知是無記若真達不疑之地猶如太虛廓然虛豁豈可強是非也師於言下大悟自是周旋南泉之門凡二十年次遍歷諸方後歸北地衆請住趙州觀音古剎示衆曰如明珠在掌胡來胡現漢來漢現老僧有時將一枝草作丈六金身用有時把丈六金身作一枝草用佛是煩惱煩惱是佛問曰未審佛是誰家煩惱師曰與一切人煩惱僧云如何免得師云用免作麽問師還入地獄不答云老僧末上入僧云大善知識為什麽却入地獄師云若不入阿誰教化汝真定師王公携諸子入院師坐而問曰大王會麽王云不會師云自小持齋今已老見人無力下禪床王公加禮而去一日示衆曰金佛

不度爐木佛不度火泥佛不度水真佛屋裏坐菩提涅槃真如佛性盡是貼体衣服亦名煩惱不問即無煩惱且實際理地什麼處著得一心不生萬法無咎汝但究理坐看三二十年若不會道截取老僧頭去夢幻空花何勞把捉心若無異萬境一如既不從外得更拘執作什麼如羊相似拾物安向口裏老僧見藥山和上道有人問著便交合取狗口老僧亦交合却口師之玄言天下推為宗門妙唱云

戊午　改光化（一）聖冑集成華岳玄偉禪師編次貞元已來宗師機緣行于世

庚申　上與崔胤謀誅宦官劉季述等以禁軍劫天子幽於少陽院矯詔立太子即帝位

辛酉　改天復（一）韓全誨等劫帝幸鳳翔○是年進錢鏐爵越王

雲居道膺禪師示寂師幽州玉田人參洞山价公契悟宗旨价深可之曰此子已後千萬人把不住一日問曰昔南泉問講彌勒下生經僧云彌勒什麼時下生僧曰見在天宮當來下生南泉云天上無彌勒地下無彌勒師問只如天上無彌勒地下無彌勒未審誰與安名洞山直得禪床震動乃曰膺闍黎及結庵于後洞日感天厨奉供洞山勉令隨方接人遂登雲居學徒奔湊至一千五百衆嘗示衆曰古人云地獄未是苦若向此衣單下不明大事却是最苦汝等既在這箇行流十分去九不較多也更著些子精彩便是上座不屈平生行脚不辜負叢林古人道欲得保任此事須向高高峰頂立深深海底行方有些子氣力

汝若大事未辦須履踐玄途又曰汝等師僧家發言吐氣須有来由凡問事須識好惡尊卑良賤信口無益傍家到處覓相似語言所以尋常向兄弟道莫恠不相似恐同學太多去第一莫将来不相似八十老人出場屋不是小兒戲一言參差千里萬里難為收攝直至敲骨打髓須有来由言語如鉗夾鈎鎖相續不斷始得頭頭上具物物上新可不是精得妙底事道汝知有的人終不取次十度擬發言九度却休去為什麼如此恐怕無利益體得的人心如臘月扇口邊直得醭出不是汝強為任運如此欲得恁麼事須是恁麼人既是恁麼人何愁恁麼事學佛邊事是錯用心假饒解得千經萬論講得天花落石點頭亦不干自已事況乎其餘有何用處若将有限心識作無限中用如将方木逗圓孔多少差訛設使攢花簇錦事事及得盡一切事亦只喚作了事人無過人終不喚作尊貴将知尊貴邊著得什麼物不見從門入者非寶棒上不成龍知麼又曰如好獵狗只解尋有踪跡底忽遇羚羊掛角莫道跡氣亦不識僧問羚羊掛角時如何師曰六六三十六曰不會師云不見道無踪跡一僧在房内看經師隔窻問闍黎念者是什麼經曰維摩經曰不問維摩經念者是什麼經其僧有省師臨終前期五日為衆開最後方便序出世始末衆皆愴然至時端坐而化後唐謚曰弘覺禪師

甲子　改天祐　正月朱全忠奉天子還洛陽八月弑之而立少子柷年十二

乙丑 哀帝祝天祐二年○諱竟天○昭第九子朱全忠弑昭立帝時年十三軍國之政稟全忠年十七歲梁王使劉覇害馬葬溫陵謚景宗在位三年

丙寅 濮王䋝昭之子少帝遇鴆暴崩梁王與百僚號慟衆議即位如周公故事天祐四年禪位于梁遇鴆而卒

右唐十九帝不與武后凡二百九十年而朱溫篡之

五代

敘曰後梁朱氏簒唐閱五朝八姓十有三君五十三載歐陽文忠公法春秋著為五代史古所謂春秋作而亂臣賊子懼然自秦漢而下禍起蕭墻變生肘腋君臣父子之際所不忍顧聞者奚更不懼之多乎予甞以唐新舊本紀參校粗見文忠師仰春秋畧例紀事褒貶之妙非他史所及因采數端著新唐史本紀畧例一篇及得五代史閱其自發述作之意與予言亦頗合然舉春秋宗王之作裁正唐史可也以之致虛名盛禮而歆艷五代之君不幾於枉設乎朱全忠弑昭宗滅唐祚雖王莽劉曜之惡不足以比之及其有國父父子子更相屠僇不殊犬豕之死正吾教善惡因果之効也文忠篾視而不取特假春秋義巍位號朝儀以貫之卒無一辭深誅痛責使後世忠良閱之咢以泄胷中之不平乎荆國王文公甞歎惜文公不修晉書而修五代史予之言盖文公歎惜之意也至於李克用石敬瑭劉知遠皆突厥沙陀夷狄之種朱全忠郭威乃中國人反不若三夷狄近人類也郭威代漢及養子世宗頗有聲然議者槩見而未知詳夫

丁卯 梁太祖溫改開平○僖宗賜姓全忠禪唐

之後更名晃字臣聖本宋州碭山午溝里人父曰誠以五經教之果篡唐祚年六十一為子友珪弒矣在位六年都汴還洛○雷氏曰梁祖朱温庶人末帝三主十七

吳越錢鏐字具美姓錢氏杭州臨安人少無賴閒散僖宗特為董昌偏將以弩射死黃巢先鋒斬首數百巢不敢犯臨安昌以為都指揮昌亦叛鏐以狀聞昭宗昭以鏐為浙東招討使既下昌進封天下兵馬都元帥至梁進封吳越王後唐莊入洛元賜玉冊金印因稱吳越王壽八十一立杭州二十一年○雷氏曰錢杭吳越五王八四

燕守光姓劉氏深州樂壽人父仁恭事幽州李可有大勛烈光亦如之八月自號大燕皇帝改元應天立幽州十九年○雷氏曰守光僭燕一十九年

戊辰

五月雪峯義存禪師示寂師泉州人姓曾氏十七落髮往幽州受具綿歷禪會緣契德山咸通中登象骨山雪峯刱院玄侶奔萃懿宗賜號真覺大師上堂僧問拈槌竪拂不當宗乘和尚如何指示師竪起拂子其僧抱頭而出師乃不顧道怤問只如古德豈不是以心傳心師曰兼不立文字語句怤曰只如不立文字語句師如何傳師良久怤禮拜師曰更問我一轉豈不好怤曰就和上請一轉話頭師曰只恁麼唯別有商量曰和上恁麼即得長慶問從上諸聖傳受一路請師垂示師默然長慶禮拜而退師莞尔而笑師有時謂衆曰堂堂密密地道怤出問曰是什麼堂堂密密師起立曰道什麼怤退步而立師垂語曰此事得恁麼尊貴得恁麼綿密怤對曰某甲到来數年不問和上恁麼示誨師曰我向前

雖無如今已有莫有妨麼曰不敢如此和上不已而已師曰致使我如此怤從此信入因普請次師舉溈山見色便見心語問怤還有過也無怤曰古人為什麼事師曰雖然如此要共汝商量曰恁麼即不如道怤鋤地去又嘗普請次師問皎然曰古人道誰知席帽下元是昔愁人古人意作麼生皎然側戴笠子曰這箇是什麼人語又問曰持經者能荷擔如來然乃捧師向禪床上著一日紹卿隨師經行次見芊葉動師指動葉示之卿曰某甲怕怖師曰是汝屋裏底怕怖什麼紹卿從此開悟安國弘瑫參師師曰甚處來曰江西師曰什麼處見達磨曰分明向和上道師曰道什麼瑫曰什麼處去來一日師見瑫忽擒住云盡大

地是觧脫門把手教伊入不肯入曰和上恠弘瑫不得師曰雖然如此爭柰背後許多師僧何太原孚上座參師禮拜訖立於座右師才顧視孚便下看主事異日師見孚指日示之孚摇手而出師曰汝不肯我孚曰和上摇頭某甲擺尾什麼處不肯和上師曰到處也須諱却一日衆僧晚參師在中庭卧孚曰五州管内只有這和上較些子師便起去師居閩川四十餘年法席之盛卓冠天下常不下一千五百衆臨終出遊藍田莫歸浴畢中夜示寂壽八十有七十一月玄沙師備禪師示寂師少為漁家子年甫三十始出家具戒習頭陀行與雪峰師資道契雪峰每歎曰備頭陀再來人也閱楞嚴經發明心地由是應機敏捷與

修多羅冥契諸方玄學者有所未決必從之請益師上堂時久衆謂不說法一時各歸師乃呵之曰看總是一樣底無一箇有智慧但見我開兩片皮盡來簇著覓言語意度是我真實為他却總不知看恁麼大難大難十方諸佛把汝向頂上著不敢錯悞著一分子只道此事唯我能知會麼如今相紹繼盡道承釋迦我道釋迦與我同叅汝道叅阿誰會麼汝今欲得出他五蘊身田主宰但識取汝秘密金剛體古人向汝道圓成正徧周沙界我今少分為汝智者可以譬喻得解汝見此閻浮提日麼世間人所作興營養身活命種種作業莫非承他日光成立只如日體還有多般及心行麼還有不周遍處麼欲識此金剛體亦如是只如今山河大地十方國土色空明暗及汝身心莫非盡承汝圓成威光所現直是天人群生類所作業次受生果報有性無情莫非承汝威光乃至諸佛成道果接物利生莫非盡承汝威光只如金剛體還有凡夫諸佛麼有汝心行麼不可道無便當去汝既有如是奇特會麼努力珍重師初住梅溪後居玄沙一時天下叢林海衆皆望風欽服閩帥王公待以師禮學徒垂千人室户不閉師應機接物垂二十年所演法要有大録行于世沒年七十有五閩帥賜號宗一禪師

楚殷字霸圖姓馬氏許州鄢陵人世為農家事梁征伐有功封為楚王至末帝貞明丙子始建國立郡州十四年壽七十九雷氏曰馬楚湖南五主五七

蜀建 字光圖姓王氏許州武陽人佐唐有功封西平王進封蜀王遂有昂分之志昭宗遇弒少帝禪梁舉哭哀勸文武勸進遂立成都號蜀十二年卒壽七十二改武成○雷氏曰王建前蜀二主三五

荊季興 字貽孫陝州硤石人本名李昌少為汴州李讓家童梁祖初鎮宣武讓入貲養為子易姓朱氏興因讓故得見梁祖祖見奇之亦命為子因姓朱氏後拜宋州刺史破青州徙潁陽防禦進封渤海王後姓高氏唐莊開蜀有功封南平王呉人冊之立荊南二十年壽五十四雷氏曰季興荊南五主五七

吳渥 字承天蜜長子蜜病出鎮宣州嗣立淮南一年壽二十三為温灝殺之○隆演字鴻源蜜次子温灝殺渥演遂即位十二年改年武元壽二十四卒弟溥又立

閩審知 字信通姓王氏光州固始人兄潮唐封福州觀察既卒知代征伐有功昭宗進封瑯琊王至梁祖加拜為中書令封閩王遂立福建十八年壽六十四雷氏曰王閩福建五主五五

庚午 南岳山惟勁頭陀集光化以來出世宗師機緣為續寶林傳

辛未 改乾化○南漢隱 姓劉氏上蔡人也其祖安仁後徙閩中商賈南海因家馬父謙為廣州牙將破巢為封州刺史既卒州人表隱代之事唐勛烈昭宗封為南海王天祐二年進封安南都護三年封南平王令梁又封南海王後貞明三年卒壽三十八雷氏曰南海隱廣五主六七

壬申 梁祖疾甚郢王友珪左遷萊州刺史不行乃徵行詣左龍虎統軍韓勍謀入伏禁中友珪僕夫馮廷鍔刺帝于寢殿矯詔友珪權主軍國之務發喪即帝位初梁祖温畧地於宋亳間偶與逆旅婦人野合而生立未一年友貞貶為庶人改年元鳳

癸酉 末帝友貞一名瑱温第三子聞友珪亂起兵討之既殺友珪命趙嵒傳國寶至汴

迎王即位更名鍠且都汴盖祖地矣唐
使皇甫麟之滅在位十年後稱乾化
乙亥改貞明
丙子晉兵七萬来伐○遼主阿保機稱帝立國
號大契丹改元天贊遼之始也中國簡册所不
載遠夷草昧無可考故其年代不可得
而詳也其父韓里為夷離中猶中國刺
史主生而拓落多智雄建有膽畧好騎
射鐵厚一寸而洞之夜寢則有光左右
莫不驚諸部畏服之有宋相安
至天祚為金滅之治國十一年
明州奉化縣布袋和尚者未詳氏族自稱
名契此形裁腲脮蹙額皤腹出語無定寢
卧隨處常以杖荷一布囊凡供身之具盡
貯囊中入鄽肆聚落見物則乞或醯醢魚
葅才接入口分少許投囊中時號長汀子
布袋師也甞雪中卧雪不霑身人以此奇
之或就人乞其貨則售示人吉凶必應期
無忒天将雨即著濕草屨途中驟行遇亢
陽即曳高齒木屐市橋上竪膝而眠居民
以此驗知有一僧在師前行師乃拊僧背
一下僧迴頭師曰乞我一文錢曰道得即
與汝一文師放下布袋叉手而立白鹿和
上問如何是布袋師便放下布袋又問如
何是布袋下事師負之而去先保福和上
問如何是佛法大意師放下布袋叉手保
福曰為只如此為更有向上事師負之而
去師在街衢立有僧問和上在遮裏作什
麽師曰等箇人曰来也来也歸宗柔和上別云歸去来
師曰汝不是遮箇人曰如何是遮箇人師
曰乞我一文錢師有歌曰只箇心心心是
佛十方世界最靈物縱横妙用可憐生一
切不如心真實騰騰自在無所為閑閑究

竟出家兒若覩目前真大道不見纖毫也大奇萬法何殊心何異何勞更用尋經義心王本自絶多知智者只明無學地非聖非凡復若乎不疆分別聖情孤無價心珠本圓淨凡是異相妄空呼人能弘道道分明無量清高稱道情携錫若登故國路莫愁諸處不聞聲又有偈曰一鉢千家飯孤身萬里遊青目覩人少問路白雲頭梁貞明二年丙子三月師將示滅於嶽林寺東廊下端坐磐石而說偈曰彌勒真彌勒分身千百億時時示時人時人自不識偈畢安然而化其後他州有人見師亦負布袋而行於是四衆競圖其像今嶽林寺大殿東堂全身見存

丁丑　漢龑初名嵒隱之庶子生于外舍身長七尺承父襲封南海王是年建國號越二年更號漢壽五十四辛立三十一年龑者盖採周易飛龍在天之義爾

戊寅　蜀衍字化源建之第十一子母曰徐賢妃以寵得立爲太子建亡即位荒淫自恣委政宦者政大光立六年唐郭崇韜伐之

庚辰　吳溥密第四子乞不改號治十七年壽二十八南唐昇滅之

辛巳　改龍德

癸未　上聞李嗣源兵至令皇甫麟殺巳嗣源兵入城國亡

右朱梁二主共一十七年晉李存勗滅之

後唐姓李氏王土德都汴洛起太原雷氏曰唐武克用莊明閔末四主十五

武皇帝克用世號朱耶出于突厥後自號沙陀以朱耶爲姓烈考朱耶赤心以徐州功大懿宗賜姓李氏俾定天下莊宗即位天祐五年薨葬陵鴈門界

莊宗存勗太祖嫡子母曹后帝英武善戰滅梁代之自梁祖二年立至同

光三年四十三歲崩葬河南雍陵　改同光

甲申　朝廷封李茂貞爲秦王〇高季興爲南平王

魏府興化存獎禪師詔入內庭帝問禪要御賜馬一疋不慣墜馬傷足至次年示疾帝一日謂師曰朕收大梁得一顆無價明珠未有人酬價師曰請陛下珠看帝以手展開幞頭脚師曰君王之寶誰敢酬價師化後勑謚廣濟大師塔曰通濟師嘗問僧什麼處来曰崖禪處来師曰將得崖禪喝来否曰不將得来師曰恁麼即不從崖禪来僧便喝師遂打師示衆曰我只聞長廊下也喝後架裏也喝諸子汝莫盲喝亂喝直饒喝得興化向半天裏住卻撲下来氣欲絶待興化蘇息起来向汝道未在何故我未曾向紫羅帳裏撒真珠與汝諸人虛空裏亂喝作什麼師勘克賓語具傳燈

乙酉　朝廷遣周德威執劉守光至鴈門令存勗刺心血祭祖已斬之于市

吳溥於石頭城上建清涼寺請悟空住持

前蜀改咸康来降勑孟知祥鎮蜀前蜀二主共三十五年

錢鏐封吳越國王仍請署羣臣百官詔許之

閩延翰字子逸審知長子同光四年莊宗遇弑建國稱王稟唐正朔立一年

丙戌　改天成明宗嗣源立世本夷狄無姓父霓爲鴈門步將生子邈佶烈太祖克用養爲子姓李名嗣源初帝至鄴都軍伐大譟曰請令公帝河北石敬瑭康義誠勸進嗣源乃令安重誨移檄會兵軍勢大盛嗣家撅大梁時從馬直都指麾使郭從謙不知睦王存人已死欲奉之作亂莊宗中流矢殂于絳霄殿廡下善友斂廡下樂器覆莊尸焚之反嗣源即位拾莊宗骨石殯之時年巳六十矣每夕宮中焚香告天願早生聖人爲生民主在位八年後爲臣朱弘昭

等殺之葬徽陵

閩鏻 先名延鈞審知次子初延稟與鏻謀殺翰稟推鏻立之稟還建州臨決別云善繼先志無煩老兄重來至長興二年與鏻擊不勝為鏻殺之鏻好事鬼神道士劉守元以左道惑之建寶皇后宮居焉後帝為李倣殺之 改元天寶

丁亥

遼主德光名耀屈之 姓劉氏阿保機第二子誕癸大部落東牙帳未時黑雲覆帳火光照耀有聲如雷及長雄傑有大志精騎射平奚渤海二國治廿一年於所居大部落建天雄寺有契丹太祖像存馬大赦改元天顯

己丑

荆從誨 字遵聖興之長子立二十一年壽五十八

庚寅

改長興 秦王李茂貞入朝去建國之制

壬辰

楚希聲 字若訥殷次子判內外諸軍事殷卒立之三年

楚希範 字子矩殷之第四子兄弟十人嫡子希振寵長仁賢其聲範同母而生聲母袁氏色美得寵而先立振棄官為道士聲卒絕立改年應順立十五年壽四十九

孟知祥是年封為蜀王 ○初令雕九經印板馮道監造

栴檀瑞像自下二十一年復在江南

福州長慶惠稜禪師示寂杭之鹽官人姓孫氏幼歲稟性淳淡年十三於蘇州通玄寺出家登戒歷叅禪肆唐乾符五年入閩中謁西院訪靈雲尚有凝滯乃之雪峯因問從上諸聖傳受一路請垂指示峯默然師設禮而退峯莞爾而笑異日雪峯謂師曰我尋常向師僧道南山有一條鱉鼻蛇汝諸人好看取對曰今日大有人喪身失命峯然之師入方丈叅雪峯曰是什麼師曰今日天晴好普請自此酧問未嘗爽於玄旨乃述頌曰萬象之中獨露身唯人自肯乃方親昔時謬向途中覓今日看如火

裏氷師来往雪峰二十九載至天祐三年受泉州刺史王延彬請住招慶後閩帥請居長樂府之西院奏額曰長慶號超覺大師上堂良久謂衆曰還有人相悉麽若不相悉欺謾兄弟去只今有什麽事莫要窒塞也無復是誰家屋裏事不肯當荷更待何時若是利根条學不到這裏来會麽如今有一般行脚人耳裏總滿也假饒收拾底還當諸人行脚事麽廣說具如傳燈録師兩處開法徒衆一千五百化行閩越二十七載後唐長興三年壬辰五月十七日歸寂壽七十有九臘六十

癸巳

吳越錢傳瓘 字文寶鏐長子從父征伐而有大功爲羣臣請立九年

閩改龍啓

閔帝存厚 明宗第六子帝疾篤秦王從榮作亂孟漢瓊斬之十一月詔徵宋王存厚一名從厚入權天雄軍府事帝殂秘喪六日群臣自鄴迎之即位于樞前甲午改元應順帝從朱弘昭等言徙潞王存珂鎮河東王不受命命兵討之王愍衆而東帝奔魏州至衛依刺史王弘贄潞王入謁太后命王即位廢閔爲鄂王遣弘贄子殿直巒往鴆帝帝不飲巒縊殺之後追謚閔帝在位五月

甲午

四月改清泰末帝存珂 明宗養子本鎮州平山人姓王氏家世微賤母曰魏氏明宗爲騎將過平山掠得有子阿三巳年十餘歲明養爲巳子號存珂長能騎射封潞王即位二年爲石敬瑭外結契丹主攻之帝舉室自焚壽五十一在位二年

蜀孟知祥 字寶胤姓孟氏荆州龍岡人祖察秉昭義節施父獻磁州刺史其母王氏夢日月生于太原後事唐封爲蜀王明宗崩祥乃立國號蜀改年明德立一年六月有疾遂付子昶監國

是年二月功德司奏每年帝誕節諸州府奏薦僧尼欲立講經科禪定科持念科文章議論科以試其能不帝從奏 出繫年録

乙未

許王明宗幼子為契丹立之不逾月王遇害

蜀昶知祥第三子初名贊祥卒起立不改號治三十一年○

雷氏曰知祥後蜀二主四一

石晉姓石氏王金德

雷氏曰晉高敬瑭少帝丹主二姓三主一十一年

丙申

改天福高祖敬瑭晉陽人父臬捩雞本出西夷自朱耶歸唐從落山陰後隨克用征伐有功官至洛州刺史生帝姓石不知因始明宗愛之以女妻之是為永寧公主為太原節度唐室既亂末帝徙敬瑭鎮天平不行命兵討之不與桑維翰劉知遠等假兵契丹光破唐兵緣先父事光因乃滅唐築壇柳林即帝位改長興七年為天福元年十月兵至帝自焚十一月敬瑭入洛陽立八年崩壽五十一葬新安陵

閩昶鏻之長子名繼鵬既立奉道乃殺李倣改元通文立四年為延羲子殺之

丁酉

晉歲用金帛三十萬遺大遼

南唐昇字正倫徐州人世本微賤父榮唐亂不知所終有姊出家為尼出入徐溫宅與溫妻李氏同姓昇身長七尺為人溫厚滅吳溥而立之年改昇元壽五十六據江南金陵

雷氏曰李唐金陵三主三九

戊戌

蜀改年廣政○

庚子

大遼年改會同國號大遼

閩延曦審知少子既立鑄大錢以一當十因出醉還連重遇等使壯七馬上殺之立四年改元永隆漢慶民萬一千人為僧

辛丑

吳越王佐字右立羅之子立七年壽一十

壬寅

南漢玢初名洪度龔之子耀樞龜圖皆早死玢立二年改元光天後為道庠陳思潮等殺之

癸卯

南漢晟初名洪熙既殺玢自立封思潮等為功臣改元乾和立二十年酒太過卒壽三十九

甲辰

改開運少帝重貴高祖猶子祖有六子皆亡帝父敬儒祖之兄也早卒高祖養帝為子故得立位後二年為契丹主耶律德光長驅過河入汴攻之帝出降封負義侯送至和龍府不知何年卒在位三年

右晉二主凡十一年而漢繼之

南唐璟昇長子立二十四年改元保大壽六十四

是年舊唐史成劉昫撰授司空平章事并載

佛祖異迹

江南上元縣一民暴死三日復甦詣唐主具奏人冥見先帝言爲宋齊丘所悞殺和州降卒千餘人冤訴伏汝歸語嗣君凡寺觀鳴鐘可延久其聲吾受苦唯聞鐘則暫休或能爲造一鐘尤善吾在位日嘗以于闐國遺我玉天王像藏於瓦棺寺佛左膝人無知者汝以此爲驗唐主遂詣瓦棺寺佛滕得天王像感泣造一鐘於清涼寺鐫其上曰薦烈祖考高皇帝脫幽出厄以玉像建塔葬蔣山出法苑

殷延政亦審知子延曦酒滛虐政數貽書諫之曦怒遣杜建崇舉兵攻政爲政敗之乃立建州改國號殷改年天德止三年

乙巳

雷氏曰延政號殷建州三年

契丹怒帝不上表稱臣乃大舉兵入少帝迎於澶州

丙午

正月遼主德光入晉不一年獲民皆黥其面祖威李守

真宋彥筠降於契丹張彥澤斬關而入帝懼迎拜于門契丹不禮命左右執之彥澤傳遼主書與太后慰撫之降晉帝爲負義侯安置黃龍府即慕容氏和龍城也契丹御汴宮受朝賀以國舅蔚刺蕭翰留守汴以天時尚暑發大粱自白馬渡河盡驅百僚赴常山至濼城得疾至殺胡林卒國人剖其腹實鹽數斗載之北晉人謂之帝羓

漢姓劉氏王水德都汴○雷氏曰漢祖知遠隱帝承祐二主四年

丁未

高祖知遠後更名暠其先沙陀部人移居太原帝生於晉陽業農威重後與敬塘同侍明宗爲偏將及立石晉于太原以帝爲侍衛親軍都虞候少帝進封太原王契丹臨京師少帝被俘乃圖義舉二月即位於太原自稱漢王擁兵入於汴殺許王與太妃乃晉無晉二年春卒在位一年

開運四年也

遼世宗立諱阮番名元欲太祖孫東丹王突欲之子改元天祿治五年

楚希廣字德丕範同母弟既立三年後爲兄萼兵伐而繼

戊申改乾祐○吳越倧瓘子佐弟立一年爲胡進思廢之囚于義和院迎俶立迁倧東府

己酉隱帝承佑高祖二第曰崇曰信崇子曰贇皆仕官也高祖三子曰承訓承佑承勳嫡子訓亡諸子尚幼以佑紹立信任倡優踈遠大臣時年十八時李業等狀申於廣政殿因朝王章楊邠史弘肇人使人殺郭威於鄴威乃舉兵犯宮帝出城南趙村爲伶人郭允明剌殺之壽二十就乾祐年號

吳越王俶佐之弟字文德胡進思立之在位三十年

荊保融字德長諱第三子立十年壽四十一歲

楚希萼廣之兄殺廣而立明年隱帝崩京師大亂萼遂臣干李璟降封楚王以軍政事任弟希崇崇亦臣璟璟使邊鎬入楚遷馬氏于金陵

雲門文偃禪師示寂師姑蘇嘉興人姓張氏初參睦州蹤禪師州見来便閉却門師三扣門問誰師云某甲州云作什麼師云已事未明乞師指示州才開門師拶入州擒住云速道速道師擬議州托開云秦時轆轢鑽師從此悟入州即指師見雪峰師至雪峰莊遇僧上山即教之云汝到山頭見和上上堂衆才集便出握腕立地云這老漢項上鐵枷何不脫却其僧如教致問峰下座搊住云速道速道僧無對峰云適来不是你語僧云是某甲語峰云侍者将繩棒來僧云某在莊上見一浙中上座教来恁麼問峰云大衆去莊上迎取五百人善知識来師上山才見雪峰便問因什麼得到與麼地師乃低頭從此契合決擇久之遍訪諸方晚游廣中靈樹知聖禪師久遲

師來比至亦率衆門迎命居第一座樹將終遺書囑廣主請師繼踵住持師上堂僧問如何是一代時教師云對一說問如何是法眼師云普問如何是諸佛出身處師云東山水上行問乞師指箇入路師云喫粥喫飯問如何是透法身句師云北斗裏藏身問如何是不掛唇吻一句師云合取狗口問如何轉動即得不落階級曰南斗七北斗八師乃云眼睫橫亘十方眉毛上透乾坤下透黃泉須彌山塞却你咽喉還有會處麼若會得拽取占波國與新羅國鬪額又云盡乾坤一時將來著汝眼睫上你諸人聞恁麼道不敢望你出來性懆把老僧打一摑且緩緩子細看是有是無是个什麼道理直饒向這裏明得若遇衲僧門下好槌脚折汝若是箇人聞說道什麼處有老宿出世便驀面唾汙我耳目汝若不是箇脚手才聞人舉便當荷得早落第二機又曰直得觸目無滯達得名身句身一切法空山河大地是名名亦不可得喚作三昧性海俱備猶是無風匝匝之波直得忘知與覺覺即佛性矣喚作無事人更須知有向上一竅在又曰彈指謦咳揚眉瞬目拈槌竪拂或作圓相盡是撩鈎搭索佛法二字未曾道著道著即撒屎撒尿又曰光不透脫有兩般病一切處不明面前有物是一又透得一切法空隱隱似有箇物相似亦是光不透脫又法身亦有兩般病得到法身爲法執不忘已見猶存坐在法身邊是一直饒透得法身去放過即不

可子細撿點来有什麼氣息亦是病又曰直得乾坤大地無纖毫過患猶是轉句不見一色始是半提直得如此更須知有全提時節師居靈樹久之遷韶陽雲門廣主屢請入内問法待以師禮往来學徒不下千人臨終以表辭廣主垂戒學徒端坐而逝遺命塔全身於方丈後一十七年至宋乾德三年雄武軍節度推官阮紹莊夢師以拂子招之曰爲吾寄語秀華宮使特進李托奏請開塔吾久蔽塔中宜令暫出李得其語即以奏聞尋有旨令韶州刺史同詣雲門開塔果見師真容如生髭髮皆長李復上其事廣主迎真身赴闕留内庭供養逾月送歸于塔謚大慈匡真宏明禪師有法嗣澄遠焉

庚戌　十一月郭威兵至上爲諸兵所殺右漢二主四年郭威篡之

周姓郭氏王木德三主都汴九年雷氏曰周祖郭威世宗恭帝三主

辛亥　太祖威更名廣邢州唐山人父簡事晉爲順州刺史帝少孤貧落魄無拘年十八有權勇嘗殺人路徒因李繼韜惜其勇而縱之後漢祖命爲樞密使隱帝聽李業譖遣供奉孟業齎密詔殺帝帝乃舉兵隱出宿七里寨衆潰隱回至玄化門劉銖在門上問隱左右兵馬何在因射左右隱回轡西北至趙村爲伶人郭允明刺殺之帝迎劉旻子贇立之未至兵王峻道等擁帝而立太后廢贇爲湘陰公以威監國受漢太后誥即位出漢宮器碎於庭詔曰自今紛華之物毋得入宮帝嘗屢戒晉王曰我死當衣以紙衣殮以瓦棺至甲寅正月卒在位三年改元廣順

遼穆宗璟番名兀律太宗長子是年九月世宗兀欲爲燕王述軋等弑於新州火神淀遂即位改元應曆至戊辰即宋太祖開寶元年九月爲危人弑于黑山下治十八年

東漢旻姓劉氏漢祖母弟初名崇爲太原守乾德四年立三年

世尊示滅一千九百年矣

壬子汝州寶應南院顒禪師示寂師系河北人嗣興化奬禪師上堂示衆曰赤肉團上壁立千仞時有僧問赤肉團上壁立千仞豈不是和上語師曰是其僧乃掀倒禪床南院曰這瞎驢便棒又云諸方只具啐啄同時眼不具啐啄同時用有僧便問如何是啐啄同時用云作家不啐啄啐啄同時失僧云此猶未是厶甲問處云汝問處作麽生僧云失師乃打僧不肯後於雲門會下聞二僧舉前因緣一僧云當時南院棒折那僧聞此語忽然大悟方見南院荅話處僧却回汝州省覲值師遷化乃訪風穴穴認得便問上座是當時問南院啐啄同時話底麽僧云是穴云會也未僧云會也穴云你當時作麽生會僧云某甲當時如燈影中行相似穴云汝會也

癸丑栴檀瑞像此下一百七十七年在汴京九經印板方成印行之

甲寅世宗榮字茂先太祖猶子本姓柴氏亦唐山人太祖妻兄守禮之子後從姑養太祖家遂命爲子官至澶州節度使祖崩秘喪迎帝立於柩前威震夷夏廢諸寺宇年三十而崩葬慶陵治六年改顯德○趙匡胤爲宿衛將

東漢承鈞旻之次子去年旻崩遂立拜五臺山僧繼顒爲鴻臚卿在位十三年不改號

二月詔廢天下無勑額寺院凡三萬三百三十六所存者二千七百所廢銅像爲錢時鎮州銅大悲像感應異常州之士

民願以錢貸制不許及毀其背群力皆隋腕而死遂停其半○制出家者必俟父母命郡國歲造僧帳凡死亡還俗者以時關洛之僧帳自此始通監

丙辰 詔築大梁城行欽天曆○詔華山隱士陳摶入見問以飛昇黃白之術摶荅曰天子富有四海不應問遺還山

丁巳 東漢年改天會

戊午 顯德五年七月十七清涼文益禪師示疾江南國主親降候問越旬有五日沐浴辭衆端坐而逝停龕三七顏貌如生公卿李建勛而下素服奉全身建塔謚曰大法眼禪師餘杭人姓魯氏初究教乘傍探儒典游方遇羅漢琛禪師頓明大事久之卓庵而居次歷江外至臨川州牧請住崇壽開堂示衆曰諸人既盡在這裏山僧不可無言與大衆舉一古人方便珍重便下座時有僧出禮拜師曰好問著僧擬伸問師曰長老未開堂不荅話有僧自長慶來師舉先長慶偈問曰作麽生是萬象之中獨露身僧舉一指師曰恁麽會又爭辯曰如和尚尊意如何師曰喚什麽作萬象曰古人不撥萬象師曰萬象之中獨露身說什麽撥不撥僧豁然大悟述偈投誠自是諸方會下存知解者翕然而至始則行行如也師微以激發皆漸而服膺海參之衆常不下千計上堂大衆立久師乃謂曰只如便散去還有佛法也無試說看若無又來這裏作麽若有大市裏人聚處亦有何須到這裏諸人各曾看還源觀百門義海華嚴

論涅槃經諸多冊子阿那箇教中有這箇時節若有試舉看莫是恁麽經裏有恁麽語是此時節麽有甚交涉所以微言滯於心首皆爲緣慮之場實際居於目前飜爲名相之境又作麽生得飜去若也飜去又作麽生得正去還會麽莫只恁麽念冊子有什麽用處未幾道行聞於江表金陵國主重師之道迎居報恩號淨慧禪師次遷清涼朝夕開法諸方叢林咸仰風化致異域有慕其法者涉遠而至嗣子德韶國師文遂江南國導師惠炬高麗國師傳化焉師調機順物斥滯磨昏凡舉古德三昧或呈解請益皆應病與藥隨根悟入者不可勝紀尋以韶國師等化旺東南遂刱法眼宗旨

杭州永明寺道潛禪師河中府人也姓武氏初謁臨川淨慧禪師一見異之便容入室一日淨慧問子於叅請外明什麽經師曰華嚴經慧曰總別同異成壞是何門攝屬師曰文在十地品中據理則世出世間一切法皆具六相慧曰空還具六相也無師懵然無對慧曰子却問吾師乃問空還具六相也無淨慧曰空師於是開悟踊躍禮謝曰子作麽生會師曰空淨慧然之異日因四衆士女入院淨慧問師曰律中道隔壁聞釵釧聲即名破戒見覩金銀合雜朱紫駢闐是破戒不是破戒師曰好箇入路慧曰子向後有五百毳徒而爲王侯所重在師尋禮謝辭駐錫於衢州古寺閱大藏經而已忠懿王命入府受菩薩戒署慈

化定慧禪師建大伽藍號慧日永明請居之師曰欲請塔下羅漢銅像過新寺供養王曰善予昨夢十六尊者乞隨師入寺何昭應之若是仍於師號加應真二字師坐永明大道場常五百衆師上堂曰佛法顯然因什麼却不會去諸上座欲問佛法但問取張三李四欲會世法則叅取古佛叢林無事久立僧問至道無難借言顯道如何是顯道之言師曰切忌揀擇問如何是慧日祥光師曰此去報慈不遠曰恁麼則親蒙照燭也師曰且喜沒交涉

戊午春帝欲濟江南唐璟大懼遣兵部陳覺非奉表割江北十四州地用周正朔而降荊保勗字省躬誨之第十子在位四年壽五十九矣

己未趙太祖光胤連年征討有功授歸德節度使殿前都點檢六月世宗北伐病背癰潰而崩於道恭帝崇訓世宗第四子七歲即位命宋太祖趙光胤討河東軍情忽變有飛語云不如扶點檢爲天子遂立宋祖降封帝爲鄭王立不一年

右周三主凡十一年

佛祖歷代通載卷第二十五

音釋

賸（力佇切脊骨也）碭（大浪切文石）珪（古攜切古文圭）瑫（他牢切玉名也）勍（渠京切彊也）臬（五結切門中之礙也）煦（呼句切潤也又香子切吹也）摑（古獲切掌打也）

佛祖歷代通載卷第二十六

嘉興路大中祥符禪寺住持華亭念常集

宋　雷氏曰（宋朝祖宗真仁英神哲徽及少百六十六靖康北遷）

庚申　太祖玄朗（姓趙王火德都于汴初名光亂宣祖次子生于洛陽椎武端愨識度豁如周祖以爲東西班首世祖命掌親軍遷殿前都點檢恭帝命征河東晚駐陳橋驛軍情忽變衆擁立之正月四日受禪丙子十月崩于萬歲殿葬永昌陵壽五十）改建隆○遼應曆十年是年十二月詔於揚州城下戰地造寺賜額建隆賜田四頃命僧道暉主之初周廢佛寺三萬三百所毀鎮州大悲像鑄錢世宗親秉鉞洞其膺不四年疽潰于膺帝偕太宗目擊其事因問神僧麻衣天下何時定麻曰甲子方大定仍對以三武廢教之禍帝深然之及即位屢建佛寺歲度八千僧（出歐陽外傳疏）

辛酉　詔誕聖節京師及天下命僧升座祝壽爲准

壬戌　詔每年試童行通蓮經七軸者給祠部牒披剃

荊高繼冲（字成和融之子立一年降宋）○南唐李煜立

癸亥　改乾德○慕容延釗伐荊降封冲武寧軍節度

甲子　詔王全斌等伐蜀乙丑降于宋

丙寅　東漢繼恩（其父薛釗劉旻愛其賢以女妻之生恩釗卒後適何氏生元何氏夫婦卒承鈞無子旻以二子命鈞養之定王鈞薨恩繼位九月爲侯霸榮殺之）

繼元（姓何氏亦承鈞養子恩之同母弟郭無爲侯霸榮迎立之改年廣運一十三年）

丁卯三月五星聚奎○大教東被九百年矣

戊辰改開寶○遼景宗諱明記立更名賢世宗子改年保寧治十五年

己巳二月十六長春節詔四海僧上表入殿庭試三學十餘條全通者賜紫衣號曰手表僧宰輔親王監司刺史各薦所知唯西街所薦是日入內殿門下牒謂之簾前師號仍賜紫衣

辛未詔成都造金銀字佛經各一藏初戊辰九月廿七勑兵部侍郎劉熙古監造是年六月十一日勑再造金字經一藏

壬申詔雕佛經一藏計一十三萬板○封南漢銀恩赦侯○又遣陶穀下宋齊丘

天台山德韶國師示寂師處州龍泉陳氏毋夜夢白光觸體因而有娠及誕元多奇異年十五有梵僧勉令出家十七依本州龍歸寺落髮十八納戒於信州開元後梁開平中遊方詣投子山見大同禪師發心之始也次謁龍牙疎山各有機緣歷五十四員知識皆不契後之臨川謁淨慧益公一見深器之師以徧參但隨衆而已益上堂僧問如何是曹源一滴水益云是曹源一滴水師於座側豁然大悟平生疑滯渙若氷釋遂以所悟聞于益益曰汝向後當爲國王師致祖道光大吾不如也自是諸方異唱古今玄鍵與之決擇不留微迹尋遊天台觀智者顗禪師遺跡若舊復與智者同姓時謂後身焉初止白沙吳越忠懿王以國王子刺台州嚮師之名延請問道師謂之曰他日爲霸主無忘佛恩後漢乾祐元年王嗣位遣使迎之申弟子禮有傳天台教義宗者屢懇于師曰智者之教年祀寖遠慮多散落今新羅國其本甚備自

非和尚慈力其孰能致之乎師於是聞于忠懿王王遣使及齎師書徃彼繕寫備足而回迄今盛行於江南師於般若開堂說法十二會語具傳燈嘗有偈示衆曰通玄峰頂不是人間心外無法滿目青山開寶辛未華頂四峰忽摧聲震若雷師曰吾非久矣明年六月大星殞于峰頂林木變白師乃示寂於蓮華峰叅問如常二十八日集衆言別跏趺而逝壽八十二臘六十五

後周恭帝崇訓來

汝州風穴禪師示寂諱延沼俻唐乾寧三年十二月生於餘杭劉氏少魁壘有英氣於書無所不覩然無經世意父兄强之仕一至京師即東歸從開元寺智恭律師剃髮受具游講肆玩法華玄義修止觀定慧宿師爭下之棄去游名山謁越州鏡清怤禪師機語不契北游襄沔間寓止華嚴時僧守廓者自南院顒公所来華嚴升座曰若是臨濟德山高亭大愚鳥窠船子下兒孫不用如何若何便請单刀直入廓出衆便喝華嚴亦喝廓又喝華嚴亦喝廓禮拜起指以顧衆曰這老漢一場敗缺喝一喝歸衆穴心奇之因結爲友遂默悟三玄旨要嘆曰臨濟用處如是耶廓使更見南院問曰入門須辯主端的請師分南院左拊其膝穴便喝院右拊其膝穴亦喝院曰左邊一拍且止右邊一拍作麼生穴云瞎院反取主杖穴笑云盲加瞎棒倒奪打和尚去南院倚主杖曰今日被黄面淛子鈍置穴云大似持鉢不得詐言不饑院曰子到

此問乎曰是何言歟院曰好問汝曰亦不可放過便禮拜南院喜賜之坐問所與遊者何人對曰襄州與廓侍者同夏院曰親見作家穴於是俯就弟子之列從容承禀日聞智證南院曰汝乘願力来荷大法非偶然也問曰汝聞臨濟將終時語不曰聞曰臨濟云誰知吾正法眼藏向這瞎驢邊滅却渠平生如師子見即殺人及其將死何故屈膝妥尾如此對曰密付將終全主即滅又問三聖如何亦無語乎曰親承入室之真子不同門外之遊人院頷之又問四種料簡語料簡何法對曰凡語不滯凡情即墮聖解學者大病先聖哀之爲施方便如楔出楔曰如何是奪人不奪境曰新出紅爐金彈子簉破闍黎鐵面門又問如何是奪境不奪人曰芻草乍分頭腦裂亂雲初綻影猶存又問如何是人境俱奪曰躡足進前須急急促鞭當鞅莫遲遲又問如何是人境俱不奪曰常憶江南三月裏鷓鴣啼處百花香又問曰臨濟有三句當日有問如何是第一句濟云三要印開朱點窄未容擬議主賓存穴隨聲便喝又曰如何是第二句濟云妙解豈容無著問漚和爭赴截流機穴云未問已前錯又問曰如何是第三句濟曰但看棚頭弄傀儡抽牽全藉裏頭人穴云明破即不堪於是南院以爲可以支臨濟幸不孤負興化先師所以付託之意穴依止六年乃辭去後唐長興二年至汝水見草屋數椽依山如逃亡人家問田父此何所田父曰古風穴寺

世以律居僧物故又歲饑衆棄之而去餘佛像鼓鐘耳穴云我居之可乎田父曰可穴入留止日乞村落夜然松脂單丁者七年檀信爲新之成叢林僞晋天福二年州牧聞其風盡禮致之上元日開法嗣南院僞漢乾祐二年牧移守郢州穴又避寇徃依之牧館于郡齋寇平汝州有宋太師者施第爲寳坊號新寺迎穴居焉法席冠天下學者自遠而至升座曰先師曰欲得親切莫将問来問會麼問在荅處荅在問處雖然如是有時問不在荅處荅不在問處汝若擬議老僧在汝脚根底大凡叅學眼目直須臨機大用現前勿自拘於小節設使言前薦得猶爲滯殼迷封句下精通未免觸途狂見應是向来依他作解明昧兩岐與汝一切掃却直教箇箇如師子兒吒呀地對衆證據哮吼一聲壁立千仞誰敢正眼覻著覻著即瞎却渠眼又曰若立一塵家國興盛野老嚬顣不立一塵家國喪亡野老安貼於此明得闍黎無分全是老僧於此不明老僧即是闍黎闍黎與老僧無别亦能悟却天下人亦能瞎却天下人欲識闍黎麽搊其左膝曰這裏是欲識老僧麽搊右膝曰遮裏是于時莫有善其機者僞周廣順元年賜寺名廣惠二十有二年以宋開寳六年癸酉八月旦登座説偈曰道在乘時須濟物遠方來慕自騰騰他年有叟情相似日日香烟夜夜燈至十五日跏趺而化前一日手書别檀越閲世七十有八坐五十有九夏有得法上首住汝

州首山念禪師

甲戌

詔曹彬等征南唐○遼改乾亨

曹彬擒南唐主李煜歸封違命侯國除

乙亥

杭州慧日永明智覺禪師示寂諱延壽餘杭人姓王氏總角之歲歸心佛乘既冠不茹葷日唯一食持法華七行俱下纔六旬悉能誦之感群羊跪聽年二十八爲華亭鎮將屬翠岩永明大師遷止龍冊寺大闡玄化時呉越文穆王知師慕道乃從其志放令出家禮翠岩爲師執勞供衆都亡身宰衣不繒纊食無重味野蔬衣襦以遣朝夕尋往天台天柱峰九旬習定有鳥類尺鷃巢于衣襵中既謁韶國師一見深器之密授玄旨仍謂師曰汝與元師有緣他日大興佛事初往明州雪竇山學侶臻湊師上堂曰雪竇這裏迅瀑千尋不停纖粟奇岩萬仞無立足處汝等諸人向什麼處進步時有僧問雪竇一徑如何履踐師云步步寒花結言言徹底氷建隆元年忠懿王請住靈隱山新寺爲第一世明年復請住永明大道場爲第二世衆盈二千僧問如何是永明旨師曰更添香著曰謝師指示曰且喜沒交涉師有偈曰欲識永明旨門前一湖水日照光明生風來波浪起居永明十五年度弟子千七百人開寶七年入天台山度戒萬餘人常與七衆受菩薩戒夜施鬼神食朝放諸生類六時散花行道餘力念法華經一萬三千部著宗鏡録一百卷詩偈賦詠凡千萬言高麗國王覽師言教遣使齎書叙弟子禮奉金縷袈裟紫

晶數珠金澡灌等彼國僧三十六人親承
印記歸國各化一方開寶八年乙亥十二
月二十六日辰時焚香告衆跏趺而逝壽
七十二臘四十二明年建塔于大慈山馬
宋太宗賜額曰壽寧禪院云
天下大元帥吳越國王錢俶製宗鏡錄序
文曰詳夫域中之教三正君臣親父子厚
人倫儒吾之師也寂兮寥兮視聽無得自
微妙升虛無以止乎乘風馭景君得之則
善建不拔人得之則延貺無窮道儒之師
也四諦十二因緣三明八解脫時習不忘
日修以得一登果地永達真常釋道之宗
也惟此三教並自心修宗鏡錄者智覺禪
師所譔也總乎百卷包盡微言我佛金口
所宣盈乎海藏蓋亦提携後學師之智慧

辯才演暢萬法明了一心禪際河游慧間
雲布數而稱大莫能盡紀聊爲小序以頌
宣行云爾
宋左朝請郎尚書禮部員外郎護軍楊傑
撰宗鏡錄後序云諸佛真語以心爲宗衆
生信道以宗爲鑑衆生界即諸佛界因迷
而爲衆生諸佛心是衆生心因悟而成諸
佛心如明鑑萬象歷然佛與衆生其猶影
像涅槃生死俱是強名鑑體寂而常照鑑
光照而常寂心佛衆生三無差別國初吳
越永明智覺壽禪師證最上乘了第一義
洞究教典深達禪宗稟奉律儀廣行利益
因讀楞伽經云佛語心爲宗乃製斯錄於
無疑中起疑無問中設問爲不請友真大
導師擲龍宮之寶均施群生徹祖門之關

普容來者舉目而視有欲皆充信手而拈有疾皆愈蕩滌邪見指歸妙源所謂舉一心爲宗照萬法爲鑑矣若人以佛爲鑑則知戒定慧爲諸善之宗人天聲聞緣覺菩薩如來由此而出一切善類莫不信受若以衆生爲鑑則知貪嗔癡爲諸惡之宗修羅傍生地獄鬼趣由此而出一切惡類莫不畏憚善惡雖異其宗則同返鑑其心則知靈明湛寂廣大融通無爲無住無修無證無塵可染無垢可磨爲一切諸法之宗矣初吳越忠懿王字之秘于教藏至元豐中皇弟魏端獻王鏤板分施名藍四方學者罕遇其本元祐六夏遊東都法雲道場始見錢唐新本尤爲精詳乃吳人徐思恭請法涌禪師同永樂法真二三耆宿徧取諸録用三乘典籍賢聖教語校讀成就以廣流布其益甚博法涌知予喜閱是録因請爲序

丙子　太宗炅（初名匡義宣第三子初太祖陳橋之變諫兄令軍不得剽虜生靈獲安至道三年三月崩于萬歲殿葬永熙陵壽五十九）改太平興國

○詔僧尼復試經科　吳越忠懿王錢俶以國賓宋○是年十一月日有食之既

戊寅　帝製新譯三藏聖教序賜天竺三藏法師天息災文曰大矣哉我佛之教也化道群迷闡揚宗性廣博宏辯英彥莫能究其旨精微妙說庸愚豈可度其源義理幽玄真空莫測包括萬象譬喻無垠總法網之紀綱演無際之正教拔四生之苦海譯三藏之秘言天地變化乎陰陽日月盈虧乎寒

暑大則說諸善惡細則比於河沙含識萬端弗可盡述若窺像法如影隨形離六情以長存歷千刼而可久須彌內藏於芥子如來坦蕩於無邊達磨西來傳法東土宣揚妙理順從指歸彼岸菩提愛河生滅用行於五濁惡趣拯慧於三業途中經垂世之無窮道無私而永泰雪山貝葉若銀臺之耀目歲月烟蘿起香界之自遠巍巍罕測杳杳難名所以道資十聖德被三賢至道啓乎乾元衆妙生乎太易綜繁形類竅鑿昏冥絕彼是非開茲蒙昧有西域法師天息灾等常持四忍早悟三空翻貝葉之真詮續人天之聖教芳猷重啓偶運當時潤五聲於文章暢四始於風律堂堂容止穆穆輝華曠刦而昏塾重明玄門昭顯軌範而宏光妙法淨界騰音利益有情俱登覺岸無所障礙救諸疲羸冥昧慈悲汗漫物表柔愎貪很啓迪昏愚演小乘則聲聞合其儀論大乘則正覺立其性含靈悟而蒙福藏教鈌而重興幻化迷途火宅深喻雖設其教不知者多善念生而福量潛臻惡業與而勝緣皆墜調御四衆積行十方澍華雨於金輪護恒河於王闕有頂之風不可壞無際之水不能漂澄寂湛然圓明清潔之智慧性空無染實相解脫之因緣可以離煩惱於心田可以得清涼於宇宙朕慚非博學釋典微閑豈堪敘文以示來者如麼螢爝火不足比於皎日將微蠡量海豈能窮於深淵者哉

巳卯　北漢降封彭城公○止僧科

沙門贊寧隨錢王歸明姓高氏其先渤海人唐天祐中生於吳興之德清金鵝別墅出家杭之祥符習南山律著述毘尼時人謂之律虎文學日茂聲望日隆武肅諸王公族咸慕重之署爲兩浙僧統賜號明義宗文興國三年太宗聞其名召對滋福殿延問彌日改賜通惠詔修大宋高僧傳三十卷及詔撰三教聖賢事跡一百卷初補左街講經首座知西京教門事咸平初加右街僧録又著内典集一百五十卷外學集四十九卷内翰王禹偁作文集序極其賛美云至道二年示寂葬龍井塢焉

壬午舒州柯蕚遇異僧於萬歲山以杖指松根使蕚钁之得瑞石篆文讖聖朝國祚無疆蕚進石于京師詔藏祕府○他日大士寶誌降現禁中帝親聞緒言致祭鍾山賜號道林真覺菩薩○是年詔立譯經傳法院于東京如唐故事宰輔爲譯經潤文設官分職西天中印土惹爛陀羅國密林寺天息災與法天施護譯經帝制前序詔普度天下童行爲僧不限有司常制自即位至是凡度一十七萬餘人

是年五月竄秦王廷美降涪陵縣公安置房州上嘗以傳國意訪之趙普普曰太祖已誤陛下豈容再誤耶廷美所以得罪則普爲之也盧多遜在朝握權常短趙普普惡之遂入覲觀變奏多遜謂陛下萬年之後當以天下與魏王魏王當還秦王陛下不當立太子俱坐大逆免死放歸田里咸以爲寃秦王即太祖少子德芳也上遂南

遷二王尋殺之忽一日趙普見空有火一團一羔羊轉運其上拜曰普之罪也須臾光滅遂得疾命方士禱疾見烟焰中有朱牌金字書云魏王廷美士謝曰普言非其罪也有荅之曰杜太后遺言丞相寫誓書藏之金櫃石室而首發多遜之獄致主上殺一弟一姪安可謂之無罪俄而普薨

遼聖宗名隆緒即位改統和

癸未甲申 改雍熙○勑修泗洲塔○（十月詔隱士陳摶賜希夷先生尋請歸華山）

乙酉丁亥 二月詔禁增置寺觀

益州青城香林院澄遠禪師示寂師生西川漢州綿竹縣上官氏法嗣雲門偃禪師初住西川導江縣迎祥寺天王院時謂水精宮僧問美味醍醐因甚變成毒藥曰導江紙問見色便見心時如何曰適來什麼處去來問心境俱亡時如何曰開眼坐睡師後住香林僧問北斗裏藏身意旨如何曰月似彎弓少雨多風問如何是室內一燈曰三人證龜成鱉問如何是衲衣下事曰臘月火燒山問大衆雲集請師施設曰三不待兩問如何是學人時中事曰恰恰如何是玄曰今日來明日去問如何是玄中玄曰長連牀上（餘如傳燈）

戊子 改端拱○（賜西夏李繼捧姓名趙保忠銀夏綏宥寗五州使）

庚寅 改淳化（詔撰三教聖賢事跡叅政蘇易簡編次賛寗僧統道士韓德純預焉）

辛卯 南安岩尊者示寂師諱自嚴生鄭氏泉州同安人也年十一棄家依建興卧像寺僧契緣為童子十七為大僧游方至廬陵謁西峰耆宿雲豁乃清涼智明禪師高弟

雲門嫡孫也太宗嘗詔至闕館於北御園舍中習定久之懇之還山公依止五年容契心法辭去渡懷仁江有蛟每爲行人害公爲說偈誡之而蛟輒去過黄楊峡渴欲飲會溪涸公以杖擿之而水得父老來聚觀合爪以爲神公遯去武平黄石岩多蛇虎公止住而蛇虎可使令四遠聞之大驚爭敬事之民以雨暘男女禱者隨其欲應念而獲冢畫其像飲食必祭隣寺僧死公不知法當告官便自焚之吏追捕坐庭中問狀不荅索紙作偈曰雲外野僧死雲外野僧燒二法無差互菩提路不遥而字畫險勁如擘窠大篆吏大怒以爲狂誕慢已去僧伽黎曝日中既得釋因以布帽其首而衣以白服公恨所說法聽者疑信半因不語者六年岩寺當輸布而民歲代輸之公不忍折簡置布束中祈免吏張暭歐陽程者相頋怒甚追至問狀不荅以爲妖火所著帽明鮮又索紙作偈曰一切慈忍力皆吾心所生王官若拘束佛法不流行自是時亦語去游南康槃古山先是西竺波利尊者經始識曰却後當有白衣菩薩來興此山公住三年而成叢林異跡甚著如本傳所屬狀以聞詔住之宰相王欽若大叅趙安仁巳下皆獻詩公未嘗視置承塵上而巳淳化辛卯正月初六日集衆曰吾此日生今正是時遂右脇卧而化閱世八十有二坐六十有五夏謚曰定光圓應禪師

首山念禪師萊州人生狄氏幼棄家得度

於南禪寺爲人簡重有精識行頭陀行日誦法華叢林畏敬之目以爲念法華至風穴隨衆作止無所豫扣然終疑教外有別傳之法不言也風穴每念大仰有讖臨濟一宗至風而止懼當之熟視坐下堪任法道無如念者一日升座曰世尊以青蓮目顧迦葉正當是時且道箇什麼若言不說說又成埋沒先聖語未卒念便下去侍者進曰念法華無所言而去何也穴曰渠會也明日念與真上座俱詣方丈穴問真曰如何是世尊不說說真曰鵓鳩樹上鳴穴云汝作許多癡福何用乃顧念曰如何師曰動容揚古路不墮悄然機穴謂真曰何不看渠語又一日升座顧視大衆念便下去穴即歸方丈自是聲名重諸方首山在汝州城外荒遠處而念居之終身焉登其門者皆叢林精練衲子念必勘驗之留者纔二十餘輩天下稱法席之冠必指首山嘗問僧不從人薦得的事試道看僧便喝曰好好相借問惡發作麼僧又喝念曰今日放過即不可僧擬議念喝之嘗謂衆曰佛法無多子只是汝輩自信不及若能自信千聖出頭來無柰汝何何故爲向汝面前無開口處只爲汝自信不及向外馳求所以到這裏假如便是釋迦佛也與汝三十棒然雖如是初機後學憑箇什麼道理且問汝輩還得與麼也未良久云若得與麼方名了事嘗作綱宗偈曰咄哉拙郎君巧妙無人識打破鳳林關穿靴水上立咄哉巧女兒攛梭不解織看他鬪鷄人水牛

也不識淳化三年十二月初四日留僧過歲作偈曰吾今年邁六十七老病相依且過日令朝記取明年事明年記著今年日至次年十二月初四日升座辭衆曰諸子謾波波過却幾恒河觀音指彌勒文殊不柰何良久曰白銀世界金色身情與無情共一真明暗盡時都不照日輪午後示全身日午後泊然而化塔于首山嫡嗣汾陽昭禪師餘如本傳

乙未改至道御製秘藏詮等○六月限僧尼額

戊戌真宗恒大宗第三子初名德昌又改元侃以軒轅爲聖祖目曰昊天玉皇上帝追封孔子曰至聖文宣王壽五十五崩于延慶殿改年咸平

帝製繼聖教序賜天竺三藏朝散大夫試光祿卿明教大師法賢其辭曰高明肇分三辰方乃序其始厚載初定萬彙於以發乎端清濁之體既彰善惡之源是顯然後以文物立其教以正典化其俗利益之功同歸於理於是乎像法來於西國真諦流於中夏洞貫千古真實之理無以窮囊括九圍玄妙之門莫能究言乎妄想則五蘊皆空現乃真容則一毫圓滿廣大之教豈能繼述者哉伏覩太宗皇帝法性周圓仁慈普布化蠻貊則萬邦輻湊躋烝民於仁壽之鄉崇教法則四海雲從惠蒼生於富庶之域見尊經之浩汗設方便以救沉淪知法界之恢宏行精進而攝懈怠乃擇其邃宇校彼真文命天竺之高僧譯貝多之佛語象管翻成於金字珠編復置於琅函龍宮之聖藻惟新鷲嶺之苾蒭仰嘆繇是三乘共貫四諦同圓盡苦空真正之言顯

秘密研精之義讃相相乎實相論空空乎盡空華嚴之理合軌轍金仙之教同規矩朕纘嗣丕搆恭臨寶圖常翼翼以撫兆民每兢兢而守先訓以至釋典猶未精詳源其幽深曷能探測有譯經西域僧法賢奏章懇切致意專勤以先皇帝大闡真風高傳佛日興前王之墜典振覺路之頽綱欲旌天造之功庸用廣聖文之述作請予製序繼聖教焉自聖考上仙追號罔極息政事之外何暇經心今已禫除思臻微奧雖幼承慈訓夙乏通才焉窮乎法海之津涯莫造乎空門之閫域畧敷大意以徇輿情蹄涔不足擬浴日之波尺筆豈能量昊天之影聊述短序以紀聖功者焉

甲辰 改景德○東吳僧道源續開平以來宗師機緣統集寶林聖胄等傳爲傳燈錄三十卷詣闕進呈帝覽之嘉賞勑翰林楊億等刊正并撰序頒行天下

戊申 改大中祥符○六月天書降太山○十月東封

己酉 詔諸路置天慶觀○先是楊礪充襄王府記室舍夢至一大殿上真人服王者衣冠秉圭南向前有案置籍錄人姓名礪見已名居上因請示休咎真人指一人曰此來和天尊異日爲汝主也礪問之天尊笑曰此去四十年汝功成余名亦顯礪而志之及充襄王府記室叅軍追而語諸人曰吾今見襄王儀貌即來和天尊也上即位後多好神仙道家之術焉

癸丑 遼改開泰復號大契丹

甲寅 天竺三藏施法護譯佛吉祥等經二百餘卷叅政趙安仁等潤文

乙卯 詔道釋藏經互相毀者刪去樞密王欽若以化胡經乃古聖遺跡不可削○又詔王欽若詳定羅天醮儀一十卷頒行

丁巳 改天禧○禁民棄父母而爲僧道

己未帝於九月大會道釋（于大安殿凡萬三千餘人先是建齋賺上親臨賜以銀藥大錢）壬戌改乾興二月上崩○遼改年太平

杭州孤山智圓法師卒字無外自號中庸子或稱潛夫生錢唐徐氏父母令入空門八歲受具二十一聞奉先源清師傳天台三觀之旨問辯凡二年而清歿遂居西湖孤山學者歸之如市與處士林和靖為隣友王欽若出撫錢唐慈雲遣使邀師同迓之圓笑謂使者曰錢唐境上且駐却一僧圓早嬰瘵疾故又號病夫講道吟哦未嘗倦預戒門人曰吾歿後毋厚葬以罪我毋建塔以誣我毋謁有位求銘以虛美我宜以陶器二合而瘞之立石志名字年月而已及亡門人如所戒斷所居岩以藏之不屋而壇時乾興元年二月十七也壽四十有七後十五年積雨山頹門人開視陶器肉身不壞爪髮俱長脣微開露齒若珂貝乃更襲新衣屑衆香散其上而重瘞之崇寧三年賜謚法惠大師其所撰述般若經遺教經疏各二卷瑞應經不思議法門經無量義經普賢行法經彌陀經等疏及四十二章經注各一卷首楞嚴經疏十卷又撰闡義鈔三卷（釋請觀音疏）索隱記四卷（釋光明句）刊正記（釋觀經疏）表微記一卷（釋光明玄）垂裕記十卷（釋淨名略疏）發源機要記二卷（釋涅槃玄）百非鈔一卷（釋涅槃疏金剛身品百非之義）三德指歸二十卷（釋涅槃疏）顯性録四卷（釋金錍）摭華鈔二卷（釋圭峯蘭盆疏）西資鈔一卷（釋自造彌陀疏）詒謀鈔一卷（釋自造心經疏）谷響鈔五卷（釋自造楞嚴疏）析重鈔一卷（釋自造文殊般

若蹤大論有云折重令輕正義一卷釋十不二門閑居編五十一卷雜著詩文皆假道適情爲法行化之傍

贊云

佛祖歷代通載卷第二十六

音釋

怤方俱切悅也　沔彌善切水出武都也　妥湯果切坐也　簉初救切齊也充也　檽乃豆切木名皮可染也　戾古迍切　偁齒陵切與稱同　涔字廉切魚寒入水也　斵竹足切斫也

佛祖歷代通載卷第二十七

嘉興路大中祥符禪寺住持華亭念常集

癸亥 仁宗禎 真宗第六子遺旨即位上得皇子已晚始生日夜啼不止有道人能止啼召入則曰莫叫莫叫何似當初莫笑帝即止蓋真宗嘗禱上帝祈嗣問羣仙誰當往者皆不荅獨赤脚大仙一笑遂降爲皇在宮中好赤脚其驗也十二即位劉太后垂簾同聽政天治四十二年壽五十四葬於昭陵

改天聖元年〇行崇天曆

甲子 是年汾陽善昭禪師示寂生俞氏太原人也器識沉邃不緣飾有大志於一切文字不由師訓自然通曉年十四父母俱喪孤苦厭世相薙髮受具杖策遊方所至少留不喜觀覽或譏其不韻昭嘆曰是何言之陋哉從上先德行脚正以聖心未通馳求決擇爾不緣山水也師歷諸方見老宿七十一人皆妙得其家風尤喜論曹洞石門徹禪師者盖其派之魁奇者昭作五位偈示之曰五位叅尋切要知纖毫纔動即差違金剛透匣誰能曉唯有那吒第一機舉目便令三界靜振鈴還使九天歸正中妙挾通回互擬議鋒鋩失却威徹拊掌稱善然終疑臨濟兒孫別有奇處最後至首山問百丈卷席意旨如何曰龍袖拂開全體現昭曰師意如何曰象王行處絕狐蹤於是大悟言下拜起而曰萬古碧潭空界月再三撈摝始應知有問者曰見何道理便爾自肯曰正是我放身命處服勤甚久辭去游湘衡間長沙太守張公茂宗以四名刹請昭擇之而居昭笑一夕遯去北抵襄沔寓止白馬太守劉公昌言聞之造謁以見晚爲嘆時洞山谷隱皆虛席容議歸昭

太守請擇之昭以手揶揄曰我長行粥飯僧傳佛心宗非細職也前後八請堅臥不起淳化四年首山歿西河道俗千餘人恊心削牘遣沙門契聰迎請住持汾州太平寺太子院昭閉關高枕聰排闥而入讓之曰佛法大事靜退小節風穴懼應讖憂宗旨墜滅幸而有先師先師已弃世汝有力荷擔如來大法者今何時而欲安眠哉昭矍起握聰手曰非公不聞此語趣辦嚴吾行矣既至宴坐一榻足不越閫者三十年天下道俗慕仰不敢名同曰汾州并汾地苦寒昭罷夜參有梵僧振錫而至謂昭曰會中有大士六人柰何不說法言訖升空而去昭密記以偈曰胡僧金錫光請法到汾陽六人成大器勸請爲敷揚時楚圓守芝號上首藂林知名龍德府尹李侯與昭有舊虛承天致之使三反不赴使者受罰復至曰必欲得師俱往不然有死而已昭笑曰老病業已不出院借往當先後之何必俱耶使曰師諾則先後唯所擇昭令饌設且敇裝曰吾先行矣停箸而化閱世七十有八坐六十五夏

丙寅 天聖四年賜天台教部入藏天竺寺思悟侍者焚軀爲報國恩悟錢唐人初慈雲式公欲以智者教卷求入藏文穆王公將聞之朝悟曰非常事也小子將助之矣乃繪大悲像呪以揞曰事集焚軀報國會公薨悟誦呪益精是年得旨克遂初志式爲贊刻石焉

丁卯 大陽禪師名警玄祥符中避國諱易稱警

延江夏張氏子其先蓋金陵人仲父爲沙門號智通住持崇孝延往依以爲師十九爲大僧聽圓覺了義經閒講者何名圓覺曰圓以圓融有漏爲義覺以覺盡無餘爲義也延曰空諸有無何名圓覺講者嘆曰是兒齒少而識卓如此我所有何足以益之政如以穢食置寶器其可哉通知之使令遊方初謁鼎州梁山觀公問如何是無相道場觀指壁閒觀音像曰此是吳處士畫延擬進語觀急索曰這箇是有相如何是無相底於是悟旨於言下拜起而侍觀曰何不道取一句子延曰道即不辭恐上紙墨觀笑曰他日此語上碑去在延獻偈曰我昔初機學道迷萬水千山覓見知明今辯古終難會直說無心轉更疑蒙師指出秦時鏡照見父母未生時如今覺了何所得夜放烏鷄帶雪飛觀稱洞上之宗可倚矣延亦自負儕輩莫敢攀奉一時聲價籍甚觀歿辭塔出山至大陽謁堅禪師堅欣然讓法席使主之延受之咸平庚子歲也示衆曰廓然去肯重去無所得心去平常心去離彼我心去然後方可所以古德道牽牛向溪東放不免納官家徑稅牽牛向溪西放不免納官家徑稅不如隨分納些些渠總不妨免致勞擾作麽生是隨分納些些底道理但截斷兩頭有無諸法凡聖情盡體露真常事理不二即如如佛若能如此者法法無依平等大道萬有不繫隨處轉轆轆地更有何事延神觀奇偉有威重日常一食自以付受之重足不越限

脇不至席五十年年八十坐六十一夏嘆無可以繼其法者以洞上旨訣寄葉縣省公之子法遠使爲求法器傳續之天聖五年七月十六日陞座辭衆又三日以偈寄侍郎王曙曰吾年八十五修因至於此問我歸何處頂相終難覩停筆而化

戊辰

四明延慶法智卒後於元豐三年冬其法孫繼忠狀其行請文於宋清献公趙抃撰行業碑其畧曰師名知禮字約言金姓世爲明州人梵相奇偉性恬而器閎初父母禱佛求息夢神僧携一童遺曰此佛子羅睺羅也既生以名焉毀齒出家十五落髮受具二十從本郡寶雲通師傳天台教觀始三日首座謂曰法界次第若當奉持禮曰何謂法界座曰大總相法門圓融無碍者是也曰既圓融無碍何得有次第耶座無語幾一月自講心經人皆屬聽而驚謂教法之有賴矣居三年代通講銷義益闡所學出住承天繼遷延慶道法大熾學徒如林日本國師遺徒持二十問來詢法要禮答之咸臻其妙真宗久聞師名遣中使至寺命修懺法厚有賜予歲大旱師爲遵式等修光明爲禱而雨大洽所製指要妙宗二鈔觀音品別行金光明諸記大悲懺儀行于世翰林學士楊億駙馬李遵勗薦以紫衣師號後於歲旦結光明懺七日爲順寂之期至五日趺坐而逝實天聖六年正月五日也享壽六十有九僧夏五十有四云云

庚午

長水法師子璿嘉禾人初依洪敏師學楞

嚴至動靜之相了然不生有省聞瑯瑘惠
覺道重當世趋至其門值其上堂致問曰
清淨本然云何忽生山河大地覺亢聲云
清淨本然云何忽生山河大地師豁然大
悟覺謂之曰汝宗不振久矣宜勵志扶持
以報佛恩師如教後住長水衆幾一千以
賢首宗旨述楞嚴經䟽十卷行於世
壬申 改明道 〇遼宗真立號興宗改景福
天竺慈雲法師遵式卒字知白葉氏台州
寧海人母王氏夢嚥明珠而生稍長不樂
随兄爲賈潛往東掖山出家年二十往禅
林受具明年習律學于守初式繼入國清
普賢像前爐一指誓傳天台之教雍熈初
来謁四明北面受業未幾智解秀出智者
諱日然頂終朝誓力行四三昧淳化初衆

請居寶雲講未甞歇靈異之迹具於本傳
明道元年十月十八日示疾不用醫藥唯
説法勉徒十日令請彌陀像以證其終至
夜脱然坐逝生年六十九夏五十明年仲
春四日徒衆奉遐榻葬于寺東月桂峯下
癸酉 〇放度天下三帳僧尼〇遼改重熈
甲戌 改景祐〇六月詔毁無額寺院
丙子 〇詔選五十人童子習梵學
帝製天聖廣燈録序賜護國将軍節度使
駙馬都尉李遵勗其辭曰唯大雄之闡教
也以清淨爲宗慈悲救世解煩惱之苦縛
啓方便之化門安住雪山始階於西域飛
行漢殿遂通於東旦彼土得道何可勝言
此方承流於是乎在雖陰魔有以侮伐或
示神通而帝釋常加護持無虧實相自法

眼授記鞠多印心佛衣不傳遠六祖而頓悟牛頭析派續千燈而罔窮綠斯慧炬益繁法雲滋陰旁行梵學轉譯華音扣寂禅關指迷覺路了達者至乎離念超登者于以忘筌爲無所不通之明處不可思議之首歷代聖帝明王且有爲之信向者矣我太祖之秉籙也王法延乎佳世我太宗之握紀也妙供滿於諸天真宗皇帝寄契菩提之心深研善逝之旨能仁之化一雨普沾外護之心二纓喜捨朕嗣景祚子毓群黎將以驅富壽之民居常奉調御之本丕冐基搆雖祇席於蘿圖導引津梁每欽惟於竺氈玆乃遵前王之道也其可忽諸天聖廣燈錄者護國將軍節度使駙馬都尉李遵勗之所編次也遵勗承榮外館受律齋壇靡特貴而驕矜頗澡心於夷曠竭積順之志素趍求福之本因灑六根之情塵別三乘之歸趣蹟其祖錄廣彼宗風采開士之迅機集藂林之雅對粗裨於理咸屬之篇嘗貢紺編来聞扆座且有勤請求錫叙文朕既嘉乃誠重違其意載念薄伽之旨諒有庇於生靈近戚之家又不嬰於我惕良可嘉尚因賜之題豈徒然哉亦王者溥濟萬物之源也其錄三十卷時景祐三

丁五年四月賜序秋七月有星數百西南流至壁東其光燭地黑氣長丈餘出畢宿下〇冬十二月京師定襄代并忻等州地震代并壞民廬舍而忻尤甚壓死萬九千餘人民皆露處自此或地震裂泉涌水出如黑沙狀連年不止宋史

戊寅改寶元〇元昊是年十二月僭號大夏改年大慶

己卯 秋八月禁以金箔飾佛像
庚辰 康定○西夏入寇
辛巳 慶曆○春二月京師雨藥
春正月初五慈明楚圓禪師示寂出全州清湘李氏少爲書生年二十二依城南湘山隱靜寺得度毋有賢行使之遊方公連眉秀目頎然豐碩然忽繩墨所至爲老宿所呵以爲少叢林公柴崖而笑曰龍象蹴踏非驢所堪嘗棄骨董箱以竹杖荷之遊襄沔間與守芝谷泉俱結伴入洛中聞汾陽道望爲天下冠決志親依時朝廷方問罪河東潞澤皆屯重兵多勸其無行公不顧渡大河登太行易服類廝養竄名火隊中露眠草宿至龍州遂造汾陽昭公壯之經二年未許入室公詣昭揣其志必罵詬使令者或毀詆諸方及有所訓皆流俗鄙事一夕訴曰自至法席已再夏不蒙指示唯增世俗塵勞念歲月飄忽已事不明失出家之利語未卒昭公熟視罵曰是惡知識敢稗販我舉杖逐之擬伸救昭公掩其口公大悟曰乃知臨濟道出常情服役七年辭去依唐明嵩公及徃見大年楊內翰又見李都尉問答具本傳後移住興化沐浴辭衆跏趺而逝閱世五十有四坐夏三十有二
癸未 十一月五星出東方司天監言注中國大安 黃河北雨赤雪
甲申 ○元昊十二月詔册昊爲夏國主更名曩霄
丙戌 楊岐方會禪師順寂生冷氏袁州宜春人

也少警敏滑稽談劇有味及冠不喜從事筆硯竄名商税掌課最坐不職當罰宵遁去遊筠州九峯恍然如昔經行處眷不忍去遂落髮爲大僧閱經聞法心融神會能痛自折節依叅老宿慈明住南原輔之安樂勤苦及迁道吾石霜會自請領監院事非慈明之意衆論樵然称善挾楮衾入典金谷時時惷語摩悱慈明諸方得以爲當慈明飯罷必山行禪者問道多失所在會闞其出未遠即撾鼓集衆明遽還數曰少叢林莫而陞座何從得此規繩會徐對曰汾陽晚叅也何爲非規繩乎慈明無如之何今叢林三八念誦罷猶叅者此其原也辭之還九峯萍實道俗請住楊岐時九峯長老勤公不知會驚曰會監寺亦能禪乎會受帖問荅罷乃曰更有問話者麼試出来相見楊岐今日性命在汝諸人手裏一任横拖倒拽爲什麼如此大丈夫兒須是對衆决擇莫背地裏似水底按胡盧相似當衆勘驗看有麼若無楊岐失利下座勤把住曰今日且得箇同叅曰同叅底事作麼生勤曰楊岐牽犂九峯拽杷曰正當與麼時楊岐在前九峯在前勤無語托開曰將謂同叅元来不是自是名聞諸方示衆曰不見一法是大過患拈拄杖云穿過釋迦老子鼻孔作麼生道得脫身一句向水不洗水處道將一句來良久曰向道莫行山下路果聞猨叫斷腸聲慶曆六年移住潭州雲盖以臨濟正脉付守端

戊子　文潞公破貝州王郎以不殺而增壽九十

三位極人臣之上矣
言法華者莫知其所從來初見之於景德寺七俱胝院梵相奇古直視不瞬口吻衮衮不可識相傳言誦法華經故以爲名時獨無從多行市里褰裳而趍或舉手書空佇立良久從屠沽游飲啖無所擇道俗咸目爲狂僧丞相呂許公問佛法大意答曰本來無一物一味總成真僧問世有佛否對曰寺裏文殊有問師凡耶聖耶舉手曰我不在此住至和三年仁宗始不豫國嗣未立天下寒心諫官范鎮首發大義乞擇宗室之賢者使攝儲貳以待皇嗣之生退居藩服不然典宿衛尹京邑以係天下之望并州通判司馬光亦以爲言凡三上疏一留中二行中書上夜焚香默禱曰翌日化成殿具齋虔請法華大士俯臨無却清旦上道衣凝立以待俄馳奏言法華自右掖門徑趍將至寢殿侍衛呵止不可上笑曰朕請而來也有頃至輒升御榻跏趺而坐受供訖將去上曰朕以儲嗣未立大臣咸以爲言侵尋晚莫嗣息有無法華其一決之師索筆引紙連書曰十三十三凡數十行擲筆無他語皆莫測其意其後英宗登極乃濮安懿王第十三子方驗前言也嘉祐戊戌十一月二十三日將化謂人曰我從無量劫來成就逝多國土分身揚化今南歸矣語畢右脇而寂

己丑
皇祐〇九月儂智高亂於廣五年狄青平之〇李覯字泰伯盱江人時稱大儒嘗著潛書力於排佛明教嵩公携所著輔教編

謂之辯明覲方留意讀佛書乃喟然曰吾華議論尚未及一卷般若心經佛教豈易知耶心經乃唐太宗詔三藏玄奘所譯纔五十四句二百六十七字耳泰伯所言非其自肯安能爾我范文正公以表薦于帝嘗就門下除一官復差充太學說書未幾是年卒

浮山法遠禪師迁化鄭圃田人也出于王氏年十九遊并州見三交嵩公求出世法嵩曰汝當剃髮墮三寳數乃可授法遠曰法有僧俗乎嵩曰與其爲俗曷善爲僧僧則能續佛壽命故也於是斷髮受具謁汾陽昭公又謁汝海省公皆受記莂天禧中游襄漢隋郢至大陽機語與明安延公相契延嘆曰吾老矣洞上一宗遂竟無人耶以平生所著直裰皮履示之遠曰當爲持此衣履求人付之如何延許之曰他日果得人出吾偈爲證偈曰楊廣山前草憑君待價焞異苗蕃茂處深密固靈根其尾云得法者潛衆十年方可闡揚遠拜受辭去依滁之瑯琊覺公應舒之太平興國寺請說法爲省公之嗣次住姑胥天平又住浮山既老退休於會聖岩遠玉骨插額目光外射狀如王孫凜然可畏初歐陽文忠公聞遠奇逸造其室未有以異之與客棊遠坐其旁歐收局請遠因棊說法乃鳴鼓升座曰若論此事如兩家着棊相似何謂也敵手知音當機不讓若是綴五饒三又通一路始得有一般底只解閉門作活不會奪角衝關硬節與虎口齊彰局破後徒勞

違幹所以道肥邊易得瘦肚難求思行則往往失粘心麁而時時頭撞休誇國手謾説神仙贏局輸籌即不問且道黒白未分時一著落在什麽處良久曰從前十九路迷悟幾多人文忠加歎久之遠偈語妙密諸方服其工作三交萬公讃曰黄金打作鍮石筋白玉碾成象牙梳千手大悲拈不動無言童子暗嗟吁又作明安玄公賛曰黒狗爛銀蹄白象崑崙騎於斯二無礙木馬火中嘶歿時已七十餘雅自稱柴石野人餘如本傳

庚寅皇祐二年正月詔大覺懷璉禪師住東都淨因本漳州陳氏子嗣泐潭澄公嘗燕坐室中見金蛇從地而出須臾隱去識者賛爲吉徵師嘗於廬山圓通掌記室初仁宗聞圓通訥公名詔住淨因訥稱目疾不能奉詔有旨令舉自代遂舉師先是仁廟閲投子語至僧問如何是露地白牛投子連叱乃有省製釋典頌十四章其首篇曰若問主人公真寂合太空三頭并六臂臘月正春風尋以賜璉璉和曰若問主人公澄澄類碧空雲雷時皷動天地盡和風既進經乙夜之覽宣賜龍腦鉢璉謝恩罷捧鉢曰吾法以壞色以瓦鐵食此鉢非法遂焚之中使回奏皇情大悦久之奏頌乞歸山曰六載皇都唱道機兩曽金殿奉天威青山隱去欣何得滿篋唯將御頌歸上和曰佛祖明明了上機上機全得始全威青山般若如如體御頌收将什麽歸再進頌謝曰中使宣傳出禁闈再令臣住此禪扉青

山未許藏千拙白髮將何補萬機霄露息輝方湛湛林泉情味若依依堯仁況是如天闊應任孤雲自在飛至治平中復上疏丐歸山献偈曰千簇雲山萬壑流歸心終老此峯頭餘生願祝無疆壽一炷清香滿石樓英廟付以劉子曰大覺禪師懷璉受先帝聖眷累錫宸章屢貢欵誠乞歸林下令從所請俾遂閑心凡經過小可菴院隨性住持或十方禪林不得逼抑堅請璉攜之東歸鮮有知者蘇翰林軾知杭州以書問之曰承要作宸奎閣碑謹已撰成衰朽廢學不知堪上石不見叅寥說禪師出京日英廟賜手詔其畧云任性住持不知果有不切請録示全文欲添入此一節璉終藏不出遠委順後獲於篋笥其不暴曜若此

辛卯 世尊示滅二千年矣

壬寅 雪竇顯禪師字隱之太平興國五年四月八日生于遂州李氏幼精鋭讀書知要下筆敏速然雅志丘壑父母不能奪依益州普安院仁銑爲師落髮受具出蜀浮沉荊渚間歷年嘗典賓大陽與客論趙州宗旨客曰法眼禪師嘗邂逅覺鐵觜於金陵覺趙州侍者也號稱明眼問曰趙州栢樹子因緣記得不覺曰先師無此語莫謗先師好法眼曰真獅子窟中來覺公言無此語而法眼肯之其旨安在顯曰宗門抑揚那有規轍乎時有苦行名韓大伯者貌寒瘦侍其旁輒匿笑去客退顯數之曰我偶客語爾乃敢慢笑笑何事對曰笑知客智眼

未正擇法不明顯曰豈有說乎對以偈曰一兎橫身當古道蒼鷹纔見便生擒後來獵犬無靈性空向枯樁舊處尋顯陰異之結以爲友北遊至復州北塔祚公香林之嫡孫雲門之孫也祚遠皆蜀人知見高莫能闚其機顯俊邁祚愛之遂留五年盡得其道顯與學士曾公會厚善相值淮南問顯何之曰將造錢唐絕西興登台鴈曾曰靈隱天下勝處珊禪師吾故人以書薦顯顯至靈隱三年陸沉衆中俄曾公奉使浙西訪顯于靈隱無識之者堂僧千餘人使吏檢床曆物色求之乃至曾問向所附書顯袖納之曰公意勤然行脚人非督郵也一曰然行脚人於世無求敢希薦達曾公大笑珊公以是奇之吳中翠峯虛席舉顯出世開法日顧視大衆曰若論本分相見不必高陞此座乃以手指曰諸人隨山僧手看無量佛土一時現前各各子細觀瞻其或庢涘未分不免拖泥帶水於是登座又環顧大衆曰人天普集合發明何事豈可互分賓主馳騁問荅便當宗乘去廣大門風威德自在輝騰今古把定乾坤千聖只言自知五乘莫能建立所以聲前悟旨猶迷顧鑑之端言下知歸尚昧識情之表諸人要識真實相爲麼但得上無攀仰下絕己躬自然常光現前箇箇壁立千仭還辯明得也無未辯辯取未明明取既辯明得便能截生死流踞佛祖位妙圓超悟正在此時堪報不報之恩以助無爲之化後遷明之雪竇宗風大振天下龍蛇鳳逸衲子爭集號雲門中

興嘗経行植杖衆衲逺之忽問曰有問雲門樹凋葉落時如何曰體露金風雲門荅者僧耶爲鮮說耶有宗上座曰待老漢有悟處即說顯熟視鷲曰非韓大伯乎曰老漢瞥地也於是令撾鼓衆集顯曰今日雪竇宗上座乃是昔年大陽韓大伯具大智見晦迹韜光欲得發揚宗風幸願特升此座宗遂陞座僧問劒未出匣時如何曰神光射斗牛問出匣後如何曰千兵易得一将難求僧退宗乃曰寶劒未出匣神光射斗牛千兵雖易得一将實難求便下座一衆大驚師敷揚宗旨妙語徧藂林皇祐四年六月十日沐浴罷整衣側臥而化閱世七十二坐五十夏建塔山中得法上首天衣義懷禪師

甲午 改至和　○封孔愿衍聖公

華嚴道隆禪師不知何許人至和初遊京師客景德寺日縱觀都市歸嘗二皷謹門者呵之不恔一夕還不得入卧于門之下仁宗夢至景德寺門見龍蟠地驚覺中夜遣中使往視之乃一僧熟睡已再鼾撼之驚矍問名字歸奏上問名道隆乃喜曰吉徵也明日召至偏殿問宗旨隆奏對詳允上大悦有旨館于大相國燒朱院王公貴人爭先願見隆未盥漱户外之屨滿矣上以偈句相酬唱絡繹於道或入對留宿禁中禮遇特厚賜號應制明悟禪師隆少時事石門徹公親授洞山旨訣後謁廣慧璉公慧方欲剃髮使隆将櫈子來廣慧曰道者我有櫈子詩聽取詩曰放下便平穩後

因叙陳在石門所悟公案慧曰石門所示
如百味珎羞只是飽人不得後来有灶香
不欲兩頭三緒爲伊燒却故爲璉之嗣隆
爲人寛厚不矜伐以真慈普敬行心殁時
年八十餘盛暑安坐七日手足柔和全身
建塔于寺之東廣如本傳
乙未○遯洪基道宗立興宗子也改年清寧
治四十六年
丙申嘉祐元年
五年正月元日達觀曇頴禪師迁化生錢
唐丘氏年十三依龍興寺爲大僧神情秀
特於書無所不觀爲詞章多出壓語十八
九遊京師時歐陽文忠公在場屋頴識之
游相樂也初謁大陽明安禪師問洞上特
設偏正君臣意明何事安曰父母未生時

事又問如何體會安曰夜半正明天曉不
露頴罔然棄去至石門謁聰禪師理明安
之語曰師意如何聰曰大陽不道不是但
口門窄滿口説未盡老僧則不與麽頴曰
如何是父母未生事聰曰糞墼子又問如
何是夜半正明天曉不露聰曰牡丹䕺下
睡猫兒頴愈疑駭日扣之竟無得益自奮
曰吾要以死究之不觧終不出山聰一日
見普請問曰今日運薪乎頴曰然運薪聰
曰雲門甞問人搬柴柴搬人如何會頴不
能對聰因植杖於座笑曰此事如人學書
點畫可倣者工不者拙何故如此未忘法
耳如有法執故自爲斷續當筆忘手手忘
心乃可也頴於是默契其旨良久曰如石
頭曰執事元是迷契理亦非悟既曰契理

何謂非悟聰曰汝以此句爲藥語爲病語頴曰是藥語聰呵曰汝乃以病爲藥又可哉頴曰事如函得蓋理如箭直鋒妙寧有加者而猶以爲病茲實未諭聰曰借其妙至是亦止明事理而已祖師意旨知識所不能到矧事理乎故世尊曰理障碍正知見事障能續生死頴恍如夢覺曰如何受用聰曰語不離窠臼安能出蓋纏頴嘆曰纔涉唇吻便落意思皆是死門終非活路辭去過京師寓止駙馬都尉李端愿之園日夕問道一時公卿多就見聞其議論隨機開悟李公問曰地獄畢竟是有是無答曰諸佛向無中說有眼見空花太尉向有中覓無手撞水月堪笑眼前見牢獄不避心外見天堂欲生殊不知忻怖在心善惡成境太尉但了自心自然無惑曰心如何了荅曰善惡都莫思量又問不思量後心歸何所頴曰且請太尉歸宅頴東遊初住舒州香鑪峰移住潤州因聖太平之隱靜明之雪竇又遷金山龍游寺嘉祐四年除夕遣侍者持書别楊州刁景純學士曰明旦當行不暇相見厚自愛景純開書乃驚曰當柰何復書決别而已中夜侯吏報揚州馳書船將及岸頴欣然遣撾跛陞座敘出世本末謝禪贊藂林者勸修勿怠曰吾化當以賢監寺次補下座讀景純書畢大衆擁步上方丈頴跏趺揮令各遠立良久乃化閱世七十有二夏五十有三

（己亥）○歐陽脩宋祁脩唐書成○脩又撰五代史七十四卷將舊唐史所載釋道之事

並皆刪去惜哉

庚子

六月丞相曾公亮進新脩唐書二百五十卷

天衣義懷禪師生陳氏温州樂清人世以漁為業母夢星隕于屋除而光照户遂娠及生尤多奇兒稚坐父船尾漁得魚付懷懷不忍串之私投江中父怒笞詬甘甜之不以介意長游京師依景德寺試經得度時有言法華者不測人也行市中拊懷背曰臨濟德山去初謁金鑾善禪師不契後謁葉縣省公又不契東遊洞庭翠峯懷當營炊自汲澗折檐悟旨顯公印可以為奇辭去久無耗有僧自淮上來曰懷出世鐵佛矣顯使誦提唱之語辟如鴈過長空影沉寒水鴈無遺踪之意水無留影之心顯激賞以為類已先使慰撫之乃敢通門人之禮諸方服其精識自鐵佛至天衣五遷法席皆荒凉處懷至必幻出樓觀晚以疾居池州杉山菴弟子智才住杭之佛日迎歸養侍劑藥才如姑胥未還懷促其歸至門而懷已别衆才問卯塔已畢如何是畢竟事懷豎拳示之遂倒卧推枕而化世壽七十二坐四十六夏葬佛日山崇寧中勑謚振宗大師

癸卯

三月廿八日帝崩○歐陽文忠公昔官洛中一日遊嵩山却去僕吏放意而往至一山寺入門脩竹滿軒公休於殿陛旁有老僧閱經自若與語不甚顧荅公心異之曰道人住山久如曰甚久也又問誦何經曰法華經公曰古之高僧臨生

死之際類皆談笑脫去何道致之耶對曰定慧力耳又問今乃寂寥無有何哉老僧笑曰古之人念念在定慧臨終安得亂今之人念念在散亂臨終安得定文忠大驚不自知膝之屈也謝希深嘗作文記其事林間

比京天鉢寺重元禪師出青州千乘縣孫氏法嗣天衣文潞公彥博出相鎮魏府請住本寺是夏別公示寂荼毘煙到處舍利公執瓶禱之煙入舍利塡瓶公乃竭志內典焉

甲辰 改治平英宗署 太祖孫濮安懿王名讓之子初名宗實仁宗無子立爲皇子賜名曙韓琦司馬光定策立之三十三歲即位三十七歲崩在位四年

雲峯文悅禪師南昌人生於徐氏七歲剃髮於龍興寺短小粹美有精識年十九策杖遊江淮至筠州大愚見屋宇僧殘荒涼如傳舍芝自提笠日走市井暮歸閉關高枕悅無留意焉欲裝包發去將行而雨雨止芝陞座曰大家相聚喫莖虀喚作一莖虀入地獄如箭射下座無他語悅大駭夜造丈室芝曰來何所求曰求佛心法芝曰法輪不轉食輪先轉後生趁有色力何不爲衆乞食我忍饑不暇暇爲汝說法乎悅不違即請行及還移住西山翠岩悅又往依之夜詣丈室芝曰又欲求佛心法乎汝不念作住屋壁踈漏又寒雪我日夜望汝來爲衆營炭我忍寒不能能爲汝說法乎悅又不敢違入城化炭還時維那缺悅夜造丈室芝曰佛法不怕爛卻堂司一職今以煩汝悅不得語而出明日鳴揵相堅請

悅有難色拜起欲棄去業已勤勞久因中止然恨芝不去心地坐後架架下東破桶盆自架而墮忽開悟頓見芝從前用處走搭伽梨上寢堂芝迎笑曰維那且喜大事了畢悅再拜汗下不及吐一詞而去服勤八年而芝歿東游三吳所至叢林改觀雪竇顯禪師尤敬畏之每集衆茶横設特榻示禮異之南昌移文請住翠峯又遷雲峯嘉祐七年七月八日陞座辭衆說偈曰住世六十六年爲僧五十九夏禪流若問旨歸鼻孔大頭向下遂泊然而化闍維得五色舍利塔於禹溪之北（余如傳燈）

丙午（三月彗現西方庚申晨見于室本大如月長七尺許丁巳昏見于昴如太白長丈有五尺壬午孛于畢如月至五日沒次年正月上崩于福寧殿矣）

丁未詔民間私造寺院屋宇及三十間者可賜頌曰壽聖悉存之

大教東被一千年矣

佛祖歷代通載卷第二十七

音釋

龥（音藥呼也）孠（以利切今作嗣）揄（徒口切丨引也）矍（許縛居縛二切急視）頎（渠衣切長貌然佳也）焞（徒門切又他雷切）滁（直余切水名）

佛祖歷代通載卷第二十八

嘉興路大中祥符禪寺住持華亭念常集

戊申 神宗頊母曰宣仁聖烈皇后高氏曹太后之甥也幼與英宗同鞠后所後爲英宗配生帝自潁王爲太子尋即位三十八歲崩于福寧殿葬永裕陵改
年熙寧是年地動非常

遼國咸雍四年是年金主阿骨打生

知諫院錢公輔言遇歲飢河決粥祠部
以濟急從之

辛亥 是年三月十六日圓通居訥禪師卒字中
敏出于蹇氏梓州中江人少而英特詩書
過目成誦年十一依漢州什邡竹林寺元
昉十七試法華得度受具於潁真律師以
講學冠兩川耆年多下之會有禪者自南
方還稱祖道被天下馬大師什邡人應般
若多羅讖蜀之豪俊以經論聞者如亮公
而亮棄徒隱西山如鑒公而鑒焚疏鈔稱
滴水莫敵巨海訥撫然良久曰汝知之乎
曰我不能知子欲知之何惜一往訥於是
出蜀後遊廬山得法于榮禪師南康守程
師孟請住歸宗又遷圓通仁宗皇帝聞其
名皇祐初詔住京之淨因訥稱目疾不能
奉詔有旨令舉自代遂舉僧懷璉禪學精
深居其之右於是璉應詔引對問佛法大
意稱旨天下賢訥知人既老休居於寶積
岩無疾而化世壽六十有二坐四十有五
夏

壬子 明教契嵩禪師字仲靈藤州鐔津李氏子
也七歲出家既受具嘗戴觀音像誦其名
號一日十萬聲經傳雜書靡不博究得法
洞山聰公明道間從豫章西山歐陽氏昉

借其家蔵之書讀於奉聖院遂以佛五戒十善通儒之五常著爲原教篇是時歐陽文忠公慕韓昌黎排佛盱江李泰伯亦其流嵩乃携所業三謁泰伯以儒釋胳合且抗其說李愛其文之高理之勝因致書譽嵩於歐陽既而居杭之靈隱撰正宗記定祖圖賫往京師經開封府投狀府尹王公素仲儀以劄子進之曰臣今有杭州靈隱寺僧契嵩經臣陳状稱禪門傳法祖宗未甚分明教門浅學各執傳記古今多有爭競故討論大蔵備得禪門祖宗本末因撫繁撮要撰成傳法正宗記一十二卷并畫祖圖一面以正傳記謬誤兼著輔教篇印本一部三卷上陛下書一封並不干求恩澤乞臣繳進臣於釋教麄曾留心觀其筆削註述故非臆論頗亦精緻陛下萬機之暇深得法樂頋賜聖覽如有可采乞降中書看詳特與編入大蔵目録取進止仁廟覽其書可其奏勑送中書丞相韓魏公參政歐陽文忠公相與觀歎探經考證既無訛謬於是朝廷旌以明教大師賜書入蔵中書劄子有曰權知開封府王素奏杭州靈隱寺僧契嵩撰成傳法正宗記并輔教編三卷宜令傳法院於蔵經收附傳法院准此由是名振海内已而東還爲蔡公襄爲守延置佛日山居數年退老于靈隱永安精舍熈寧五年示寂闍維六根不壊者三曰眼曰舌曰童真與頂骨數珠爲五舍利紅白晶潔状如大菽葬于永安之左

白雲守端禪師示寂生衡之葛氏幼工翰

墨不喜處俗依茶陵郁山主剃髮年二十餘參顥禪師顥没楊岐會公嗣居焉一見端奇之每與語終夕一日忽問上人受業師端曰茶陵郁和上曰吾聞其過溪自省作偈甚奇能記不端即誦曰我有明珠一顆久被塵勞關鎖今朝塵盡光生照破山河萬朶會大笑起去端愕視左右通夕不寐明日求入室咨諭其事時方歲旦會曰汝見昨日昨夜狐者麼端曰見會曰汝一籌不及渠端又大駭曰何謂也會曰渠愛人笑汝怕人笑端於言下大悟辭去游廬山圓通訥公見之自以爲不及舉住江州承天又讓席以居之而自處東堂端時年二十八自以前輩讓善叢林責已甚重故敬嚴臨衆以公滅私於是宗風大振未幾訥公厭閙舛郡守至自陳客情太守惻然目端端笑唯唯而已明日升座曰昔法眼有偈曰難難難是遣情難情難淨盡圓明一顆寒方便遣情猶不是更除方便太無端大衆且道情作麼生遣喝一喝下座負包去一衆大驚挽之不可遂渡江夏於五祖之閒房舒州小剎號法華住持者如籠中鳥不忘飛去舒守聞端高風欲以觀其人移文請居之端欣然杖策來衲子至無所容士大夫賢之及遷白雲海會升座顧視衆曰鼓聲未擊已前山僧未登座之際好箇古佛樣子若人向此薦得可謂古釋迦不前今彌勒不後更聽三寸舌頭帶出來底早已參差須有辯參差眼方救得完全乃曰更與汝老婆開口時末上一句正道着

舉步時末上一步正踏着爲甚麽鼻孔不正爲尋常見鼻孔頑了所以不肯放心今日勸諸人發却去良久曰一便下座其門風悄援類此

癸丑 詔同天節日普度僧尼

法師惠辯字訥翁華亭傅氏號海月受業普照初遊學天竺明智一見奇之即盡心學教觀智將老命居第一座以代講後八年明智韶公俾繼主席翰林沈遘治杭任威見者多惶懼失攄辯從容如平生遘異之任以都僧正東坡時爲通守作序以贈之曰錢唐佛僧之盛盖甲天下道德才智之士與妄庸巧僞之人雜處其間號爲難齊故僧正副之外別補都僧正一員簿書案牒奔走將迎之勞專責副正以下而都師總領要畧實以解行表衆而已師既莅職凡管内寺院虛席者即涓日會諸刹及座下英俊開問義科場設棘圍糊名考校十問五中者爲中選不及三者爲降等然後隨院等差以次補名由是諸山仰之咸以爲則講授二十五年學者常及千人晚年倦于勤歸隱草堂熙寧六年七月十七日旦起盥濯告衆就別合掌跏趺而化初辯遺言須東坡至方闔龕四日坡至見跏趺如生其項尚温坡盡敬而去

丁巳 荆國公王安石奏施金陵舊第爲寺請真淨克文住持賜額曰保寧

戊午 改元豊

庚申 慈聖光獻太后是歲二月崩會京城千座法師于慶壽敭齋例賜椹服師名〇制華

相國寺六十四院爲二禪八律詔宗本禪師住惠林引對於延和殿問法

（辛酉）吉州慶閑禪師示寂出卓氏福州人也法嗣南禪師荼毘烟至舍利遍布四十餘里蘇子由爲銘

（癸亥）京城剏法雲寺成

舒州投子名義青本青社人李氏子也七齡頴異去妙相寺出家十五試法華得度爲大僧其師使習百法論嘆曰三祇途遠自困何益哉入洛中聽華嚴五年反觀文字一切如肉受串處處同其義味嘗講至於法慧菩薩偈曰即心自性忽猛省曰法離文字寧可講乎即棄去遊方至浮山時圓鑑遠公退席居會聖岩夢得俊鷹畜之既覺而青適至遠以爲吉徵加意延禮之留止三年遠問外道問佛不問有言不問無言時如何世尊黙然汝如何會青擬進語遠驀以手掩其口於是青開悟拜起遠曰汝妙悟玄微耶對曰設有妙悟也須吐却時有資侍者在旁曰青華嚴今日如病得汗青回顧曰合取狗口汝更忉忉我即便嘔服勤又三年浮山以大陽皮履布裰付之曰代吾續洞上之風吾住世非久善自護持毋留此間青遂辭出山閱大藏於廬山惠日寺熈寧六年還龍舒道俗請住白雲山海會寺討其得法之歲至此適幾十年又八年移投子山道望日遠禪者日增異苗蕃茂果符前讖青平生不畜長物弊衲楮衾而已初開山慈濟有記曰吾塔若紅是吾再來邦人偶修飾其塔作瑪瑙

色未幾而青領院事山中素無水衆每以爲病忽有泉出山石間甘涼清潔郡守賀公名爲再來泉元豐六年四月末示微疾以書辭郡官諸檀越五月四日灌沐升座别衆羅寫偈曰兩處住山無可助道珎重諸人不須尋討遂泊然而化闍維收靈骨舍利塔于寺之西北三峯菴之後閲世五十有二坐夏三十有七無爲子楊傑爲賛其像曰一隻履兩牛皮金烏啼處木雞飛半夜賣油翁發笑白頭生得黑頭兒有得法上首一名道楷禪師

甲子司馬光表進所編書賜名資治通鑑帝親製序授資政殿學士甞作秀水真如華嚴法堂記曰壬辰歲夏四月僧清辨踵門来告曰清辨秀州真如草堂僧也真如故有講堂痺狹不足以庥學者清辨與同術惠宗治而新之今高顯矣願得子之文刻諸石以諗来者光謝曰光文不足以辱石刻加平生不習佛書不知所以云者師其請諸他人曰清辨所不敢請也故維子之歸而子又何辭光固辭不獲乃言曰師之爲是堂也其志何如曰清辨之爲是堂也屬堂中之人而告之曰二三子苟能究明吾佛之書或不能則将取於四方之能者皆伏謝不能然後相率抵精嚴寺迎沙門道歡而師之又屬其徒而告之曰凡我二三子肇自今以及于後相與協力同志堂圯則扶子師缺則補之以至子金石可弊山淵可平而講肄之聲不可絶也光曰師之志則美矣抑光雖不習佛書亦甞剽聞佛

之爲人矣夫佛盖西域之賢者其爲人也清儉而寡欲慈惠而愛物故服弊補之衣食蔬糲之食岩居野處斥妻屏子所以自奉甚約而憚於煩人也雖草木蟲魚不敢妄殺盖欲與物並生而不相害也凡此之道皆以消潔其身不爲物累盖中國於陵子仲焦先之徒近之矣聖人之德周賢者之德徧周者無不覆而末流之人猶未免棄本而背原况其偏者乎故後世之爲佛書者日遠而日訛莫不侈大其師之言而附益之以謟怪誣罔之辭以駭俗人而取世資厚自豐殖不知厭極故一衣之費或百金不若綺紈之爲愈也一飯之直或萬錢不若膾炙之爲省也高堂鉅室以自奉養佛之志豈如是哉天下事佛者莫不然而吳人爲甚師之爲是堂將以明佛之道也是必深思於本原而勿放蕩於末流則斯堂爲益也豈其細哉

金國李屏山曰蘇軾作司馬光墓誌云公不喜佛曰其精微大抵不出於吾書其誕吾不信嗟乎聰明之障人如此其甚耶同則以爲出於吾書異則以爲誕而不信適足以自障其聰慧而已聖人之道其相通也如有關龠其相合也如有符璽相距數千里如處一室相繼數萬世如在一席故孔子曰西方有聖人焉莊子曰萬世之後一遇大聖而知其解者是旦暮遇之也其精微處安得不同列子曰古者神聖之人先會鬼神魑魅次達八方人民末聚禽獸蟲蛾備知萬物情態悉解異類音聲其所

教訓無遺逸焉何誕之有孔子游方之内故六合之外存而不論鄒衍列禦寇莊周方外之士已無所不談矣顧不如佛書之縷縷也以非耳目所及光不敢信既非耳目所及吾敢不信耶郭璞日者也十年於晉室若合符券疑吾佛不能記百萬之多劫耶左慈術士也變形於魏都皆同物色疑吾佛不能示千百億之化身耶長房壺中之游人信之矣不信維摩丈室容三萬座與納須彌於芥子中之說乎邯鄲枕上之夢人信之矣不信多寶佛塔住五千劫耶庋僧祇如彈指頃之說乎若俱不信不知光亦嘗有夢否瞑於一床栩栩少時也山川聚落森然可狀人物器皿何所不有俯仰酬酢於其間自成一世此特凡夫第六分離識之所影現者耳其力如是況以如来大圓鏡智菩薩之幻三昧乎學者當自消息之毋虗名所刼持也

乙丑

程顥明道先生門人謚也神宗素聞其名數召見一日因與安石論事不合安石曰公之學如上壁言難行也顥曰叅政之學如捉風李定劾其新法之初首爲異論罷歸故官又坐獄逸因責監汝州上即位召爲宗正未行而卒顥與弟頤論學汝南周敦遂厭科舉之習慨然有求道之志謂孟軻沒而聖學不傳以興起斯文爲己任其言曰道之不明異端害之也昔之害近而易知今之害深而難辨昔之惑人也乘其迷暗今之惑人也因其高明自謂窮神知化而不足以開物成務名爲無不周徧而

其實則外於倫理雖云窮深極微而不可以入堯舜之道天下之學者非淺陋固滯則必入於此自道之不明也邪誕妖異之說兢起塗生民之耳目溺天下於汚濁高才明智膠於見聞醉生夢死不自覺也是皆正路之蓁蕪聖門之蔽塞闢之可以入道其教人自致知至于知止誠意至于平天下洒掃應對至於窮理盡性循循有序病世之學者捨近而趍遠處下而窺高所以輕自大而卒無得也○金國李屏山居士辨曰

程顥論學於周敦頤曰道之不明異端害人也古之害近而易知今之害深而難辨昔之惑人也乘其迷暗今之惑人也因其高明自謂之窮神知化而不足以開物成務名爲無不周徧而其實乖於倫理雖云窮深極微而不可以入堯舜之道天下之學者非淺陋固滯則必入於此悲夫諸儒排佛老之言無如此說之深且痛也吾讀周易知異端之不足恠讀莊子知異端之皆可喜讀維摩經知其非異端也讀華嚴經始知無異端也周易曰夫道並行而不相悖或處或出或默或語殊塗而同歸一致而百慮雖有異端何足恠耶莊子曰不見天地之全古之人大體道術爲天下裂如耳目鼻口之不相通楂梨橘柚之不同味雖不足以用天下可爲天下用恑詭譎恠道通爲一是異端皆可喜者維摩經曰諸邪見外道皆吾侍者六地菩薩乃作魔謗于佛毀於法不入衆數隨六師墮乃可

取食然無異端也華嚴經曰入法界品諸善知識阿僧祇數皆於無量劫行菩薩道國王長者居士僧尼婦人童女外道鬼神船師醫卜與粥香者無非法門畧見五十三種無厭足王之殘忍婆須密女之淫蕩勝熱仙人之刻苦聚沙童子之嬉劇大天之恠異主夜之幽陰皆有大解脫門此法界中無復有異端事道無古今害豈有深淺哉但恐迷暗者未必迷暗高明者自謂高明耳甞試論之三聖人者同出於周如日月星辰之合於扶桑之上如江河淮漢之匯於尾閭之淵非偶然也其心則同其迹則異其道則一其教則三孔子游方之內其防民也深恐其眩于太高之說則蕩而無所歸故約之以名教老子游方之外其導世也切恐其昧于至微之辭則塞而無所入故示之以真理不無有少齟齬者此其徒之所以支離而不合也吾佛之書既東則不如此大包天地而有餘細入秋毫而無間假諸夢語戲此幻人五戒十善開人天道於鹿苑之中四禪八定建聲聞乘於鷲峯之下六度萬行種菩薩之因三身四智結如來之果登正覺於一刹那間度有情於阿僧祇劫竪窮三界橫徧十方轉法輪於彈指頃出經卷於微塵中律儀細細八萬四千妙覺重重單復十二陰補禮經素王之所未制徑開道學立聖之所難言教之大行誰不受賜如游魚之於大海出沒其中如飛鳥之於太虛縱橫皆是薰習肌骨如薝蔔香灌注肝腸如甘露漿

翰墨文章亦游戲三昧道冠儒屨皆菩薩道場諸君之聰慧辯才亦必有所從來特以他生之事而忘之耳况程氏之學出於佛書何用故謗傷哉又字字以誠教人而自出此語將以欺人則愚將以自欺則狂惜哉窮性理之說既至於此而胷中猶有此物真病至於膏肓者也夫吁

丙寅哲宗煦（神宗第六子初爲延安郡王神宗大漸立爲太子嘗羸疾惡臣下仰視者輕殺之非仁君也十歲即位太后高氏臨朝九年後歸政二十五歲崩葬永泰陵在位十五年）改年元祐

遼咸雍二十二年

無盡張商英以序送羽士蹇拱辰字翊之徃叅廬山照覺總禪師其文曰成都道士蹇翊之來言於予曰吾鄉羽衣之族世相與爲婚姻娶妻生子與流俗無異拱辰因覩道藏神仙傳記翻然覺悟當吾血氣剛強視聽聰明嚘咿哇嗚順吾耳青黃赤白炫吾目甘脆膏腴爽吾口馨香馥烈適吾鼻滑澤纖柔佚吾體懽忻動蕩感吾意此六寇者乘吾瞀亂晝夜與吾相親而未嘗相釋也一旦吾之形耗而羸氣耗而衰精耗而萎神耗而疲八風寒暑之所薄百邪鬼祟之所欺陰魄欲沉陽魂欲飛則六寇者曾莫吾代而天下之至苦吾獨當之房闥之戀莫如婦血肉之恩莫如母拱辰於是悉囊中之所有與之而謝去紿以他事出遊百里遂泛涪江下濮水歷縉雲出峯山訪岑公之洞府瞻神女之祠觀而達於渚宮也將泛九江入廬山結茅於錦綉之谷長嘯於香爐之頂撫陶石以遥想揖遠

溪以濯足盖吾之術以性爲基以命爲依始乎有作終乎無爲竊聞先生究離微之旨窮心迹之歸奏無絃之曲馮鐵牛之機故不遠而來見先生也當試爲余言之余曰壯哉子之志乎難行能行難棄能棄吾弗及子矣余適有口疾不能荅子吾有方外之侶曰常總居於東林必能決子之疑請将吾之説而往問焉

丁卯詔華大洪山靈峯寺爲禪院

僧統義天王氏高麗國文宗仁孝王第四子辭榮出家封祐世僧統元祐初入中國問道義天上表乞傳賢首教勑兩街舉可授法者以東京覺嚴誠禪師對誠舉錢唐惠因淨源以自代乃勑主客楊傑送至惠因受法諸刹迎餞如行人禮初至京師朝畢勑禮部蘇軾館伴謁圓照本禪師示以宗旨至金山佛印坐納其禮楊傑鶩問印曰義天異域僧耳若屈道狥俗諸方先失一隻眼何以示華夏師法乎朝廷聞之以爲知體至惠因持華嚴疏鈔咨決所疑閲歳而畢於是華嚴一宗文義逸而復傳及見天竺慈辨請問天台教觀之道後遊佛隴禮智者塔誓曰巳傳慈辯教觀歸國敷揚顗賜寘護又見靈芝大智爲説戒法請傳所著文還國及施金書華嚴三譯於惠因（今俗稱高麗寺）建閣藏之

戊辰杭州晉水法師淨源十一月示寂晉江楊氏受華嚴於五臺承遷遷嘗注金師子章學合論于橫海明覃南還聽楞嚴圓覺起信於長水四方宿學推爲義龍因省親于

泉請主清凉復遊吳住報恩觀音杭守沈文通置賢首院於祥符以延之復主青鎮密印寶閣華亭普照善住高麗僧統義天杭海問道申弟子禮初華嚴一宗疏鈔久矣散墜因義天持至咨決逸而復得左丞蒲宗孟撫杭愍其苦志奏以惠因易禪爲教命公主之義天還國以金書華嚴三譯本一百八十卷以遺師爲主上祝壽晉嚴觀一法師同譯六十卷唐實叉難陀譯八十師卷唐烏茶進本澄觀法師譯四十卷乃建大閣以奉安之時稱師爲中興教主以此寺奉金書經故俗稱高麗寺塔舍利于寺西北壽七十八先世泉之晉水人故學者以晉水稱之實元祐三年也

蔣山贊元禪師字萬宗婺州義烏人雙林傅大士遠孫也三歲出家七歲爲大僧性重遲間靖寡言視之如鄙朴人然於傳記無所不窺吐爲詞語多絶塵之韻特罕作耳年十五游方至石霜謁慈明助春破薪泯泯混十年明移南岳又與俱及沒葬骨於石霜植種八年乃去兄事蔣山心公心沒以元繼其席舒王初丁太夫人憂讀經山中與元游如昆仲問祖師意旨元不荅王益扣之元曰公般若有障三有近道之質一兩生来恐純熟王曰顒聞其說元曰受氣剛大世緣深以剛大氣遭深世緣必以身任天下之重懷經濟之志用舍不能必則心未平以未平之心持經世之志何時能一念萬年哉又多怒而學問尚理於道爲所知愚此其三也特視名利如脫髮甘澹泊如頭陀此爲近道且當以教乘滋

茂之可也王再拜受教自熙寧之初王入對遂大用至再拜貴震天下無月無耗元未嘗發視客来無貴賤寒温外無別語即斂目如入定客即去嘗饌僧俄報火厨庫且以潮音堂衆吐飯蒼黄蜂窘蟻鬧而元啜啖自若高視屋梁食畢無所問又嘗出郭有狂人入寺手刃一僧即自殺尸相枕左右走報交武於道自白下門群從而歸元過尸處未嘗視登寢室危坐聽事者側立異元有以處之而斂目如平日於是稍稍隱去卒不問元祐初曰吾欲還東吴促巳己辦嚴俄化王哭之慟塔于蔣山蘇老泉嘗作彭州圓覺院記其文曰人之居乎此也必有樂乎此也居斯樂不樂不居也居而不樂不樂而不去爲自欺且爲欺天盖君子恥食其食而無其功恥服其服而不知其事故居而不樂吾有吐食脫服以逃天下之譏而已年天之畀我以形而使我以心馭也今日欲適秦明日欲適越天下誰我禦故居而不樂不樂而不去是其心且不能馭其形而況能以馭他人哉自唐以來天下士大夫爭以排釋老爲言故其徒之欲求知於吾士大夫之間者往往自判其師以求容於吾而吾士大夫又喜其来而接之禮靈徹文暢之徒飲酒食肉以自絶於其教嗚呼歸爾父母復爾室家而後吾許爾以叛爾師父子之不歸室家之不復而師之叛是不可以一日立于天下傳曰人臣無外交故季布之忠於楚也雖不如蕭韓之先覺而比丁公之貳則爲愈乎

在京師彭州僧保聰来求識予甚勤及至蜀聞其自京師歸布衣蔬食以爲其徒先凡若干年而所居圓覺院大治一日爲予道其先師平潤事與其院之所以得名者請予爲記予佳聰之不以叛其師悅予也故爲之記曰彭州龍興寺僧平潤講圓覺經有奇因以名院院始弊不葺潤之来始得隙地以作堂宇凡更二僧而至于保聰又合其隣之僧屋若干於其院以成是爲記

庚午 蘇軾以龍圖閣學士知杭州奏浚西湖際山爲岸杭人呼曰蘇公堤紹聖四年移謫儋州至元符三年六月歸自海外居常州軾謫黄州日築室東坡號居士靖國元年辛巳七月廿八日卒朝奉郎提舉成都玉局觀嘗作佛印磨衲賛曰長老佛印大師了元游京師天子聞其名以高麗所貢磨衲賜之客有見而歎曰嗚呼善哉未嘗有也嘗試與子攝其齊衽循其鈎絡舉而振之則東盡嵎夷西及昧谷南被交趾北屬幽都紛在吾箴孔線蹊之中矣佛印聽然而笑曰甚矣子言之陋也吾以法眼視之一一箴孔有無量世界一一世界滿中衆生所有毛孔所衣之衣箴孔線蹊悉爲世界如是展轉經八十反吾佛光明之所照吾君聖德之所被如以大海注一毛竅如以大地塞一箴孔曾何嵎夷昧谷交趾幽都之足云乎當知此衲非大非小非短非長非重非輕非薄非厚非色非空一切世間折膠墮指此衲不寒爍石流金此衲不

熱五濁流浪劫火洞然此納不壞云何以有思唯心生下劣相於是蜀人蘇軾聞而讚之曰匣而藏之見衲而不見師衣而不匣見師而不見衲惟師與衲非一非兩眇而視之蟣虱龍象

法雲圓通法秀禪師秦州隴城人也生辛氏母夢僧癯甚鬚髮盡白託宿曰我麥積山僧也覺而娠先是麥積山有僧亡其名日誦法華與應乾寺魯和上善甞欲從之遊方魯老之既去緒語曰他日當尋我竹鋪坡前銕彊嶺下俄有兒生其所魯聞之往觀焉兒爲一笑三歲願隨魯歸遂冒魯氏十九通經爲大僧天骨峻拔軒昂萬僧中凜如畫講大經章分句析機鋒不可觸京洛著聞倚圭峰鈔以詮量衆義然恨圭峰學禪唯敬壯京元華嚴然恨元非講曰教盡佛意則如元公者不應非教禪非佛意則如圭峰者不應學禪然吾不信世尊教外以法私大迦葉乃罷講南游謂同學曰吾將窮其窟穴摟取其種類抹殺之以報佛恩乃已耳初至隨州護國讀淨果禪師碑曰僧問報慈如何是佛性慈曰誰無又問淨果果曰誰有其僧因有悟秀大笑曰豈佛性敢有無之矧又曰因以有悟哉其氣拂膺去至無爲銕佛謁懷禪師懷貌寒危坐涕垂沾裳秀易之懷收涕問座主講何經秀曰華嚴又問此經以何爲宗曰以心爲宗又問心以何爲宗秀不能對懷曰毫釐有差天地懸隔秀退自失悚然乃敬服願留日夕受法久之乃證懷移池入

吴皆從之初出世淮之四面杖笠之外包具而已以至棲賢蔣山長蘆衆千人有全楙長老至登座衆因哂之無出問者於是秀出拜趍問如何是法秀自已全楙笑曰秀鋉面乃不識自巳乎秀曰當局者迷一衆服其荷法心也冀國大長公主建法雲寺成有詔秀爲開山第一祖開堂日神宗遣中使降香并磨衲仍傳聖語表朕親至之禮皇弟荆王致敬座下士大夫日夕問道時司馬光方登庸以吾法太盛方經營之秀曰相公聰明人類英傑非因佛法不能爾遽忘頟力乎温公意少懈元祐五年八月卧疾詔醫官視之醫請候脉秀仰視曰汝何爲者也吾有疾當死耳求治之是以生爲可戀也平生生死夢三者無所揀擇揮去之呼侍者更衣安坐說偈而化閱世六十四坐夏四十五

江州東林常總禪師生劍州尤溪施氏母夢男子頎然色如金握白芙蓉三柄以授之但一柄得餘委地覺而娠後誕三子伯仲皆不育總其季也年十一依寶雲寺文兆法師出家又八年落髮詣建州大中寺契恩律師受具初至吉州禾山禪智材公材有人望延之不留聞南禪師之道依歸宗久之無所得而去歸宗火南遷石門南塔又往從之及南公自石門遷黄檗積翠以至黄龍總皆在馬二十年之間凡七往返南佳其勤勞稱於衆總自負密記決志大掖濟北之宗洪州太守榮公脩撰請住泐潭或謂馬祖再來也道俗爭先頓見元

豊三年詔革江州東林律居爲禪觀文殿學士王公韶出南昌欲延寶覺心公心舉總自代總知宵遁去千餘里檄諸郡期必得之得於新淦殊山窮谷中遂應命其徒相謂曰遠公嘗有記曰吾滅七百年後有肉身大士革吾道場今符其語矣總之名聞天子有詔住相國智海禪院總固稱山野老病不能奉詔然州郡敦遣急於星火其徒又相語曰聰明泉適自涸矣凡兩月而得旨如所乞就賜紫伽黎號廣惠其徒又相語曰聰明泉復湧沸矣元祐三年徐國王奏號照覺禪師總於衲子有大緣槌拂之下衆盈七百䕺席之盛近世所未有也六年八月示疾九月二十五日浴罷安坐而化十月八日全身葬于鴈門塔之東世壽六十七坐四十九夏

荊門玉泉皓長老塔銘無盡居士譔畧云師姓王眉州丹稜縣坼頭鎮人天聖元年依大力院出家法名承皓明道二年普度爲僧景祐元年受戒慶曆二年遊方至復州見北塔思席禪師發明心要得遊戲如風大自在三昧製赤犢鼻書歷代祖師名而服之曰惟有文殊普賢猶較些子且書於帶上自是諸方以皓布裩呼之惠南居黃龍設三關語以接物罕有契其機者師敎一僧往南曰我手何似佛手荅曰不相似南曰我脚何似驢脚荅曰不較多南笑曰此非汝語誰教汝来僧以實告南曰我從来疑這漢熈寧間至襄陽爲谷隱首座有蜀僧依止師席師憐其年少有志稍誘

捩之僧亦効師製犢鼻浣而曝之師見之曰我裩何故在此僧曰某甲裩也師曰具何道理敢爾僧禮拜曰每蒙許與切所欣慕師曰此豈戲論與汝半年當吐血死後半年其僧嘔血死於鹿門山聞者異之元豊二年四月予奉使京西南路聞師之名致而見之問師法嗣何人師曰北塔問北塔有何言句師曰爲伊不肯與人說遂請師住郢州大陽時谷隱大喜曰我山中首座出世盛集緇素請師升座以爲歆豔師曰承皓住谷隱十年不曾飲谷隱一滴水嚼谷隱一粒米汝若不會來大陽與汝說携拄杖下座不顧而去居數月知荆南李公審言轉運使孫公景脩同請住當陽玉泉景德禪院師機鋒孤峭學者不能湊泊人闕首座維那曰某人某人曾於某處立僧爲禪衆所歸宜依諸方例請充師叱曰杜杜又曰孟八郎孟八郎一日師從厨前過見造晚麵問曰有客過耶對曰衆僧造藥石師呼知事稱之曰吾昔參禪爲人汲水舂米今見成米麵蒸炊造作與供諸佛菩薩羅漢無異飽喫了並不留心參學百般想念五味馨香假作驢腸膳生羊骨鱉臛餵飼八萬四千戶蟲鬧眼隨境攝合眼隨夢轉不知主祿判官掠剩大王隨從汝抄劄消鑿祿料簿教汝受苦有日在於是徒衆不堪寮寀譖之於縣令曰長老不能安衆惟上来下去點檢寒碎縣令召師至縣責之曰大善知識不在方丈內端坐兩廊下山門来去得許多師曰大通智勝佛十

劫坐道場佛法不現前不得成佛道長官以坐是佛耶坐殺佛去也長官茫然益敬禮之狗子在室中僧入請益師叱一聲狗出去師云狗子却會汝却不會玉泉冬市四遠雲集師於廊下畫一圓相顧視大衆曰賤賣賤賣良久畫破曰自家買自家買冬至上堂曰晷運推移布裩赫赤莫笑不洗無來換替王大觀知荊南問如何是佛截斷脚跟又問如何是佛師曰截斷脚跟又問如何是法師曰掀了腦蓋師有頂相自贊曰粥稀後坐床窄先卧耳聵愛聲高眼昏宜字大其應機答話隱顯不測大致若此玉泉寺宇廣大弊漏前後主者以營葺爲艱師曰吾與山有緣與僧無緣修今世寺待後世僧耳悉壞法堂方丈寢堂鐘樓慈氏閣關廟而鼎新之皆求予記其本末師住山無筆硯文字箱篋無兼衣囊錢元祐六年遣人至江西口白曰老病且死得百丈肅爲代可矣余以喻肅肅不顧徃十二月二十八日示寂臨行門人廹以作頌師笑曰吾年八十一病死昇尸出兒郎齊著力一年三百六十日師滅時地三震會余移漕淮西召還諫省謫官金陵不復詳師後事今年十月被恩知洪州途次太平有德鴻者來謁泣言師之死鴻適歸閩中自閩聞訃奔詣玉泉師已葬於斗山下鴻營塔於始就緒念先師神交道契莫如公者故間關數千里詣公求文銘師之塔予哀鴻不忘其師乃追掇緒餘而銘之曰文多不録

法師元淨字無象徐氏杭州於潛人客有過其舍者曰嘉氣上騰當生奇男既生左有肉起如袈裟條八十一日乃沒伯祖異之曰宿世沙門必使事佛八十一者殆其算歟及師之終果符其數十歲出家每見講座輙曰願登此說法度人十二就學於慈雲不數年而齒高第後聞明智講止觀方便五緣曰淨名所謂一食施一切供養諸佛及諸賢聖然後可食此一方便也師悟曰今乃知色香味觸本具第一義諦因泣下如雨自是遇物無非法界代講十五年杭守呂臻請住大悲閣嚴設戒律其徒畏愛臻爲請錫紫衣辨才之號七年翰林沈遘撫杭(仁宗嘉祐)謂上竺本觀音道場以音聲爲佛事者非禪那居乃請師居之(此年始革禪爲教)鑿山增室廣聚學徒教庠之盛冠於二浙神宗熙寧三年杭守祖無擇坐獄于檇李(檇音醉地名今嘉興)師以鑄鐘例被追辨幸得釋寓止真如蘭若擬金鐃設問荅述圓事理說發明祖意之妙元豊元年有利山門施資之厚者倚權以奪之衆亦隨散逾年其人以敗聞朝廷復畀師衆復集(清獻趙公與師爲世外友爲之贊曰師去天竺山空鬼哭天竺師歸道場重輝東坡寄詩曰道人出山去山色如死灰白雲不解笑青松有餘哀忽聞道人歸鳥語山容開云云)三年復謝去居南山之龍井士庶爭爲築室遂成伽藍六年太守鄧伯温請居南屏明年復歸龍井時靈山虗席師以慈雲師祖道場俯就衆請及月餘定中見金甲神跪前曰師於此無緣不宜久住既受冥告遂還龍井元祐四年蘇軾治杭問師曰此山如師

道行者幾人曰沙門多寄行非可盡識將示寂乃入方圓庵（秦觀記 米芾書）宴坐謝賓客止言語飲食招參寥告之曰（道潜 師也）吾淨業將成若七日無障吾願遂也七日出偈告衆即右脇而化當元祐六年九月晦日也塔成東坡命子由爲之銘

（癸酉）淨因道臻禪師字伯祥福州古田戴氏子也幼不茹葷十四去上生院行頭陀行又六年爲大僧閱大小經論置不讀曰此方便說耳即持一鉢走江淮所參知識甚多而得旨決於浮山遠公江州承天虛席致臻非所欲而游丹陽寓止因聖一日行江上覓舟默計曰當隨所往信吾緣也問舟師曰載我船尾可乎舟師笑曰師欲何之我入汴船也臻曰吾行游京師因載之而北謁淨因大覺璉公璉公使首衆僧於座下及璉歸吳衆請以臻嗣馬開法之日英宗遣中使降香賜紫方袍徽號京師四方都會有萬好惡貴人達官日門塡臻一日之慈聖上仙神宗召至慶壽宮賜對甚喜設高廣座恣人問荅左右上下咸歎希有懽動宮殿賜與甚厚神宗悼佛法之微憫名相之弊始即相國爲惠林智海二剎其命立僧必自臻擇之宿老皆從風而靡神宗上仙被詔至福寧殿說法詔道臻素有德行可賜號淨照禪師元祐八年八月十七日前語門人淨圓曰吾更三日行矣及期沐浴更衣說偈已跏趺坐而寂閱世八十坐六十有一夏臻性慈靖退似不能言者居都城西隅衲子四十餘輩頹然不出

戸三十年如一日奉身甚約一布裙二十年不易用五幅絻掩脛不多爲裴裙曰徒費耳無所嗜好乃能雪方丈之西壁請文與可掃墨竹謂人曰吾使游人見之心目清涼此君蓋替我說法也嘗於慶壽宮說法僧問慈聖仙遊定歸何所臻曰水流元在海月落不離天上悅以爲能加敬焉黄魯直預其像曰老再無齒卧龍不吟千林月黒六合雲陰遠山作眉紅杏腮嫁與春風不用媒老婆三五少年日也鮮東塗西抹來

佛祖歷代通載卷第二十八

音釋

底都禮切 哇於佳切居攜切婬聲 吚於祇切 鐔徐林切劍鼻又地名 痺卑利切病也 栩吁羽切柔也 滙胡罪口乖二切 肓呼光切 喔乙角切鷄鳴也 瞀莫遘切目不明 儋丁談切 嵎牛俱切 癯其俱切少肉也 摟力珠切曳也 絻亡運切喪服也或作免

佛祖歷代通載卷第二十九

嘉興路大中祥符禪寺住持華亭念常集

甲戌　改紹聖

乙亥　遼改壽昌主洪基加號聖文神武全功大畧聰仁孝惠天祐皇帝

智海真如慕喆禪師出於臨川聞氏聞族寒喆又幼孤去依建昌永安圓覺律師為童子試所習得度具戒為人剛簡有高識以荷法為志律身甚嚴翠岩真禪師游方時喆能識之真好暴所長以盖人號真點胸所至犯眾怒非笑之喆與之周旋二十年雖群居不敢失禮真兩住剎喆陰相之成法席有来學者且令見喆侍者謂人曰二十年後喆其大作佛事真殁塔於西山心喪三年乃去依黃蘗游湘中一鉢雲行鳥飛去留為叢林重輕謝師直守潭州聞其風而悅之不可致岩岳麓席虛盡禮迎以為出世累月而後就俄遷大溈眾二千指無所約束人人自律唯粥罷受門弟子問道謂之入室齋罷必會大眾茶諸方纔月一再而喆講之無虛日放叅罷喆自役作使令者在側如路人晨香夕燈十有四年夜禮拜持茅視殿廡燈火倦則以帔蒙首假寐三聖堂初猶浴晝老不浴者十餘年紹聖元年有詔住大相國寺智海禪院京師士大夫想見風裁叢林以喆靜退畏鬧不敢必其来喆受詔欣然俱數衲子至解包之日傾都來觀至謂一佛出世院窄而僧日增無以容則相枕地卧有請限之者喆曰僧佛祖所自出猒僧猒佛祖也安有名為傳法而猒佛祖乎安得不祥之語哉

凡驗學者舉趙州洗鉢話上人如何會僧擬對詰以手托之曰歇去自始至終未嘗換機明年十月初八無疾而化

是年雲居元祐禪師卒王氏信之上饒人年十三師事博山承天沙門齊晟二十四得度具戒時南禪師在黃蘗往依之十餘年智辯自将氣出流輩衆以是悦之少然祐不卹也南殁去游湘中廬於衡岳馬祖故基衲子追隨聲重荆楚間謝師直守潭州欲禪道林之律居盡禮致祐爲第一世祐欣然肯来道林蜂房蟻穴聞見層出像設之多冠於湘西祐夷廓之爲虚堂爲禪室以會四海之學者役夫不敢壞像設祐自鋤棄諸江曰昔本不成今安得壞吾法尚無凡情存聖解乎六年而殿閣崇成棄之去游廬山南康太守陸公時請住玉澗寺徐王聞其名奏賜紫袍祐作偈辭之曰為僧六十鬢先華無補空門媿出家願乞封回禮部牒免辜廬老衲袈裟人問其故祐曰人主之恩而王者之施非敢辭以近名也但以法未等耳王安上者舒王之弟問法於祐以雲居延之祐曰爲携此骨歸葬峯頂耳登輿而去疾諸方死必塔者祐曰山川有限僧死無窮它日塔将無所容於是於開山宏覺塔之東作卵塔曰凡住持者非生身不壞火浴兩舍利者皆以骨石填于此其西又作卵塔曰凡僧化皆以骨石填于此謂之三塔紹聖二年七月七日夜集衆說偈而化世壽六十有六坐四十有二夏

戊寅 改元符 西夏改永安

雲居佛印了元禪師字覺老生饒州浮梁林氏世業儒父祖皆不仕元生二歲琅琅誦論語諸家詩五歲誦三千首既長從師授五經畧通大義因讀首楞嚴經于竹林寺愛之盡捐舊學白父母求出家度生死禮寶積寺沙門日用試法華受具游廬山謁開先暹道者暹自負其號海上横行俯視後進元與問荅捷給乃稱賞時年十九又謁圓通訥公訥曰骨格已似雪竇後来之俊也時書記懷璉方應詔以元繼其職江州承天虚席又以元當選郡將而少之訥曰元齒少而德壯雖萬耆衲不可折也於是爲開先之嗣時二十八矣自承天遷淮之斗方廬山之開先歸宗潤之金山焦山江西之大仰又住雲居凡四十年間德化緇素縉紳之賢者多與之游東坡謫黄州廬山對岸元居歸宗詶酢妙句與烟雲爭麗及其在金山東坡釋還東吳次丹陽以書抵元曰不必出山當學趙州上等接人元得書徑来坡迎笑問之元以偈荅曰趙州當日少謙光不出山門見趙王爭似金山無量相大千都是一禪床坡抵掌稱善又嘗謂衆曰昔雲門說法如雲雨絕不喜人記録其語見必罵逐曰汝口不用返記吾語異時稗販我去今室中對機録皆香林明教以紙爲衣隨所聞即書之後世學者漁獵文字語言正如吹網欲滿非愚即狂時江浙叢林尚以文字爲禪之謂請益故元以是風之高麗僧統義天航海至

明州傳云秉王佐出家上䟦乞遍歷叢林問法受道有詔朝奉郎楊傑次公舘伴(陪)經吳中諸剎皆餞如王臣禮至金山元床坐納其大展次公驚問故元曰義天亦異國僧耳僧至叢林規繩如是不可易也衆姓出家同名釋子自非買崔盧門閥相高安問貴種次公曰甲之少徇時宜求異諸方亦豈覺老心哉元曰不然屈道隨俗諸方先失一隻眼何以示華夏師法乎朝廷聞之以元爲知大體李公伯時爲元寫照元曰必爲我作笑狀自爲贊曰李公天上石麒麟傳得雲居道者真不爲拈花明大事等閒開口笑何人泥牛謾向風前齅枯木無端雪裏春對現堂堂俱不識太平時代自由身元符元年正月初四日聽客語

有會其心者軒渠一笑而化其今畫笑狀非苟然也世壽六十七坐五十有二夏圓照禪師諱宗本生於管氏常州無錫人也體貌豐碩言無枝葉十九師事蘇州承天永安道昇禪師昇道價重叢林歸之者如雲本弊衣垢面探井臼典炊爨以供給之夜則入室叅昇曰頭陀荷衆良苦亦疲勞乎對曰若捨一法不名滿足菩提實欲此生身證其敢言勞昇陰奇之又十年剃髮受具服勤三年乃辭昇遊方徧叅至池陽景德謁義懷禪師言下契悟衆未有知者甞爲侍者而喜寢鼻息齁齁聞者厭之言於懷懷笑曰此子吾家精進幢也汝輩它日當依賴之無多談衆乃驚懷退居吳江壽聖部使者李公復圭過懷夜話曰瑞

光虚席願得有道衲子主之懐揩本曰無逾此道人者耳既至寺集衆擊鼓鼓輙墮圓轉震響衆驚却有僧出呼曰此和尚法雷振地之祥也俄失僧所在自是法席日盛武林守陳公襄以承天興教二刹命師擇居蘇人留之益甚又以淨慈堅請移文喻道俗曰借師三年爲此邦植福不敢久占本嘖嘖曰誰不欲作福衆識其意聽赴之元豐五年神宗皇帝闢相國寺六十四院爲八禪二律六中貴梁從政董其事驛召師主惠林既至上遣使問勞三日傳旨就寺之門爲士民演法翌日召對延和殿問道賜坐即盤足跏趺賜茶至舉盞長吸又蕩撼之上問受業何寺對曰承天永安上悦其真喻以方興禪宗宜善開導之旨

既退上目送之謂左右曰真福慧僧也後帝登遐召入福寧殿説法以師嘗爲先帝所禮敬見之不勝哀悼以老乞歸林下勅任便雲遊所至不得抑令住持升座辭衆曰本是無家客那堪任便遊順風加櫓棹船子下楊州既出都城王公貴人送者車騎相屬師臨别誨之曰歲月不可把玩老病不與人期唯勤修勿怠是真相爲聞者莫不感涕其真慈善導若此高麗僧統義天以王子奉國命使于我朝聞師道譽請以弟子禮見師問其所得以華嚴經對師曰華嚴經三身佛報身説耶化身説耶法身説耶義天曰法身説本曰法身遍周沙界當時聽衆何處蹲立義天茫然自失欽服益加法道至本大盛老居靈岩閉門頹

然而四方從者相望於道不釋也元符二年十二月甲子將入滅沐浴而趺門弟子環擁請曰和尚道遍天下今日不可無偈幸強起安坐本熟視曰癡子我尋常尚懶作偈今日特地圖箇甚麽尋常要趺便趺不可今日特地坐也索筆大書五字曰後事付守榮擲筆憨趺若熟睡然撼之已去矣門人塔全身於山中閱世八十坐五十二夏

庚辰

黃龍寶覺禪師入寂出於鄔氏諱祖心南雄始興人也少爲書生有聲年十九而目盲父母信以出家輒復見物乃往依龍山寺沙門惠全明年試經業而公獨獻詩得奏名剃髮繼住受業院不奉戒律且逢橫逆於是棄之入叢林謁雲峯悅公留三年難其孤硬告悅將去悅曰必往依黃蘗南公公至黃蘗四年知有而機不發又辭而上雲峯會悅謝世因就止石霜無所叅決試閱傳燈至僧問多福曰如何是多福一叢竹福曰一莖兩莖斜三莖四莖曲此時頓覺親見二師徑歸黃蘗方展坐具南公曰子入吾室矣公亦踴躍自喜即應曰大事本來如是和尚何用教人看語下語百計搜尋南公曰若不令汝如此究尋到無用心處自見自肯吾即埋沒汝也公從容游泳陸沉衆中時時往決雲門語句南公曰知是般事便休汝用許多工夫作麽公曰不然但有纖疑在不到無學安能七縱八橫天迴地轉哉南公肯之後使分座令接納來學南遷黃龍而化以公繼其席凡

十有二年然性真率不樂從事於務五求辭去乃得謝事閒居而學者益親謝景溫師直守潭州虛大潙以致公三辭不往又囑江西轉運判官彭汝礪器資請所以不赴長沙之意公曰願見謝公不願領大潙也馬祖百丈以前無住持事道人相尋於空閒寂寞之濱而已其後雖有住持王臣尊禮爲天人師今則不然掛名官府如有戶籍之民直遣伍伯追呼之耳此豈可復爲也師直聞之不敢以院事屈願一見之公至長沙師直願受法訓公爲舉其綱其言光顯廣大如青天白日易識其畧曰三乘十二分教還同說食示人食味既因他說其食要在自已親嘗既自親嘗便能了知其味是甘是辛是醎是淡達磨西來直指人心見性成佛亦復如是真性既因文字而顯要在自已親見若能親見便能了知目前是真是妄是生是死既能了知真妄生死返觀一切語言文字皆是表顯之說都無實義如今不了病在甚處病在見聞覺知爲不如實知真際所詣認此見聞覺知爲自所見殊不知此見聞覺知皆因前塵而有分成若無前塵境界即此見聞覺知還同龜毛兎角並無所歸師直聞所未聞公以生長極南少以宏法棲息山林方太平時代欲觀光京師以餞餘年乃至京師駙馬都尉王詵晉卿盡禮迎之庵於國門之外久之南還再游廬山嘗有偈曰不住唐朝寺閒爲宋地僧生涯三事衲故舊一枝藤乞食隨緣去逢山任意登相逢

莫相笑不是嶺南能可想公之標致也臈既高益移庵深入棧絕學者又二十餘年以元符三年十一月十六日中夜而殁閱世七十有六坐夏五十有五

辛巳

徽宗佶立神宗第十三子初封端王太后向氏召宰執議立端王丞相章惇曰端王浪子耳曾布長望見王在簾下叱曰聽太后處分王出章惇惶恐失措遂即位荒淫奢佚蔑直尚浮又寵道士林靈素失道北遷降爲天水郡王壽五十五在位二十五年終於五國城改建中靖國

遼天祚立諱延禧道宗之孫秦王元吉之子淫縱失道荒于畋獵女真有禽曰海東青玉爪善捕天鵞一飛千里歲命其國人窮取以獻人怨遂叛政和中童貫與遼叛人馬植謀約女真攻遼天祚遂于夾山擒之削封海濱王送長白山東築城居之遂亡

女真太祖阿骨打後改名旻揚割太師之長子世爲首長是年舉兵立國

禪門續燈錄成乃東京法雲佛國禪師惟白集是年八月十五日上進帝爲製序曰靖江人嗣圓通秀公其文曰昔釋迦如來之出世也受然燈之記生淨飯王家分手指乎天地而其機也巳露游門觀於老死而幻緣也頓袪及乎唱道鷄園騰芳鷲嶺無邊剎境遂現於一毫之端大千經卷畢出於微塵之表西被竺土東流震旦緜葉而書則一時聖法雖傳於慶喜拈花而笑則正法眼藏獨付於飲光自達磨西來實爲初祖其傳二三四七而至於曹溪於是雙林之道逾光一滴之流寖廣自南嶽青原而下分爲五宗各擅門風應機酬對雖建立不同而會歸則一莫不箭鋒相拄鞭影齊施接物利生啓悟多矣源派廣迤枝葉扶踈而雲門臨濟二宗遂獨盛於天下

朕膺天寶命紹國大統恭惟藝祖闢度門於緜寓太宗闡祕義於敷天章聖傳燈於景德永昭廣燈於天聖皆宏暢真風協助神化以成無爲之治者也於皇神考尤嚮空宗元豐三年詔於大相國寺刱二禪闢惠林於東序建智海於西廡壬戌之歲以越國大長公主及集慶軍節度觀察留後駙馬都尉張敦禮之請復建法雲禪寺於國之南於是祖席光輝叢林鼎盛天下龔方袍慕禪悅者雲集於上都矣今敦禮以其寺住持僧佛國禪師惟白探賾上乘了第一義屢入中禁三登高座宣揚妙旨良愜至懷昔能仁說法華經放眉間白毫相光照東方萬八千世界而彌勒發問文殊決疑以謂日月燈明佛本光瑞如此持是經者妙光法師得其證者普明如來今續燈之名蓋燈燈相續光光相入義有在於是矣意圓澄覺海本含褁於十方生滅空漚遂沉淪於三有因明立所由塵發知識妄相仍轉入諸趣良可悲也若回光內照發真歸元則是錄也直指性宗單傳心印可得於眉睫可薦於言前舉手而聳妙喜世界彈指而現莊嚴樓閣神通妙用真不可思議者也嘉於有衆締此勝緣俱離迷津偕之覺路斯朕之志已建中靖國元年八月十五日賜敘

壬午　改年崇寧。鑄崇寧當三錢○詔天下軍州創崇寧寺○又改天寧替先號

甲申　是歲蘄州五祖山法演禪師示寂錦州巴西鄧氏少落髮受具遊成都講席習百法唯識窺其奧置之曰膠柱安能鼓瑟乎即

日遊方所至無足當其意者抵浮山謁遠録公久之無所發明遠曰吾老矣白雲端爐韛不可失也演唯諾徑造白雲端曰川藞苴汝来也演拜而就列一日舉僧問南泉摩尼珠語以問端端叱之演領悟汗流被體乃献投機頌云山前一片閒田地叉手叮嚀問祖翁幾度賣来還自買爲憐松竹引清風端頷之曰栗棘蓬禪屬子矣演甞掌磨有僧視磨急轉指以問演此神通耶法尔耶演褰衣旋磨一匝師嘗示衆云古人道如鏡鑄像像成後鏡在什麼處衆下語不契師作街坊自外来端舉似演演前問訊曰也不爭多端笑曰須是道者始得初住四面遷白雲上堂云汝等諸人見老和上皷動唇舌竪起拂子便作勝解及平山禽聚集牛動尾巴却将作等閒殊不知簷聲不斷前句雨電影還連後夜雷又云悟了同未悟歸家尋舊路一字是一字一句是一句自小不脱空兩歳學移步湛水生蓮華一年生一度又云賤賣檐板漢貼秤麻三斤百千年滯貨何處著渾身張丞相謂其應機接物孤峭徑直不犯刋削其知言耶應世四十餘年晚住太平移東山崇寧三年六月二十五日上堂辭衆時山門有土木之工演躬自督役誡曰汝等好作息吾不復来矣歸方丈淨髮澡浴旦日吉祥而逝

乙酉　金國移瑞像佛牙入内殿供養

丙戌　金部釋氏有瀆神喻分者除削之是年正月彗出西方其長亘天

丁亥 大觀○慈感寺吳興郡民邵宗益剖蚌得羅漢像歸於本寺後至建炎間憲使楊應誠傳玩躍入于溪漁人再獲建閣以藏之

己丑 東都法雲大通禪師善本示寂生董氏漢仲舒之後也其先家太康仲舒村太父琪父温皆官于潁遂爲潁人初母無子禱于佛前誓曰得子必以事佛即蔬食乃娠生而骨相秀異方晬而孤母育於叔祖玠之家既長博學操履清修母亡哀毀過禮無仕宦意辟穀學道隱於筆工然氣剛不屈沈默白眼公卿嘉祐八年與弟善思俱至京籍名顯聖地藏院試所習爲大僧其師圓成律師惠楫者謂人曰本它日當有海内名乃生我法中乎使聽習毘尼隨喜雜華夜夢見童子如世所畫善財合掌眞而南既覺曰諸佛菩薩加被我矣其欲我南詢諸友乎時圓照道振吳中本遝造姑胥謁瑞光圓照坐定特顧之本默契宗旨服勤五年盡得其整頓提撕之綱研練差別之智縱横舒卷度越前規一時輩流無出其右圓照倚之以大其家以季父事圓通秀公秀住廬山棲賢出入卧内如寂子之於東寺馬出世發之雙林遷杭之淨慈繼圓照之後食堂千餘口仰給於檀施供養莊嚴之盛游者疑在諸天時號大小本也哲宗聞其名詔住上都法雲賜號大通又繼圓通之後王立孤峻儼臨清衆如萬山環天柱讓其高寒然精粗與衆共未嘗以言徇物以色假人王公貴人施日填門住八年請於朝願歸老於西湖之上詔可遂東還庵龍山崇德杜門却掃與世相忘又

十年天下願見而不可得臨衆三十年未甞笑及閒居時抵掌笑或問其故曰不莊敬何以率衆吾昔爲叢林故強行之非性實然也所至見畫佛菩薩行立之像不敢坐伊蒲塞饌以魚胾名者不食其真誠敬事㕇心離過類如此大觀三年十一月甲子屈三指謂左右曰止有三日而已果沒有異禽翔鳴于庭而去塔全身于上方閱世七十有五坐四十有五夏

庚寅 五月停給僧尼度牒三年○六月以張商英入相時久旱是夕大雨上書商霖二大字以賜之

辛卯 改政和 四月張商英罷相○詔毀京師淫祠

遼改天慶

壬辰 是年蔡京進太師楚國公京喜食鶉預籠畜而烹之嘗夢鶉數千訴于前其一致詞曰食君廩中粟充君箸下肉一羮數百命生死猶轉轂看君壽千春禍福相倚伏京甚畏之 出魚溪詩話

癸巳 四月嘉州風折大樹有僧在定有司聞于上詔令送至京師八月入內譯經院金總持三藏鳴金磬出其定僧曰我東林遠法師之弟惠持也西遊峩眉因入定于此三藏因徐啓今欲何歸曰陳留即復入定徽宗令繪像頌得天下仍製讃

是年四月玉清昭陽宮成奉安道像上詣宮行禮七年改玉清神霄宮時道教之盛自道士徐知常始賜號冲虛先生徐守信賜虛靜先生劉混康賜葆真觀妙冲和先生後並贈太中大夫○十一月癸未郊上縉大珪執元珪以道士百人執儀衛前導

置道階凡二十六等先生處士八字六字四字二字視中大夫至將仕郎綴重和初別置道官自太虛大夫至金壇郎凡十六等同文臣中大夫至迪功郎道職自沖和殿待宸至凝神殿校經凡十一等侍宸同待制檢籍同修撰校經同直閣皆給告身出宋史

甲午

詔佛果禪師克勤住京師天寧○賜永道法師號寶覺住左街香積院

女真是年始叛陷遼寧江府初遼主天祚賞罰僭濫色禽俱荒女真東北與五國爲隣五國之東接六海出名鷹自海東來者謂之海東青遼人酷愛之歲歲求之女真至五國戰鬭而後得不勝其擾二年春天作如混同江釣魚界外生女真酋長在千里外者以故事皆來會酒酣使諸酋歌舞爲樂阿骨打獨不從天祚謂樞密使蕭奉先曰阿骨打意氣雄豪當以事誅之奉先曰殺之傷向化之心阿骨打知其意即先舉兵吞併隣近部族秋集女真諸部甲馬二千犯混同江之寧江州時天祚射鹿慶州秋山遣渤海刺史高仙壽討之爲女真所敗失寧江州有黑氣長數丈出自齋官行一里許貫於壇壝出遼誌

乙未

遼天慶五年○金太祖阿骨打正月一日即位改年收國

政和五年黃龍死心禪師卒諱悟新生王氏韶州曲江人魁岸黑面如梵僧狀依佛陀院落髮以氣節蓋衆好面折人初謁棲賢秀鐵面秀問上座甚處人曰廣南韶州又問曾到雲門否新曰曾到又問曾到靈樹否曰曾到秀曰如何是靈樹枝條新曰長底自長短底自短秀曰廣南蠻莫亂說新曰向北驢只恁麼拂袖而出秀器之而新無留意乃之黃龍謁寶覺禪師談辨無所抵悟覺曰若之技止此耶是固說食耳

詎能飽人耶新窘無以進從容白曰悟新到此弓折箭盡願和上慈悲指箇安樂處寶覺曰一塵飛而翳天一芥墮而覆地安樂處正忌上座許多骨董直須死却無量劫来偷心乃可耳新趍出二日默坐下板會知事捶行者新聞杖聲忽大悟奮起忘納其屨趍方丈見寶覺自譽曰天下人總是學得底某甲是悟得底覺笑曰選佛得甲科何可當也新自是號為死心叟榜其居曰死心室蓋識悟也久之去游湘西是時喆禪師領嶽麓往造焉喆問是凡是聖對曰非凡非聖喆曰是什麽新曰高著眼喆曰恁麽則南山起雲北山下雨曰是凡是聖喆曰爭奈頭上漫漫脚下漫漫新仰屋作噓聲喆曰氣急殺人曰恰是拂袖便出新初住雲岩已而遷翠岩翠岩舊有淫祠鄉人禳禬酒胾汪穢無虛日新誡知事毀之辭以不敢擬禍新怒曰使能作禍吾自當之乃躬自毀折俄有巨蟒盤卧内引首作吞噬之狀新叱之而遁新安寢無它未幾再領雲岩建經藏太史黃廷堅為作記有以其親墓誌鑱於碑陰者新恚罵曰陵侮不避禍若是語未卒電光燭屋雷擊自户入拼其碑陰中分之視之已成灰燼而藏記安然無損晚遷黃龍學者雲委屬疾退居晦堂夜叅豎起拂子云看看拂子病死心病拂子安死心安拂子穿却死心死心穿却拂子正當恁麽時喚作拂子又是死心喚作死心又是拂子畢竟喚作什麽良久云莫把是非来辨我浮生穿鑿不

相干有乞末後句者新與偈曰末後一句子直須心路絶六根門既空萬法無生滅於此徹其源不須求觧脫生平愛罵人只爲長快活十二月十三日晚叅説偈十五日泊然坐逝荼毘得舍利五色閱世七十二坐四十五夏

丙申

政和六年錢唐靈芝寺律師元照字湛然餘杭唐氏子少依祥符東藏慧鑑師學毘尼及見神悟謙公講天台教觀愽究群宗以律爲本又從廣慈授菩薩戒戒光發現頓漸律儀罔不兼備南山一宗蔚然大振常披布伽黎杖錫持鉢乞食于市楊無爲賛之曰持鉢出持鉢歸佛言長在四威儀初入鄮時人不識虚空當有鬼神知四主郡席晚居靈芝三十年衆常數百嘗言化當世莫若講説垂将来莫若著書撰資持濟緣行宗應法住法報恩諸記十六觀小彌陀義疏及删定律儀本芝園集若干卷自號安忍子命諷普賢行願品趺坐而化壽六十九夏五十有一

道士林靈素者温州人善妖術以雷公法嘗往來不逞於宿亳淮泗間乞食諸寺僧薄之至楚州與惠世相歐擊訟于官府倅石仲問馬喜其辯捷輕後脫之置館中問吐納燒煉蜚神之術七年正月仲携入京因道士徐知常謁宰相蔡京京致見帝靈素大言曰天上有神霄玉清府長生帝君主之其弟青華帝君皆玉帝子次有左元仙伯并書罰仙吏褚惠等八百餘官謂帝即長生大帝君蔡京爲左元仙伯巳即褚

惠帝忻然信之賜林金門羽客建通真宫以處之帝自號教主道君皇帝○二月詔改天下大寺爲神霄玉清萬壽宫院爲觀設長生青華帝君像置道學科未幾有期門之事矣○四月詔道籙院署曰朕乃上帝元子爲大霄帝君憫中華被金狄之難教遂懇上帝願爲人主令天下歸於正道卿等可上表册朕爲教主道君皇帝止用於教門上以釋教經六千卷内惡談毀詞詆謗道儒二教命近臣於道籙院看詳取索焚棄之

是年隆興府黄龍山靈源禪師遷寂名惟清生南州武寧陳氏方垂髫上學日誦千言吾伊上口有異僧過書肆見之引手熟視之大驚曰菰蒲中有此兒耶告其父母聽出家從之師事戒律師年十七爲大僧聞延恩院耆宿法安見本色人上謁願留就學安曰汝苦海法舡也我尋常溝壑耳豈能藏我黄龍心禪師是汝之師亟行無後時清至黄龍泯泯與衆作息問荅茫然不知端倪夜禱諸佛前曰倘有省發願盡形壽以法爲檀世世力弘大法初閲玄沙語倦而倚壁起經行步促遺履俯就之乃大悟以所悟告寶覺覺曰從縁入者永無退失然新得法空者多喜悦致散亂令就侍者房熟寐清手神洞氷雪而趣識卓絶流輩龍圖徐禧德占太史黄庭堅皆師友之其見寶覺得記別乃安爲之地矣張丞相商英初奉使江西高其爲人厚禮致以居洪之觀音不赴又十年淮南使者朱京世

昌命住舒州太平乃赴衲子爭趨之嘗與寂音論之曰今之學者未脫生死病在於何偷心未死耳然非其罪爲師者之罪也如漢高帝紿韓信而殺之信雖曰死其心果死乎古之學者言在脫生死效在什處在偷心已死然非學者自能爾實爲師者鉗鎚妙密也如梁武帝御大殿見侯景不動聲氣而景之心已枯竭無餘矣諸方所說非不美麗要之如趙昌畫花逼真非真花也其指法巧譬類此政和七年九月十八日食罷淨髮安坐而逝

十一月汴京智海佛鑑禪師慧懃遷寂生汪氏舒州人

戊戌

改重和○金改天輔元年

十一月上御寶籙宮度王清神霄祕籙會八百人凡天神降臨事蓋發端於王老志而極於林靈素及爲大會林講經據高座上爲設幄其側林所講無殊絶者雜以滑稽媟語上下爲大鬨笑莫有君臣之禮矣時道士有俸每一齋施動獲數十萬每一宮觀給田亦不下數千頃皆外蓄妻子置姬媵以膠青刷鬢美衣玉食者幾二萬人一會殆費數萬緡貧下之人多買青衣幅巾以赴日得一飫飡而襯施三百謂之千道會云云○十一月有星如日徐徐南行而落光照人物與月無異出宋史

十二月女真阿骨打稱帝國號大金女真其初酋長本新羅人號完顏氏完顏猶漢言王女真妻之以女生二子其長即胡來也自此傳三人至楊哥大師以至阿骨打身長八尺貌雄偉沉毅寡言笑顧視不常而有大志有楊朴者遼東人也勸阿骨打稱帝以其國產金故號大金遣

人請天祚求封冊天祚遣使備衮冕冊爲東懷皇帝

己亥

改宣和○西夏改元德○左街香積院永道法師等書諫流于嶺表○睦賊方臘反僭改永樂庚子冬即滅

春正月詔改

佛號大覺金仙餘爲仙人大士僧稱德士行稱德童而冠服之但道冠有徽德冠無徽凡法事稱故名者加之中罪羣臣諫者酷看誅之變風六翕奥又以寺爲宮院爲觀尋改女冠爲女道尼爲女德仍禁銅鐃塔像下書便令天下德士逐出本寺不令將帶衣鉢財物而使道士安心住坐○夏五都城水高十餘丈水未作前雨數日如傾及霽開封縣前茶肆人晨起拭床榻睹若有大犬蹲其傍質明視之龍也其人驚乎而倒遂爲作坊兵衆取而食之都人繪之若世所畫龍鱗蒼黑色驢首而兩頰如魚頭色正綠頂有角頸極長於其際始分兩岐有聲如牛後十日水至詔林靈素禳水無驗泗洲僧伽降現上命禳水大士登城水勢頓竭遂賜號巨濟大士龍降後一夕五鼓西北有赤氣數十道亘天犯紫宮北斗仰觀星皆若隔絳紗方起時折裂有聲然後大發後數夕又作聲盜大格格且久其發更猛而赤氣出西北數十百道其中又間以白黑二氣然赤氣爲多自西北俄入東北又延及東南其聲亦不絕迨曉方止

○冬十一月放林靈素歸温州死之宋史

庚子

秋九月詔佛德士復僧釋氏舊名輪錢換牒弛銅鐃塔像禁實覺大師永道量移近郡

辛丑

詔以所賜神霄宮并田產盡還僧寺遼改保大元年○春正月日有眚忽晝黑無光其中泌泌而動若鐶金而涌沸狀日傍有青黑正如水波周向旋轉將暮而稍止時睦賊未平人多憂之三月二十五日詔慈受懷深禪師住相國惠林院生壽春夏氏嗣長蘆信禪師夏六月黑眚出洛陽京畿忽有物如人或如犬其色黑不能辨眉目夜出掠小兒傷食之如是三年乃息

遼延禧與女真大戰而敗上京東京陷徙燕女真又攻敗之延禧與二子奔于不毛之地由洛陽入夾山復立于燕遼由是分矣改元建福

壬寅

是年丞相張無盡薨公諱商英字天覺年十九赴春闈抵向氏家向預夢神人報曰明日接相公淩晨公至向異之勞問勤腆厚贐其行後妻以女公果登第一日遊僧

舍見拂拭藏經梵夾肅粧公怫然曰吾孔聖之書不及胡人之教夜坐書室吟哦至三鼓向云夜深何不睡去公以前意對曰正此著無佛論向云既無佛何用論之公疑其言乃已後因訪一同列見佛經乃問何書云維摩經公信手探閱至此病非地大亦不離地大處嘆曰不意殊方乃有此語公盡借歸讀之不厭向云可熟讀然後著無佛論公遂留心禪宗因提刑河東至汾謁大達國師塔及夢國師從容接引覺而閱其語看至國師問馬祖西来心印祖曰大德正鬧在且去國師去祖喚曰大德國師回首祖曰是什麼公乃有省作偈曰是什麼是什麼羅睺殿前燈是火不是阿祖喚回泊被善才覷破毘嵐風急九天高白鷺眼盲魚走過元祐六年奉使江左游東林謁照覺總議論久之乃曰南昌諸山誰可與語覺曰兜率悅玉溪喜公下車至八月按部過分寧諸禪迓之公請俱就雲岩陞堂有偈曰五老機緣共一方神鋒各向袖中藏明朝老将登壇看便請横戈戰一場悅最後登座貫穿前列公大喜遂入兜率抵擬瀑亭公問此是什麼悅曰擬瀑亭公云捩轉竹筒水歸何處曰目前薦取公佇思悅曰佛法不是這箇道理及夜話次公云比看傳燈一千七百尊宿機緣唯疑德山托鉢話悅曰若疑托鉢話其餘即是心思意解何曾至大安樂境界乎公憤然就榻至五鼓忽垂脚踢翻溺器乃省前話即扣悅寢室謂悅曰已捉得賊了也悅

曰贓物在什麼處公扣門三下悅曰且寢去来日相見翌日公投頌云鼓寂鐘沉托鉢回岩頭一撥語如雷果然只得三年活莫是遭他受記來悅於是焚香付之偈曰等閒行處步步皆如雖居聲色寧滯有無一心靡異萬法非殊休分體用莫擇精粗臨機不礙應物無拘是非情盡凡聖皆除誰得誰失何親何疎拈頭作尾指實爲虛翻身魔界轉脚迷途了無逆順不犯工夫仍囑曰叅禪爲命根不斷依語生解如是之法公已深悟然至極微細之處使人不覺不知墮在區宇更宜著鞭公感激是歲十一月悅歸寂公別悅未幾登右揆是夕彗星滅久旱而雨唐子西作內前行一時傳誦其詩曰內前車馬撥不開文德殿下宣麻回紫微侍郎拜右相中使押赴文昌臺旌頭昨夜光照牖是夕鋒鋩如秃帚明日化爲甘雨来宅家喜得調元手周公禮樂未要作致身姚宋亦不惡我聞二公拜相年民間斗米三四錢明年當宣和辛丑二月公奏諡號真寂遣使持文祭其塔其畧曰余頃歲奉使江西按部西安相識龍安山中抵掌夜話盡得末後大事正宗顯決方以見晚爲嘆而師遽亦化去惜其福不逮慧緣不勝壽喜其德不可掩故終必有後恩以發揮之爲特請於朝蒙恩追諡真寂禪師於戲惟余與師神交道契故不敢忘其平日激厲之志雖死生契闊之異而蒙天子之殊恩則幸亦共之仰惟覺靈祇此榮福宣和四年十一月黎明口占遺

衆命子弟書之仍作偈曰幻質朝章八十一漚生漚滅無人識撞破虛空歸去來鐵牛入海無消息言訖取枕擲門聲如雷震視之已逝矣

癸卯 金改天會元年（太宗吳乞買立乃太祖弟粘罕斡离不等立之滅遼遼有南併之志升皇帝都曰會寧府為中京帝於禁庭覩都瑞光光中現佛即勅模像殿庭供養帝親掃洒每食跪献累年無怠每歲設會齋僧萬餘）

甲辰 是時兩京河浙路京師災異疊見都城有賣青菓男子孕而誕子蓐母不能收易七人始免而逃去又有酒肆號豐樂樓酒保朱氏子其妻年四十餘忽生髭鬚長僅六七寸疏秀甚美宛然一男子詔度爲女道士（出宋史）

禪林僧寶傳成沙門德洪撰字覺範初名惠洪姓俞氏高安人少孤受學辯博能緝文性簡亮年十三出家依三峯禪師十九試經東都落髮受具聽宣祕律師講華嚴經一旦不樂歸事真淨克文禪師七年盡得其道始自放於湖湘之間荊州張丞相聞其名請傳法於峽州天寧寺以二詩辭焉已而杖策謁公公見之喜曰今世融肇也給事中朱彥知撫州以師住持北景德寺久之謝去住持江寧府清涼寺坐爲狂僧誣告抵罪張丞相當國復度爲僧易名德洪數延入府中與論佛法有詔賜號寶覺圓明一時權貴人爭致之門下執弟子禮且將住持黃龍山矣會丞相去位制獄窮治蹤跡尚書郎趙畊等皆坐貶官師竄海南島上三年遇赦自便名猶在刑部雖

毀形壞服律身嚴甚所至長老避席莫敢亢禮其同門友居谷山及其嗣法在諸山者皆迎師居丈室學者歸之是時法禁與黨人遊而師多所厚善誦習其文重得罪不悔惟張丞相及侍郎鄒浩右師陳瓘尤盡其力其在東都也或譏道人當交通權貴耶師笑謂人曰是安知吾意大臣熏知之故及於難及靖康初大除黨禁談者謂師前日違衆趍義屢瀕於死既還僧籍宜有以寵異之語聞執政欲上其事屬多故不果明年師没志汔不伸世以爲恨壽五十八臈三十九著論萬言皆有以輔教云

乙巳

金天會三年〇遼保大五年 延禧奔夾山大臣立其弟淳守燕京淳死又立其妻蕭氏改元德興延禧聞淳死詔削其官爵降蕭氏爲庶人初奔夾山至是越漁陽嶺南走金兵擒之封爲海濱王踰年卒於長白山金滅之國除右遼自阿保機以梁貞明二年丙子建元神冊至延禧保大乙巳共九主凡二百一十年

詔法師永道還京復僧形服六月奉旨住持昭慶崇化禪寺七月御批右街顯聖寺釋迦院特賜寶覺大師充解舍仍行住持

師諱永道東頴沈丘毛氏子弱歲厭世相徃依承天寺南羅漢院真戒大師安恭學出世法既納僧服趍京師業唯識百法通之政和三年選補右街香積院住持賜紫衣五年賜寶覺大師宣和元年改佛號師與律師悟明華嚴師惠日相向泣曰佛法至此幸生猶死也亟詣政府陳狀謂自漢永平佛法入中國唯元魏宇文周唐會昌曾廢佛我國家法堯准舜三武庸主安足爲法耶謂佛非中國之人不欲存其法於

中國乞放歸田里復士農之業德士之稱有死不敢奉詔不納翌日遂伏宣德門奏疏曰臣永道幸生神考潛封之地遭際陛下御寓之時三教鼎興萬方無事臣因棄士農之業削髮披緇講授佛書助揚聖時無爲之化竊謂三教聖人壹是教人以爲善但爲其徒者妄相睚眦致使時君惑焉盖自三五以降朴散淳漓大道堙塞周之柱下史廼著書五千言發明道德將使斯民守雌保弱慈儉無爲反剥於朴屬周道陵遲俗益浮僞而民莫之從也仲尼氏出益倡仁義之道修詩書定禮樂以救世弊不幸而繼之以戰國處士橫議以仁義爲謬悠其視道德何如也漢興猶雜覇道孝文之賢議禮樂則謙讓未遑孝武窮兵讟武海内大困於斯時也非吾佛之教應冥數而来則道德仁義幾乎熄矣原夫佛之書也苞羅精粗無所不統玄微深遠難得而測又明善惡報應通乎三世身滅而神不滅積善積惡各以其類報不待爵賞而民自勸不待刑威而民自化其陰翊王度有功斯民豈小補云乎哉自漢以来惟元魏宇文周唐會昌嘗下廢佛之令其餘帝王罔不崇奉若我藝祖皇帝始受周禪首興佛教累遣僧徒往西域益求其法太宗皇帝建譯場修墜典製祕藏詮述聖教序真宗皇帝製法音集崇釋氏論仁宗皇帝躬覽藏經撰寫天竺字日與大覺師懷璉賡歌質問心法英祖神考繼體守文哲宗皇帝在儲宮日神考不豫時讀佛經祈聖

躬永命使吾佛之道有一不出于正則曷足以致歷代帝王之崇奉哉雖遭前代之三廢然皆不旋踵而復其廢教之人率皆不旋踵而及於禍誰爲陛下謀乃赫然下廢佛之令臣甚爲陛下危之夫自漢以下歷代帝王固無足爲陛下道者然我本朝之列聖豈皆不足爲陛下法哉陛下必欲道士之盛者宜嚴勑郡縣民之俊秀悉與保奏披戴不旬月之間道士自盛矣陛下舍此而不爲廼迫脅佛者之徒棄其所學而從之傳曰以力服人者非心悅而誠服也以非心悅誠服之僧驅而內諸道士之中臣愚以爲道士之禍自此始矣未覩其爲盛也臣濫學於佛食宋之粟不容默已諫而獲罪實甘心焉書上帝大怒收付開封獄當黥舂陵監防卒謂此去萬里蛇霧毒人道人蔬食且不過中食甚非自全計宜茹葷血師瞋然曰死則死耳佛禁不可犯也舂陵守一夕夢黥佛械而立廷下旦視事徧以告僚屬僚屬具對同夢頃之師至而貌惟肖一府大驚議免師役辭以大君有命守益賢而免之居亾幾州人大疫師爲鑿池呪水飲者輒愈尋許自便建炎南渡廷臣薦師林堪恢復詔赴臨安勉反初服師力辭帝知師不可奪從容謂師先帝惑於妖言毀卿形服朕欲爲卿去其黥涅可乎道對曰先皇墨寶不忍毀帝大笑撫道背曰卿到老倔強遂賜名法道諡號寶覺圓通法濟大師俾住大中祥符寺國灾眚咸委師祈禜應若影響紹興二年詔

住廬山之東林從江州守臣請也明年師因道士循習近例班居僧上遂詣行在上疏曰緣崇寧大觀間道士王資息林靈素等叨冒資品紊亂朝綱由是道壓僧班切見靖康以來道士官資已行追毀乞依祖宗舊制特賜改正禮部議故事惟宣德門肆赦道左餘並僧左奏著爲令先是靖康之亂嘗與律師悟明擔造三千化佛爲國永命其在祥符時方議經構而金人再陷臨安乘輿浮海道亦扈從至是乃移罷東林勸施藏事十七年七月二十一日入寂于千佛閣新寺是日講筵法師百餘人以自恣来謁慰勞如平時遽謂法門安危醫公等是賴吾其逝矣索筆書偈合掌而逝闍維獲舍利無數弟子寶護建塔九里松之原世壽六十二僧臘四十四魏國公張浚譔塔銘

淨慈北磵居簡禪師吊其塔文曰孟子稱大丈夫者富貴不能淫貧賤不能移威武不能屈公寄命螻蟻試身雷霆不奉明詔以改德士威武果能屈乎黥而流之爲道州徒九死之濵過午不食詠歌至化若出金石貧賤果能移乎削名刑籍復還舊物賜官分禄簡在帝心曰往欽哉去汝黥涅公念先帝不敢毀除帝曰此翁至老倔彊富貴果能淫乎方林靈素假道士服禍基播遷易緇於黄天下從之不則竄逐而逃槁死林壑公則効忠比干尚與其萬分之一如以抔土隄龍門之濤瀾聖恩寬洪不即誅戮

鄉使群起而拒吾知公獨不拒也非至仁其孰能與於此哉蒙後公而生觀公所成就奇偉峭絶真大丈夫事再拜右繞辭而弔之曰黥可息乎身據鼎耳兮息之則殞黥可去乎恩如春風兮去之不忍一念之忍迄于蒙塵黍離闕庭塗炭生靈髮天下僧又安足云邈哉道州隻影問津一笑生還天清地寧衆螽斯屈老臂獨信隱若敵國賢於長城蠹爾靈素不正典刑雖百粉兮痛奚以平九里清陰蛻骼是舍草枯自春光奮不夜後世何知婆娑其下其類有泚兮其容則赭油然而興起兮如聞伯夷之風者

丙午欽宗桓即位正月斡離不犯京得金帛而退十二月再圍京城閏月城陷明年四月帝及上皇六宮皇族北遷改元靖康

佛祖歷代通載卷第二十九

音釋

喆智列切智也　晟是政切明也　閲扶月切左右曰|　齁火侯切鼾|也　嘖莊草切||鳥鳴也　憨火含切愍也　詵所臻切衆多言也音參　佶其吉切正也　壝欲癸欲追二切|猶壝也　禬胡外切古外切除災也祭也　鑱士御切土懺切犁鐵七具　蒁音朮又古胡切　汽許訖切水涸也　捄居于切詩曰|之陾陾|蘗也　犄昌欲切牴人也　囅丑人切|然笑貌　岃會字

佛祖歷代通載卷第三十

嘉興路大中祥符禪寺住持華亭念常集

南宋姓趙氏都杭州七宗百三十四○不輕曰南渡高孝光寧理度幼主

丁未

高宗構母韋妃徽宗夢吳越武肅錢王入室已而生帝封康王靖康初嘗出使幹離不軍是冬幹離不再来奉詔再使耿南仲偕行至相州民遮道請無往至磁州守臣宗澤及磁州人亦止之相州守亦以蠟書言金人方遣騎物色康王所在乃回相州揭榜召兵勤王有詔以康王爲大元帥汪伯彦宗澤爲副速領兵入衛王從伯彦議出相州北門渡河至大名聞京城陷請進兵向京城伯彦不可請王移兵東平措身安地南仲亦以爲然遂東河間守黃潛善亦領兵至進屯濟州搽報張邦昌爲金所立二帝北行邦昌迎元祐孟后聽政文武官吏皆勸進邦昌下手書以迎立康王告中外有曰漢家之厄十世宜光武之中興献公之子九人唯重耳之尚在遣使奉表及以孟后書来邦昌繼至伏地慟哭請死使人自河北竄来進道君手書曰可即真来救父母三慟哭拜受遂趍應天即位

改建炎元年　金國天會五年

庚戌

上自正月至温之江心改額曰龍翔東軒曰浴日宸翰輝暎○華林靈素故居爲資福教寺○秦檜歸自金受撻辣意專主和議○十二月金人冊劉預爲帝國號齊年改阜昌

辛亥

紹興元年○張浚姤能殺曲端盡失陝西地

金國迎請栴檀瑞像到燕京建水陸會七晝夜安奉於閔忠寺供養凡住十二年

乙卯

金熈宗立名亶元名曷剌馬太祖嫡孫宗浚之子治十四年完顏亮弑之

西夏大德元年

法師蘇陀室利西竺人也特禮文殊于五臺善閑呪術能通利神異頗多帝彌加重時羽士蕭真人亦高士也技術難問皆爲師伏於是稽首後達世巳金國唐括相公讃其真曰似似是是或云奇哉師子蘇陀室利西竺来遊一百八歲雪色連腮碧光溢臂内藴真慈外現可畏在閔宗朝連陰不霽特詔登壇呪龍落地赭色伽黎后妃親製施内藏財度僧起寺人半信疑佛陀波利借路重来五峰遊禮我五佛冠曼殊何異圓滿月面色非紅粹真人蕭生遥瞻拜跪

紹興五年八月五日圓悟禪師示寂諱克勤字無着彭州崇寧駱氏子依妙寂院自省落髮受具游成都從圓明敏行大師學經論窺其奥以爲不足恃謁照覺勝公問心法久之出關見真如喆公頗有省時慶藏主衆推飽叅尤善洞下宗旨師從之盡其要嘗謁東林照覺頃之謂慶曰東林平實而已往見太平演道者師恃豪辯與之爭鋒演曰是可以敵生死乎他日涅槃堂孤光獨照時自驗看以不合辭去抵蘇州定慧疾病幾死因念疇昔所叅俱無驗獨老演不吾欺會病間即日東包而迈演喜其再来容爲侍者值漕使陳君入山問法演誦小艶詩云頻呼小玉元無事只要檀郎認得聲師侍側忽大悟即以告演演詰之師曰今日真喪目前機也演喜曰吾宗有汝自兹高枕矣師因以是事語佛鑑懃懃未之信師曰昔云高麗打鐵火星爆吾指頭初謂建立語今乃果然懃愕然無對

時佛眼禪師尚少師每事必旁發之二公後皆大徹由是演門二勤一遠聲價籍甚叢林謂之三傑演遷五祖師執寺務方建東廚當庭有嘉樹演曰樹子縱礙不可伐師伐之演震怒舉杖逐師師走辟忽猛省曰此臨濟用處耳遂接其杖曰老賊我識得你也演大笑而去自爾命分座說法崇寧初以母老歸蜀出世昭覺久之謝去於荆州見丞相張無盡談華嚴要妙𨑳辭婉雅玄旨通貫無盡不覺前席師曰此真境與宗門旨趣何如無盡曰當不別師曰有甚交涉無盡意不平師徐曰古云不見一色始是半提更知有全提時節若透徹方見德山臨濟用處無盡翻然悟曰固嘗疑雪竇大治精金之語今方知渠無摸索處

師嘗有頌云頂門直下轟霹靂針出膏肓必死疾偶與丞相意會無盡喜曰每懼祖道寢微今所謂見方袍管夷吾也澧州刺史請住夾山未幾遷湘西道林初潭帥周公因提舉劉直孺願見師至是皮相之不甚為禮及見開堂提唱妙絕意表始增敬焉政和末有　旨移金陵蔣山法道大振僧問如何是實際理地曰何不向未問已前薦取僧曰未問已前如何薦師曰相隨来也進云快便難逢更借一問曰忘前失後進云若論此事如擊石火只如未相見時如何師曰三千里外亦逢渠曰恁麼則聲色外與師相見荅曰穿却鼻孔問忠臣不畏死故能立天下之大名勇士不顧生故能立天下之大事未審衲僧家又作麽

生師曰威震寰區未爲分外曰恁麼則坐斷十方辟立千仞師曰看箭問不落因果不昧因果是同是别師曰兩箇金剛圈曰潙山撼門三下又作麼生師曰不是同途者知音不舉来嘗示衆云恁麼恁麼雙明不恁麼不恁麼雙暗不恁麼中却恁麼暗裏隱明恁麼中却不恁麼明中隱暗只如和座子撥却許多建立恁麼犯手傷鋒且道喚作什麼到這裏高而無上深而無底旁盡虚空際中極隣虚塵淨躶躶赤洒洒是箇無底鉢盂無影杖子熊耳山前少林峯下老胡九年冷湫湫地守這間家具深雪之中直得情忘意遺理盡見除方有一箇承當且道雙明雙暗雙放雙收是建立是平常總不與麼也未是極則處且作麼生是極則處擘開華嶽連天秀放出黄河輥底流宣和中　詔住東都天寧　太上在康邸屢請宣揚有偈云至簡至易至尊至貴徃来千聖頂𩕳頭世出世間不思議然是時　欽宗在東宫師對　太上預有至尊之讖建炎改元宰相李伯紀表住金山　駕幸維揚有詔徵見顧問西竺道要對曰陛下以孝心理天下西竺法以一心統萬殊真俗雖異一心初無間然　太上大悦賜號圜悟禪師乞雲居山歸老　朝廷厚贐其行至雲居之明年復歸于蜀太師王伯紹迎居昭覺紹興五年八月五日示疾将終侍者持筆求頌書曰已徹無功不必留頌聊示應縁珎重珎重擲筆而化春秋七十有三坐五十五夏謚真覺禪師

塔曰寂照

丙辰五月牧免丁錢○徽宗凶聞至以乙卯四月崩

平江虎丘隆禪師入寂諱紹隆和州含山縣人生時岐嶷九歲出家依縣之佛惠院又六歲削髮受具又五歲而束包曳杖飄然有四方之志首謁長蘆淨照禪師叅扣之間影響有得因閱圓悟勸禪師語撫卷歎曰想酢生液雖未能澆腸沃胃要且使人慶快第恨未親聆謦欬爾於是欲訪之至寶峯謁湛堂準禪師準曰如何是行脚事師露胷示之曰和上驗看準即打師約住曰且莫盲枷瞎棒準大笑因留年餘乃謁死心於黃龍心問曰是恁麽僧師曰行脚僧心曰是何村僧行甚驢脚馬脚師曰廣南蠻道恁麽何不高聲道心喜曰却有衲僧氣息師乃喝退而叅堂度一夏心甚器之每歎曰再来人也死心機鋒横出諸方吞熖非上上根莫能當而於師重稱賞衆皆側目巳而趍夾山見圓悟道龍牙山遇泐潭乾之法子密禪師相與甚厚每研推古今至投合處撫掌軒渠或若佯狂議者謂今之溈仰寒拾也久之辭去遂至夾山會圓悟移道林師從焉一日入室圓悟引教云見見之時見非是見見猶離見見不能及竪拳曰還見麽師曰見悟曰頭上安頭師於此有省悟復曰見箇恁麽曰竹密不妨流水過悟肯之自此與圓悟形影上下又二十年斧擑鑿索畫得圓悟之祕師以二親垂白歸寓鄉郡褒禪寺蓋修摩耶忉利故事也繼受請住城西之開聖寺四

衆翕然歸仰建炎之亂盜起淮上乃南渡宣城士庶素欽師名爲結廬銅峯下適彰教虚席郡守李尚書光延師居之道化益振四年而遷虎丘時圓悟以時未平泛峽歸蜀曩之同參輻輳川犇一時後生望山而趍師每登座從容示露一味平等隨根所應皆愜其欲故圓悟之道復大播東南諸方謂圓悟如在也居三年感微疾白衆曰當以第一座宗達承院事衆請於郡從之事既索筆大書伽陀曰無法可說是名說法所以佛法無有剩語珍重擲筆坐逝實紹興六年丙辰歲五月甲午八日乙亥也建塔于山之陽凡住世六十年坐四十五夏

丁巳 金廢劉預齊滅

戊午 秦檜爲右相晏敦復退而有憂色曰奸人相矣○金天眷元年

己未 詔諸軍州建報恩光孝奉徽宗香火

庚申 西夏仁宗拓跋仁孝立乾順子改年大慶

辛酉 是年秦檜張浚謀殺岳飛岳雲○張九成登徑山適大慧升座有神臂弓之語秦檜象國謂譏朝廷竄師衡陽○金改皇統

壬戌 行經界田糧○韋太后歸自金○停給僧道度牒

金國英悼太子生日詔海惠太師于上京宮側剏造大儲慶寺普度僧尼百萬大赦天下

癸亥 金詔海惠清慧二禪師住儲慶寺迎瑞像於本寺積慶閣中供養

翻譯名義平江景德法雲編次荆溪周敦義作序

甲子

西夏元慶元年

乙丑

金海慧遷化帝偕后親奉舍利五處
立塔特謚佛覺佑國大禪師

丙寅

正月詔毀淫祠○秦檜經界兩浙四川等
處
金復賜清惠佛智護國大師號登國
師座特賜金襴大衣及所用珎異
其欽敬古所未有帝后親奉接足
禮授

丁卯

金國與蒙國議和○蒙國自稱祖元
皇帝

戊辰

佛智端裕禪師入寂師吳越錢氏之裔嗣
圜悟初住鄧之丹霞遷住虎丘次徑山菴
居於西華秀峯勑住建康保寧移萬壽又
遷閩之延沙壽山西禪被旨補靈隱秋又
赴明之育王其法嗣淨慈水菴一等

己巳

金國完顏亮立太祖孫初名孛烈殺主自立遷燕後南征駐於汴至江上爲諸酋弑於龜山寺改年天德
○西夏改天盛
紹興十九年牧菴忠禪師遷化名法忠姓
姚四明鄞縣人母夢異僧求寓止而娠既
誕紫帶繞身自幼性專靜告雙親出家依
郡中崇教院道英授經業年十九試所業
得度即預講肆究天台教旨於踈義入微
亦頗自負一日棄所習於禪者爲其折困
因有疑於於禪宗趍天童交禪師以求決
馬及於交言下知有機不發交使其南詢
造閩之雪峯與需禪師語復不契聞佛眼
遠禪寺居淮西龍門於是出蜀無程至彼
造次不忘提撕其未至處適縱步水磨歘

睹牌額書法輪常轉師於是礙膺之疑泮然氷釋遂説偈曰轉大法輪目前包裹更問如何水推石磨而作圓相呈佛眼眼曰其中事作麽生師曰澗下水長流眼曰必竟如何師曰水推石磨眼曰歸堂歇去切不得舉着後五日来却向汝道一句子曰這一句子也不消得佛眼爲之解頤師遂作禮尋辭佛眼度九江登廬阜露眠草宿蛇虎爲隣山舒水緩處會意則居焉偶晦昏道傍有枯木数圍經野燒之餘尚存尋尺内空且絜師兀然其中逾旬浹遠邇傳觀者甚衆師不欲顯異留偈紀之曰誰将三昧真空火爇却一株煩惱薪只有大根元不動更無枝葉撼風塵迺去謁湛堂準禪師於泐潭酧酢敏捷準大奇之斯時黄龍法社鬥盛預結夏制限其来者然死心道貌德威鮮敢攖其鋒嘗持劍夜造室曰聞老和上不懼生死是不死心擬對師以劍揮之死心引頸師擲劍于地作舞而退至相西親圓悟于道林悟深器之既而放浪衡嶽眷車轍靈岩之有恠石有如卧牛師結茅其傍故榜牧庵棲遲二十餘年外形骸而自適或連宵而不寐或累日而忘飡髮長不剪衣弊不易天下禪侣雅稱爲忠道者四方衲子不以承顔爲不足一時士夫無不聞風而欣慕樞密柳公仲古鎮長沙以法輪起師從於衆望師掉頭不顧復以勝業虚席必欲迎致檄諸禪勸請師聞而宵遁追蹤至定明蘭若撾鼓于堂致師子座緇素羅拜踰時不已師慨然説偈

曰咄哉黄面老将法付王臣林下無心客官差逼殺人昔聞其言今見其事下座叟杖趍勝業領住持事給事馮公濟川撰開堂疏有曰佛眼磨頭悟法輪之常轉死心室内持慧劒以相揮時爲師之實録師既應世以荷負宗教爲已任亦不恡去留故自勝業遷南木雲蓋公安大潙五刹復赴豫章師李吉甫請住黄龍太尉邢公孝揚施金爲造壽塔於寺東之鄰源幾畢工而方丈後山白光上騰群鵲飛鳴師顧之笑曰吾将行矣索筆書偈曰六十六年遊夢幻中浩歌歸去撒手長空書畢復謂衆曰後事可依靈源清禪師遺範言訖瞑目而寂

庚午　金廢度僧道

辛未　九月上謂大臣曰緣不度僧常住多有絶産令户部撥以贍學出宋史○世尊示滅二千一百年矣

太皇后韋氏高宗母也建崇先顯孝禪寺於杭之高亭山詔真歇清了禪師開山爲第一代未幾示寂塔于寺中師左綿雍氏嗣丹霞淳公嘗作無盡燈記曰東平打破鏡已三百餘年龍潭吹滅燈復四百餘載後代子孫迷於正眼以謂鏡破燈滅而不知行住坐卧放大光明燈未曾滅也見聞覺知虚鑑萬像鏡未曾破也燈雖無景能照生死長夜鏡雖無臺能辯生死魔惑鏡與燈光光常寂明與鑑幻幻皆如照之無窮則曰無盡燈鑑之無窮則曰無盡鏡日用不昧昭昭於心目之間但衆生迷而不知故

有修多羅教開如幻方便設如幻道場度如幻衆生作如幻佛事譬如東南西北上下四維中點一燈外安十鏡以十鏡喻十法界一燈况一真心一真心則理不可分十法界則事有萬狀然則理外無事鏡外無燈雖鏡鏡中有無窮燈無窮燈唯一燈也事事中有無盡理無盡理惟一理也以一理能成差别事故則事事無礙由一燈全照差别鏡故則鏡鏡交叅一鏡不動而能遍能容能攝能入一事不壞而即彼即此即一即多主伴融通重重無盡悲夫衆生居一切塵中而不知塵塵皆毘盧遮那無盡刹海普賢示一毛孔而不知一一毛孔含衆生三昧色身然則一切衆生日用在普賢毛孔中毘盧光明內慈氏樓閣中出没文殊劔及上徃來念念中與諸佛同出世證菩提轉法輪入滅度如鏡與鏡如燈與燈一切一時普融無碍誠謂不可思議解脱法門非大心衆生無以臻於此境或問即今日用見聞覺知畢竟是燈耶非燈耶是鏡耶非鏡耶荅曰鏡燈燈鏡本無差大地山河眼裏花黄葉飄飄滿庭際一聲砧杵落誰家

是年攺孤山寺爲延祥四聖觀遷圓法師塔葬北山瑪瑙坡○大惠移梅陽

癸酉 金攺貞元正月張燈○吏人王中孚倡全真教談馬丘劉和之今尚存

甲戌 宋自秦檜專國士大夫名望者悉屏之遠方齷齪委靡不振之徒一言契合即登政府仍止除一廳謂之伴拜稍出一語

斥而去之不異奴隷皆褫其職名閣其恩数猶庶官

乙亥雲卧紀談羅湖野録成十月感山沙門曉瑩撰字仲温法嗣太惠杲禪師

丙子六月有星晝隕○金改正隆元年○詔大惠復爲僧住持阿育王

丁丑八月詔收諸路給餘僧牒上曰佛法朕亦未甞有意絶之正恐僧徒多則不耕者衆矣宋史

明州天童宏智禪師正覺十月遷寂姓李氏母趙隰州人誕師之夕光出於屋人皆異之七歲誦書日數千言通五經父宗道令出家得度於同郡淨明寺本宗受具於晋州慈雲寺智瓊十八歲出游方訣其祖曰若不發明大事誓不歸矣至晉絳間或以無憑沮師邑君見師英俊因以所執扇示之曰爲我下一轉語師即援筆書偈其上尹大喜爲請憑以行渡河之洛謁成枯木於汝州時丹霞淳道價方盛乃造焉問如何是空劫已前自已覺云井底蝦蟆吞却月三更不借夜明簾霞曰未在更道覺擬議霞打一拂子云又道不借覺忽悟作禮霞云何不道取一句覺曰某甲今日失錢遭罪霞曰未暇打你且去時年二十三矣霞退居唐州大乘亦從焉宣和二年霞遷大洪爲掌記室三年遷首座時金粟智雪竇宗保福悟鳳山釗皆恭隨之復分座於圓通照闡提席下真歇住長蘆招居板首時衆踰千七百見其秉拂提唱皆服之出世泗洲普照嗣法丹霞矣比先分寺之

半爲神霄宮而又兩淮薦饑齋厨空乏二時所須雜以菽麥既至命純以秔庫僧辭不給已而檀施填委徽宗南幸覺領衆起居見寺僧千餘塡擁道左威儀整肅異之有旨召公面受聖語還其故寺之半建炎初住舒之太平又遷江之圓通能仁謝事遊雲居謁圓悟會長蘆虛席大衆必欲得師圓悟與安定郡王勉其行入寺未幾時大寇李在抄掠境上領衆入寺衆懼解散公安坐堂上以善語化之在等稽首歛服麾退其兵餽金贍衆一方咸頼以安建炎三年渡浙江至明州禮補陀道由天童適其闕主衆見師来容白郡帥始辞而後從未幾虜人犯境僧徒逃散公獨遅其来虜至登嶺以望若有所見遂歛兵而退秋毫無犯人歎以爲神助焉九月被旨住靈隱將行四衆號慕百鳥哀鳴十月有旨再還天童前後垂三十年寺屋幾千間無不新者紹興二十七年秋九月別郡帥諸檀是月七日還山飯客如常八日辰巳索浴更衣端坐索筆作大惠書屬以後事又書偈曰夢幻空花六十七年白鳥烟没秋水天連擲筆而逝詔謚宏智禪師塔曰妙光

戊寅　六月有星晝隕八月地震○詔育王大惠再住徑山

己卯　七月翰林李壽進皇朝百官表宋史

庚辰　初行會子○十二月欽宗崩于五國城

辛巳　詔復給僧牒市置儲

金世宗立名雍初名褒封楚王太祖孫海陵王亮既背盟南伐以帝守京因自立都燕帝仁厚慈儉不耆兵國内安治在位二十九年人謂小堯舜改年大定

大教東被一千一百年矣

壬午

孝宗眘即位初名伯琮太祖七世孫也母張氏生於秀州有嘉禾之瑞在位二十七年壽六十八矣

金國移都燕京勑建大慶壽寺成詔請玄冥禪師顗公開山第一代勑皇子燕王降香賜錢二萬沃田二十頃

癸未

改隆興元年是年六月十三日天童應庵禪師曇華遷寂姓江氏蘄之黃梅人生而奇傑骨目聳秀童稚便厭世故具決定志津濟群品年十七出家於邑之東禪明年爲大僧又明年杖錫叅方首謁隨州水南退和上染指法味廻上雲居圓悟禪師一見拊勞痛與提策以爲法故服勞難事趍走唯恐居後會悟入蜀指似徃見彰教隆于宣隆其子也隆移虎丘師實爲先馳未半載間通徹大法頓明圓悟爲人處未幾禮辭遊諸方初分座於處之連雲處守遂以妙嚴請師出世繼住衢之明果蘄之德章饒之報恩薦福婺之寶林報恩江之東林建康之蔣山平江之萬壽兩住南康歸宗末乃住今天童皆緇白欽慕同辞公舉處處開大施門垂手未悟遠近奔湊如水赴壑師於普說小叅問荅勘辯之屬皆從容暇豫曲盡善巧而室中機辯擒縱殺活尤號明妙師初有發明即與此庵時號元布袋者同行反覆傳約日益深奧及從此庵於護國相得懽甚此庵云亡意於師不無所囑而開堂嗣法不忘虎丘與近世眩

於名聞卒於利養燒香不原所得者異矣每於住持泛應虗受雖料理建置小物細故動爲無窮計未嘗苟且纖毫不可於意即翩然竟去莫能回奪嘗自言衲僧家着草鞋住院何至如蚖虵戀窟勵勉徒衆不許放逸事事必身率之其將示疾也猶掛牌入室至夜分他日多類此將終戒以辭世偈爲請師曰吾嘗笑諸方所爲而自爲之耶區處院事纖悉不遺奄然趺坐而化春秋六十一夏臘四十三

是年徑山杲禪師入寂諱宗杲宣州寧國奚氏子幼警敏有英氣年十三始入鄉校一日與同窓戲謔以硯投之悞中先生帽償金而去乃曰讀世書曷若究出世法乎即詣東山惠雲院出家先是元豐戊午院塑釋迦像有異人丁生者語寺僧曰立像一紀當生一導師大興宗教若像有難是人方来像毀則是人亦有難崇寧甲申有盜穴像腹取其所藏師以是歲適至事惠齊爲師明年落髮受具緣是智辯自將凌跨流輩閱故雲門録恍若舊習聞老宿紹珵久依天衣懷公亟往上謁與聞雪竇奥旨趍寶峰湛堂準禪師見師風神爽邁特加器重使之執侍指以入道捷徑師横機無所讓準訶之曰汝未曾悟病在意識領解則爲所知障時李彭商老遊道於準師適有語曰道須神悟妙在心空體之不假於聰明得之頓超於聞見李歎賞曰何必讀四庫書然後爲學哉因此爲方外交準將入滅師問孰可依從準以圓悟勤公語

之已而重趼荆渚謁無盡居士張公請銘準塔公道望傾天下師登其門承顔接辭綽有餘裕公稱譽之爲名庵曰妙喜字以曇晦歸寶峯訖其事復見無盡從容問曰居士謂我禪何如公曰子禪逸格矣師曰宗杲實未自肯在公曰行見川勤可也於是佩服其言放浪襄漢會大陽微禪師密授曹洞宗旨尋游東都宣和六年圓悟禪師被旨都下天寧師自慶曰天賜我得見此老不孤湛堂張公指南之意遂造天寧及聆其陞堂法要迥異平日所聞即傾心依附閲四旬圓悟舉僧問雲門如何是諸佛出身處門云東山水上行若有人問天寧只向道薫風自南来殿閣生微凉師於言下豁然頓悟圓悟大喜遷師擇木堂以古今差别因縁密加研練一日圓悟飯超然居士趙公師預坐忽忘舉筯圓悟顧師而語超然曰是子參得黄楊木禪也師既爲所激乗間扣曰聞和上嘗問五祖話不知記其荅否圜悟曰向問有句無句如藤倚樹作麽生五祖云描也描不成畫也畫不就又問樹倒藤枯時如何五祖云相隨来也師廓然脱去知見玄妙圜悟深可之使掌記室著臨濟正宗記畀焉分座令接納繇是以竹篦應機施設電閃星飛不容擬議藂林浩然歸重右丞呂公舜徒奏錫佛日之號虜人犯順欲名僧十数北去師爲所挾會天竺密三藏日與論義密尤敬服尋得自便趍吳門虎丘聞圓悟遷雲居欲往省覲道金陵待制韓公子蒼與語喜

之以書聞樞密徐公師川曰頃見妙喜辯惠出流輩又能道諸公之事業袞袞不勌實僧中杞梓也抵雲居爲衆第一座譏訶佛祖辯博無礙圜悟亦讓其雄會世擾攘入雲居之西結庵于古雲門寺基因以爲名閟二十年辟地湖湘轉仰山邂逅竹庵珪禪師相與還雲門著頌古百餘篇久之游七閩居海上洋嶼師憫諸方學者困於默照作辯邪正說以救其弊泉南給事江公創庵小溪延請師居緇素篤於道者畢集未半年發明大事者數十人昂需思岳彌光道謙遵璞悟本等皆在焉一日參政李公漢老聞舉庭栢話有省師可之及公疾革作偈寄彌光有淼將法力荷雲門之句師平居絕無應世意圜悟在蜀聞之囑

丞相張公德遠曰杲首座不出無可支臨濟法道者公尋還朝適徑山虗席必欲致師師幡然起赴開法于臨安府治唱圜悟之道說法竟侍郎馮公濟川問曰師嘗言不作這蟲豸今日爲甚麽敗闕師曰盡大地是箇杲上座你作麽生見公無語及居徑山四方佳衲子靡然坌集至一千七百師無他約束容其自律發明已見率常有之上堂問荅（具在本録）時惠雲院忘丁生之讖毀釋迦故像而新之實紹興辛酉夏五月也師於是月坐與張厚善者逢掖編置衡州廖通直李繹爲結茅圃中師既拘文不與衆俱率令散處花藥開福伊山時容其受道門庭益峻乃哀先德機緣問與拈提離爲三帙目曰正法眼藏前參政李公大

發時居鐔津翰林汪公彦章秘駕零陵數通書問道當軸者滋不悅移師梅州其地荒僻瘴癘藥物不具學徒百餘羸粮從之閱六稔斃者過半師以道處之怡然由是居民向化至繪師像飲食必祀焉者有之乙亥冬蒙恩北還明年春復僧伽棃尋領朝命住明州育王山逾年有旨改住徑山天下宿衲復集如初時上潛藩雅聞師名遣內都監詣山問佛法大意師陞堂有偈云豁開頂門眼照徹大千界既爲法中王於法得自在仍作頌獻曰大根大器大力量荷擔大事不尋常一毛頭上通消息徧界明明不覆藏上嘉美久之建邸立復遣內知客入山供養五百應真請師說法親書妙喜庵大字幷製賛寵寄曰生滅不滅常住不住圓覺空明隨物現處師陞堂有偈曰十方法界至人口法界所有即其舌只憑此口與舌頭祝吾君壽無間歇億萬斯年注福源如海滉漾永不竭師子窟內產狻猊鸑鷟定出丹山穴爲瑞爲祥遍九垓草木昆虫皆懽悅稽首不可思議事喻如衆星拱明月故今宣揚妙伽陀第一義中真實說師春秋高求解寺任辛巳春得旨退居院之明月堂然宏法爲人老而不勌上即位特賜號大慧禪師隆興建元自悠前一夕有星殞于院之西流光赫然有聲如雷師示微疾八月九日學徒問候師勉以宏道徐遣之曰吾翌日始行至五鼓親書遺奏侍僧固請留頌爲寫四句擲筆就寢湛然而逝壽七十有五塔全身於堂

之後

淳祐間晉陵尤焴號貳卿甞題大惠語大惠說法從橫踔厲如孫吳之用兵而廣闊弘深不可涯涘如大海水魚龍飲者莫不取足今舉平昔聞見二則朱文公少年不樂讀時文因聽一尊宿說禪直指本心遂悟昭昭靈靈一着十八歲請舉時從劉屏山屏山意其必留心舉業暨搜其篋只大惠語録一帙爾次年登科故公平生深知禪學骨髓透脫關鍵此上根利器於此取足者也焴早得於灊子善丈云爾因取語録讀之至老不敢釋手往在春陵永嘉徐棘卿瑄亦貶是邦未幾忽遷象臺憂愁涕泣焴授以所携本徐卿亟取讀之達旦不寐次日欣悅忘憂與昨日夐然二人也遂携以去手抄一本乃見還後三年徐没于貶所臨終殆同游戲不疾沐浴而逝此書之靈驗如此蓋焴之親覩也云云

詔蔣山大禪了明禪師繼席徑山師秀州陸氏嗣大惠化楊和王姑胥莊田供衆歲收二萬斛常住由是豐足

甲申　沙門祖琇號石室撰隆興佛運通論成行于世

乙酉　乾道元年

丙戌　詔靈隱道昌禪師住淨慈

戊子　詔上竺若訥講師於四月八日選五十僧入內觀堂行金光明三昧祈福邦家

金國十月一日詔顗禪師於東京𦐇清安禪寺度僧五百作般瑟于吒會

己丑

普庵禪師入寂名印肅袁州宜春余氏子六歲夢一僧點其心曰汝他日當自省既覺以意白母視之當心有一點紅瑩大似世之櫻珠父母因此許從壽隆院賢公出家年三十七落髮越明年受戒師容貌魁奇智性巧慧賢器之勉讀法華師曰嘗聞諸佛元旨必貴了悟于心數墨巡行無益於事遂辭師游湖湘謁大溈牧菴忠公因問萬法歸一一歸何處忠公竪起拂子師遂有省後歸受業院紹興癸酉間有隣寺慈化者衆請住持無常住師布衾紙衣晨粥暮食禪定之外唯閱華嚴經論一日大悟徧體汗流喜曰我今親契華嚴境界遂述頌曰捏不成團撥不開何須南嶽又天台六根門首無人用惹得胡僧特地来自後發爲言句動悟幽顯有不期然而然者一日忽有僧名道存冒雪至師目之喜曰此延吾不請之友矣遂相與寂坐交相問荅或笑或喝僧曰師再来人也非久當大興吾教延指雪書頌而行至斯慕向者衆師乃隨宜爲說或書偈與之有病患者折草爲藥與之即愈或有疫毒人迹不相徃来者與之頌咸得十全至於祈禱雨暘伐怪木毀淫祠靈應非一由是（閅新梵字）或問師修何行而得此師當空畫云還會麽云不會師云止止不須說其峻機多類此忽一日索筆書頌於方丈西壁云乍雨乍晴寶象明東西南北亂雲深失珠無限人遭劫幻應權機爲汝清○枯木救度復示衆曰諸佛不出世亦無有涅槃入吾室者必能元

契矣善自護持無令退失索浴更衣跏趺而寂時乾道五年七月二十一日也世壽五十五僧臘二十八奉全身于塔焉

是年金國慶壽寺禪師塔于嵩山其文略曰諱教亨號虛明濟州任城王氏子先有汴京慈濟寺僧福安山居任城有年矣齋于芒山村倚樹而化見夢于女弟馮自彭村浮圖乘白馬而下曰我生於西陳村王光道家馮語其母及其子其夢正同詰旦至光道家師母劉夜夢安公來求寄宿是日師果生焉拳右拇指似不能伸瞬而未笑同業福廣福堅聞之來謁徑問安兒無恙師熟視良久伸指而笑常獨卧空室其母聞人誦摩訶般若波羅蜜驚顧襁褓師猶囁嚅及晬試以經卷酒杯遽拾經卷少長不茹葷血唯見僧行造門輙喜從之故一時皆呼以馮山主芒山村碑之於石七歲出家禮本州崇覺院圓公爲師十三受具足戒遇苦瓜先生相之曰此兒必領僧萬指十五游方聞鄭州普照寶公法席之勝自汴梁發足是夜寶公夢慶雲如金芙蕖繽紛亂墜以告人曰吾十年無夢矣此何祥也翌日師來寶公心獨異之師朝夕參扣未有所入他日以事往睢陽宿趙渡忽馬上憶擊板因緣有省凝情不散將抵河津同行德滿驚曰師兒此河津也師下馬悲喜交集至于隕涕歸以語寶公公曰此僵卧人似欲轉動猶未印可曰曾看日面佛公案否師笑曰兒時已念得寶公笑曰我只教人參諸方掉下底禪但再參去定

有自得力處一日師因雲堂靜坐忽聞板聲霍然親證呈頌曰日面月面星流電轉若更遲疑面門着箭咄寶公遂記莂曰吾謗汝不得也諸方知師得法懇求出世師亦知緣至輙往應命五坐道場嵩山之戒壇韶山之雲門鄭州之普照林溪之大覺嵩山之法王左丞相夾谷清臣請師住中都潭柘歸隱缺門復駐錫于濟州之普照方丈後蘐樹蓊鬱中有一株亭亭然高丈餘群鴉以次来巢其上下十二級如浮圖狀衆賀曰和上佛法将大振乎不十數日奉章朝旨主慶壽寺二年退居缺門知河南府國公石抹仲溫以少林虛席請師繼之居無何師復引去徜徉嵩少間者數年忽覺四大絃緩杜門堅坐謝絶賔客其嗣香山江延師于西堂慈雲海復乞侍奉至興定巳卯秋七月十日謂衆曰汝輩各宜着力索筆書頌其末後句云咦一二三四五六七堅坐不動而逝享年七十僧夏五十有八闍維熖如蓮花開合牙齒目睛不灰舍利無筭師自兒時顴有圓珠至是爆然飛去收靈骨建塔焉

(庚寅) 金國世宗真儀皇后出家爲尼建垂慶寺度尼百人賜田二百頃○西夏乾祐元年

(辛卯) 乾道七年正月二十日靈隱瞎堂惠遠禪師奉詔見選德殿師奏曰臣生西蜀眉山遊方逾四十年在山間恭聞陛下即位以来日應萬機道冠千古覆護教法契合龍天是謂以佛心而治天下臣嗣法佛果圜

悟禪師上曰圓悟是誰奏曰臣之師名克勤太上皇帝駐蹕維楊時賜號也上曰恨昔不見其杲老如何奏曰與臣同出圓悟之門上賜坐上問曰如何免得生死奏曰不悟大乘道終不能免上曰如何得悟曰本有之性但以歲月磨之無不悟者上曰悟後如何曰悟了始知陛下所問與臣所奏悉皆不是上曰一切處不是如何奏曰脫體現前了無毫髮可見之相上大悅師復奏曰古德道無所是是菩提上曰即心即佛如何曰目前無法陛下喚恁麼作心上曰如何是心師正身叉手而立曰只者是上笑徐問德山臨濟機緣師具奏之復奏曰悟後千句萬句乃至一大藏教只是一句上曰是那一句奏曰好語不出門上曰不與萬法爲侶可參乎奏曰老龐致此一問驚天動地驅山塞海超古今脫是非離言說絕依倚如陛下至尊至貴大道本然上曰得道者誰奏曰學道之人隨其器量淺深驗在意表得底人他亦自知時節學佛者衆機緣亦廣恐勞聖聽不敢具奏遂謝恩下殿上曰後更要說話在奏曰謹領聖訓（乙未正月初五入寀）帝製原道論其文曰朕觀韓愈原道因言佛老之相混三教之相絀未有能辯之者且文繁而理迂揆聖人之用心則未昭然矣何則釋氏專窮性命棄外形骸不着名相而於世事自不相關又何與禮樂仁義然尚立戒曰不殺不淫不盜不飲酒不妄語夫不殺仁也不淫禮也不盜義也不飲酒智也不妄語信也如

此於仲尼何遠乎夫子從容中道聖人也
所爲孰非仁義又烏得而名焉譬如天地
運行陰陽循環之無端豈有意春夏秋冬
之別哉此聖人強名之耳亦猶禮樂仁義
之別以設教治世不得不然也因其強名
揆而求之則道也道也者仁義禮樂之宗
也仁義禮樂固道之用也彼楊雄謂老氏
槌仁義滅禮樂今迹老子之書其所寶者
三曰慈曰儉曰不敢爲天下先孔子曰温
良恭儉讓又唯仁爲大老子之所謂慈豈
非仁之大者耶曰不敢爲天下先豈非遜
之大者耶至其會道則互相遍舉所貴者
清淨寧一而於孔聖果背馳乎盖三教末
流昧者執之自爲異耳夫佛老絕念無爲
修心身而已矣孔子教以治天下者特所
施不同耳辟猶耒耜而織機杼而耕後世
徒紛紛而惑固失其理或曰當如之何去
其惑哉曰以佛修心以老治身以儒治世
斯可也唯聖人爲能同之不可不論也
帝甞於選德殿製觀音讚賜上竺刻於石
其詞曰猗歟大士本自圓通示有言說爲
世之宗明照無二等觀以慈隨感即應妙
不可思

壬辰正月駕幸靈隱八月七日詔靈隱徑山天
竺集內觀堂齋宣靈隱惠遠入東閣賜
坐咨論法要十月三十特賜遠號佛海
禪師

甲午詔賜內帑二萬緡付上竺建藏殿賜經一
藏命皇太子書殿榜曰法輪寶藏

乙未淳煕○詔賜上竺白雲堂印灵隱直指堂印

丙申 特旨福州東禪刋天台宗教部同大藏流通

庚子 金國大定二十年正月勅建仰山棲隱禪寺(今大都西山)命玄冥顗公開山賜田設會度僧萬人

癸卯 淳熈九年二月十九日沙門可觀卒字宜翁華亭戚氏年十六具戒依南屏精微師聞車溪擇卿聲振江浙負笈從之一日聞舉唱般若踈寮忽有悟入如服一杯降氣湯王惠覺有横山命師偕行讀指要至若不謂實鐵床非苦變易非遷歎曰語言文字皆糠粃耳建炎初主嘉禾壽聖遷當湖德藏居閱世堂爲楞嚴補注雪以祥符延閱兩載以疾反當湖南林一室蕭然人不堪之則曰松風山月此我無盡衣鉢也乾道七年丞相魏杞出鎮姑蘇請主北禪入門適當九日指座云胷中一寸灰已冷頭上千莖雪未消老步只宜平地去不知何事又登高魏公擊節不已淳熈七年皇子魏王牧四明(諱愷謚惠憲王孝宗次子)用月堂遺書之薦請主延慶時已八十九歲抵行在所而聞王薨師在天竺受請曰王旨如生豈當有辭遂行至南湖衆見行李踈踈莫不歎服不二載復歸當湖竹庵無疾而逝壽九十一大惠先沒二十年矣

癸卯 帝註圓覺經二月遣中使賷賜徑山住持寶印刊行

甲辰 金大定二十四年二月大長公主降錢三百萬建昊天寺給田百頃每歲度僧尼十人

乙巳

宋遣致仕黃門侍郎宇文虛中別號龍溪

居士奉使

金國詔請留仕翰林承旨對越談論

多引儒書證成釋理累贈金帛受

以給貧囊無挑藥金朝儀禮皆公

定制壽一百八歲無疾跏趺援筆

朗吟而往詞曰去國匆匆幾度年

公私無事兩忻然當時議論何能

固今日機關別有緣萬事已從前

世訂英名留付好人傳孤身不作

往來計須信胷中別有天

佛祖歷代通載卷第三十

音釋

鄞音銀縣名　需昔俱切須也不進也　頤以之切養也　絜公節切結束也

攖伊成切結也　薌許良切穀氣亦作香　禠丑禮切弟二　餽音匱祭也

摻所漸切擊也　趼魚見切二　熇余六切火熇也　琇音秀美石丨

徜市羊切丨徉猶徘徊　絀式出切絳也　耜詳以切耒端木也

佛祖歷代通載卷第三十一

嘉興路大中祥符禪寺住持華亭念常集

庚戌 光宗惇 孝宗第五子年四十四自東宮受禪尊孝宗爲壽皇在位五年

改年紹熙

金國章宗璟立 顯宗允恭子允恭未立而卒帝以皇太孫即位荒于酒色大金之業衰焉 改年明昌

辛亥 大朝太祖成吉思皇帝是年起兵

癸丑 是年十二月布衣王孝禮言今年冬至日影表當在十九日壬午而會元曆乃在二十日癸未係差一日乞將修內作所掌銅表圭付太史局則驗從之

金國明昌四年詔請萬松長老於禁庭升座帝親迎禮聞未聞法開悟感慨親奉錦綺大僧祇支詣座授施后妃貴戚羅拜拱跪各施珍愛以奉供養建普度會施利異常連日祥雲連綿天際從此年豐謳歌滿路每歲設齋常感祥瑞 萬松洞下宗人 章宗駕遊燕之仰山御題有金色界中兜率境碧蓮花裏梵王宮之句〇 十月殺世宗第六子允蹈

甲寅 宋光宗禪位于太子是爲寧宗

金允蹈子愛王大辨是年正月舉五國城叛求大朝兵援金兵屢敗金亡之始也

淨慈肯堂彥充禪師 於潛盛氏子法嗣東林萬庵顔公

夔府卧龍破庵祖先禪師 廣安王氏

徑山癡絕道冲禪師 武信長江荀氏

乙卯 宋寧宗立名擴 光長子初封嘉王孝宗崩光疾甚知樞密院事趙汝愚密建翼戴之議知憲聖太皇太后以宗社爲憂將白事而難其人有知閤門事韓侂冑者琦之曾孫而太皇女弟之子也乃因以入白太皇

丙辰　垂簾引嘉王入即位改年慶元三月朔日有食之○白虹貫日○雨土

丁巳　金國改年承安十一月二十三日大赦度僧千員

金境内大旱山東盜起○特詔萬松
住仰山升堂有偈曰蓮宫特作梵
宫修聖境還須聖駕遊雨過水澄
禽泛子霞明山靜錦蒙頭成湯也
展恢天網呂望稀垂浸月鈎試問
風光甚時節黄金世界桂花秋

庚甲　愛王合大兵陷金上都圍和龍

辛酉　宋改嘉泰○吳曦入蜀○金改泰和○耶律德壽叛擊走之

壬戌　靈隱松源禪師入寂名崇岳生於處州龍
泉吳氏自幼卓犖不凡處群兒中未嘗嬉
宕稍長聞出世法慕向之年二十三棄家
衣掃塔服受五戒於大明寺首造靈石妙
公繼見大慧杲禪師於徑山乆之大慧升
堂稱蔣山應菴華公爲人徑捷師聞之不
待旦而行既至入室未契退愈自奮勵終
夜自舉狗子無佛性話豁然有得即以扣
應菴應菴舉世尊有密語迦葉不覆藏師
云鈍置和尚應菴厲聲一喝自是朝夕咨
請應菴大喜以爲法器說偈勸使祝髮棟
梁吾道隆興二年師始得度於臨安西湖
白蓮精舍自是徧歷江浙諸大老之門罕
當其意迺浮海入閩見乾元木菴永公一
日辭木菴木菴舉有句無句如藤倚樹師
云裂破木菴云瑯瑯道好一堆爛柴虀師
云矢上加尖如是應酬數反木菴云吾兄
下語老僧不能過其如未在他日拂柄在

手爲人不得驗人不得師云爲人者使慱地凡夫一超入聖域固難矣驗人者打向面前過不待開口已知渠骨髓何難之有木庵舉手云明明向汝道開口不在舌頭上後當自知逾年見密庵於衢州之西山隨問即荅密庵微笑曰黃楊禪爾師切於明道至忘寢食密庵移蔣山華蔵徑山皆從之會密庵入室次問傍僧不是心不是佛不是物師侍側豁然大悟乃曰今日方會木庵道開口不在舌頭上自是機辨從横鋒不可觸密庵又迁靈隱遂命師爲第一座旋出世於平江澄照爲密庵嗣徙江陰之光孝無爲之冶父饒之薦福明之香山平江之虎丘慶元三年靈隱虛席被旨補處居六年法道盛行得法者衆而師有棲遯之志即上章乞罷住持事上察其誠許之退居東庵俄屬微疾猶不少廢倡道忽親作書別諸公卿且垂二則語以驗學者曰有力量人因甚擡脚不起開口不在舌頭上及貽書嗣法香山光睦雲居善開囑以大法因書偈曰来無所来去無所去瞥轉玄關佛祖罔措跏趺而寂實嘉泰二年八月四日也得年七十有一坐夏四十奉全身塔于北高峯之原

癸亥

嘉泰三年金國於是始定以土德王承宋蓋不數遼人云

徑山佛照德光禪師入寂諱德光姓彭氏臨江新喻人父術母來夢異僧入室驚寤有娠既生乃祖曰吾家世積德乃生此兒必光吾門因是命名年九歲寇擾辟地於

來之木平寺有妙應大師伯華善相曰是子伏犀貫頂出家必作法門梁棟時師年十歲遽失怙恃伯父循伯母萬育而教之年二十有一聞人誦金剛經忽然通解歸伯母曰適聞誦經身心歡喜世間萬事真如夢幻力懇出家族不能奪遂散家貲第存度牒僧具餘悉以予其族諸同邑光化禪院主僧足菴處薙髮遂携師入閩足菴寓福之西禪謂之曰是行爲子擇所依東禪月菴善果具衲僧眼子依之時復省吾足矣一見月菴遽問不落有無中如何露消息師云不落有無中分明露消息月菴云是什麼消息師便喝菴云未在更道師云我留口喫飯在即令參堂是時老宿多在閩中如妙湛佛心圓覺望重叢林師悉參扣徧歷五十餘員善知識末後見大惠於育王舉喚作竹篦則觸不喚作竹篦則背不得向舉處承當不得向意根下卜度速道速道師云杜撰長老如麻似粟惠云你是第幾箇師云今日捉敗者老賊次年佛涅槃日因頂謁次自念佛常住法身何有生滅頭未至地忽然契悟遽告大惠惠云你者回徹也惠再主徑山拉以偕往閱夏暫至蔣山省應菴菴稱賞不已謂人曰光兄頓出我一頭地乃移書與李侍郎浩曰光兄一自徑山老對印可如虎插翅留月餘而歸大惠說偈以頂相付師曰有德必有光其光無間隔名實要相稱非青黃赤白云云乾道丁亥李侍郎分符天台與師論道相契以鴻福延之及迁郡之天寧

衲子雲集淳熙三年詔住靈隱寺遣使降香開堂恩寵優渥是冬召對便殿問佛法大意師敷奏直截帝大説留禁中觀堂五宿兩賜御頌特賜佛照禪師之號又承聖問釋迦入山修道六年而成所成者何事奏云將謂陛下忘却四年冬召問華嚴法界師奏簡切上悅親洒宸翰奬諭因進宗門直指一篇七年育王虚席露章乞老得請東歸又承聖問圓覺四病冬召見便殿紹熙改元孝宗御重華宫召見奏對逾時四年被旨住徑山抗奏辭免孝宗曰欲速相見郡將堅請不容辭二月望宣見于重華自後兩賜聖問應機而荅天顔皆悅慶元元年春復請老祈懇再三詔從之師在觀堂也駕時時臨幸輿以小輦侍衛二十餘人至則促席而坐或起行並立歡如平生所賜御札刻之琬琰奏對語録詔令刊行每有召對宣賜無時中貴私自謂金王器用繒綵計緡三萬之多師叩頭力辭不受上益嘉之暨歸寺有所宣賜不容辭師亦不妄用初思陵駐蹕會稽有旨許置產師謂育王產簿不足贍衆遂以所賜及王臣長者所施之資置田歲增谷五千國史陸游爲記其事所創數椽以自處號曰東庵掩關自娛接人不倦時許衲子入室嘉泰癸亥三月告衆曰吾世緣將盡至十日詢問左右曰今日月半也對曰然又二日索紙作遺書與平昔所厚者二十早集衆叙别皆法門之旨要無半語及他事索浴更衣大書云八十三年彌天罪過末後殺

勤盡情說破趺坐而逝弟子塔全身於庵後僧騰六十請謚于朝勑謚普惠宗覺大禪師塔曰圓照嘉泰四年金國學士元遺山裕之撰紫微觀記文曰東平左副元帥趙侯之太夫人既老矣即棄家爲全真師師鄆州人普惠大師張志剛居冠氏之洞清庵庵之制初亦甚陋乞名于丘尊師改號紫微觀趙侯爲之起殿閣立堂宇至于齋厨庫廄所以奉其親于家者無不備歲癸巳九月落成請予記其事予爲之說云古之隱君子及學道之士多居山林木食澗飲槁項黃馘自放于方之外若涪翁河上丈人之流後世或附之黃老家數以爲列仙陶隱居寇謙之以來此風故在也杜光庭在蜀以周靈王太子晉爲王建鼻祖乃踵開元故事進崇玉宸君以配混元上德之號置階品立範儀號稱神仙官府虛荒誕幻莫可致詰二三百年之間至宣政之季而其蔽極黃冠之流官給命書有散郎與大夫之目循歷資級無別省寺凡寘報之所警後福之所開則視兼門所前有者而例舉之始欲爲高而終爲高所庳始欲爲恠則終爲恠所溺其徒有高識遠引者亦厭而去之故自放于方之外者猶一二見焉貞元正隆以來又有全真家之教咸陽人王中孚倡之譚馬丘劉諸人和之本于淵靜之說而無黃冠禳禬之妄參以禪定之說而無頭陀縛律之苦耕田鑿井從身以自養推有餘以及之人視世間擾擾者差若省便然故墮窳之人翕然從之

南際淮北至朔漠西向秦東向海山林城市廬舍相望什百爲偶甲乙授受牢不可破上之亦甞懼其有張角斗米之變著令以止絶之當時將相大臣有爲主張者故已絶而復存稍微而更熾五七十年以來盖不可復動矣貞祐喪亂之後蕩然無紀綱文章蚩蚩之民靡所趣向爲之教者獨是家而已今河朔之人什二爲所陷没無淵靜之習無禪定之業所謂舉桒門以自例者則兼有之望宣政之季猒而去之之事且不可見况附于黄老家數以爲列仙者其可得乎嗚呼先哲王之道中邦之政掃地之日外矣是家何爲者乃人敬而家事之殆攻刼爭奪之際天之神道設教以弭勇鬬嗜殺者之心耶抑三綱五常將遂堙没顛倒錯亂人與物胥而爲一也不然則盛衰消長有數存焉于其間亦難于爲言也已侯名天錫字受之崇儒重道出于天性雖在軍旅而文史未甞去手甞與奉天楊奐然讀徂徠石君言鑑至論釋老家慨然以爲知言决非湧爲風俗所移者是觀之作特以養志云

屏山李居士鳴道集説序居士年二十有九閲復性書知李習之亦二十有九參藥山而退著書大發感嘆曰抵萬松深攻亟擊退而著書會三聖人理性藴奥之妙要終指歸佛祖而已江左道學倡於伊川昆季和之者十有餘家涉獵釋老膚淺一二著鳴道集食我園椹不見好音竊香掩鼻於聖言助長揠苗於世典飾游辭稱語録

戮禪惠如敬誠誣謗聖人聾瞽學者憶憑虛氣任私情一讚一毀獨去獨取其如天下後世何屏山哀矜作鳴道集說鄭萬世之見聞正天下之性命張無盡謂大孔聖者莫如莊周屏山擴充渺無涯涘豈直不叛于名教其發輝孔聖幽隱不揚之道將攀附游龍騣騣乎吾佛所列五乘教中人天乘之俗諦疆隅矣張無盡又謂小孔聖者莫如孔安國鳴道諸儒又自貶屈附韓歐之隘黨其計孰愈乎尊孔聖與釋老鼎峙也耶諸方宗匠偕引屏山為入幕之賓鳴道諸儒鑽仰藩垣莫窺戶牖輒肆浮議不亦僭乎余忝歷宗門堂室之奧懇為保證固非師心昧誠之黨如謂不然報惟鄉影耳屏山臨終出此書付敬鼎臣曰此吾末後把交之作也子其祕之當有賞音者鼎臣聞余購屏山書甚切不遠三數百里徒步之燕獻的槀于萬松老師轉致於余余覽而感泣者累日昔余嘗見鳴道集甚不平之欲為書糾其蕪謬而未暇豈意屏山先我着鞭遂為序引以鍼江左書生膏肓之病為中原之士大夫有斯疾者亦可發藥矣甲午冬十有五日中書湛然居士移剌楚才晉卿序

迂叟曰或問釋老有取乎曰有曰何取曰釋取其空老取其無為自然捨是無取也空取其無利欲心無為自然取其因任耳

屏山曰釋氏之所謂空不空也老氏之所無為無不為也其理自然無可取舍故

莊子曰無益損乎其真般若曰不增不減彼以愛惡之念起是非之見豈學釋老者乎取其無利欲心即利欲心取其因任即是有爲非自然矣

横渠曰浮圖必謂死生轉流非得道不免謂之悟道自其説熾傳中國雖英才間氣生則溺耳目恬習之事長則師世儒崇尚之言遂冥然被驅謂聖人可不修而至大道可不學而知故未識聖人心已謂不必求其跡未見君子志已謂不必事其文此人倫所以不察庶物所以不明治所以忽德所以亂異言滿耳上無禮以防其僞下無學以稽其弊詖婬邪遁之辭翕然並興一出于佛氏之門者千五百年自非獨立不懼精一自信有大過人之才可以正立其間與之較是非計得失乎

屏山曰自孔孟云亡儒者不談大道一千五百年矣豈浮圖氏之罪耶至於近代始以佛書訓釋老莊浸及語孟詩書大易豈非諸君子所悟之道亦從此入乎張子幡然爲反噬之説其亦弗仁甚矣謂聖人不修而至大道不學而知夫子自道也歟詖淫邪遁之辭亦將有所歸矣所謂有大過人之才者王氏父子蘇氏兄弟是也負心如此寧可計較是非於得失乎政坐爲死生心所流轉耳

明道曰佛學只是以生死恐動人可怪一千年來無一人覺此是被他恐動也聖賢以生死爲本分事無可懼故不論死

生佛爲怕死生故只管說不休本是利心上得来故學者亦以利心信之莊生云不怛化者意亦如此楊墨今已無道家之說其害終小唯佛學人人談之彌漫滔天其害無涯傳燈千七百人敢道無一人達者有一人得易簀之理須尋一尺布帛裹頭而死必不肯胡服削髮而終

屏山曰聖人原始反終知死生之說豈不論生死乎程子之不論生死正如小兒夜間不敢說鬼病人諱死其證難醫者也害人而利我者楊朱也利人而害我者墨翟也學道者既利於我又利於人何害之有至於聖人無一毫利心豈無利物之心乎故物亦利之此天理也聖人之道或出或處或嘿或語殊塗而同歸百慮而一致故並行而不相悖程子必欲八荒之外盡圓冠而方屨乎

明道曰佛學大槩是絶倫類世上不容有此理又其言待要出世出那裏云其迹須要出家要脫世網學之者不過似佛佛一懶胡耳他本是箇枯槁山林自私而已若只如此不過世上少這一箇人却又要周徧决無此理彼言世網只爲此秉彝又殄滅不得當忠孝仁義之際處於不得已只和這些秉彝都消煞得盡然後爲道如人耳目口鼻既有此氣須有此識聲色飲食喜怒哀樂性之自然必盡絶爲得天真是喪天真也又曰若盡爲佛天下却都没箇人去裏

屏山曰嗟乎程氏竊聞小乘教相語不能盡信畧取其說而反攻之烏知維摩華嚴之密旨誤認阿羅漢爲佛而不知其然遽加訶罵是豈識文殊普賢之秘行哉圓教大士知衆生本空而度脫衆生知國土本淨而莊嚴國土不以世間法礙出世法不以出世法壞世間法以世間法即出世法以出世法即世間法八萬四千塵勞煩惱即八萬四千清凉解脫又豈止觀音之三十二應善財之五十三參耶衆生念念常有佛成正覺仁者自生分別耳但無我相人相衆生相壽者相何妨居士身長者身宰官身乎吾聞謗佛毀法中有冥權大悲闡提逆行魔說程氏豈其人耶不然則非利根衆生爲世智辯聰所障具足無間業報哀哉弗可悔也

伊川曰禪家之言性猶太陽之下置器耳其間方圓小大不同特欲傾此于彼耳然在太陽幾時動又其學者善遁若人語以此理必曰我無修無證

屏山曰此語出於徐鉉誤讀首楞嚴經佛言五陰之識如頻伽瓶盛空以餉他方空無出入遂爲禪學豈知佛以此喻識情虛妄本無来去其如来藏妙真如性正太陽元無動靜無修而修無證而證但盡識情即如來藏妙真如性非遁辭也

伊川曰或謂佛之道是也其迹非也然吾攻其迹耳其道吾不知也使其不合於

先王顧不願學也如其合於先王則求之六經足矣奚必佛

屛山曰伊川之意欲相忘於江湖耳吾謂不若卷百川而匯於大壑則無涯涘也欲攻其迹不過如韓子之說云山谷道人既奪其說矣語在南康軍開先禪院記

伊川曰看華嚴經不如看一艮卦

屛山曰程子以艮其所爲止於其所當止疑釋氏正如死灰槁木而止耳故經出鄙語顧豈知華嚴圓教之旨一法若有毘盧墮於塵勞萬法若無普賢失其境界豎說之則五十七聖位於一彈指如海印頓現橫說之則五十三法門在一毛端如帝網相羅德雲曾過於別峯普眼不知其正位逝多園林迦葉不聞彌勒樓閣善財能入向非此書之至學道者墮於無爲之坑談玄者入於邪見之境則老莊內聖外王之說孔孟上達下學之意皆掃地矣

伊川曰至忙者無如禪客行住坐臥無不在道便是常忙

屛山曰君子無終食之間違仁亦忙乎哉以敬字爲主則忙矣

伊川曰佛家印證甚好笑豈有我曉得這箇道理却信他人

屛山曰自印證爲得聖人之傳尤可笑我雖自曉其如人不信耶

上蔡曰學佛者欲免輪迴是利心私而已矣此心有止而太虛無盡必爲輪迴推

之於始何所付受其終何時間斷且天下人物各有數矣

屏山曰佛說輪迴愛爲根本有愛我者亦愛涅槃不知愛者真生死故何利心之有彼圓覺性非作非止非任非滅無始無終無能無所豈有間斷哉故衆生本来成佛生死涅槃猶如昨夢夢中人物豈有數乎上蔡夢中之人猶作夢語不識圓覺認爲太虛悲夫

上蔡曰人死時氣盡也予問明道有鬼神否明道曰道無你怎生信道有你但去尋討看横渠云這箇是天地間妙用這裏有妙理於若有若無之間須斷直得去不是鶻突自家要有便有要無便無始得鬼神在虛空中辟塞滿觸目皆是爲他是天地間妙用祖考精神便是自家精神

屏山曰明道之說出於未能事人焉能事鬼横渠之說出於精氣爲物游䰟爲變是故知鬼神之情狀上蔡之說出於盛哉鬼神之德洋洋乎如在其上在其左右三子各得聖人之一偏耳竟墮於或有或無若有若無之間不名鶻突予觀聖人之言各有所主大抵有生有死或異或同無生無死非同非異人即有形之鬼鬼即無形之人有心即有無心即無耳聖人復生不易吾言矣

元城曰孔子佛之言相爲終始孔子之言毋意毋必毋固毋我佛之言曰無我無人無衆生無壽者其言次第若出一人

但孔子以三綱五常爲道故色色空空之說微開其端令人自得爾孔子之心佛心也假若天下無三綱五常則禍亂又作人無噍類矣豈佛之心乎故儒釋道其心皆一門庭施設不同耳如州縣官不事事郡縣大亂禮佛誦經坐禪以爲學佛可乎

屛山曰元城之論固盡善矣惜哉未嘗見華嚴圓教之旨佛先以五戒十善開人天乘後以六度萬行行菩薩道三綱五常盡在其中矣故善財五十三叅比丘無數人耳觀音三十二應示現宰官居士長者等身豈肯以出世法壞世間法哉梁武帝造寺度僧持戒捨身嘗爲達磨所笑跋摩尊者謂宋文帝王者學佛不同匹夫省刑罰則民壽薄賦歛則國富其爲齋戒不亦大乎惜一禽之命輟半日之飡匹夫之齋戒爾此儒者學佛不龜手之藥也

元城曰所謂禪一字於六經中亦有此理佛易其名達磨西來此話大行佛法到今果弊矣只認色相若渠不来佛法之滅久矣又上根聰悟多喜其說故其說流通某之南遷雖平日於吾儒及老先生得力然亦不可謂於此事不得力世間事有大於死生者乎此事獨一味理會生死有箇見處則於貴賤禍福輕矣老先生極通曉但不言耳蓋此事極繫利害若常論則人以爲平生只談佛法所謂五經者不能曉生死說矣故爲儒

者不可談盖爲孔子地也又下根之人謂寂寞枯槁乃是佛法至於三綱五常不肯用意又其下者泥於報應因果之說不修人事政教錯亂生靈塗炭其禍盖不可勝言者故某平生何曾言亦本於老先生之戒也

屏山曰元城之說爲佛者慮盡矣爲儒者慮似未盡也佛書精微幽隱之妙佛者未必盡知皆儒者發之耳今已章章然矣或秘而不傳其合於吾書者人將謂五經之中初無此理吾聖人真不知有此事其利害亦非細也吾欲盡發其祕使天下後世共知六經之中有禪吾聖人已爲佛也其爲孔子地不亦大乎彼以寂寞枯槁爲佛法以報應因果廢人事或至亂天下者正以儒者不讀其書爲所欺耳今儒者盡發其祕維摩敗根之議破落空之偏見般若施身之戒攻着相之愚夫上無蕭衍之禍下無王縉之惑矣雖極口而談著書而辨其亦可也學者其熟思之

龜山曰聖人以爲尋常事者莊周則夸言之乃律家呵佛罵祖之類如逍遥遊乃子思之所謂無入而不自得養生主乃孟子所謂行其所無事而已曲譬廣喻此張大其說耳

屏山曰楊子見處甚高知禪者有力於佛則知莊子有力於聖人矣曲譬廣喻張大儒者之說儒者反疾之何也

龜山曰儒佛深處所差杪忽耳見儒者之

道分明則佛在其下矣今之學者曰儒者之道在其下是不知吾道之大也爲佛者旣不讀儒書儒者又自小然則道何由明哉

屛山曰儒佛之軒輊者不唯佛者不讀儒書之過亦儒者不讀佛書之病也吾讀首楞嚴經知儒在佛之下又誦阿含等經知佛似在儒下至讀華嚴經無佛無儒無大無小無高無下能佛能儒能大能小存泯自在矣

南軒曰天命之全體流行無間貫乎古今通乎萬物者衆人自昧之而是理也何嘗間斷而聖人盡之亦非有所增益也爲釋氏之見則以爲萬法皆吾心所起是昧乎太極本然之全體而反爲自利自私是亦人心而已非識道心者也

屛山曰張氏之所謂天命之全體釋氏之所謂心也其言全出於佛老無毫髮異矣雖然疑萬法非心所爲而歸之太極是不知太極爲何物如父出而忘其家見其子而不識與劉儀同何異哉蓋以情識卜度雖言道心而不知耳反謂佛自私於人心惑矣

晦菴曰性固不能不動然無所不有然不能不動其無所不有者曷嘗有虧欠哉釋氏之病錯認精神魂魄爲性果能見性不可謂之妄見旣曰妄見不可言性之本空此等立語未瑩恐亦是見得未分明也

屛山曰性無動靜亦無虧成釋氏有語學

道之人不識真只爲從来認識神豈以精神魂魄爲性㦲不見性空謂之妄見見性空矣豈妄見耶見見之時見猶非見豈不分明恐未分明朱子之語盖未瑩耳

晦菴曰切病近世學者不知聖門實學之根本次第而溺於佛老之説妄意天地萬物人倫日用之外别有一物空虚之妙不可測度其心懸懸然徼倖一見此物以爲極致未甞不墮於此者

屏山曰天地萬物人倫日用皆形而下者形而上者誰之言歟朱子耄而荒矣偶忘此言以爲佛老之説吾恐夫子之道亦将掃地矣雖然不可不辨佛之所謂色即是空老子之所謂同謂之玄者豈别有一物乎朱子劃而爲二是墮於此而不自知耳

安正忘筌曰得失之報冥冥之中固未必無司之者聖人尤探其賾乃畧此而不論唯聖人超形數而用形數與造物者游賢者皆未足以超出而免此姑就所得之報耳可以爲大戒又曰儒釋二家歸宿相似設施相遠故功用全殊此雖運動樞機財成天地終不駭異三靈被德以彼所長施於中國猶軒車適越冠冕之胡决非所宜儒者但當以皇極經世乃反一無迹而超數超形何至甘爲無用之學㦲

屏山曰論至於此儒佛之説爲一家其功用之殊但或出或處或默或語便生分

別以爲同異者何也至如劉子翬之洞達張九成之精深呂伯恭之通融張敬夫之醇正朱元晦之峻潔皆近代之偉人也想見方寸之地既虛而明四通六闢千變萬化其知見只以夢幻死生操履只以塵垢富貴皆學聖人而未至者其論佛老也實與而文不與陽擠而陰助之蓋有微意存焉唱千古之絕學掃末流之塵迹將行其說於世政自不得不爾如胡寅者詬詈不已嘻其甚矣豈非翻着祖師衣倒用如來印者邪語在駁崇正辨吾恐白面書生輩不知諸老先生之心借以爲口實則三聖人之道幾何不化而爲異端也伊川之學今自江東浸淫而北矣縉紳之士負高明之資者皆甘心焉予亦出入於其中幾三十年嘗欲箋註其得失而未暇也今以承乏於秋闈考經學數十餘日乘閒漫筆於小藁意者撤藩籬於大方之家匯淵谷於聖學之海藐諸子胷中之祕發此書言外之機道冠儒履同入解脫法門翰墨文章皆是神通游戲姑以自洗其心耳或傳於人將有怫然而怒憫然而疑凝然而思釋然而悟啞然而笑者必曰此翁亦可憐矣

儻與諸君子生於異代非元豐元祐之黨同爲儒者無黃冠緇衣之私所以嘔出肺肝苦相訂正止以三聖人之教不絕如髮互相矛盾痛入心骨欲以區區之力尚鼎足而不至於顛仆耳或又挾其衆也譁而

攻僕則閧覆矣悲夫雖然僕非好辨也恐三聖人之道支離而不合亦不得已耳如膺有瘡疣膏而肉之地有坑塹實而土之豈抉其肉而出其土哉僕與諸君子不同者盡在此編矣此編之外凡鳴道集所載及諸君子所著大易書詩中庸大學春秋語孟孝經之說洗人欲而白天理剗伯業而扶王道發心學於言語文字之外索日用於應對洒掃之中治性則以誠爲地修身則以敬爲門大道自善而求聖人自學而至嗣千古之絶學立一家之成說宋之諸儒皆不及也唐漢諸儒亦不及也駸駸乎與孟軻氏並駕矣其論議時有詭激蓋寘機耳皆荀卿子之徒歟此其所以前儒唱之後儒和之跂而望之踵而從之天下後世将盡歸之可謂豪傑之士乎學者有志於道先讀諸君子之書始知僕嘗用力乎其中如見僕之此編又以藉口病諸君子之書是以瑕而舍玉以噎而廢食不唯僕得罪於諸君子亦非僕所望於學者吁

諸儒鳴道集二百一十七種之見解是皆迷真失性執相循名起鬪諍之端結惑業之咎蓋不達以法性融通者也屏山居士深明至理憫其瞽智眼於昏衢析而論之以救末學之蔽使摩詰東栢再世亦無以加矣姑録一十九篇附于通載之左

天竺三藏吽哈囉悉利幢記（尚書右丞右轄文獻耶律履撰東丹王七世孫）

三藏沙門吽哈囉悉利本北印度末光達國人住雞足山誦諸佛密語有

大神力能祛疾病伏猛呼召風雨輙効皇統與其從父弟三摩耶悉利等七人来至我上請遊清涼山禮文殊朝命納之既遊清凉又遊靈岩禮觀音像旋遶必千匝而後已匝必作禮禮必盡敬無間日日受稲飯一柸座有賔客分與必徧自食其餘數粒必結齋始至濟南建文殊真容寺留三磨耶主之至棣又建三學寺大定五年四月二十三日示寂於三學年六十三僧夏則未聞也

佛光道悟禪師俗姓冦氏陜右蘭州人生而有齒年十六自欲出家父母不聽乃不食數日許之祝髪後二年自臨洮歸於彎子店宿夜夢梵僧喚覺適聞馬嘶豁然大悟歸家喜不自勝吟唱云見也羅見也羅徧虚空只一箇告其母曰我拾得一物其母於囊槖中尋索不見問是何物師曰我自無始以来不見了底物其母不省他日欲游諸方鄉人送者求頌有水流須到海鶴出白雲頭之句至熊耳果遇白雲禪師海公先是人問海何不擇法嗣海亦作頌有芝蘭秀發獨出西秦之語比師之至夜聞空中人言来日接郭相公黎明海呼僧行令持香花接我關西弟子寺乃唐郭子儀建今渠自来住持也既至一言相契徑付衣盂寺前甞有剽而殺人者来告急師呼衆擒之曰即汝是賊尋得其巢穴賊衆請命師與其要言而釋之路不拾遺者數十年人以此益信師之前身汾陽王也大定二十四年白雲既沒師開堂出世拈香

於鄭州之普照復駐錫于三鄉竹閣庵時着白衣跨牛横笛游於洛川人莫之測嘗謂人曰道我是凡向聖位裏去道我是聖向凡位裏去道我不是聖不是凡才向毘盧頂上有些行履處泰和五年結夏於臨洮之大勢寺開圓覺經升座偶曰此席止講得一半去在至五月十二日晚叅翌日早盥漱畢呼侍者我病也尋藥去侍者之未及門師已卧逝方丈上有五色雲如寶蓋中有紅光如日者三春秋五十有五僧臘三十有九

貧壽尼無着禪師入寂師諱妙總姓蘇氏父中大夫象先南徐丞相實大父也年甫十五忽念曰吾生身何來死復何去良久脫然有得初不以爲意長適毘陵許氏不膠世故志慕空宗以禪寂爲進修時惠嚴圓公嗣圓照佚居普門乃扣以出世間法機感相契次見關西智寂室光真歇了問荅如流咸敬異之偶夫壽源官嘉禾大惠至郡源具飯以迎師出禮拜無一言大惠退謂給事馮公濟川曰許司理閤中曾見神見鬼但未遇本分鉗鎚如萬斛舟置之絕潢斷港莫能轉動馮曰何言之易耶惠曰它若回頭定須別也次日道俗請惠說法師與會惠痛抵諸方異見邪解聽者駭顫師獨喜見眉睫間既下座師請道號惠以無着號之且示以偈盡道山僧愛駡人未曾駡着一箇漢只有無着駡不動恰似秦時轆轢鑽既駡不動爲什麼似轆轢鑽具眼者辨越明年師登徑山隨衆坐夏濟

川亦在馬惠上堂舉石頭恁麼不恁麼總不得語馮曰厶會得也惠徵之馮着語曰恁麼也得蘇嚧薩婆訶不恁麼也不得悉哩薩婆訶恁麼不恁麼總不得蘇嚧悉哩薩婆訶惠舉馮語似師師曰人謂郭象註莊子却是莊子註郭象惠雖異其言但嘿而不顧且欲激其遂到忽一日正危坐間豁然大悟洞見大惠委曲相爲處不覺撫掌厲聲曰這老賊老賊遂呈頌云驀然築着鼻頭伎倆氷消瓦解達磨何必西來二祖枉施三拜更問如何若何一隊草賊大敗惠亦以偈印之汝既悟活祖師意一刀兩段直下了臨機一一任天真世出世間無剩少我作此偈爲證明四聖六凡盡驚擾碧眼胡僧猶未曉時萬庵顏公首衆與一千七百衲子咸以偈餞其歸且賀法門之得人也馮公猶未之信舟過無錫問師岩頭爲渡子時婆生七子話徑山稱道人會得作如何會師云已上所供並是詣實仍以偈明之有以禮部僧牒無着師號爲施者師說偈受之祝髮披緇克遂初志紹興壬午年也時張公安國守吳門資壽虛席張盡禮迎請乃開堂於萬壽寺拈香爲大惠之嗣提唱具於語録乾道六年七月十四日集衆說偈畢摵之則已去矣年七十六全身葬於無錫軍將山東紹定庚寅閏二月末迁葬於平江虎丘之東北菴曰達本奉塔藏之

乙丑　宋改開禧〇金泰和五年

佛祖歷代通載卷第三十一

音釋

璟俱永切　玤音拜　邸丁禮切客舍也　窳俞矩切器中空也　翬許韋切飛舉貌　滙去為切水澤也　棣音弟李子似櫻桃可食

佛祖歷代通載卷第三十二

嘉興路大中祥符禪寺住持華亭念常集

大元

乙丑　太祖應天啓運聖武皇帝是年征西夏明年大會于斡難河建九游之白旗共上尊號曰成吉思皇帝都和林　觀夫聖人出世威靈氣焰自天佑之膺命立極超今邁古且以鳳凰在㲉渥洼墮地猶自絶類離倫矧我太祖皇帝履九五飛龍之位乎故其丕祚鴻休與天地相爲終始也

丙寅　西夏拓跋失都兒忽乾順小子仁友之子乃仁宗姪也是年五月立在位六年

丁卯　宋吳曦僭位於蜀凡三十八日而安丙誅之

戊辰　宋改嘉定○瑞像計二千二百年矣

己巳　金國東海侯立改年太安名允濟世宗第七子意宗無嗣羣臣奉遺詔立之後爲紇石烈執中所弑在位四年

庚午　栴檀瑞像至金國十二年十月迎赴上京禁庭供養　罷試經科

辛未　大蒙古國號始建

西夏神宗拓跋湞蕃邸立改年光定夏人因大兵以金人不救恨之遂叛

壬申　金改重慶　大兵至燕京

癸酉

安南主李龍翰卒子昊旵立其國後爲江南陳日照所有而傳其子威晃

金國宣宗名珣章宗庶兄執中弑東海王而迎立之以東海至寧元年九月即位改年貞祐在位十二年

○八月大兵攻燕京

嘉定六年十二月八日天竺北峯講師入寂名宗印字元實生鹽官陳氏年十五具戒謁竹菴觀公明教觀之旨凡諸祖格言必誦滿千遍資教空延居座首嘗著宗極論事理各立一性之旨印設九難宗極爲之義負通守蘇玭觀不二門以文雖簡而昧其說印撮示機要玭即領解白帥座請居正覺颶風飄蕩僅存藏殿印守死不去風爲之止未久玭亦召還要印偕行曰盍西還相與弘賛居東二十七年至是復反浙右貳上竺講止觀深砭學者支離名相之病圍座挾策主者以得士爲忌去隱雷峯毛氏庵問道者沓至杜氏建普光一區具禮迎之禪講並行法道益盛適德藏來請印曰肆業之地思報久矣歷遷超果圓通北禪道德之譽既行土木之績亦就海空英辭靈山舉以自代詔可學徒五百咸服其道宿弊爲之一革寧宗聞名召對便殿上說錫號惠行法師以嘗觀室行化吳中至松江謂其徒曰吾化緣畢此乃右脇而化

甲戌

金於四月遷汴求與大國和親○錦帥張智以郡降尋叛自號遼西王

改年大安討平之〇克燕京

乙亥
世祖生於八月〇大兵破潼關

丙子
二月日蝕〇川東西地震〇黎州山崩

丁丑
金改興定七月日食金兵犯光州李

戊寅
珏等禦之漣水弓手李全自北歸即
李鉄鎗也詔以為京東路總管

庚辰
禪宗聯燈錄成

辛巳
金國五月日食

壬午
大兵自回鶻征西夏

癸未
西夏拓跋德仁是年九月立改年
乾定
金國改元光九月日食〇宋行經界
田糧

乙酉
宋理宗昀立改寶慶元年初名與莒榮
王希瓐之子太祖十世孫也寧宗子

多而不育鞠宗室子詢立為太子薨初皇從弟沂靖惠王柄無子嘗以宗室子賜名貴和為之後及失太子詢遂立貴和為皇子賜名竑封濟國公竑惠而輕嘗疾史彌遠專權謂異日不可容彌遠聞而惡之故陰為之計與莒幼不好弄羣兒聚嬉輙獨登高坐不動長上指以語兒曰汝曹不効此人恰一大王相似羣兒每羅拜其下遂有趙大王之號彌遠物色得之嘗取應得舉矣特旨補官竑既為寧宗子遂以與莒為沂王後賜名貴誠除邵州防禦使寧宗大漸乃白中宮以貴誠為皇子改名昀宣遺詔即位進竑為濟陽郡王出判寧國府恭聖

楊后聽政事定然後徹簾壽六十一
金國改正大名守緒宣宗第三子
性寬仁和嗜書博學是年立至癸
巳年歸德府絶糧六月奔蔡八月
南北兵夾攻甲午正月禪位於後
主麟閉閤自經國亡
丙戌 西夏拓跋德仁七月卒次清平郡
王立在位一年
丁亥 太祖以丙戌春至西夏一歲盡克其城是
年十月廿七滅夏　上年六十矣西夏
凡一十二主始繼遷以太平興國壬午
起兵夏臺訖今寶慶丁亥國滅 共二百
四十六年元昊於景祐甲戌自稱僞朔
僭帝號者一百九十四年
戊子 宋改紹定元年

辛卯 太宗皇帝即位
壬辰 太祖次四子統王師破汴金主遷蔡金臣
崔立降大朝遣使過宋議夾攻金
癸巳 金改天興
甲午 宋改端平元年○滅金右金九主一百
二十三年
乙未 抄數中原户計　○宋天狗星墜淮安軍
金棠縣其聲如雷三州之人皆聞之
及觀則爲紅色碎石或以爲兵戈之
兆○詔集議出度牒收四介會子
丙申 分封諸王上親總兵征回回國歸附○宋
失四川
丁酉 宋改嘉熈
己亥 詔諭高麗○宋十月虹見
庚子 宋京師地震白氣亘天旱蝗江浙福建

旱都城大荒饑者奪食於路市中殺人以賣日未晡路無行者

辛丑　二月三日大赦天下〇宋改淳祐

丙午　定宗皇帝即位

庚戌　大朝滅遼東高麗

辛亥　憲宗皇帝即位

世尊示滅二千二百年矣

癸丑　宋改寶祐元年〇大兵伐川蜀

丙辰　抄數遼東戶計〇宋撥官誥度牒收換楮弊燬之

丁巳　有元慶壽海雲大士遷化名印簡山西之嵐谷寧遠人俗宋氏微子之後父慈善信服鄉里里人稱爲虛靜先生母金源王氏祖世奉佛不仕師生於金之泰和壬戌十二月望人品恢偉童幼神悟七歲親授以孝經開宗明義章乃曰開者何宗明者何義親驚異知非塵勞中人携見傳戒顏公顏欲觀其根氣授以草菴歌至壞與不壞主元在師問曰主在何處顏曰何主也師曰離壞不壞者曰此客也師曰主聻顏吟吟而已乃得禮中觀沼公爲師八歲受三歸五八十善戒法師方十一蒙豫王恩賜納具有洪彥上座問師曰子今受大戒了緣何作小僧師曰緣僧小故戒說大也試問上座戒老耶小耶曰我身則老語未終師大聲曰休生分別一日上座教僧去師背上拍一下待回首乃豎指示之僧如教拍師背師便豎一指僧回舉似上座座奇之師年十二中觀聽師叅問誨之曰汝所欲者文字語言耳向去皆心之唯身心若

枯木死灰今時及盡功用純熟悟解真實大死一場休有餘氣到那時節瞥然自肯方與吾相見師受教習定一日扶中觀行觀曰法燈禪師道看他家事忙且道承誰力汝作麽生會師將中觀手一掣觀曰這野狐精師曰喏喏觀曰更須別參師年十三時成吉思皇帝征伐天下師在寧遠於城陷之際稠人中親面聖顏俾師歛髮師告曰若從國儀則失僧相也蒙旨如故自此僧有不同俗民之異也師年十八天兵冉下太師國王領兵取嵐城四衆逃難解散師侍中觀如故觀曰吾迫桑榆汝方富有春秋今此玉石俱焚子宜逃生去師泣曰因果無差死生有命安可離師而求脫免乎縱或得脫亦非仁子之心也老人察

師誠確囑師曰子向去朔漠有大因緣吾與子俱北渡矣明日城降有清樂元帥史公天澤義州元帥李公七哥者見師氣宇非常問曰爾是何人師曰我沙門也史曰食肉否師曰何肉史曰人肉師曰人非獸也虎豹尚不相食況人乎史曰今日兵刃之下爾亦能不傷乎師曰必仗其外護者公喜甚李帥問曰爾既爲僧禪耶教耶師曰禪教乃僧之羽翼也如國之用人必須文武兼濟李曰然則必也從何而住師曰二俱不住李曰爾何人也師曰佛師復曰吾親教中觀亦在於此二公見師年幼無所畏懼應對不凡即與往見中觀二公聞中觀教誨諄諄乃大喜曰果然有是父有是子也於是禮中觀爲師與師結爲金石

友國王将中觀及師分撥直隸成吉思皇帝載中觀于黃犢輕車師親執御日營採汲經年至赤城舍於郎中張公宅使臣太速不花并麻賴傅成吉思皇帝聖旨道與摩花理國王你使人来說底老長老小長老實是告天的人好與衣糧養活者教做頭兒多收拾那般人在意告天不揀阿誰休欺負交達里罕行者是時國王奉詔大加恩賜延居興安香泉院國王署中觀慈雲正覺大禪師師寂照英悟大師所需皆官給小長老之名自此始十九中觀将示寂有羽客楊至慎求頌老人俾執筆代書偈曰七十三年如掣電臨行爲君通一線泥牛飛過海東来天上人間尋不見客曰師幾時行老人曰三日後時五月廿七日

也至六月初一果無疾而寂師哀毀過禮闍維收頂骨舍利供養建塔於府之西北隅師鬻所有爲設齋唯乞食看塔一夜聞空中有聲召師名師瞥然有省乃還入三峯道院復聞人告曰大事将成行矣毋滯此黎明策杖之燕過松鋪值雨宿于岩下因擊火大悟自捫面曰今日始知眉橫鼻直信道天下老和上不寐語明日至景州見本無玄和上問從何所来師曰雲收幽谷曰何處去師曰月照長松玄點首曰孟八郎便恁麼去也師諾諾趍出過洵州遇宿儒張子真問上人何不安住師曰河裏無魚市上取先是中觀臨終時師問中觀曰某甲當依何人了此大事觀囑曰賀八十去師既入燕至大慶壽寺乃省前讖於

是徑謁中和老人璋公中和先一夕夢一異僧策杖徑趍方丈踞師子座既明謂知客曰今日但有旦過當令来見老僧及晚師至引見中和笑曰此衲子乃夜来所夢者師便問曰某甲不来而来作麼生相見壽曰叅須實叅悟須實悟莫打野榸師曰某甲因擊火迸散乃知眉横鼻直壽曰吾此處别師曰如何表信壽曰牙是一口骨耳是兩邊皮師曰將謂别有壽曰錯師喝曰草賊大敗壽休去次日壽舉臨濟兩堂首座齊下喝僧問濟還有賓主也無濟曰賓主歷然汝作麼生會師曰打破秦時鏡磨尖上古錐龍飛霄漢外何勞更下槌壽曰汝只得其機不得其用師便掀禪床壽曰路途之樂終未到家師與一掌曰精靈千載野狐魅看破如今不直錢壽打一拂子曰汝只得其用不得其體師進前曰青山聳寒色月照一溪雲壽曰汝只得其體不得其智師曰流水自西東落花無向背壽曰汝雖善語言三昧要且沒交涉師竪起拳復拍一拍當時丈室震動壽曰如是如是師拂袖便出明日命師掌書記自此中和復以向上鉗槌差别關楗種種辯驗師以無礙辯才應荅皆契其悟解精明度越前輩壽一日謂師曰汝今已到大安樂之地宜善護持吾有如来正法眼蔵祖師涅槃妙心密付於汝毋令湮沒師掩耳而出即以衣頌授師頌曰天地同根無異殊家山何處不逢渠吾今付與空王印萬法光輝總一如出世住興州仁智歷遷涞陽

之興國興安永慶以至大慶壽寺皆太師國王及諸重臣之命師於室中以四無依語勘學者語具本傳辛卯十一月受合罕皇帝宣賜師稱心自在行一日於廊下逢數僧師問第一僧曰那裏去僧云賞花去師便打問第二僧那裏去云禮佛去師亦打問第三僧那裏去云那裏去師亦打問第四僧那裏去僧無語師亦打問第五僧那裏去僧云覓和上去師云覓他作麼僧云待打與一頓師云將什麼來打僧云不將棒來打師連打四下云這掠虛漢衆皆走師召云諸上座衆回首師云是什麼乙未朝廷差扎忽篤侍讀選試經僧道萬松長老嘆曰自國朝革命之來沙門久廢講席看讀殊少乃同禪教諸老宿請師董其

事師從容對曰諸師當以斯激勵衆僧習應試經典主上必有深意我觀今日沙門少護戒律學不盡禮身遠於道故天龍亡衛而感朝廷勵其考試也三寶加被必不辜聖詔遂與華使相見之後其處置法度悉從師議厦里丞相以忽都護大官人言問師曰今奉聖旨差官試經識字者可爲僧不識字者悉令歸俗師曰山僧不曾看經一字不識丞相曰既不識字如何做長老師曰方今大官人還識字也無于時外鎮諸侯皆在聞師之言皆大驚異丞相復曰必竟如何師曰若人了知此事通明佛法應知世法即是佛法道情豈異人情古之人亦有起于負販者立大功名于世載于史冊千載之下凜然生氣況今聖明天

子在上如日月之照臨考試僧道如經童之舉豈可以賢良方正同科國家宜以興修萬善敬奉三寶以奉上天永延國祚可也我等沙門之用舍何足道哉丞相以是言告于大官人乃從而奏聞由是雖考試亦無退落者蒙聖旨悉依太祖皇帝存濟聽僧如故丙申有司欲印識人臂師力白于忽都護大官人曰人非馬也既皆歸服國朝天下之大四海之廣縱復逃散亦何所歸豈可同畜獸而印識哉由是印臂之法遂止初孔聖之後襲封衍聖公元措者渡河復曲阜廟林之祀時公持東平嚴公書謁師師以襲封事爲言於大官人師爲其言曰孔子善稽古典以大中至正之道三綱五常之禮性命禍福之原君臣父子夫婦之道治國齊家平天下正心誠意之本自孔子至此襲封衍聖公凡五十一代凡有國者使之襲承祀事未嘗有缺大官聞是言乃大敬信於是從師所言命復襲其爵以繼其祀事師復以顏孟相傳孔子之道令其子孫不絕及習周孔儒業者爲言亦皆獲免其差役之賦使之服勤其教爲國家之用三十六丁酉正月太祖皇帝二皇后以光天鎮國大士號奉師巳亥冬師再起復主大慶壽寺壬寅護必烈大王請師赴帳下問佛法大意師初示以人天因果之教次以種種法要開其心地王生信心求授菩提心戒時秉忠書記爲侍郎劉太保也復問佛法中有安天下之法否師曰包含法界子育四生其事大備於佛

法境中此四大洲如大地中一微塵許況一四海乎若論社稷安危在生民之休戚休戚安危皆在乎政亦在乎天在天在人皆不離心而人不知天之與人是其問別法於何行故分其天也人也我釋迦氏之法於廟堂之論在王法正論品理固昭然非難非易唯恐王不能盡行也又宜求天下大賢碩儒問以古今治亂興亡之事當有所聞也王又問三教何教爲尊何法最勝何人爲上師曰諸聖之中吾佛最勝諸法之中佛法最真居人之中唯僧無詐故三教中佛教居其上古來之式也由是太后遵祖皇聖旨僧居上首仙人不得在僧之前王以珠襖金錦無縫大衣奉以師禮王固留師師固辭將別王問佛法此去如

何受持師曰信心難生善心難發今已發生務要護持專一不忘元受菩提心戒不見三寶有過恒念百姓不安善撫綏明賞罰執政無私任賢納諫一切時中常行方便皆佛法也師既辭行有一惡少年肆言訕謗以佛法不足信王聞之乃召其人訓以大人之言復以刑法罪之專使白師師回啓曰明鏡當臺妍醜自現神鋒在掌賞罰無私若以正念現前邪見外魔殺之可矣然王者當以仁恕存心乃可王益敬焉甲辰護必烈大王以珠笠奉師乙巳奉六皇后旨於五臺爲國祈福丙午奉六皇后詔師起至中途值風疾作回奏得旨還燕丁未貴由皇帝即位頒詔命師統僧賜白金萬兩師於昊天寺建大會爲國祈福太

子合賴察請師入和林延居太平興國禪寺尊師之禮非常辛亥蒙哥皇帝即位頒降恩詔顧遇優渥命師復領天下僧事蠲免差役悉依舊制丙辰正月奉聖旨建會於昊天寺初二日於會中忽患風恙半身不舉至夏初稍愈是月旭威烈大王差蒙古萬宣差以金柱杖金縷袈裟段并令旨奉師求法語七月師會諸勤舊抄所長物見數令主後事丁巳夏說偈畢師云汝等少誼吾欲偃息侍僧急呼主事人至師吉祥泊然而逝矣即後四月初四日也世壽五十有六荼毘獲舍利無筭欽承護必烈大主令旨建塔於大慶壽寺之側諡佛日圓明大師望臨濟爲十六世

戊午　詔釋道辯析化胡經○上大駕南征

己未　九月大兵自滸黃州渡江征宋歲貢而退上崩于釣魚山

宋改開慶元年

庚申　大元世祖聖德神功文武皇帝即位尊臨寶扆統御寰區四海混同萬邦入貢建立制度條理紀綱爲子孫萬世成法寬仁愛人深信因果不言自信不化自行聖君之德蕩蕩乎民無能名焉

宋改景定元年○大朝遣郝經通好○五月十九建元中統廿七日大赦普度僧尼

辛酉　行中統鈔法平章王以道奏

癸亥　制開平府號上都○宋買公田始自浙

甲子　至元元年城燕建都八月十六改元大赦天下設會度僧詔請

國師扮彌達發思八登座授祕密戒○是年八月拜光禄大夫太保叅領中書省事

制

長生天氣力裏皇帝聖旨咨爾劉秉忠氣剄以直學富而文雖晦迹於空門每潛心於聖道朕居藩邸卿實賔僚側聞高誼餘二十年出從遐方幾數萬里迨予嗣服湏汝討安不先正名何以壓衆宜崇師位兼總政機可特授光禄大夫太保叅領中書省事卿其勉輔朕躬率先乃屬察朝夕之動情審議論之是非凡有施爲並聽裁決佇看成績别示寵章准此中統五年八月

日

(乙丑) 宋改咸淳元年度宗即位初名孟啓福王與芮之子理宗之猶子也理宗子多而不育鞠孟啓於宫中改名孜又改名禥立爲皇子封忠王巳而建儲改名璿

(丙寅) 大教東被巳一千二百年矣

(戊辰) 大兵圍襄陽時呂文煥告急宋遣高連范文虎赴援大兵於要害處連珠劄寨不得通○宋十月日食

(己巳) 帝師發思巴制蒙古字成二月頒行天下

(庚午) (宋之常州雞翼生距) 立尚書六部○宋大旱○至元

七年詔請膽巴金剛上師住持仁王寺普度僧員

大元帝師苾蒭發思巴説根本有部出家授近圓羯磨儀軌親制序文曰原夫瞻部嘉運至四佛釋迦文如来遺教利見也大元御世第五主憲天述道仁文義武太光

孝皇帝登極也天資福惠諦信内乘普使萬邦咸歸一化雖敷天垂拱而至治無垠眷支那弘道而在躬不息欲以自佛相承師資繼踵迄今不替正戒儀軌爲拳拳從善之行人俾一一恒持於浄戒精練三業堅守四儀此寔聖皇匡正佛法之睿旨也昔因善逝與人天衆普說聲聞上教一切有部別解脫經依此採拾未得令得律儀方便羯磨儀軌此乃聖光德師之總集也始從天竺次届西番爰有洞達五明法王大士薩思迦扮底達名稱普聞上足苾蒭發思巴乃吾門法主大元帝師道德恢隆行位叵測授兹儀軌衍布中原令通解三藏比丘住思觀演說正本翻譯人善三國聲明辯才無礙含伊畢國翰林承旨彌歷孫傳華文譯主生緣北庭都護府解二種音法辭通辯諸路釋門總統合台薩哩都通暨翰林學士安藏總以諸國言詮奉詔譯成儀式序本帝師親製繪爲華迹以編陳始末粗彰聊記歲月時庚午至元七年冬至後二日序

辛未　大元國號十一月始建○興蒙古學校○

宋大饑

癸酉　詔諭呂文煥○二月大兵破樊城呂文煥

甲戌　以襄陽降勑命伯顏丞相伐宋○三月宋主崩太子立四歲

是年八月故光祿大夫太保贈太傅儀同三司文貞劉公薨翰林學士嘉議大夫知制誥兼修國史王磐奉勑譔神道碑銘并序其文曰耕莘非求進之地而伊尹阿衡

釣渭非巧宦之途太公同載漢張良志從赤松而高祖得之以輔成帝業唐李泌幼好仙術而肅宗用之以佐定中興盖天下之士惟自重者可與有爲而輕進者必非令器是以古之明王取士不以悅媚易親者爲可佳而以聞遠高潔難致者爲可貴聖天子之用太保劉公其審是道歟公以高潔之資慕空寂之教輕富貴如浮雲等功名於夢幻曷曾有一毫榮利之念動於心乎聖天子邂逅一見即挽而留之待以腹心契如魚水深謀密畫雖耆宿貴近不得預聞者悉與公參決焉此其精誠胥會志意交孚與夫渭濵之同載商巴之阿衡盖異世而同符矣公諱秉忠字仲晦瑞州劉李村人先世仕遼多顯貴金初曾大父嘗任邢州節度副使秩滿身還鄉里留其家於邢故自公大父以下遂爲邢人焉大父諱澤資性倜儻爲鄉閭所重父諱潤仕本朝歷邢州録事鉅鹿内丘兩縣提領俱有惠愛公風骨秀異志氣英爽不羈家貧年十七爲邢臺節度使府令史以養其親幹敏精潔諸老吏咸服其能一日因按牘事有不愜意投筆歎曰吾家奕世衣冠今吾乃汩沒爲刀筆吏乎丈夫不得志於世間當求出世間事耳即棄去隱於武安山岩谷間草衣木食以求其志天寧寺虛照禪師聞之遣其徒招致與披剃爲僧仍以公知經書工翰墨命掌書記後遊雲中住南堂寺值海雲禪師被召北覲過雲中聞公博學多藝能求相見既見約公俱行公

不可海雲固要之不得已遂行既至謁今上於潛邸一見應對稱旨自是屢承顧問及海雲南還公懇求奔喪上賜黃金百兩仍遣使送至邢州公持服營葬事起墳於賈村葬其祖父母父母服闋被召復還和林公獻書陳時事所宜者數十條凡萬餘言率皆尊主庇民之事上嘉納之甲寅歲從上征雲南已未歲從上伐宋揚灑渡濟江圍鄂州上神武英斷每臨戰陣前無堅敵而中心仁愛公嘗讚之以天地好生爲德佛氏以慈悲濟物爲心方便救護所全活者不可勝計庚申歲春上正位宸極創定朝儀立官制改元建號一切所當施設時物之宜皆公所草定中統五年秋八月改至元元年翰林學士承旨王鄂奏言書記劉秉忠效忠藩邸積有歲年叅帷幄之密謀定社稷之大計忠勤勞績宜被褒榮今聖明寓極萬物維新秉忠猶以野服散號蕭條閒跡守其初心深所未安宜與正其衣冠崇以顯秩實遂衆望上覽奏欣然嘉納即日命有司備禮冊授公光祿大夫位太保叅領中書省事選聘侍講學士竇默次女爲夫人賜第於奉先坊給少府官籍監人戶甚衆公齋居蔬食終日澹然與平昔畧不少異至元十一年扈從至上都居南屏山之精舍秋八月壬戌之夜儼然端坐無疾而薨享年五十有九訃聞上嗟悼不已謂羣臣曰秉忠三十餘年小心慎密不避艱危事有可否言無隱情又其陰陽術數之精占事知來若合符契惟朕知

之他人莫得預聞也遣禮部侍郎趙秉溫護其喪還大都以冬十月壬申葬斂營葬一切所須皆出內帑十二年春正月詔贈太傅儀同三司下太常議謚曰文貞仍命翰林學士王磐撰碑文字臣磐欽惟國家列聖相承咸以武功戡定禍亂龍韜豹畧鷹揚虎視豈功偉績之臣其當紀名汗簡畫像凌烟者不爲不多若夫輔佐聖天子開文明之治立太平之基光守成之業者實惟太傅劉公爲稱首聖天子方在潛邸士之所以涉遠道冒風霜而至者往往有所陳訴祈請干慕進用惟公獨無所求閒燕之際每承顧問輙推薦南州人物可備器使者宜見錄用由是弓旌之所招蒲輪之所迓耆儒碩德奇材異能之士茅拔茹連致無虛月逮今三十年閒揚歷朝省班布郡縣賛維新之化成治安之功者皆公平昔推薦之餘也其識度之宏遠推此一節而論亦可見其髣髴矣又自幼好學至老不衰通曉音律精算數善推步仰觀占候六壬遁甲易經象數邵氏皇極之書靡不周知初丁太夫人憂毁瘠骨立衣一弊綿裘三歲不易及錄事公卒雖身從天竺之教而服食貶損容貌哀戚與循禮典而執通喪者蓋無少異也晚娶無子以猶子簡璋爲嗣弟秉恕今爲順天路總管臣磐謹按中書左丞張文謙所作行狀次第其行事之實而系以銘辭銘曰大元五葉聖運隆昌爰有異人出佐時康不坐官府不趍朝行褐衣蔬食禪寂倘佯謀謨幃幄罄竭

忠良指陳成敗開闔陰陽淵慮婉畫鬼神莫量扶日上天照臨萬方萬方仰德百靈効祥庭陳玉帛路走梯航朝儀整肅濟濟蹌蹌羣賢来集庶政允厳大綱一舉衆目斯張治定功成聖眷彌彰崇資爰秩師表矦王肇造皇家元勳是當良平佐漢房杜興唐公不自多愈隆謙光見善必舉有能必揚陸行滯阻與爲橋梁川泛艱厄與爲帆槳寒而求衣煥之衮裳饑而求食飫之腴肪門庭柅李爛熳芬芳人感公德銘刻肝腸公施於人過即遺忘公之仁賢宜享遐年胡爲一朝蟬蛻而仙燕都南原盧溝北暎佳城欝欝有墳巋然地固重泉松栢參天石爛松枯芳名永傳

贈儀同三司太傅謚文貞制

長生天氣力裏大福廕護助裏皇帝聖旨臣以忠孝而事上貴輸獻納之誠上以禮義而遇臣思篤始終之愛視死之日猶生之年故光禄大夫太保劉秉忠學窺天人識貫今古邃冲而有守安靜而無華昔侍潜藩稔聞高論適當三接之際懇上萬言之書盖將舉天下而措諸安以戒爲人主者過於殺朕嗣服而伊始卿盡力以居多盖得卿實契於朕心而獨朕悉知於卿意事皆有驗人匪他求周旋三十年不避其難剴切數百奏各中其理共成庶政方圖任於舊人誰謂旻天不憖遺於一老興言及此何日忘之載惟台輔之尊厥有泉扃之賁是用錫之綸命峻一品之華階遂以衮衣躡三槐之正位復加顯號允荅殊勳

惟爾英靈識予衷寵可贈儀同三司太傅
謚文貞准此至元十二年二月
乙亥　至元十二年詔諭兩淮州縣新附
宋攺德祐幼主㬎立度之子母全后謝
太皇后臨朝〇六月朔宋日食之既
丙子　大元天兵臨境舉國歸附正月十八日幼主謝太皇后全后朝京封幼主瀛國公全后爲尼於正智寺先是陳宜中張世傑奉益王衛王如永嘉與蘇劉義遇共圖興復五月益王即位於福州改景炎十一月王世強引兵逼三山宜中奉二王南行十二月至廣州〇詔安歸附軍
民〇九月十一日大赦
右宋前後共十六主凡三百十七年
而亡
丁丑　十二月大兵逼廣州宜中奉二王抵肇慶
府
勑令瀛國公往脫思麻路習學梵書西番
字經〇建大聖萬安寺
戊寅　十五年正月旦設會齋僧大赦玉泉等五
老衲恩得度三月宜中奉益王由海道復入廣四月望日崩十七日衛王即位於硇川改祥興六月世傑奉衛王至厓山〇次年正月大兵攻厓山八月宜中入占城至落鶴國
庚辰　十七年二月宜中奉衛王自落鶴經占城四月復入厓山張世傑死未幾二廣皆歸一統六月新曆成賜名授時明年始頒行天下
大元帝師癹思八是年示寂翰林學士王
磐等奉勑述行狀曰皇天之下一人之上
開教宣文輔治大聖至德普覺真智佑國
如意大寶法王西天佛子大元帝師班彌
怛揼思癹帝師乃土波國人也生時諸種
瑞應具詳家譜初土波有國師禪怛囉乞
荅具大威神累葉相傳其國王世師尊之
凡十七代而至薩師加哇即師之伯父也

廼禮伯父為師祕密伽陀一二千言過目成誦七歲演法辯博縱橫猶不自足復遍咨名宿勾玄索隱盡通三藏癸丑師年十五世祖皇帝龍德淵潛師知真命有歸馳馹徑詣王府世祖宫闈東宫皆秉受戒法特加尊禮戊午師二十歲釋道訂正化胡經憲宗皇帝詔師剖析是非道不能荅自棄其學上大悅庚申師年二十二歲世祖皇帝登極建元中統尊為國師授以玉印任中原法主統天下教門辭帝西歸未朞月召還庚午師年三十一歲時至元七年詔制大元國字師獨運摹畫作成稱旨即頒行朝省郡縣遵用迄為一代典章升號帝師大寶法王更賜玉印統領諸國釋教旋又西歸甲戌師年三十六歲時至元十一年皇上專使召之歲杪抵京王公宰輔士庶離城一舍結大香壇設大淨供香花幢蓋大樂仙音羅拜迎之所經衢陌皆結五綵翼其兩傍萬衆瞻禮若一佛出世時則天兵飛渡長江竟成一統雖主聖臣賢所致亦師陰相之力也為真金皇太子說器世界等彰所知論尋又力辭西歸皇上堅留之不可庚辰師年四十二歲時至元十七年十一月二十二日示寂上聞不勝震悼追懷舊德連建大窣堵波于京師寶藏真身舍利輪奐金碧無儔

辛巳至元十八年十月二十日僧道二家辯析特奉

聖旨長生天氣力裏大福廕護助裏皇帝

聖旨道與中書省樞密院御史臺隨路宣

慰司按察司達魯花赤管民官管軍站人匠等官并衆先生每在前蒙哥皇帝聖旨裏戊午年和上先生每折證佛法先生每輸底上頭教十七箇先生剃頭做了和上將先生每說謊做來的化胡等經并印板教燒燬了者隨路觀院裏畫着的石碑鐫着底八十一化圖盡行燒毀了者麼道如今都功德使司奏隨路先生每將合毀的經文印板至今藏着却不曾毀了更保定真定太原平陽河中府王祖師庵頭關西等處有道藏經板這般奏的上頭教張平章張左丞焦尚書泉總統忽都于思翰林院衆學士中書省客省使都魯省宣使苫速丁淵僧録真藏僧判衆講主長老等張天師祁真人李真人杜真人衆先生每一同於長春宮内分揀去來如今張平章等衆人囬奏這先生家藏經除道德經是老子真實經旨其餘皆後人造作演說多有詆毀釋教偷竊佛語更有收入陰陽醫藥諸子等書往往改易名號傳註訛舛失其本真僞造符呪妄言佩之令人商賈倍利夫妻和合有如鴛鴦子嗣蕃息男壽女貞誑惑萬民非止一端意欲貪圖財利誘說妻女其有教人非望佩符在臂男爲君相女爲后妃入水不溺入火不焚刀劒不能傷害等語及令張天師祁真人李真人杜真人試之於火皆求哀請命自稱僞妄不敢試驗今擬得除老子道德經外隨路但有道儀說謊經文并印板盡宜焚去又據祁真人李真人杜真人等奏告據道藏經

内除老子道德經外但係後人捏合不實
文字情願盡行燒毁了俺也乾淨唯奏今
後先生每依着老子道德經裏行者如有
愛佛經的做和上去者若不願爲僧娶妻
爲民者除道德經外説謊做来的道藏經
文并印板盡行燒毁了者今差諸路釋教
泉總統中書省客省使都魯前去聖旨到日
不以是何官吏先生道姑秀才軍民人匠
鷹房打捕諸色人等應有收藏道家一切
經文本處達魯花赤管民官添氣力用心
拘刷見數分曉分付差去官眼同焚毁更
觀院裏畫着的石鐫着的八十一化圖盡
行除毁了者自宣諭已後如有隱匿道家
一切説謊捏合毁謗釋教偷竊佛語窺圖
財利誘説妻女此誑惑百姓符呪文字及
道○家大小經文若所在官司不添氣力
拘刷與隱藏之人一體要罪過者外民間
諸子醫藥等書自有板本不在禁限准此

至元十八年十二月二十日

佛祖歷代通載卷第三十二

佛祖歷代通載卷第三十三

嘉興路大中祥符禪寺住持華亭念常集

壬午十九年八月賜文天祥死侍年四十七歲矣○甲申正月六日大赦

乙酉二十二年十二月安童丞相復職

聖旨焚毀諸路僞道藏經之碑翰林院臣唐方楊文郁王構趙與李謙閻復李鑄李監王盤奉勅撰正奉大夫樞密副使臣商挺奉勅書光禄大夫中書左丞相監修國史臣耶律鑄奉勅篆額

至元二十一年三月初三日詔遣資德大夫總制院使兼領功德使司事相哥諭翰林院戊午僧道持論及至元十八年十月二十日焚毀道藏僞經始末可書其事於石臣監等謹按釋總統合台薩哩所録事迹昔在憲宗皇帝朝道家者流出一書曰老君化胡成佛經及八十一化圖鏤板傳布其言鄙陋誕妄意在輕蔑釋門而自重其教罽賓大師蘭麻總統少林長老福裕以其事奏聞時上居潛邸憲宗有旨令僧道二家同詣上所辯析二家自約道勝則僧冠首而爲道僧勝則道削髮而爲僧僧問道曰汝書爲諭化胡成佛且佛是何義道對曰佛者覺也覺天覺地覺陰覺陽覺仁覺義之謂也僧曰是殆不然所謂覺者自覺覺他覺行圓滿三覺圓明故號佛陀豈特覺天地陰陽仁義而已耶是時上特語近侍曰吾亦先知仁義是孔子之語謂佛爲覺仁覺義其說非也道士又持史記

諸書以進欲出多説僥倖取勝帝師板的達發合師八曰此是何書道曰前代帝王之書上曰汝今持論教法何用攀援前代帝王帝師曰我天竺亦有此書汝聞之乎對曰未也帝師曰我爲汝説天竺頻婆羅王賛佛偈曰天上天下無如佛十方世界亦無比世間所有我盡見一切無有如佛者當其説是語時老子安在道者不能對帝師又問汝史記有化胡之説否曰無又問老子所傳何經曰道德經曰此外更有何經曰無道德經中有化胡事否曰無帝師曰史記中既無道德經中又無其爲僞妄明矣道者辭屈尚書姚樞曰道者負矣上命如約行罰遣近臣脱歡將道者樊志應等十有七人詣龍光寺削髮爲僧焚僞經四十五部天下佛寺爲道流所據者二百三十七樞至是悉命歸之道教提點甘志泉所據吉祥院其一也據而弗歸至元十七年夏四月僧人復爲徵理長春宫道流謀害僧録廣淵聚徒持挺毆擊僧衆自焚廪舍誣廣淵遣僧人縱火且聲言焚米三千九百餘石他物稱是事達中書省辯其誣甘志泉王志真款伏詔遣樞密副史孛羅及諸大臣覆按無異詞志泉志真就誅劓刵流竄凡十人仍徵所聲言米物如其數歸之僧衆有道家僞經尚存爲言者聞諸皇太子十八年九月都功德使司脱因小演赤奏台徃年所焚道家僞經板本化圖多隱匿未毀其道藏諸書類皆詆毀釋教剽竊佛語宜皆甄别於是上命樞密

副史與前中書左丞文謙祕書監友直釋教總統合台薩哩太常卿忽都于思中書省客省使都魯在京僧録司教禪諸僧及臣等詣長春宮無極殿偕正一天師張宗演全真掌教祁志誠大道掌教李德和杜福春曁諸道流考證真僞翻閱兼旬雖卷帙數千究其本末惟道德二篇爲老子所著餘悉漢張道陵後魏寇謙之唐吳筠杜光庭宋王欽若輩撰造演說鑿空架虛罔有根據詆毀釋教以妄自尊崇復愛慕其言而竊爲已有假陰陽術數以示其奥裒諸子醫藥以誇其博往往改易名號傳註訛舛失其本真文所載符呪妄謂佩之令人商賈倍利子嗣蕃息伉儷諧和如鴛鴦之有偶將以媒淫亂而規財賄至有教人非望佩符在臂則男爲君相女爲后妃入水不溺入火不焚刀劍不能傷害之語其僞妄駁雜如此留之徒以誑惑愚俗自道德經外宜悉焚去臣等同辭以聞上曰道家經文傳訛踵謬非一日矣若遽焚之其徒未必心服彼言水火不能焚溺可姑以是端試之俟其不驗焚之未晚也遂命樞密副使孛羅守司徒和禮霍孫等諭張宗演祁志誠李德和杜福春等俾各推擇一人佩符入火自試其術四人者奏言此皆誕妄之說臣等入火必爲灰燼實不敢試但乞焚去道藏庶幾湔雪臣等上可其奏遂詔諭天下道家諸經可留道德二篇其餘文字及板本化圖一切焚毀隱匿者罪之民間刊布諸子醫藥等書不在禁限今

後道家者㳅其一遵老子之法如嗜佛者削髮爲僧不願爲僧者聽其爲民乃以十月壬子集百官于憫忠寺焚道藏僞經雜書遣使諸路俾遵行之臣盤等聞老氏之爲道也以清淨爲宗無爲爲本謙冲以處巳損抑以下人非有貪欲好勝之事厥後枝分派列徒屬寖盛襲訛成僞誇誕百出清淨一變而爲汚穢無爲一變無所不爲如漢之文成五利致身求僊恍惚誕幻帛書飯牛之詐黄金可成之妄一旦敗露爲武帝所誅三張之徒以鬼道惑衆倡亂天下爲皇甫嵩曹魏所滅宋王浮昔居上清寶籙宮與女冠爲姦林靈素自稱神霄紫府僊卿禳大水不驗並爲徽宗誅竄而死迨金末年復有麻被先生鐵笠李二人以姦謀祕計出入時貴之門肆爲淫汚之行咸受顯戮歷代以來若此之類不可勝數追惟禍亂之源姦宄之本率皆假符籙以神其教託僞經以詟其俗横肆巧誣倡爲詭狀詆毁聖教寇攘内典固巳悖老氏不爭不盜之禁矣及陷刑辟皆是孽自内作愎將誰咎哉且夫釋氏之教宏闊勝大非他教所擬倫歷百千世聖帝明王莫不尊崇東自扶桑西極昧谷氷天桂海山河大地昆蟲草木胎卵濕化有情無情百千萬類皆依佛蔭生息動止於天地之間故天上天下惟佛爲尊超出乎有生之表歸極乎無碍之真智周三界神妙諸方澤及大千功用不宰其大有如此者慈航所至無溺不援法雨所霑有生皆潤憫世人之沉

淪幻海顛覆迷津展轉多生流連累刼將使之脫凡企聖獨弊崇真故神光破沉晦之門大覺指無生之路其仁有如此何意狂謀輙形妬忌雖積毀銷骨衆煦漂山法體圓成初無小玷譬如盲人之毀日月何傷日月之明井蛙之小河海奚損河海之大多見其不知量也欽惟聖天子識超四諦道慕三乘悉無象之真空傳法王之心印所以尊崇之禮皈向之誠矯百僞以從真黜群邪而歸正有不容不嚴者焉况乎筆墨勸媱妖術誤世恣爲欺誑鼓蕩群愚若不大爲改革則邪説肆行枉道惑衆其如天下後世何凡天下之理有善有惡有正有邪有真有僞常混然而同處雜然而並行自非稟上聖之資誕生知之性智出庶物明照群情則紅紫之亂朱洼滛之變雅是孰得而辯明之哉由是言之聖天子匡濟真圖翼扶大法之功至矣槩諸聖不可有加矣于以鑿含靈之耳目開正途之荒穢使般若之光永乎無際刼遍滿恒河沙界延洪聖壽於無疆衍緜儲君之福利邕祚於億萬年之久者庸有既乎是可迷也臣磐等敬爲之書以貽後人俾爲老氏之學者有所警焉

大元至元辯僞録隨函序翰林直學士奉訓大夫知制誥同脩國史臣張伯淳撰天無私覆地無私載日月無私照辯僞録之所云良有以也洪惟聖朝繼天立極論道經邦以佛心子育萬方以正法澤被四海至元辛夘之歲孟春大雲峯長老邁吉祥欽

奉
皇帝明命撰述至元辯僞録奏對天顔睿覽須行入藏流通原其所自乙卯間道士丘處機李志常等毀西京天城夫子廟爲文城觀毀滅釋迦佛像白玉觀音舍利寶塔謀占梵刹四百八十二所傳襲王浮僞語老子八十一化圖惑亂臣佐時少林裕長老率師德詣闕陳奏先朝蒙哥皇帝玉音宣諭登殿辯對化胡真僞聖躬臨朝親證李志常等義墮辭屈奉旨焚僞經罷道爲僧者十七人還佛寺三十七所黨占餘寺流弊益甚丁巳秋少林復奏續奉綸旨僞經再焚僧復其業者二百三十七所由乙卯而辛酉凡九春而其徒竄匿未悛邪說謟行屏處猶妄驚瀆聖情由是至元十八年冬欽奉玉音頒降天下除道德經外其餘說謊經文盡行燒毀道士愛佛經者爲僧不爲僧者娶妻爲民當是時也江南釋教都總統永福楊大師璉真佳大弘聖化自至元二十二春至二十四春凡三載恢復佛寺三十餘所如四聖觀者昔孤山寺也道士胡提點等舍邪歸正罷道爲僧者奚啻七八百人挂冠於上永福帝師殿之梁栱間故典如南嶽山之券爲事僞者戒試嘗考之自大教西來漢明帝迎摩騰竺法蘭二師於洛陽五嶽道士褚善信等上表譏毀佛法當時築壇以佛道二經焚之道經悉爲灰燼佛經放光無損尊者踊身作十八變有狐非獅子類燈非日月明之至言道士爲僧者不可勝數如寇謙之

矯妄崔浩惑魏太武而崔浩卒以族誅曇謨最之挫屈姜斌斌流於馬邑齊曇顯之愧陸修靜唐總章元年法明辯化胡之僞勑搜聚天下化胡經抑嘗火其書矣由古而今歷代帝王之制斯可忍諸蓋世尊等視三界衆生猶如一子奔背大覺是子背其父也子背其父是自昧其所天也且師老子者道德二篇以清虛澹泊絶世弃聖立其宗隱居以求其志翛然無爲爾今盜名之徒蔑嘯黨援假立冠褐峻侈宫觀苟世利養豈老氏之用心哉況老氏謂大辯若訥大巧若拙辯者不善善者不辯勿矜勿伐抱一爲天下式而占毁佛寺竊經扇化胡之僞是若拙若訥歟是善者不辯歟師老子而違其術亦復違其自宗矣若嫡師於老子者則弗爲也過歸末流爾雖然麒麟之於走獸鳳凰之於飛鳥蘭蕙之於薰蕕栴檀之於穢壤則世未有舍鳳凰麒麟之瑞蘭蕙栴檀之馨而愜走獸飛鳥之常薰蕕穢壤之垢者人心天理愛惡之所同也柰何菽麥未析而甘事於僞妄不實之教復矜誕其浮辭侮慢大覺訕毁至聖而弗憚三途之淪溺乎斯辯僞録之正名教造理淵奥排難精明凛乎抗凌雲之勁操坦然履王道之正塗而隄備後世之溺於巨浸者其爲言也至矣蓋有僞則辯無僞則無辯豈好辯哉弘四無碍之辯者邁公之德歟言之者無罪聞之者足以戒故我皇金言喻辭曰譬如五指皆從掌出佛門如掌餘皆如指信乎王言如絲其出如

綸明逾日月堅逾金石爲萬世之龜鑑則斯錄豈小補哉

辯僞錄序蓋聞五運未形元無人物之號三才既立乃叙尊卑之名肇分六爻始畫八卦而有書契定乎訓章鳳篆龜圖金縢玉字百家之異轍萬卷之分區雖理究乎精微言殫乎物範紀情括性未出乎域中原始要終詎該於化内况乎法身無相高超於象帝之先真諦絶稱逈出乎思議之表英猷茂實代有人焉如意者俗姓呼之氏太原人也世傳纓冕累葉播遷代郡因爲家焉九歲落緇隨師請業王離剃岫價重之德彌彰桂生幽岩馨香之風遠遍阿師内窮三藏之奧外覈九流之源名冠於中華聲聞於朝野運談天之口施不世之才郁郁閒綺錦之文雄雄聳凌雲之氣班馬之珠玉未可同年顔陸之文章寧堪並駕至若莊生壘生之學黄老李老之書三清誇道之文十異九迷之録混元隱月之秘靈寶赤書之儀煥若育膺明猶指掌加以禪悆於五派傍閲於群書既有雄才特專著述運思之外汲引無窮挫邪則有吼石之功扶正則具鞭屍之德固以才侔安遠學邁生融實覺海之龍鱗廼佛門之柱礎切見全真道士者丘處機李志常史志經令狐璋等學業膚淺識慮非長並爲鄙辭排毁正法擊兹布鼓竊比雷門使中下之流咸生邪見欽奉薛禪聖明皇帝發大悲心愍其盲瞽恐墮泥犁勅令製斯論耳震蕩法海摧彼詞鋒碧雞之鋭竟馳黄馬

之駿爭鶩狀鴻爐之焚纖翼猶炎日之煉輕氷負勝之傳於斯可見暫歸慈定巳破魔軍至元十八年十月二十日復欽奉先皇帝聖旨勅令天下僞經一時焚盡由是佛日重暉於碧漢法雲廣布於閻浮右如意所作文賦注解四經序韓文別傳性海賦等在世巳傳然玆論五卷二百餘紙窮釋老之淵源分邪正之優劣盖唱彌高而和彌寡深可媿焉余文慚綺麗學匪通圓覩斯論之嘉言欽吾皇之鴻護不勝手舞勉爲斯引輙以藤綆聯彼珪璋庶博雅君子詳其致云爾大雲峯住持龔祖沙門雪谿野老貴吉祥述

大都道者山雲峯禪寺住持如意祥邁長老奉勑撰辯僞録五卷其畧云妄立天尊僞化云道者萬化之父母自然之極尊於此幽玄微妙之中而生空洞空洞者真一也真一之氣化生之後歷九十九萬億九十九萬歲乃化生上三氣三氣相去九十九萬億九十九萬歲三合成德共生無上乃虛皇天尊又歷如上歲數乃生中三氣三合成德乃生玄老即元始天尊也又歷如上歲數乃生下三氣三合成德共生太上即太上道君也自後又一氣復生三氣每氣相去八十一萬億八十一萬歲三合成德共生李老君雖四聖相次各不相因謂之獨化老君生後乃生五運謂太易大初太始太素太極〇老君混沌之祖宗天地之父母故能分布清濁開闢乾坤

辯曰盖聞龍圖鳥篆之文龜書科斗之典玉版玉諜之記金滕金匱之書秦漢魏晉之章宋齊梁陳之簡記事記史直筆直言靡覩虛皇之名不聞元始之號安有手執玉圭身掛黃褐頂垂皓髮頭戴金冠別號天尊高拱三清之上獨稱教主統御九華之宫縱有天尊之名並是偷竊佛語古經稱佛名爲天尊不關道君之事竊他美稱

妄自尊嚴取信通人斯言謬矣案列子及易鈎命訣皆云天地未生之前有太易有太初有太始有太素有太極說者咸云太易者未見氣也太初者氣之始也太始者形之始也太素者質之始也太極者質形已具混沌未分也太極之後乃生兩儀謂之天地夫名從實生實從名起名實既著其道乃行太易之前杳然空洞濵濵漠漠本絶音容何得謾張九氣妄生四人虛上生虛似敲空而求嚮偽中起偽如趂影之尋蹤豈不思既立其名須有其體既立其體須有氏族且道虛皇元始誰人所生氏族何起居在何處若有源系出在何書若無來由即是虛設又空洞之前本無歲數今標歲數愈見虛張蓋數目起於伏羲甲子唱乎皇帝將今記古顛倒何多且上之三尊爲有形耶爲無形耶若是有形不在太易之上爰從父母而生須有年代時處姓氏名字前云三氣共德而生則是以氣生氣與氣不殊何有形名若是無形本無名位下第七化乃云老君以上皇元年九月二日出遊西河遇元始天尊乘八景玉輿駕九色玄龍群仙導從手把華旛師子白鶴嘯歌邕邕同會西河之上授老君洞玄玉符此是誰耶進退兩求並無準的則知海棗虛談有名無實彫氷鏤雪枉廢詞章山海之所不收大荒之所不載庸愚巧飾何足信哉老君衰周之柱史誑云混沌之祖宗避周亂而過函關妄云天地之父母既自語之相戾何函矢之相攻掩耳偷

鈐欲隱彌露道德章云吾有三寶寶而持之一曰慈二曰儉三曰不敢爲天下先老君獻胡王妻子與胡兵格戰何有慈乎乘玉衡之輿坐金闕之内披九色離羅之衣廕九光偃鶴之蓋何有儉乎生於無始起於無因爲萬道之先作元氣之祖觀混沌之未判視清濁之未分爲帝王之師作天地之母何有不敢爲天下先乎遼陽高憲字仲常遊東京白鶴觀見三清像指其右曰此何像也觀主對曰老君像曰何代人曰周定王時又指左曰此何像也主曰道君像曰此何代人主倉惶未荅憲指中尊曰且饒這元始天尊聞者傳以爲笑

創立劫運年號僞第三化云始則太虛之氣其氣相擊往來亂射經百億萬氣之後其氣方慢往来流行爲自然之氣此偷佛書世界初成風輪下旋之事也又號彌羅萬梵之氣不經九萬九千九百九十九億氣之後結吉祥之氣成一聖人自號元始天王同時生五老五行之主其先號延康年號既漢又經如上氣數乃生道君時劫號赤明年亦號赤明同時生九老分爲九天又經如上氣數方生老君劫號清運年號上皇時生八公又立五運太易太初等老君乃以陰陽二氣結爲混沌而分布天地萬物始備矣

辯曰盖聞班固律歷之志史記天官之書皇甫謐之帝年陶隱居之帝紀未聞五運之前先有年號三氣之內虛立劫名既清濁之未形只是洪濛一氣何有老君元始五老九天雖竊佛主劫之名而不曉成壞之數梵云劫波此云時分時雖長短皆立劫名錯謬梵言迷惑體相釋教未來此劫但有劫殺劫賊故許慎說文云以兵惰人曰劫又魯將曹沬劫桓公於壇上求所侵地此則逼奪名劫豈有劫運之言乎今陳此言妄竊見矣夫名位

既有年號斯張将以率領萬方整齊四海混同九有同一車書天子至尊得建年號無名位者不敢立馬孔子雖然刪書定禮分辦君臣以無貴位止號素王矧乎老聃周之柱史臣子之列而草竊帝王妄建年號哉況軒皇之前本無甲子（黄帝臣大橈造甲子）漢武之代始建年號（武帝始立年號）将古標古亦何僞乎或曰老子生於天地之前別立年號有何乖違荅曰既在天地之上乃是太易之前世界未形君臣無跡杳然空寂唯一溟濛建立年號統領誰人乎明知偷佛莊嚴賢劫星宿之意而立此延康赤明青運之目彼明三世此約一時正同山羗偷王衣物迷惑顛倒上下失次爾下云老子生於天崗李谷字曰光明則在三皇之後何得老君以陰陽二氣結爲混沌而分布天地耶首尾兩端穿鑿見矣

開分三界偈（第五化云天地有形之大者太上老君乃混沌之祖宗天地之父母故能分布清濁開闢天地運玄元始三氣而成天上爲三清三境即始氣爲玉清境元氣爲上清境玄氣爲太清境又以三清之氣各生三氣合成九氣而爲九天第一欝單天第二上神壽無量壽天第三梵藍須延天第四寂然兜術天第五波羅尼蜜不橋樂天第六洞玄化應聲天第七靈化梵輔天第八高虛清明天第九無想無愛天此之九天各生三氣每氣爲一天合二十七天通此九天爲三十六天則三界四民上極三清是其數也初下六天爲欲界一太黃天二太明天三清明天四玄胎天五元明天六七曜天次一十八天爲色界一虛無天二太極天三赤明天四榮華天五曜明天六皇笳天七靈明天八端靖天九亢明天十極瑤天十一元載天十二太安天十三極風天十四始皇天十五太黃天十六無思天十七阮樂天十八曇詹天次四天爲無色界一霄度天二元同天三妙成天四禁上天此二十八天名爲三界此上又四天名爲種人天一常融天二五隆天三梵度天四貫奕天此四天超出三界又云上三天爲三清境一曰太赤天二曰虫餘天三曰清微天最上曰

大羅天包羅諸天極高無一去都玉京鎮於其上三尊所處焉又太霄隱書云大道君治在五十五重無極太羅天中玉京之十七寶玄臺金林玉機金童玉女之所侍衛住居在三十二天三界之外

辯曰詳夫虵軀伏羲牛首炎帝之書龍師太昊鳳紀少皞之典談天鄒衍論天黄繚之誥括地地志輿地地圖之圖甘氏星經張衡靈憲不說三清之號匪聞大羅之名並是依傍佛經改頭換尾採他名相粧綴已書且道教之宗源起黄帝而老子涓子列子莊周鶡冠尹文派爲道教諸子所談並無說天之事唯是張道陵所集靈寳經中始說三十二天效佛神呪而作審言自後道書互相皷唱空枝引蔓唯誑下俗佛教未來云何不說釋經廣布始唱斯名明名修靜增加三張妄闡狗偷鼠盜何足貴乎爾雅之立四號約於四時太玄之說九天准於九有不似道家虚加數目天本定體何有少多今各說不同顯知妄立案佛經三界三業所感總二十八欲界有六色界十八無色有四具勝妙欲名爲欲界形色超絕名爲色界根識兩忘名無色界越此而去名出生死捨分段之後身絕形名而無寄安有玄都之境玉京之山金童玉女交雜之事瓊輿碧帳之飾妄竊不真於斯見矣試問道士三界從何而來何功所感釋名辨相全不能知且道宗極致惟盡升天靈寳幽微秖貪羽化難逃四相詎免五衰汎業浪以漂沉隨生死而輪轉縱茫茫之業識積浩浩之苦源長往不歸良可歎息欝頭藍弗是其驗歟

隨代爲帝王師僞第十一化云老君在伏羲時號鬱花子說元陽經教伏羲叙人倫畫八卦在祝融時號廣壽子說按摩通精經教以鑽木出火陶治爲器在神農時號大成子說太一元精經教以播種五穀採和諸藥在黃帝時號廣成子教以抱神守靜之道在少昊時號隨應子說在敬經教以鳥官爲理分布九扈以統百司在顓頊時號赤精子說微言帝嚳時號錄圖子說黃庭經帝堯時號務成子說宣化經帝舜時號尹壽子說通玄經七十卷又說道德經八千二百卷夏禹時號真行子說元始經六十卷殷湯時號錫則子說長生經二十卷周文王時號燮邑子說赤精經教以仁孝之道乃至云上古之君皆受教於老子然後造作群物也

辨曰夫賢之與聖名位不同古哲今人出處各異莊周云萬世之後一遇大聖猶旦暮遇之此明聖人出世表瑞協祥應千年之期膺適時之運孤標特秀逈出常流故得帝王師之諸侯禮重萬載一遇尚爲旦暮豈有隨代而出現乎夫李耳者退靜之士史記稱爲隱君子也避亂過關葬於槐里潛身柱下本是人臣位不躐於上階名未廁於台輔何乃擢君聖地爲帝王師論誕不經駭人耳目培塿要齊於嵩華孰肯憑焉潢潦擬廣於滄溟終難信矣豈有開闢之後萬億餘年中間別無一人拔萃唯有老子爲帝王師于三墳五典八索九丘孔子春秋丘明國語百家異說九流雜談並無老子爲師之語唯是後代無知道士妄撰斯言欲使老子獨高群聖美則美矣僞且僞焉且伏羲神農皆有聖德軒皇堯舜並號明君或幼而能言或生知妙道詎假老子教之然後造作群物乎況書傳所紀古史所明燧人鑽火伏羲畫卦炎帝播耨女媧造笙黃帝作宮室軒冕樂有咸池顓頊作六英堯有大章舜有大韶及作圖

碁禹有大夏湯有大濩文王有辟雍武王有下武鯀作城郭蚩尤作兵器岐伯造醫俞附脉經伶倫制律隷首作筭容成作曆大橈造甲子奚仲作車曹胡作衣伯余作裳於則作屨共鼓作舟楫巨揮作弓夷牟作矢黄雍父作杵臼孟莊子作鋸趙武靈王作靴蘇威公作篪暴辛作塤后稷之孫叔均作犂蒙恬作筆蔡倫作紙夏昆吾氏作瓦此皆各有其主群書所明何得自矜覽爲我造又周易繫辭孔子所述列明古帝制造之事如云包羲氏之王天下也觀像於天俯察於地近取諸身遠取諸物始畫八卦以通神明之德以類萬物之情作結繩而爲網罟以畋以漁盖取諸離神農氏爲耜爲耒以利天下日中爲市交易有無乃至黄帝堯舜垂衣裳而天下治盖取諸乾坤如此歷陳法易造物不言老子所造也竊功業標爲巳能衒名自高君子不忍又云老子在堯時爲務成子者案後漢應劭風俗通云東方朔是太白星精黄帝時爲風后堯時爲務成子周時爲老聃在越時爲范蠡在齊爲鴟子此則務成子乃東方朔非干老子明矣何得妄加鈎引稱老子爲人師乎案魯哀公問於子夏曰五帝三皇皆有師乎子夏曰有臣聞皇帝學乎太真顓頊學乎緑圖帝嚳學乎赤松子堯學乎尹壽舜學乎務成跗禹學乎西王國湯學乎威子伯文王學乎鉸時子斯武王學乎郭政周公學乎太公吕望上之所叙文極分明而言老子隨代爲帝王師何

出言之狂悖哉巧言如簧顔之厚矣且老子衰周柱史史有明文本是人臣返爲上古帝王之師履冠戴屨何顛狂之甚乎又上文云上古之君皆受教於老子則桀紂之不作幽厲之無道秦皇之凶暴王莽之篡逆亦老子之所教也既然如是則老子爲悖逆之魁首巨猾之元匠不忠不孝老子之所生不義不仁老子之所主爲人師者不亦慚乎老君既説隨代爲師而秦漢之下至於金朝偏無一現乎今既無矣古亦虚焉且漢文恭儉孝武英明孝明達禮樂之情孝章優儒雅之道魏文帝風流文藻晉世祖明達寬仁宋文帝致治昇平梁武帝文武兼備隋高祖混同四海唐太宗混一車書此時不俟老子之化而皆金聲玉振則知牽合巧會枉廢詞章秪可狂於閭閻難可信於達士娸毋加粉見者愈嗤隣女效顰鄉人不貴

老子出靈寶三洞僞第九化云太上老君以中皇九年三月一日於玉清天金闕上宫撰集靈篇以爲寶經三百卷符圖七千章玉訣九千篇老君於上三皇時出爲萬太法師又號玄中法師當龍漢元年授上一皇洞真經一十二部以無極之道下教人間其時人壽九萬歲於中三皇時號有古先生當赤明元年授中三皇洞玄經一十二部行無上正真之道以化於人其時人壽六萬歲於下三皇時出爲師號金闕帝君當開皇元年授下三皇洞神經出十二部以太平之道化人其時人壽一萬八千歲天洞真洞玄洞神名一十二部合爲三十六部尊經也

辨曰夫仲尼入夢十翼之道始宣伯陽過關二篇之教方闡有名爲萬物之始無名爲天地之先混徼妙而同玄驚寵辱而一致谷神不死久視長生挫鋭解紛謙卑自牧此老氏之旨也自餘教典皆是僞書制

雜凡流唯尚誇競採傍佛語换體安名擬三界而立三清倣三大而立三洞虗勞紙墨妄飾詞章何以知之漢時張道陵造靈寶經王褒造洞玄經吳時葛孝先造上清經晋時王浮造明威化胡經鮑靜造三皇經後改爲三清經齊朝陳顯明造六十四真步虗經梁時陶弘景造太清經隋末輔惠祥改涅槃爲長安經後事發被誅案甄鸞笑道論云道家妄注諸子三百五十卷爲道經如此詳之代代穿鑿人人妄制採他佛教標爲道書或言仙洞飛来或言老子再現群賢不覩道士獨傳欺誷時君不懼朝憲故唐琳法師對太宗皇帝云若據肅温衆議道家止有道德二篇如依漢明校量便應七百餘卷約葛洪神仙之説僅有一千准脩靜所上目中過前九十又檢玄都目録轉復彌多既其先後不同顯知後人妄制增加卷軸添足篇章依傍佛經改頭换尾或道名山自出時唱仙洞飛来何乃黄領獨知英賢罕覩典籍不記書史無聞試問當今道士推勘後出之經爲是老子别陳爲是天尊更説若也更説應有時方師資傳授爲是何年何月何邦何代若在天上面説何人傳來若在西域而談何人譯出如其有據容可流行若也妄言理須焚剪又漢晋之代僧號道士寇謙得志僭冒其名今稱法師愈爲矯節法師之號源出佛經萬卷百家本無此語且爲法之師名爲法師法即是師名爲法師名義不知妄安巳號按賢劫巳來有三佛出初

佛出時人壽六萬歲第二佛出時人壽四萬第三佛出人壽二萬何乃敓彼三皇妄合其數又前說云上三氣中而有龍漢赤明之號是時五運尚無但唯一氣何有三皇之君人壽之數乎上古縱有五龍四姓九頭十紀亦無三皇建立年號試問龍漢赤明上皇開皇誰君之年乎若言有說史無明文若言無憑不可妄立扣其兩端竟無一是又伏羲之前文字未有何出三洞靈寶之篇乎又十二部名源出佛經一代時教類分十二道家名義不知何以妄著已典如琢美玉擬作䶕窐雖受劬勞智者見誚

遊化九天僞第二十六化云是時老君於青羊大會引尹喜冉冉升空初至第一天見波利天帝秉九光元靈之輿蔭七元交晨之蓋建五色攝魔之節金童玉女九萬人迎老君入大有宮請問自然之道如是摩夷天楚賢天化應天不嬌樂天兜率天煩延天禪善天鬱單天隨處天帝皆與天童玉女迎禮老君請問法要所到天宮皆設瓊漿碧醴丹液流薰蘭羞八徹靈芝珎果

辨曰昔我世尊初成正覺不離道樹而赴諸天一身不分而遍一切即多而一即一而多猶如素月流空影分衆水大塊噫氣萬竅怒號大小咸周遠近無隔無心頓應豈止九天伯陽周之柱史尹喜函谷關吏身居下位雖等聖蹤欲爲已德盖善竊者鬼神不覺既爲人知非是好手離欲而獲輕舉禪定而感神通老子既無此功何以升於天上昔列子居鄭夫妻相忘耳目不分翛然絶寄心凝形釋骨肉都融然後身如槁葉隨風東西萬里須臾過旬乃返而莊周譏云猶有所待矧乎老耳不絶妻子

老子之子名宗宗之子名注注之子名官侍魏文侯未逮形亡過關乘薄輦之車道經垂有身之患詎可升天履霧駕鶴乘雲擬効牟尼矜爲巳勝且布施而獲大福持戒而感生天汝尚不達斯由安能爲天說法欲界本六妄云九天初禪純男而云玉女勾扂闡僞巧說多端且初禪巳上禪悅爲食定生喜樂捨念清淨何用瓊漿碧醴蘭羞八徹乎将謂大上同於人間羨酒肉之薰羶爭魚臭之穢濁鵷乎鴟耽死鼠便爲鳳凰同飡盜聽不真請杜臆說窮鄉多恠曲學多辯斯言信乎

偷佛經教僞第三十化云胡王具太上徒衆甚多疑見鬼魅遂積薪焚之火起衝天老君放身光明火中爲王說金光明經明王益怒納之大鑊煮之三日老君鑊湯之中蓮華涌出坐蓮花上說涅槃經又云老君使尹喜爲佛與胡王爲師懺悔三業六根五逆十惡乃說五戒十善并四十二章經

辯曰夫麒麟鬬而日月蝕鯨鯢死而彗星現銅山崩而洛鍾應蓂莢缺而月暈殘蓋感應之道交故機教之相扣人心渴仰法雨芳菲沃彼情塵開他蒙昧故孔子曰不憤不啓不悱不發此明待問而說也况乎聖人設教權變多方豈使他人起怒自受焚溺全無惧憚強與他言豈知虛往實歸之道裁剜刻字樣巧合經名既坐火焰上說金光明經坐蓮華上說蓮花經則道德二篇坐於道路而說洞玄三部元在水洞而談此既不然彼云何爾且金光明性相通顯法華經破權歸實涅槃經明佛性真常四十二章群經集出不窮根蔕盜聽妄談唯口起羞出何容易難惑上智只誑下愚又上經既是老子所陳道士應宜依而

學佛何乃合氣爲道專諷靈寶試問三經文明何義道藏既不收攝道士又不通明偷大聖之至詮爲老君之極唱正符涅槃盜牛之喻又同聾者悞入金穴雖得其寶未知何用又曰懺悔三業至年月齋法若如是者道士應通且問懺悔是何語言今此懺悔爲事懺耶爲理懺耶約功德門而滅罪耶約逆生死心而滅罪耶能懺之心宜有幾種所懺之罪何處安排懺悔二字由尚罕知則三業六根五逆十惡戒善之軌年月齋名決不曉達若是老子所說道士應合備知既然一字不通顯知偷佛妄說此同竊賊人物被主認者猶不招承更生拒辦焚經火板方乃慚惶君子悔前不至如此

老君結氣成字僞（第八化云聖紀經云太上老君昔於龍漢之年從元始天尊於中央大福堂國說靈寶十部妙經出法度人又於東極大浮黎國出法度人以紫筆書於空青之林又於南極禪離界以火煉真文瑩發字形又於西極衛羅世界北極鬱单國皆出法度人老君以五方真氣之精結成寶字大方一丈八角垂芒爲雲篆之形飛鳥之狀以立文章又云墳典自我而出經籍自我而生也）

辯曰夫子字之肇興爰從上古伏羲氏之王天下也始畫八卦造書契以代結繩之政由是文籍生焉故有青丘紫府三皇刻石之文緑檢黃繩六甲靈蜚之字後有蒼頡因而增制大篆起於史籀小篆興於李斯飛白創於蔡邕隸書變於程邈秦書八體漢字六形瘦金堆金垂雲垂露蔡葉龍爪顏體坡書皆循古以增成近代而改制豈假真氣而結何關老子傳来掩竊他能衒賣已德放舒白眼不恥清流上云龍漢

起於初氣何有老子而生既言紫筆書林乃在蒙恬之後牽今引古欺我賢人孔安國云伏羲神農黃帝之書謂之三墳言大道也少昊顓頊高辛唐虞之書謂之五典言常道也易則三聖方定詩則群英之言春秋孔子所修禮則周公所定爾雅周公所纂國語丘明所述劉熙釋名許慎說字埤蒼廣雅桂苑珠藂顧野王之玉篇陸法言之切韻各有源系非干老聃而言墳典自我而出經籍自我而生荒唐謬談侮弄明哲亦猶相如上林說盧橘夏熟楊雄甘泉賦玉樹冬菁聽其言則洋洋美耳究其事則杳杳空傳矧乎國名虛設妄採他書大福堂改大堂而取名東浮黎彷扶桒而立號南禪黎華重黎而標字西衛羅竊於迦維羅衛壯方全收欝單越名十州所不收神異所不攝地理無所紀括地絕形名空闇五車了無一實偷鈴掩耳斯之謂與

佛祖歷代通載卷第三十三

音釋

嫫莫胡切母鄙醜也 鶡何葛切鳥似雉而大青也 姶烏合切女字 鳸胡古切九農鳥名 濩胡郭切煮也 輂挾遠步本二切車輂也

佛祖歷代通載卷第三十四

嘉興路大中祥符禪寺住持華亭念常集

周文王時為柱下史偽第九第十九化云周文王時老君為燹邑子時帝紂荒虐天下塗炭乃乘飛飆之輪風伯前驅彭祖驂乘降於岐山之陽西伯揖之拜為守藏吏武王克商遷為柱下史作赤精經教文王以仁義之道作璇璣經以授周公成王康王之代世為柱下史昭王時有黑氣之祥老君以八天隱文授昭王王不用後感膠船之難

辯曰盖聞九頭五龍之紀重瞳四乳文王之書金奏火漢之文黃魏白晉之典不聞文王師於老子璇璣訓於周公但云文王師於太公武王師於姬旦群書具載先儒盛談何乃違戾百家別張毛目蓬心瞽唱眛目生靈夫欲聖人者宜務其實無稽之談自招世誚案史記別傳老子生於定王之世與孔子相接何乃妄為西伯之時乎既是聖人見紂荒淫宜盡力規諫匡其不逮而乃高乘飛輪棄而遠遁為忠臣者固若是乎昔日過關雇徐甲而為御乘薄輂之車今則乘飛飆輪風伯前驅彭祖驂乘何自高之不經乎況彭祖此時已歿風伯不肯前驅文王自公劉以來世積仁孝美化行乎江漢仁慈及於行葦何待赤精之教式周公制禮作樂代臨天下設金縢而表誓製周禮而流規何用璇璣之教乎昭王時號明君史無黑氣之變妄改白虹之兆而云黑氣之言授以隱文又成孟浪之說前云老君為九天教主金闕帝君建七曜之冠披九色之帔乘八景玉輿駕五色神龍金闕之中坐玉帳之內仙童左奉玉女右陪萬聖擁隨千靈翊從老子既有如

此高貴之位而不肯居返就守藏之職屈身為臣侍君之傍立柱之下晨趨暮拜端笏搢紳捨喬木之高遷投幽谷之賤地翻上倒下以何謬哉變邑之號周書之所不載金闕帝君爰從道士虛張有名無實孰肯傳信哉風求影種電尋根此之謂與若以昭王不信故感膠船之難者秦皇求仙親臨海上凌波涉險冀遇神仙虛想安期之名不覩羨門之面沙丘道死鮑臭薰人漢武好仙身著羽人之衣口飲天表之露縱欒大之詭說信少君之詐術而身入茂陵竟無一補魏太武任寇謙之說建靜輪天宮費竭人勞終感癘疾周武帝口服丹藥身服黃衣熱發瘖陽失音而死唐武宗師趙歸真餌金丹藥會昌不滿早致崩亡近宋上皇信林靈素遊月宮誦太極之章佩驅邪之劒而亡國破家身死東韓此之數君皆傾誠一志望享千年而遘患彌留竟無一驗譏以膠船之難不亦妄求人過乎幸人有災君子不為也

前後老君降生不同僞第十第一化云老子生在五運之前第二化中老子生在三氣之中第六化云老君姓李諱弘元曜靈字光明以上和七年歲在庚辰九月三日甲子卯時始育於北玄玉國天岡靈鏡山李谷之間玄靈聖母既誕之夕有三日出於東方九龍吐水月妃散花日童揚彩年五歲體道疑真二十而有金姿玉顏棄家離親超迹風塵後感元始下教授以爵儀太章太洞真經紫微天帝玉清君以瓊輿下迎賜丹璽符書為上清金闕後聖帝君掌握十天河海神仙第十一化云老君以清濁元年七月一日託玄神玉精降太元玉女千三百年號無上老子一號大千法王第十二化云老君以清漢元年寄九天飛玄玉女八十一年號高上老子第十三化云老君以清漢元年甲午九月九日降元素玉女七十三年號九靈老子第十化云老子以殷十八王陽甲庚寅歲建午月入於玄妙王

女口中八十一年至武丁九年庚寅歲一月十五日聖母剖左腋攀李樹而生生即行九步步生蓮花九龍吐水具七十二相八十一好左手指天右手指地曰天上天下唯道獨尊我當闡揚無上道法普度一切又云李靈飛得修生之道真妻天水尹氏於瀨鄉晝寢見太上從天而下化為玄珠吞而有娠八十一年生而皓首曰老子生李樹下指李為姓

辯曰夫星流貫昴實標文命之祥電繞樞星是顯軒皇之慶虹流華渚少昊於是膺期星冠月輪顓頊以之應瑞赤龍晻曖言旌帝堯雲屯欝蒸實徵漢祖此則聖人神異譜牒具詳未聞老子初生三日共出九步周行月妃散花日童揚彩之事且星隕如雨日有蝕之春秋書之以為異事李耳若有徵瑞孔子何以不記乎且魯陽揮戈而返日淮南子有景公善言而退熒劉向新文貳師拔劍而泉流前漢書中耿恭拜井而水出後漢書中苟有奇相書為美談老既無文事必虛唱倚他大聖取為神奇夫聖人現相雖有多途託化誕生事無兩體世尊百億化身大千世界一時頓顯化緣事訖便入涅槃老子隨代降生以何大謬乎本是李耳妄改其諱李伯陽而云光明隱其本名而加美號史記真文一詞不錄道書偽說百種粧填前之兩化說在太易之前後之十重紀在伏犧之後尋虛摭偽誑惑後人前說五歲凝真二十入道後則八十一歲生而皓首自語矛盾何待他攻亳州瀨鄉實而不認北玄玉國虛而妄傳聃耳蓬頭謬說七十二相野合懷胎謟云周行九步採他釋瑞而為老奇將此薰蕕亂彼蘭芷北玄玉國山海之所不紀天岡李谷地里之

所匪詳王儉百家太尉王儉有百家譜弗聞王女之名何姓氏苑罕說玄妙之族案道士賈善翔高道傳序云伯陽起迹於姬周既云起迹於姬周則是老子不在商也明知陽甲之時本無李耳衰周之際始見老聃胡曾云七雄戈戟亂如麻四海無人得坐家老氏却思天竺住便將徐甲過流沙斯則周末時人明矣避亂入秦死葬槐里秦佚弔之三號而出斯良證也何更疑哉史記本傳莫知所終化胡浪語云過流沙將如來降誕之禎合老子過關之氣汝雖巧會偽說孰憑案燉煌實錄云周桓王二十九年辛酉豫庭與羣臣對論古今王曰老聃父何如人也天水太守索綏對曰老聃父姓韓名虔字元甲癃跛下賤胎則無耳一目不明孤單乞貸年六十二無妻與隣人益壽氏宅

上牧猪老婢子曰精敷野合懷胎八十一年而生老子生時皓首故曰老君此本實跡蔽而不傳偷竊他能欲張老聖家有弊帚享之千金斯言信與

三番作佛偽第十一第三十四化云老君告胡王曰使我弟子為佛汝當師之即使尹喜變身為佛與胡人為師令作桑門授以浮圖之法說四十二章經又云老君至舍衛國自化作佛坐七寶座身長百千萬丈徧滿虛空又云老君將欲再整釋教以周莊王九年乃於梵天命焰陀王老君弟子乘月精託陰天竺摩耶夫人胎至十年四月八日右脇降生後入雪山修行六年道成類佛陀衆號末牟尼至匡王四年解化太上命昇賈奕天為善惠仙人

辯曰夫根深果茂源遠流長虎嘯風生龍吟霧起聖人利見皆有深源昔植善因今感妙果我佛世尊三無數劫積行累功六度無捨而求菩提棄身命如恒河沙捐國城如微塵數莊嚴世界誘掖群生然後應

然燈記補迦葉位下生中印託化王宮七步周行指天地而獨貴三十二相映日月而爭輝四王捧足出塵寰六年行滿而成道現身百億國土說法四十九年播聲教於人天摧外道於雙樹化緣事畢却返無爲應物適時如是示現何待老子始化尹喜變身掩他神功矜爲已勝佛生周昭之代老降定王之朝世隔一十七帝年經三百餘祀化已滿於天下教已滿於龍宮家仰仁慈之風國遵釋氏之範豈假李耳重整煩陀再現援前著後謟誑庸愚昔日過關雇徐甲而爲從奚有天人侍衛乎乘鹿紫車何有七寶之座乎廣顙聃耳焉有萬丈之身乎狡佞不經欺賢謂聖鯤化爲鵬蓋緣自變蛇蛻爲雉匪假他功此皆物理

自然陰陽感召待時而發非他使然老子自是凡人身爲臣子何能別生神聖更使尹喜作佛昧自心靈瞎他眼目悖禮慢聖殃報拔舌善惠仙人將登八地遇然燈佛受無生記此乃世尊往昔之號既然成佛功成果滿化緣事畢入於涅槃遷神常樂之鄉永入無爲之境豈可作佛事畢更作善惠仙人將後著前一何錯亂妄竊不真壞人視聽夫上天雖樂終是輪迴不免三災之殃難逃五衰之苦聖人超出生死苦樂兩忘高超三界之津獨步六塵之表何返歸天上却入囂塵雜汚我聖人欺謗我大覺此同棄天子之尊嚴慕厮養之賤役捨華堂之廣厦悅蔀屋之茅簷汝欣賈奕之榮我恥糞土之辱嗜大臣楚國公楊素

行經樓觀見壁間畫像問道士曰此何圖也道士對曰老子化胡成佛圖素曰承聞老子化胡胡人不受老子變身作佛胡人方受是則佛能化胡道不能化何言老子化胡也道士不能加答善哉楊素之言此通人之論也若胡人不先知有佛詎肯受佛之化乎以此考之則印土先有佛矣而言尹喜作佛老子始變何欺吾門之深乎樓觀尹喜故宅在關之南今道士居之仍在

冐名僭聖偽第十二第四十八化云商太宰問夫子曰夫子聖人歟孔子對曰聖則丘何敢焉然則丘博學多識者也太宰曰三王聖者歟孔子曰三王善任智勇者聖則丘不知太宰曰五帝聖者歟孔子曰五帝善任仁義者聖則丘弗知太宰曰三皇聖者歟孔子曰三皇善任因時者聖則丘弗知太宰大駭曰然則孰者為聖孔子動容有間曰丘聞西方之人有聖者焉不治而不亂不言而自信不化而自行蕩蕩乎民無能名焉丘疑其為聖人也史志經云孔子在魯老子在周以魯望周之洛陽故在西方蓋指老子爲西方聖人也孔子問禮之時先有猶龍之歎故此指老子也

辯曰夫自衒自媒婦女之醜行不矜不伐聖人之深能是以舜美禹功嘉有勳而弗競孔稱孟反孟之反猶退厚而居薄由是美譽播於千秋謙光輝於四海上之所引具見列子仲尼篇中古今通論以謂此夫子推佛爲西方大聖人之語也唐琳法師對太宗之表張丞相作護法論皆引此文佛西方聖人也未聞老子在周孔子在魯故指老子爲西方聖人竊名冐聖歟我何多僭聖人者不仁言乖理者非智且道源之祖肇起黃帝非干老子老子師容成子演五千文縱然說聖不能超於軒轅既三皇五帝孔子不推爲聖返指老子而爲聖人不亦過乎蓋我世尊功圓萬行果

證十身流光徧於刹塵分身應於沙界不可以人事測不可以處所求實三界之大師是四生之慈父寰中獨步爲王中之法王出世獨尊爲聖中之大聖故能高拱覺場威行萬國縱使周公之制禮作樂孔子之述易刪詩卜偃之文章端木之言語馬遷之辯博葛洪之談通輔嗣之玄談左慈之神化並驅馳於域內言未涉於大方可爲善世之高流難作出塵之聖者案天竺聖方群賢所聚過去諸佛共生於彼范曄漢書云（後漢西域傳史論文）其土則殷乎中土玉燭和暢靈聖之所降集賢懿之所挺生故古昔賢能時有往者老子西昇經云聞道竺乾（今改爲開道竺乾）有古皇先生善入無爲不始不終永存綿綿是以西行又古本化胡經云我生何以晚泥洹一何早不見釋迦文心中空懊惱此則老子自指於佛爲西方聖人也又黃帝夢遊華胥之國其國在弇州之西王邵注云此指西方天竺也周穆王時聞西方有大聖人出世心甚懼之乃使造父乘騄騮八駿西上崑崙觀日所沒以厭其氣又西極有化人來能返天易地聖力無方千變萬化不可窮極穆王敬之若神築中天臺以居之化人引穆王神遊斯須之間已如數載又穆王五十二年如來示滅西方有白虹十二道南北通貫連夜不滅王問太史扈多是何祥也扈多對曰西方有大聖人衰相現爾穆王喜曰朕常懼於彼今無憂矣此則竺乾勝方聖人居彼故得賢王西求化人東來也又張騫

奉使西窮河源至於大夏聞雪山南有身毒國其人奉浮圖不殺罰乘象而戰身毒即今印度也此則仁慈之風詳於漢史明也上之所引咸指印度以爲西方佛生於彼故指佛爲西方聖人豈說洛陽以爲西方老子爲聖人也又云孔子先有猶龍之歎故此聖德指老子者意欲將孔子一期問禮之事便爲老子弟子孔子曰吾無常師主善爲師三人行必有我師焉故學琴於師襄問樂於萇弘問官於郯子入太廟每事問有問稼曰吾不如老農有問圃曰吾不如老圃此明孔子虛懷納善汲汲於道爾豈有一事便爲師焉蓋當時老子爲守藏吏掌周公之禮典故孔子問之若以問禮便爲孔子之師則老農老圃亦孔子之師哉必不然矣沽名衒世求爲人師君子不爲也

合氣爲道偈十三第一十三化云老子以周昭王二十三年七月十二日至函關尹喜既見邀歸本第說道德經二篇五千餘言尹喜扣頭曰願授其要老君曰善乃爲解道德之要曰道者謂泥洹泥洹者天德也理在人頭中紫氣下降下至丹田名堵謂脾也脾者中黃太一也黃氣徘徊理中宫萬物之母者謂丹田也丹田玄牝也居下元中半夜之時一氣下降周旋三宫同出而異名者謂精也一曰精二曰汗三曰血四曰液故曰異名玄之又玄者謂左右腎也衆妙之門道可道者謂朝食美也非常道者謂暮爲屎此依張道陵解道陵如此說也有無相生謂口與腹也難易相成謂精與氣也此老子授尹真節要也又授尹喜神丹經金液經及八煉九還丹伏火之訣其方云○金液還丹仙華流高飛雲翔登天丘赤黃之氣成須臾當得雌雄分亂珠可以騰變致行厨靈童玉女我爲夫出入無間天同符真精凝霜善沉浮汝其珎敬必來游又授九丹之名及歌曰○圓三五寸一分口四八兩寸唇長二尺厚薄均腹三齊坐垂温陰在上陽下奔首尾武中間文始七十終三旬內二百善調匀陰火白黃芽鉛兩桼聚輔翼人子處宫得安存去來游不出門

辨曰夫道貴清淨德尚無為恬憺内持謙卑自牧不依此道別唱多端唯以行氣運功而為修養失道德之淳粹乖自然之妙門虚設巧言妄加穿鑿保丹田為至道守兩腎為重玄鄙職僉浮誑謊誾里王喬羨門之輩非好此方白石赤松之流不依此道丹經煉訣不見延年服餌飡芝罕曾久視周武服丹至瘖啞唐武服丹而早亡悞他多少賢良不守樂天之旨既道德真訣理極於此則道藏餘文不足貴也今之道士更騁淺術或有扶鸞而亂書秖貪夜飲或有驅邪而斷鬼誑人除凶或有拘環墻而内守此謂坐馳或有惜言語而不行此謂痴默或有熊經而鳥引擬彭祖而齊肩或有飲氣而息神効龜鶴而老壽或有運精而上腦謂挽河車或固丹田而内封謂之保養或有合氣而為道父子聚塵或有奪精而採神男女混雜扣齒謂之天鼓嚥津謂之醴泉呼男根為金莖只圖強勁呼女竅為玉戶潛隱醜名呼童女為真人呼交搆為龍虎嬰兒姹女鉛汞丹爐故曰開命門抱真人嬰兒回龍虎戲三五七九天羅地網故張道陵黄書云男女有和合之法三五七九交接之道其道真訣在於丹田丹田者玉門也唯以禁忌為急不許泄於道路道路者尿孔也又道家内朝律云禮法男女至朔望日朝師入私房詣師立功德陰陽並進日夜六時當立功德不得夫内侍之序不得貪外道失中御之道不得抄前排後失次第之序亦不得嫌醜愛

美又云朔望之際侍師私房情意相親男女交接使四目兩鼻上下相當兩口兩舌彼此相對陰陽既接精氣遂通故老子云我師教我金丹經使我專心養玉莖三五七九還陰精呼吸玉池入玄冥行道平等昇太清此等歌訣義皆如是將斯猥媟以爲真修不思歸根復命之言維行合氣鄙薄之術以此求道枉陷人倫以此超昇終身叵得以斯滅罪罪不可亡以斯消災災不可退以斯求福福不可生以斯出家家不可出何異蒸砂作飯虛受劬勞鏡裏尋真終無所獲嗚呼棄驪珠而拾礫斡憂鼎而羨糠自悞悞他死沉苦海哀哉哀哉

偷佛神化僞十四（第四十二化老子入摩竭國現希有相以化其王立浮圖教名清淨佛號末摩尼至舍衛國自化作神從天而降天人侍衛現身長

百千萬丈又至罽賓降胡王及王子火不能燒鑊不能煑水不能溺胡兵百萬弓矢紛戟一時摧落飛電入衛聲如霹靂人馬驚仆北郭先生空中頭贊又至條支國手擎大山至拘薩羅降伏九十六種外道至迦夷羅國左手把日右手把月藏於頭中天地冥暗山飛石裂海水逆流山川空行又至于闐於南渠山示教胡王令尹喜化作金人身長丈六項佩圓光足踏蓮華從空而下拜禮老君謂胡王曰此吾弟子與汝爲師又留神鉢令得法味又於毘摩城地變金色放九色神光徧照塵沙國土即有赤靈真人中黃丈人太一真君九宮六丁八卦神君青龍白虎散花玉女浮雲而至老君坐七寶座燒百合香奏鈞天樂又有八十餘國諸王妃后皆來聽法留尹喜作佛及鉢於毘摩城却升天去老君又於葱嶺降大毒龍徧歷五天於耆闍山獨木樹下化王座與王說浮圖度衆門三千五百人受以戒律又六十六化云于闐國毘摩城伽藍是老君化胡成佛之處中有石幢刻記其事云東方聖人號老君來化我國（下引八學上）議證其事跡

辨曰案後漢西域傳三國志魏隋書西域志（圖六十卷志四十卷合一百卷成西域志）並紀西天五印有佛聖跡或幢或柱咸勒其事不說老君曾

留名字初張騫西来始傳浮圖之號至於今代國使往還無慮百人並不見老君西化之説古谷皇帝西征盡海所到之地唯有佛僧行近西北海有一國土城中佛塔森然若林彼國君王唯是和上又唐王玄策奉使西行至摩竭陀國於耆闍崛山及佛成道處咸述碑銘讚佛聖化未聞説有老君之事（上之銘讚在王玄策傳中）又湛然居士扈從太祖西征于闐及可弗义國越天山過雪嶺風化具詳亦未知有老子之事即今煦烈大王皇帝親弟鎮守西域在尋思干西南雪山之西使命往還来往不絶除親諮詢老化　並云無聞則老子神異道書僞出既非通論何足信哉○欽奉
聖旨禁斷道藏僞經下項（見者便宜收取）

化胡經（王浮撰）　猶龍傳　聖紀經
西昇經　出塞經　九天經
赤書經　上清經　南斗經
玉緯經　紀勝賦　辨仙論（梁曠）
齕邪論　三破論　明真辯僞論
太上實録　十山論　青陽宮記
玄元內傳　帝王師録　三天列記
十異九迷論（傅奕呂玄卿）　歷代應現圖
佛道先後論　欽道明證論（唐貞半千）
輔正除邪論（具鈗）　辟邪歸正論（杜光庭）
十二虛無經　藏天隱月經
赤書度命經　樓觀先生內傳
謗道釋經（林靈素杜光庭撰造破大藏經）　三教根源圖（李大方撰）
歷代帝王崇道記　高上老子內傳
靈寶二十四生經　混元生三清經

五公問虛無經　混元皇帝實錄
聖旨就大都大憫忠寺焚燒道藏僞經除
道德經外盡行燒毀遂命大都報恩禪寺
林泉倫長老下火謝恩畢拈香云佛心天
子憫衆生恐墮三途邪見坑箇裏了無偏
黨處就中朱紫要分明所以道聖鑑無私
天機莫測既來頌德敢不酧恩此香端爲
祝延
大元世主當今皇帝聖躬萬歲萬歲萬萬
歲伏願金輪與法輪同轉福越三祇舜日
共佛日齊明壽延億刼次舉火云憶昔當
年明帝時曽憑烈焰辨妍媸大元天子續
洪範顯正摧邪誰不知嗟乎道教陰蠹佛
書自古至今造訛揑僞盜竊釋經言句圖
謀貝葉題名謗毀如来贓誣先聖醜辭惡
語何可言哉無蒂狂談實難徧舉始自張
陵杜撰不遵老氏玄言謬作醮書兼集靈
寶詐道從空而得妄言太上親傳用三張
鬼法以詐惑愚夫設五運神符而魘奸匹
婦以此觀之葛孝烧徒搜要妙陶洪景謏
述浮辭杜光庭白拈巧偷刼賊無異陸修
靜外好裏弱說客何殊若非喫苦不甘爭
肯說長道短鮑靜被誅猶可王浮招報非
輕傳奕姜斌不堪齒録張生焦輂何足言
論寇謙之口舌瀾翻損他利已林靈素機
謀諂詐敗國亡家毀人祖兮定遭一時之
辱滅賢良兮必招三世之殃因果無差報
應有準嗚呼悲法琳不遇而遭貶嗟道世
雖再而難爲致令釋子傷心幸得皇天開
眼恭惟我大元世主聖明皇帝陛下闢邪

歸正去僞存真恐衆生永墮迷津令萬姓咸登覺路雪寃已竟感謝皇恩粉骨碎身莫能酧報遂以火炬打一圓相云諸仁者只如三洞靈文還能證此火光三昧也無若也於斯會得家有北斗經枉教人口不安寧其或未然從此灰飛烟滅後任伊到處覔天尊急着眼看至元十八年十月二十日大都報恩禪寺林泉長老從倫奉勑下火　○對道士持論師德一十七名

燕京

圓福寺長老從超　奉福寺長老德亨

藥師院長老從倫　法寶寺長老圓胤

資聖寺統攝至温　大名府長老明津

薊州

甘泉山長老本璉　上方寺長老道雲

灤州

開覺寺長老祥邁

北京

傳教寺講主了詢

大名府

法華寺講主慶規

龍門縣

抗講主行育

大都

延壽寺講主道壽　仰山寺律主相叡

資福寺講主善朗

絳州

唯識講主祖珪　蜀川講主元一餘如本論

丁亥閏二月詔行至元鈔以一准中統之五

戊子正月二十一日大赦

至元二十五年正月十九日江淮釋教都總統楊輦真迦集江南禪教朝覲登對宣上竺出班聖旨問講何經荅云法華經次問仙林講何經奏云百法論即就退位而立引問徑山雲峯和上云禪以何爲宗奏

對云禪也者淨智妙圓體本空寂泉總統譯云再說復奏云非見聞覺知之所可知非思量分別之所能解又傳聖旨令更說復奏云禪之為宗西天四七唐土二三自迦葉付之阿難阿難傳之商那和修商那和修傳之優波毱多由是展轉而至二十八祖菩提達磨菩提達磨即東土之初祖也祖得法後大破六宗之邪望東震旦國有大乘根氣航海而来見梁皇一語不契遂折蘆渡江至少林山中面壁九年得二祖神光斷臂立雪祖問當何所求光云我心未寧乞師安心祖云将心来與汝安光云覔心了不可得祖云與汝安心竟光得傳心法後傳之三祖三祖傳之四祖四祖傳之五祖五祖本一栽松道者四祖云汝已年老可再来吾當忍死以待五祖遂至濁港江頭見一女問投宿而受孕托生謂之黄梅無姓兒既而傳法於五祖黄梅法席七百高僧獨神秀上座爲上首祖以傳衣法時至令各述一偈秀即書辟間云身是菩提樹心如明鏡臺時時常拂拭莫待惹塵埃五祖云此偈亦未見性盖其尚滞名相未脫知解正在學地傳聖旨云再舉一遍復舉畢又奏云盧行者時在碓坊爲衆負舂五祖已知其素有悟門盧行者本不識字遂倩人書一偈於壁間秀師所書偈側云菩提本無樹明鏡亦非臺本来無一物何處惹塵埃乃開析云老盧此偈至本来無一物處即是空諸所有徹法源底五祖即於夜半密付其衣法盧得衣鉢宵遁至大

庚嶺頭爲明上座追及盧即置衣鉢於石上云不可以力爭明乃盡其神力鉢不能舉明乃云本爲法來非爲衣也祖云不思善不思惡正恁麽時如何是明上座本来面目當下大悟秀歸河北自稱六祖然而知解未亡猶滯名相故流於相宗是以教盛西北能受王傳於曹溪是以禪盛東南謂之南能北秀此教禪所由分也自是曹溪傳之南岳懷讓讓本觀音大士分身讓傳之馬祖謂之馬駒踏殺天下人馬祖傳之百丈於侍立舉掛拂處親遭一喝當下悟去直得三日耳聾百丈對黃蘗舉此一喝黃蘗不覺吐舌亦於言下洞明此喝之旨後臨濟至於黃蘗三度問佛法大意三遭六十痛棒後於大愚席下舉前話云過在什麽處愚云黃蘗得與麽老婆心切相爲更覓過在濟大悟遂於大愚肋下築三拳愚云汝師黃蘗非干我事臨濟歸黃蘗便與三掌自是流通此喝謂之臨濟入門便喝此喝之所由生也所謂德山棒者即周金剛（泉總統又傳）聖旨云如何是周金剛奏云德山本姓周爲金剛經座主滿車載疏鈔遊南方直欲摟破魔子窟宅當恁麽時甚生氣槩於途中遇賣油糍婆子買油糍點心婆云汝是講金剛經座主經中有一段義若答得白喫油糍不要錢遂問過去心不可得現在心不可得未来心不可得三心中點那箇心座主無對古云假饒講得千經論一句臨機下口難信知不能徹法源底則滿車之疏皆長語也後見龍潭

於侍立次遇夜深辭去見外面黑潭遂度紙燭與之德山方接得潭便吹滅當下大悟次日示衆云窮諸玄辯若一毫置於太虛竭世樞機似一滴投於巨壑自是據條白棒佛来也打祖来也打此無他恐後人滯於名相凡有所問至支離處便與一棒此棒之所由生也所謂德山入門便棒臨濟入門便喝夫棒喝者豈徒施也我奏至此遂奏云臣僧不敢多談恐瀆聖聽傳聖旨但說不要怕又非姦偷屠販之事遂進奏云釋迦牟尼世尊初生下時周行七步目顧四方一手指天一手指地云天上天下唯我獨尊所謂獨尊者非爲金輪王位之尊所可尊者我也道也法也心也正欲陳奏雲門大師一棒公案以為佛祖雪屈時靈隱長老淨伏牽衣云勿舉此話遂轉語云四十九年三百餘會所說之法無非觀根逗教如一雨普沾三草二木各隨其根器之大小而爲之發機末後始云從鹿野苑終至跋提河於是二中間未嘗談一字既是四十九年說法因甚麼不談一字正恐後人滯於名相不離加解所謂不談一字者熾然常說以無說之說是名真說又於靈山會上百萬衆前拈起一枝花普示大衆獨有迦葉破顔微笑世尊云吾有正法眼藏涅槃妙心分付摩訶大迦葉謂之教外別傳傳此心也印此法也達磨西来不立文字直指人心見性成佛傳此心也印此法也奉聖訓垂問云那講主看他長老所說教外別傳底是耶非耶上竺出對云是是又仙林出云南方衆生多是說謊所以

達磨西来不立文字正恐伶俐的說謊貪着語言文字故有直指之語又奉聖旨宣進榻前同仙林賜坐謝恩畢就坐傳聖旨云持論仙林云始從鹿野苑終至跋提河於是二中間未嘗談一字既是不談一字五千餘卷自何而来荅云一代時教如標月指了知所標畢竟非月林云汝禪宗得法有多少人荅云從上佛祖天下老和上盡恒河沙莫窮其數林云即今是誰荅云當面蹉過林云在什麼處荅云含元殿上更覔長安林無語又傳聖旨令泉總統問那講主問底是甚言語林荅問他禪宗得道多少人他云恒河沙數又傳聖旨汝講主家莫看面皮何得向遠遠說来林遂問如何是禪荅以手打一圓相林云何得動

手動脚荅云只這一圈子便透不過說甚千經萬論林無語又奉聖旨云俺也知你是上乘法但得法底人入水不溺入火不燒於熱油鍋中教坐汝還敢麼荅云不敢奉聖旨爲甚不敢奏云此是神通三昧我此法中無如是事又傳聖旨如何都無輸贏林云道不敢便是輸遂斥林云不妨會得好林無語乃體聖意奏云夫禪之與教本一體也禪乃佛之心教乃佛之語因佛語而見佛心譬之百川異流同歸於海到海則無異味又如我萬萬歲皇帝坐鎮山河天下一統四夷百蠻隨方而至必從順成門外而入到得黃金殿上親覩黃金面皮方謂到家若是敎家只依語言文字未達玄肯猶是順成門外人又如禪家未得

徹證未得頓悟亦在順成門外謂之到家亦未可也皇情大悅遂以龍袖西拂即謝恩下殿奉御領歸寢殿賜食

佛祖歷代通載卷第三十四

音釋

曄為輒切｜震電貌　弇於檢切蓋也入古南切　麀於尤切牝鹿也　煦吁句切温也潤也

佛祖歷代通載卷第三十五

嘉興路大中祥符禪寺住持華亭念常集

己丑正月抄數戶計○庚寅九月日大赦

辛卯五月廿三日詔改按察司曰肅政廉訪司

癸巳十月二十二日大赦

至元三十年杭州徑山雲峯和上示寂師名妙高福之長溪人父諱鼒家世業儒母阮夢池上嬰兒合爪坐蓮華心手捧得之覺而生師因名夢池神采秀徹嗜書力學尤耽釋典固請學出世法父母以夢故不能奪俾從吴中雲夢澤公受具戒師鋭意求道首叅癡絕冲冲曰此兒語纚纚有緒吾宗瑚璉也尋又見無準於徑山準尤器愛擬以侍職處師嘆曰懔安敗名吾不徧叅諸方不止也遂之育王見偃溪即請入侍室掌職藏鑰一日溪舉譬如牛過窻櫺頭角四蹄俱過了因甚尾巴過不得師劃然有省荅曰鯨呑海水盡露出珊瑚枝偃溪可之會師遷南屏携師與俱尋住宜興大蘆遂爲嫡嗣遷保安江陰教忠雪川何山雲衲四來三堂皆溢蔣山虚次直指僉議無以易師朝旨從之歷十有三載衆踰五百德祐乙亥寺被兵革軍士有迫師求金者師曰此但有寺有僧無金與汝俄以刃擬師師延頸曰欲殺即殺吾頭非汝礪刀石辭氣雍容了無怖畏軍士感動擲刃去丞相伯顔公見師加敬舍牛百齋粮五百寺賴以濟顔公又戒諸將此老非常人比宜異目待之以故寺得無恙至元庚辰雙徑延請師懇辭再三乃前寺罹回祿草

創纔什一師悉力興建且捐衣盂自爲僧堂衆寮不十年悉復舊觀戊子春魔事忽作教徒譖毁禪宗師聞之嘆曰此宗門大事吾當忍死以争之遂拉一二同列趍京有旨大集教禪廷辨上問禪以何爲宗師奏淨智妙圓體本空寂非見聞覺知思慮分別所能到宣問再三師歷舉西天四七東土二三達磨諸祖南能北秀德山臨濟棒喝因緣大抵教是佛語禪是佛心正法眼藏涅槃妙心趣寂上乘孰過於禪詞指明辯餘二千言又宣進榻前與仙林諸教徒返復論難林問禪宗得法幾人師云從上佛祖天下老和上盡恒河沙莫窮其數林云只這是誰師云含元殿上更覓長安又問如何是禪師打一圓相林不省師曰只這一圈透不過說甚千經萬論林辭屈上大説衆喙乃熄禪宗按堵如初陛辭南歸示衆云我本深藏岩竇隱遯過時不謂日照天臨難逃至化又云衲帔蒙頭萬事休此時山僧都不會徑山輪奐甫備延燎復盡師謂衆曰吾負此山債耳遂竭力再建匯殿坡爲池宅屋皆易置佳處五年而成癸巳六月初小參訓飭學者十七日書偈而逝師生於嘉定己卯二月十七日壽七十五臈五十九葬於寺西之居頂菴

甲午至元三十一年上崩

世祖皇帝潛龍時出征西國好生爲任迷經遇僧開途受記由是光宅天下統御萬邦大弘密乘尊隆三寶

帝潛龍時命忠書記卬六丁之靈求治國

之道出征江南書記奏云飛龍之時巳至
可速囬轅上然之猶是富有天下
帝問帝師云施食至少何能普濟無量幽
冥帝師云佛法真言力猶如飲馬珠
帝迎栴檀瑞像歸内宮安奉萬歲山仁智
殿爲見世之寶
帝嘗問帝師云脩寺建塔有何功德帝師
云福廕大千由是建仁王護國寺以鎮國
焉
帝命帝師齋竟天雨金花繽紛而下帝云
何故有此祥瑞帝師云陛下心花内發天
雨金花讚歎
帝命伯顔丞相攻取江南不克遂問膽巴
師父云護神云何不出氣力奏云人不使
不去佛不請不說帝遂求請不日而宋降

定光佛塔毫光發現
帝命開視内有舍利光耀人目由是重建
寶塔
蜀僧元一遊西天囬朝
帝帝問云西天佛有麽元一奏云當今東
土生民主何異西天悉達多
元一以西天瑑成玉石佛像獻
帝帝寶之於萬歲山供養
元一以西天貝多葉經獻
帝帝貯以七寶凾嚴加信仰
忠書記僧中之傑
帝命以三奇之道爲輔出號施令帝加信
任封爲太保
元一自西天持佛如来鉢獻
帝帝悅寶之以鎮庫藏

帝與帝師坐次一亢二僧侍側帝云何不遊戲三昧亢以一年小云從小至大爲次一遂云海青身至小天鵝身至大海青徹天飛天鵝生懼怕亢云猪狏身至小象王身至大象見狏来欺擲向大千界帝師云我以大千界化爲一釜竈煮你四件物大小都容了帝大悦

帝問元一云孔老徒衆何以至少如来徒衆何以至多元一奏云富嫌千口少貧恨一身多

帝問揀壇主云何處有佛揀奏云我皇即是佛帝云朕如何是佛揀云殺活在於手乾坤掌上平

帝問彌陀和上云和上住在何處奏云住在我王神州帝云恁麼則時時見彌陀

帝問僧元一云和上還涉世縁麼奏云不知法故犯知法了應無

帝問帝師云僧中還有通古今事底麼時有因和上奏云法自漢明帝至以火辯真僞帝云古今事且置今再以火辯真僞時如何因奏云我皇有護法之心此經争得焚燒帝悦其言

帝誕生太子詔海雲國師摩頂立名奏云世間寂尊貴無越於真金

帝命東宫圍場齋帝師作懺悔帝師云衆生度脱盡仁王悲願深

帝設資戒大會隨處放光帝問帝師云光從何處来帝師回奏云感應道交佛光應現

帝命皇后娘娘鎮國寺行香后問衆僧云

諸處放光此處何無言訖定光塔上毫光
燭天終日不散
帝以衆綵女圍繞帝師帝問云還也動心
麽帝師云目前雖可看争柰老僧何帝大
悦
帝問淵總統還有眷屬無田奏云終日不
曾離又問還飡酒肉無淵奏云鉢盂常染
腥羶味帝云好老實人
新築京城監築者謀毁海雲國師塔兩雉
相合奏
帝欲去其塔帝云海雲高僧築城圍之貴
僧之德千古不磨
帝一日曰栴檀瑞像現世佛寶當建大刹
安奉庶一切人俱得瞻禮乃建大聖壽萬
安寺

帝命寫金字藏經卷軸前圖像未定帝云
此經是釋迦佛說止盡說主庶看讀者知
有所自
帝詔遍天下每一歲中行布施度僧讀大
藏經隨處放光現瑞禎祥不一
帝詔講華嚴大德於京城大寺開演彰顯
如来之富貴
帝設大會七處放光顯示華嚴七處之玄
旨
帝問衆臣僚每日還不放閑也無衆臣僚
無對帝乃袖中出數珠示之内外百官皆
歸至善
釋迦如来住世七十九年
帝至七十九歲乃云與佛同壽不爲夭矣
帝詔十高僧内殿供養帝端居不動諸大

德亦復黙然帝乃云此是真實功德
帝詔僧大内念經行香侍臣奏云僧多有不識字或乃云但教舒展拭去塵埃亦有功德糠禪背杖戒身見
帝帝問曰此杖何爲回奏云身有過失以杖責之帝曰過失在心鞭身何益與其責身莫若責心
帝見僧有過不加王法止令閱教懺悔
帝詔東昌大師演教帝大悦賜以寶玉拄杖
帝平宋已彼境教不流通天下揀選教僧三十員往彼說法利生由是直南教道大與
帝建大聖壽萬安寺帝制四方各射一箭以爲界至

帝大内皆以真言梵字爲嚴飾表行住坐卧不離捨佛法也
帝賜講人紅僧衣令說法人與佛齊等蜀僧圓證見
帝帝問汝何所習回奏云幼明三奇長習佛乘上悦賜以碧玉香𤍠命崇香火
帝萬機之暇自奉施食持數珠而課誦
帝建大聖壽萬安寺成兩廊擬塑佛像監脩官聞奏帝云不須塑泥佛只教活佛住
帝禦北征護神現身陣前怨敵自退
廣濟大師皇宫親侍日久禮誦不輟
帝深賞讃賜以放光佛像命敬侍供養
帝問相士山水士奏云善惡由山水所主
帝問太行山如何相士奏云出姦盗帝云何以夫子在彼生帝召僧圓證問云此人

山水說得是麼證田奏云善政治天下天下人皆善山水之說臣僧未曉帝大悅

舍羅薩張大師志慕出家

帝從其請落髮爲僧賜七寶數珠命供日課

帝詔蜀僧圓證明六神之術上曰髡髮恐無靈驗田奏云此六者天地日月水火之神菩提場中各說偈讚佛得大解脫門爲華嚴之嚴衛僧人昭事神必欽依髡髮無傷帝然之

帝詔元一與道士持論元一攻其竊釋孔之言上悅

帝問僧佛牙真僞僧無對帝云真僞自分明諸人休錯解

帝命僧念無量壽王陀羅尼經能念者賜疋帛稱賞

帝召東宮云海雲是汝師居住金田宜加崇飾由是鼎新慶壽大剎

帝出郊狩南花園云此處宜建梵剎段相依命脩造出狩田駕寺巳周圓

帝顯正摧邪命除道德經外餘皆焚毀以絕其妄宰臣奏分揀道藏檢出馬湘詩云樹連滄海水連雲昔有殷周李老君人說是非皆不定五千言外更無文符合上意

龍顏大悅制焚之

帝須行玉音詔昊天講主云聞朕在世誠約學徒究明佛法毋令滅滅

峩眉普賢道場欽大藏經

命張大師徑從驛騎遞相迎送佛法流通福覃西蜀上都道士等奏與釋教定邪正

帝云勝負如何賞罰道士云義墮者斬首
帝曰不然義墮者削髮爲僧
宋主以王位來歸學佛脩行
帝大悦命削髮爲僧實爲
聖安寶長老送瑞像至內心不之悦
帝云此是皇家佛汝心何懊惱帝面與三十二錠白金以表三十二相也
宋太后削髮爲尼誦經脩道
帝深加敬仰四事供養
帝宣宋室二宮人至皆祝髮爲尼帝云三寶中人也命歸山學佛脩行供送衣粮
帝設無遮會詔信講主說總聖名目帝云即號無遮云何有數
宋主毳衣圓頂
帝命往西土討究大乘明即佛理

帝以金爲泥命僧儒繕寫大藏經一藏貯以七寶琅瑶流傳萬世
帝設資戒大會避使長爲僧之人使見認得欲取帝叱云已爲佛弟子誰復能爲主
天竺進鉢
帝取食前珍味碎置鉢中內外侍從數滿千人各賜一粒普令得沾如來鉢中之禪悦
帝至香山山半有泉問僧此泉足僧用否僧回奏云日供一千僧流注尚無竭賜白金一錠命築亭蓋覆貴其利濟
宋鎮庫柟檀方圓丈餘
帝曰鎮庫無益刻爲佛像利益人天
帝駕至香山栗園其栗方熟左右從駕萬人餘帝誡偷云此爲三寶物一箇不容拈

僧衆遠迎
帝篤帝曰往日僧人三詔不起今日僧人
云何遠迎僧無對
帝設大會闍黎佛聲鸞亮帝曰如是佛音
聲多少衆生生善心乃賜白金一錠
弘法寺藏經板歷年久遠
命諸山師德校正訛謬再新嚴飾補足以
傳無窮
帝一日云三人護法二已去了惟朕一人
當今佛法愈隆愈盛
帝命逸林上師譯藥師壇法儀軌爲天下
消八苦之灾增無量之壽
帝設十萬僧會命十師對御説法賜白金
十錠玉拄杖十條
外邦貢佛舍利
帝云不獨朕一人得福乃於南城彰義門
高建門塔普令往来皆得頂戴
帝命高僧重整大藏分大小乘再標芳號
徧布天下
帝一統天下外邦他國皆歸至化帝印大
藏三十六藏遣使分賜皆令得瞻佛日
帝命帝師云去佛遥遠僧戒全虧可選諸
路高僧賜紅黄大衣傳授薩婆多部大戒
帝云菩薩戒本但鮮法師語者皆得傳受
乃印造一千部流通散施普令大地衆生
皆奉如来實戒
帝問揀壇主云何處爲最上福田田奏云
清涼帝云真佛境界乃建五大寺爲世福
田
帝於五臺運工建寺有澗無水興工之日

段張泑澗覔水突然涌出給濟不乏
臣佐奏以天下僧尼一例同民
帝問民籍若干府庫若干奏云不知上曰
輔相治道固宜用心此乃不理而急於飡
菜餕餡之僧人其事乃上
帝聞五教義帝云頓教即心是佛諸佛境
界凡夫不脩如何得到
帝見西僧經教與漢僧經教音韻不同疑
其有異命兩土名徳對辯一一無差帝曰
積年疑滯今日決開故有法寶勘同
帝以佛教爲心厭化胡僞造歷代斷除莫
之遏絕嚴行天下焚毀無遺
釋迦如来真身舍利寶塔統御剎中計一
十九所各須錢帛廣加嚴飾大陳供養
帝甞召群臣云朕以本覺無二真心治天
下國家如觀海東青取天鵝心無二故
帝每齋日以南天竺佛盋置七寶珎羞澄
湛觀心廣脩供養
帝自有四海天下寺院田産二稅盡行蠲
免普令緇侶安心辦道
天下寺院山林樹木徧諭王音嚴加護持
毋令斫伐以嚴佛如來之境界
帝以俗制於僧失其崇敬徧諭天下各主
綱維主掌教門護持佛法
臣下聞奏有俗僧人宜令同民帝令脩補
寺院以遮其過
帝主領天下須降聖旨諭一切僧人不揀
甚麼差發休當遵依釋迦牟尼佛道子行
持
阿合麻丞相奏天下僧尼頗多混濫精通

佛法可允爲僧無知無聞宜令例俗贍巴
師父奏云多人祝壽好多人生怒好
帝云多人祝壽好其事乃止
帝靈駕經宣德現大圓光周徧天界合境
僧俗悉皆瞻禮盖顯古佛示現之作用耳
（已上百段出弘教集）念常讃曰華嚴云菩薩住初地
作大功德王以法化衆生慈心無損害統
領閻浮提化行靡不及皆令住大捨成就
佛智慧若欲廣分別億刼不能盡今觀弘
教集載
世祖皇帝實録百餘篇字字句句以弘教
爲已任如有云朕以本覺無二真心治天
下國家如觀海東青取天鵝心無二故由
此論之萬機之暇不離念佛念法念僧苟
非

大聖慈念群生特垂化迹能如是邪使唐
虞再世亦無以加矣猗歟盛哉敬録于前
以曉来學云
（乙未）成宗完者篤欽明廣孝皇帝即位（於甲午四月十四日十五日大赦）
改元貞元年
（丁酉）（二月廿七日大赦）改大德
（己亥）正月遣使問民疾苦
（壬寅）三月三日大赦
大德六年九月一日五臺山大萬聖祐國
寺真覺國師殁師諱文才字仲華楊氏其
先弘農人高曾以来世官隴坻父靜義金
季爲清水主簿遂家焉少孤事母孝於書
無所不讀性理之學尤其邃也故約而爲
守蔚而成文辭氣雅健如古作者爲人沈

厚若素不讀書者至與士君子談接其辭辯其事詳其理盡出入經史滔滔然若河漢之決莫窺其涘其講授經論得旨言外不屑屑於名數嘗曰學貴宗通言欲會意以意逆志爲得之矣語言文字糟粕之餘也豈有餘味哉彼狃於文字味其糟粕徒騁知見以記問自多殊不知支離其知穿鑿其見愈惑多岐不能冥會於道聽其說適足以熟耳而已豈能開人慧目乎所著懸談詳畧五卷肇論畧疏三卷惠燈集二卷皆內據佛經外援儒老託譬取類其辭質而不華簡而詣取其達而已隱居成紀築室樹松將以終老然以行修乎邇德加乎遠雖自韜晦其道愈彰人尊其德不敢名以松堂稱之佛教之興始於洛陽白馬寺故稱釋源其宗主歿詔以師繼之世祖嘗以五臺絕境欲爲佛寺而未果也成宗以繼志之孝作而成之賜名大萬聖佑國寺以爲名山大寺非海內之望不能尸之詔求其人於帝師迦羅斯巴會師自洛陽來見帝師喜曰佑國寺得其人矣詔師以釋源宗主兼居佑國師見帝師以辞曰某以何德猥蒙恩寵其居白馬已爲過分安能復居佑聖願選有德者爲之幸怜其誠以聞於上帝師不可曰此上命也上於此事用心至焉非汝其誰與居此吾教所繫汝其勉之居歲餘大德六年將如洛陽道真定舘于某寺疾作九月一日歿年六十有二火後獲舍利者數百粒其徒歸葬於五臺東山之麓

癸卯三月十六日詔定贓罪條例爲十二章及增給朝官月俸外任公田禄米等○八月六日太原平陽地震

大德七年膽巴金剛上師歿師名功嘉葛剌思此云普喜名聞又名膽巴此云微妙西番突甘斯旦麻人幼孤依季父聞經止啼知其非凡遣侍法王上師試以梵呪隨誦如流曰此子宿積聰慧異日當與衆生作大饒益年十二訓以前名自是經科呪式壇法明方靡不洞貫年二十四講演大喜樂本續等文四衆悦服上師令巴至西天竺國叅禮古達麻室利習梵典盡得其傳初世祖居潛邸聞西國有綽理哲瓦道德頗見之遂往西凉遣使請於廓丹大王王謂使者曰師巳入滅有姪發思巴此云聖壽年方十六深通佛法請以應命至都旬日即乞西還上召問曰師之佛法比咱如何曰咱之佛法如大海水吾所得者以指點水於舌而已問荅允稱上喜曰師年雖少種性不凡願爲朕留當求戒法尋禮爲師巳入中國詔居五臺壽寧壬申留京師王公咸稟妙戒初天兵南下襄城居民禱真武降筆云有大黑神領兵西北方来吾亦當避於是列城望風欵附兵不血刃至於破常州多見黑神出入其家民罔知故實乃摩訶葛剌神也此云大黑盖師祖父七世事神甚謹隨禱而應此助國之驗也乙亥師具以聞有旨建神廟於涿之陽結構横麗神像威嚴凡水旱蝗疫民禱響應辛巳歲師得道藏化胡經并八十一化圖幻惑妄誕師乃嘆曰以邪惑正如此者

遂奏聞召教禪大德及翰林承制等詰長春宮辯證辯偽録明詔下諸路除道德經外其餘偽文盡令焚毀至壬午師力乞西歸上不能留初相哥受師戒繼爲帝師門人屢有言其豪横自肆者師責而不悛由是御之遠登相位懼師讜直必言于上乃先入巧言譖師故有是請首於雲中次至西夏以及臨洮求法益衆未幾權臣復譖令歸本國師至故里閲六寒暑己丑相哥遣使傳召還都於聖安寺安置四月赴省聽旨令往潮州師忻然引侍僧昔監藏子身乘驛即日南向及出都門雷雨冥晦由汴涉江泊于閩廣所至州城俱沾戒法八月抵潮陽館于開元寺有樞使月的迷失奉旨南征初不知佛其妻得奇疾醫禱無驗聞師之道禮請至再師臨其家盡取其巫覡繪像焚之以所持數珠加患者身驚泣乃甦旦曰夢中見一黒惡形人釋我而去使軍中得報喜甚遂能勝敵由是傾心佛化師謂門人曰潮乃大顛韓子論道之處宜建刹利生因得城南淨樂寺故基將求材未知其計寺先有河斷流既久庚寅五月大雨傾注河流暴溢適有良材泛集充斥見者驚詫咸謂鬼輸神運焉樞使董工興創殿宇既完師手塑梵像齋萬僧以慶讚之甞謂昔監藏曰吾不久有他往宜速成此寺後師還都奏田二十頃賜額寶積焉未幾召還相哥已伏誅矣癸巳夏五上患股召師於内殿建觀音獅子吼道場七日而愈施白金五十錠叙及相哥譖師之語

師以宿業爲對宰臣莫不駭服上謂師曰師昔勸朕五臺建寺令遣侍臣伯顏司天監蘇和卿等相視山形以圖呈師師曰北非小緣陛下發心寺即成就未幾上宴駕甲午四月成宗皇帝踐祚遣使召師師至慶賀畢奏曰昔成吉思皇帝有國之日疆土未廣尚不徵僧道稅粮今日四海混同萬邦入貢豈因微利而棄成規倘蠲其賦則身安志專庶可勤脩報國上曰師與丞相完澤商議奏曰此謀出於中書省官自非聖裁他議何益上良久曰明日月旦就大安閣釋迦舍利像前脩設好事師宜早至翌日師登内閣次帝師坐令必闍赤朗宣勅旨顧問師曰今已免和上稅粮心歡喜否師起謝曰天下僧人咸沾聖澤元貞乙未四月奉詔住大護國仁王寺勅太府具駕前儀仗百官護送寺乃昭睿順聖皇后所建其嚴好若天宮内苑移下人間是年遣使詔師問曰海都軍馬犯西番界師於佛事中能退降否奏曰但禱摩訶葛剌自然有驗復問曰於何處建壇對曰高梁河西北甕山有寺僻靜可習禪觀勅省府供給嚴護令丞相荅失蠻上親染宸翰云這勾當怎生用心師理會者師的勾當朕理會得也於是建曼拏羅依法作觀未幾捷報至上大悦壬寅春二月帝幸柳林遘疾遣使召云師如想朕願師一來師至幸所就行殿脩觀法七晝夜聖體乃瘳勅天下僧寺普閱藏經仍降香幣等施即大赦天下上曰頼師攝護朕體已安即解頸七

寶牌爲施皇后亦解寶珠瓔珞施之并施尚乘車輦騍馬白玉鞍轡金曼荅喇黃白金各一錠官幣十八疋御前校尉十人爲師前導三月二十四日大駕北巡命師象輿行駕前道過雲州龍門師謂徒衆曰此地龍物所都或興風雨恐驚乘輿汝等密持神呪以待之至暮雷電果作四野震怖獨行殿一境無虞至上都近臣咸謝曰龍門之恐賴師以安癸卯夏師示疾上遣御醫候視師笑曰色身有限藥豈能留五月十八日師問左右今正何時對曰日當午矣師即斂容端坐面西而逝上聞悲悼不勝賜沉檀衆香就上都慶安寺結塔荼毘王及四衆莫不哀惻是月二十九日勑丞相荅失蠻開視焚塔見師頂骨不壞舍利不計其數輪珠坐氊如故回奏加歎勑大都留守率承應伎樂迎舍利歸葬仁王寺之慶安塔爲世壽七十有四僧臘六十二祕密之教彼土以大持金剛爲始祖累傳至師益顯故有金剛上師之號焉

戊申武宗曲律仁惠宣孝皇帝即位改至大(十一月廿五日大赦)瑞像計二千三百年矣

己酉造至大銀鈔(十月詔鑄大元通寶錢及至大通寶小錢十月十七日大赦)

至大二年內翰趙孟頫奉

勑譔臨濟正宗之碑

佛法大智慧破一切有以大圓覺攝一切空以大慈悲度一切衆始於不言而至於無所不言無所不言而至於無言夫道非言不傳傳而不以言則道在言語之外矣是爲佛法最上上乘如以薪傳火薪盡而

火不窮也故世尊拈花迦葉微笑一笑之頃超然獨得尚何可以言語求哉自摩訶迦葉廿八傳而爲菩提達磨始入中國居嵩山少林寺面壁坐者九年達磨六傳而爲能能十傳爲臨濟臨濟生于曹州遊學江右事黄蘗問佛法的的大意蘗便打如是三問三度被打辭往大愚理前話云不知過在甚麽處愚曰黄檗恁麽老婆爲汝得徹困猶覓過在師言下大悟歸鎮州築室滹沱河之上今臨濟院是也因號臨濟大師師之於道得大究竟繇臨濟而上至於諸佛諸佛之下至於臨濟前聖後聖無間然矣直指示人機若發失學者聞之耳目盡喪表裏無據自能後禪分爲五唯師所傳號爲正宗一傳爲興化奨再傳爲南院顒三傳爲風穴沼四傳爲首山念又五傳爲五祖演演傳天目齊齊傳懶牛和和傳竹林寶寶傳竹林安安傳海西堂容菴容菴傳中和璋璋傳海雲大宗師簡公海雲性與道合心與法冥細無不入大無不包師住臨濟院能系祖傳以正道統佛法蓋至此而中興焉當

世祖聖德神功文武皇帝在潛邸数屈至尊請問道要雖其言往復紬繹而獨以慈愛不殺爲本師之大弟子二人曰可菴朗賾菴儇朗公度華菴滿及太傅劉文貞儇公度西雲大宗師安公師以文貞公機智弘達使事

世祖皇帝當是時君臣相得筴定天下深功厚德祖於元元卒爲佐命之臣皆自此

賢之也
元貞元年
成宗有詔迎西雲住天都大慶壽寺進承
清問經歷三朝發揚玄言得諸佛智懸判
三乘如一二數由是臨濟之道愈擴而大
今皇帝欽承
祖武獨明妙心刻玉爲印以賜西雲其文
曰臨濟正宗之印特加師榮祿大夫大司
空領臨濟一宗事仍詔立碑臨濟院且命
臣孟頫爲文稱揚佛祖之道以示不朽臣
孟頫既叙其所傳授又系之銘銘曰佛有
正法覺明妙心二十八傳至于少林赫赫
少林師我震旦使爲佛種不鍥而斷傳十
世後而得臨濟爲道坦然如指而示又十
六世是爲海雲坐祖道場能紹厥聞維我
世祖誕膺天命威震九有維佛是敬聞師
之名若古賢聖肯進一言深入聖聽不殺
之仁其利甚弘俾大弟子爲帝股肱至西
雲公能嗣其業據獅子座爲衆演說聞者
讃歎信者鄉風得者如寶悟者如空
今皇帝聖深契道要曰臨濟宗繫爾能紹
即心即佛時迺世守傳不以言而以心受
皇帝萬年正法永傳尚迪後人勿昧其原
勑賜乞台薩里神道碑趙子昂爲文其略
曰
太祖皇帝既受天命略定西北諸國回鶻
最彊㝡先附遂詔其主亦都護第五子與
諸皇子約爲兄弟寵異冠諸國自是有一
才一藝者畢效於朝至元大德間在位之
臣非有攻城戰野之功斬將搴旗之勇而

道包儒釋學際天人寄天子之腹心繫生
民之休戚者惟趙國文定公而已
今上皇帝臨御之七年始行襃卹之典於
是贈公祖父官爵勲封越明年復賜碑墓
道命臣孟頫爲之文當
世祖時公爲平章政事臣爲兵部郎中趍
走省闥識公爲舊承言論政知公爲詳敢
不祗奉
明詔公諱乞台薩里早受浮圖法於智全
末利可吾坡地沙圓通辨悟當時咸推讓
之累贈純誠守正功臣太保儀同三司上
柱國追封趙國公謚通敏又從國師八思
馬學密乘不數月盡通其書旁達諸國及
漢語二世祖知其材俾習漢文書領之遂
通諸經史百家若陰陽曆數圖緯方技之

說靡不精詣會國師西還携與俱歲餘乞
歸省師送之曰以汝之學非爲我佛弟子
者我敢受汝拜耶勉事聖君相泣而別比
至闕師已上書薦之
裕宗得名入宿衛日以筆札侍左右至元
二十年冬有二僧西來見自言知天象上
名通象胥者數輩與語莫能解有脫烈者
言公可使立名與語僧乃屈謝不如上大
恱明年夏擢朝列大夫左侍儀奉御秋置
集賢館命公領集賢公請以司徒撒里蠻
領之乃以公爲中順大夫集賢館學士兼
太史院事明年夏還嘉議大夫明年春升
集賢大學士中奉大夫明年春進資德大
夫尚書右丞並兼太史院事冬拜榮祿大
夫平章政事兼集賢大學士太史院使廿

八年乞解機務以爲集賢大學士三十年加領太史院事自初授官至是凡八遷並兼左侍儀奉御明年
世祖登遐
裕聖皇后命公師翰林集賢太常禮官備禮冊立
成宗即皇帝位明年春以翊戴功加守司徒大德三年復拜平章政事十一年春
成宗宴駕哀慟成疾秋八月十有七日薨于大都發祥里第季六十三以是月日葬城西南岡子原
勑賜佛國普安温禪師塔銘侍書奎章閣虞集撰其略曰師諱至温字其玉一號全一邢州郝氏子也幼聰敏異常兒年六歲其母携之至龐馬村見寐照和尚於淨土院寐照曰汝其爲釋氏乎師心許之會寐照避亂去隱遼西廼禮寂照弟子辨菴訥而祝髮焉無還富公主淨土涖衆甚嚴師不以爲忤庚寅之歲無還開法萬壽師與十僧同往佐之萬松某公以青州辨公宗旨開示法要門庭高廣四方尊之師見萬松始以才氣過人稍不容於衆然而博記多聞論辨無礙百家諸子之言多所涉獵又善草書有顛素之遺法年才十有五爲萬松侍者凡萬松偈頌法語一聞輙了之遂得法焉常以侍者代應對談鋒之利不可犯時人已深期之故太保劉文貞公長師一歲少時相好也劉公厭世故思學道師勸之爲僧同叅西京寶勝明公既而爲世祖知遇侍幃幄爲謀臣薦師可大用得

名見與語大悅将授以官弗受曰天下佛
法流通臣僧之願富貴非所望也留王庭
多有贊益居三歲遣還出賜金資日用不
計其費時
憲宗命海雲主釋教
詔天下作資戒會師持
旨宣布中外而輔成之
世祖征雲南還劉公請承制錫師號曰佛
國普安大禪師總攝關西五路河南南京
等路太原府路邢洺磁懷孟等州僧尼之
事刻印以賜師銳意衛教凡僧之田廬見
侵於豪富及他教者皆力歸之馳駟四出
周於所履必獲其志乃已自其門人或勸
之少憩弗懈也
憲宗末年僧道士有諍各爲違言以相危
上命聚訟於和林剖決真僞師從少林諸
師辨之道士義墮剃鬚髮者十七人道宮
之復爲者以千百計中統建元釋教大盛
僧衆賴之甚思師之功焉而師遂納印辭
職每歲官賜金脩寺之外世味泊如也至
元丁卯五月二十二日以疾終於桓州之
天宮寺西向右脇而化當暑儀形如生更
有異香三日火浴之心舌牙不壞衆庶掊
其地深數尺猶得舍利云世壽五十一僧
臘四十臣聞
世祖皇帝聖度如天善馭豪傑自在
潛邸至於混一海內天下之人材大小畢
至以足其任使故其功業之盛巍巍然赫
赫然三代而下帝王未有或之及也浮圖
氏以寂滅爲宗而材器文辨如温公亦豈

常人之流孰敢叙而表之以見夫興王之運其人如此銘曰維昔世皇始理開平作其潛藩有宫有城顧瞻東隅泉甘土厚蜿蜒來止屬垣負阜命建仁祠龍光是名權輿來尸僧有豪英氣如虹霓辨若風雨縱横凌厲莫敢余侮

世皇有為群策是稽名見從容出其端倪善其利器俾反初服報德不回屹若孤鶚林林釋徒禀教以居孰為紛更入主出奴天子有命存完去駁我馳我驅立折其角燕趙之間至於陝闢我田我廬匪歸匪艱世皇御一民用寧一而釋之門既據既息時龍光師燕居弗馳散其緒餘為書為詩詩揚宗風書縱逸趣沛將有述棄而遽去維時名僧至於公卿有誄有辭失之若驚垂八十年英標如在誰知表之嗣者七代義舉有聞天子喜之史臣屬辭以係遐思

歲正月行使歷代舊錢○十月十八日大赦

大師魯國忠武王木華黎身長七尺虎首虬鬚黑面多謀略雄勇冠一時與博爾朮博爾忽赤老温俱以忠勇佐

太祖時號掇里班曲律猶漢言四傑也

太祖行次東印度

鐵門關侍衛者見一獸鹿形馬尾綠色而獨角能為人言曰汝軍宜早迴

上怪問耶律晋卿楚才奏曰此獸名角端音端日行一萬八千里解四夷語是惡殺之象蓋上天遣之以告陛下願承天心有此數國人命寔陛下無疆之福即日下詔班師右出本朝功臣事略

佛祖歷代通載卷第三十五

音釋

鼒子私切小鼎也 餕小官切與酸同 餡户限切餅中裹肉也 猗於宜切瞎狗也歎辭也 狃女久切狀也習也就也 滹許乎切水進也 儇呼緣切利也慧也 繄於今切青黑繒也 拏乃都切拏子也 誺丑知切

佛祖歷代通載卷第三十六

嘉興路大中祥符禪寺住持華亭念常集

辛亥正月五日以上年十一月廿三日郊祀大赦○三月十八日登極大赦賜高年帛○四月禁使新舊銅錢及至大銀鈔

革罷僧道衙門

論曰望五位以升階轉二衣而就果者上乘菩薩也以四向一坐而證成三生百刼而彰號者緣覺聲聞也聖賢品級教有明文唯妙悟自心入佛知見者千聖尚不爲何階級之有大教東被三百五十餘年後魏以趙郡沙門法果爲沙門統供施之不足又官品之遂授輔國宜城子忠信侯尋進公爵曰安城封官自果始也梁以惠超爲壽光殿學士後周選僧道中學問優贍者充通道觀學士仍改服色隨以彦琮爲翻經館學士唐中宗神龍二年造聖善寺成惠範惠珎法藏大行會寂元壁仁方崇先進國九人加五品並朝散大夫盖以營像修造之功也尋加惠範正議大夫上庸郡公寺主至銀青光禄大夫俸料房閣已上同職官給玄宗卜平内難僧清潤封官三品醫寧王疾愈僧賜緋袍代宗加不空三藏至開府儀同三司肅國公食邑三千戸辭讓數四不允空曰吾以法濟世不意垂死濫汚封爵故秩唯空爲極矣宋金兩朝南北殊風而封釋官秩頗存典故然猶遵律印信未聞迨我皇元世祖皇帝混一海宇條綱制度一出睿思謂以俗制於僧殊失崇敬諭天下設立宣政院僧録僧正

都綱司錫以印信行移各路主掌教門護持教法賴聖天子不負佛囑也然而稗販之流好爵縻賢恃其所貴而貴之奔走伺候處汚不羞以敲朴喧嚚牒訴倥偬爲得志不奪不厭致有囊加巴僧録枉取栲栳山僧錢罔咈律行可謂師子身虫也仁宋皇帝居儲宮日目繫其蔽降旨除宣政院外一例革之是亦不負靈山付囑也於戲朝廷尚行於爵秩釋子乃競於官階官階無盡期貪愛無滿分胡不養其妻子跪拜君親何異織女七襄牽牛負軛者耶識達於此無取焉盛矣乎不空粉澤大教有功猶媿濫汚今何人而欲假名器哉

壬子仁宗文英武章皇帝○十月廿九日以諸王入覲大赦改皇慶

癸丑十月十八日詔科場以經義取士

甲寅正月廿二日改延祐大赦○十一月遣使經理江西江浙湖廣田粮

弘教佛智三藏法師入寂公積寧氏諱沙囉巴觀照事上師著栗赫學佛氏法善吐畨文字頗得祕密之要世祖皇帝嘗受教於帝師發思巴詔師譯語辭致明辯允愜聖衷詔賜大辯廣智法師河西之人尊其道而不敢名止稱其氏至呼其子弟皆曰此積寧法師家其爲見重如此公昆弟四人公其季也總丱之歲依帝師發思巴薙染爲僧學諸部灌頂之法時有上士名刺温卜以焰旻得迦密乘之要見稱於世帝師命公往學此法温卜以公器偉識高非流輩比悉以祕要授之於是王公大人凡

有志茲道者皆於公師而受焉帝師迦囉思巴斡即哩以公之能薦之世祖詔譯諸祕要俾傳於世時僧司雖盛風紀寖蔽所在官吏既不能干城遺法抗禦外侮返爲諸僧之害桂蠹乘癰雖欲去之莫能盡也頹波所激江南尤甚朝廷久選能者欲使正之以白帝師僉謂諸色之人豈無能者必以爲識時務孰與公賢以詔授江浙等處釋教總統既至削去煩苛務從寛大其人安之既而改授福建等處釋教總統以其氣之正數與同列乖迕而不合公謂天下何事況教門乎盖吾人之庸自擾之耳夫設官愈多則事愈煩今諸僧之苦盖事煩而官多也十羊九牧其爲苛擾可勝言哉建言罷之以聞詔罷諸路總所議者稱其高公既得請遁迹壠坻築室種樹盖將終焉至大中以皇太子令召至京師詔授光祿大夫司徒仁宗皇帝龍德淵潛之日嘗問法於公知公之賢既踐天位眷遇益隆詔給廩既館於慶壽寺詔公所譯皆板行之公幼而頴悟諸國語言皆不學而能自爲兒人皆以爲必成大器既長果能樹立致位三公雖以德藝抑亦遭遇於時也其始爲佛誦其言觀其義既涉其涯遂厲於深爲人好賢愛能尤能取諸人以爲善談論之除發其端已得過半之思故其所有皆以好問而致是以名勝之流皆從之游以師友相處延祐元年十月五日歿年五十有六其始疾也詔賜中統鈔萬緡俾求醫藥太尉瀋王往賑疾焉既歿又賜

鈔萬緡以給葬事遣使驛送其喪歸葬故里門弟子相與建塔以表其藏壽安山雲麓洪公作銘有謂佛法之傳必資翻譯故譯梵爲華或敵對名物或唯以義必博通經論善兩方之言始能爲之是以道安嘗謂翻譯微言有五失本三不易故非能者不足以有爲也所以傳列十科翻譯居首者豈非以其爲之難功之大乎予嘗以詔與京邑諸公校讐藏典歷觀自古翻譯之家以義譯經如秦之羅什譯論唐之奘公十數人之作所謂禹吾無間然矣其餘或指義曖昧或文辭疎拙夫義之曖昧蓋譯者之未盡文或疎拙潤色之失也因思安公之言以謂以彌天之高尚稱不易今之譯者何其易哉自季葉以來譯場久廢能者蓋寡豈意人物凋殘之際乃見公乎觀其所譯可謂能者哉

秦州普覺法師卒教自隋唐之後傳者各宗其說遂派而爲三由止觀之門觀假而悟空觀空而趣中以入於實相者爲天台宗會緣入實即俗而明真者爲賢者宗窮萬有之數昭一性之玄有空殊致而同歸乎中道者爲慈恩宗師爲慈恩宗者也姓趙氏諱英辯垂髫爲驅烏甫弱冠資二百五十戒二十有五得傳於栢林潭公爲座主凡爲僧六十有一年年六十有八延祐元年六月庚戌終於景福寺煥異景於易簀之夕標奇迹於火葬之餘以其年月日塔於普覺寺之後師爲性真純如美玉含璞雖不加雕繪而人自愛重之至於悍卒

武夫亦能敬其人謂無佛之世足爲佛也每得錢蔽悉以剏佛祠食守道之侶故君子高其風

乙卯三月遣使宣撫問民疾苦〇平寧都冦〇十一月廿七日以星芒大赦天下

丙辰禮公哥羅古羅思監藏班藏卜爲帝師

勑建栴檀瑞像殿記翰林承旨程鉅夫撰文曰盖聞道非有象作易者必擬諸形容法本皆空度世者暫資於色相謂如指空爲鏡不若以鏡而喻空即樹占風將使識風而忘樹是以雙林付囑舍利以凡聖而偏分千輻經行足跡亘古今而常在非炫神通於幻境實開方便於迷津所謂由自以會心即心而即佛者也栴檀瑞像者佛之真像也其猶萬影沉江如如不異孤光透隙一一皆圓夫豈擇地而容盖以隨緣而應望梅林而止渴靡不同沾泛竹葉以言歸誰堪共載惟我聖天子道躋先聖慈等覺皇祝長樂之春秋恒依佛地企如来之歳月坐閱人天爰命集賢大學士李衎及教禪者德叙具本末乃云釋迦如来淨飰王太子生於甲寅四月八日是爲成周昭王二十四年既生七日佛母摩耶夫人往生忉利至四十二年太子棄位出家修道穆王三年癸未道成八年辛卯思報母恩遂升忉利天爲母說法優闐王自以久失瞻仰欲見無從乃刻栴檀爲像目揵連慮有鈌陋謬躬以神力攝三十二匠升忉利天諦觀相好三返乃得其真既成國王臣民奉之猶真佛焉及佛自忉利天復至人

間王率臣庶同往迎佛此像騰步空中向佛稽首佛為摩頂授記曰我滅度千年之後汝從震旦廣利人天由是西土一千二百八十五年龜茲六十八年涼州十四年長安一十七年江南一百七十三年淮南三百六十七年復至江南二十一年汴梁一百七十七年北至燕京居今聖安寺十二年北至上京大儲慶寺二十年南還燕宮內殿居五十四年大元丁丑歲三月燕宮火尚書石抹公迎還聖安寺居今五十九年而當世祖皇帝至元十二年乙亥遣大臣孛羅等四衆備法駕仗衛音伎奉迎萬壽山仁智殿丁丑建大聖萬安寺二十六年己丑自仁智殿奉迎於寺之後殿世祖躬臨大作佛事計自優闐王造像之歲至今詔述延祐三年丙辰凡二千三百有七年噫四大海中頓覺業風之息一彈指頃不知賢刼之過嘉與含靈從茲安隱於是集賢大學士臣顥以所述上聞有旨授臣鉅夫為之記夫謹奉詔言曰古之聖人教民報本追遠之道而於祭祀之禮廣則木為之主祭則孫為之尸後也乃有像設馬而不知其所由始由斯觀之其原於西域之俗也與夫佛為世出世間之尊又何竢於贊述然欲知佛之為佛固不在於色相而況於其侶色相者乎然苟不自其似而求之又將無所措其歸向之心是故法身無相必假相以表真至道絕言亦因言階妙若於粗者猶拳拳而怠馬則其進也殆庶幾乎陛下考百王之度酌群言之蘊

上以惇孝下以施仁齗於厚天下者無所不用其極至於軌仁於善以輔政教之所不逮亦因天下之心而爲之而非若彼内祠祕祝者之爲也夫以金石之桿堅猶未能必可大今以一木之爲而綿歷若此然而佛之自衛固甚周而人之保之也抑豈一手足之功哉嗟夫遡延二千有奇至於陛下然後發德音經紀鴻烈非緩也憮明之治至是而始隆雖典祀之外猶必以斯文文之也然則化之漸被者廣矣不其盛與記洛陽之伽藍筆多慚於董史頌西方之無量壽共祝於尭年莫測真如徒欣聖際謹記是年封普庵禪師加號其詔曰上天眷命皇帝聖旨朕聞佛氏以空寂爲宗則凡學所遵者寧欲建名號殊稱謂以示天下後世哉而國家非此無以昭尊德樂道之意也朕自即位以来聞袁州路南泉山慈化禪寺普庵寂感妙濟真覺昭貺大德惠慶禪師紹臨濟之緒超華嚴之境德映當代澤被方来其道甚尊顯心切慕之既累錫大謚唯塔號未稱可加定光之塔曰定光靈瑞之塔者主者施行

丁巳正月十日大赦（勅加東林遠法師號妙覺寂光宏辨大師都省咨文）

京都崇恩福元講講主卒公諱德謙姓楊氏寧州定平人幼爲勤策從僧讀佛氏書長時周游秦洛汴汝諮訪先德學苾芻之道又逾河而北觀風齊魏燕趙之郊初受般若於邠州寧公瑞應於原州忠公又受幽賛於好時仙公圓覺於乾陵一公後受唯識俱舍等論於陝州頊公首楞嚴四分

律疏於陽夏聞公凡六經四論一律皆辭宏旨奥窮三藏之藴而數公並以識法觧義馳聲四遠公皆親熏而炙之躋其堂而噬其胾故年未逾立已有盛名於時後至京師受華嚴圓頓之宗於故大司徒萬安壇主揀公之門揀以公傳學多能甚器重之初以詔居萬寧寺後又以詔居崇恩寺萬寧成宗所刱崇恩武宗所刱也兩居大寺前後一紀道德簡於宸衷流聲洋於海隅未嘗以寵遇顯榮爲之志而改其素常語人曰畦衣之士抗塵世表苟不媿於朝聞夕死可矣尚何慕於外哉自以重居官寺久佩恩榮而浮圖之道恬退爲高乃以讓其弟子退居幽僻謝絶人事括囊一室以樂其道延祐四年正月廿八日終於隱所世壽五十有一爲僧四十三夏宰臣以聞皇太后賜鏹五千緡賻葬敕有司備儀衛集京畿諸寺旛蓋鼓樂以送之火後獲舍利數十顆其徒建塔於南城之南

京城大普慶寺實相圓明光教律師入寂

師諱法聞嚴氏陝西人按姓氏畧嚴與莊皆芈姓楚莊王之裔以謚爲氏避漢明諱改氏爲嚴公年七歲從禪德輝公學十有五薙染爲僧年二十受具戒於是游汴汝河洛歷諸講肆研究教乘從太德温公學法華般若唯識因明及四分律温以公任重道遠克振吾宗託以弘傳之寄嘗對佛像灼肌然指庸表克誠刺血書經以彰重法遂隱於臺山不踰閫者六載讀藏教五千卷者三番是以業進行修身藏名著帝

師亦憐命公講說般若指授因明之要因顧謂其徒曰孰謂漢地乃有此僧耶三輔之人勸輝致書昴以兼善毋忘鄉梓請歸長安公以弟子於師義猶君父父師之命敢不敬承況父母之邦鄉里之義可遂忘乎迺抗策而西既至耆老皆驩呼而言曰吾鄉之人得所師而承教矣尋以安西王命居城南之義善寺唐初神僧杜順示迹之地也邠岐涇渭四序講筵不絕從而學者蓋千數焉天子聞之徵至闕庭詔居大原教寺授榮祿大夫大司徒未幾詔居大普慶寺加開府儀同三司大司徒銀章一品賜遼世金書戒本求戒者皆從公而師受焉王公大臣皆仰止高風猶景星鳳凰之瑞於明時也延祐四年三月廿四日加趺而逝以聞上惻然久之賜幣數萬緡以葬詔大臣護喪有司備儀衛旌盖送之世壽五十八戒臘四十三弟子奉遺骨舍利建塔焉

戊午特賜三藏佑聖國師達益巴入寂佛法流於中國久矣三乘之教風靡九州其道至焉唐宋間始聞有祕密之法典籍雖存猶未顯行於世國初其道始盛西鄙統元中天子以大薩思迦法師有聖人之道尊爲帝師於是祕密之法日麗乎中天波漸於四海精其法者皆致重於天朝敬慕於殊俗故佛氏之舊一變於齊魯國師名達益巴少爲苾蒭凡事帝師十有三年出而從入而侍聽言論於左右觀道德於前後陶熏滋久欝成美器凡大小乘律論及祕密

經籍部以十數皆耳於口授目於手示得乎理之所歸行之所趣帝師西還送至臨洮以久勞侍從弗堪跋涉之勤見留於洮師留是十有九年依大士綽思吉翫卜覆所既聞受所未傳切蹉琢磨於是義逾精道益明矣是以譽延兩京道重三朝事二聖於潛竭勤逾紀從屬車往返二都雖兩夕風朝恒在宮壼逮武宗踐祚上處春闈眷藩邸之舊錫賚以千萬計初師在臨洮奏人請居古佛寺至是乞歸以所賜大厥宇謀老汝上未幾以太后詔徵還兩宮之賜賚前有加錫金印駝紐封號弘法普濟三藏大師延祐五年八月十六日化于京師年七十有三以聞上惻焉與歎久之兩宮賜幣以葬皇太子遣使致奠勑有司備儀衛送之都門之外謚佑聖國師給乘騎歸葬成紀焉

是年六月再立行宣政院叅用常選職官勑建大永福寺（即青塔寺）○一月朔日食

己未

京師大寶集寺妙文講主卒姓孫氏蔚州人妙文諱也九歲爲浮圖年十有八畦服游學跋涉雲朔之墟觀風燕趙之邦二十一預苾蒭戒抵京師依大德明公學圓頓之道陸沉于衆者積年三十有二以衆勸請之殷乃始赤服陞猊就傳明之列其涵養冲挹無欲速成名不躁進求達類如此四十有八居薊之雲泉勤儉節用老者懷其德少者嚴其教故衆睦而寺治比再稔廪有餘粟歲荒以賑饑民薊人稱焉世祖聞其道召見之顧謂侍臣曰福德僧也詔

居寶集時禪學寖微教乘益盛性相二宗皆以大乘並驅海内相學之流囿於名數滯於殊途蔽情執之見惑圓頓之旨師獨大弘方等振以圓宗使守株於文字者有以盪滌情塵融通寂照是以龍象蹴踏競附一乘之駕馬年逾八十益倦于勤以寺任諸弟子退居逸老專念佛三昧延祐六年月　日卒年八十有三告終之日誡弟子高聲唱佛名遽起跏趺結三昧印泊然長逝塔于平則門外

庚申正月朔日有食之

三月十一日登極大赦

辛酉英宗格堅皇帝　改年至治

詔各路立帝師殿追謚曰

皇天之下一人之上開教宣文輔治大聖至德普覺真智祐國如意大寶法王西天佛子大元帝師班彌怛拔思發是年

勑建帝師殿碑　光禄大夫大司徒大永福寺住持釋源宗主法洪奉　勑撰

翰林學士趙孟頫書叅議中書省事臣元明善篆額

古之君天下者皆有師惟其道之所存不以類也故趙以圖澄爲師秦以羅什爲師夫二君之師其人也以其知足以圖國言足以興邦德足以範世道足以叅天地贊化育故尊而事之非以方伎而然也皇元啓運北天奄荒區夏世祖皇帝奮神武之威致混一之績思所以去殺勝殘躋生民於仁壽者莫大釋氏故崇其教以敦其化本以帝師拔思發有聖人之道屈萬乘之

尊盡師敬之節諮諏至道之要以施於仁政是以德加於四海澤洽於無外窮島絶嶼之國卉服魋結之氓莫不草靡於化風駿奔而効命白雉来遠夷之貢火浣獻殊域之琛豈若前代直羈縻之而已焉其政治之隆而仁覆之遠固元首之明股肱之良有以致之然而啓沃天衷克弘王度寔賴帝師之助焉皇上重離繼明應乾承統以爲法位久曠道統将微以師猶子之子公哥禄魯斯監藏嗣帝師位俾修其法歛時五福祐我家邦有河西僧高沙剌巴建言於朝以爲孔子以修述文教之功世享廟祀而光帝師德侯将聖師表一人製字書以資文治之用迪聖慮以致於變之化其功大且遠矣而封號未追廟享不及豈國家崇德報功之道哉大臣以聞詔郡國建祠宇歲時致享師薩思迦人族欵氏祖朶栗赤當吐藩之盛相其君伯西海後十餘世皆以學德爲國宗範師生八歲誦經數十萬言又能約通大義國人以爲聖故稱拔思發長而學富五明故又稱班彌怛其所師而學焉友而問焉者數十人皆有盛名於時故其所有注不可涯矣其所撰述皆辭嚴義偉制如佛經國人家傳口誦寳而畜之夫敏者怠於慱學貴者恥於下問才高而位重則矜巳而驕物此人之恒也師以生知之明爲天子師可謂敏且貴矣而乃慱學無厭下詢遺老人有一法不遠千里而求之雖硜硜之諒佼佼之庸苟有可取無遺焉負絶世之材材莫大焉處

帝師之位位莫重焉而乃孜孜於道循循誘物惟恐德之不修道之不弘未嘗以多能自聖而有滿盈之色曠若空谷靜若深淵遠若雲霞重若丘山豈非至德其孰能與於此哉其道之所被德之所及猶杲日麗乎天明無不照陽和煦於物氣無不浹其高如天不可階而升也其大如海不可航而涉也以不言而民信不勸而物從所過者化所存者神匪天縱之將聖孰能與於此哉故天子法天地尚德右功之道著皇王之盛典崇廟享之報宜乎龜趺螭首刻頌遺烈昭示無極洪以狂斐猥承明詔序而銘之其銘曰佛道弘大洋海無際滔天沃日並育萬類於彼將聖象罔得一推厥緒餘以匡王國烈烈皇祖草昧天造奠是南紀功格蒼旻天錫睿哲俾翊我后敦彼薄俗化于仁厚汪濊漏泉波及無外航瀆梯阻萬邦咸會群邪鴟揚維鳩之競式遏詭類率俾吾正赳赳武夫蚩蚩嚚鄙德訓所及風振草靡惟月之恒惟日之升惟師之道罔或不承欒欒清廉惟時享之有偉其貌惟時仰之莫高匪山莫深匪淵刻銘頌烈永世無遷

五臺山大普寧寺弘教大師性講主卒公諱了性號大林武氏惟古因生賜姓胙土命氏公之先莫詳世系然考之命氏之原武子姓其後邑于宋宋武公之後以謚爲氏公少好學聰敏之性殆天啓之依耆德安公爲浮圖既登具歷諸講席探賾經論研精祕奧始遇真覺國師啓悟初心既而

周游関陝河洛歴汴汝唐鄧放予襄漢尋幽覽勝以博其趣所至必訪其人詢至道之要其所師而學者如栢林潭公關輔懐公南陽兹公皆以義學著稱及歸復見真覺於壠坻逾見墻仞之高堂室之奥乃曰佛法司南其在兹乎後從真覺至臺山真覺殁北游燕薊晦迹魏闕之下悠悠如處江海之上與世若相忘焉然以懐璧之羡被褐而莫掩名既喧於衆口聲遂聞於九重會萬寧既建詔公居之至大中太后敕寺臺山寺曰普寧以兹擅天下之勝住持之寄非海内之望莫能勝之故以命公公居此山十有餘年而殁公爲人剛毅頗負氣節不能俛仰隨世嬪悅於人雖居官寺未嘗至城府造權貴之門或謂公少和氣公曰予以一芥苾芻天子不以人之微處之大寺惟竭誠夙夜匪懈圖以報國而已夫何求哉必有臧倉毀鬲之言蓋亦營營青蠅止于棘樊耳顧予命之不遭道之不行納屨而去之何往而不得於道乎時國家尊寵西僧其徒甚盛出入騎從擬迹王公其人赤毳峩冠岸然自居諸名德輩莫不爲之致禮或磬折而前摳衣接足丐其按頂謂之攝受公獨長揖而已或謂公傲公曰吾敢慢於人耶吾聞君子愛人以禮何可苟屈其節而巽于床自取卑辱乎且吾於道於彼何求哉彼以其勢自大而倨吾苟爲之屈焉非諂則佞也焉有君子而爲佞諂之行哉識者壯其氣以謂如佛印元公之遇高麗王子可謂識大體而得乎

禮矣至治元年九月三日歿於普寧寺既火化以舍利塔于竹林之墟

壬戌　故榮祿大夫司徒大王山普安寺住持幻堂嚴講主卒公康氏成紀人諱寶嚴字士威號幻堂父某以羅喪亂棄俗爲僧昆弟六人公其季也少以邁往之氣不樂處俗與其弟金雍染從佛求出世之道每逢名德啟講必往聽而問焉嘗謂學而不思思而不學君子所憂雖通其說而不通其宗是學而不思也豈稱達者哉況文字之學守株象迹惑於多岐焉能涉同歸之海造圓頓之奧乎聽其說固辯矣觀其所得則未也於是既問而學之以博其趣而益致其思焉是其所以造詣蓋得之繫表故其講說深有宗通理味後嗣真覺國師傳賢首宗教以師承既高見解益明其方寸之地湛如止水瑩若明鏡物我相形輒影見於中雖以天資之高而德器之美抑亦師友王琢蘭薰而致及真覺以詔居大白馬寺公與金從至洛汭及居大萬聖佑國寺又從至臺山真覺歿詔以公繼其位後公以太后詔居大普安寺詔以金繼公居佑國寺公於至治二年七月某日歿年五十有一詔復以金居普安寺金以公之喪葬東封谷之口建塔以脩祀事焉

癸亥　至治三年八月十四日天目山中峯卒勅諡普應國師法雲之塔奎章學士虞集奉勅撰銘其畧云天目之山有師子岩高峯妙禪師居之設死關以辨决叅學之士望崖而退者衆矣得一人曰本公是爲中峯

和上師生有異徵為童兒嬉戲必為佛事稍長閱經教然指臂求佛甚切晝夜彌勵困則首觸柱以自儆期必得乃已及入死關密叩心要誦金剛經至荷擔如來阿耨多羅三藐三菩提處恍然開悟自謂所證未極勵精勤苦浴訣無怠及觀流泉乃大發明師亦閟而不聞自是說法無碍高峯將戢化權遂書真贊屬諸師云我相不思議佛祖莫能視獨許不肖兒見得半邊鼻其授受不虛若此著書若干卷行于世仁宗皇帝聞而聘之不至製金紋伽黎衣賜之號之佛慈圓照廣惠禪師賜師子院名曰正宗禪寺云云師諱明本宋景定癸亥歲生錢塘孫氏年六十一僧臘三十五化於其山之東岡

是年四月賜瀛國公合尊死于河西○詔僧儒金書藏經○八月四日上崩

甲子改泰定

丁卯帝師公哥羅於十月某日涅槃○九月十

戊辰四日即位年改致和為天曆元年○禮公哥羅亦中納思監藏班藏卜文國公為師是年華行宣政院設立十六處廣教總管府以攝僧

己巳勅建崇禧萬壽寺於蔣山

庚午改至順元年○詔改建康為集慶路○勅建大龍翔集慶寺

壬申亦輦真班皇帝九月即位

大都妙善寺比丘尼舍藍藍八哈石卒師諱舍藍藍高昌人其地隸北庭其地好佛故為苾芻者多太祖皇帝龍飛漠北其王率所部以從帝嘉其義處之諸國君長之

上待以子壻之禮海都之叛國人南徙師始八歲從其親至京師入侍中宫真懿順聖皇后愛其明敏恩顧尤厚成宗之世事皇太后於西宫以侍從既久勤勞之多詔禮帝師迦羅斯巴斡即兒爲師薙染爲尼服用之物皆取給於官又眡宫官例繼以既廩武宗繼統仁宗以太弟監國師朝夕於太后之側入而侍出而從所言必聽所諫必從睠寵之隆猶子姪焉内而妃主外而王公皆敬以師禮稱曰八哈石北人之稱八哈石猶漢人之稱師也仁宗之世師以桑榆晚景自謂出入宫掖數十餘年凡歷四朝事三后寵榮兼至志願足矣數請静退居於宫外求至道以酬罔極太后弗聽力辭弗已詔居妙善寺以時入見賜予之物不可勝紀師以其物剏寺於京師曰妙善又建寺於臺山曰普明各置佛經一藏恒業有差又以黄金繕寫番字藏經般若八千頌五護陀羅尼十餘部及漢字華嚴楞嚴畏元字法花金光明等經二部又於西山重修龍泉寺建層閣於蓮池於吐番五大寺高昌國栴檀佛寺京師萬安等皆貯鈔幣以給然燈續明之費又製僧伽黎衣數百施番漢諸國之僧其書寫佛經凡用金數萬兩剏寺施捨所用幣數以萬計其積而能散施予不吝期積福於來生必至於佛地者皆人所不能也英宗之明以其有静退之高眷遇尤至每稱之賢以爲知幾文宗即位今皇太后居中宫以皇妣魯國太長公主愛重於師有兄弟之義

尤加敬焉至順三年二月廿一日歿年六十四葬南城之陽賜號真淨妙惠大師

臨壇大德律師汶公卒姓張氏諱惠汶歸德之偃武人也驅烏之歲依耆宿釭公爲浮圖二十而進具從大德温公受菩薩戒嗣法壇主恩公既而行業日隆道益著從學者益衆佛制凡爲苾蒭雖大節不虧而細行必謹非法不服非時不食居處動作皆有軌則所以戒昏墮而防逸德也公齋戒既嚴護衣惟謹雞鳴而興坐以待旦乾乾終日惟佛是念雖道行旅宿三衣一鉢必與身俱制行雖高而無矯飾之節操存雖固而無詭激之迹是以言而人莫不信動而人莫不敬兩河之間三監舊邑從化者蓋以萬數緇素相率而求戒法者憧憧接跡於途承一訓言莫不懽心感戴說法數十餘年升壇授戒四十餘會大臣接以師敬之禮至順三年十一月廿二日歿年七十有三

癸酉今上皇帝萬萬歲　六月初八日登寶位改元統元年禮請公哥兒監藏班藏卜爲帝師

栴檀瑞像自周穆王庚寅
世尊示滅自周穆王壬申
大教東被自東漢明帝戊辰
至元統元年計
二千三百二十四年
二千二百八十二年
一千二百六十六年

佛祖歷代通載卷第三十六

音釋

癰於容切癰腫也 曖於代切晻丨暗貌 畤諸以時止二切 畦胡圭切田五十畝曰畦 鏹居兩切錢貫也 汐辭瀝切水名也 硜口耕切小人貌又口定切 佼古爻切交也 濊呼活切水貌 胙在故切說文祭福肉也 儆古影切戒也

百丈清規

大智壽聖禪寺住持 臣 僧德煇 奉 勅重編

大龍翔集慶寺住持 臣 僧大訢 奉 勅校正

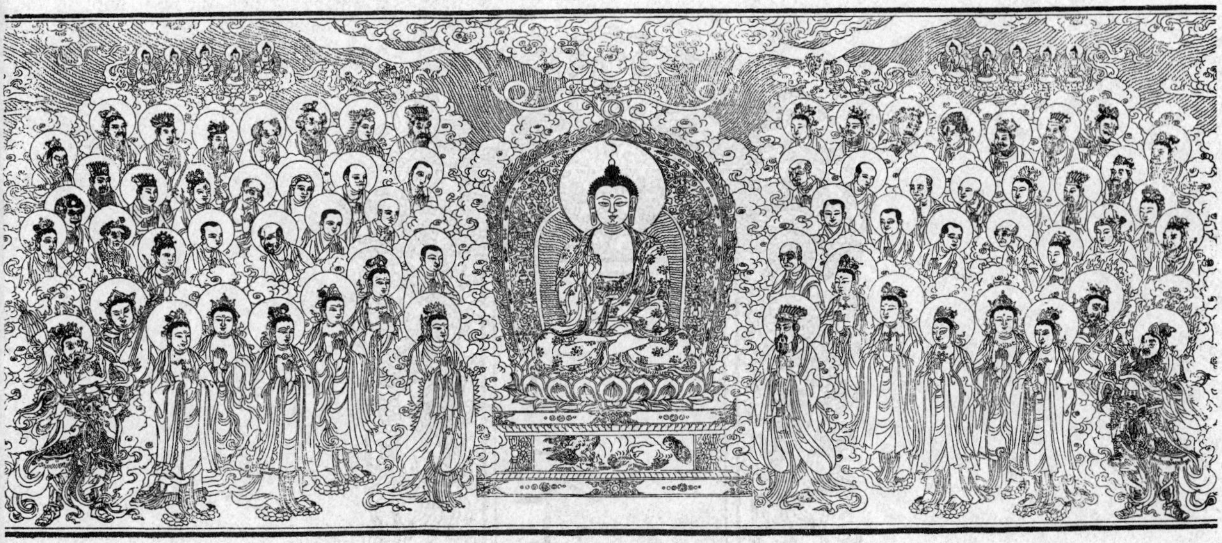

清刻龍藏佛說法變相圖

勑修百丈清規
禮部尚書臣胡濙等謹
題爲重刊清規事禮科抄出江西南昌府
奉新縣百丈山大智壽聖禪寺住持僧
忠智奏本寺自唐時佛祖大智懷海禪
師垂訓名曰百丈清規至元間僧德煇
重新編刊遍行天下叢林僧徒循規遵
守洪武拾伍年肆月貳拾伍日節該奉
太祖高皇帝聖旨榜例諸山僧人不入清規
者以法繩之欽此欽遵永樂拾年伍月
初三日節該奉
太宗文皇帝聖旨榜例僧人務要遵依
舊制各務祖風謹守清規嚴潔身心永樂二
十二年十壹月貳拾柒日該僧録司官奏僧
衆多中間有等不守規矩合無依清規

整治節該奉
仁宗昭皇帝聖旨照依清規料治他欽此除
欽遵外近因本寺清規書板年遠無存
欽蒙
皇上洪恩普度天下僧行仍住原額寺院熏
脩香火祝延
聖壽臣切見後學僧徒多有未見清規體例
罔知軌度不諳戒律甚辱祖風深爲未
便臣依原體式重寫刊完雖有歷朝序
文年代已遠誠恐僧徒視爲常事不行
遵守今将重刊清規印集壹本開坐具
本親齎謹　奏伏望
聖恩憐憫教門乞
勑賜清規序文刊圓成書
頒行天下叢林寺院住持首僧督衆講
習各慕祖風嚴持戒律庶俾僧徒無
傷風化正統柒年貳月拾貳日該通
政使司右通政李錫等官於
奉天門奏奉
聖旨禮部知道欽此欽遵抄出到部叅照住
持僧忠智奏稱重刊百丈清規乞
賜序文壹節合無行移翰林院撰述惟復聽
令本僧自行請人述作緣奉
欽依禮部知道事理未敢擅便謹題請
旨正統柒年貳月拾玖日禮部尚書胡濙等
官於
奉天門題奏奉
聖旨序着翰林院撰欽此除外遵依施行
正統柒年肆月拾柒日
長生天氣力裏

大福廕護助裏
皇帝聖旨行中書省行御史臺行宣政院官
人每根底宣慰司廉訪司官人每根
底軍官每根底軍人每根底城子裏
達魯花赤官人每根底徃來的使臣
每根底百姓每根底衆和尚每 根底
宣諭的
聖旨
成吉思皇帝
月闊台皇帝
薛禪皇帝
完者篤皇帝　曲律皇帝
普顔篤皇帝　格堅皇帝
忽都篤皇帝　札牙篤皇帝
亦輦真班皇帝聖旨裏和尚也里可温先生

每不揀甚麽差發休當告
天祝壽者麽道説有來如今依着在先
聖旨體例裏不揀甚麽差發休當告
天與
咱每祝壽者麽道
札牙篤皇帝 教起盖大龍翔集慶寺的時分
依着清規體例行者麽道曾行
聖旨有來江西龍興路百丈大智覺照禪師
在先立來的清規體例近年以來各
寺裏将那清規體例增減不一了有
如今教百丈山大智壽聖禪寺住持
德煇長老重新編了教大龍翔集慶
寺笑隱長老爲頭揀選有本事的和
尚好生校正歸一者将那各寺裏增
減來的不一的清規休教行依着這

校正歸一的清規體例定體行者麽
道執把的
聖旨與了也這的每寺院房舍裏使臣每休
安下者鋪馬祗應休拿者稅粮休納
者但屬寺家水土園林人口頭疋碾
磨店鋪解典庫浴堂竹園山場河泊
船隻等不揀是誰休奪要者休倚氣
力者這般
宣諭了呵別了的人每要罪過者更這的
每有
聖旨麽道做没體例勾當呵他每更不怕那
聖旨
元統三年猪兒年七月十八
日上都有時分寫來
皇帝聖旨裏

帝師公哥兒監藏班藏卜法旨行中書省
行御史臺行宣政院官人每根底宣
慰司廉訪司官人每根底軍官每根
底軍人每根底城子裏達魯花赤官
人每根底往來使臣每根底本地百
官人每根底百姓每根底衆和尚每
根底
省諭的
法旨
札牙篤皇帝盖大龍翔集慶寺的時分教依
着百丈清規體例行了
聖旨有來這清規是百丈大智覺照禪師五
百年前立來的如今
上位加與弘宗妙行師號更爲各寺裏近年
将那清規增減不一教百丈山德煇

長老重新編了教龍翔寺笑隱長老
校正歸一定體行的執把
聖旨與了也
皇帝爲教門的上頭教依着這校正歸一的
清規體例定體行者麽道是要天下
衆和尚每得濟的一般您衆和尚每
體着
皇帝聖心興隆
三寶好生遵守清規修行辦道專與
上位祈
福祝
壽報答
聖恩弘揚
佛法者不揀是誰休别了者見了
法旨别了的人每不怕那甚麽

法旨
鼠兒年四月十一日大都大寺
裏有時分寫來
皇帝聖旨裏行宣政院准
宣政院咨據僧子仲狀告係江西道
龍興路百丈山大智壽聖禪寺知事
僧元統三年七月十八日本寺住持
德煇長老欽受
御寶
聖旨節該江西龍興路百丈大智覺照禪師
在先立來的清規體例近年以來各
寺裏將那清規體例增減不一了有
如今教百丈山大智壽聖禪寺住持
德煇長老重新編了教大龍翔集慶
寺笑隱長老爲頭揀選有本事的和

尚好生校正歸一者将那各寺裏增
減來的不一的清規休教行依着這
校正歸一的清規體例定體行者麽
道執把的
聖旨與了也欽此除欽遵外緣係各省開讀
事理欽録
聖旨全文連前告乞施行得此照得元統三
年五月初七日阿察赤怯薛第二日
三吉怛
納鉢裏有時分對脱别台平章闊兒吉思
平章阿魯灰院使舉里學士等不蘭
奚大司徒根底撒迪中丞傳奉
聖旨江西龍興路裏有的百丈大智覺照禪
師在先立來的清規體例近年各寺
裏将那清規體例增減了有如今教

百丈寺裏住持德煇長老重新編了
教大龍翔集慶寺笑隱長老爲頭揀
選有本事的和尚好生校正歸一與
定體執把行的
聖旨更百丈大智覺照禪師根底加與弘宗
妙行師號宣政院行文書與詞頭
宣命者麽道
聖旨了也欽此除詞頭
宣命具呈
中書省照詳外據
聖旨移付𫎇古房就行翰林院欽依
頒降外今據見告當院除外欽録
聖旨全文在前合行咨請照驗遍行合屬欽
依施行准此除外欽録全文在前使
院合下仰照驗欽依施行湏議劄付

者

右劄付百丈山大智壽聖禪寺德

煇長老准此

蒙古字一行

至元二年　月　日

勅修百丈清規目録

大智壽聖禪寺住持臣僧德煇奉　勅重編
大龍翔集慶寺住持臣僧大訢奉　勅校正

勑脩百丈清規目録 畢

勑修百丈清規卷第一

大智壽聖禪寺住持 臣僧德煇奉 勑重編

大龍翔集慶寺住持 臣僧大訢奉 勑校正

祝釐章第一

人之所貴在明道故自古聖君崇吾西方聖人之教不以世禮待吾徒尊其道也欽惟
國朝優遇尤至特蠲賦役使安厥居而期以悉力于道
聖恩廣慱天地莫窮必也悟明佛性以歸乎至善發揮妙用以超乎至神導民於無爲之化躋世於仁壽之域以是報
君斯吾徒所當盡心也其見諸日用則朝夕必祝一飰不忘而存夫軌度焉

聖節

欽遇
聖節必先啓建金剛無量壽道場一月日僧行不給假示敬也啓建之先一日堂司備榜張于三門之右及上殿經單(式見後)俱用黄紙書之輪差僧簿依戒次各書雙字名維那(先五日袖紙帶堂司行者詣書記寮通報書記出接維那觸禮)一拜稟云(啓建聖節煩製疏語如書記缺則書狀侍者代之俱缺則用現成疏語見後)書記製畢具草先呈住持親送堂司觸禮一拜荅先禮也維那用黄紙書疏帶行僕捧盤袱爐燭香合上方丈請住持僉疏炷香觸禮一拜稟云(啓建聖節請和尚僉疏)僉訖行者就覆住持来早殿上啓建諷経仍報諸寮掛諷経牌燒香侍者覆住持来早上堂至五更住持行香回再覆粥罷上堂令客頭掛上堂牌維那於僧堂早粥遍食椎後再鳴椎一下云(白大衆粥罷聞鐘聲各具威儀詣大佛寶殿啓建 天壽聖節謹白)後鳴椎一

下往住持前問訊從首座板起巡堂一匝出外堂下間至上間歸内堂中間問訊而出粥後少停待大殿排香燭茶湯鐃鈸手爐俱辦堂司行者報方丈客頭先覆住持次覆侍者鳴方丈板三下鳴鼓堂司行者預鳴衆寮前板三下集衆坐堂如尋常坐禪向内坐皷鳴則轉身向外坐頭首先集堂外候皷鳴即入堂首座後入就坐西堂勤舊蒙堂諸寮並外堂坐住持於皷初鳴出寢堂坐侍者問訊東立行者問訊西立轉皷侍者往法座左側立候衆集頭首下床聖僧前問訊領衆出堂至法座前列一行問訊歸西序立大衆鴈列于後若不候頭首至先自立定非法也其行堂亦於皷鳴時鳴板三下叅頭領衆行者列庫堂前相對排立候轉皷知事出則問訊隨其後待西序歸位畢亦列一行座前問訊上首居後都寺引歸東序立定衆行者列知事後稍離遠立侍侍者入請住持出行者問訊住持至法座前行者趨近知事後立冬月則衆去帽問訊住持和南登座侍者随上法座以香合蓋盛香捧上住持拈香祝壽畢侍者接香以左手插爐中右手拈從香一炷畧問訊下座歸班待住持斂衣趺坐侍者先末班引過座下列一行問訊燒香侍者引班歸位次首座領班出列座前問訊大衆同問訊知事轉班列座前問訊行者随問訊西堂東堂出座下問訊侍者登座左手上香轉身提坐具問訊（謂之代衆請法）退立座側問荅罷陳白事意云

某月某日欽遇　天壽聖節某寺預於某月某日啓建金剛無量壽道場一月日逐日輪僧上殿披閲金文今辰開啓住持臣僧某陞于此座舉揚聖諦第一義所集洪因端為祝

延聖壽萬安者說法竟白云下座各具威儀詣大佛殿啓建天壽聖節謹白此日座下雖有官員亦不得叙謝蓋尊君也鳴大鐘及僧堂前鐘集衆列殿上向佛排立住持上茶湯上首知事遞上燒香侍者就佛座前下茶湯畢住持歸位立定行者鳴鈸維那轉身爐前揖住持上香燒香侍者捧香合次東堂西堂出班上香如有大方諸山住持偶至者令侍者請於兩序前上香次兩序對出向佛問訊上香畢兩兩相朝轉身歸位大衆同展三拜兩序分班對立住持就跪知客跪進手爐侍者跪進香合維那白佛宣疏畢知客跪接爐住持收坐具維那舉楞嚴咒回向云諷誦祕章所萃洪因端為祝延　今上皇帝聖壽萬安金剛無量壽佛云云衆散每日堂司行者將輪差僧簿須預先一日請住持頭首衆僧各書雙字名僉押量衆多少依戒具寫差單排定

日分周而復始仍列経目對揭殿內柱上至日各務嚴肅鳴大鐘上殿當次僧須具威儀香合禮佛歸位看経庫司嚴設香燭備點心維那燒香點湯照拂至晚鳴大鐘下殿堂司行者直殿行者常加伺候毋令怠慢如官員入山拈香鳴鐘集衆諷無量壽咒舉藥師號畢回向云某處某官入山拜手拈香僧衆諷誦祕章所萃洪因端爲祝延　今上皇帝聖壽萬安金剛無量壽云云節內遇三八日佛殿念誦至日齋罷堂司行者覆住持兩序諸寮掛念誦牌報衆叅前巡廊鳴板集衆向佛排立住持至鳴大板三下次鳴大鐘燒香歸位維那出班念誦云皇風永扇帝道遐昌佛日增輝法輪常轉爲如上緣念清淨法身毘盧遮那佛十號誦訖回向云上来念誦所集洪因端爲祝延　今上皇帝聖壽萬安金剛無量壽云云鳴僧堂前鐘三下大衆問訊而散或住持赴郡縣都道場所歸時鳴鐘集衆門

迎請方丈問訊
聖節啓散古規所載堂僧堂司給由暫到客司給由隨身照證蓋往時僧道歲一供帳納免丁錢官給由爲憑故遊方道具度牒之外有每歲免丁由有何處坐夏由有啓散聖節以備徵詰各亦畏慎今雖不用存其事以見古也

黃榜式

某州某府某寺
某月某日欽遇
天壽聖節本寺預於今月某日恭就
大佛寶殿啓建
金剛無量壽道場一月日逐日輪僧上殿披閱真詮宣持密號
所華
洪因端爲祝延
今上皇帝聖壽萬歲萬歲萬萬歲
右共惟
佛日洞明
龍天昭格
某年某月　日都監寺臣僧某謹言
住持臣僧某

經單式

今具經文品目于后
大方廣佛華嚴經　大乘金光明經
大佛頂萬行首楞嚴經
大乘妙法蓮華經
大方廣圓覺脩多羅了義經
大乘金剛般若波羅密經　大仁王護國經
右具如前
今月　日綱維臣僧　某　具

差單式

今具逐日輪僧上殿名員于后　用白紙書
某日　住持臣僧　某甲首座　某甲書記
某甲藏主　某甲知客　某甲西堂
某日　某甲稱呼　某甲上座　某甲都寺
右具如前
今月　日堂司　某　具

疏語啓建右伏以　覆燾無私乾坤孰測其高厚　照臨有赫日月莫踰其光華知　贊仰之徒勞欲　補報而無極惟託鈞陶之内義重　四恩故竭　忠愛之心虔恭　三祝斗樞電繞龍象筵開帝網百億山河咸歸

聖量華藏三千世界盃衍　丕圖少盡消埃
匪懈朝夕欽願　夔龍登用　景星耀而泰
階平　麟鳳呈祥　聖人作而萬物覩謹疏
滿散優鉢羅花瑞世　同佛降生　閻浮提
樹連陰與天齊壽故　毓夙成之　睿質克
承丕顯之　聖謨　大哉乾至哉乾　體
乾居正　會其極歸其極　建極立中爰以
吾道之大同有裨　聖時之至治山林鐘
鼓樂　化日之舒長草木昆蟲被　膏澤之
滲漉　祥開震夙　頌祝華封欽願　垂拱
無爲天地位而萬物育　鈞陶有象陰陽理
而四時平　壽考萬年　本支百世

景命四齋日祝讚

景命好日月旦月望初八廿三四齋日隔宿
堂司行者報衆掛諷經牌次早鐘絕後鳴僧
堂前鐘集衆登殿維那舉楞嚴咒唱藥師號
嘆佛畢回向云某日令長某州某寺住持傳法某某僧某謹集合山僧衆恭趨寶殿諷誦大佛頂萬行首楞嚴神咒稱揚聖號所萃洪因祝延　今上皇帝聖壽萬安金剛無量壽佛仁王菩薩云云

旦望藏殿祝讚

旦望古來轉藏祝壽今則必先侵晨登殿
御座前祝讚於禮爲恭或粥罷陞座罷鳴鐘
集衆住藏殿維那舉云摩訶般若波羅蜜多　衆當默念
住持領衆合掌繞藏行道三匝多衆則一匝
立定維那舉大悲咒回向云大圓照中有華藏海功超造化
道絕明言三光電卷而實相涵六合齊奔而湛然寂不思議海難盡讚揚某州某寺住持傳法臣僧某月旦令辰謹集合山僧衆恭趨藏殿繞旋行道稱念摩訶佛母聖號運轉天宮法寶輪藏諷誦大悲圓滿神咒所萃洪因端爲祝延　今上皇帝聖壽萬安金剛無量壽佛仁王菩薩摩訶薩摩訶般若波羅蜜

每日祝讚

齋粥二時下堂僧衆必須登殿維那舉無量壽呪三遍回向云諷誦祕章所萃洪因端為祝延　今上皇帝聖壽萬安金剛無量壽佛云云

千秋節

至期堂司行者隔宿報衆掛諷經牌次早鳴僧堂鐘集衆登殿維那舉楞嚴呪畢白佛四齋日同回向云某道某路某寺某月某日欽遇皇太子千秋令節謹集合山僧衆恭趁寶殿諷誦大佛頂萬行首楞嚴神呪稱揚聖號所萃良因欽祝皇太子睿筭千秋殿下伏願日重輪月重輝照臨海宇山如礪河如帶鞏固邦基金剛無量壽佛云云

善月

正五九為善月預先一日維那令堂司行者覆住持報庫司掛善月牌于殿門前具經單輪差僧簿每日鳴大鐘登殿看經祝贊終月而畢

始由隋開皇三年詔天下正五九并六齋日各寺建祈禱道場不得殺生命取藏經中有毘沙門天王每歲巡按四大部洲正五九月治南贍部洲故禁屠宰而唐之藩鎮每上任必犒士卒不下數萬人須大烹宰故以正五九不上官為禁殺也而俗以為忌者非

祝釐章終

報恩章第二

國有禘祫四時之祭所以昭功德隆本始重繼嗣也

聖朝崇佛

世祖而下咸各建寺謂由佛應身以御天下化儀既終復歸佛位在　京官寺於是設

聖容具佛壇場月以五祭設奠展禮如生而致夫羹墻之思洪惟　聖化所被與佛之教

流于無垠而吾徒沐恩波濡　聖澤可不知所自而思所報效焉

國忌

上賓日届期隔宿庫司報堂司令行者覆住持兩序報衆掛諷經牌就法座上安　御座用黄紙寫　聖號牌位嚴設香花燈燭几筵供養至期鳴僧堂鐘集衆候住持至上香上茶湯維那舉楞嚴呪諷誦畢回向云某州某寺住持傳法臣僧某某某月某日恭遇　某聖聖忌之辰謹集合山僧衆諷誦大佛頂萬行首楞嚴神呪稱揚聖號所萃殊利資嚴聖駕伏願神遊入極想雲車風馮来臨位證中天受玉殿瓊樓快樂十方三世云云

祈禱

凡有祈禱須如法嚴治壇場鋪陳供養住持專心加謹僧衆各務整肅知事内外提督應辦大小寮舍巡警齋潔或有官員拈香恭勤迎送預期庫司禀覆住持先付意旨維那知會堂司行者報衆掛祈禱牌齋粥二時鳴鐘集衆諷經或看藏經或四大部經或三日五日七日隨時而行如祈晴祈雨則輪僧十員廿員或三五十員分作幾引接續諷誦每引諷大悲呪消灾呪大雲呪各三七遍謂之不斷輪終日諷誦必期感應方可滿散懺謝其疏意各列于后

祈晴　切見淫雨爲戾物用不成百川横流民無寧處盖衆生共業所感惟上天覆燾無私由是謹發誠心啓建祈晴道場每日命僧諷誦經呪仰扣諸聖所冀祈求晴霽速賜感彰伏願掃頽雲於四野陰沴潛消麗杲日於中天容光必照俾五行各順其序而萬彚悉遂其生

祈雨　切見亢陽為灾百物就槁匪上天之降罰由下民之多愆惟諸佛開慈悲之門而神呪有祈禳之應由是謹發誠心啓建祈雨道場每日命僧諷誦經呪仰扣諸聖所冀祈求雨澤速賜感通伏願拯生靈於塗炭厥維艱哉起雲龍于山川俾雱霈矣庶茲多稼亦乃有秋

祈雪　切見時冬恒温恐生物之疵癘維天降雪淨下土之祲氛庸致瓣香之誠願集六花之瑞由是謹發誠心啓建祈雪道場每日命僧諷誦經呪仰扣諸聖所冀祈求雨雪速賜感通伏願彤雲千里潤澤八荒六府三事用修草木咸若二氣五行順序神人以和

遣蝗　切見飛蝗蔽天惟凶荒之可慮遺孽入地恐滋蔓之難圖匪假神功之驅除雖極人力而罔措由是謹發誠心啓建遣蝗道場每日命僧諷誦經呪仰扣諸聖所冀驅遣蟲蝗速賜消殄伏願滌之風雨掃種類以無遺投之江河隨業感而自化民安其業物遂其生

日蝕　此日而食占五紀之或乖畏天之威屢六沴之將作故徇民情而救護盍依佛力以禱禳由是謹發誠心命僧諷誦經呪用伸救護所冀日精速賜還光伏願五色開而黃道明照臨下土羣陰消而陽德盛昭回于天

月蝕　月耀陰精而主夜所賴照臨天示咎徵于下民於焉薄食既戒既懼以禱以禳由是謹發誠心命僧諷誦經呪用伸救護所冀月華速賜還明伏願妖蟇滅跡清光現大地山河顧兔長生萬象納廣寒宮殿

報恩章終

勅修百丈清規卷第一

音釋

您尼錦切你也　𠬝布眽切戶籍也判也　飰扶挽切食也　趲藏但切散走也　犒苦到切餉軍也　沴閭計切水不利也

勅修百丈清規卷第二　本八

大智壽聖禪寺住持臣僧德煇奉　勅重編
大龍翔集慶寺住持臣僧大訢奉　勅校正

報本章第三

性者人之大本也振天地而莫知其始窮萬世而莫知其終佛與衆生均有是性悟之而登妙覺迷之而流浪生死從刼至刼六道異趣業報展轉無有窮已所賴聖訓洋洋堪作依怙吾徒忝形服預法系遵其行之爲律宣其言之爲教傳其心之爲禪而循吾所謂大本者以同夫佛之全體妙用始可稱佛子而續慧命也其於諱日追悼豈世禮哉

佛降誕

先期堂司率衆財送庫司營供養請製疏僉疏聖節禮同至日庫司嚴設花亭中置佛降生像於香湯盆内安二小杓佛前敷陳供養畢住持上堂祝香云佛誕令辰某寺住持遺教遠孫比丘某甲虔爇寶香供養本師釋迦如來大和尚上酬慈蔭所冀法界衆生念念諸佛出現于世次趺座云四月八日恭遇本師釋迦如來大和尚降誕令辰率比丘衆嚴備香花燈燭茶果珍羞以伸供養住持遺教遠孫比丘某甲陞于此座舉唱宗乘所集殊勲上酬慈蔭下與法界衆生同伸希有之慶次說法竟白云下座各具威儀請大佛殿浴佛諷經謹白下座領衆同到殿上向佛排立定住持上香三拜不收坐具進前上湯進食請客侍者遞上燒香侍者捧置于几畢復位三拜再上香下嚫點茶又三拜收坐具維那揖班上香大衆展拜住持跪爐維那白佛云一月在天影涵衆水一佛出世各坐一華白毫舒而三界明甘露洒而四生潤宣疏畢舉唱浴佛偈云我今灌沐諸如來淨智莊嚴功德聚五濁衆生令離垢同證如來淨法身行道浴佛将畢舉楞嚴呪回向云上來諷經功德回向真如實際莊嚴無上佛果菩提四恩等報三有齊資法界有情同圓

種智十方三世一切佛云云

疏語　大海湛然獨聽　潮音之震蕩太虛
廓爾惟瞻　景緯之横陳由　本大而迹彰
抑時至而機應　俾羣靈咸成正覺　從
五濁示現降生　脫珎服著垢衣　委身以
徇舍化城登寶所　携手同歸　初度重臨
大恩莫報　伏願　扇真風於末世　揭
慧日於中天無佛無魔法法宣揚至偈非
垢非淨塵塵灌沐　金軀

佛成道涅槃

先期堂司率衆財送庫司營供養請製疏僉
疏降誕禮同住持上堂祝香云佛成道日某寺住持遺教遠孫比丘某甲奉為法界衆生虔爇寶香供養本師釋迦如來大和尚上酬慈蔭次冀法界衆生同成正覺次趺坐云臘月八日恭遇本師釋迦如來大和尚成道之辰率比丘衆嚴備香花燈燭茶果珎羞以伸供養住持遺教遠孫比丘某甲坐于此座舉唱宗乘所集珠勳上酬慈蔭普願法界衆生發明自己智慧入微塵剎轉大法輪

次說法竟白云下座各具威儀請大佛殿諷經謹白下座領衆
殿上展拜跪爐維那白佛云正覺山前覩明星而悟道大千界內揭慧日以流輝宣疏畢諷經回向涅槃日住持先
於佛殿拈香祝聖諷經畢次第上堂祝香云佛涅槃日某寺住持遺教遠孫比丘某甲虔爇寶香供養本師釋迦如來大和尚上酬慈蔭下與法界衆生同生攀慕所冀法身常住法輪再轉一切有情悟無生忍次趺
坐云二月十五日恭遇本師釋迦如來大和尚入般涅槃之辰率比丘衆嚴備香花燈燭茶果珎羞以伸供養住持遺教遠孫比丘某甲陞于此座舉揚涅槃妙心所集珠勳上酧慈蔭普願法界衆生同圓種智者說法竟白云下座各具威儀請大佛殿諷經謹白下座領衆殿上展拜跪爐維那白佛
云淨法界身本無出沒大悲願力示有去來宣疏畢諷經回向並
同前

疏語成道無量劫來成佛豈假進修衆生日用
不知　示以先覺覺自覺他而成　覺道世

出世間而稱　世尊闡一代之化儀　遵先
佛之遺軌　坐菩提樹魔宮隱而無光　現
優鉢花法輪熾然常轉故始喻初日之先照
而　末示拈花之正傳　圓極真常則空有
俱亡聖凡夢幻　埏埴萬化則今古一瞬天
地豪芒顧末裔之何知誦　遺言而有惕伏
願色空明暗咸宜　微妙法音蠢動含靈共
證　智慧德相涅槃各赴羣機　法華之囑
累授記　力制後學　遺教之扶律談常矧
拈花得旨付法正傳而落葉歸根畢吾能
事囿於化者終於盡順世無常寓諸幻而返
諸真是名寂滅然　神珠恒照於濁垢而
寶月不避於汙流　大定無方　常住恒河
沙刼　圓機普應　示現千百億身顧世相
之難忘臨　諱日而增慕伏願　闡末流之

邪見　回季運之澆漓定慧兼修長如　正
法住世　天魔率化　皆爲外護宗綱
佛生中印土姓刹帝利氏瞿曇梵語瞿曇
華言甘蔗其始祖王仙爲獵人射死血入
地生甘蔗二本日炙開一生男號甘蔗王
一生女善賢妃生子作轉輪王以日炙又
名日種傳七百世至淨飯王佛以累刧功
行滿足從兜率天降神王宮摩耶夫人腹
胎於周昭王二十六年甲寅歲四月八日
生名薩婆悉達七日母喪賴姨母摩訶波
闍波提乳養至二十五歲喻城往跋伽仙
林中取劍斷髮脫身寶衣從獵師貿袈裟
爲比丘復北度恒河至伽闍山靜坐六年
苦行日食一麻一米以續精氣復自念若
以羸身而取道者彼外道則言自餓是涅

槃因乃浴于尼連河受牧女乳糜釋提桓因以吉祥草敷坐跏趺于上魔王領兵欲加迫害百計不能少撓作禮悔罪而去二月八日明星出時豁然大悟得無上道成最正覺（世相傳以臘月八日或謂周正建子或別有據）時年三十歲矣於摩竭提國阿蘭若菩提場中演説華嚴小機未入如聾如瘂於三七日觀樹思惟寧入涅槃梵天帝釋殷勤三請乃詣鹿苑以三乘教轉大法輪先爲憍陳如等五人説四諦十二因緣六度等教歷十二年時佛四十二歲至方等會上淘汰弟子漸已開泰於是彈偏擊小歎大褒圓説維摩楞伽楞嚴般若大乘等經又三十年時佛七十二歲説法華經以諸弟子皆可任重授記作佛方暢本懷又八年爲穆王五

十三年壬申歲時佛七十九歲佛先往忉利天爲母説法優填王戀慕鑄金爲像聞佛下降金像來迎佛姨母摩訶波闍波提五百比丘尼舍利弗目揵連七萬阿羅漢等不忍見佛涅槃同時入滅菩薩四衆天人八部鳥獸諸王悉集獨受純陀最後之供爲諸比丘説無常苦空復言無上正法悉已付囑摩訶迦葉當爲汝等作大依止猶如如來又以阿難在娑羅林外爲魔所嬈乃勑文殊云阿難吾弟給事我來二十餘年聞法具足如水注器欲令受持是涅槃經文殊奉旨召阿難歸佛言有梵志須跋陀羅年百二十未捨憍慢汝可告之如來中夜當般涅槃即與同至聞佛説法得阿羅漢乃告大衆自我得道度憍陳如最

後度須䟦陀羅吾事究竟二月十五日中夜復伸告誡汝等比丘於我滅後當尊波羅提本叉是汝大師如我住世無異也於七寶床右脇而卧寂然無聲便般涅槃阿那律升忉利天告摩耶夫人自天而下世尊起為說法開慰復語阿難當知為後世不孝衆生故從金棺出問訊於母時迦葉與五百弟子自耆闍堀山奔至悲哽作禮復現雙足千輻輪相天人各持香薪至荼毗所化火自焚七日乃盡衆收舍利滿八金罎阿闍世王與八國王及帝釋諸天龍王共爭舍利大臣優波吉諫止宜共分之即分為三一諸天一龍王一分八王而闍王得入萬四千數以紫金函盛於五恒河中作塔藏之

帝師涅槃

至日法座上敬安牌位如法鋪設嚴備香花燈燭茶果珍羞供養維那請製疏僉疏（佛涅槃同）隔宿令堂司行者報衆掛諷經牌正日鳴鐘集衆向座鴈立候住持至上香上湯上食下䞋上茶禮拜畢拈香有法語維那揖班上香大衆普同禮拜住持跪爐宣疏舉呪回向云（上來諷經功德奉為　皇天之下一人之上開教宣文輔治大聖至德普覺真智佑國如意大寶法王西天佛子大元帝師　上酧慈廕十方三世一切諸佛云云）

疏語　天啓有元篤生　輔治之　大聖道尊無上實為　宣文之　法王寄賛化基陰翊　王度　吐辭為經　舉足為法位居　千佛之中　博厚配地　高明配天　尊極　一人之上　維茲　聖忌益仰恩光伏願　重駕願輪　賛四海同文之

治化　眷言像季　振千古正法之宗綱帝師拔合斯八法號惠幢賢吉祥土波國人也巳亥歲四月十三日降生父曰唆南緋蔵初土波有國師禪恒羅吉達得正知見具大威神累葉相傳道行殊勝其國王世師尊之凡十七代而至薩斯加哇即師之伯父也師天資素高復禮伯父爲師秘密伽陀微妙章句一二千言過目成誦七歲演法辯博縱横年十有五歲在癸丑世祖皇帝龍德淵潛師灼知真命有歸馳騎徑詣王府上與中闈東宫皆秉受戒法特加尊禮閲六載庚申世祖聿登大寶建元中統遂尊爲國師授以玉印任中原法主統領天下釋教始令僧俗分司四年辭　帝西歸未朞月趣召來還至元七年庚午有　旨制大元國字師獨運摹畫不日而成深愜　聖意即詔頒行朝省郡縣悉皆遵用迄爲一代典章升號　帝師大寶法王更賜玉印旋又西歸十一年　上復專使召至尋又力辭還山　上堅留之不可十七年十一月廿二日入滅　上聞不勝震悼追懷連建大窣堵波于京師寶蔵真身舍利輪奐金碧古今無儔見翰林學士王磐等奉　勅所撰碑後升號　皇天之下一人之上開教宣文輔治大聖至德普覺真智佑國如意大寶法王西天佛子　大元帝師

報本章終

尊祖章第四

人各祀其祖重其形生之始也形生始於愛

然形有時而化愛有時而盡惟性之靈然不昧者不恃生而存不偕亡而亡故佛教人必明性而後之學者復膠於文言不得其指歸猶醫之善方書而廢藥石何益哉及吾祖達磨至示以直指之道而人始廓然見夫自性之妙不求文字不資語默而得於謦欬聲色之外則吾徒之傳祖道嗣祖位者如火之薪水之器無古今之間毫髮之異不猶重於形生之始乎後百丈大智禪師又作清規以居吾徒而禪林於是乎始海會端公謂宜祀達磨於中百丈陪于右而各寺之開山祖配焉見於祖堂綱紀序云

達磨忌

先期堂司率衆財營供養請製疏僉疏佛涅槃同隔宿如法鋪設法堂座上掛真中間嚴設祭筵爐瓶香几上間設禪椅拂子椸架法衣設床榻者非也下間設椅子經案爐瓶香燭經卷堂司行者報衆掛諷經牌當晚諷經并覆來日半齋各具威儀散忌諷經叅前鳴僧堂鐘集衆候住持至鳴鼓獻特為湯住持上香三拜不收坐具上湯退身三拜再進前問訊揖湯復位三拜收坐具鳴鼓三下行者鳴手磬維那出班念誦云切以宗傳直指忝借潤於餘波道大難名愧聯輝於末裔仰慈大衆念清淨法身毘盧遮那佛十號云云回向云上來念誦功德奉為初祖菩提達磨圓覺大師大和尚上酧慈廕十方三世一切云云畢鳴僧堂鐘三下衆散或請就坐藥石昏鐘鳴再鳴僧堂鐘集衆住持上香維那舉楞嚴呪畢回向云淨法界身本無出沒大悲願力示有去来仰冀慈悲俯垂昭鑒今月初五日伏值初祖菩提達磨圓覺大師大和尚示寂之辰率比丘衆營備香饌以伸供養諷誦大佛頂萬行首楞嚴神呪所集殊勳上酧慈廕伏願羣機有賴揩揚少室之家風妙智無窮成就大乘之根器

十方三世一切云云次叅頭領衆行者排列喝叅禮拜諷經人僕排列叅拜次日早住持上香禮拜上湯上粥座下側坐陪食粥罷住持上香上茶維那舉大悲呪畢回向上来諷經功德奉爲初祖菩提達磨圓覺大師大和尚上酧慈廕十方三世云云半齋鳴僧堂鐘集衆向祖排立住持上香三拜不收坐具進爐前上湯上食請客侍者供逓候燒香侍者就祖位側捧置几上退就位三拜仍進前燒香下䞋畢三拜收坐具鳴鼓講特爲茶如湯禮畢住持拈香有法語行者鳴鈸維那出班揖住持上香侍者捧香合次東堂西堂兩序出班上香大衆同展三拜維那白云淨法界身本無出沒大悲願力示有去來宣疏住持跪爐次舉楞嚴呪畢回向上来諷經功德奉爲初祖菩提達磨圓覺大師大和尚上酧慈廕十方三世云云次行者諷經疏語　大哉正傳　紹覺皇之宗裔

廓然無聖　破義學之膏肓百川到海逈絶異流　杲日麗天罄無側影　指人心而成佛成佛同心　契妙道以忘言忘言見道有大功於世教宜　廣振於宗風　現濁世優曇華實爲鼻祖　取神州大乘器盡入彀中適逢　瘞履之辰爰效釆蘩之薦伏願信衣表　佛祖之重　力任千鈞　一花開天地之春芳聯萬世

祖師南天竺國香至王第三子也姓剎帝利本名菩提多羅後遇二十七祖般若多羅尊者知師密跡因試令與二兄辯所施寶珠發明心要既而尊者謂曰汝於諸法已得通量夫達磨者通大之義也宜名達磨因改名菩提達磨師乃告尊者曰我既得法當往何國而作佛事願垂開示尊者

曰汝雖得法未可遠遊且止南天待吾滅後六十七載當往震旦設大法藥直接上根慎勿速行衰於日下梁普通八年丁未歲九月二十一日至南海廣州刺史蕭昂表聞武帝帝遣使詔迎十月一日至金陵與帝語不契是月十九日渡江北十一月二十三日屆于洛陽當魏孝明太和十年也寓止于嵩山少林寺面壁而坐終日默然人莫之測謂之壁觀婆羅門至太和十九年丙辰歲十月五日端居而逝其年十二月二十八日葬熊耳山起塔於定林寺唐謚圓覺大師塔曰空觀

百丈忌

先期堂司率衆財營供養至日隅宿如法鋪設法堂座上掛真嚴設中間祭筵上下間凡案供具當晚諷經正日散忌特爲茶湯拈香宣疏出班上香大衆展拜並同達磨忌禮但無念誦初夜回向云淨法界身本無出沒大悲願力示有去身仰冀慈悲俯垂昭鑒正月十七日伏值百丈大智覺照弘宗妙行禪師大和尚示寂之辰率比丘衆營備香羞以伸供養諷誦大佛頂萬行首楞嚴神呪所集殊勳上酧慈廕伏願曇花再現重開覺苑之春慧日長明永燭昏衢之夜十方三世一切云云

疏語一言爲　天下法　中矩中規　萬世知　師道尊　有綱有紀以凝叢林禮樂之盛見　法筵龍象之多　華梵同文　富擬名渠天禄　經律相濟　嚴如金科玉條有布武堂上之儀非綿蕞野外之禮　即此用離此用　語脫重玄　出於機入於機理窮衆妙宜配　禪祖以陪祀盍遵　諱日而營齋伏願　帝釋精進勝幢　制諸魔外　濟北陰凉大樹　蔭滿閻浮

師福州長樂人王氏子丱歲離塵三學該練屬馬祖闡化江西法席之盛若大珠南泉歸宗號法龍象而師爲上首暨祖示寂泐潭師繼之以衆委湊無所容欲辭去道過新吳慈止車輪峰下有甘貞游暢願施地延居已而衆復至遂建寺爲大招提焉元和九年正月十七日師歸寂彬林不蓺而燎靈溪方春而涸四衆悲慘葬于大雄峯先是有異人司馬頭陀者爲擇葬地曰傍連三峯未窮其妙法王居之天下師表而世以爲信然云唐長慶元年勑謚大智禪師塔曰大寶勝輪

宋大觀元年加謚覺照塔曰慧聚

大元元統三年加謚弘宗妙行禪師

開山歷代祖忌

開山忌及道行崇重功被山門者隔宿鋪設法堂上禮儀百文或無疏庫司備供養若歷代忌不具疏不獻特爲茶湯届期堂司預報庫司備供養請牌位就法座西首鋪設粥罷集衆住待兩序一行排立維那出揖班上香畢歸位同展三拜侍者班尾拜至大規云有處就祖堂下食一位諷經非禮也舉大悲呪回向云寶明空海湛死生漩澓之波大寂定門融今古去來之相仰與貞慈俯垂昭鑒山門今月某日伏值前生當山第幾代某號某禪師示寂之辰營備珍羞以伸供養比丘衆諷誦大悲神咒所集殊勳增崇品位伏願慧日重輝擢祖室光明之種靈根再蘖回少林花木之春云云或鄉人或江湖舉呪回向云上來諷經功德奉爲某號大和尚增崇品位十方三世云云或有俵䞋則舉楞嚴呪回向同前

嗣法師忌

先德唯激揚宗乘發明自己開示後學知有授受以報恩也如巴陵三轉語爲雲門作忌

先輩深有意焉然尊師重道禮不可廢先期住持出巳財送庫司辦祭設供隔宿就法堂如法排辦堂司行者報衆掛諷經牌當晚諷楞嚴呪鄉人法眷舉大悲呪次行者諷經回向並同次早住持上粥粥罷大衆諷大悲呪鄉人法眷舉呪半齋散忌諷經住持上食講特爲茶拈香達磨忌同兩序上香大衆同拜蓋在座下皆曰參學故也齋時住持入堂燒香展拜歸位衣鉢侍者行䞋有就法堂諷經時依䞋非禮也齋畢就座點茶燒香侍者行禮若講特爲伴真湯齋罷方丈客頭請西堂兩序晚間對真相伴喫湯排照牌位列座右住持揖就座燒香上湯弁下相伴人湯退身燒香展拜起身問訊謝相伴鳴鼓三下退座如有三五人西堂則分作兩座第一座西堂喫湯住持行禮第二座兩序喫湯侍者何禮或無西堂則巳之諷經罷備湯果預請兩序勤舊如有法眷尊長同門兄弟皆當請之小師師孫不可同席坐定住持起上香上湯畢侍者燒香行湯果

尊祖章終

住持章第五

佛教入中國四百年而達磨至又八傳而至百丈唯以道相授受或岩居穴處或寄律寺未有住持之名百丈以禪宗寖盛上而君相王公下而儒老百氏皆嚮風問道有徒實蕃非崇其位則師法不嚴始奉其師爲住持而尊之曰長老如天竺之稱舍利弗須菩提以齒德俱尊也作廣堂以居其衆設兩序以分其職而制度粲然矣至於作務猶與衆均其勞常曰一日不作一日不食烏有庾廪之富與僕之安哉故始由衆所推既而命之官而猶辭聘不赴者後則貴鬻豪奪視若奇貨然苟非其人一寺廢蕩又遺黨於後至數十年蔓不可圖而往往傳其冥報之慘有不忍聞

者可不戒且懼乎

住持日用

上堂　凡旦望侍者隔宿稟住持云来晨祝聖上堂次早再稟分付客頭行者掛上堂牌報衆粥罷不鳴下堂鐘三下俟鋪法座畢堂司行者覆首座鳴衆寮前板大衆坐堂方丈行者覆住持次覆侍者鳴鼓兩序領僧行至座前問訊分班對立侍者請住持出登座拈香祝壽（詳具祝釐章）趺坐開發學者激揚此道若有客併叙序謝多則具目子恐有遺忘侍者提起或有諸山住持名德西堂座右設位官客對座設位（知禮尊法則不坐也）五叅上堂兩序至座下徑歸班立住持登座不拈香（餘如前式）若尊宿相訪特爲上堂或引座舉揚施主請陞座不拘時也

古之學者盖爲决疑故有問答初不滯於語言近日號名禪客多昧因果增長惡習以爲戲劇譁然喧笑甚失觀瞻况舉揚宗乘端祝聖壽若有官客及名德相過少致叙陳而今時衲子例責過褒叙謝殊乖法式如說山門事務則方丈會茶議論毋談雜事使衆厭聽

晚叅　凡集衆開示皆謂之叅古人匡徒使之朝夕咨扣無時而不激揚此道故每晚必叅則在晡時至今叢林坐叅猶旦望五叅陞座將聽法時大衆坐堂也（詳具祝釐章）若住持至晚不叅則堂司行者稟命住持覆首座鳴僧堂鐘三下謂放叅鐘也如住持入院或官員檀越入山或受人特請或謂亡者開示或四節臘則移於昏鐘鳴而謂之小叅可以叙世

禮曰家教者是也然亦不鳴放參鐘謂猶有參也

小參　小參初無定所看衆多少或就寢堂或就法堂至日午後侍者覆住持云(今晚小參)令客頭行者報衆掛小參牌當晚不鳴放參鐘昏鐘鳴時行者覆住持鳴鼓一通衆集兩序歸位住持登座(與五參上堂同)提綱敘謝委曲詳盡然後舉古結座如四節說請頭首秉拂及講免禮儀詳略使衆通知下座客頭行者喝請云(方丈和尚請西堂兩班單寮耆舊蒙堂侍者禪客即今就寢堂獻湯)庫司預備湯果送上方丈

昔汾陽昭禪師住汾州太子院以并汾地苦寒故罷夜參有異比丘振錫而至謂師曰會中有大士六人柰何不說法言訖昇空而去師密記以偈曰胡僧金錫光爲法到汾陽六人成大器勸請爲敷揚時楚圓守芝號上首楚圓即慈明也後住石霜飫罷常山行時楊岐會公爲監寺䦨其出撾鼓集衆慈明遽還怒數曰暮而升座何從得此規繩會徐對曰汾州晚參何爲非規繩乎慈明領之

告香　每夏前告香新歸堂者推參頭一人維那和會定同衆詣侍司稟云新掛搭兄弟欲求和尚告香普說敢煩侍者咨稟咨云(容爲候覆却當相報)如住持允從即報堂司出告香圖(式見後)量衆多少列作幾行分東西兩邊面向法座而立依戒排列預集衆習儀堂司行者率衆錢買香大小三片及紙作圖之費付參頭收至日侍者令客頭於寢堂或法堂鋪設衆恖椅子須用香几三隻燭臺三對當椅前一

字間列外設小拜席堂司行者預逐一報衆掛告香牌侍者預出小榜貼法堂柱上云奉堂頭和尚慈旨名德西堂首座並免告香侍司某謹白至日粥罷諸寮各鳴板三下衆集依圖位立各備小香合坐具叅頭同維那侍者入請住持出叅頭歸位同衆問訊進前云請和尚趺坐住持就座副叅迊大香一片與叅頭同衆問訊插香各大展三拜收坐具復同問訊叅頭進椅側問訊稟云某等為生死事大無常迅速伏望和尚慈悲開示因緣住持舉話三則隨下語歸位問訊插香一片復同衆就位叉手而立東西各三人出班東第一第二人過東爐前第三人中爐前西第一第二人過西爐前第三人過中爐前兩兩炷香問訊然後東三人過東西三人過西以次如前而進徐步行各巡接班尾三三叉手出班合掌歸位俟

各炷香畢次第趲至元位同衆三拜不收坐具叅頭進云某等蒙和尚慈悲開允下情不勝感激之至復位同衆三拜進云即日時令謹時共惟堂頭和尚尊候起居萬福復位同衆三拜收坐具行者鳴鼓五下兩序轉身序立座前叅頭立西序下其告香人東西轉身依位對立勤舊蒙堂已告香者立于後普說竟仍齊向法座立叅頭插香同衆三拜免則觸禮進云某等宿生慶幸獲蒙和尚慈悲開示下情不勝感激之至普同問訊而退叅頭領衆法堂下問謝維那侍者觸禮一拜次大衆謝叅頭觸禮一拜請客侍者預依戒次具茶狀備卓袱筆硯告香罷列法堂下間請茶各僉名請首座光伴齋退鳴鼓衆歸位立兩侍者行禮與常特為茶同當晚方丈請叅頭維那侍者藥石首座光伴次早請叅頭茶半齋請叅頭維那侍者點心若大衆均

預告香則首座爲叅頭其持爲茶請西堂光伴住持入院後人事定庫司備香首座領衆懇請爲衆告香然後開堂（古法未預告香不許入室）

告香之圖

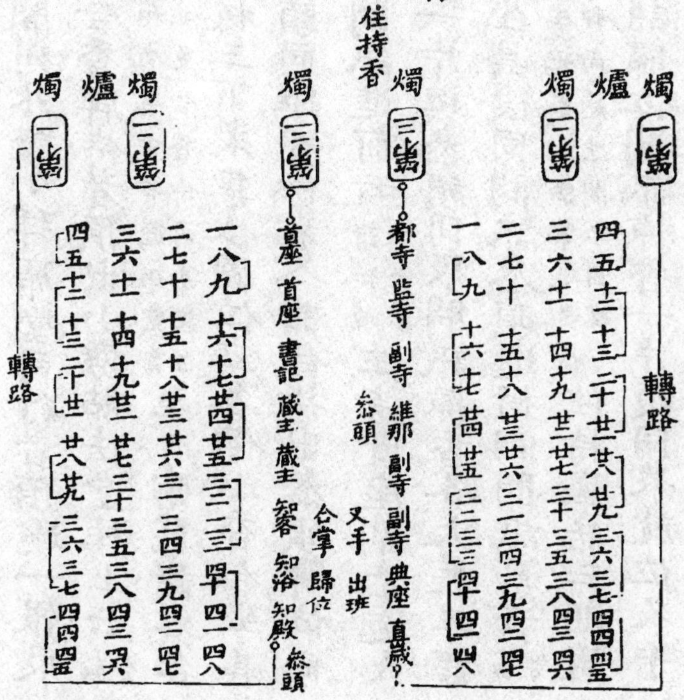

普說　有大衆告香而請者就據所設位坐有檀越特請者有住持爲衆開示者則登法座凡普說時侍者令客頭行者掛普說牌報衆鋪設寢堂或法堂粥罷行者覆住持緩擊鼓五下侍者出候衆集請住持出據坐普說與小叅禮同

入室　入室者乃師家勘辦學子策其未至擣其虛亢攻其偏重如烹金爐鉛汞不存玉人治玉碔砆盡廢不拘昏曉不擇處所無時而行之故昔時衲子小香合常隨身但聞三下鼓鳴即趨入室（今時以三八入室者備故事也）遇開室時粥前侍者令客頭行者僧堂前諸寮掛入室牌寢堂設達磨像前列香燭拜席敷設室内秉燭裝香拜席設左側粥罷下堂客頭即緩擊鼓三下住持至達磨前炷香同侍者三拜

入據室坐侍者問訊班左立行者問訊班右立頭首領衆達磨前各炷香三拜聯接而至室前後至者依次炷香展拜接排而立次第相趲不許攙先亂序侍者燒香問訊出外揖首座入入先左足仍以左手上香進前問訊至禪椅右側立聽舉話或下語或不下語隨意過禪椅左問訊退步觸禮一拜舉左足出揖次人入一出一入相向問訊聯接不絕若首座是大方西堂或名德入燒香住持當下座揖讓送出遇陞堂白衆特免此亦近代循襲之儀昔占德當機佛祖不讓寧講世禮顧師家何如耳只後堂領衆暫到皆當入室侍者居衆後入室畢炷香大展三拜行者插香三拜住持復出達磨前炷香大展三拜而退

念誦　古規初三十三廿三初八十八廿八今止行初八十八廿八堂司依戒次寫圖式見後至日僧堂前灑掃午後堂司行者報衆掛念誦牌至衆前檢點僧堂及諸殿堂香燭完備覆住持兩序先鳴方丈板照堂板次巡廊鳴板住持出緩鳴大板三下衆集依圖立定暫到於侍者下肩立侍者隨住持到祖堂土地堂大殿燒香禮拜鳴大鐘兩序預集堂外大板鳴方歸圖位住持入堂供頭鳴堂前鐘七下聖僧前燒香侍者捧香合書狀侍者徑歸位請客侍者即往西序問訊請湯巡過次請東序就歸位住持出堂外中立燒香侍者隨出歸位維那先離位至門首向住持立合掌念誦上八中八云皇風永扇帝道遐昌佛日增輝法輪常轉伽藍土地護法護人十方檀那增福增慧爲如上緣念清淨法身毘盧遮那佛云云大衆默念每一號堂前輕應鐘一聲念畢疊一聲下

入云（白大衆如來大師入般涅槃至今大元重紀至元元年已得二千二百八十四載是日已過命亦隨減如少水魚斯有何樂衆等當勤精進如救頭然但念無常慎勿放逸伽藍土地護法護人十方檀那增福增慧爲如上緣念清淨法身十號云云）畢歸位住持入堂前堂首座入次名德西堂挿入歸聖僧板頭立頭首領衆三人一引聖僧前問訊轉身住持前問訊合掌巡堂順左肩轉依圖位立暫到侍者隨衆入只巡半堂至聖僧後侍者向後門立暫到向侍者立次知事入堂聖僧前問訊轉身住持前問訊合掌巡堂出暫到接侍者後隨出堂司行者往首座前覆云（放參）從聖僧後轉出堂供頭鳴堂前鐘三下衆普同和南各出全單而散（住持出兩序隨出至堂前謝湯住持止之下入赴湯寢堂鳴板侍者燒香行禮如常式湯罷藥石古法三八皆有湯上入中八則免藥石其日不坐參至晚坐禪如常式）

念誦巡堂之圖

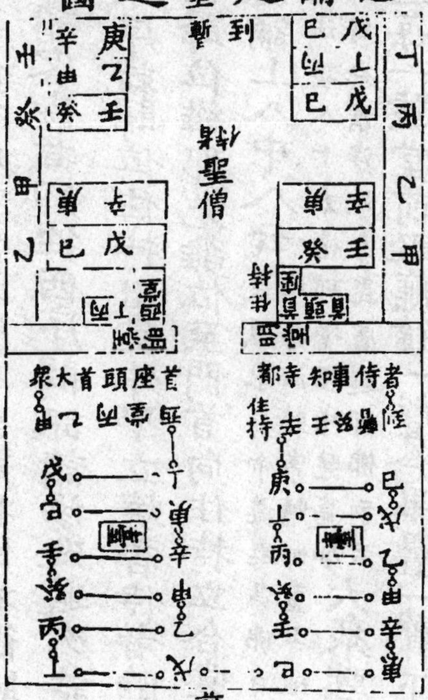

巡寮　古規住持巡寮僧堂前掛巡寮牌報衆各寮設位備香茶湯伺候住持至鳴板集衆於門外排立問訊隨住持入寮寮生燒香同衆問訊而坐住持詢問老病點檢寮舍缺之敘話而起衆當展坐具謝臨訪免則問訊

相送或旦望巡行（則不掛牌）今惟以四節報禮為巡寮餘日不講能復古者當行之

僧祇云世尊以五事故五日一按行僧房一恐弟子着有為事二恐着俗論三恐著睡眠四為看病僧五令年少比丘觀佛威儀生歡喜故

肅衆　大藏經內載宋翰林學士楊億推原百丈立規之意略曰或有假號竊形混于清衆別致喧撓之事即當維那撿舉抽下本位掛搭擯令出院者貴安清衆也或彼有所犯即以拄杖杖之集衆燒衣鉢道具遣逐偏門而出者示耻辱也詳此一條制有四益一不污清衆生恭敬故二不毀僧形循佛制故三不擾公門省獄訟故四不泄于外護宗綱故然百丈創規折衷佛律五篇七聚弘範三界梵檀擯治自恣舉過以肅其衆國朝累聖戒飭僧徒嚴遵佛制除刑名重罪例屬有司外若僧人自相干犯當以清規律之若鬬諍犯分若污行縱逸若侵漁常住若私竊錢物宜從家訓毋揚外醜蓋悉稱釋氏准俗同親恪守祖規隨事懲戒重則集衆箠擯輕則罰錢罰香罰油而榜示之如關係錢物則責狀追陪惟平惟允使自悔艾古規繩頌云（盜財并鬬諍酒色污僧倫速遣離清衆容留即敗羣）又云（犯重焚衣鉢應當集衆人山藤聊示耻驅擯出偏門）大慧禪師住育王時榜示堂司僧爭無明決非好僧有理無理並皆出院或議有理而亦擯疑若未當蓋僧當忍辱若執有理而爭者即是無明故同擯之息諍於未萌也

訓童行　凡旦望五叅上堂罷叅頭行者令喝食行者報各局務行堂前掛牌報衆昬鐘

鳴行堂前鳴板三下集衆行者先佛殿次祖堂僧堂前前堂寮喝參方上寢堂排立參頭入方丈請住持出就坐參頭進前揷香退身歸位緩聲喝云參衆低聲同云不審齊禮三拜屏息拱聽規誨畢又三拜參頭喝云珎重衆齊低聲和問訊而退如住持他緣則喝食行者喝云奉方丈慈旨晚參衆云不審次長聲喝云放參衆云珎重齊問訊退

爲行者普說　參頭預諳侍司揷香禮拜稟侍者咨覆住持如允所請參頭即鳴行堂前板集衆排立寢堂參頭隨侍者入請住持出據坐參頭同衆問訊進前揷香退身歸位緩聲喝云不審衆低聲和畢同禮九拜參頭進云某等久思和尚示誨伏望慈悲開示因緣轉身問訊而退次日行堂掛普說牌報衆設座香几燭臺參頭報衆請兩序立班副參領衆門迎兩序入堂參頭堂主諳侍司同請住持下行堂衆迎入據坐侍者問訊側立兩序問訊畢侍者燒香請法參頭領衆鴈立揷香喝參三拜退分東西序後鴈立拱聽開示畢參頭領衆如前排立三拜即出門外右立揖送住持兩序然後隨至寢堂揷大香一片九拜而退次諳侍司揷香三拜參頭副參同住兩序前一一拜謝

受法衣　專使送法衣至先相看知客通意同上侍司煩通覆方丈或即相接或在來早侍者預令客頭報請兩序至專使揷香如常禮相看謝茶畢再揷香兩展三禮免則觸禮詞云某人和尚法衣表信專此奉上以粹袱托呈法衣信物然後入座兩序光伴茶罷獻湯湯罷兩序同送安下侍者引巡寮別日上堂法座左邊設

住持位專使大展三拜捧衣遶上住持接衣有法語披衣陞座或嗣法師已遷化法堂右間設靈几下座致祭諷經如遺書至之禮見後

迎待尊宿　尊宿相訪須預掛接尊宿牌鳴鐘集衆門迎彼若尚簡則潛入寺住持必於寢堂具香燭相接仍令鳴僧堂鐘客頭報首座領衆插香問訊畢衆退兩序勤舊就陪坐燒香喫茶罷侍者方插香禮拜帶行侍者行者人僕轎從叅拜方丈執局及叅頭領衆行者人僕轎畨以次叅拜侍者後燒香點湯湯罷兩序勤舊同送客位客頭令備轎住持同引巡寮報禮侍者隨侍若以下諸山則侍者引巡寮請客侍者具狀詣客位插香拜請特為湯稟云（方丈拜請和尚今晚就寢堂特為獻湯伏望慈悲降重）稟訖呈狀（式見後）畢客頭覆云（請和尚湯罷就座藥石）寢堂釘掛帳幕排照牌設特爲光伴位鳴鼓行禮揖坐揖香勸湯湯罷藥石並同常特爲禮客頭詣客位請云（方丈請和尚今晚湯果）仍請兩序光伴侍者覆来早上堂致謝次早請湯侍者燒香行者問訊僕從聲喏住持相陪喫粥粥罷請茶侍者再稟上堂座右設位半齋點心如大尊宿則首座衆頭首稟住持勸請爲衆開示法要住持先到客位陳意若允首座具狀兩序大衆同詣客位插香拜請次請住持引座報衆掛牌法座前左右排位至時鳴鼓住持同下法堂位前立住持先引座與常上堂同下座兩序詣尊宿前問訊尊宿往住持前問訊歸中普問訊登座侍者兩序出班問訊住持問訊說法畢下座住持前問訊普與大衆問

訊住持兩序大衆隨詣客位插香拜謝請客侍者具狀請特爲管待山門置食備䞋方丈備貼䞋行禮與常特爲同若諸山平交斟酌中禮可也若法眷尊長至先講諸山相見禮送客位請居中座住持插香禮拜講法眷禮方丈内坐當讓中位迎送如前禮獻湯躬行禮客力辭侍者行禮若嗣法辦事法姝相訪當躬至方丈住持即令鳴僧堂鐘集衆人事先請住持中坐行弟子法眷禮次講諸山禮接送同前但特爲湯管待不具狀請客侍者炷香陳請又看年臘高低臨時通變請湯請管待請陞座各有狀式見後

當寺住持比丘某 右某輒以今
晚就寢堂點湯特爲 伏望 尊慈特
垂 降重謹狀 年 月 日具
位狀

當寺住持比丘某 右某輒以来
日就寢堂聊備水飯伏望 尊慈特
垂 降重謹狀 年 月 日具
位狀

當寺首座比丘某 右某輒以来
日拜請 舉揚宗旨開示後學伏望
尊慈俯垂 開允謹狀
年 月 日具位狀

可漏子 狀請 某處堂頭和尚禪師 具位 謹封

施主請陞座齋僧 施主到門知客接見引上方丈獻茶湯送安下處若官貴大施主當鳴鐘集衆門迎送安下處定施主却請知事商議同上方丈炷香拜請陞座至日鋪設法座座前設施主位掛上堂牌報衆鳴鼓集衆知客同施主上方丈請住持須備手爐燈籠鐃鈸如儀迎至座前登座趺座施主座前設拜知客揖引入位聽法但受禮坐則優法也下座拜謝若齋僧須與知事議定齋料用費維那具僧行數目䞋資隨數均俵僧堂内設施主位與住持分手齋畢知事陪施主僧堂前少立待

首座領衆出堂致謝次住持知事到客位謝

或有寄錢齋僧住持責付知事須當盡數營辦供䞋愼勿互用當思因果歷然

人天寶鑑云湖南雲盖山智禪師夜坐丈室忽聞焦灼氣枷鎖聲即而視之廼有荷火枷者火猶起滅不停枷尾倚於門閫智驚問曰汝爲誰苦至斯極耶荷枷者對曰前住當山守顒也不合互將檀越供僧物造僧堂故受此苦智曰作何方便可免顒曰望爲估直僧堂塡設僧供可免爾智以巳貲如其言爲償之一夕夢顒謝曰賴師力獲免地獄苦生人天中三生後復得為僧今門閫燒痕猶存然顒公以供僧物作僧堂皆僧受用尚受互用之報若此今叢林撥無因果非唯互用甚至竊常住爲巳有者宜何如哉

受嗣法人煎點　若法嗣到寺煎點令帶行知事到庫司會計營辦合用錢物送納隔宿先到侍司咨禀通覆詣方丈揷香展拜免則觸禮請云來晨就雲堂聊具菲供伏望慈悲特垂降重令客頭請兩序單寮諸寮掛煎點牌至日僧堂住持位嚴設敷陳及卓袱襯幣之具火板鳴大衆赴堂煎點人隨住持入堂揖坐轉身聖僧前燒香叉手往住持前問訊轉聖僧後出住持引手揖煎點人坐位居知客板頭行者喝云請大衆下鉢行食徧煎點人起燒香下䞋問訊住持及行衆䞋厨司方鳴齋板就行飯飰訖衆收鉢退住持卓煎點人燒香往住持前問訊從聖僧後出爐前問訊鳴鐘行茶徧往住持前勸茶復從聖僧後出進住持前展坐具云此日

薄禮屑瀆特辱降重下情不勝感激之至二展寒溫觸禮三拜送住持出煎點人復歸堂燒香上下問問訊以謝光伴復中問訊鳴鐘收盞次詣方丈謝降重住持隨到客位致謝若諸山煎點候齋辦請住持同赴堂揖住持坐住持當免行禮揖煎點人歸位待行食徧起燒香往住持前問訊下矙俵衆人矙燒光伴香歸位伴食茶禮講否隨宜斟酌嗣法師遺書至　專使持書到寺禮儀詳見下遺書篇方丈開書兩序先慰住持法堂中間設祭座前拈香有法語舉哀三拜上湯復三拜進食下矙鳴鼓講特爲禮三拜上茶鳴鼓三下退座收坐具維那舉楞嚴呪回向與嗣法師忌同兩序四寮江湖鄉人法眷小師辦事皆有祭住持居靈几之左如有諸山及座下西堂法眷與師爲行輩者上祭則住持同專使荅拜以下則不荅拜祭畢諷大悲呪回向云上来諷經功德奉爲某寺某號大和尚增崇品位十方三世一切佛云云首座領衆慰住持云法門不幸令師和尚遷化後學失依不勝悲悼尚與堪忍力行此道

勅修百丈清規卷第二

音釋

闞口濫切視也望也臨也　罳音兹切罘罳屛樹門外也　妷弋質切淫妷也

勑修百丈清規卷第三

大智壽聖禪寺住持臣僧德煇奉　勑重編

大龍翔集慶寺住持臣僧大訢奉　勑校正

請新住持

發專使　凡十方寺院住持虛席必聞於所司伺公命下庫司會兩序勤舊茶議發專使修書頭首知事勤舊蒙堂前資僧衆製疏山門諸山江湖茶湯榜專使署名請書記爲之如鈌書記擇能文字者分爲之用絹素寫榜所請專使或上首知事或勤舊或西堂首座或以次頭首充之若非知事充專使亦須以下知事一人同去掌財議事具須知一冊該寫本寺應有田產物業及迎接儀從一切畢備山門管待專使一行人從至起程日請諸寮相別鳴僧堂鐘集衆門送三門下釘掛帳設向裏設位講茶湯禮請兩序勤舊光伴如上首知事去則下首知事行禮如頭首勤舊去則上首知事行禮揖坐燒香揖香歸位相伴喫茶再起燒香揖香歸位相伴喫湯收盞專使起謝上轎當代住持受請　專使到彼寺先見知客同到庫司接送安下次見頭首及諸寮請侍司詳禀来歷侍者通覆住持候可否如允請然後令鋪設卓袱安疏帖報兩序至入請住持出專使問訊請跌坐住持中立專使插香大展三拜進前云某蒙山門使令攀屈尊嚴得奉慈顔下情不勝感激之至　又三拜詞云即日時令謹時共惟新命堂頭大和尚尊候起居萬福　復三拜收坐具住持各答一拜詞云叨膺請命有玷宗風且厪遠来不勝多感專使呈疏帖書問住持接置几上開書疏看過侍者揖坐專使於住持對面坐西堂權避下一位以讓遠客喫茶畢同兩序送客位堂司行者鳴僧堂鐘大衆詣方

丈作賀庫司倫香首座知事各插香袒展詞云法門多幸伏審榮遷歡動叢林下情不勝喜躍之至再展云即日時令謹時共惟新命某處堂上大和尚尊候起居萬福觸禮三拜住持荅一拜詞云自揆疎謬偶膺此選過蒙稱賀不勝多愧衆散知客引專使巡寮畢次第呈納本寺須知儀從什物當晚特爲湯藥石至夜湯果皆請兩序勤舊光伴庫司排辦

受請陞座　受請已次日陞座侍者分付行者預於法座下右邊排列疏帖設位專使預稟維那請宣疏帖人侍者覆住持鳴鼓如常上堂式住持出至位立進香卓專使燒香呈疏帖每呈一疏則專使燒香遞上住持逐一拈各有法語宣畢專使仍炷香兩展三拜或觸禮或免在住持意退卓住持登座提綱敘謝結座

專使特爲新命煎點　專使先與新命議定齋䞋輕重合宜兩序勤舊鄉人法眷辦事貼䞋齋料等費專使親送納庫司置辦至日專使請方丈插香拜請袒展云今辰午刻就雲堂特爲煎點伏望慈悲降重下情不勝戰汗之至再展云即日時令謹時共惟新命堂頭大和尚尊候起居萬福觸禮三拜住持荅一拜兩序單寮係方丈客頭同專使行者一一請寮稟請掛煎點牌報衆於僧堂內鋪設主席西堂板頭排專使位茶湯榜張于堂外兩側至齋時專使僧堂前伺候住持入堂問訊歸位揖坐歸中問訊揖衆坐聖僧前燒香次上下間次堂外燒香仍歸堂內住持前上下間及外堂問訊仍歸中問訊行食徧燒香下住持䞋次行大衆䞋畢歸位伴齋侯折水出鳴鼓專使再起燒香行禮同前行茶徧瓶出如前問訊收

住持盞專使行禮初展云某聊備蔬飯伏蒙慈悲降重下情不勝感激之至二展敘寒溫觸禮三拜送住持出再歸堂燒香大展三拜巡堂一匝并堂外復歸內堂中間問訊收盞鳴鼓三下退座專使隨上方丈致謝次詣庫司謝辦齋再詣方丈請住持至晚藥石至夜湯果皆請兩序勤舊光伴

山門管待新命幷專使　庫司會議管待供䞋如儀上首知事隔日詣新命前插香拜請次詣客位稟請專使令庫司客頭請兩序勤舊光伴弊䞋當如禮不可輕蔑詞語行禮並與特爲禮同寢堂中敷住持高座專使附位于右兩序如常列左右勤舊對面位侍者知事下位遠接僕從胥待外當支犒勞所至住持多因遷赴他山僧行懷其宿憤動致唇吻傳之官負士庶因一人無知而使一寺蒙其惡名老成耆宿外護隣峯當戒戢之然爲住持者凡事留遺愛可也

新命辭衆上堂茶湯　至起離日專使請諸寮別新命上堂致謝兩序勤舊大衆下座鳴鼓三下向法座立普與大衆觸禮三拜從西廊出鳴大鐘諸法器大衆門送行僕門外排立山門首預釘掛帳設中敷高座向內首座向外攝居主位西堂勤舊分手光伴東西序兩邊朝坐上首知事行禮揖坐揖香歸位點茶收盞再起燒香揖香歸位點湯湯罷起謝上轎兩序勤舊備轎遠送住持當力免之鳴大鐘住持轎遠方止西堂頭首受請

專使到寺先見知客同到侍司引見方丈插香展拜相看茶罷送客位次詣諸寮人事畢

稟侍者同詣方丈咨稟云（某寺今請某人住持）住持報兩序勤舊同往受請人寮中敷陳疏帖書問專使揷香行禮與請當代同如不允衆爲勸請受請後住持請新命及兩序勤舊茶送新命歸客位次第受賀巡寮人事晚請新命專使特爲湯藥石湯果兩序光伴受請人陞座（名德西堂前堂首座方舉行此）專使當隔宿懐香詣方丈觸禮三拜詞云（拜請和尚来日為新命和尚引座）次日粥罷法座右邊排列椅卓卓上安疏帖座左亦設住持椅子鳴鼓集衆住持出陞座與五叅禮同令請客侍者請新命趺坐褒美新命爲法而出勸請舉揚慰衆渴仰舉話有無不拘（松源為掩室引座笑庵為松源引座皆不舉話石橋為簡堂引座息庵為復庵引座皆舉話）下座住持歸座左向外而立專使同知客侍者往新命前問訊畢新命出住持前問訊次與兩序大衆問訊若新命是嗣法弟子住持付法衣有法語披衣了進前請住持趺坐大展三拜不收坐具進詞云（早蒙陶鑄仰媿先宗来請既勤難逃公命下情無任惶懼之至）又三拜進詞云（即日時令謹時共惟堂上本師大和尚尊候起居多福）又三拜收坐具進前問訊住持荅云（斯道所寄一絲九鼎不忝當仁惟冀保任）却歸座右立專使度疏帖各有法語若非法嗣即出座前與住持問訊次與兩序大衆問訊徑歸座右拈衣拈疏帖有法語專使先稟維那請宣疏帖人宣畢指座有法語登座垂語問荅提綱叙謝結座下座到住持前兩展三禮初展詞云（叨膺請命有玷宗風仰蒙玉成下情不勝感激之至）住持荅云（喜慶人天之請榮增佛日之光下情不勝欣抃之至）再展云（即日時令謹時共惟堂頭和尚尊候起居多福）觸禮三拜或講或免隨住持意次與兩序大衆問訊知客侍者引巡寮致謝如嗣法者

下座先至住持前大展三拜退與大衆問訊
然後巡謝同前如以次頭首西堂臨時又在
住持斟酌講行
專使特爲受請人煎點　專使請新命前議
定方丈引座䞋資衆䞋宣疏帖人及兩序勤
舊江湖鄉人法眷等貼䞋至日粥罷專使懷
香詣方丈觸禮拜請云今晨午刻就雲堂備蔬飰特爲新命和尚
伏望慈悲俯垂降重復詣新命前拜請同前禮方丈客
頭同專使行者請諸寮各掛煎點牌於僧堂
內住持對面設新命位堂外知客板頭設專
使位其茶湯榜張于堂外兩傍至齋時覆新
命到僧堂前俟住持同入堂問訊專使隨入
堂先揖住持歸位次揖新命歸位燒香行禮
並同前下食行䞋茶畢先收新命盞專使進
前兩展三禮送新命出後門專使入住持前

兩展三禮送住持出前門復歸堂炷香大展
三拜巡堂一匝并外堂歸中問訊收盞鳴鼓
三下退座當晚湯果藥石光伴同前
山門管待受請人并專使　就寢堂敷設住
持主位新命對面中位左設專使位兩序勤
舊光伴左右位下䞋行禮同前受請人辭衆
陞座茶湯　受請人令侍者同專使預詣方
丈稟借法座上堂辭衆座不敷設左設住持
位鳴鼓集衆住持出歸位受請人徑往住持
前問訊次與大衆和南陞座舉揚畢下座先
辭住持觸禮三拜次向法座立辭衆普同觸
禮三拜門首向裏中設特位講茶湯兩序勤
舊光伴上首知事行禮與當代同鳴大鐘送
以次西堂頭首則無辭衆上堂臨行先同專
使上方丈插香觸禮三拜稟辭次巡寮辭別

山門首茶湯禮同前

入院

古人腰包頂笠到山門首下笠入門炷香有法語就僧堂前解包屏處濯足取衣披搭入堂炷香聖僧前大展三拜恭隨人同拜掛搭已到佛殿拈香有法語大展三拜次土地堂祖堂炷香各有法語入方丈據室有法語次第開堂祝

聖令時新命到來當看安下處近遠近則首座領衆往迎遠則兩序勤舊而已專使預當計稟住持必先發批免衆遠迎若安下處近當辦湯果兩序勤舊光伴擇日入院庫司一一排辦隔宿掛接住持牌報衆至時鳴大鐘諸法器大衆門迎由遠至近兩行排立行僕立大衆外新命到門炷香舉法語至佛殿炷香舉法語大展三拜鳴僧堂鐘大衆先歸鉢位立定新命入堂炷香恭隨人同展三拜維那當面問訊引巡堂一匝恭隨人先出兩序送新命歸鉢位觸禮三拜次至土地堂祖堂炷香各有法語入方丈據室侍者進前炷香問訊側立候舉法語畢行者進卓筆硯知事具狀（式見後）備袢袱捧呈寺印新命看封付知事開封新命視篆訖就狀上先僉押次題日子使印於上知事收狀衣鉢侍者收印退卓住持起身知事全班進列上首插香兩展三禮初展詞云（慈蒙和尚光據法筵下情不勝喜躍之至）再展詞云（即日時令謹時共惟新命堂頭大和尚尊候起居多福）觸禮三拜諸山及頭首勤舊進前插香（香不受）草賀畢客頭行者喝云（請諸山兩班勤舊就座獻湯）湯罷請官客諸山點心若前代住持別遷未赴或退居東堂未據

室前講交代禮新命受草賀了鳴僧堂鐘領衆躬送前代歸寮對觸禮一拜次首座大衆作賀行僕皆當叅拜

呈寺　當寺庫司比丘　某甲
　　　寺印一顆
印狀　右謹申納
　　　新命堂頭大和尚伏候　慈旨　年月日具　位狀

山門請新命齋　上首知事候據室後人事稍畢備柈袱爐燭具狀式見後懐香詣方丈請齋兩展三禮初展云午刻就雲堂備蔬飰秖迎伏望尊慈特垂降重下情不勝戰汗之至再展叙寒温觸禮三拜住持荅一拜知事呈狀方丈客頭收庫司客頭鋪設僧堂內住持位行禮與特爲管待同

齋　當寺庫司比丘　某甲　右某甲取午刻就雲堂備
　　蔬飰秖　迎伏望　尊慈特垂　降重
狀　年　月　日具位　某甲狀
　　可漏子狀請　新命云云尊座前　具位　謹封

開堂祝壽　古之開堂朝命下或差官敦請或部使者或郡縣遣幣禮請就某寺或本寺官給錢料設齋開堂各官自有請疏及茶湯等榜見諸名公文集近來開堂多是各寺自備至時入院侍者分付行者鋪設法座報衆掛上堂牌具寓官員諸山名目預呈住持於座左設位鋪卓袱爐燭排列疏帖預先和會維那宣公文首座宣山門疏以次頭首或諸山江湖名勝宣其餘疏及預請諸山一人白椎座前對面排官員位侍者覆方丈鳴鼓衆集侍者同專使入請住持出鐃鈸旛花挑燈迎引至法堂位前立如受請時未拈衣當舉法語披衣畢專使進前插香行禮初展云即日伏蒙和尚光據法筵下情不勝感激之至再展叙寒温畢觸禮三拜住持荅一拜先呈公文舉法語畢接付維那宣白次山門諸山江湖疏一一遍上有法語分送宣讀若見任官請開堂有疏親自捧

迺有法語宣畢拈法座有法語登座拈香祝聖次拈帝師省院臺憲郡縣文武官僚香侍者逐一度香惟法嗣香住持懷中拈出自揷爐中斂衣趺坐侍者燒香下座問訊兩序出班問訊畢侍者再登座燒香問訊禮與旦望上堂同諸山住持送入院者亦出問訊住持當令侍者請官員坐諸山上首出白椎鳴椎一下云法筵龍象衆當觀第一義住持垂語問答提綱叙謝官員諸山云此日開堂端爲祝聖不敢多詞叙陳專使兩序勤舊略提過詳在小參時叙陳結座白椎人復鳴椎一下白云諦觀法王法法王法如是下座先受官員作賀畢知事接送客位客頭行者即進爐燭一字排列座前專使揷香兩展三禮畢堂司行者唱云諸山人事次唱云西堂人事展禮唱云知事人事兩展三禮又唱云首座大衆人事勤舊蒙堂前資諸寮齊揷香同大衆兩展三禮畢莊庫菴塔法眷鄉人暫到展賀畢據座侍者小師揷香大展三拜次執局行者揷香禮拜次衆頭領衆行者揷香禮拜次直廳轎番莊甲作頭老郎人僕衆拜畢住持即往客位致謝官員諸山次第巡寮諸寮當陳香几爐燭坐位各具威儀於寮外伺住持至寮主先於門前下首立迎入請趺坐揷香住持答香畧叙寒溫致謝送出蒙堂前資衆寮皆列門外下首同迎同送

山門特爲新命茶湯茶湯榜預張僧堂前上下間庫司仍具請狀式見後備柈袱爐燭請方丈揷香拜請免則觸禮稟云齋退就雲堂點茶特爲伏望慈悲降重稟訖呈狀隨令客頭請兩序勤舊大衆光伴掛點茶湯牌報衆僧堂內鋪設住持位

近時有齋時聞長板鳴知事入堂炷香展拜巡堂一匝請茶然特為住持陳賀古規亦無巡堂請太衆之禮免之為當齋退鳴鼓集衆知事揖住持入堂歸位揖坐燒香一炷住持前揖香從聖僧後轉歸中問訊立行茶遍瓶出往住持前揖茶退身聖僧後右出炷香展三拜起引全班至住持前兩展三禮送出復歸堂燒香上下間問訊收盞退座湯與茶禮同但無送住持出堂湯罷就座藥石

狀式

當寺庫司比丘　某　右某啟取今晨齋退晚刻　就雲堂　點茶湯　用伸陳　賀之儀伏望　尊慈特垂　降重

年　月　日具　位　狀

可漏子同齋狀式

當晚小叅　齋罷侍者覆住持云今晚小叅　令客頭報衆掛小叅牌具㝍專使兩序勤舊蒙堂前資諸寮莊庫菴塔暫到入院侍者禪客叅隨或有相送官客諸山留宿者逐一條列預用呈稟昏鐘鳴侍者覆方丈鳴板後鳴鼓一通衆集兩序歸位立定住持出登座垂語問荅提綱畢叙謝行者秉燭侍者呈目子庶得詳盡下座客頭行者唱云方丈和尚請諸山和尚兩班西堂勤舊蒙堂侍者禪客即今就寢堂獻湯　知事送官客歸客位湯果

為建寺檀越陞座　知事須隔宿覆住持次早侍者令客頭掛上堂牌報衆庫司差人嚴設祠堂供養粥罷特為上堂陳白事意畢說法下座集衆詣祠堂炷香點茶湯上供維那舉經回向

管待專使　知事預稟住持議專使宣疏帖人䞋資輕重方丈備貼䞋須令合節至日寢堂釘掛鋪設位次請兩序勤舊光伴設特為位請客侍者躬請其餘人則方丈客頭稟請禮與常特為同

留請兩序　兩序伺管待專使畢約詣方丈咨禀告退住持未可遽從侍者令客頭行者備湯具梓袱爐燭住持帶侍者詣庫司諸寮勉留客頭先報迎住持入分手坐侍者燒香點湯盡禮勸留若職過滿亦須寬耐候住持稍暇再禀辭退

報謝出入　凡官員檀越諸山相送入院者禮應報謝郡縣官府亦合叅見如居山林遠出令行者傳語庫司首座維那知會出久則知事探伺歸期令堂司掛接和尚牌報衆鳴鐘門迎住持先令傳語免之即往佛殿土地堂燒香首座領衆至方丈問訊衆退留兩序勤舊獻湯而散侍者方丈執局行者插香禮拜次叅頭領衆行者禮拜畢住持須巡寮報禮若在城附郭朝莫出入無時不必講行或客回方丈兩序勤舊皆當詣方丈問起居無準和尚住徑山日化緣多出入每闕齋粥時徑歸僧堂伴衆食畢方丈客頭候聖僧侍者鳴下堂椎大衆將下地喝云大衆少立方丈和尚巡堂住持燒香巡堂一匝出堂又喝云和尚傳語大衆不煩訪及兩序勤舊亦當詣方丈問訊

交割砧基什物　入院後須會兩序勤舊叅詳細詢問山門事務砧基契書什物逐一點對交割計筭財穀簿書分明關防作幣務在詳審

受兩序勤舊煎點　至日首座知事勤舊詣方丈插香拜請住持次請侍者小師鋪設住持寢堂中位兩序勤舊位如常坐侍者帶行小師問訊住持畢兩序勤舊末坐至時首座請住持出揖坐行禮若免只燒香進前問訊

下䞋首座知事勤舊爲首三人問訊歸位坐
食畢首座起身燒香如免禮則就坐喫茶諸
山道舊及辦事法眷小師等請寢堂煎點禮
同但煎點人設位高下臨時斟酌

退院

住持如年老有疾或心力疲倦或緣不順自
宜知退常住錢物須要簿書分明方丈什物
點對交割具單目一樣兩本住持兩序勤舊
僉押用寺記印住持庫司各收一本爲照公
請一人看守方丈至退日上堂叙謝辭衆下
座撾鼓三下而退若留本寺居東堂相繼住
持者須當盡禮温存宋理宗以靈隱寺菜園
爲閻妃建寺住山癡絕冲公即日退院躬荷
包笠往遊廬山遣使留之不回高風千古孰
能繼之

遷化

示疾覺沈重預請兩序勤舊點對封收衣鉢
行李就留方丈差公謹行僕看守以俟估唱
或有標撥俵散物件須要平允毋令恩怨不
均致後爭競若衣鉢微薄務從儉簡遺戒小
師不得披麻慟哭請首座主喪一切佛事並
免但舉無常偈云亡僧津送毋費常住毋勞
大衆若住持有功山門寺衆念其遺愛或衣
鉢稍豐當如儀講行喪禮有官員檀越諸山
法眷遺書即當遣送

遺
某寺住持某世緣報謝風燭石停所有隨身衣鉢檀信施
利非常住物煩兩序抄劄端請　某人主行喪事餘儀
衆僧看經行喪毋致繁多侵用常住幸察此
囑
意伏希
悉及　年　月　日住山　某　押

遺
尊宿
早忝　遊從奈合離之有數繼承推挽遂黽
勉於微緣電露我空　雲山益溯敢祈　保

書　鄰封　護以壽斯文拜禱不備住山無補每依鄰壁之光夢境元空幸謝世緣之幻莫諧面別惟切心馳輿佛日以流輝俾宗風而益振伏惟珍重叨監住山有媿同門之友因循抱疾將為異世之人敬奉手書卿伸面別光昭先師之令德道在吾屬之力行無任傾動伏惟珍重

之　法眷

式　可漏子　書拜　某人稱呼　某寺比丘　某　謹封

入龕　初示寂侍者即令客頭行者下僧堂
報眾鳴椎一下白云堂頭和尚傳語大眾風火相逼不及面違又
鳴椎一下次報諸寮堂司行者鳴僧堂鐘集
眾上方丈吊慰罷首座同兩序勤舊商議發
訃狀式見後報諸山發書請人主喪須諸山名
德隣封老成或法眷尊長或只本寺首座如
有遺命遵行舉請小師侍者親隨人安排洗
浴着衣淨髮入龕遺偈貼龕左維那領小師
炷香請首座入龕佛事安排寢堂置龕爐燭
几筵供養至時鳴僧堂鐘集眾舉佛事已維
那出念誦云切以真權妙容示化迹於人天至性圓明契玄機於佛祖共惟堂頭和尚緻然智月光收萬項之波兒矣悲心式副十方之感瞻顏無地披志有歸是集真徒讚揚聖號為如上緣念清淨法身毗盧遮那佛云云舉大悲呪回向
云上來念誦諷經功德奉為堂頭和尚無生報地妙極莊嚴十方三世云云再舉
楞嚴呪回向云諷經功德奉為堂頭和尚增崇品位十方三世云云當
夜集眾念誦云白大眾堂頭和尚已歸真寂眾失所依但念無常慎勿放逸為如上緣念清淨法身毗盧遮那云云回向同前二時上粥飯
三時上茶湯大眾諷經見職維那回向同前
近時風俗薄惡僧輩求充莊庫執事不得或
盜竊常住住持依公擯罰惡徒不責已過惟
懷憤恨一聞遷化若快其志惡言罵詈甚至
椎擊棺龕搶奪衣物逞其凶橫主喪者宿諸
山檀越官貴士庶衆學交遊當爲外護人誰
無死況是座下衆徒犯者必擯逐懲治主喪
執事若能預申戒飭早令悛格化惡於未萌

尤全外觀之美

狀　某寺喪司比丘某　右某山門不幸　堂頭和尚今月某日遷爾歸真謹以訃聞謹狀

式　年　月　日某寺喪司比丘　某狀　可漏子　訃告　某處堂頭和尚禪師　具位　謹封

請主喪　主喪人至鳴大鐘集衆門迎至龕前炷香首座大衆問訊衆散兩序勤舊送客位插香展禮主喪人居主位首座分手座定躬起燒香復位獻茶小師即列前插香大展三拜方丈執局及衆頭領衆行者相次插香禮拜後方丈僕從衆拜罷獻湯送兩序出庫司備點心兩序光伴次第巡寮凡主喪者須老成名德如圓悟爲開福寧和尚主喪接月菴果公以嗣其法可爲標格

請喪司職事　主喪人巡寮罷兩序勤舊小師隨到客位呈衣鉢簿遺墨等物會茶議請喪司職事書記維那知客侍真侍者并一切佛事資次見後以次議請除舉哀小衆二佛事係主喪人爲之

分孝服輕重見後如無布絹隨宜折錢俵之主喪人須與首座計會所遺衣鉢多少點作三分一分准喪司孝服諷經燈燭之費一分歸常住陪貼供養一分俵大衆看經并佛事板帳等用主喪人須存公正不可徇私帶行僧行不得干預執役每日諷經俵䞋奠茶湯不拘兩序勤舊各請一人掌財庶絕浮議聖僧侍者把帳喪司公差庫子客頭茶頭一行人管辦事請見職維那同議見職知客接外客喪司合干人僕排單揭示

孝服

侍者小師麻布裰　兩序苧布裰　主喪及法眷尊長生布裰　勤舊辦事鄉人法眷諸山生絹腰帛　檀越生絹巾腰帛　方丈行者麻布巾裰　衆行者苧布巾　方丈人僕作頭麻布巾衫　田

幹莊客諸僕麻布巾

佛事　入龕　移龕　鎖龕　法堂掛真　舉哀　奠茶湯　對靈小祭　奠茶湯　起龕　山門首真亭掛真　奠茶湯　秉炬　安骨　提衣　起骨　入塔　入祖堂　全身入塔　撒土如衣鉢豐厚每日奠茶湯添轉龕轉骨等佛事

移龕　入龕三日掩龕鋪設法堂上間掛幃幙設床座椸架動用器具陳列如事生之禮中間法座上掛真安位牌廣列祭筵用生絹幃幙以備上祭下間置龕用麻布幐幕前列几案爐瓶素花香燭不絕二時上茶湯粥飯供養諷經仍備挑燈鐃鈸花旛鳴僧堂鐘集衆請移龕佛事罷移龕下法堂請鎖龕佛事掛真舉哀奠茶湯　移龕就法堂鎖龕已請掛真佛事畢如有親書遺言侍者捧呈主喪人及首座大衆云堂頭和尚臨終遺言呈似首座大衆主喪人躬接遞與首座以所書香爐上熏授維那讀過喪司行者貼法堂中間上手幙上主喪白云堂頭和尚歸寂理合舉哀舉佛事罷舉哀三聲大衆同哭小師列幕下哀泣舉奠茶湯佛事小師列真前　拜歸幙下主喪炷香禮真兩序勤舊大衆以次炷香禮真小師真左荅拜主喪人幕下吊慰小師隨禮主喪人三拜次慰兩序大衆云法門不幸堂頭和尚遽戢化權敢與大衆力爲維持後事首座荅云尚賴和尚力賜主張兩序大衆慰小師云山門不幸和尚歸真旦望節哀以終大事小師夜守龕幃喪司列排祭次見後貼法堂下間幕上凡祭文皆喪司書記爲之每日或兩次三次上祭無拘蓋檀越諸山来有先後隨時若法眷門人上祭到門知客接

已即報喪司隨送孝服然後上祭所有賻儀用餘當歸常住補犒諸山人從支費喪司集兩序勤舊將抄劄衣鉢議從遺囑留送外估定新舊短長價直高下庶免唱衣臨時紛紜對靈小參奠茶湯念誦致祭　喪司維那同小師懷香詣客位拜請主喪人大夜對靈小參預設座候昏鐘鳴鳴鼓集衆兩序座下問訊（如常式）主喪人用帶行侍者燒香無則聖僧侍者代之小參下座小師羅拜致謝首座領衆龕前上香立定請奠茶湯佛事畢山門維那念誦云（白大衆堂頭和尚入般涅槃是日已過命亦隨減如少水魚斯有何樂衆等當勤精進如救頭然但念無常慎勿放逸恭裹大衆肅請龕幃誦持萬德洪名奉為增崇品位仰憑大衆念　清淨法身毘盧遮那佛云云）舉大悲呪畢回向云（上来念誦諷經功德奉為新示寂堂頭和尚伏願不忘願力再現曇花棹慈航於生死逝波接羣迷於菩提彼岸再勞大衆念十方三世一切諸佛云云）畢山門

知客舉楞嚴呪（上来諷經功德奉為新示寂堂頭和尚大夜之次增崇品位十方三世一切云云）次第一一上祭末舉大悲呪回向（同前）行僕參拜諷經畢喪司行者唱云（請首坐大衆就座湯果）衆散小師方丈行僕終夜守靈

祭次　知事　頭首　主喪　西堂

勤舊　蒙堂　江湖　前資　老宿

衆寮　辦事　舊侍者　鄉人　法眷　諸菴塔　小師　師孫　方丈

行者　六局行者　行堂　方丈人僕

轎番　老郎　莊甲　火客　修造局　諸色作頭

出喪掛真奠茶湯　庫司喪司相關提調喪儀香亭真亭幢幡唄樂龕前傘椅湯爐挑燈竹篦柱杖拂子香合法衣等物小師隨龕後鳴大鐘諸法器送喪起龕念誦云（金棺自舉遶拘尸之

大城幢旛摇空赴荼毘之盛禮仰憑大衆稱念洪名用表攀違上資覺路念清淨法身毘盧遮那佛云云若全身入塔則云赴難提之盛禮喪司維那進燒香引小師拜請起龕佛事龕至山門首請真亭掛真奠茶湯俱有佛事兩序大衆門列俟龕出已山門維那向內合掌中立舉往生咒或四聖號大衆齊念主喪領衆兩兩分出左右俵散雪柳齊步並行毋得挨肩交語各懷悲感都寺押喪喪司維那知客聖僧侍者俵行喪䞋

荼毗　喪至涅槃臺喪司維那俟都寺上香茶了進前燒香引小師拜請秉炬佛事山門維那念誦云是日則有新示寂堂頭和尚化緣既畢遽返真常靈棺遍遶於拘尸性火自焚於此日仰憑大衆資助覺靈南無西方極樂世界大慈大悲阿彌陁佛十念衆和畢上來稱揚聖號恭賛化儀體格先宗峻機不容於佛祖用開後學悲心仍攝於人天收幻化之百骸入火光之三昧茶傾一奠香爇一爐頂戴奉行和南聖衆舉大悲咒回向云上來念誦諷經功德奉為堂頭和尚荼毗之次增崇品位十方三世一切云云山門知客舉楞嚴咒回向同前次鄉人舉經大衆同諷畢首座領衆歸寺赴齋小師鄉人法眷守化收骨齋罷鳴僧堂鐘集衆仍備儀從迎骨回寢堂安奉請安骨佛事掛真供養諷經二時上粥飯三時上茶湯或十日半月大衆諷經靈骨入塔則止

全身入塔　龕至塔所都寺上香茶畢喪司維那進燒香引小師拜請入塔佛事畢山門維那念誦云切以雙趺示相紹靈鷲之遺規隻履顯宗表少林之垂範全機隱顯盛法始終仰憑大衆資助覺靈南無西方極樂世界大慈大悲阿彌陁佛十念畢上來稱揚十念資助往生惟願慧鏡無邊慈雲廣布四生界內示不生不滅之因六趣道中說無我無人之法茶傾三奠香爇一爐頂戴奉行和南聖衆其舉經諷誦次第並與涅槃臺同但回向則云入塔之次候掩壙一切畢備然後請撤土佛事迎真回寢堂

供養主喪炷香禮真次諸山兩序大眾小師禮真畢小師插香大展三拜謝主喪次兩序大眾謝主喪詞云（山門不幸先堂頭和尚示寂極荷主盟後事）主喪荅云（仰荷匡扶得無曠敗）主喪同喪司一行人巡寮致謝次小師巡寮拜謝山門維那送見職侍者侍真侍者歸眾寮每日三時上茶湯集眾諷經俟迎牌位入祖堂則止或待新住持至方入祖堂有佛事

唱衣　至期僧堂前或法堂上下間設大眾坐位中間向裏横安長卓置筆硯大磬其上鳴僧堂鐘集眾首座與主喪分手兩序大眾次第而坐喪司維那知客聖僧侍者向主喪位坐維那念誦云（留衣表信乃列祖之垂規今茲估唱用表無常仰憑大眾念清淨法身毘盧遮那佛云云）畢開籠出衣鉢依號排席上請提衣佛事畢維那鳴磬一下白云（夫唱衣之法蓋稟常規新舊短長自宜照顧磬聲斷後不得翻悔謹白）若法衣多添留遺囑次第呈衣維那估唱喪司合干人貴在公心主行維那定價打磬行者瞻顧前後唱定名字知客寫名上單侍者依名發標唱衣畢結定鈔數主喪僉單交鈔取衣不得徇私減價主喪力主其事今多作鬮拈甚息喧爭其法用小片紙以千字文次第書字號每一號作三段寫於上仍用印記鬮防量眾多少與喪司合干人封定至期呈過主喪兩序首座開封知客分俵堂司行者捧盤隨侍者侍者剪取其半置盤内畢以盤置首座側安水盆於下抖勻維那拈衣唱價訖首座臨時呼一童行信手拈盤中半鬮遞與首座開看字號分曉說與堂司行者喝其字號眾人各開所執半鬮字號同者即應如

不頋唱此號衣物則不應三唱不應首座以半闔投水盆中再令撮起半闔復唱起應者堂司行者往收半號到首座處對同報與維那稱云某物唱與某人鳴磬一下知客上單侍者發標供頭行者逓與唱得人衣物仍舊入籠次第唱畢維那鳴磬一下回向云上來唱衣念誦功德奉為示寂堂頭和尚增崇品位十方三世云云衆散各自照價持標取衣三日後不取者依價出賣造單帳

唱衣古法見大衆章

單式 堂頭和尚示寂謹具衣物估唱鈔

數收支于後

一收鈔若干係某件唱到

一收鈔若干係某項收到

一支鈔若干係某項用度

一支鈔若干係某項支使逐一列寫

已上共收鈔若干

共支鈔若干

除支外見管鈔若干准齋七追修僧行經資用

右具如前

年　月　日喪司行者　某具

呈　把帳執事僉兩序典喪各書名僉押

靈骨入塔　至期隔宿准備儀從正日鳴鐘衆集都寺上香畢請起骨佛事送至塔所請入塔佛事其舉經諷誦回向並與全身入塔語同迎真歸寢堂供養及謝主喪人等禮並同

下遺書　喪事畢主喪請侍者辦事人充專使分路馳送諸山法眷檀越官員遺書唯尊宿相見下語須擇能事人充專使至彼寺首到客司相見知客引見侍司預備柈袱盛書

物侍者詣方丈通覆住持當卯相接令請兩序同開書專使進前問訊云（請和尚趺坐）若住持垂語須下語插香展禮住持免則觸禮如常相看燒香喫茶罷侍兩序至專使起爐前謝茶再插大香一片展禮稟云（某處和尚某月某日歸寂遺書遺物令某馳送）即呈書物住持云（法門衰落不勝哀感）兩序進問訊首座分手就坐專使住持對面退一位坐茶罷起身住持白云（法門不幸某處和尚歸寂不勝哀感）侍者備書剪托書物侍者度書與住持接就爐上熏付侍者送與維那行者度剪開緘宣讀巳侍者揖專使上住持對面位坐（西堂權避向下位坐讓客）侍者燒香點湯送專使歸安下處先住持問訊次侍者兩序問訊知客引巡寮先庫司次頭首寮單寮衆堂四寮侍者稟請特爲湯湯罷藥石至晚湯果大方遺書至兩序光伴以次兩序上首維那侍者光伴請書記作祭文方丈祭文或住持自作江湖法眷辦事皆當備香致祭侍者一一提點次早方丈請茶法堂下間設靈几排祭侍者覆上堂行者報衆掛上堂牌座下備桌袱盛書物座左排住持位鳴鼓衆集住持出法座下位前立鼓絶進香桌知客引專使住持前行禮插香初展云（輙持遺墨仰瀆尊慈下情不勝惶恐之至）再展云（即日時令謹時共惟堂頭和尚尊候起居多福）觸禮三拜呈遺書住持接書爐上熏付侍者逓維那宣讀專使問訊住持畢歸知客班後立住持陞座下座詣靈几前炷香點湯上祭點茶展拜專使座右還拜維那出班揖住持燒香侍者搕香合兩序上香畢住持兩序展拜維那宣祭文住持復展拜專使荅拜舉楞嚴呪回向云（上來諷經功德奉為某處和尚增崇品位）

十右三世云云兩序四寮江湖辦事鄉人皆致祭專使答拜以下法眷小師辦事專使不答拜畢舉大悲呪回向專使出靈前兩展三禮謝住持免則觸禮次巡寮致謝然後山門管待專使請兩序光伴若前住持本寺一併入祖堂諷經了就便迎牌到祖堂住持拈香安牌有法語安巳專使即拜謝住持若當代入祖堂寢堂安骨諷經三日待新住持入祖堂或無遺書遺物與當代住持其徒自爲入祖堂者初到寺見侍者引見住持插香展拜相看燒香喫茶起身稟意畢送安下處次到頭首庫司單寮蒙堂諸處相看擬日辦供俵嚫法堂致祭諷經牌入祖堂住持有法語禮與前同管待主喪及喪司執事人　山門當備供嚫高下一一如儀仍請兩序勤舊光伴首座攝居主席就方丈坐排照牌都寺行禮與常持爲同茶畢鳴鐘集衆門送主喪人

議舉住持

兩序勤舊就庫司會茶議請補處住持仍請江湖名勝大衆公同選舉須擇宗眼明白德劭年高行止廉潔堪服衆望者又當合諸山輿論然後列名僉狀保申所司請之若住持得人法道尊重寺門有光爲勤舊知事者不可以鄉人法眷阿黨傳會不擇才德惟從賄賂致有樹黨徇私互相攙奪寺院廢湯職此之由切宜慎之切宜慎之

明教大師曰教謂住持者何謂也住持也者謂藉人持其法使之永住而不泯也夫戒定慧者持法之具也僧園物務者持法之資也法也者大聖之道也資與具待其

人而後舉善其具不善其資不可也善其
資而不善其具不可也皆善則可以持而
住之也昔靈山住持大迦葉統之竹林住
持以身子尸之故聖人之教盛聖人之法
長存聖人既隱其世數相失茫然久乎吾
人傲倖乃以住持名之勢之利之天下相
習沓焉紛然幾乎成風成俗也聖人不復
出其孰爲之正外衛者不視不擇欲吾聖
人之風不衰聖人之法益昌不可得也悲
夫吾何望也

住持章終

勑修百丈清規卷第三

音釋

扻音揞義同　椸音移衣架也　賻扶句切以財助喪也　壙苦謗切空也火
也　鬮糺鳩二音鬬取也

敕修百丈清規卷第四

大智壽聖禪寺住持臣僧德煇奉　敕重編
大龍翔集慶寺住持臣僧大訢奉　敕校正

兩序章第六

兩序之設爲衆辦事而因以提綱唱道䌰𪓐宗猷至若司帑庾歷庶務世出世法無不閑習然後據位稱師臨衆馭物則全體備用所謂成己而成人者也古猶東西易位而交職之不以班資崇卑爲嫌今歧而二之非也甚而黨鬬強弱異勢至不相容者有矣惟主者申祖訓以戒之欲其無爭必慎擇所任使各當其職人無間言可也

西序頭首

前堂首座　表率䕺林人天眼目分座説法開鑿後昆坐禪領衆謹守條章齋粥精粗勉諭執事僧行失儀依規示罰老病亡歿垂恤送終凡衆之事皆得舉行如衣有領如網有綱也雖大方尊宿若住持能以禮致之亦請充此職謂之退位爲人如文殊爲七佛師猶助釋迦揚化爲衆上首吾宗睦州於黃蘗雲門於靈樹光昭前烈詒訓後來名位之重可輕任耶

祖庭事苑云首座即古之上座梵語悉替那此云上座一耆年二貴族三先受戒及證道果今禪門所謂首座者必擇其己事已辦衆所服從德業兼修者充之

後堂首座　位居後板輔賛宗風軌則莊端爲衆模範蓋以衆多故分前後齋粥二時過堂及坐禪則後門出入如缺前堂住持別日上堂白衆請轉前板揮單唱食其坐禪坐叅

只衆寮前第三下板即入堂不必鳴首座寮前板餘行事悉與前堂同

書記　即古規之書状也職掌文翰凡山門榜疏書問祈禱詞語悉屬之盖古之名宿多奉朝廷徵召及名山大刹凡奉聖旨勑黄住持者即具謝表示寂有遺表或所賜所問俱奉表進而住持專柄大法無事文字取元戎幕府署記室叅軍之名於禪林特請書記以職之猶存書状列於侍者使司方丈私下書問曰内記云而名之著者自黄龍南公始又東山演祖以是職命佛眼遠公欲以名激之使兼通外典助其法海波瀾而先大慧亦嘗充之凡居斯職者宜以三大老爲則可也

知藏　職掌經藏兼通義學凡看經者初入經堂先白堂主同到藏司相看送歸按位對觸禮一拜此古規也今各僧看經多就衆寮而藏殿無設几案者然充其名當盡其職函帙目録常加點對缺者補完蒸潤者焙拭殘斷者粘綴若大衆披閲則藏主置簿照堂司所排經單列名逐函交付看畢照簿交收入藏庶無散失推原吾宗既曰教外别傳猶命僧專司其藏者何也以佛之所言所行爲教律而僧有不遵佛之言行乎特吾之所證所得不溺於文字而超乎言行之表以見夫自性之妙焉又祖之意欲吾徒徧探諸部與外之百氏期以折衝外侮應變無窮所謂不即不離者是也後以衆多列東西藏

知客　職典賓客凡官員檀越尊宿諸方名德之士相過者香茶迎待随令行者通報方

丈然後引上相見仍照管安下去處如以次人客只就客同相欵或欲詣方丈庫司諸寮相訪令行者引往其旦過寮床帳什物燈油柴炭常令齊整新到須加温存維那在假則攝其行事僧堂前檢點行益客僧粥飯遇亡僧同侍者把帳暫到死主其喪雪竇在大陽禪月在石霜皆典此職毋忽

知浴　凡遇開浴齋前掛開浴牌寒月五日一浴暑天每日淋汗鋪設浴室掛手巾出面盆拖鞋腳布叅頭差行者直浴齋罷浴頭覆維那首座住持畢鳴皷三下浴聖桶内皆着少湯燒香禮拜想請聖浴次第巡廊鳴板三下徧鳴皷第一通僧衆入浴第二通末頭首入浴第三通行者入浴此時住持方入以屏風遮隔而浴第四通人力入浴監作行者知事居末浴就彈壓之併點視令息竈中火及炭煤水洒乾淨有餘柴搬於遠處其入浴資次當刊揭浴室外（今時謂住持殿頭首後浴知事殿行者後浴非也如住持有故欲同頭首先浴則不用設屏障不入小閣内只頭首板頭解衣）室内掛小板旁釘小牌書云（鳴板一聲添湯二聲添水三聲則止以此爲節）如施主設浴則課經回向能妙觸宣明成佛子住則功不浪施矣

知殿　掌諸殿堂香燈時時拂拭塵埃嚴潔几案或遇風起須息爐内香火及結起旛腳防頋使勿近燈燭施主香錢不得互用佛誕日浴佛煎湯供大衆四齋日開殿門以便往來瞻禮

侍者（燒香書伏請客）侍者之職最爲近密觀道德於前後聽教誨於朝夕親炙叅扣期法道底于大成而禮節常宜恭謹慶喜之侍瞿曇香林

之侍雲門佛祖重寄其可忽諸

凡住持上堂小參普説開室念誦放參節臘特爲通覆相看掛搭燒香行禮記録法語燒香侍者職之　凡住持往復書問製作文字先具草呈如閣書記山門一應文翰書狀侍者職之　凡住持應接賓客管待尊宿節臘特爲具狀行禮請客侍者職之或維那知客俱不赴衆或在假其行事三侍者皆當攝之或云書狀不當干涉餘事無據若住持久出則歸衆行立暫出則不離班位

衣鉢侍者不立班　先輩多以叢林老成之士爲之蓋能納忠救過羅致人才内外庶事通變圓融庶幾上下雍肅如密菴有如侍者而得松源世其家東叟得昇首座而家法益嚴今諸方往往任後生晩輩甚致敗德悞事可不慎歟

湯藥侍者立班　朝暮供奉方丈湯藥左右應接佐助衣鉢侍者撫恤近事行僕或暫缺侍者客至通覆燒香或缺人回向皆宜攝行須擇年壯謹愿者充之

聖僧侍者不立班在衆後行道堂外掛鉢　貴有道心齋粥二時上供鳴下堂椎朝夕交點被位中夜剔燈同維那交收亡僧唱衣錢住持遷化把帳頭首秉拂則爲燒香或代鳴椎念佛職滿在本山當預侍者名退耕斷橋二老在衆時常充此職以能結衆縁而勵志于道也

東序知事

都監寺　古規惟設監院後因寺廣衆多添都寺以總庶務早暮勤事香火應接官員施主會計簿書出納錢穀常令歲計有餘尊主

愛衆凡事必會議稟住持方行訓誨行僕不妄鞭捶設當懲戒擯罰亦須稟議量情示警毋縱威暴激變起訟差設莊庫職務必須公平毋用私黨致怨上下昔叢林盛時多請西堂首座書記以充此職而都監寺亦充首座書記否則必臘高歷事廉能公謹素爲衆服者充之既無取於公而道福殊勝上下美留雖連年不易或數請再充又何傷焉故所在單寮勤舊不滿五六人副寺以下非歷三次不歸前資監寺非三次不歸蒙堂都寺非三次不得居單寮再請出充者公界封鑰元房以避嫌疑齋粥二時必赴堂則行僕行益自然整肅如楊岐之輔慈明石窻之輔宏智可爲法則

僧史曰知事三綱者若綱罟之巨繩提之則百目正矣梵語摩摩帝此云寺主即今之監寺也又大集經云僧物難掌我聽二種人掌三寶物一阿羅漢二須陁洹更復二種一能持淨戒識知業報者二畏後世罪有諸慚愧者

維那　綱維衆僧曲盡調攝堂僧掛搭辨度牒真僞衆有争競遺失爲辨析和會戒臘資次床曆圖帳凡僧事内外無不掌之舉唱回向以聲音爲佛事病僧亡僧尤當究心每日二時赴堂堂前鐘鳴離位入堂聖僧前左手上香退兩步半問訊合掌而入椎邊立先看逐日回看神示名位鐘皷絶鳴椎一下衆展鉢已再鳴椎一下合掌默回向當日神示左手按砧舉云（仰憑大衆念清淨法身毘盧遮那佛圓滿報身十號云云）右手鳴椎高不過五寸聲絶方下椎急緩合度

俟首座唱食至第三句将畢轉身退至立僧板頭立俟行食徧進前鳴椎一下合掌至聖僧前問訊出堂歸鉢位若施主齋僧行䞋徧食椎後從聖僧後轉左邊朝首座問訊復鳴椎一下而出爲請施財也或有他縁或暫假出入将戒臘簿假簿堂司須知簿親送過客司令攝之

寄歸傳云維那華梵兼舉也維是綱維華言也那是梵語羯磨陀那删去三字從畧此云悅衆也又十誦律云以僧房中無人知時打揵(巨寒切)椎(音槌)又無人塗治掃洒講堂食處無人相續鋪床衆亂時無人彈壓等佛令立維那又聲論翻爲次第謂知僧事之次第也

副寺　古規曰庫頭今諸寺稱櫃頭北方稱財帛其實皆此一職蓋副貳都監寺分勞也掌常住金穀錢帛米麥出入随時上曆收管支用令庫子每日具收支若干僉定飛單呈方丈謂之日單或十日一次結筭謂之旬單一月一結一年通結有無見管謂之日黄總簿外有米麫五味各簿皆當考筭凡常住財物雖毫末並是十方衆僧有分如非寺門外護官員檀越賓客迎送慶吊合行人事並不可假名支破侵漁其上下庫子須擇有心力能書筭守巳廉謹者爲之病僧令用供給之物即時應付如倉庫踈漏雀鼠侵耗米麥蒸潤一切物色頻放守護有不如法者並須及時照管處置

典座　職掌大衆齋粥一切供養務在精潔物料調和撿束局務護惜常住不得暴殄訓

衆行者循守規矩行益普請不得怠慢撫恤
園夫栽種及時均俵同利二時就厨下粥飯
食不異衆粥飯上桶先望僧堂焚香設拜然
後發過堂
直歲　職掌一切作務凡殿堂寮舍之損漏
者常加整葺動用什物常閲其數役作人力
稽其工程點其游惰毋縱浮食蠹財害公田
園莊舍碾磨碓坊頭疋舟車火燭盜賊巡護
防警差撥使令賞罰惟當並宜公勤勞逸必
均如大修造則添人同掌之

列職雜務

寮元　掌衆寮之經文什物茶湯柴炭請給
供需洒掃浣濯淨髮櫛巾之類每日粥罷令
茶頭行者門外候衆至鳴板三下大衆歸寮
寮長分手寮主副寮對面左右位副寮出燒
香歸位茶頭喝云不審大衆和南遇旦望點湯
鳴板集衆燒香行湯如常禮寮主副寮　凡
安衆處寮元照戒次自下而上請充之寓定
名字預貼牌上十日一替佐寮元辦事旦暮
僧衆歸堂巡視經案或有遺忘什物者眼同
收拾付還及交點本寮什物提調香燈茶湯
毋容外人止宿及寄賣物件猶預定望寮一
名使以次挨補副寮若寮主遇滿從維那請
交代副寮遇滿從寮元請交代延壽堂主
看視病僧湯藥油燭炭火粥食五味常備供
須公界倘缺若自己豐裕結緣應付或勸化
施主措辦床席衣被狼籍穢污爲其洗浣毋
生憎嫌八福田中直病爲第一也
淨頭　掃地裝香換籌洗廁燒湯添水須是
及時稍有狼籍隨即淨治手巾淨桶點檢添

換凡供此職皆是自發道心將交替時堂司預出小榜云下次淨頭缺人如有結緣請留芳名願結緣者收榜白堂司然後覆住持請充之

化主　凡安衆處常住租入有限必籍化主勸化檀越隨力施與添助供衆其或恒產足用不必多往干求取厭也

園主　不憚勤苦以身率先栽種菜蔬及時灌溉供給堂廚毋使缺之

磨主　兼主碓坊米麪供衆極有關係須擇有道心人諳曉舂磨等事者充之

水頭　五更燒湯供大衆頮盥手巾面盆燈燭牙藥毋令缺少冬月烘焙手巾須早起鋪排勿致臨時動衆念

炭頭　預備柴炭以禦寒事或化施主或出公界須令足用

莊主　視田界至修理莊舍提督農務撫安莊佃些少事故隨時消弭事關大體申寺定奪近時叢林凋弊百出而莊中尤甚畧舉其三諸方通害初爭莊職安能徧及搆怨住持上下不睦一也一充其職離寺相遠靡所不爲致爭起訟供衆錢糧盡皆耗費復積逋負以累于後因而紀綱不振莊佃生侮租課不還其獘二也縱使老成能事充之而州縣應酬吏胥管幹鄉都職役鄰里富豪皆合追陪既啓其端稍有不及便生釁隙雖不明支而巧立除破公私無益故莊中之費或半於寺其獘三也只如大家業產巨富不聞分遣子弟徧居莊所蓋耕種有佃提督則有甲幹收租之時自有監收僧行此外縱有輸納修圩俵糧等項只臨時分委勤舊知事限期使辦

事畢旋歸非唯省費有補常住而消禍未萌公私攸濟今諸方之廢如逃亡家住持勤舊能恤念寺門欲撙費救弊汰除濫冗請自此始其初例有當重難而應充莊職者别議酬補之

諸莊監收　古規初無莊主監收近代方立此名此名一立其弊百出爲住持私任匪人者有之因利曲徇者有之爲勤舊執事人連年佔充者有之托勢求充者有之樹黨分充者有之角力爭充者有之蠹公害私不可枚舉雖欲匡救末如之何倘得廉正勤舊輔佐住持公選區用或對衆鬮拈之充充此職者當克巳爲念奉衆爲心毋苟取佃戶毋虧損常住則自他俱利矣

請立僧首座

其事嚴重不可輕舉如大方西堂名德首座行解素爲衆所推服者委曲陳情如有允意特爲上堂言此間多衆宜得當人相與建立法幢開大爐鞴山中幸有某人知見高明慧命所寄少刻下座同兩序大衆拜請爲衆開室伏望慈悲特垂開允下座方丈行者以柈袱盛入室普說二牌即於座下同大衆拜請詞云大衆傾心久思示誨伏望慈悲特賜開允受請人隨詣方丈炷香觸禮拜謝詞云某甲幸獲依棲貴圖蔵拙既蒙見舉不敢有違荅云佛法寄重仰丐垂情謝已堂司行者鳴僧堂鐘大衆同送歸寮住持對觸禮一拜送出次與大衆問訊維那詣寮議請侍者一人掛普說牌預鋪設照堂禪椅拂子拄杖爐燭鳴鼓一通衆集立定立僧歸位維那出班燒香同大衆再下拜伸請立僧趺座兩序問訊住持問訊

立僧普說竟維那同大眾再下拜伸謝立僧即懷香詣方丈致謝兩展三禮詞云既蒙使令勉顏承當慈悲包荒不勝愧悚仍往庫司諸寮舍問訊方丈備草飯請特為湯藥石至晚湯果兩序光伴立僧侍者預席次日住持請僧堂特為茶請客侍者具於榜式見後詣寮插香拜請禮與特為新首座同立僧當特為首座大眾茶與前堂特為後堂大眾禮同別日方丈管待請兩序光伴

請名德首座

住持須預稟露如有允意方丈先請茶兩序光伴即鳴皷陞座更不報眾住持委曲致懇下座與大眾同伸拜請鳴鐘送歸寮茶湯管待禮與前同進退不混兩序無交代也

榜

堂頭和尚今晨齋退就雲堂點茶特為新命首座聊雄陳賀之儀仍請

式

諸知事大眾同垂光伴今月　日侍司某敬白

兩序進退

頭首務擇才德相當者為之而近之庸流責以飲食延接為事使守貧抱道之士愈甘退藏叢林何由歆艷住持當革其弊可也知事古規只列監院維那典座直歲庫頭五員而已職滿鳴椎白眾告退歸堂隨眾初無畢察榻位故叢林彌盛近來諸方大小勤舊動至百數僕役倍之而僧堂間無一人泰定間脫歡丞相領行宣政院分上中下三等寺院額定歲請知事員數正為此也宜遵行之凡職事將滿預詣方丈稟退如擇進退日定住持令行者報兩序知當晚昏鐘鳴舊知事一班詣方丈插香告稟觸禮一拜納庫記鑰匙而退就中或有再留者住持隨送到庫司侍者

燒香點湯勉留次早五更鐘鳴頭首一班懷香詣方丈觸禮一拜告退或有留者亦同前禮點湯留之住持以擇定人名目子并西堂勤舊令客頭行者請粥罷會茶其舊知事一班候僧堂行粥徧從後門入上首鳴椎一下云白大衆某等昨蒙堂頭和尚慈旨令歸庫司今來心力疲倦告退歸堂隨衆謹白再鳴椎一下從聖僧左出住持前兩展三禮初展云某等昨蒙甄録自媿匪才下情無任愧悚之至再展叙寒温畢觸禮三拜退身從聖僧右出聖僧前大展三拜轉身從首座板起巡堂一帀中間問訊而退粥罷行者守請新人至寢堂獻茶畢住持躬起燒香一炷歸位白云前兩序告退此務不可缺人拜請某人充知事某人充頭首逐一標名白訖住持出就爐前立侍者揖請新人至住持前對觸禮一拜新知事同進前兩展三禮初展云某等乍入叢林諸事生疎過蒙使令下情不勝恐懼之至再展云即日時令謹時共惟堂頭和尚尊候起居多福觸禮三拜住持荅一拜新頭首進前兩展三禮致詞同前轉位獻湯咸淳規揖坐揖香揖湯至今諸方行之或謂當晚有特爲此可免講不講在住持意湯罷謝禮或展或免供頭鳴僧堂鐘大衆歸鉢位立定住持入堂先送前堂首座以次頭首隨歸鉢位各觸禮一拜次送後堂對觸禮一拜新知事一班預立於西堂板頭住持歸位維那往住持前問訊側立如維那已退則知客侍者代行禮知住持付目子與之當面問訊從聖僧後轉鳴椎一下云白大衆前知事告退此務不可缺人適奉堂頭和尚慈旨請某人某職某人充某職職謹白請復鳴椎一下侍者即揖請新知事一班徃住持前觸禮一拜維那白云請知事訖又鳴椎一下知事一班兩展三禮致詞並與前同知事轉聖僧後右出聖僧前排立大展三拜維那引巡堂一帀歸中問

訊横退過西堂板頭立堂司行者唱云（大衆禮賀）（新知事）普同觸禮一拜畢又唱云（新知事禮謝大衆）普同觸禮一拜畢又唱云（大衆送新知事歸庫司）供頭行者鳴僧堂鐘住持送入對觸禮一拜送住持出與舊人交代互轉身對觸禮一拜送舊人出侍者先賀次頭首領衆賀畢行者唱云（大衆）（送新首座歸寮）再鳴鐘送賀畢唱云（大衆送新維那歸堂司）又鳴鐘送賀畢逐一唱云（兩班勤舊送新後堂首座書記藏主知客）（歸寮）送賀交代禮並同前又各唱云（大衆送舊首座都寺）（歸寮）亦鳴鐘送賀畢各唱云（兩班勤舊送以次諸頭首知事歸寮）（堂前資）禮亦如前送住持出寮主先相接交互轉身對觸禮一拜不送出然後受賀俱畢新舊人各懷香即詣方丈拜謝新人香係庫司備謝畢新舊人同巡寮方丈請半齋點心齋時草飯仍請西堂勤舊光伴列職雜務待請兩序了別日詣堂司告退次第擇人交替

掛鉢時請知事

有處住持不先和會默擇人定預分付堂司行者於僧堂早粥罷掛鉢時唱云（大衆少立請新知事）維那入聖僧前燒香巡堂一匝至住持前問訊側立住持付所請人名自子接託當面問訊從聖僧後轉鳴椎一下云（白大衆適奉堂頭和尚慈旨請）（某人充某知事）逐一白訖侍者揖請新人至住持前受職與前禮同曰方丈會茶請頭首禮並同前

侍者進退

請兩序畢舊侍者隨住持上方丈咨禀云（某等）（久侍和尚今欲告退隨衆辦道伏望慈悲）挿香大展三拜而退住持批下堂司請新侍者維那令行者照批請仍請寮元勸請同就堂司茶揖入燒香點茶

畢起身再燒香入云（適奉堂頭和尚慈旨令請某甲上座充某侍者）逐一白訖揖受請人進前普觸禮一拜轉位維那行禮揖坐揖香歸位坐獻湯畢引上方丈住持出維那進前稟云（適奉慈旨令請某人充某侍者令引炷香禮拜）住持據坐新侍者揷香大展三拜畢維那送歸寮對觸禮一拜侍者送出却與舊人交代頭首禮同（咸淳規載亦有住持自送侍者歸寮侍者當觸禮一拜送出至大規載若名德之士住持躬送入寮對觸禮一拜維那依賀而已勿視爲常）方丈行者直廳轎番拜賀堂司行者引新舊侍者同巡寮畢新侍者再上方丈炷香拜謝舊侍者早晚伺同新侍者方丈問訊三日後住持批下堂司送歸衆寮與維那交互對觸禮一拜送維那出次與寮元問訊畢仍上方丈炷香拜謝聖僧侍者係維那擇人和會充職後引上方丈禮拜隨例茶湯點心管待

寮舍交割什物

寮舍什物常住置辦不易往往職事人視爲傳舍臨進退時鄉人各自搬移蕩然一空使新入寮者茫無所措未免具數到庫司需索不至因此上下唇吻不安設若應副重費常住庫司當置總簿具寫諸寮什物住持知事僉定仍分置小簿付諸寮兩相對同新舊相沿交割損者公界修補缺者本寮陪償將進退數日前副寺帯行者賫簿到各寮預先點對分曉責在本寮人僕毋得走失違者陪償或有增添數目隨即同附簿庶可稽考也

方丈特爲新舊兩序湯

請客侍者令客頭行者備榜袱爐燭請新舊前堂首座處炷香觸禮一拜稟云（堂頭和尚請叅前就寢堂特爲獻湯）次新舊都寺前炷香無拜詞語同前

以次新舊兩序令客頭請弁請勤舊光伴釘掛寢堂鋪設坐位光伴分手新頭首一出新知事二出舊頭首出舊知事四出餘勤舊預光伴者列主伴兩邊西序居左東序居右燒香侍者預排照牌至時鳴鼓客集同請客侍者行禮（小座湯禮同）至晚湯果次日粥罷請新舊人茶庫司亦請茶然不及赴赴方丈茶罷却往致謝半齋庫司點心仍提調送舊人粥飯三日

堂司特爲新舊侍者茶湯

草飯罷維那令堂司行者請新舊侍者弁聖僧侍者叅前就寮獻湯堂司設位排照牌請寮元光伴鳴寮前板接入揖坐（禮與庫司同）當在方丈特爲湯之先庶不相妨行禮俟方丈特爲新首座茶罷則堂司亦請新舊侍者特爲茶次日當尊致謝

庫司特爲新舊兩序湯藥石

草飯罷令客頭行者備盤袱爐燭上首知事詣新舊首座舊都寺處炷香詞云（今晚方丈湯罷就庫司特爲獻湯伏望降重）客頭隨後請云（湯罷就坐藥石）及請新舊大小職事仍請西堂勤舊光伴設位排照牌位分四出新頭首一出舊頭首二出舊知事三出莊庫四出新知事亦依班排位獨維那就座光伴勤舊如方丈排位候方丈湯罷庫司鳴板各依照牌立定都寺巡座揖坐畢燒香揖香依坐位出頭巡問訊歸中燒光伴香歸位坐進湯湯罷起身出詣爐前謝湯畢抽衣就坐藥石

堂司送舊首座都寺鉢位

維那於兩序進退三日後未開靜時分付堂

司行者引人力挑燈請舊首座都寺就堂司獻湯維那接入炷香喫湯畢白云清職既滿山門禮合延送鉢位引至僧堂從後門入先送首座次送都寺歸各板頭各觸禮一拜當日掛鉢赴堂

方丈管待新舊兩序

住持特爲上堂一一標名叙謝畢新舊人就座下拜謝請客侍者令客頭行者備伴袱爐燭香合請新舊首座都寺前炷香陳請云方丈和尚午刻請就寢堂管待客頭請以次新舊人并勸舊光伴寢堂設位排照牌客集報住持出接各入座依照牌立定燒香侍者與請客侍者巡揖坐畢燒香進卓侍者一班列住持前問訊入位行湯下食畢至行飯時燒香侍者離位燒香下䞋飯畢退卓鳴鼓講茶禮與特爲湯禮同鳴鼓三下退座新舊人兩展三禮拜謝

方丈特爲新首座茶

管待了次早燒香侍者覆住持令客頭行者備伴袱爐燭香合請客侍者寫茶榜式見前名德首座同請首座寮炷香觸禮一拜禀云堂頭和尚齋退就雲堂特爲點茶伏望降重客頭報衆掛點茶牌仍請知事大衆光伴排照牌侍者行禮並與四節特爲禮同惟四板頭不安香几無巡堂請茶禮畢先收首座住持盞首座直趍住持前行禮初展云此日特蒙煎點禮意過動下情不勝媿感之至再展叙寒温畢觸禮三拜首座從聖僧後右出堂前住持相送復位執盞侍者燒光伴香畢收盞鳴鼓三下退座首座仍於法堂下間候住持謝茶

新首座特爲後堂大衆茶無後堂則以次頭首

方丈特爲茶了次早新首座懷香詣方丈拜請云齋退特爲後堂首座大衆就雲堂點茶伏望慈悲降重具狀式見後

備盤袱爐燭詣後堂首座寮炷香拜請云今晨齋退就雲堂點茶特為伏望降重呈納狀訖特為人令本寮茶頭遞付供頭貼僧堂前下間封皮粘狀前次令堂司行者報眾掛點茶牌長板鳴僧堂內巡請茶鳴鼓集眾行禮並與常特為禮同

狀式

前堂首座比丘某　右某今晨齋退就　雲堂點
茶一中特為　後堂首座大眾仍請　諸知事同垂
光降　今月　日具位　某　狀
可漏子　狀請　後堂首堂大眾　具位　某　謹封

住持垂訪頭首點茶

茶湯禮畢住持齋罷往諸頭首寮點茶從容溫存點檢缺乏隨令庫司措辦

兩序交代茶

伺方丈特為新首座茶畢次第新職事具威儀懷香躬詣各受代人處插香對觸禮一拜請云齋退拜屈尊重就寮獻茶隨令茶頭請兩序各一人東西序勤舊各一人光伴西序請茶則知事分手坐於同列頭首中請肩下一人光伴如肩上人赴坐位相妨東序請茶則頭首分手坐如維那位居東序請茶時肩下副寺一人赴寮中向內設特為位主席分手位左右光伴人位齋退鳴寮前板接受特為人次接光伴人入位揖坐燒香揖香燒光伴香入座下茶茶畢受代人起將光請香插爐中觸禮拜謝而退次日令堂司行者請交代點心名勝一人光伴前堂首座則請西堂勤舊各一人光伴若庫司一班請西堂勤舊頭首光伴庫司釘掛向裏設特為位在右排光伴位頭首與主席分手同序隨班位次日點心坐位同前西序止於知客東序止於維那凡侍者交代茶與點心當請維那光伴設位行禮皆同近時點心因而請客請鄉曲非禮也

入寮出寮茶

入蒙堂者白寮主掛點茶牌牌左小紙貼云

（某拜請合寮尊衆齋退就上寮）齋罷備香燭普同問訊揖寮主居主位點茶人居賔位畧坐起身燒香問訊復坐點茶收盞寮主起爐前相謝　自衆堂出充頭首者點交代茶畢別日令茶頭報寮主掛點茶牌齋退鳴寮中小板點茶人門外右立揖衆入爐前問訊寮主主位點茶人分手位畧坐起身燒香問訊復坐獻茶了寮主與衆起身爐前致謝送點茶人出　自衆寮出充頭首者令茶頭預報寮主掛點茶牌齋退鳴板先到衆寮門外右立揖衆入位立定問訊揖坐進中間上下間燒香復中間上下間問訊仍中央問訊寮元揖點茶人對面位坐行茶畢寮元出爐前致謝送出　入衆寮者點茶（禮與出寮茶同）但寮元寮長分賔主位自不可入位坐

頭首就僧堂點茶

伺點出寮茶畢具茶榜（式見後）令茶頭貼僧堂前下間具威儀請方丈請茶諸寮掛點茶牌報請預令供頭燒湯出盞庫司備茶燭齋畢就坐點茶頭首入堂炷香行茶（禮與旦望同）

榜式

某寮舍湫隘不敢坐邀今晨齋退就雲堂點茶一
中伏望　衆慈同垂降重　今月日具位某拜請
本山辦事禪師　江湖名勝禪師
鄉曲道舊禪師　合堂尊衆禪師

兩序出班上香

凡出班上香行香鳴鈸維那出爐前向外偏立揖住持上香（侍者捧合）次揖兩序相朝而出轉身問訊住持（謂之借香）然後上香（若聖節佛祖嗣法師忌無借香問訊有立班西堂當先上香或謂首座已出世當先上香者非蓋必與都寺同出班故也）

西序章終

大衆章七

歸虛之水鄧林之末以衆者衆也今夫大方居衆千百倒廪而炊赭山而爨亦其所聚也而四方之來如歸若巳所固有者果何爲哉蓋佛以人之流轉三界出沒生死惟明道悟性以超于妙覺則群生異類咸資其善而訓其徒以肖巳爲然故人人待其徒猶待其師雖摩肩接踵而至惟恐奉之不及不以其衆而少怠也不然則有以尺地斗粟而相訟者多矣豈其獨愚甘委其貲以廣吾居輟其飧以食吾徒吾徒之食于斯居于斯果何爲哉果何爲哉

勑修百丈清規卷第四

音釋

黼方宇切白與黑相雜也　黻方物切黑與靑相次　頮荒佩切洗面也　飧音孫又澆飯也

勑修百丈清規卷第五

大智壽聖禪寺住持臣僧德煇奉　勑重編
大龍翔集慶寺住持臣僧大訢奉　勑校正

沙彌得度

凡行者初受度牒以柈袱托呈本師兩序各處揷香禮三拜選日設旛剃頭按律選處設座令於露地香水洒之周匝七尺四角懸旛今時多大殿須向佛或相對設座若法堂中須設像花香燭如儀今僧堂中為衆多便牀坐也先稟維那和會戒師幷作梵闍梨引請闍梨選日既定則隔宿剃頭頂心留髮名曰周羅梵語周羅此云小結也設戒師座几與住持分手几上安香燭手爐戒尺設作梵闍梨座几于聖僧右與戒師對几上安磬聖僧案前置袈裟直裰度牒於上自行堂鳴鈸引剃頭人出土地堂祖堂佛殿各處炷香禮三拜序立僧堂前鳴鐘集衆頭首住持俱入堂訖戒師二闍梨始入堂大展三拜各歸位大衆齊坐定引請闍梨至戒師前大展三拜胡跪合掌戒師問云僧集否荅云已集問云和合否荅云和合戒師云僧今和合何所作為荅云為行者剃頭受戒戒師云可爾引請收坐具起鳴手磬引剃頭人入堂聖僧前三拜次戒師前三拜了就跪作梵闍梨鳴大磬作梵云神仙五通人作呪術為彼慚愧者攝諸不慚愧如來立禁戒半月半月說以說戒利益稽首禮諸佛云何梵云何於此經究竟到彼岸顯佛開微密廣為衆生說作梵訖復白云為剃頭受戒者說戒師起座大衆俱立戒師秉爐白云戒香定香慧香解脫香解脫知見香光明雲臺遍法界供養十方無量佛十方無量法十方無量僧見聞普熏證寂滅一切衆生亦如是即將今晨剃頭受戒開啓功德先願
皇帝萬歲臣統千秋天下太平法輪常轉伽

藍土地增益威光護法護人無諸難事十方施主福慧莊嚴合道場人身心安樂師長父母道業超隆剃頭沙彌修行無障三途八難咸脫苦輪九有四生俱登覺岸仰憑大衆念清淨法身毗盧遮那佛云云十號畢大衆復坐引請秉爐教沙彌云請師言句汝合自陳汝若不能隨我聲道凡稱某甲處當稱自己名復唱念云大德一心念　我某甲　今請大德爲剃頭受戒阿闍梨　願大德　爲我作剃頭受戒阿闍梨　我依大德故　得剃頭受戒　慈愍故　剃頭人禮一拜再稱慈愍故禮二拜三稱慈愍故禮三拜就胡跪合掌戒師云善男子沙彌應喏戒師云心源湛寂法海淵深迷之者永劫沉淪悟之者當處解脫欲傳妙道無越出家放曠喻如虛空清淨同於皎月修行緣具道果非遙始從尅念之功畢

證無爲之地所以大覺世尊捨金輪之寶位子夜踰城脫珍御之龍衣青山斷髮容鵲巢於頂上掛蛛網於眉間修寂滅而證真常斷塵勞而成正覺三世諸佛不說在家成道歷代祖師阿誰行染度人所以佛佛授手祖祖相傳不染世緣方成法器故得天魔拱手外道歸心上酬四重之恩下濟羣生之苦所以云流轉三界中恩愛不能捨棄恩入無爲真是報恩者出家之後禮越常情不拜君王不拜父母汝今可離此座想念國王水土之恩父母生成之德專精拜辭後不拜也沙彌就禮一拜引請鳴手磬引出堂外望北三拜謝恩復三拜謝父母恩即更僧衣引入聖僧前三拜轉戒師前一拜胡跪合掌戒師用淨瓶灌頂以指滴水於頂上執刀剃頭仍舉偈衆

同誦云善哉大丈夫能了世無常棄俗趣泥洹希有難思議三誦訖沙彌退禮一拜引請領沙彌至本師前胡跪合掌本師執刀云最後一結謂之周羅唯師一人乃能斷之我今爲汝除去汝今許否荅云可爾有垂示法語仍舉落髮偈云毀形守志節割愛辭所親出家弘聖道誓度一切人三舉大衆同聲和沙彌就禮三拜仍胡跪合掌本師持袈裟亦有垂示法語付袈裟置沙彌頂上復舉偈云大哉解脫服無相福田衣披奉如來戒廣度諸衆生三舉衆亦同聲和畢沙彌披袈裟禮本師三拜禮聖僧三拜禮戒師三拜胡跪合掌戒師云善男子法如大海漸入漸深汝既出家當先受三皈五戒方得近事大僧次受沙彌十戒乃可同僧利養事在專誠不得慢易我今爲汝召請三寶證明佛事秉爐云　一心奉請　無邊佛寶　海藏經文　土地三賢　五果四向　同垂感降

共作證明　三請訖乃云善男子欲求皈戒先當懺滌愆瑕如人浣衣然後加色汝今至誠隨我懺悔舉云我昔所造諸惡業皆由無始貪嗔癡從身口意之所生一切我今皆懺悔三舉衆三和沙彌三拜胡跪合掌戒師云善男子法既淨治身口意業今當皈依佛法僧寶乃舉唱云　皈依佛　皈依法　皈依僧　皈依佛無上尊　皈依法離欲尊　皈依僧衆中尊　皈依佛竟　皈依法竟　皈依僧竟　如來至真等正覺　是我大師　我今皈依　從今以往　稱佛爲師　更不皈依邪魔外道　慈愍故沙彌隨聲念衆皆和自皈依佛起至慈愍故通誦三遍如慈愍故次則再疊之三則三疊之每誦一遍沙彌隨禮一拜二遍二拜三遍三拜就胡跪合掌戒師云善男子汝既捨邪歸正戒已周圓若欲識相護持應受五戒

不殺生
不偷盜
盡形壽不婬欲　是五戒相汝能持不答云能持
不妄語
不飲酒

上來五支淨戒一一不得犯汝能持不答云能持是事如是持沙彌三拜胡跪合掌戒師云善男子五戒爲入道之初因出三途之元首次受沙彌十戒形備法儀此稱勤策依師而住受利同僧是爲應法沙彌應當頂受

不殺生
不偷盜
不婬欲
不妄語
不飲酒

不坐臥高廣大床
盡形壽　是沙彌戒相汝能持不答云能持
不花鬘瓔珞香油塗身
不歌舞作倡故往觀聽
不捉金銀錢寶
不非時食

上來十支淨戒一一不得犯汝能持不答云能持是事如是持沙彌三拜胡跪合掌善男子汝今受戒之後當須頂戴奉持不得違犯所持戒律供養三寶勤種福田於和尚阿闍梨一如法教於上中下座心常恭敬精進行道報父母恩衣取蔽形不以文彩食取支命不得嗜味花香脂粉無以近身好色邪聲一無視聽徐言持正勿宣人短倘有爭者兩說和合男女有別草木無傷非賢不友非聖不

宗法服應器常與人俱非時不食非法不言精勤思義温故知新坐則禪思起則諷誦閑三惡道開涅槃門於比丘法中增長正業菩提心而不退般若智以長明廣化衆生祈成正覺用心如此真佛弟子沙彌禮三拜胡跪合掌戒師起身秉爐回向云上來剃頭受戒功德奉祝護法天龍伽藍真宰各展威靈安僧護法堂頭和尚常爲苦海之津梁執事高人永作法門之柱石合堂清衆同乘般若之舟剃頭沙彌共至菩提之岸四恩總報三有齊資法界有情同圓種智十方三世一切諸佛諸尊菩薩摩訶薩摩訶般若波羅蜜戒師仍就坐作梵闍梨鳴磬云處世界如虛空如蓮花不着水心清淨超於彼稽首禮無上尊

佛　得菩提　道心常不退

皈依　法　薩般若　得大總持門

僧　息諍論　同入和合海

上來剃頭受戒功德無限殊勝良因散周沙界和南聖衆

引請闍梨候作梵闍梨舉處世界如虛空時即鳴手磬引沙彌禮戒師三拜轉身禮聖僧三拜畢問訊出堂外下手立戒師二闍梨聖僧前大展三拜而出堂司行者鳴堂前鐘三下住持出堂大衆下床首座領衆隨詣方丈禮賀如衆多住持當就法堂上受賀客頭行者仍預排列香燭爐瓶桌凳椅子伺候先戒師二闍梨行禮初展云（蒙差授戒勉强祗承人事荒疎有淹尊重下情不勝惶恐之至）住持荅云（沙彌剃頭有勞神用）再展叙寒温畢觸禮三拜住持荅一拜次首座大衆進前插香或展或觸禮或免次侍者小師插香大

展三拜不收坐具進云沙彌得度舉衆同懽仰對尊嚴下情不勝欣躍之至又三拜進敘寒温退三拜收坐具次沙彌插香大展三拜不收坐具進云某等叨圓頂相幸掛田衣不受塵勞永離愛網下情不勝欣感之至又三拜進云即日時令謹時忝惟堂頭本師大和尚尊侯起居多福退三拜收坐具住持巡寮報禮沙彌一一詣寮禮謝秖就沙彌寮安下侯他時登壇受戒謝戒詞云某等獲登戒品濫厠僧倫仰荷庇庥特此拜謝荅云甯承佛記僧戒圓成堅忍受持力扶宗教

新戒叅堂

得度受沙彌戒已覆住持於何日叅堂次稟首座維那至期早粥遍食椎後新戒叅頭領衆入堂聖僧前列問訊插香大展三拜不收坐具進云某等獲厠僧倫攀附清衆此日叅堂下情不勝戰汗之至又三拜進云即日時令謹時忝惟堂頭本師太和尚首座尊衆大禪師尊侯起居多福退三拜收坐具轉身住持前列問訊從首座板起巡堂至外堂復歸内堂中間問訊而出然後歸堂插單隨衆禪誦

登壇受戒

三世諸佛皆曰出家成道歷代祖師傳佛心印盡是沙門盖以嚴淨毗尼方能弘範三界然則叅禪問道戒律爲先若不離過防非何以成佛作祖受戒之法應備三衣鉢具并新淨衣物如無新者浣染令淨入壇受戒一心專注慎勿異緣像佛形儀具佛戒律得佛受用此非小事豈可輕心若借借衣鉢雖登壇受戒並不得戒若不曾受一生爲無戒之人濫厠空門虚消信施既受聲聞戒應受菩薩戒此入法之漸也

護戒

受戒之後常應守護寧有法死不無法生如

小乘四分律云四波羅夷十三僧伽婆尸沙二不定三十尼薩耆九十波逸提四波羅提提舍尼一百衆學七滅諍大乘梵網經十重四十八輕並須讀誦通利善知持犯開遮但依金口聖言莫擅隨於庸輩如不應食（謂酒葷腥也葱韮蒜薤園荽曰葷諸肉味曰腥並不應食）不非時食（如非粥飯二時皆非時食）並宜服禁財色之禍甚於毒蛇尤當遠離慈念衆生猶如赤子語言真實心口相應讀誦大乘資發行願尸羅清淨佛法現前皮之不存毛將安付故經云精進持淨戒猶如護明珠

辦道具

將入叢林先辦道具中阿含經云所蓄物可資身者即是增長善法之具菩薩戒經云資生順道之具

三衣　蓋法衣有三也一僧伽黎（即大衣也）二鬱多羅僧（即七條也）三安陀會（即五條也此是三衣也若呼七條偏衫裙為三衣者非也）又三品大衣（上品二十五條二十三條二十一條中品十九條十七條十五條下品十三條十一條九條）田衣緣起僧祇律云佛住帝釋石窟前見稻田畦畔分明語阿難云過去諸佛衣相如是從今依此作衣相增輝記云田畦貯水生長嘉苗以養形命法衣之田潤以四利之水增其三善之苗以養法身慧命也

坐具　梵云尼師壇此云隨坐衣根本毗柰耶云尼師但那唐言坐具五分律云為護身護衣護僧床褥故蓄坐具僧祇云律應量作長佛二搩手廣一搩手半（佛一搩手長二尺四寸此合長四尺八寸廣三尺六寸）

偏衫　古僧衣律制只有僧祇支（此云覆膊衣亦名掩

腋衣此長覆左膊及右腋蓋襯三衣故即天竺之儀也竺道祖魏録云魏宮人見僧袒一肘不以爲善乃作偏袒縫於僧祇支上相從因名偏衫今開脊接領者是蓋魏遺制也

裙　西域記云泥縛些羅些桑箇切唐言裙諸律舊譯或云涅槃僧或云泥洹僧或譯爲内衣或云圖衣圖音船即貯米圓器似圖而無蓋取圓義故云

直裰　相傳前輩見僧有偏衫而無裙有裙而無偏衫遂合二衣爲直裰然普化索木直裰大陽傳華履布裰古亦有矣

鉢　梵云鉢多羅此云應量器今略云鉢又呼云鉢盂即華梵兼名佛本行集經云北天竺有二商主一名帝利富娑二名跋利迦奉世尊麨酪密揣世尊思惟往昔諸佛悉皆受持鉢器我今當以何器受商主食時四天王疾共持四金鉢奉上世尊不受以出家人不合蓄此彼四天王更將四銀鉢玻瓈鉢瑠璃鉢赤珠鉢瑪瑙鉢硨磲鉢奉上悉皆不受時北方毗沙門天王告三天王言我念往昔青色諸天將四石器来奉我等可用受食時別有一天子名毗盧遮那白言仁等慎勿於此石器受食但供養如來當有如来號釋迦牟尼出世宜將此四石鉢奉彼如來時四天王共將四石鉢奉佛世尊念四天王以信淨心奉我四鉢若我於一人邊受餘各有恨我今總受四鉢持作一鉢次第相重安置左手右手按下合成一鉢外有四唇而說偈言我昔功德諸果滿以發哀愍清淨心是故今四大天王清淨牢固施我鉢

錫杖　梵云隙棄羅此云錫杖錫杖經云佛

告比丘應受持錫杖過去未来現在諸佛皆執故又名智杖又名德杖彰顯智行功德本故迦葉白佛何名錫杖佛言錫者輕也依倚是杖除煩惱出三界故錫明也得智明故錫醒也醒悟苦空三界結究故錫疏也謂持者與五欲疏斷故二股六環是迦葉佛製四股十二環是釋迦佛製

拄杖　十誦律云佛聽蓄杖其穳用鐵爲堅牢故斯蓋行李之善助也又毘奈耶云佛聽蓄拄杖有二因縁一爲老瘦無力二爲病苦嬰身故

拂子　律云比丘患草蟲聽作拂子僧祇云佛聽作線拂列氎拂芒拂樹皮拂若猫牛尾馬尾并金銀裝柄者皆不可執

數珠　牟尼曼陁羅經云梵語鉢塞莫梁云數珠系念修業之具也木槵子經云昔有國王名波流黎白佛言我國邊小我常不安法藏深廣不得遍行願示法要佛言若欲滅煩惱當貫木槵子一百八箇常自隨身志心稱南無佛陀南無達摩南無僧伽名乃過一子如是漸次乃過至千萬能滿二十萬遍身心不亂捨命得生炎摩天若滿百萬遍當除百八結業獲常樂果王言我當奉行

淨瓶　梵語捃稚迦此云缾常貯水隨身以用淨手寄歸傳云軍遲有二若甆瓦者是淨用若銅鐵者是觸用

濾水囊　增輝記云爲器雖小其功甚大爲護生命故中華僧鮮有受持准律標示根本百一羯磨云水羅有五種一方羅用絹三尺或二尺隨時大小作絹須細密不透蟲者若用踈絹薄紗紵布者無護生之意二法瓶陰陽

（瓶也）三軍遲（以絹繫口以繩懸沉於水待滿引出）四酌水羅五衣角羅（言衣角者非袈裟角也但取密絹一方拼手或繫瓶口或安鉢盂中濾水用也）慈覺大師賾公集經律凡三十一偈文多不録末謂世云濾羅難安多衆宗賾崇寧元年於洪濟院厨前井邊安大水檻上近檻唇別安小檻穿角傍出下安濾羅傾水之時全無迸溢亦五大衆沾足浴院後架做此僧行東司亦皆濾水出家之本道也後住長蘆諸井濾水二十餘處常住若不濾水罪歸主執之人普冀勉而行之

戒刀 僧史略云戒刀皆是道具表斷一切惡故

裝包

古者戴笠笠内安經文茶具之類衣被束前後包挿祠部筒戒刀今則頂包裝包之法用青布袱二條先以一條收拾衣被之屬仍用油單裹於外復用一條重包於外四角結定用小鎖鎖之仍繫包鈎於上度牒有袋懸留前袈裟以帕子縛定入腰包繫於前下裳鞋襪有袋繫於後右手携拄杖途中雲水相逢彼此叉手朝揖而過如遊山到處將及門下包捧入旦過安歇處解包取鞋襪濯足更衣搭袈裟與知客相看

遊方叅請

禀辭師長慕有道尊宿處依棲求掛搭（准律云比丘有法有食處應住有法無食處亦應住無法有食處不應住）古規首到客司相看次往堂司掛搭送單位經案定然後到侍司通覆請方丈禮拜今時遊方掛搭初到旦過推熟於叢林能事者一人爲叅頭領衆至客司具威儀列門首右白云（暫到相看）知客

即接入詞云即日恭惟知賓尊長禪師尊候起居多福乆欽此譽復奉瞻際下情不勝感激之至答云山門多幸特荷遠臨揖坐燒香喫茶略詢來歷即起謝茶歸旦過知客尋往回禮叅頭接入普同問訊知客詞云移刻恭惟諸位尊長禪師尊候起居多福適承降重特此拜謝下情不勝感激之至答云禮合拜看何動降重叅頭自送出門若欲禮拜住持則放叅後詣侍司相看如前禮起身稟云某等特來禮拜和尚敢勞侍者通覆侍者揖再坐詳詢来由或鄉人法眷辦事分明侍者云且回安下處容某通覆即上方丈咨覆如允次早鐘鳴侍者令客頭報相看如未暇侍者挑燈詣安下處報禮善言安慰相看之禮粥罷叅頭領衆詣寢堂候住持出侍者接入叅頭進前云請和尚趺坐轉身左手插香退身同衆初展云某等乆聞道風此日獲奉尊顏下情不勝喜躍之至再展云即日時令謹時恭惟堂頭大和尚尊候起居多福觸禮三拜如入室弟子法眷則云乆承慈廕別插香行禮就座侍者燒香喫茶住持問鄉里名諱及夏在何處各須實答不可多語起身爐前謝云重承降接特此拜謝住持送出叅頭云和尚尊重隨至侍司致謝云有煩神用特此拜謝歸旦過外下手排立候住持回禮同問訊接入詞云移刻恭惟堂頭大和尚尊候起居多福某等適來分合禮拜過蒙降重下情不勝感激之至住持云安下不便幸望款留衆送出叅頭轉上手接侍者入同衆問訊云移刻恭惟高侍禪師道體起居多福禮合詣寮拜看迓辱降重下情不勝感激之至侍者云山門多幸特荷遠臨報謝措遑下情多愧今遊方者多不入旦過到處輒尋鄉曲頭首寮舍安泊古禮漸至無聞住持遇名勝相看就送客位回禮上座相看就法堂下間迎伺住持回禮免煩降重而五山大方則不回禮半齋請點心當晚特為湯披衣赴住持接入爐前通寒温就坐侍者燒香

揖湯湯罷起就爐前謝湯須兩展三禮抽衣就坐藥石如住持不暇請頭首代相陪時當自起燒香住持自伴湯乃盡禮也次日粥罷請茶叅頭領衆排立寢堂前候住持至即趨前問訊云經宿恭惟堂頭和尚尊候起居多福某等重承寵呼下情不勝感激謝茶初展云某等重承煎點特此拜謝下情不勝感激之至再展云之至入座侍者燒香喫茶起至爐前兩展三禮即日時令謹時恭惟堂頭和尚尊候起居多福退身觸禮三拜住持送出兩三步如求掛搭叅頭領衆回身進住持前稟云某等生死事大無常迅速久聞道風特來依附伏望慈悲收錄稟許不許允否即普觸禮一拜云謝和尚掛搭當先掛搭叅頭其餘不拘早晚不擇處所各知進退伺候住持求住方丈近事人毋得呵禁如允仍觸禮一拜就求帖子到侍司附名云適奉方丈慈旨令就上寮附名侍者次第發榜頭下堂司維那

令行者請新到喫茶畢出度牒上床曆詳具大掛搭歸堂候送歸堂或有故出入須守堂儀半月方可請假古云請假遊山者常將半月期過期重掛搭依舊守堂儀如迫師長父母疾病喪死著不在此限

凡寢堂中必設叅椅示尊師道也新到相看住持當居中位令其插香展禮側坐受茶於禮無損今北方猶行之所時新學沙彌才方入衆便與大方宿德分坐抗禮視爲故常循習成弊至於獵等犯分以啓外侮師道蕩然能尊師則尊法尊法則叢林紀綱振矣若西域諸師其徒奉之猶君父之尊惟恐不及可爲法也

大相看

大方多衆又尊宿嚴重無況常數見之禮新

到須候人多各預詣侍司附名作一起相看侍者稟定或九月初或冬前年節衆推辦事名勝或熟於叢林者爲叅頭至日領衆至寢堂排立侍者請住持出叅頭進云請和尚趺坐住持垂語叅頭下語已退步同衆問訊插香展禮次謝侍者次早赴方丈茶求掛搭候發榜式見後下堂司送歸堂並與前同住持併在謝掛搭時回禮

榜式　奉

方丈慈旨掛搭　一僧某甲上座　某甲上座
今月　日侍司　某　報

大掛搭歸堂

堂司承侍司報榜即令行者請新到茶各懐度牒叅頭預備小香合準歸堂時用領衆請堂司對觸禮一拜叙寒溫入座受茶畢起稟云其等適奉方丈慈旨令依附左右伏望甄録維那荅云多幸喜得同守衆寮叅頭與衆各取度牒遞付維那仍對觸禮一拜逐一上床曆訖付還只留叅頭度牒行者喝云請衆首座歸堂掛搭叅頭領衆前門右手入堂至聖僧前排立叅頭燒香同衆大展三拜巡堂一匝自上堂至下堂仍如前排立問訊從班尾先移步退聖僧板頭立維那入堂燒香上間立堂司行者用盤袱托度牒維那付還叅頭同衆對觸禮一拜叅頭送維那出齋前後門齋後前門叅頭不出門限維那發諸寮報榜式見後行者引至衆寮鳴內板三下寮主相接入門對觸禮一拜叙寒溫畢分手坐獻空盞便起身於香爐前問訊謝畢云其等適奉方丈慈旨令歸上寮依棲左右敢望慈悲寮主云忝来多幸且喜同守寂寥即各觸禮一拜新掛搭人轉東邊寮主轉西邊又觸禮一拜寮主引掛搭人排列朝觀音問訊引巡案一匝復朝觀音問訊而退不須送出行者引見

寮元對觸禮一拜云即日恭惟座元禪師尊候起居多福茲蒙方丈慈旨令某等依附左右敢望垂慈下情不勝感激之至　次請諸頭首寮庫司各觸禮一拜敘寒溫畢送出今多不相接止傳語或謂止首座處有拜皆非法盖謝掛搭時兩序回禮通有荅拜也

榜　掛搭　一僧某甲上座某州人氏某戒　某甲上座
某甲上座　今月　日堂司　某　報

式　報侍司日申尊住持也前堂首座侍司衆寮必具戒次州名餘皆不具

小掛搭歸堂　方丈許掛搭侍司發榜下堂司請茶上床曆畢送入衆寮維那　居上間對觸禮一拜轉下間又對觸禮一拜掛搭人詞云茲者多幸重辱温存下情不勝感激之至　荅云寮舍不便幸乞寬處　衆頭送維那出衆寮外右立堂司行者鳴寮內小板三下寮主相接禮並同前西堂首座掛搭如大方名德欲作住計語次露意住持度有單寮可處及行坐位次上下安順則留之

次日赴茶畢稟云某為生死事大特來依棲即觸禮一拜或別日或即時會兩序勤舊茶住持躬起燒香復位立白云某處西堂首座不棄來此同守寂寥煩兩序勤舊同送歸寮　受送人即進前云特來依棲重荷收錄　住持同兩序勤舊送歸寮對觸禮一拜送住持出受送人居主位揖侍者入問訊送出揖兩序勤舊入問訊畢即懷香詣方丈拜謝堂司行者引詣兩序勤舊處回禮方丈別日特為管待講茶禮且望請茶並與勤舊列

諸方名勝掛搭　凡欲求掛搭次日赴茶罷稟云某等為生死事大特來依棲伏望收錄　普觸禮一拜住持如允則會首座知事維那茶畢住持躬起燒香白送意如前受送人進云某等重蒙收錄只歸僧堂隨衆　荅云山門禮合延送　隨職名高下送衆堂前資對觸禮一拜送住持出與寮主問訊詞云宿生多幸得依

左右荅云多生緣熟且喜同居受送人轉主位揖侍者入問訊送出與兩序問訊畢即懐香詣方丈拜謝榻位堂司行者引至庫司諸頭首寮回禮或方丈發榜頭煩首座請送則首座令堂司行者請知事一人維那侍者及受送人同至寮首座燒香獻茶白住持發批山門相送之意送入門時首座居主位代住持觸禮一拜受送人歸主位首座轉居客位與知事維那同問訊餘禮並同前

法眷辦事掛搭　不拘時訪侍者說來歷通覆住持揷香展禮若以下法眷曾執侍者住持皆當受禮隨職名高下延送同前

抛香相看

新到或迫緣故來不及時或止掛搭不得通覆不拘處所纔迎見住持即抛香于前云暫到禮拜和尚觸禮一拜隨自收香伺求掛搭如住持許容則侍司發榜下堂司禮同前若圖帳已定則詣堂司稟添名入圖或人多列戒次後

謝掛搭

古規掛搭歸堂者即時謝掛搭後以冬節歲節夏前三次謝掛搭自佛照和尚由育王赴徑山權孤雲爲入院侍者時佛照以禮繁併在夏前近時衲子到處坐席未温移單東西多致不謝掛搭既曰經冬過夏折中當在冬前夏前兩期報謝侍者先期取堂司戒臘簿檢看新掛搭戒臘在上者一人爲叅頭一人爲副叅舊以諸方侍者爲叅頭往往以寺門高下爭競不安原夫侍者皆在衆寮掛搭既曰隨衆當依戒臘依戒佛制也況諸圖帳及衆寮戒臘牌不以名字分高下一遵佛制二免爭競三得衆和同居惟住持力主行之叅頭當具小圖習儀三人一引每引一人爲小叅頭須詳記詞

語進退折旋合度免致臨時叅差堂司行者具名數率香錢寫小榜云新歸堂首座各率錢若千買香謝掛搭　堂司行者　某取覆貼衆寮前收香錢足交侍者納方丈就稟擬定何日謝掛搭出榜報衆云新歸堂兄弟來日粥罷詣　方丈謝掛搭　至日　今月　日侍司　某報

就寢堂或法堂設住持位排列香几鑪缾燭臺侍者付大香一片與叅頭交副叅收領衆依圖位排立叅頭隨同侍者請住持出歸位立叅頭同衆齊問訊畢叅頭進住持前稟云請和尚跌坐　退左足側轉身於香几右手空處出行過復位齊問訊畢副叅袖中取香捧遞叅頭接藏懷中小問訊又手進爐前左手揷香仍從空處過復位齊問訊本引三人一展坐具住持餧手約免之即收起叅頭進前云某等宿生慶幸獲遂依棲下情不勝喜躍之至仍如前退身香几右手

轉歸位問訊再展坐具住持復如前約免收坐具再進前云即日時令謹特恭惟堂頭和尚尊候起居多福仍如前轉歸位問訊觸禮三拜住持荅一拜第一引問訊過左邊接班尾次第三人遶上詞禮並同叅頭立於侍者下肩伺各各禮畢副叅遶到初立處叅頭歸元位領衆齊問訊而退副叅領衆先行叅頭居末至衆寮門外下手立副叅引衆從右邊入寮內下間旋轉量衆多寡不拘行數副叅遶向前接聯叅頭肩次伺住持至與衆俱迎問訊轉入寮內衆當前後相顧成行進退步趍叅頭轉身至爐前對觸禮一拜詞云移刻恭惟堂頭和尚尊候起居多福某等重荷收錄禮合拜謝茲蒙降尊下情不勝感激之至衆同送出叅頭門外轉上手立副叅仍引衆旋轉居上間出聯叅頭肩次揖侍者入詞云某等多幸獲依左右茲沐降重不勝感激之至叅

頭一人送侍者出次揖兩序入對觸禮一拜詞云即刻恭惟座元都總諸位禪師尊候多福某等獲遂依附迺承隆重下情不勝感激之至叅頭送兩序出復歸上間立副叅引衆自觀音後轉出爐前仍顧班尾俱立定對叅頭觸禮一拜詞云某等適間甚勞神用特此拜謝其儀亦當預習當日侵早方丈客頭堂司行者各寫回禮榜帖衆寮前方丈榜貼上間兩序榜貼下間式見後

榜

堂頭和尚粥罷回禮
新歸堂首座　今月　日客頭行者　某　承准

式

頭首知事粥罷回禮
新歸堂首座　今月　日堂司行者　某　拜覆

方丈特爲新掛搭茶庫司頭首附見

請客侍者照戒臘雙字名寫茶狀式見後至日侵晨洗面時備卓子筆硯列照堂請客於名下書云某甲謹拜尊命如掛搭諸方名勝亦依戒寫入茶狀內隔日方丈客頭先持狀請僉名侍者令客頭依戒列名寫特爲牌或作四出六出首座光伴諸方名勝必與住持對面位若有異議則於名勝內推戒最高者坐之叅頭與光伴對面位盖受送者先謝榻位此同赴茶耳至日齋罷鳴鼓集衆侍者揖入住持相接問訊次與光伴人問訊各依照牌歸位立定燒香侍者請客侍者分左右位頭行禮巡揖坐揖香揖茶燒光伴香鳴鼓退座並與四節小座湯禮同受特爲人引衆排立謝茶初展云某等此日重蒙煎點特此拜謝下情不勝感激之至再展云即日時令謹時恭惟堂頭和尚尊候起居多福退身觸禮三拜而退次日庫司客頭行者依戒單字名具茶狀列衆寮前請僉名書云某甲敬依來命庫堂排位首座光伴鳴庫堂板上首知事與維那行禮又次日首座衆頭首具狀請僉同前照堂排位都寺光

伴鳴照堂板全班行禮或四人六人分巡問訊如三人五人首座燒香只居中立古法三日講行今諸方多併作一日就方丈借座及鼓頭首知事空住持一位互爲主伴位次行禮並同但謝茶必當齊離位轉身問訊致謝近習只位頭起謝非禮也

茶狀式　新掛搭　某甲上座列名　堂頭和尚今晨齋退就寢堂點茶　特爲伏希　雲集　今月　日侍司某拜請　庫司頭首則云　新掛搭　某上座列名　右某等今晨齋退就庫司點茶巾　特爲伏望　衆慈同垂　降重　今月　日庫司比丘某等拜請　頭首當列名止於知客就照堂餘同前

坐禪

每日粥罷堂司行者先覆首座僧堂前衆寮前俱掛坐禪牌報衆令供頭僧堂内裝香點燈先鳴衆寮前板一聲大衆歸堂向裏坐次第俱集覆衆頭首鳴板第二聲候入堂少緩鳴板第三聲副寮閉衆寮門鳴首座寮前板三聲初聲出門二聲約到半途三聲入堂首座聖僧前燒香巡堂自下間至上間一匝就歸被位坐次覆住持鳴方丈板三聲住持入堂燒香巡堂自上間至下間一匝歸位坐定久之僧衆方可次第起身抽鮮又須看上下肩起止急緩免見成連單位空缺或有留被在堂不隨衆者或有暫來隨衆留袈裟在被位於外放逸者皆當檢衆懲罰頭首大衆並從出入板往來唯前堂首座許從住持前出入堂司行者候齋次第覆首座放禪轉從聖僧後右出撑簾下牌輕撼作聲住持頭首出堂堂司行者右邊側立伺候問訊或山門有迎接祈禱普請看誦送亡及衆寮淨髮洗衣則不坐禪亦不坐參參後坐禪如常住持首座仍巡堂堂中有直堂牌刻云輪次直堂周而復始住山押兩面刻照依被位資次每日五更鐘絕後交下

次人終日看守或有開櫃挿單下鉢抽被者皆當白直堂人知至放叅鐘鳴時交付聖僧侍者看管至晚則衆僧皆守被位矣牌則在次早交過近時直堂成羣相陪分俵果核聚談戲笑習以爲常惱亂禪寂住持首座力戒違者示罰

坐禪儀

夫學般若菩薩起大悲心發弘誓願精修三昧誓度衆生不爲一身獨求解脫放捨諸緣休息萬念身心一如動靜無間量其飲食調其睡眠於閒靜處厚敷坐物結跏趺坐或半跏趺以左掌安右掌上兩大拇指相拄正身端坐令耳與肩對鼻與臍對舌拄上腭唇齒相着目須微開免致昏睡若得禪定其力最勝古習定高僧坐常開目法雲圓通禪師呵人閉目坐禪謂黑山鬼窟有深旨矣一切善惡都莫思量念起即覺常覺不昧不昏不散萬年一念非斷非常此坐禪之要術也坐禪乃安樂法門而人多致疾者蓋不得其要得其要則自然四大輕安精神爽利法味資神寂而常照寤寐一致生死一如但辨肯心必不相賺然恐道高魔盛逆順萬端若能正念現前一切不能留礙如楞嚴經天台止觀圭峯修證儀具明魔事皆自心生非由外有定慧力勝魔障自消矣若欲出定徐徐動身安詳而起不得卒暴出定之後常作方便護持定力諸脩行中禪定爲最若不安禪靜慮三界流轉觸境茫然所以道探珠宜靜浪動水取應難定水澄清心珠自現故圓覺經云無碍清淨慧皆依禪定生法華經云在於閒處

脩攝其心安住不動如須彌山是知超凡越聖必假靜緣坐脫立亡須憑定力一生取辦尚恐蹉跎況乃遷延將何敵業幸諸禪友三復斯文自利利他同成正覺

勑修百丈清規卷第五

音釋

借 子夜切丨與也 猫 莫包切音毛猫牛也

勑修百丈清規卷第六

大智壽聖禪寺住持臣僧德煇奉　勑重編

大龍翔集慶寺住持臣僧大訢奉　勑校正

坐叅

齋罷堂司行者覆首座僧堂衆寮前各掛坐叅牌將晡時僧堂內裝香點燈鳴衆寮前板先一聲大衆入堂二聲以次頭首入三聲首座入不鳴首座寮前板者大坐叅時却鳴三下却覆住持鳴方丈板與坐禪同有處不披袈裟非法也堂司行者候晚粥熟覆首座云放叅轉聖僧後右出下牌鳴堂前鐘三下衆就位普同和南住持頭首次第出堂衆下床各出半單前輩住持頭首亦同歸衆寮藥石盖古者每晚必叅住持以求開示故率衆齊集坐待鼓鳴而往叅之名曰坐叅因汾州地寒昭公罷之遂有放叅之說

大坐叅

今時叢林有多衆處猶特講晚叅以存古意謂之大坐叅與常坐叅同但首座入堂不燒香便歸位待住持入堂坐定堂司行者鳴首座寮前板三下大衆轉身向外坐首座下地從後門出復轉從前門入聖僧前燒香如常巡堂歸被位坐少定若住持晚叅則不鳴堂前鐘方丈客頭鳴法鼓三下住持出堂首座領衆隨至法堂或寢堂住持據座侍者兩序東西堂各出班問訊開示畢衆散歸寮藥石若不晚叅則堂司行者進首座前問訊云堂頭和尚今晚放叅轉聖僧後右出令唱食行者中立問訊長聲唱云放叅鳴堂前鐘三下大衆下地普同和南首座先出堂次住持出頭首出衆各

出全單歸衆寮藥石若講行時須講一叅一免使後學知之每日如有緣故不坐叅時供頭行者代首座出半單與大衆同至晚衆寮前鳴板三下衆出寮歸堂昏鐘鳴（如居城市則候鼓鳴）頭首入堂首座待鐘鳴入燒香巡堂次住持入燒香巡堂候定鐘鳴住持出堂次頭首出如坐再請禪住持後門入歸位不巡堂頭首隨衆或抽解者即歸被位更深住持出閫首座開枕響衆方偃息在道兄弟不以此拘次早三下板鳴衆起聖僧侍者牽堂內手巾轆轤驚酣眠者起洗面衆歸堂巳首座入燒香巡堂次住持入燒香巡堂四鼓鳴住持出鐘鳴首座出以次頭首與大衆暫從後門出換衣換頭袖抽解即歸守被位或首座再入堂巡被位鐘絕開靜板鳴衆方摺被惟首座被係供頭摺衆各隨意出堂禮念亦兼修也

請益

凡欲請益者先禀侍者通覆住持某甲上座今晚欲詣方丈請益如允所請定鐘後詣侍司候方丈秉燭裝香侍者引入住持前問訊插香大展九拜收坐具進云（某為生死事大無常迅速伏望和尚慈悲方便開示）肅恭側立諦聽垂誨畢進前插香大展九拜謂之謝因緣免則觸禮次詣侍司致謝

赴齋粥

早晨聞開靜板後齋時候巡火板鳴先歸鉢位入堂時聖僧前問訊訖合掌歸位上床時問訊隣位先以右手斂左邊衣袖腋下壓定復以左手斂右邊衣袖然後兩手按床兩足撥鞋入床下先縮左足次收右足竦身上床

近裏一尺許正坐敷袈裟蓋膝上不得露內衣不得垂衣床緣（詳見日用軌範）都監寺維那直歲侍者等位在外堂上間知客知浴知殿化主堂主等位在外堂下間古規每日住持赴堂早粥時先於堂外坐待堂前鳴鐘即入堂大衆齋下床普同問訊就坐近時諸方住持大鐘鳴時先入堂坐至堂前鐘鳴方下地普同問訊只遇五但望講行一次新入衆者不知所自先輩嘗議下床問訊者謂諸寮與大衆普同問訊也以此論之凡有衆處必當日日早晨下床問訊為允

赴茶湯

凡住持兩序特為茶湯禮數勤重不宜慢易既受請已依時候赴先看照牌明記位次免致臨時倉遑如有病患內迫不及赴者托同赴人曰知惟住持茶湯不可免慢不赴者不可共住

普請

普請之法蓋上下均力也凡安衆處有必合資衆力而辦者庫司先稟住持次令行者傳語首座維那分付堂司行者報衆掛普請牌仍用小片紙書貼牌上云（某時某處）或聞木魚或聞鼓聲各持絆膊搭左臂上趍普請處宣力除守寮直堂老病外並宜齊赴當思古人一日不作一日不食之誡

日用軌範

無量壽禪師述序曰脫塵離俗圓頂方袍大率經歷叢林切要洞明規矩舉措未諳法度動止不合律儀縱有善友良朋詎肯深錐痛劄循習成弊改革固難致令叢席荒涼轉使

人心懈怠屢見尋常目前過患遂集百丈成現楷模原始要終從朝至暮要免頭頭敗闕直須一一遵行然後敢言究巳明心了生達死世間法即是出世間法行腳人可貽未行腳人庶幾不負出家身心抑亦同報佛祖恩德謹列于后

入衆之法睡不在人前起不落人後五更鐘未鳴輕輕擡身先起將枕子安腳下未要拗恐驚隣單抖擻精神將身端坐不得扇風令人動念覺困來將被推腳後取手巾轉身下地巾搭左手念偈云從朝寅旦直至暮一切衆生自回互若於腳下喪身形願汝即令生淨土輕手揭簾出後架不得拖鞋咳嗽作聲古云揭簾須垂後手出堂切忌拖鞋輕手取盆洗面湯不宜多右手蘸齒藥揩左邊左手蘸揩右邊不可再蘸恐牙宣口氣過人漱口須低頭吐水以手引下直腰吐水恐濺隣桶不得洗頭有四件自他不利一污桶二膩巾三枯髮四損眼不得鼻內作聲不得噴水撲面不得高聲嘔吐不得以唾涕污面桶古云五更洗面本為修行嘔吐拖鞋喧堂惱衆拭面不得爭扯手巾不得以巾拭頭用畢須攤掛或焙火上在上堂左足先入在下堂右足先入上被位眠單收一半坐定若換直裰須將新者覆上抽去舊裰不得露白不得扇風若欲燒香禮拜宜於鐘鳴時將袈裟藏袖內出後門外披平常亦離被位披袈裟合掌頂戴想念偈云善哉解脫服無相福田衣我今頂戴受世世常得披唵悉陀耶娑婆訶摺袈裟先摺搭手處後解環不得以口銜袈裟不得以頷勾袈裟摺了亦當問訊而去如殿堂禮拜不得占中央妨住持人來不得出聲念佛不得行禮拜人頭邊過須行後面

空處五更鐘鳴想念偈云（願此鐘聲超法界鐵圍幽暗悉皆聞三途離苦罷刀輪一切衆生成正覺）住持并首座坐堂時不得從前門出入開小靜方摺被拗枕子摺被之法先尋兩角以手理伸向前先摺一半次摺身前一半不得横占隣單亦不得抖擻作聲不得以被扇風或歸衆寮喫湯藥或茶堂經行次第歸鉢位以上肩順轉（謂左肩也）若前門從南頰入不得行北頰并中央蓋尊住持也木魚響不得入堂或令行者取鉢堂外坐或歸衆寮打給入堂歸鉢位須低頭問訊上中下座若已先坐上中下座來須合掌古云（不敬上中下座婆羅門聚會無殊）聞木魚後長板鳴下鉢擡身正起立定然後轉身亦要順上肩合掌方取鉢一手解鈎左手提鉢轉身令正蹲身放鉢免將腰背撞人堂前鐘鳴下床爲迎住持入堂

大衆普同問訊不得以手左右摇曳下床時須近前問訊莫令袈裟搭床緣仍須低細上床不得頓身取鉢安座前聞椎聲想念偈云（佛生迦毘羅成道摩竭陁說法波羅柰入滅拘絺羅）展鉢之法先合掌想念偈云（如來應量器我今得敷展願共一切衆等三輪空寂）然後觧袱帕展淨巾覆膝帕摺轉三角莫令出單外先展鉢單仰左手取鉢安單上以兩手大拇指迸取鐼子從小次第展不得敲磕作聲仍護第四第五指為觸指不得用鉢拭摺令小并匙筯袋近身横放入則先匙出則先筯手把處為淨頭向上肩鉢刷安第二鐼子縫中出半寸許盛生飰不得以匙筯出生飰不過七粒太少為慳食凡受食則用出生或不受食却不可就桶杓内撮飰出生維那念佛合掌手指不得叅差須當胷髙低得所不得以

手托口邊古云参差合掌不當胷兩手交加挿鼻中拖覆揭籐無疑細嘔聲泄氣提英雄兩手捧鉢受食想念偈云若受食時當願衆生禪悅為食法喜充滿或多或少則以右手起止之間徧食椎看上下肩以面相朝揖食不得正面以手搖曳兩邊揖罷作五觀想念云一計功多少量彼來處二忖己德行全缺應供三防心離過貪等為宗四正事良藥為療形枯五為成道業故應受此食次出生想念偈云汝等鬼神衆我今施汝供此食徧十方一切鬼神供喫食之法不得將口就食不得將食就口取鉢放鉢并匙筯不得有聲不得咳嗽不得搐鼻噴嚏若自噴嚏當以衣袖掩鼻不得抓頭恐風屑落隣單鉢中不得以手挑牙不得嚼飯啜羹作聲不得鉢中央挑飯不得大摶食不得張口待食不得遺落飯食不得手把散飯食如有菜滓安鉢後屏處不得以風扇隣位如自己怕風即白維那於堂外坐不得以手枕膝上隨量受食不得請折不得將頭鉢盛濕食不得將羹汁於頭鉢內淘飯喫不得挑菜頭鉢內和飯喫食時須看上下肩不得太緩未再請不得刷鉢盂不得吮鉢刷作聲食未至不得坐煩惱古云獃獃四顧起悲嗔念食吞津唾頻攙粥啜羹包滿口開單良鉢響諸隣洗鉢以頭鉢盛水次第洗鏆子不得頭鉢內洗匙筯并鏆子仍屈第四第五指不得盥漱作聲不得吐水鉢中不得先以熟水洗鉢未折鉢水不得先收盖膝巾不得以膝巾拭汗不得以餘水瀝地上折水想念偈云我此洗鉢水如天甘露味施與鬼神衆悉令得飽滿唵摩休羅細娑婆訶收鉢以兩手大指迸定次第而入複畢合掌想念食畢偈云飯食已訖色力充威震十方三世雄回因轉果不在念一切衆生獲神通寮前板鳴歸寮問訊不歸位為輕侮大衆入問歸位如僧堂之法立定候

寮主燒香畢問訊上下若有茶就座不得垂衣不得聚頭笑語不得隻手揖人不得包藏茶末古云（登床宴坐不得垂衣隻手揖人是何道理私藏茶末取笑傍觀時中隣案道人切忌交頭接耳）茶罷或看經不得長展經（謂三函也）不得手托經寮中行不得垂經帶不得出聲不得背靠板頭看經古云（出聲持誦吵衆稠人背靠板頭輕欺大衆）須預先出寮莫待打坐禪板若抽脫古例披五條（即掛絡也）以淨巾搭左手解條繫笐竿上脫五條直裰令齊整以手巾繫定作記認不得笑語不得在外催促右手提水入廁換鞋不得衆差安淨桶在前鳴指三下驚啾糞鬼蹲身令正不得努氣作聲不得涕唾不得隔壁共人語話古云（戶扃只合輕彈指人擁那堪亂作聲入廁用籌分觸淨出時脫履忌縱橫）不得以水澆兩邊左手洗淨護大指第二第三指不得多用籌子古云（浴湯少使籌子休拈）

有者使了以水洗之安廁邊空處人多則妨衆不宜長久淨桶安舊處以乾手安內衣入袴以乾手開門左手提桶出不得濕手拏門扇并門頰上右手挑灰後挑土不得以濕手拏灰土不得吐唾和泥洗手然後用皂角洗至肘前須一一念呪按大藏纓絡經云夫登溷者不念此呪假使以十恒河水洗至金剛際亦不能淨凡登殿堂瞻禮並無利益奉勸受持每誦七徧是故鬼神常相拱護入廁（唵根魯陁耶娑訶）洗淨（唵賀曩密栗底娑訶）淨手（唵主伽囉耶娑訶）淨身（唵室利曳娑醯娑訶）去穢（唵吱折囉曩伽吒娑訶）末用水盥漱律中小遺亦洗淨仍嚼楊枝歸堂坐禪火板未鳴不得先歸寮齋前不得洗衣粥前齋前放參後不得開函櫃如有急切白主事人寮中白寮主僧堂白聖僧侍者齋罷不得僧堂

内聚頭說話不得在僧堂中看經看册子不得上下間行道穿堂直過不得席上穿錢不得牀上垂脚坐床前一尺爲三淨頭一展鉢二安袈裟三頭所向不得床上行不得跪膝開函櫃不得脚踏床緣下地草履五條遊山不得經行佛殿法堂古云叔祖登溈草履遊山莫踐法堂回互者舊不得赤脚着僧鞋不得把手共行說世諦是非古云別了雙親棄本師訪尋知識擬何爲不會說着宗門事白首無成過在誰不得殿堂倚靠闌干不得猖狂急走古云行須緩步習馬勝之威儀語要低聲學波離之軌範不得佛殿閑行古云無事不須登佛殿等閑莫向塔中行不因掃地添香水縱有河沙福也傾齋後澡洗衣服不得衩袒不得傾瓶湯泡衣竹竿熨斗使了安元處洗脚板鳴不得爭奪脚桶有瘡疥則隨後洗或屛處洗之各行方便免動衆念莫待打板次第歸堂坐絡了各出半

單下地講大放參首座寮前板鳴即時轉身向外須當及時赴堂板鳴後不得入堂亦不得堂外立住持首座出堂開單下床問訊歸寮藥石各就案位不得先起盛食不得高聲呼索粥飯鹽醋之類食罷出寮不得出三門不得入小寮不得衩袒歸僧堂并廊下行不得候打板出寮昏鐘鳴即合掌默念偈云聞鐘聲煩惱輕智慧長菩提生離地獄出火坑願成佛度衆生須先歸單位坐禪不得床上抓頭不得床上弄數珠作聲不得與鄰單語話鄰單生疎當以善言誘喻不得生嫌惡心打定鐘後不得於前門出入候首座開枕後困重者就寢睡須右脇不得仰臥仰爲屍睡覆爲淫睡多惡夢以被巾裹袈裟安枕前今人多安脚後於理不便如開浴浴具携右手入下間門內問訊歸空處揖左

右人畢先以五條手巾掛笐竿上展浴袱取出浴具放一邊解上衣未卸直裰先脫下面裙裳以脚布圍身方可繫浴裙將裩袴捲摺安袱内次第脫直裰與五條作一處將手巾繫之古云三通鼓響入堂時觸淨須分上下衣其所脫衣作一袱覆轉方換拖鞋不得赤脚入浴須於下間空處待次而浴不得占頭首老宿坐處謂上間也不得以湯水濺人身上不得桶内泡脚不得室内小遺不得架脚桶上不得笑語不得槽上揩脚不得舁水不得起身掇桶澆身上前後有人須當遮護脚布不得離身有脚不入桶者不得多用湯或有瘡或洗灸瘡或使疥藥宜後入浴不得攙先不得以兩邊公界手巾拭頭面公界手巾係着衣後淨手拭之以披五條也出浴揖左右上床面壁少坐先着上衣并直裰都遮了下地却着下裳解浴裙以脚布揩浴裙内恐濕浴袱手巾携左手揖左右出看設浴施主名字隨意課誦經呪回向寒月向火先坐爐圈上然後轉身正坐揖上下肩不得弄香匙火筯不得撥火飛灰不得聚頭説話不得煨點心等物不得炙鞋焙履烘衣裳不得攬起直裰露袴口不得吐唾并彈垢膩於火内如前所集一日事件衆中威儀非敢聞於老成聊以誘於初學升堂入室小參諷經念誦巡寮解結人事裝包頂笠送亡唱衣應係微細軌則清規既已具載尊宿各有明文不再備陳徒爲贅語

龜鏡文

慈覺大師賾公述夫兩桂垂陰一華現瑞自爾叢林之設要之本爲衆僧是以開示衆僧

故有長老表儀衆僧故有首座荷負衆僧故有監院調和衆僧故有維那供養衆僧故有典座爲衆僧作務故有直歲爲衆僧出納故有庫頭爲衆僧典翰墨故有書状爲衆僧守護聖教故有藏主爲衆僧迎待檀越故有知客爲衆僧請召故有侍者爲衆僧守護衣鉢故有寮主爲衆僧供侍湯藥故有堂主爲衆僧浣濯故有浴主水頭爲衆僧禦寒故有炭頭爐頭爲衆僧乞丐故有街坊化主爲衆僧執勞故有園頭磨頭莊主爲衆僧滌除故有淨頭爲衆僧給侍故有淨人所以行道之緣十方備足資身之具百色現成萬事無憂一心爲道世間尊貴物外優閑清淨無爲衆僧爲最迴念多人之力寧不知恩報恩晨參暮請不舍寸陰所以報長老也尊卑有序舉止安詳所以報首座也外遵法令内守規繩所以報監院也六和共聚水乳相參所以報維那也爲成道業故應受此食所以報典座也安處僧房護惜什物所以報直歲也常住之物一毫無犯所以報庫頭也手不把筆如救頭然所以報書状也明窻淨案古教照心所以報藏主也韜光晦迹不事追陪所以報知客也居必有常請必先到所以報侍者也一瓶一鉢處衆如山所以報寮主也寧心病苦粥藥隨宜所以報堂主也輕徐靜默不昧水因所以報浴主水頭也緘言拱手退已讓人所以報炭頭爐頭也忖已德行全缺應供所以報街坊化主也計功多少量彼來處所以報園頭磨頭莊主也酌水運籌知慚識愧所以報淨頭也寛而易從簡而易事所以報淨

人也是以叢林之下道業惟新上上之機一生取辦中流之士長養聖胎至如未悟心源時中亦不虛棄是真僧寶爲世福田近為末世之津梁畢證二嚴之極果若或叢林不治法輪不轉非長老所以爲衆也三業不調四儀不肅非首座所以率衆也容衆之量不寬愛衆之心不厚非監院所以護衆也修行者不安敗群者不去非維那所以悦衆也六味不精三德不給非典座所以奉衆也寮舍不修什物不備非直歲所以安衆也畜積常住減剋衆僧非庫頭所以贍衆也書狀不工文字箋裂非書状所以飾衆也几案不嚴喧煩不息非藏主所以待衆也憎貧愛富重俗輕僧非知客所以賛衆也禮貌不恭尊卑失序非侍者所以命衆也打疊不勤守護不謹非寮主所以居衆也不閑供侍惱亂病人非堂主所以恤衆也湯水不足寒暖失宜非浴主水頭所以浣衆也預備不前衆人動念非爐頭炭頭所以向衆也臨財不公宣力不盡非街坊化主所以供衆也地有遺利人無全功非園頭磨頭莊主所以代衆也懶墮併除諸縁不具非淨頭所以事衆也禁之不止命之不行非淨人所以順衆也如其衆僧輕師慢法取性隨縁非所以報長老也坐卧叅差去就乖角非所以報首座也意輕王法不顧叢林非所以報監院也上下不和鬭諍堅固非所以報維那也貪婪美膳毀呰麄飡非所以報典座也居處受用不思後人非所以報直歲也多貪利養不恤常住非所以報庫頭也事持筆硯馳騁文章非所以報書状也慢易

金文看尋外典非所以報藏主也追陪俗士交結貴人非所以報知客也遺忘召請久坐衆僧非所以報侍者也以巳方人慢藏誨盜非所以報寮主也多嗔少喜不順病緣非所以報堂主也桶杓作聲用水無節非所以報浴主水頭也身利溫暖有妨衆人非所以報爐頭炭頭也不念修行安然受供非所以報街坊化主也飽食終日無所用心非所以報園頭磨頭莊主也涕唾墻壁狼籍東司非所以報淨頭也專尚威儀宿無善教非所以報淨人也蓋以旋風千匝尚有不周但知舍短從長共辦出家之事所冀獅子窟中盡成獅子旃檀林下純是旃檀令斯後五百年再覩靈山一會然則法門興廢繫在僧徒僧是福田所應奉重僧重則法重僧輕則法輕內護既嚴外護必謹設使粥飰主人一期王化叢林執事偶爾當權常宜敬待同袍不得妄自尊大若也貢高我慢私事公酬萬事無常豈能長保一朝歸衆何面相看因果無差恐難廻避僧為佛子應供無殊天上人間咸所恭敬二時粥飯理合精豐四事供需毋令缺少世尊二千年遺蔭蓋覆兒孫白毫光一分功德受用不盡但知奉衆不可憂貧僧無凡聖通會十方既曰招提悉皆有分豈可妄生分別輕厭客僧旦過寮三朝權住盡禮供承僧堂前暫爾求齋等心供養俗客尚猶照管僧家忍不逢迎若無有限之心自有無窮之福僧門和合上下同心互有短長遞相蓋覆家中醜惡莫使外聞雖然於事無傷畢竟減人瞻仰譬如獅子身中蟲自食獅子身中肉非

天魔外道所能壞也若欲道風不墜佛日長明壯祖域之光輝補皇朝之聖化願以斯文爲龜鏡焉

病僧念誦

凡有病僧鄉人道舊對病者榻前排列香燭佛像念誦贊佛云水澄秋月現懇禱福田生惟有佛菩提是真皈依處今夜則爲在病比丘某甲釋多生之冤對懺累劫之愆尤特運至誠仰投清衆稱揚聖號蕩滌深殃仰憑尊衆念清淨法身毘盧十號云云回向云伏願一心清淨四大輕安壽命與慧命延長色身等法身堅固再勞尊衆念十方三世云云如病重爲十念阿彌陀佛念時先白贊云阿彌陀佛真金色相好端嚴無等倫白毫宛轉五須弥紺目澄清四大海光中化佛無數億化菩薩衆亦無邊四十八願度衆生九品咸令登彼岸今晨則爲在病比丘某甲釋多生之冤對懺累劫之愆尤特運至誠仰投清衆称揚聖號蕩滌深殃仰憑尊衆念南無阿弥陀佛一百聲觀世音菩薩大勢至菩薩清淨大海衆菩薩各十聲回向云伏願在病比丘某甲諸緣未盡早遂輕安大命難逃徑生安養十方三世云云當念佛時衆宜攝心清淨不得雜念攀緣

口詞

抱病僧某右某本貫某州某姓幾歲給到某處度牒爲僧某年到某寺掛搭今來抱病恐風火不定所有隨身行李合煩公界抄劄死後望依叢林清規津送

年　月　日抱病僧　某甲口詞

亡僧

抄劄衣鉢　凡有僧病革直病者即白延壽堂主稟維那請封行李堂司行者覆首座頭首知事侍者同到病人前抄寫口詞直病者同執事人收拾經櫃函櫃衣物抄劄具單見數一一封鎖外須留裝亡衣服直綴掛絡內外衣裳數珠香合脚絣鞋襪淨髮巾收骨綿子等合用之物併作一處包留延壽堂主同直病者收掌或病者不能分付維那首座力當主行無行李者亦須盡禮津送單帳鎖匙封押納首座處所封行李首座維那知客侍者四寮人力擡歸堂司若單寮

勤舊行李多者封起只留本房庫司差人看守亡僧非生前預聞住持兩序勤舊及無親書不可擅自遺囑衣物大川和尚住淨慈時首座維那僞作亡僧遺囑衣物嘗被擯逐如病僧瞑目延壽堂主即報維那令堂司行者報燒湯覆首座知客侍者庫司差人擡龕浴船安排浴亡浴畢淨髮拭浴衣被酌量俵浴亡人手中與淨髮人維那提督着衣入龕置延壽堂中鋪設椅卓位牌牌上書云新圓寂某甲上座覺靈或西堂則書前住某寺某號某禪師之靈餘隨職称呼書之備香燈供養現前僧衆諷大悲呪回向安位夜點長明燈堂司行者預造雪柳幡花直靈行者每日上粥飰知事三時上茶湯燒香齋粥殿堂諷經罷及放叅罷堂司行者即鳴手磬前引首座領衆至龕前住持燒香畢維那舉大悲呪回向云上來諷經功德奉爲新圓寂某甲上座莊嚴報

地十方三世云云　次鄉人舉呪鄉長出燒香每日三時禮同除公界回向稱雙字名餘只稱單字名回向同前如遇旦望及景命日免諷經未可出喪　請佛事　秉炬必請住持舉佛事其餘鎖龕起龕起骨入塔佛事維那稟首座商量依資次輪請頭首爲之仍用小片白紙寫帖子云新圓寂某甲上座某州人秉炬佛事堂頭和尚堂司比丘云某拜請某餘佛事並准此爲若亡者是西堂單寮勤舊衣鉢稍豐則添奠茶湯轉龕轉骨等佛事輪請單寮西堂首座及本山江湖名勝維那備盤袱爐燭香一片帶行者詣方丈插香觸禮一拜稟云某甲上座圓寂某日叅毘拜請和尚秉炬呈納帖子而退請頭首禮同堂司置佛事薄以備稽考

輪請

估衣　維那分付堂司行者請住持兩序侍

者就堂司或就照堂對衆呈過包籠開封出衣物排地上席内逐件提起呈過維那估直首座折中知客侍者上單排字號就記價直在下依號寫標貼衣物上入籠仍隨號依價逐件别寫長標以備唱衣時用方丈兩序諸寮舍並不許以公用爲名分去物件常住果有必得用者依價於抽分錢内准或亡僧衣鉢稍豐當放低估價利衆以薦冥福

大夜念誦　來早出喪隔日午後堂司行者覆住持兩序報衆掛念誦牌預報庫司造祭食差人鋪排祭筵鄉人法眷作祭文納庫司錢回祭備小香三片上祭用若亡僧是大方名德西堂單寮勤舊有功山門住持兩序有祭維那讀祭文放衆罷鳴僧堂鐘集衆龕前念誦知事先燒香上茶湯住持至燒香居東序上首立維那出燒香請鎖龕佛事受請人出班燒香退身問訊次住持前問訊轉東序前問訊巡至班末問訊次西序前問訊然後與大衆普同問訊從西序末過若見職頭首各依本位空處過至龕右側立堂司行者以柈托鎖侍舉佛事畢行者以鎖鎖龕畢住持復位維那出几前左邊揖住持兩序上香畢維那向龕念誦云切以生死交謝寒暑迭遷其來也電擊長空其去也波停大海是日則有新圓寂某甲上座生緣既盡大夢俄遷了諸行之無常乃寂滅而為樂恭裒大衆肅詣龕幃誦諸聖之洪名薦清寬於淨土仰憑大衆念清淨法身毘盧云云舉大悲呪回向云上來念誦諷經功德奉為新圓寂某甲上座伏願神超淨域業謝塵勞蓮開上品之花佛授一生之記再勞大衆念十方三世一切云云知客平舉楞嚴呪回向云上來諷經功德奉為新圓寂某甲上座莊嚴報地十方三世云云住持仍歸東序上首立江湖道舊鄉人法眷次第設祭末舉大悲呪回向與

知客司

送亡　凡出喪庫司預分付監作行者辦柴化亡差撥行僕鐃鈸鼓樂旛花香燭擡龕喪儀一切齊備堂司行者隔宿覆住持兩序掛送亡牌次早行粥遍食椎後再鳴椎一下云白大衆粥罷普請送亡除守寮直堂外並當齋赴謹白又鳴椎一下出聖僧前問訊次住持前問訊畢從首座板起巡堂一匝至外堂歸内堂問訊而出如遇聖節内不可白椎堂司行者徑覆住持兩序粥罷報堂云請首座大衆聞鐘聲延壽堂諷經鳴僧堂鐘衆集維那念誦宜畧緊念云欲舉靈龕赴茶毘之盛礼仰憑大衆誦諸聖之洪名用表攀違上資覺路念清淨法身毘盧遮那佛畢住持轉東序上首立維那出燒香請起龕佛事舉畢行者鳴鈸擡龕出山門首若眞茶湯轉龕龕則向裏安排香几首座領衆兩行排立維那炷香請佛事候舉佛事而行如不轉龕徑出門外維那向裏合掌而立舉往生咒大衆同念兩兩次第合掌而出各執雪柳行者排立門外低頭合掌待揖僧衆行盡亦隨後送維那隨龕都寺押喪

茶毘　喪至涅槃臺知事燒香上茶次住持上香歸位維那出燒香請住持秉炬佛事直歲問訊度火把候舉佛事畢維那向龕念誦云是日則有新圓寂某甲上座既隨緣而順寂乃依法以茶毘焚百年弘道之身知一路涅槃之徑仰憑尊衆資助覺靈南無西方極樂世界大慈大悲阿弥陀佛十聲罷上来稱揚十念資助往生惟願慧鏡分輝眞風散彩菩提園裏開敷覺意之花法性海中蕩滌塵心之垢茶傾三奠香爇一爐奉送雲程和南聖衆知事候念茶傾香爇時躬出傾爇表山門禮維那就行之非禮也舉大悲咒回向云上来念誦諷經功德奉為新圓寂某甲上座茶毘之次莊嚴報地十方三世一切云云知客平舉楞嚴咒回向

同前（但無念誦二字）鄉人法眷諷經回向（亦同）

唱衣　茶毘後堂司行者覆住持兩序侍者齋罷僧堂前唱衣仍報衆掛唱衣牌候齋下堂排辦僧堂前住持首座分手位兩序對坐入門向裏横安卓凳卓上仍安筆硯磬剪掛絡合用什物地上鋪席俱畢堂司行者覆住持兩序侍者鳴鐘集衆維那知客侍者同入堂歸位向裏列坐堂司行者供頭喝食衆行者一行排列向住持兩序問訊轉身向維那知客侍者問訊畢扛包籠住持兩序前巡呈封記於首座處請鎖匙呈過開取衣物照字號次第排席上空籠向内側安維那起身鳴磬一下念誦云（浮雲散而影不留殘燭盡而光自滅今兹估唱用表無常仰憑大衆奉為某甲上座資助覺靈往生淨土念清淨法身毘盧遮那佛云云）十號畢鳴磬一下云（夫唱衣之法蓋稟常規新舊短長自宜照顧聲斷後不許翻悔謹白）再鳴磬一下拈度牒於亡僧名字上横剪破云（亡僧本名度牒一道對衆剪破）鳴磬一下付與行者捧呈兩序維那解袈裟安磬中却换掛絡堂司行者依次第拈衣物呈過遞與維那提起云某號某物一唱若干如估一貫則從一伯唱起堂司行者接聲唱衆中應聲次第唱到一貫維那即鳴磬一下云（打與一貫）餘號並同或同聲應同價者行者喝住云（雙破）再唱起鳴磬為度堂司行者問定某人名字知客寫名上單侍者照名發標付貼供行者遞與唱得人供頭行者仍收衣物入籠一一唱畢鳴磬一下回向云（上来唱衣念誦功德奉為圓寂某甲上座莊嚴報地再勞尊衆念十方三世云云）近来為息喧亂多作鬮拈法（見住持章）衣物過三日不取者昭價出賣造裓帳

增輝記云佛制分衣意令在者見其亡物

分與衆僧作是思惟後既如斯我還若此因其對治息貪求故今不省察翻於唱衣時爭價喧呼愚之甚也

入塔　茶毘後執事人鄉曲法眷同收骨以綿裹袱包函貯封定迎歸延壽堂（位牌上去新字）三時諷經第三日午後出板帳於僧堂前令衆通知（如不合戈式及有侵欺許以禮覆上下嚴責改正若無實迹不得忿繁遽者合擯罰爲住持及執事者須公廉平允以身率先服衆可也）出板帳畢堂司行者預報衆掛送灰牌至期鳴鐘集請起骨佛事送至塔所請入塔佛事入畢知事封塔維那舉大悲呪回向云（上來諷經功德奉爲圓寂某上座入塔之次莊嚴報地十方云云）知客平舉楞嚴呪鄉人諷經回向並同

勅修百丈清規卷第六

音釋

拗（於巧切手拉也折也）鐼（符分切音文）笐（下浪切衣架）柈（音槃義同）

勅修百丈清規卷第七

大智壽聖禪寺住持臣僧德煇奉　勅重編
大龍翔集慶寺住持臣僧大訢奉　勅校正

板帳式

今具估唱亡僧某甲稱呼衣鉢鈔收支下項

一收鈔壹千貫文係唱衣鈔收到或別有收鈔名目逐一列寫

支鈔玖拾壹貫文係板帳支行開具內壹拾伍貫文回龕
三貫文四祭
叁貫文設粥
壹貫文龕前燈油
拾貫文筆紙造牌旛花雪柳
壹貫文淨髮
貳貫伍伯文移龕擡亡
伍伯文燒浴湯
貳貫文浴亡
壹貫文直靈上粥飯
伍伯文庫司客頭報造祭
伍伯文釘掛祭筵
伍伯文管計出椀楪
伍伯文庫子出給造祭
伍伯文監廚造食
伍伯文庫司茶頭上茶湯
伍伯文叅頭差搬行者
貳貫文堂司行者報衆
伍伯文監作差搬人力
伍伯文方丈聽叫捧香合
拾貫文行堂諷經
壹貫文貼堂司行者鳴廊板
貳貫文四寮茶頭供應
壹拾伍貫文舁龕
壹貫文打鈸
叁貫文鼓樂
叁貫文扛香卓挑旛燈六人
伍伯文俵雪柳柴枝
壹貫文亿亡
叁貫文方丈一行人僕送喪
壹貫文四寮人力扛覺卓
伍伯文貼堂司行者呈衣
伍伯文堂司行者唱衣
伍伯文貼供頭號唱衣標
伍伯文供頭收衣
伍伯文唱食行者撮鬮
伍伯文收骨
壹貫文擡灰函
壹貫文直塔
共支行

支鈔貳伯柒拾貫文係板帳支行外二七抽分歸常住計上件
支行

支鈔壹伯叁拾伍貫文佛事錢開具內貳拾
貫秉炬　壹拾貫貼秉炬佛事　肆拾貫鎖龕起龕起骨入塔
貳拾貫貼上四項佛事　叁拾貫維那山頭佛事知客侍者把帳
壹拾伍貫貼上三項佛事　共支行
支鈔壹拾伍貫文首座主喪都寺押喪維那主磬各伍貫文計上件支行
支鈔玖貫文知客舉經侍者捧香合各三貫聖僧侍者收唱衣錢貳貫直歲度火把壹貫計上件支行
支鈔壹拾伍貫文方丈兩序堂司行者抄劄估衣造單三次點心方丈雙分計一件支行
支鈔貳拾貫文方丈兩序衆單方丈雙分計上件支行
支鈔肆伯肆拾肆貫伍伯文係依衆經錢觀音大士聖僧方丈雙分僧衆約四百員各壹貫文堂司行者隨僧職在假并暫到約七十九人半分各伍伯文共支行

除支外見管鈔伍伯文收堂司公用
右具如前
年　月　日堂司行者　某　具
把帳　侍者　某押
知客　某押
直歲　知殿
典座　知浴
副寺　藏主
維那　藏主
副寺　書記
監寺　首座
都寺　首座　某押兩序並同
住持　押
板帳之設蓋古者凡立成式必書諸板示
不可移易也故叢林亡僧有板帳焉凡僧

亡以其所有衣物對衆估唱懲貪積也估唱得錢必照板帳支用外其錢作三七抽分歸常住（百貫抽叁拾貫不滿百貫則不抽分）餘則均俵僧衆經資一伯則佛事壹貫方丈倍之以壹千貫爲率條列于前約其成式多則增而上之少則降而殺之臨時又量衆隨宜以斟酌之（或勤舊有田地米穀房舍床榻卓凳當盡歸常住仍量唱衣錢寡多則排日俵襯諷經看經添湊茶湯轉龕骨等佛事）

大衆章終

節臘章第八

僧不序齒而序臘以別俗也西域三時以一時爲安居出入有禁止凡禪誦行坐依受戒先後爲次而制以九旬策勲于道以三旬營資身之具使內外均養身心俱安也尅期進修不捨寸陰護惜生命行慈忍旨哉聖訓萬世永遵而五竺地廣暑寒霖潦氣候之弗齊故結制有以四月五月十二月然皆始以十六日所謂兩安居者因地隨時惟適之安或曰坐夏或曰坐臘戒臘之義始此如言驗蠟人氷以坐臘之人驗其行猶氷潔或謂埋蠟人於地以驗所修之成虧者類淫巫俚語庸非相傳之訛耶且吾所修證聖不能窺豈外物可測其進退哉今禪林結制以四月望解以七月望者若先一日講行禮儀而期內得專志於道故略繁文亦隨方毗尼或議不如法而不知其得法外意也中土以冬爲一陽之始歲爲四序之端物時維新人情胥慶禮貴同俗化在隨宜故以結解冬年爲四大節周旋規矩聳觀龍象之筵主賓唱酬兼聞獅子之吼禮文秩秩猗歟盛哉

夏前出草單

叢林以三月初一日出草單見後方丈止掛搭堂司依戒臘牌寫僧數令行者先呈首座次呈住持兩序掛僧堂前備卓子列筆硯于下凡三日皆齋後出或有差悞請自改正盖防初上床曆一時恐有錯亂又衆多或致漏落將寫圖帳故先具草單各當自看本名戒次高下近來好爭作鬧者往往恃強挾私爭較名字是非互相塗抹喧譁撓衆犯者合擯果有冐名越戒者（者惟詳稟維那首座覆住持處置）

草單式（戒次朱書名字墨書）

清衆戒臘　威音王戒　陳如尊者
堂頭和尚　至元幾戒　元貞幾戒
某甲上座　某甲上座　大德幾戒
至大幾戒　某甲上座　某甲上座
右具如前恐有差悞請自改正伏幸衆悉
今月　日　堂司　某　具

新掛搭人點入寮茶

新掛搭人入寮後照列納陪寮錢若干候寮元輪排當在何日掛點茶牌報衆書云（今晨齋退）（某甲上座某甲上座列寫或三人六人九人爲度）須各備小香合具威儀預列衆寮前右邊立候衆下堂茶頭即鳴寮前板衆至揖迎歸位立定點茶人列一行問訊揖坐坐畢分進中爐上下間爐前燒香人多不過九人則三三進前退步轉身須相照顧詳緩列一行問訊仍分進爐前問訊退仍一行列問訊而立謂之揖香鳴寮內小板二下行茶遍瓶須從穿堂入仍如（前進前問）訊復退作一行問訊謂之揖茶鳴小板一下收盞衆起立定寮元出爐前對點茶人代衆謝茶衆人就位同時合掌謝畢寮元復位點茶人復一行列問訊再各分進鑪前問訊謂之謝衆臨仍退作一行問訊鳴寮前板三下

大衆和南而散寮元隨令茶頭請點茶人獻茶侯點入寮茶畢寮元逐日衣鉢具名點戒臘茶行禮並同前

出圖帳

草單已定堂司依戒臘寫楞嚴圖念誦巡堂圖被位圖鉢位圖式前後互見戒臘牌惟鉢位圖當分十六板餘隨僧堂大小不拘除單寮西堂首座勤舊排板頭外其餘並依戒臘舊以送蒙堂者排副鉢後因爭兢不排悉依戒次具草本呈首座次呈住持看定方寫諸圖正本再呈惟鉢位圖遍呈單寮浴佛日並鋪大殿前被鉢位圖又當預出書小榜報衆云粥罷排被鉢位伏幸悉衆　今月日堂司某白　貼僧堂前後門

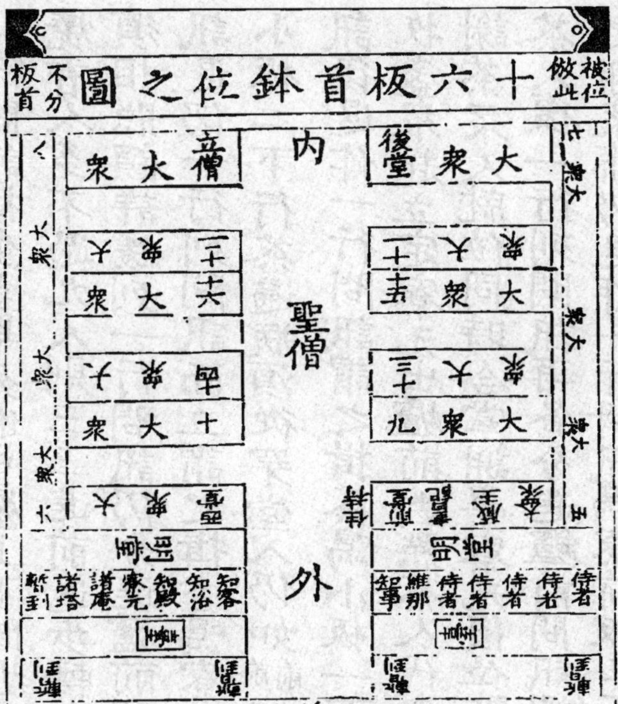

衆寮結解特爲衆湯附建散楞嚴

四月初待衆請方丈謝掛搭羅堂司圖帳已定寮元依戒排經櫃圖茶湯問訊圖清衆戒臘牌　入寮資次牌淨髮牌夏中行茶湯瓶盞圖兄弟結緣隨意書名　圖成大衆和南時俱出於穿堂

十二日午後堂司行者覆住持兩序諸寮掛諷經牌報衆寮元洒掃衆寮預具状見後貼寮前下間請合寮尊衆特爲湯鋪設照牌觀音前設供養上下間排香爐燭臺預煎湯寮元親送方丈令茶頭分送諸寮俱畢鳴寮内小板光講小座湯亦設照牌特爲寮主副寮楞嚴頭行瓶盞人請寮長光伴揖坐燒香揖香歸位坐行湯畢方鳴寮前板寮長大衆入座請維那侍者光伴與寮元分手位寮長對面位大衆依戒四案位寮主副寮分案行禮皆巡問訊入座揖坐燒香揖香鳴寮内板二下行湯遍揖湯又鳴板一下收盞畢寮長進爐前謝湯畢鳥寮前板三下退座兩序入寮首座都寺各燒香歸班位立寮元於門外右立同迎住持入燒香立定寮元於西序班末後立出燒香禮拜楞嚴頭舉咒回向畢寮元送住持出七月十二日禮同

狀式

守寮比丘　某　右某啓取今晚就寮煎湯一中特爲　合寮尊衆聊旌　某制之儀伏望　衆慈同垂光降謹状　今月　日守寮比丘　某　状

可漏子状請　合寮尊衆禪師　守寮比丘　某謹状

楞嚴會

四月十三日啓建堂司預照大衆戒臘寫圖見後浴佛日諸圖帳俱同出鋪殿前請書記製疏語維那先期擇有音聲者爲楞嚴頭引請方丈庫司問訊皆請點心維那光伴至期寫普回向偈偈見後乃真歇了禪師製貼殿内左右柱上有處見成刻牌則掛牌堂司行者鬧宿報衆云来晨粥罷各俱威儀請大殿啓建楞嚴會諷經就掛諸寮諷經牌次日粥罷侯殿上排辦畢覆兩序次覆住持自衆寮前鳴板起巡廊鳴遍鳴方丈板住持出鳴庫堂前大板三下鳴大鐘僧堂鐘殿鐘

住持至佛前燒香上茶湯畢歸位行者鳴鈸維那揖住持兩序出班燒香大衆無拜此舊規所載近時有謂大衆同展三拜住持跪爐並與聖節佛誕禮同不知何所祖述原夫大衆拜與住持跪爐宣疏者以祝聖壽報佛恩當嚴其禮以示特重楞嚴會乃祈保安居於禮可殺不若從舊爲允白佛宣疏畢楞嚴頭唱楞嚴衆和畢仍作梵音唱念經首序引畢方舉咒咒畢唱摩訶衆和畢維那回向云上来諷經功德回向真如實際莊嚴無上佛果菩提四恩總報三有齊資法界有情同圓種智十方三世一切云云每日粥罷少歇伺衆更衣堂司行者覆兩序次覆住持然後巡廊鳴板各三下徧住持出則鳴大板三下不出則不鳴僧堂鐘殿鐘不鳴大鐘集衆諷咒畢楞嚴頭舉普回向偈大衆同聲念如遇旦望則祝　聖壽係維那回向至七月十三日滿散禮同但楞嚴頭唱念咒尼之末章維那回向而散

普回向偈

上来現前比丘衆　諷誦楞嚴秘密咒
回向護法衆龍天　土地伽藍諸聖造
三塗八難俱離苦　四恩三有盡沾恩
國界安寧兵革銷　風調雨順民康樂
大衆熏脩希勝進　十地頓超無難事
山門鎮靜絕非虞　檀信皈依增福慧
十方三世一切佛　一切菩薩摩訶薩
摩訶般若波羅密

疏語建啓　金由淬礪之精其鋒莫挫鏡假鍊磨之瑩則照不昏故　先聖顯抑揚之機　爲衆生破微細之惑摩登慶喜　妙協冥權　世尊文殊特彰化軌　闡一代教觀則有觀

有教　示寂因修證而無證無修　明真覺而息諸塵空花無帶　居正定以制羣動止水不波顧末裔之何知誦　遺言而自警伏願促恒河沙刼爲一念無聞長期會十方剎土以同居咸成　正覺　滿散瞻此林園宛爾祇桓精舍　現前海衆儼然　一會靈山括大千於微塵　融三際於當念屬休夏之自恣無犯無持總萬象以交參孰凡孰聖人人妙覺剎剎毘盧　示現千百億身　超越五十七位以指喻指之非指指亦俱亡似空藏空而合空空寧可餉　爲憐幼穉　特擬愚蒙遵　遺教以受持賴　安居之無障伏願奢摩寂靜具足諸塵勞門　大用繁興等入首楞嚴定

戒臘牌

堂司侍司衆寮預依戒臘寫造至十四日午後堂司牌列僧堂前上間侍司牌列法堂下間衆寮牌列寮内各備香几爐燭供養大衆各炷香展拜畢仍各收牌掛起

方丈小座湯

四節講行按古有三座湯第一座分二出特爲東堂西堂請首座光伴第二座分四出頭首一出知事二出西序勤舊三出東序勤舊四出西堂光伴第三座位多分六出本山辦事諸方辦事隨職高下分坐職同者次之首座光伴侍司預備草圖呈方丈議定至日依名書照牌午後備卓袱作一二三座陳列寢堂下間東西堂前堂首座都寺係請客侍者各詣寮觸禮拜請云堂頭和尚請今晚就寢堂特爲献湯餘頭首辦事名勝方丈客頭行

者請云方丈和尚恭前請就寢堂特爲献湯寢堂釘掛排位秉燭裝香畢客頭行者覆侍者次覆方丈鳴鼓初座客集侍者揖引至住持前問訊依照牌入位立定燒香侍者請客侍者分往特爲人前巡問訊揖坐巳復位並立燒香侍者進前燒香仍歸位與請客侍者同時轉身分巡問訊揖香候鳴板二下行湯遍仍巡揖湯畢燒香侍者進燒光伴香鳴板一下收盞鳴鼓五下退座三座行禮並同襆林以茶湯爲盛禮近来多因争位次高下遂寢不講住持當力行之江湖老成當力從吏之庶将来知所矜式云

小座圖

小 箑 一 箑 三 一 箑 三 五 一
座 一 二 三
圖 座伴 二 座伴 四 二 座伴 四 六 二

四節土地堂念誦

凡遇節先一日午後土地堂嚴設供養排香燭臺凡爐瓶堂司行者報衆掛念誦牌巡廊鳴板與三八同衆集相對鴈立住持先祖堂次大殿炷香三拜鳴大板三下鳴大鐘住持至大衆俛首合掌爲迎住持侍者隨後只當义手而過燒香歸位行者鳴鈸維那出揖班上香畢念誦回向見後

四節念誦回向

切以薰風扇野炎帝司方當法王禁足之辰乃釋子護生之日恭裒大衆蕭詣靈祠誦持萬德洪名回向合堂真宰所祈加護得遂安居仰憑大衆念云云

切以金風扇野白帝司方當覺皇鮮制之辰是法歲周圓之日九旬無難一衆咸安誦持萬德洪名仰荅合堂真宰仰憑大衆念云云

切以時臨亞歲節屆書雲當一陽来復之辰乃萬彙發生之始恭裒大衆蕭詣靈祠誦持萬德洪名回向合堂真宰仰憑大衆念云云

切以化工密運歲曆云周感忻四序之安将啓三陽之慶恭裒大衆肅詣靈祠誦持萬德洪名回向合堂真宰仰憑大衆念云云

上来念誦功德回向當山土地　列位　護伽藍神合堂真宰所冀神功叶贊發揮有利之勳梵苑超隆永錫無私之慶再勞尊衆念十方三世一切云云四節並同

庫司四節特爲首座大衆湯

念誦罷就僧堂講禮都寺預於齋退具湯榜見後即令客頭行者備柈袱爐燭請前堂首座前插香觸禮一拜稟云今晚就雲堂特爲首座大衆點湯伏望慈悲特垂光降以榜呈納首座隨令本寮茶頭迊付供頭貼僧堂前下間庫司客頭隨覆云拜請湯罷就座藥石都寺懷香詣方丈觸禮一拜請云今晚就雲堂特爲首座大衆點湯伏望和尚慈悲特垂降重仍分付客頭請勤舊蒙堂諸寮各掛點湯牌逐一請已僧堂前列照牌設首座與住持對面位上下間安大衆位差行者專直特爲人念誦畢即鳴齋鼓一通大衆歸鉢位頭首一班齊歸前板都寺隨入揖首座離位却揖以次頭首進板首隨送首座歸位從聖僧後右出堂外迎住持入堂供頭緩鳴堂前鐘七下送住持入位仍往首座前揖坐仍如前出從首座板起巡堂一匝外堂上下間歸堂中立問訊衆坐進前燒香次上下間外堂歸香合安元處即往特爲人前問訊右出住持前問訊仍巡問訊一匝及外堂歸堂中問訊側立鳴堂前鐘二下先進特爲人與住持湯次行大衆湯遍瓶出往特爲人前問訊右出聖僧前大展三拜仍巡堂一匝出外堂巡畢引全班入住持前行禮初展云此日粗湯特沐慈悲降重下情不勝感激之至再展云即日時令謹時恭惟堂頭和尚尊候起居多福退觸禮三拜畢轉身引從聖僧後轉右出堂前排立首座隨出對觸禮一拜謝湯復從上間入特爲位都寺復歸中燒香爲藥石故而退堂司行者喝云請大衆下鉢行者進住持特爲人卓大衆展鉢頭首不下鉢庫司備碗楪行藥石食畢鳴鼓三下退座方丈預出免人

事榜云某節並就来日法堂上人事例免到方丈伏希衆悉住山某咨白貼僧堂上間不鳴放叅鐘各鄉曲依所出榜請各處圍拜四節並同惟冬節湯罷行糍果方行藥石

湯庫司今晚就雲堂點湯一中特為首座大衆聊旌某節之儀伏望衆慈同垂光降榜今月　日庫司比丘某等敬白

結制禮儀

至日五更兩序大小勤舊江湖辦事鄉曲法眷小師皆當詣方丈插香展禮若見僧堂前出免人事榜則不必往侍者覆方丈令行者報衆掛上堂牌粥罷住持說法畢詳白行禮始末云下座先與西堂人事觸禮一拜次與知事人事兩展三禮次與首座大衆人事兩展三禮知事先歸庫司首座領大衆詣庫司人事觸禮三拜首座歸僧堂前上間後堂領大衆歸僧堂下間與首座人事觸禮三拜畢依念誦圖立首座領衆巡入堂內一立定首座離位聖僧前燒香如展三拜巡堂一匝歸位行者喝云首座禮謝大衆觸禮三拜次知事入堂燒香大展三拜巡堂一匝至聖僧板頭排立行者喝云知事禮謝大衆觸禮三拜不出堂住持入堂燒香大展三拜巡堂一匝歸位行者喝云頭和尚與大衆人事普觸禮三拜又喝云大衆普同作禮觸禮三拜次第巡寮下座行者即進香燭臺几爐瓶作一字排列畢西堂進前人事次知事進插香初展云此際安居獲奉巾瓶惟伏法力資持願無難事再展云即日孟夏謹時恭惟堂頭和尚尊候起居多福退觸禮三拜住持荅一拜次首座領衆插香勤舊諸寮皆隨後次第插香展禮致詞並與前同衆退住持趺座侍者小師插香展拜次叅頭領衆行者插香禮拜次作頭領老郎諸直廳轎畨人僕等叅拜首座領衆詣庫司人事觸禮三拜後堂首座領衆歸僧堂前下間立定前堂首座居上間堂司行者喝云大衆與首座人事對觸禮三拜畢依念誦圖立首座領衆巡入堂內歸位立侍者暫到巡半堂侍者於聖僧龕後立暫到向侍者立定首座離位進聖僧前

燒香大展三拜巡堂一匝復位喝云首座禮謝大衆對觸禮三拜畢知事入燒香展拜巡堂畢排立聖僧板頭喝云（知事禮謝大衆）對觸禮三拜畢不出堂住持入堂燒香展拜巡堂歸位（小師輩必當迴避從後門出候講禮畢復位喫茶）喝云（堂頭和尚與大衆人事）普觸禮三拜喝云（大衆普同作禮）觸禮三拜（舊規載知事出堂後生持入堂則不曾荅得知事禮蓋禮無不荅者近希叟和尚一山和尚皆如此講行識者是之）知事退身出堂外侍者暫到隨後出大衆就坐侍者歸中問訊揖坐進中鑪上下間至外堂燒香香合安元處退身當中問訊上下間外堂問訊了歸中立鳴鐘二下行茶徧瓶出復如前問訊中立鳴鐘一下收盞鳴鐘三下出堂衆散住持次第巡寮各寮嚴設坐椅香几於門外候住持從東廊第一寮巡起至各寮香几前寮主同衆插香云（此日禮當拜賀返沐降重）爇香云（適辱禮賀尊山致謝）送住持數步復側立香几之右合掌問訊待衆行盡就隨其末次第巡過各寮人隨後接巡至法堂上住持於香几內中立大衆三人一引問訊而過巡至本寮香几之側各各依次合掌立定一一巡徧而散四節並同

四節秉拂

住持小參時白云（來晨齋退煩都寺維那侍者賫牌拂請首座各處拜請來晚為衆秉拂）次日齋退燒香侍者即令客頭行者携主杖牌拂人僕捧柈袱爐燭約都寺維那同詣各頭首寮炷香觸禮一拜稟云（方丈和尚慈旨令某等謹賫牌拂專此拜請今晚為衆秉拂）一一請已首座約同受請頭首帶行者將牌拂主丈隨詣方丈稟辭住持當力勸勉送出首座轉身就稟云（尊命既嚴不容辭却敢借法座伏望慈悲古來秉拂多別設座今習為常後昆無聞）

次就燒香侍者處借法鼓秉拂人令茶頭行者請聖僧侍者禪客燒香獻茶畢云今晚秉拂輒煩侍者燒香禪客問話復令行者僧堂前掛秉拂牌方丈請秉拂人藥石免赴當送往堂司行者排辦法座左手敷衆凳設住持位昏鐘鳴時行者覆秉拂人次覆住持鳴鼓一通衆集小參禮同住持出徑歸位立定都寺維那侍者同往秉拂人前問訊秉拂人往住持前問訊次知事前問訊巡至班末次至同班前問訊亦巡至班末即舉手與大衆普同問訊登座坐定秉拂侍者同方丈侍者出座下問訊兩序西堂次第問訊住持問訊秉拂人當起身仍就座云侍者請堂頭和尚趺坐秉拂侍者至住持前問訊轉身登座燒香提坐具問訊叉手側立秉拂人索語問答了提綱敘謝方丈及兩序勤舊諸寮大衆畢舉方丈小參公案或拈或頌畢下座住持前問訊復元位以次秉拂人並如前禮秉拂罷方丈客頭唱請湯果如小參時秉拂人即懷香同詣方丈拜謝就坐湯果次日方丈請茶如都寺辦齋併請茶半齋點心別日上堂敘謝管待或請立班西堂在第二夜秉拂住持小參時先委曲勸請舉揚隨意拈頌公案遞相激揚此道近時敘謝循襲繁贅使人厭聽取誚識者蓋秉拂以法爲施苟徇時儀但總標名或畧提過足矣

方丈四節特爲首座大衆茶

至日粥罷請客侍者寫茶榜見後備柈袱鑪燭詣寮炷香觸禮請云堂頭和尚今晨齋退就雲堂點茶特爲伏望降重以榜呈納貼僧堂前上間客頭行者請以次頭首諸寮及請知事光伴掛點茶牌長

板鳴請客侍者入堂聖僧前燒香一炷大展
三拜巡堂一匝至中問訊而退謂之巡堂請
茶堂前排特爲照牌首座與住持對面上首
知事與住持分手位維那次之以次知事與
受特爲人分手位鳴鼓集衆燒香侍者行禮
並與庫司特爲湯禮同首座至住持前謝茶兩展三禮
初展云茲者特蒙煎點下情不勝感激之至再展云即日時令謹時恭惟
堂頭和尚尊候起居多福退觸禮三拜住持每一展則約
止之至觸禮則答一拜首座轉身從聖僧後
右出住持畧送復位侍者燒光伴香鳴鐘收盞
鳴鼓退座亦同前首座先往法堂候住持拜
謝免則問訊

榜
堂頭和尚今晨齋退就　雲堂點茶一
中特爲首座大衆聊旌　某節之儀仍請
諸知事同垂　光伴
今　月　日侍司　某敬白
式

庫司四節特爲首座大衆茶

遇節之次日粥罷庫司具茶榜與湯同請茶報
衆掛牌長板鳴入堂請茶與侍者同齋退排
照牌設位鳴鼓集衆揖坐揖香揖茶巡堂問
訊住持前行禮致詞並同湯禮

前堂四節特爲後堂大衆茶

遇節之第三日首座具茶狀見後詣後堂首
座寮及詣方丈請茶講行禮儀次第並與庫
司特爲茶同但添設知事位次

茶
前堂首座比丘某　右某啓取今晨齋退就　雲堂
點茶一中特爲　後堂首座大衆聊旌　某節之儀
仍請　諸知事同垂　光伴　今月　日具位某狀
可漏子　狀請　後堂首座大衆　具位謹封
狀

旦望巡堂茶

住持上堂說法竟白云下座巡堂喫茶大衆至僧堂
前依念誦圖立次第巡入堂內暫到與侍者
隨衆巡至聖僧龕後暫到向龕與侍者對面
而立大衆巡徧立定鳴堂前鐘七下住持入

堂燒香巡堂一匝歸位知事堂排列聖僧前問訊轉身住持前問訊從首座板起巡堂一匝暫到及侍者隨知事後出燒香侍者就居中問訊揖坐侯衆坐定進前燒香及上下堂外堂先下間次上間香合安元處爐前逐一問訊揖香畢歸元位鳴鐘二下行茶瓶出復如前問訊揖茶而退鳴鐘一下收盞鳴鐘三下住持出堂首座大衆次第而出或迫他緣或住持暫不赴衆則粥罷就座喫茶侍者行禮同前

方丈點行堂茶

節臘僧堂茶罷侍者同客頭至行堂點茶客頭預報叅頭掛點茶牌報衆燒湯出盞請典座光伴方丈預送茶侍者至庫司典座接入叅頭堂主領衆行者門迎侍者居主位代住持也典座右位侍者出中燒香一炷復位以手揖衆坐喫茶畢典座送出叅頭堂主門送即詣方丈謝茶

庫司頭首點行堂茶

庫司候方丈點茶罷知事請行堂點茶知事居主位典座分手行禮與方丈侍者同送出門喝云（叅頭大衆請庫司謝茶）庫司客頭報云（知事傳語免謝）

（茶）頭首候點僧堂茶（見兩序章）罷合堂司行者報叅頭掛牌報衆請典座光伴行禮（與庫司同出門喝謝喝免亦同）

月分須知

正月　初一日有處四孟月大衆行道諷經祈保次具門狀官（員檀越諸山賀歲十七日）百丈忌

二月　初一日僧堂內閉爐或山寺高寒毋拘十五日　佛涅槃

三月　初一日堂司出草單清明日祖堂諸祖塔諸檀越祠庫司預報洒掃嚴備供養集衆諷經此月出榜禁約山林茶笋

四月　初一日（鎖旦過初四五開告香普說初八日）佛誕浴佛庫司預造黑飰方丈請大衆夏前點心十三日建楞嚴會十五日結制（候天氣僧堂內下暖簾上涼簾）

五月　端午日早晨知事僧堂內燒香點菖蒲茶住持上堂次第建青苗會堂司預出諸寮看經誦經單直歲點檢諸處整漏疏浚溝渠方丈請諸寮諸庵塔各作一日點茶溫存僧堂內掛帳

六月　初一日隆暑首座免鳴坐禪板入伏堂司提調晒薦炭頭或庫司打炭團

七月　初旬堂司預出盂蘭盆會諸寮看誦經單預率衆財辦斛食供養十三日散楞嚴會十五日解制當晚設盂蘭盆會諷經施食

八月　初一日開旦過知客預晒寮內薦席此月修補本色衲子未還起單僧堂收帳

九月　初一日首座復鳴坐禪板堂司提調糊僧堂窻下涼簾上暖簾重陽日早晨知事燒香點茱萸茶住持上堂許方來相看

十月　初一日開爐方丈（大相看初五日）達磨忌

十一月　二十二日　帝師忌冬至庫司預辦糍果此月或進退職事或在歲節方丈請大衆冬前點心

十二月　初八日　佛成道庫司預造紅糟歲終結呈諸色簿書節臘章終

勑修百丈清規卷第七

勑修百丈清規卷第八

大智壽聖禪寺住持臣僧德煇奉　勑重編
大龍翔集慶寺住持臣僧大訢奉　勑校正

法器章第九

上古之世有化而無教化不足而禮樂作焉擊壤之歌不如九成之奏窪樽之飲不若五齊之醇然文生於質貴乎本也吾天竺聖人最初示化謂人人妙覺本無凡聖物物全真寧有淨穢無假修證不涉功用而昧者茫然自失若聾瞽焉於是隨機設教擊揵椎以集衆演之爲三藏修之爲禪定迄于四十九年而化儀終矣梵語揵椎凡瓦木銅鐵之有聲者若鐘磬鐃鼓椎板螺唄叢林至今倣其制而用之于以警昏怠肅教令導幽滯而和神人也若夫大定常應大用常寂聞非有聞覺亦非覺以考以擊玄風載揚無思無爲化日自永雍雍乎仁壽之域清泰之都矣

鐘

大鐘叢林號令資始也曉擊則破長夜警睡眠暮擊則覺昏衢疏冥昧引杵宜緩揚聲欲長凡三通各三十六下總一百八下起止三下稍緊鳴鐘行者想念偈云（願此鐘聲超法界鐵圍幽暗悉皆聞聞塵清淨證圓通一切衆生成正覺）仍稱觀世音菩薩名號隨號扣擊其利甚大遇聖節看經上殿下殿三八念誦佛誕成道涅槃建散楞嚴會諷經齋粥過堂人定時各一十八下如接送官員住持尊宿不以數限庫司主之　僧堂鐘凡集衆則擊之遇住持每赴衆入堂時鳴七下齋粥下堂時放參時旦望巡堂喫茶下床時各三下（住持或不赴堂或在假則不鳴）

堂前念誦時念佛一聲輕鳴一下末疊一下堂司主之　殿鐘住持朝暮行香時鳴七下凡集衆上殿必與僧堂鐘相應接擊之知殿主之

感通傳云拘留孫佛於乾竺修多羅院造青石鐘於日出時有諸化佛與日俱出容說顯演十二部經聞法證聖不可勝數增一阿含經云若打鐘時一切惡道諸苦並皆停止又金陵志云民有暴死入冥司見有五木縲械者告之曰吾南唐先主也以宋齊丘之誤殺和州降者致此每聞鐘聲暫息吾苦仗汝歸白嗣君爲吾造鐘民還具聞後主因造大鐘於清涼寺鐫曰薦烈祖孝高皇帝脫幽出厄

版

大版齋粥二時長擊三通木魚後三下疊疊擊之謂之長版念誦楞嚴會儆戒火燭各鳴三下報更則隨更次第擊之方丈庫司首座寮及諸寮各有小版開靜時皆長擊之報衆時各鳴二下衆寮內外各有版外版每日大衆問訊時三下坐禪坐參時各三下候衆歸堂次第鳴之點茶湯時長擊之內版掛搭歸寮特三下茶湯行盞二下收盞一下退座三下小座湯長擊之

木魚

齋粥二時長擊二通普請僧衆長擊一通普請行者二通

相傳云魚晝夜常醒刻木象形擊之所以警昏惰也

椎

齋粥二時僧堂内開鉢念佛唱食遍食施財白衆皆鳴之維那主之下堂時聖僧侍者鳴之知事告退時請知事時亦鳴之住持入院開堂將說法時諸山上首鳴之謂之白椎也世尊一日陞座大衆集定文殊白椎云諦觀法王法法王法如是世尊便下座

磬

大殿早暮住持知事行香時大衆看誦經呪時直殿者鳴之唱衣時維那鳴之行者披剃時作梵闍黎鳴之小手磬堂司行者常随身遇衆諷誦鳴之爲起止之節

鐃鈸

凡維那揖住持兩序出班上香時藏殿祝贊轉輪時行者鳴之遇迎引送亡時行者披剃大衆行道接新住持入院時皆鳴之

鼓

法鼓凡住持上堂小叅普說入室並擊之擊鼓之法上堂時三通（先輕敲鼓磉二下然後重手徐徐擊之使其緊慢相叅輕重相應音聲和暢起復連環隱隱轟轟若春雷之震蟄第一通延聲長擊少歇轉第二通連聲稍促更不歇聲就轉第三通一向緊聲擊之俟住持登座畢方歇聲雙椎進打三下）小叅一通普說五下入室三下皆當緩擊　茶鼓長擊一通侍司主之　齋鼓三通如上堂時但節會稍促而已　普請鼓長擊一通　更鼓早晚平擊三通餘随更次擊庫司主之　浴鼓四通次第俟衆擊（其詳見知浴章）知浴主之巳上宜各有常度毋令失准若新住持入院諸法器一齊俱鳴

金光明經云信相菩薩夜夢金鼓其狀姝大其明普照喻如日光光中得見十方諸佛衆寶樹下坐琉璃座百千眷屬圍繞而

爲說法一人似婆羅門以枹擊鼓出大音聲其聲演說懺悔偈頌信相菩薩從夢寤已至於佛所以其夢中所見金鼓及懺悔偈向如来說又楞嚴經云阿難汝更聽此祇陁園中食辦擊鼓衆集撞鐘鐘鼓音聲前後相續於意云何此等爲是聲来耳邊耳往聲處

法器章終

唐洪州百丈山故懷海禪師塔銘并序

将仕郎守殿中侍御史陳詡撰

守信州司戶叅軍員外置同正員武翊黄書

星躔斗次山形鶩立桒門上首曰懷海禪師室於斯塔於斯付大法於斯其門弟子懼陵谷遷貿日時失紀託於儒者銘以表之西方教行于中國以彼之六度視我之五常遏惡遷善殊途同轍唯禪那一宗度越生死大智慧者方得之自雞足達于曹溪紀牒詳矣曹溪傳衡嶽觀音臺懷讓和上觀音傳江西道一和上　詔謚爲大寂禪師大寂傳大師中土相承凡九代矣大師太原王氏福州長樂縣人遠祖以永嘉喪亂徙于閩隅大師以大事因緣生於像季託孕而葷羶自去将誕而神異聿来成童而靈聖表識非夫宿植德本曷以臻此落髪於西山慧照和尚進具於衡山法朝律師既而歎曰将滌妄源必遊法海豈惟必證亦假言詮遂詣廬江閱浮槎經藏不窺庭宇者積年既師大寂盡得心印言簡理精貌和神峻睹即生敬居常自卑善不

近名故先師碑文獨晦其稱號行同於衆故門人力役必等其艱勞怨親兩忘故棄遺舊里賢愚一貫故普授来學常以三身無住萬行皆空邪正並捐源流齊泯用此教旨作人表式前佛所説斯爲頓門大寂之徒多諸龍象或名聞萬乘入侍京輦或化洽一方各安郡國唯大師好尚幽隱棲止雲松遺名而德稱益高獨往而學徒彌盛其有偏探講肆歷抵禪關滯着未祛空有猶閡靡不緘藏萬里取決一言疑網雲張智刃氷斷由是齊魯燕代荆吳閩蜀望影星奔聆聲飈至當其饑渴快得安隱超然懸解時有其人大師初居石門依大寂之塔次補師位重宣上法後以衆所歸集意在遐深百丈山碣立一隅人煙四絶將欲卜築必俟檀那伊補塞游暢甘貞請施家山願爲鄉導庵廬環遶供施荐積衆又踰於石門然以地靈境遠頗有終焉之志元和九年正月十七日證滅於禪床報齡六十六僧臘四十七以其年四月廿二日奉全身窆于西峯據婆沙論文用淨行婆羅門葬法遵遺旨也先時白光去室金錫鳴空靈溪方春而涸流杉燎竟夕以通照妙德潛感于何不有門人法正等嘗所稟奉皆得調柔遞相發揮不墜付囑他年紹續自當流布門人談叙永懷師恩光崇塔宇封土累石力竭心瘁門人神行梵雲結集微言纂成語本凡今學者不踐門閾奉以爲師法焉初閩越靈藹律師一川教宗三學歸仰嘗以佛性有無響風發問大師寓書以釋之今與語本並流于後學詡從事于江西府備嘗大師之法味故不

讓衆多之託其文曰 梵雄設教有權有實未得頓門皆爲暗室祖師戾止方傳祕密如彼重昏忽懸白日其一唯此大士弘紹正宗雖修妙行不住真空無假方便豈俟磨礱恬然返本萬境圓通其二百千人衆盡祛病熱彼皆有得我實無説心本不生形同示滅此土灰燼他方水月其三法傳人代塔閉山原杉松日暗寺塔猶存藹藹學徒無非及門唯能覺照是報師恩其四元和十三年十月三日建

碑側大衆同記五事至今猶存可爲鑑戒并録于左 大師遷化後未請院主日衆議釐革山門久遠事宜都五件一塔院常請一大僧及令一沙彌洒掃 一地界内不得置尼臺尼墳塔及容俗人家居止 一應有依止及童行出家悉令依院主一人僧衆並不得各受 一臺外及諸處不得置莊園田地 一住山徒衆不得内外私置錢穀 欲清其流在澄其本後來紹續永願遵崇 立碑日大衆同記

百丈山大智壽聖禪寺天下師表閣記

菩提達磨大師後八葉有大比丘居洪之百丈山人稱之曰百丈禪師

今天子始命因其舊謚大智覺照者加以弘宗妙行之號寺以壽聖名則故額也山去郡治三百里其未置寺時林壑深阻巖徑峭絶樵蘇之跡所不通有司馬頭陁者善爲宫宅地形之術覩其山勢斗拔與夫岡巒首尾之起伏知爲吉壤所留鈐記有曰法王居之天下師表禪師之來式符其言東陽德煇以禪師十八代孫嗣住是山既新作演法之堂且

增創重屋其上以妥禪師遺像榜其楹間曰
天下師表之閣云初文宗皇帝入踐
天位即金陵潛邸造寺曰龍翔集慶詔開山
大訢領其徒而以禪師所制清規爲日用動
作威儀之節顧其書行世已久後人率以臆
見互有損益自爲矛盾靡所折衷煇與訢學
同師而柄法於祖庭大懼夫來者傳疑莫知
適從無以壹諸方之觀聽爰走京師欲有請
而釐正之今御史大夫撒迪時執法中臺爲
言于
上得召見有 旨令煇譔次舊聞以授訢使
擇習於師説者共考定而頒行爲叢林法仍
加錫禪師以今號褒顯而風厲焉煇奉
璽書將南還以閣之成未及有所紀述諗于
溍曰願叙其構興之端原歸而刻諸溍竊觀
遂古聖賢乘時繼作弛張迭用循環不窮所
以通其變也佛之爲教必先戒律諸部之義
小大畢陳種種開遮唯以一事去聖逾遠局
爲專門名數滋多道日斯隱是故達磨不階
方便直示心源律相宛然無能留礙世降俗
末誕勝真離馳騁外縁成邪慢想是故百丈
弘放軌範輔律而行調護攝持在事皆理蓋
佛之道以達磨而明佛之事以百丈而備通
變之妙存乎其人厥後達磨之傳派别爲五
而出於禪師者二它師所倡殊宗異旨雖各
名其家至於安處徒衆未有不取法於禪師
者然則天下師表之言良可徵不誣也粤自
中土君臣知尊佛法光昭崇極莫越於今煇
遭値
聖時蒙被

帝力用克發揚先訓紹隆宗風俾與
國家相爲悠久永永無巳不特今之天下以
爲師表盡未來際咸有依承潛是用謹志之
而於其經度之勤營締之美有不暇論也闇
爲屋以間計者五其崇百有二十尺三其崇
之一以爲其修三其修以爲其廣以至順元
年夏六月庀工冬十月訖事實輝住山之明
年而輝入對以元統三年夏五月
命下則其明年春二月也承直郎國子博士
黄溍記翰林侍　制奉議大夫兼　國史院
編修官揭傒斯書翰林侍　講學士通奉大
夫知　制誥同修　國史知　經筵事張起
巖篆前榮禄大夫御史中丞趙世安光禄大
夫江南諸道行御史大夫易釋董阿同立石

古清規序

翰林學士朝散大夫行　司諫知
制誥同修國史判史館事上柱國
南陽郡開國侯食邑一千一百戸
賜紫金魚袋楊億述

百丈大智禪師以禪宗肇自少室至曹溪以來多居律寺雖列別院然於說法住持未合規度故常爾介懷乃曰佛祖之道欲誕布化元異來際不泯者豈當與諸部阿笈摩教爲隨行耶或曰瑜伽論瓔珞經是大乘戒律胡不依隨哉師曰吾所宗非局大小乘非異大小乘當博約折中設於制範務其宜也於是創意別立禪居凡具道眼者有可尊之德號曰長老如西域道高臘長呼須菩提等之謂也即爲化主即處於方丈同淨名之室非私寢之室也不立佛殿唯樹法堂者表佛祖親

囑受當代爲尊也所裒學衆無多少無高下盡入僧堂依夏次安排設長連床施椸架掛搭道具臥必斜枕牀脣右脇吉祥睡者以其坐禪既久畧偃息而已具四威儀也除入室請益任學者勤怠或上或下不拘常準其闔院大衆朝叅夕聚長老上堂陞座主事徒衆鴈立側聆賔主問酬激揚宗要者示依法而住也齋粥隨宜一時均徧者務于節儉表法食雙運也行普請法上下均力也置十務謂之寮舍每用首領一人管多人營事令各司其局也或有假號竊形混于清衆別致喧撓之事即當維那檢舉抽下本位掛搭擯令出院者貴安清衆也或彼有所犯即以拄杖杖之集衆燒衣鉢道具遣逐從偏門而出者示耻辱也詳此一條制有四益一不汙清衆生恭信故二不毀僧形循佛制故三不擾公門省獄訟故四不泄於外護宗綱故四來同居聖凡孰辨且如来應世尚有六群之黨況今像末豈得全無但見一僧有過便雷例譏誚殊不知輕衆壞法其損甚大今禪門若稍無妨害者宜依百丈叢林規式量事區分且立法防姦不爲賢士然寧可有格而無犯不可有犯而無教惟大智禪師護法之益其大矣哉禪門獨行自此老始清規大要徧示後學令不忘本也其諸軌度集詳備焉億幸叨睿旨刪定傳燈成書圖進因爲序引旹景德改元歲次甲辰良月吉日書

崇寧清規序

夫禪門事例雖無兩樣毘尼衲子家風別是一般規範若也途中受用自然格外清高如

其觸向面墻實謂減人瞻敬是以僉謀開士遍摭諸方凡有補於見聞悉備陳於綱目隱少林消息已是剜肉成瘡百丈規繩可謂新條特地而況叢林蔓衍轉見不堪加之法令滋彰事更多矣然而莊嚴保社建立法幢佛事門中闕一不可亦猶菩薩三聚聲聞七篇豈立法之貴繁蓋隨機而設教初機後學與善參詳上德高流幸垂證據崇寧二年八月十五日真定府十方洪濟禪院住持傳法慈覺大師宗賾序

咸淳清規序

叢林規範百丈大智禪師已詳但時代寖遠後人有從簡便遂至循習雖諸方或有不同然亦未甞違其大節也余處衆時往往見朋輩抄録叢林日用清規互有虧闕後因暇日悉假諸本參其異存其同而會焉親手繕寫頗爲詳備目曰叢林校定清規總要釐爲上下卷庶便觀覽吾氏之有清規猶儒家之有禮經禮者從宜因時損益此書之所以繼大智而作也是皆前輩宿德先後共相講究紀録愚不敢私以所聞所見而增減之如前所謂參其異存其同而會焉爾耳觀者幸勿病諸咸淳十年甲戌歲結制前一日后湖比丘惟勉書于寄玩軒

至大清規序

禮於世爲大經而人情之節文也沿革損益以趍時故古今之人情得綱常制度以揆道故天地之大經在且吾聖人以波羅提木义爲壽命而百丈清規由是而出此固叢林禮法之大經也然自唐抵今殆五百載風俗屢

變人情不同則沿革損益之說可得已哉近者大川笑翁二祖唱道南北山日用軌則盛於當代至元戊寅依石林和尚於南屏猶得見其遺風餘烈及友雲明西堂出所藏抄本究心訪問編集成帙始此書之作或以爲僧受戒首之或以住持入院首之壬午依覺菴先師於承天朝夕扣問因得以祝
聖如來降誕二儀冠其前其餘門分類聚釐十卷然猶未敢以傳學者丙戌夏留雪竇千峯琬西堂論其詳丁亥春溪西澤和尚正其舛得於見聞稔矣而尚以未身行之爲媿壬辰夏首衆雙徑小座湯有位次高下之爭諸方往往廢而不舉愚以西堂一出首座再出都寺三出後堂四出藏主維那知客侍者隨職爲位請於雲峯伯父力行爲訖事無敢譁者元貞乙未備員永嘉天寧大德庚子補番陽永福乙巳主廬山東林皆行之無易庶幾人情爲折中然視古之清規不幾於繁縟乎蓋由桴土鼓不可作於笙鏞間知之秋汙樽抔飲不可施於犧象駢羅之日目曰禪林備用清規備而不用之謂也知我罪我其惟春秋至大辛亥秋廬山東林弌咸書

勑脩百丈清規叙

天曆至順間
文宗皇帝建大龍翔集慶寺於金陵寺成以
十方僧居之有
旨行百丈清規元統三年乙亥秋七月
今上皇帝申
前朝之命若曰近年叢林清規往往增損不一於是特勑百丈山大智壽聖禪寺住持德

煇重輯其爲書仍勑大龍翔集慶寺住持大訢選有學業沙門共校正之期於歸一使遵行爲常法德煇等奉

命唯謹書將成屬玄爲叙玄嘗聞諸師曰天地間無一事無禮樂安其所居之位爲禮樂其日用之常爲樂程明道先生一日過定寺偶見齋堂儀喟然嘆曰三代禮樂盡在是矣豈非清規綱紀之力乎曰服行之熟故能然乎循其當然之則而自然之妙行乎其中斯則不知者以爲事理之鄣而知之者則以爲安樂法門固在是也然使是書龎然雜而不倫則有序而和之意乆而微矣故校讎之功有益於是書甚大而

兩朝嘉惠學人之旨相爲無窮焉宋清規行楊文公億爲叙本末條目具詳玆不重出云

至元二年丙子春三月上澣翰林直學士中大夫知　制誥同脩　國史國子祭酒廬陵歐陽玄叙

百丈清規行于世尚矣繇唐迄今歷代沿革不同禮因時而損益有不免焉往往諸本雜出罔知適從學者惑之異時一山萬禪師致書先雲翁約先師共删脩刊正以立一代典章無何三翁先後皆化去區區竊欲繼其志而未能也後偶承乏百丈會行省爲祖師請加謚未報遂詣

闕以聞御史中丞撒迪公引見

聖上得面奏清規所以然因被

旨重編令笑隱校正仍賜

璽書頒行受

命以來旁求初本不及見惟宋崇寧真定

賾公咸淳金華勉公遠
國朝至大中東林咸公所集者爲可採於是
會稡參同
而詮次之繁者芟訛者正缺者補互有得
失者兩存之間以小註折衷一不以已見
妄有去取也稍集笑隱㡯定爲九章章冠
以小序明夫一章之大意釐爲二卷使閱
而行者條而不紊庶幾吾祖垂法之遺意
得以遵承而煇懼夫學識荒陋何能上副
宸衷作新軌範不過因人成事幸畢先志期
學者無惑
而已若曰立一代典章非愚所敢知也或
曰子汲汲於是書若有意於宗教方今
國家通制昭布森列奉行猶或未至而欲清
規之行乎

迂哉因語之然亦未嘗廢其書頤柄法者
力行之何如耳佛祖制律創規相須爲用
使比丘等外格非内弘道雖千百群居同
堂合席齊一寢食翕然成倫不混世儀不
撓國憲陰翊王度通制之行㡯於彼達
於此又何迂或者謝而退故併識于兹以
告吾徒盍自勉焉宋楊文公作古規序與
夫三公所集自序悉附著云至元後戊寅
春三月東陽比丘德煇謹書

勑修百丈清規卷第八

音釋

縲力追切｜絏也　詡虛甫切普也大也　窆方驗切下棺也　瘵秦齘切病也　濅音浸義同又子鴆切　庀普鄙切音嚭治之使具也　凷苦會切音塊墣也蕢桴而土鼓　讋書涉切聾言失也　稡子骨切稊｜也